Christopher Golden et **Tim Lebbon** ont écrit de nombreux romans de fantasy et d'horreur qui leur ont valu des prix prestigieux, dont *Snowblind* ou *Hellboy : L'Armée maudite* (avec Mike Mignola). Après le succès de *Sauvage – Les Voyages de Jack London* qu'ils ont coécrit, Golden et Lebbon se retrouvent pour un grand roman de Fantasy, épique et sombre.

Des mêmes auteurs, aux éditions Bragelonne :

Le Sang des Quatre

Aux éditions Castelmore :

Sauvage : Les Voyages de Jack London

De Christopher Golden,
aux éditions Bragelonne :

Snowblind
Hellboy : L'Armée maudite
(avec Mike Mignola)

Ce livre est également disponible
au format numérique

www.bragelonne.fr

Christopher Golden & Tim Lebbon

Le Sang des Quatre

Traduit de l'anglais (États-Unis et Grande-Bretagne)
par Louise Malagoli

Bragelonne

Collection dirigée par Stéphane Marsan et Alain Névant

Titre original : *Blood of the Four*
Copyright © 2018 by Christopher Golden and Tim Lebbon
Publié avec l'accord de l'auteur,
c/o BAROR INTERNATIONAL, INC.,
Armonk, New York, États-Unis

Cartes :
D'après les cartes originales d'Eric Gunther
Copyright © 2017 Springer Cartographics

© Bragelonne 2018, pour la présente traduction

ISBN : 979-10-281-0338-5

Bragelonne
60-62, rue d'Hauteville – 75010 Paris

E-mail : info@bragelonne.fr
Site Internet : www.bragelonne.fr

*Pour ma fille Ellie, qui commence ses études
à l'université. Éblouis-les!*
T.L.

*Pour ma fille Lily, en première année de lycée.
Trouve les choses qui te rendent heureuse,
et laisse-toi guider.*
C.G.

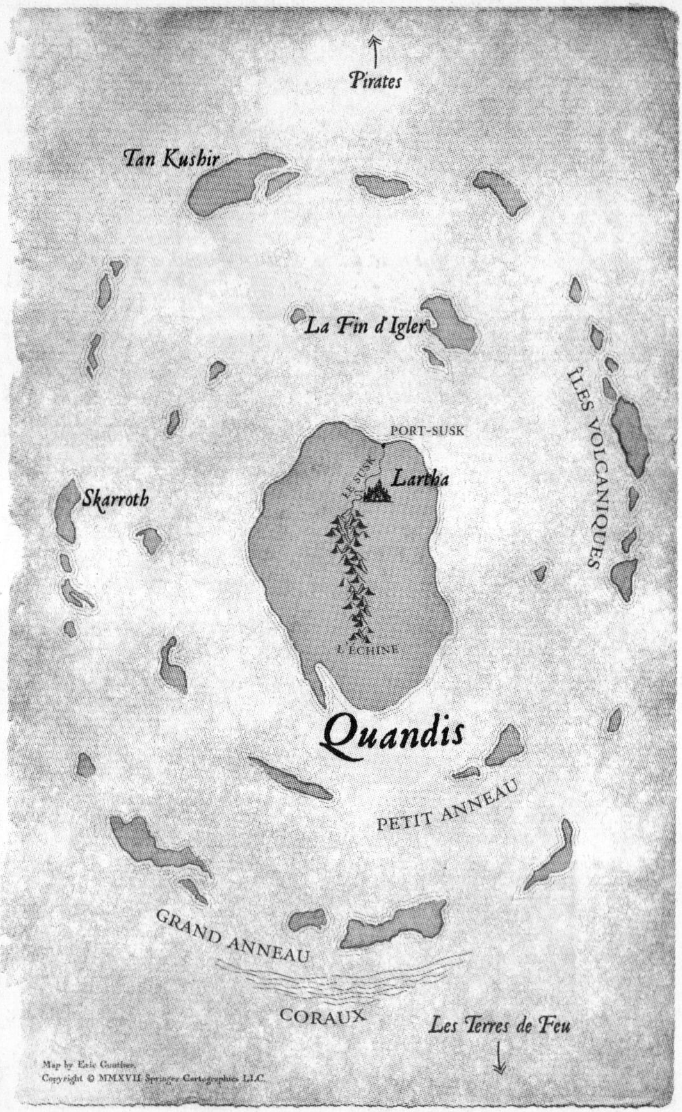
Pirates
Tan Kushir
La Fin d'Igler
ÎLES VOLCANIQUES
PORT-SUSK
LE SUSK
Lartha
Skarroth
L'ÉCHINE
Quandis
PETIT ANNEAU
GRAND ANNEAU
CORAUX
Les Terres de Feu
Copyright © MMXVII Springer Cartographics LLC.

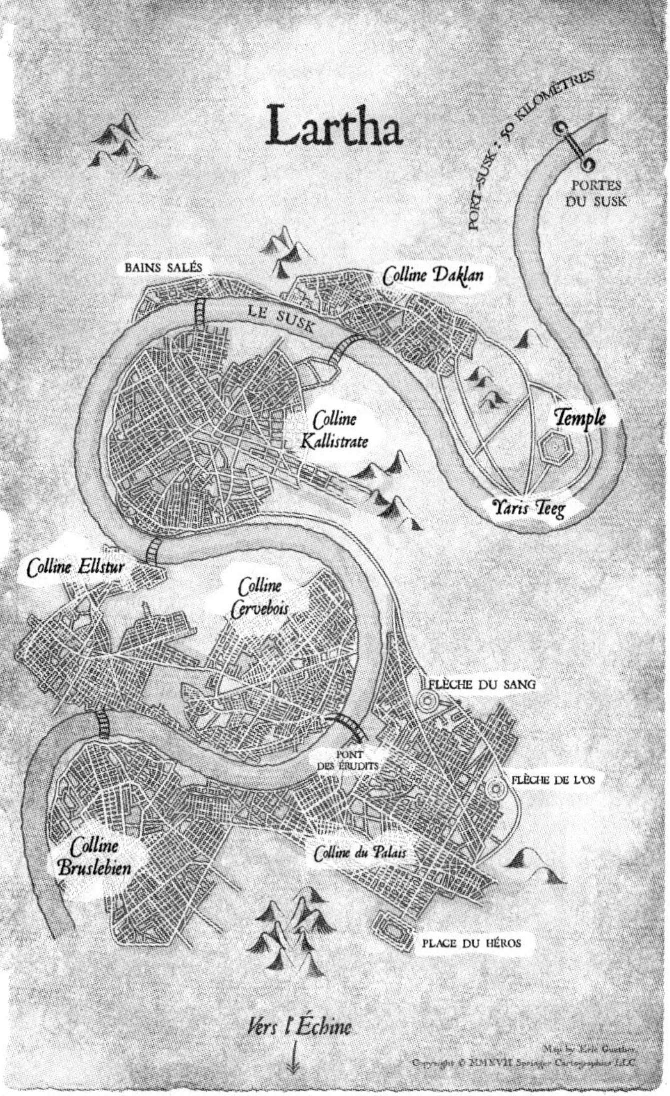
Lartha
PORT-SUSK : 50 KILOMÈTRES
PORTES DU SUSK
BAINS SALÉS
Colline Daklan
LE SUSK
Colline Kallistrate
Temple
Yaris Teeg
Colline Ellstur
Colline Cervebois
FLÈCHE DU SANG
PONT DES ÉRUDITS
FLÈCHE DE L'OS
Colline Bruslebien
Colline du Palais
PLACE DU HÉROS
Vers l'Échine
Map by Eric Gustine
Copyright © MMXVII Springer Cartographics LLC

Livre premier

Chapitre premier

Dans l'obscurité, Phela entendit un rire, un soupir, puis un râle passionné. Les ténèbres semblèrent prendre vie, chargées de promesses.

Certes, Phela était désormais une princesse soumise au joug de la tradition et non plus une fillette. Elle avait pourtant conservé un goût pour l'amusement et les jeux que n'aurait laissé soupçonner son âge. Certains de ces jeux étaient pratiqués sur toute l'île du royaume de Quandis. Les parents les transmettaient à leurs enfants, et leurs règles évoluaient à chaque génération. À la fois rites de passage et outils d'apprentissage, ils permettaient d'initier les plus jeunes à la complexité des interactions sociales et à l'art du conflit.

Mais la jeune Phela avait aussi élaboré ses propres jeux, dont les règles variaient avec le temps, et qui ne cessaient d'acquérir de nouveaux objectifs, de nouveaux usages. Leurs finalités, toutefois, demeuraient similaires : ils servaient toujours à manipuler une situation, à s'emparer du pouvoir des mots, ou à plier la volonté d'autrui à celle de Phela. Elle transgressait souvent les règles, mais en tant que princesse, elle n'était que rarement sommée de s'expliquer.

Au fil du temps, elle avait fini par abandonner la plupart de ses jeux, sauf un, dont elle ne s'était jamais lassée. Phela l'appelait le Chuchotement. Il consistait à récolter des secrets, à amasser des vérités cachées et des savoirs interdits. Pour Chuchoter, il fallait faire preuve de discrétion, d'adresse et de détermination. Il fallait également se montrer capable de garder pour soi les connaissances récoltées, jusqu'à en découvrir la valeur véritable. Ce n'était au départ qu'un jeu d'enfant, mais à l'âge adulte, Phela avait fini par comprendre tout ce que le Chuchotement pouvait lui apporter.

Elle était persuadée qu'un jour, son jeu ferait d'elle la souveraine la plus puissante de l'histoire.

Le Chuchotement entraînait Phela dans des passages oubliés et des coins sombres dont personne d'autre, au palais, ne connaissait plus l'existence. Elle s'orientait principalement à tâtons. Bien que munie de bougies et de pierres à feu, elle ne prenait que rarement le risque de révéler sa présence. Ces endroits lui appartenaient, et elle était résolue à les conserver pour elle seule.

Un nouveau soupir se fit entendre, suivi du grincement régulier d'un lit de bois sous un couple qui fait l'amour. Phela ne ressentit rien : ni surprise, ni excitation… ni honte d'être en train d'écouter les ébats de sa mère. Les appartements de la reine étaient bien gardés, et nichés en plein cœur du vaste palais royal. Mais les passages que Phela empruntait en Chuchotant serpentaient tout autour de ce cœur comme autant de veines.

Et ces veines charriaient, non pas du sang, mais les secrets que Phela espérait découvrir.

Elle avança prudemment. Ses mains rencontrèrent des toiles d'araignée, qui se déchirèrent avec un bruit presque imperceptible. Des créatures trottinaient dans l'obscurité, cherchant généralement à s'éloigner d'elle. Certaines passèrent tout près de Phela, mais celle-ci ne s'en formalisa pas. Avec le temps, elle s'était habituée à les fréquenter ; par ailleurs, les créatures semblaient avoir compris que Phela était une chasseresse, comme elles, et lui accorder un certain respect. Phela les sentit l'observer calmement de leurs yeux nyctalopes. Elle se demanda ce qu'elles voyaient. Plus une petite fille, en tout cas. Plus depuis longtemps.

Une femme qui connaît bien son propre cœur. Quelqu'un qui est déterminé à suivre sa voie.

Sa vie et son avenir étaient assujettis à sa naissance royale. Phela n'y voyait pas que des inconvénients : elle appréciait la richesse et les privilèges que lui conférait son rang. Néanmoins, depuis sa plus tendre enfance, Phela n'avait pu supporter l'idée même de la contrainte, et s'était employée à tracer un chemin bien à elle. Lorsqu'elle s'était mise à explorer ces passages oubliés, en dessous et à l'intérieur même du palais, elle avait eu l'impression de commencer ce voyage. Elle avait trouvé des tunnels et des égouts, des cavités et des interstices séparant des constructions de périodes différentes, des caves et des grottes que surplombaient les fondations immenses et ancestrales de l'édifice. Elle avait aussi découvert de longues enfilades de pièces abandonnées, que seuls connaissaient les rats, les spectres et autres créatures des ténèbres… et à présent, Phela elle-même. Ce monde, peuplé d'ombres et d'échos, était devenu le sien, et le seul endroit où elle se sentait véritablement libre. Là, elle pouvait exister sans entraves, sans se préoccuper du protocole ou des traditions déterminant où elle devait se rendre, et quand. Elle pouvait échafauder ses plans et peaufiner ses stratagèmes.

Quelqu'un cria. C'était une voix de femme, aiguë et désinhibée.

La princesse se mit à escalader promptement une série de poutres séculaires, qui la hissèrent au-dessus du plafond en dôme des appartements privés de sa mère. Les pieds de Phela étaient protégés par des bas en tissu épais, et ses mains par des gants de cuir souple. Ses autres vêtements étaient lisses et moulants, sans boucles ni ceintures qui risqueraient de la trahir en heurtant le bois ou la pierre. Même ses cheveux étaient entortillés en un chignon serré, perché en haut de son crâne. Physiquement, elle était bâtie pour se mouvoir discrètement. Tandis que les cris de plaisir de sa mère se faisaient plus aigus et plus rapides, Phela traversa les combles d'un pas aérien.

Elle se dirigeait vers un endroit qui lui était très familier.

Aux gémissements se joignirent des grognements plus graves : la sérénade d'un homme s'abandonnant au plaisir. Linos Kallistrate était l'amant de sa mère. En d'autres temps, leur liaison avait été secrète, mais à présent bien des gens en connaissaient l'existence. Personne n'avait l'air de s'en préoccuper outre mesure. Linos était un noble – baron du clan Kallistrate –, et sa femme, Carina, semblait s'être faite à l'idée que son mari couchait avec la reine. En réalité, elle n'avait pas vraiment le choix. Qui aurait osé s'opposer aux deux amants ? La reine Lysandra était forte et impitoyable. Bien des familles nobles avaient pu constater quelles puissances elle était prête à déchaîner pour obtenir ce qu'elle désirait.

Le désir, songea Phela en entendant sa mère et son amant atteindre les cimes de la jouissance, en contrebas. Elle s'allongea sur le lacis de la charpente, et se mit à regarder par une fente dans le vieux plâtre, tout près d'une des énormes arches de bois. Elle se trouvait face à un désir animal, et la vue des deux corps nus et moites dans le vaste lit rond illustrait ce concept avec plus d'éloquence que n'importe quel son. Ils remuaient avec ardeur, les membres enchevêtrés, leurs peaux glissant l'une contre l'autre. Ils ne prononçaient pas de mots, mais des bruits inarticulés, comme ceux des bêtes sauvages. Enfin, ces cris s'amenuisèrent, laissant place à des souffles courts, et leurs corps s'affaissèrent, comme dégonflés. Ils retombèrent sur le lit, et Linos roula sur le côté pour s'allonger sur le dos, les bras et les jambes écartés, les yeux fixés sur le plafond.

L'espace d'un instant, Phela eut l'impression qu'il la regardait droit dans les yeux, et elle retint son souffle. Puis Linos tourna la tête vers sa reine.

— Tu es une vraie bête sauvage, dit la reine Lysandra.

On pouvait voir la poitrine de la reine se soulever au rythme de sa respiration haletante.

— Et c'est pour cela que tu m'aimes, répondit-il.

Aux yeux de la princesse Phela, il ressemblait véritablement à une bête. En matière d'hommes, elle n'était pas dénuée d'expérience – un certain nombre de jeunes nobles vivant et travaillant au palais pouvaient en témoigner –, mais Linos était un être à part. Son corps était couvert de poils, poussant sur ses orteils et ses jambes, tapissant son ventre et son torse. Sa barbe était noire et fournie. Ses cheveux étaient longs, et en général tressés ; mais lorsqu'il se trouvait au lit avec la mère de Phela, il semblait préférer les laisser libres. Et entre les jambes, il possédait également un attribut digne d'une bête. Même à cet instant, humide et ramollie, sa queue demeurait la plus grosse que Phela ait jamais vue.

— Tu crois donc que je t'aime, Linos ? interrogea Lysandra.

— À la folie, ma reine, répondit-il.

Il serra la cuisse de son amante dans une de ses énormes mains, comme pour s'en déclarer le propriétaire.

Phela pria intérieurement sa mère de repousser sa main. Il se permettait là un geste hautement déplacé. En dépit de ce qu'ils venaient de faire sous ses yeux, voir Linos agripper la jambe de la reine comme s'il s'agissait d'un morceau de viande offensait profondément Phela.

Mais manifestement, sa mère n'était pas du même avis.

Phela examina leurs corps un instant de plus, puis modifia légèrement sa position afin d'étudier le reste des appartements de sa mère. Elle lui rendait assez souvent visite, mais observer l'endroit sous cet angle donnait l'impression de le voir s'offrir à ses yeux sans tabou, avec une franchise insolente et ostentatoire. Lorsque Phela s'y trouvait avec sa mère, son regard restait fixé sur elle. C'était une femme forte, pleine d'assurance, sévère lorsqu'il le fallait, mais aimante à sa façon ; cependant, chacun se devait de lui accorder une attention de tous les instants, y compris sa propre fille.

En revanche, ainsi dissimulée, Phela était libre d'inspecter les lieux.

Les vêtements de Linos avaient été entassés sans ménagement près de l'épaisse porte fermée. Son épée de cérémonie, dans son fourreau, était appuyée contre le mur. Il avait dû se déshabiller dès qu'il était entré dans la chambre, à la demande de son amante, peut-être. Les habits de la reine étaient soigneusement pliés sur une chaise, non loin du grand lit. Tout près de celui-ci, sur une table basse, étaient disposés une carafe de vin et deux verres de cristal fin, où luisait d'un éclat de rubis le breuvage encore intouché. Phela savait que sa mère ne buvait de vin que dans les moments les plus intimes, où elle baissait quelque peu sa garde ; et même alors, elle n'en consommait que de très petites quantités. Elle préférait garder les idées claires.

On pouvait aussi voir sur la table le matériel du consommateur d'épissa : plusieurs petites fioles de verre, un globe destiné au mélange, et les morceaux de pain dur communément ingérés en même temps que l'épissa purifiée. Ce vice-là était également celui de Linos. La mère de Phela se méfiait du vin, mais elle haïssait l'épissa. Cette dernière s'emparait des gens et les ouvrait en grand. Elle rendait vulnérable.

Phela ne le savait que trop bien. Elle en avait fait elle-même l'expérience. En Chuchotant dans de profonds tunnels, loin sous le palais, elle avait trouvé une petite pièce abandonnée à la suite de travaux de construction, mille ans auparavant. C'était là qu'elle s'était cachée afin d'essayer l'épissa pour la première fois. Il s'agissait d'une variété peu puissante de la substance, à l'usage très répandu ; et cependant, elle avait suffi à dénouer son esprit et à l'envelopper dans une transe douillette. Elle s'estimait en sécurité dans cet endroit reculé, loin des regards indiscrets ; et malgré tout, elle avait ressenti une bouffée de paranoïa lorsque les effets de l'épissa avaient commencé à se dissiper. L'obscurité, naguère rassurante, lui paraissait soudain emplie de dangers. C'était la seule et unique fois où Phela avait quitté en courant son labyrinthe secret, terrifiée.

Elle se demandait encore si l'épissa lui avait fait imaginer ces présences qui l'observaient, ou si elle lui avait simplement permis de les déceler.

Linos roula sur le côté et tendit le bras pour attraper un morceau de pain dur. Il vérifia que le quignon était bien saupoudré d'épissa raffinée, puis se laissa retomber sur le lit.

Toutefois, il ne le mangea pas. Il se contenta de poser le pain garni d'épissa sur son ventre velu et musclé.

Phela fronça les sourcils. *Qu'attend-il donc ? Est-ce que… Non, la reine n'irait pas jusqu'à…*

Pourtant, c'est bien ce qu'elle fit. La reine se pencha au-dessus du corps de Linos et mangea la préparation. Même depuis son perchoir, séparée de la scène par un épais plafond de plâtre et ne voyant qu'à travers une petite fente, Phela entendit craquer le pain sous les dents de sa mère. Cette dernière venait, non seulement de s'avilir devant cet homme, mais aussi d'ingérer assez d'épissa pour que son esprit s'ouvre tout grand et parte à la dérive.

Oh, Mère…, songea-t-elle. Mais elle sourit malgré sa consternation. C'étaient des moments comme celui-ci qui faisaient de son Chuchotement bien plus qu'un passe-temps. En amassant de tels renseignements, elle assurait son avenir.

Elle s'installa afin de les observer encore un moment.

Une heure plus tard, tandis que la reine et son amant dormaient, enlacés, Phela décida qu'il était temps de regagner sa propre chambre.

Elle avait à peine bougé qu'elle entendit la voix de sa mère en contrebas.

— Les Quatre m'appartiendront.

Phela fronça les sourcils dans la pénombre. Son ouïe lui jouait sans doute des tours… ou peut-être sa mère était-elle en train de rêver. Elle se rapprocha de nouveau de la fente dans le plafond et y glissa un regard.

La reine était assise, la couverture sur les épaules.

— Les Quatre t'appartiennent déjà, fit remarquer Linos. Tu es reine.

Lysandra s'esclaffa, d'un rire teinté d'amertume.

— Ce n'est qu'un titre. J'en ai des quantités. Tu en veux d'autres ?

Linos fit un geste paresseux de la main.

— Figure en Neuf, commença Lysandra. Cela signifie que je suis la marraine de la plus grande école de danse de Quandis. Dame des Moissons, ce qui veut dire apparemment que je supervise la culture des champs dans la région des lacs septentrionaux. Reine des Escarmouches, Estimée Commandante Honoraire des Alouettes, Chef de l'Armée, de la Marine et de la Garde. (Elle s'interrompit et resserra les pans de la couverture sur ses épaules.) Commandante des Silencieuses.

— Bien entendu, marmonna Linos.

Sa voix résonna dans la chambre de la reine, jusqu'au haut plafond. Dans l'atmosphère figée, rien d'autre n'existait que leurs paroles.

— Les Quatre m'attirent, reprit Lysandra. J'y suis allée, tu sais. Dans les profondeurs. Plus profond que n'importe quel autre souverain avant moi. Je me suis noyée dans les ombres qui hantent les tréfonds depuis que les Quatre ont créé le monde, et banni le Pentange. Je suis allée… très loin.

Linos était parfaitement réveillé, à présent, les yeux écarquillés face à ce dangereux discours. Phela envisagea d'avertir sa mère d'un cri, ou d'un coup frappé contre la charpente, en espérant que la surprise mette fin à ce flot de paroles imprudentes, fruit d'un esprit embrumé.

Il fallait faire cesser cette hérésie.

Car la reine n'était pas autorisée à manipuler la magie des Quatre. Certes, la famille royale appartenait à leur lignée ; mais aucun mortel n'était destiné à accéder à leur pouvoir, à l'exception d'une poignée de prêtres de l'Ordre Supérieur ayant étudié des années dans ce but. Même eux, d'ailleurs, se contentaient de humer les relents de cette magie ancestrale.

Et aucun ne s'aventurait dans les profondeurs où, supposait-on, reposaient les Quatre eux-mêmes.

— Mère, qu'avez-vous fait ? soupira Phela dans un murmure si bas qu'il ne souleva pas la poussière à quelques centimètres de ses lèvres.

— Raconte-moi, souffla Linos Kallistrate.

Et par ces mots, il révéla son vrai visage. S'il aimait Lysandra, il l'aurait suppliée de tout arrêter.

— Cela fait trop longtemps, dit Lysandra d'une voix basse et monocorde, presque hypnotique. Trop d'années que Quandis souffre au rythme des conflits et des guerres, des querelles et des révolutions, tandis que la magie sommeille au fond de cavernes oubliées, ou dans les salles perdues de la Première Cité déchue. S'ils nous aimaient vraiment, les Quatre ne nous permettraient-ils pas d'user de la magie qu'ils ont employée pour créer ces terres ? Je me suis souvent posé cette question. Je suis sûre que mon père se l'est aussi posée, ainsi que les rois et les reines qui nous ont précédés. Mais ce n'est pas en se posant la question qu'on contribue à y répondre, quoi qu'en disent les prêtres de l'Ordre Supérieur. Célébrer l'existence de la magie sans chercher à la toucher, c'est comme... savoir que l'air est là, mais refuser de respirer. Suffoquer et se laisser mourir, alors qu'il suffirait d'ouvrir la bouche.

Lysandra se balançait doucement de droite à gauche, à présent. L'épissa courait dans ses veines et son esprit se déployait, laissant ruisseler ses pensées dans la pièce silencieuse. Phela aurait tout donné pour que sa mère se taise, car elle n'avait aucune confiance en Linos.

Mais elle désirait aussi en apprendre davantage.

— Moi, j'ai bien l'intention de respirer, poursuivit Lysandra. L'Ordre Supérieur sait que la magie est puissante et généreuse, dans les profondeurs. Ses membres le savent depuis des générations. Ce vieux fumier de Per Ristolo a plus de deux cents ans, et c'est la magie qui l'a préservé. J'y suis descendue, Linos. J'irai plus profond encore avec le temps, car pour l'instant, mon corps et mon esprit ne sont pas capables de supporter une telle concentration de magie. Mais peu à peu, je continuerai à descendre, jusqu'à… jusqu'à pouvoir… et alors, je serai véritablement une souveraine de la lignée des Quatre. Je manierai la magie grâce à laquelle ils ont modelé ces terres. La chaleur du feu, la dureté de la terre, la force du vent, le pouvoir de l'eau… Imagine tout cela courant dans tes veines, Linos.

Le regard de Phela se posa de nouveau sur l'amant de sa mère, et son changement d'attitude l'ébahit. Il avait peur. Il n'était pas simplement troublé par ce que Lysandra venait de lui révéler ; il était bel et bien terrifié. Comme s'il venait seulement de comprendre à quel point ces paroles étaient dangereuses.

— Ma reine…, dit-il en lui effleurant l'épaule.

Elle repoussa sa main.

— Je suis… fatiguée…

— Tu devrais dormir, conseilla-t-il. C'était une erreur de prendre une telle quantité d'épissa.

— Je ne fais jamais d'erreurs ! riposta-t-elle.

Mais elle le laissa l'attirer à lui. Bientôt, elle fut blottie contre son flanc, et si bien enroulée dans la couverture, que Phela ne distinguait plus que ses longs cheveux dorés, étalés sur les oreillers.

Linos, toujours nu et allongé sur le dos, contemplait le plafond, l'air profondément soucieux.

Il va me voir, cette fois, pensa Phela, non sans une certaine excitation face à cette boucle reliant le passé et l'avenir. Mais Linos ne la vit pas. Son esprit était accaparé par des choses bien plus lointaines que ces appartements royaux.

Elle sourit dans l'obscurité. Ce bellâtre arrogant avait cru si bien connaître la reine… Son intimité, son corps, ses préférences sexuelles, tout cela lui était offert, et il n'avait qu'à se servir. Mais à présent, il en avait découvert bien plus qu'il n'aurait jamais pu le souhaiter.

Il connaissait ses véritables secrets, des pratiques si graves qu'elles exposaient même une reine au risque d'être jugée et punie.

Et désormais, il était son complice.

On racontait que des dizaines de prêtres de l'Ordre Supérieur vivaient sur des îles de l'Anneau, ayant été exilés après que leur premier contact avec la magie les avait rendus fous. De nombreux sceptiques affirmaient que la magie n'était qu'un mythe, une légende héritée d'un temps révolu, marqué par l'obscurantisme. Cependant, toute personne qui osait s'essayer à la magie – à l'exception des membres de l'Ordre Supérieur – était exécutée. Que ce soit sur l'île principale de Quandis, sur les îles de l'Anneau, ou même dans les terres les plus reculées du royaume, chercher à faire usage de magie et vénérer le Pentange étaient les deux seuls crimes encore punis de mort.

Jamais, au cours de l'histoire que lui avaient enseignée ses précepteurs, ni au sein des journaux ou des édits qu'elle avait extraits des archives royales, Phela n'avait rencontré un seul exemple de souverain ayant tenté de faire lui-même usage de magie.

Étendue dans sa cachette, elle sentit qu'un nouveau pan de l'histoire se déroulait tout autour d'elle.

Un Baju se met à rêver…

La mère de Blane l'enveloppe des pieds à la tête dans un tissu raide et rugueux. Elle ne cesse de chanter, une vieille berceuse dans une langue qu'il ne comprend pas, et il sourit en écoutant les mots s'échapper de sa bouche. Sa mère a une voix magnifique. Parfois, elle s'assoit sur le bord de la route menant de Port-Susk à Lartha, la capitale, et elle chante pour pouvoir acheter de quoi dîner. En général, elle récolte quelques pièces. Assez pour se procurer un peu de pain, des fruits et des noix, au moins. D'autres fois, elle revient les mains vides. Lorsque c'est le cas, ses deux enfants et elle ont faim. Ces derniers jours, c'est ce qui s'est passé.

Le sourire de sa mère est un masque crispé, et son chant s'est fait laborieux. Sa voix s'écarte de la mélodie, et peine à la retrouver.

De l'autre côté du taudis qui leur sert de chambre, sa sœur, Daria, s'habille toute seule. Elle a trois ans de plus que lui, et elle sait comment plier et laisser retomber le tissu de manière à dissimuler presque tout son corps et son visage. Les gens n'aiment pas la vue des Baju. Ils n'aiment pas voir les marques au fer rouge appliquées dès la naissance sur leurs avant-bras. Ils sont esclaves, plus bas que terre. Tout le monde ne les déteste pas, mais la plupart des gens leur vouent une haine issue d'une tradition séculaire. Le mieux qu'ils puissent espérer est d'être ignorés.

Les Baju se rendent donc invisibles. Plus ils se font discrets, plus ils se font petits, et plus ils ont de chances de passer une journée sans se faire maltraiter, cracher dessus, ou même passer à tabac.

C'est ainsi que Blane voit sa sœur aînée pour la dernière fois, le jour de sa mort. Ses vêtements minutieusement drapés ne révèlent que le haut de ses joues et ses yeux, pâles et perçants. Ce sont les yeux de tous les Baju, d'un bleu intense, que beaucoup de gens en sont venus à haïr. « Des yeux d'hiver », les appellent-ils. Elle prend soin de recouvrir aussi la marque serpentine à l'intérieur de son avant-bras gauche. Le serpent rampe sur le ventre dans la fange ; c'est le plus méprisable des animaux, et le peuple Baju est le plus méprisable de tous les peuples.

Blane agite la main en signe d'au revoir à Daria, qui quitte leur taudis pour aller servir son maître. Elle ne lui rend pas son signe. Elle a déjà passé le pas de la porte, et une fois dans la rue, il est rare qu'un Baju prenne le moindre risque d'attirer l'attention. Il se souvient de l'avoir suivie du regard un instant, puis de s'être retourné afin que sa mère finisse de l'habiller. Elle recouvre sa marque, comme vient de le faire sa sœur.

Daria ne rentre pas à la maison ce soir-là, et trois jours terribles et frénétiques s'écoulent avant qu'ils ne découvrent ce qui s'est passé. De murmures en murmures, on finit par leur raconter que le maître de Daria l'a battue à mort et a jeté son corps dans la mer. Blane ignore quel affront supposé a pu donner lieu à un tel châtiment. Il n'y aura pas d'enquête. Les mers qui ceignent Quandis accueillent souvent les corps des Baju.

— Il existe un moyen de s'échapper, lui dit sa mère.

Elle tend la main vers lui, presque entièrement dissimulée dans l'ombre. Lorsque Blane s'en saisit, elle lui paraît lourde et froide. Tout le contraire de sa mère.

Blane ferme les yeux en serrant les paupières, et se demande à qui appartient réellement cette main.

Un Baju se met à rêver…

Blane et sa sœur marchent dans la rue, quelque part en périphérie de Lartha. Par la conscience floue des rêves, il sait que Daria est morte depuis dix ans. Cependant, elle marche tout de même à ses côtés, devenue une femme qu'il ne connaîtra jamais. Drapés dans leurs vêtements baju, ils cheminent en silence, s'efforçant d'être moins que des ombres. Toutefois, il y a quelque chose chez elle de beaucoup moins baju que lui.

La rue grouille de monde. Des marchands ont installé leurs étals bariolés de chaque côté de la chaussée, laissant juste assez de place pour les chariots qui passent bruyamment dans les deux sens. Ils cherchent à vendre des babioles fabriquées ici, à Lartha, ou à des kilomètres de là, sur les îles les plus reculées de l'Anneau. Certains proposent du vin cultivé sur les flancs montagneux de l'Échine, au sud, et des breuvages plus rares, qu'on est allé chercher par-delà l'océan. On offre aussi de la nourriture, préparée et empaquetée sur place : de la viande grillée à l'épissa, des fruits marinés, des légumes et des céréales qu'il reconnaît… et bien d'autres qu'il n'a jamais vus. Blane ne s'approche pas des étals. Si un marchand est vu en train de traiter avec un Baju, il ne conclura sans doute pas d'autre vente ce jour-là. Peu de commerçants sont prêts à prendre un tel risque.

Si lui et Daria souhaitent acheter à manger, il leur faudra marchander plus tard, en rentrant chez eux, lorsque les commerçants commenceront à ranger leur marchandise.

Blane bat des paupières, et tous les autres occupants de la rue sont désormais baju.

Les cris et les rires s'éteignent, ne laissant plus derrière eux que le bruit des pas et le murmure du tissu rêche contre la peau. Les couleurs vives des étals semblent s'être délavées, et ils sont couverts de nourriture pourrie, de bijoux et de bibelots cassés, de vin ayant tourné au vinaigre. Il n'y a plus de chariots sur la route. Blane en distingue un, au loin, appuyé sur un essieu cassé. Deux chevaux morts, réduits à l'état de squelettes, y sont encore attelés.

— Que se passe-t-il ? demande Blane.

Il se tourne vers Daria, mais celle-ci ne semble pas l'entendre. Il tend la main vers elle, mais elle le repousse ; c'est à peine s'il effleure le tissu grossier de ses vêtements.

Elle s'éloigne et Blane lutte pour se maintenir à sa hauteur. Bien qu'elle ne se soit pas mise à courir, elle avance bien plus vite que lui.

D'autres occupants de la rue l'observent fixement. Blane reconnaît leurs yeux et leur apparence, car ce sont aussi les siens : leurs yeux d'un bleu intense qui les désignent comme baju, leur bras marqué au fer rouge, et leur expression apeurée et soucieuse, implorant l'autre de les laisser en paix.

Et soudain, ils changent tous.

Leurs visages timides se fendent de sourires cruels. Leurs yeux s'enflamment et figent le cœur de Blane entre deux battements. Ils repoussent leurs capuchons et ouvrent en grand leurs habits, révélant des corps nus et roses qui respirent la santé ; ils sont bien loin des esclaves souffreteux qu'ils ont toujours été. Ce geste n'a rien de sexuel. C'est l'expression de la liberté.

Sa sœur ne s'enfuit plus. Au contraire, elle s'est retournée, dévêtue elle aussi. La haine brûle en elle, éblouissante.

Blane se regarde et s'aperçoit qu'il n'est plus baju.

Blane est un prêtre, et en relayant la parole des Quatre, il a trahi tous les Baju ayant jamais souffert durant tous leurs siècles de persécution.

Ils le méprisent pour cela. Même sa sœur, morte depuis longtemps, se tient à présent devant lui, le cœur brûlant d'une aversion incandescente.

Elle le hait.

Blane s'éveilla dans la fraîcheur bienvenue de l'aurore, troublé par ses rêves. Il savait qu'ils n'étaient au fond qu'une manifestation de sa culpabilité inconsciente. Par le passé, il avait souvent été sujet à des cauchemars très marquants comme celui-ci, et en demeurant sur la voie qu'il avait choisie, il savait qu'ils reviendraient. Il était aussi persuadé qu'avec le temps, ils finiraient par s'amenuiser.

Il inspira profondément et se prépara à vivre une journée semblable aux cent précédentes, ainsi qu'aux cent suivantes. Les heures s'enchaîneraient et se fondraient les unes dans les autres, mais il savait qu'un jour, tous les Baju l'honoreraient pour ce qu'il avait accompli. C'était le seul pilier de sa foi unique et singulière, le seul principe pour lequel il était prêt à souffrir.

En attendant, il pouvait bien endurer la culpabilité.

Blane soupira et fit passer ses pieds par-dessus le bord du lit. Le froid du sol de pierre chassa les derniers vestiges du sommeil. Il entendit les bruits familiers qui le saluaient tous les matins depuis qu'il était arrivé à Yaris Teeg, foyer des novices espérant devenir prêtres de la Foi.

— Réveillez-vous, tas de moins-que-rien ! Levez-vous avec le soleil. Lavez-vous et assouvissez vos répugnants besoins s'il le faut, mais présentez-vous au petit déjeuner avant la deuxième aube. Sinon, je vous ferai récurer le sol de la Chapelle du Premier jusqu'à vous faire saigner les doigts et réduire vos genoux en poussière !

— Per Santoger est de bonne humeur, ce matin, commenta Gemmy à la gauche de Blane.

— Comme toujours, non ? rétorqua Blane.

Gemmy sourit et se leva pour s'habiller. Blane l'imita. Dans le dortoir, quatorze autres novices quittaient leurs étroits lits de camp, l'air ensommeillé. Ils s'habillèrent et se dirigèrent d'un pas traînant vers les salles de bains, à l'extrémité de la pièce. La nudité faisait partie de la routine. D'ailleurs, tout n'était que routine. C'était ainsi que fonctionnait Yaris Teeg. La Foi transformait les novices en prêtres par simple répétition. Chaque repas, chaque prière et chaque leçon creusait un sillon dans l'âme, de la même manière que le ruissellement constant d'une source forme peu à peu le lit d'une rivière. Ainsi, la répétition se muait en foi. La routine en venait à constituer la vie entière d'un prêtre. Elle causait des blessures qui devenaient des cicatrices, et les cicatrices étaient des certitudes.

Mais pas pour Blane. Il se promit de ne jamais s'abandonner à la routine, et de n'utiliser cette foi-là que comme un masque.

— Belle journée pour trouver les dieux, déclara Gemmy en s'aspergeant le visage d'eau froide.

Elle et Blane partageaient la même cuvette, comme ils le faisaient souvent. Les deux novices étaient arrivés à Yaris Teeg le même jour, et s'étaient très vite liés d'amitié ; du moins, dans la limite de ce que leur permettaient les instructeurs.

Elle avait raison : la journée s'annonçait belle. Les rayons du soleil éclairaient la pièce, grâce aux hautes fenêtres sans vitres dont étaient percés les quatre murs de la salle. Blane distingua, au-delà des ouvertures, des pans de ciel bleu. Quelques oiseaux y volèrent en cercle avant de disparaître derrière les murs de pierre. Les fenêtres étaient très étroites. Elles n'offraient qu'une vue restreinte.

Blane s'aspergea de plus belle pour dissimuler son soupir las. Le serpent sur son avant-bras gauche lui décocha un regard accusateur, comme pour lui reprocher de s'être engagé sur la voie de la prêtrise. Blane chassa ces doutes de ses pensées, comme il le faisait chaque jour.

Les novices s'acquittèrent de leurs obligations matinales avec une efficacité née de l'habitude. Puis, après une heure de prière dans la chapelle principale de Yaris Teeg, Per Santoger vint se placer face aux novices et leur lut des passages de l'Alliance des Quatre. Son livre relié de cuir était très ancien ; certains affirmaient qu'il était utilisé à Yaris Teeg depuis plus de six cents ans. Parfois, on en remplaçait certaines pages, en reportant de nouveau sur du papier les moulures de l'Alliance au Temple des Quatre. Les moulures en question reproduisaient des inscriptions qu'on affirmait gravées par les dieux eux-mêmes dans la roche, en des temps immémoriaux. Mais le livre dans son ensemble n'avait jamais été remplacé. Sa couverture de cuir était maculée de traces sombres, laissées par les mains moites d'innombrables professeurs.

Per Santoger déclamait les textes avec assurance, d'une voix puissante qui résonnait dans la chapelle comme celle des dieux en personne.

S'ensuivit un petit déjeuner rustique, constitué de pain et de lait de chèvre. Après cela venait une période de prière personnelle et silencieuse, que beaucoup choisissaient d'effectuer en privé. Les instructeurs l'autorisaient, car l'isolement était selon eux bénéfique à l'âme, et permettait à chaque novice de trouver le chemin qui le conduirait aux dieux.

Pour Blane, ce chemin se trouvait dans un endroit secret. Il se sépara discrètement de son petit groupe et se dirigea vers l'une des bibliothèques les moins imposantes que comptait Yaris Teeg. Ayant attendu que le bibliothécaire tourne le dos, il la traversa, louvoyant entre des rangées d'étagères débordantes, et des lutrins où reposaient des ouvrages ancestraux. Au fond de la grande salle, il descendit un escalier en colimaçon, puis s'engagea dans un couloir bas et exigu, formé par des étagères tombées et adossées l'une à l'autre. Il entra alors dans une partie de la bibliothèque où peu de visiteurs s'aventuraient jamais. La plupart des livres et des parchemins étaient écrits dans des langues qu'il ne comprenait pas, et s'il se trouvait un novice pour les étudier, Blane ignorait lequel. Peut-être les membres de l'Ordre Supérieur venaient-ils ici pour explorer un passé lointain, ou les écrits de civilisations très éloignées ou anciennes.

C'était la raison de sa présence. Pendant que ses congénères se consacraient à la prière, Blane étudiait en solitaire. Il pouvait passer des heures dans cet endroit sans faire de découverte utile à première vue, mais il était néanmoins convaincu que chaque visite contribuait à étendre ses connaissances. Il existait d'autres bibliothèques, plus haut sur la colline, au Temple des Quatre ; elles étaient interdites aux novices, mais il les avait tout de même explorées, elles aussi. Il y était obligé. Blane était en quête de vérités cachées, et pensait depuis longtemps que les clés secrètes de la magie se trouvaient enfouies au cœur des écrits les plus anciens.

Si cette magie existait réellement, bien sûr.

Elle lui avait toujours semblé n'apparaître que dans les contes traditionnels, comme les histoires de fantômes, celles des Phages ou du Pentange, ainsi que les légendes peuplées de monstres ayant trait aux îles de l'Anneau. D'après les informations qu'il avait pu récolter, très peu de gens croyaient encore véritablement à la magie, mais on disait de certains prêtres de l'Ordre Supérieur qu'ils pouvaient influer sur les éléments, communiquer avec les esprits des morts, et créer des illusions. Blane ne savait pas quoi en penser, mais si la magie existait bel et bien – et si l'Ordre Supérieur avait accès à de tels pouvoirs – alors il voulait s'en emparer.

Non pas pour lui-même, mais pour son peuple.

Les Baju avaient leurs propres légendes, parmi lesquelles la prophétie du chef Kij'tal. Le Kij'tal était un héros doté de pouvoirs divins, issu de leur propre peuple, qui s'élèverait pour les libérer de l'esclavage et bâtir une nouvelle nation baju. C'était absurde, bien entendu. Même la mère de Blane ne croyait pas à ces inepties, à l'inverse de nombreux Baju. Et cependant, même si le Kij'tal ne devait jamais arriver, il faudrait bien que l'un d'eux s'élève. Blane pensait que s'il parvenait à progresser au sein de la Foi, à entrer dans l'Ordre Supérieur et à accéder à sa mystérieuse magie, il pourrait l'utiliser pour délivrer les siens. Le Kij'tal était peut-être un mythe, mais si la magie existait vraiment, elle pourrait permettre à Blane d'obliger les Quandiens intolérants à voir son peuple pour ce qu'il était vraiment.

Il regarda un vieil ouvrage situé en bas d'une pile, que le poids de celle-ci avait poussé vers l'extérieur. Les pages étaient gonflées d'humidité, la couverture molle et spongieuse. La majorité de son contenu s'était effacé, mais il trouva quelques feuillets encore disposés à révéler leurs secrets. Ils comportaient des dessins dans un style qu'il n'avait jamais rencontré jusque-là, des symboles qui auraient pu correspondre à une forme d'écriture. Blane étudia ces pages jusqu'à repérer des motifs similaires, espérant trouver un rythme et un sens à ce langage. Il n'y parvint pas, mais resta tout de même un long moment face au livre, qu'il avait ouvert sur ses genoux. Parfois, une image ou un concept germait dans son esprit plusieurs heures ou plusieurs jours après sa lecture, comme si son cerveau continuait à étudier la question inconsciemment.

En admettant que la magie existe, il finirait un jour par la trouver.

Enfin, il quitta la bibliothèque et rejoignit ses compagnons. Gemmy avait passé tout ce temps seule dans leur dortoir, et elle eut un sourire heureux en le voyant. Son visage irradiait la joie d'avoir communié avec les Quatre. Elle était belle lorsqu'elle souriait, mais Blane eut pitié de sa foi aveugle et irréfléchie.

Ils descendirent d'un pas vif une série d'escaliers à ciel ouvert, en direction de leurs jardins au bord du fleuve, à la base de la colline du Temple. Cette dernière n'était qu'une des sept collines formant le cœur de la capitale ; des ponts la reliaient à ses voisines les plus proches. Cependant, la plupart des gens la considéraient malgré tout comme distincte du reste de la ville. Il était vrai qu'elle ne ressemblait pas aux six autres collines. Ces dernières, au fil des siècles, avaient été métamorphosées par l'avancée de la civilisation. La colline du Temple, elle, paraissait simple et dénudée en comparaison. On y trouvait des entrepôts et des écuries, deux brasseries, un atelier de reliure, et une poignée de petits temples dédiés à diverses disciplines. Le tout était amassé au pied du Temple des Quatre, qui trônait tout en haut de la colline, ses quatre grandes tours projetant leurs ombres sur la cité. Et de l'autre côté du monticule, comme caché du reste de la capitale, se trouvait Yaris Teeg.

En bas de la colline du Temple, le fleuve Susk affluait vers le port. Sur ses berges fertiles, les novices prenaient soin de leurs champs, de leurs vergers, et de leurs fleurs dont la beauté était réputée jusque sur de lointains rivages.

Blane, Gemmy et les autres travaillèrent plusieurs heures sous le soleil ardent. Ils observaient un silence respectueux, afin que le labeur en lui-même devienne une forme de relaxation et de prière. La Saison des Semailles touchait à sa fin, mais il restait des graines à mettre en terre, des mauvaises herbes à arracher, de nouveaux carrés à labourer, de l'eau à puiser dans le fleuve, ainsi qu'une bonne dizaine d'autres tâches, le tout pour s'assurer que les jardins produiraient assez de fruits et de légumes pour nourrir les prêtres durant l'hiver. La Saison de la Pousse commencerait officiellement trois jours plus tard, et leur travail consisterait alors à prendre soin de leurs nouvelles plantations.

Blane aimait bien le bord du fleuve : c'était un lieu propre à apaiser son cœur tourmenté. Le bruit de l'eau vive couvrait la rumeur de la ville, des oiseaux au plumage irisé descendaient en piqué vers les poissons, et des libellules bourdonnaient sur la rive attrapant les insectes en plein vol. Là, lorsqu'il travaillait dans les jardins de la Foi, Blane avait presque l'esprit tranquille.

En réalité, il se sentait bien plus détendu depuis son arrivée à Yaris Teeg que jamais auparavant. En effet, aucun des instructeurs ne faisait montre de mépris envers ses origines baju. Au début, Blane en avait été surpris, presque troublé, et il lui avait fallu du temps pour s'habituer à être traité comme tous les autres novices.

Peu à peu, Blane s'accoutumait à être une personne, et non une chose.

Cependant, il ne s'autorisait pas à oublier.

Parce que même le jour de son arrivée, il avait été la cible de ce regard de haine et de dégoût qu'il connaissait si bien. Il provenait de Gemmy. Ses yeux en étaient remplis, tandis que sa bouche déversait un fiel coutumier. Les insultes n'avaient plus de sens pour lui depuis bien longtemps, mais le ton de la voix demeurait venimeux.

Blane avait cillé, puis tourné les yeux de côté, en direction du sol. C'était une technique qu'il utilisait souvent, pour éloigner son regard de Baju de quiconque se trouvait face à lui.

Il avait entendu un soupir. Lorsqu'il avait relevé les yeux, Gemmy pleurait.

— Il va me falloir beaucoup de temps, avait-elle dit.
— Pour quoi faire ?
— Pour désapprendre.

Blane s'arrêta près du fleuve, chargé de seaux vides qu'il s'apprêtait à remplir. Il s'étira et leva les yeux vers la colline. Au sommet s'élevaient les tours du Temple des Quatre, plus hautes encore que la Flèche du Sang et la Flèche de l'Os, qui coiffaient la colline du Palais. Chacune des tours du temple était dédiée à l'un des Quatre, preuve que ces derniers étaient indissociables de l'histoire de Quandis depuis des millénaires.

— Ne musarde pas, Blane, le gourmanda Per Santoger.

Le vieux prêtre arpentait les jardins, travaillant de temps en temps, mais supervisant surtout les novices qui creusaient, binaient, plantaient et arrosaient. Blane le voyait souvent s'arrêter, voire s'accroupir près de l'un d'eux pour discuter des Quatre, en citant des passages de l'Alliance, qu'il emportait partout. Il se montrait parfois bourru, mais toujours dévoué à sa cause. Certains disaient qu'il était prêtre depuis l'âge de sept ans.

— Je ne faisais que m'étirer, Per Santoger.
— Le travail physique fait du bien à l'âme.
— À l'âme, oui, mais pas au dos !

Per Santoger sourit, puis s'accroupit et fit signe à Blane de l'imiter. C'était un homme corpulent, plus grand que la moyenne, et empâté par des années de bière brassée par les prêtres. Il était cependant très pieux, et connu pour son affinité avec les novices.

— Tu as l'air troublé, dit le vieux prêtre. Distant, par moments. Comme si une partie de toi était ailleurs.
— Je suis là, je vous assure, dit Blane en s'efforçant de paraître sincère. De tout mon cœur.

Le prêtre hocha lentement la tête. Il se balançait d'avant en arrière, laissant traîner son habit dans la boue. Les multiples chaînes indiquant son statut s'entrechoquaient doucement. Il ne détacha pas son regard de celui de Blane. Plongé dans les profondeurs bleues de ses yeux de Baju, le vieil homme ne faisait montre d'aucun dégoût. Blane était véritablement traité en égal, ici, et cela le perturbait encore.

— Tu n'es pas quelqu'un d'ordinaire, dit Per Santoger. Les personnes qui ont dû grimper davantage accomplissent des choses plus importantes. Aux yeux de la plupart des gens, tu viens du fond des fonds. Ils voient en toi un esclave, et non une personne. Il arrive que cela rende les choses plus difficiles pour toi.

— Ce n'est pas plus difficile, répondit Blane. J'ai simplement davantage de choses à espérer.

— Il n'est jamais aisé de trouver les Quatre, reprit le prêtre. Je vous crie dessus, je vous réprimande… Je vous dis que vos journées ne sont pas encore assez frugales, que votre piété est marquée par l'ignorance, que votre quête des Quatre est un voyage que vous venez à peine d'entamer. Mais vous devez aussi savoir que je ne désire que votre bien à tous. La route qui mène aux Quatre est très longue, et je ne suis moi-même qu'au début du chemin.

Blane ne savait pas quoi répondre à cela. Il se contenta donc d'acquiescer, les yeux rivés au sol entre ses pieds.

— Tu apprendras à ne plus détourner le regard, dit Per Santoger.

On aurait dit que le prêtre avait compris le véritable souhait de Blane.

— À présent, aide-moi à me lever. Mes genoux de vieillard sont sur le point de céder.

Blane l'aida à se redresser, puis se remit au travail. Son dos lui faisait toujours mal, mais il ne s'interrompit plus. Transpirer lui était agréable. Il savoura les rayons brûlants du soleil qui lui cuisaient le dos.

Après le déjeuner, on les autorisait à se reposer brièvement. Les prêtres, hommes et femmes, qui dirigeaient leur formation attendaient d'eux qu'ils passent ce moment en prière individuelle, mais à l'occasion, les interactions sociales étaient également admises.

Blane ne fit ni l'un ni l'autre. Assis sur les marches d'un des nombreux escaliers dans l'ombre du Temple des Quatre, il ferma les yeux et tourna légèrement son visage vers le ciel. Vu de l'extérieur, on aurait pu croire qu'il priait. Mais quoique ses pensées concernent les dieux, elles ne s'adressaient pas à eux.

Je rejette Lameria, dieu des Baju, pensa-t-il. *Je rejette les Quatre, dieux de Quandis. Je rejette le Pentange, le dieu déchu. Déchargé, libre et léger, je peux me mettre au travail.*

Les autres Baju croyaient peut-être qu'il les avait trahis, mais c'était pour eux qu'il agissait ainsi. S'il devait être haï et rejeté par eux pour accomplir sa quête de liberté, il était prêt à l'endurer.

Je souffre pour nous tous, afin qu'un jour, aucun d'entre nous n'ait plus à souffrir.

Quelque temps plus tard, Per Santoger sonna la cloche, et Blane rejoignit les autres. Fatigués après leur matinée de travail, ils gravirent l'escalier taillé dans le flanc de la colline, et traversèrent l'enceinte du temple. Ils se rassemblèrent dans une petite cour en attendant que Per Santoger les conduise dans l'une des grandes bibliothèques. Là, ils passeraient l'après-midi à lire en silence et à méditer sur l'Alliance.

Mais au lieu de cela, le prêtre prit la parole.

— J'ai été informé d'un événement regrettable, annonça Per Santoger. Linos Kallistrate a été arrêté. Il est accusé de blasphème et de trahison, ainsi que d'être un adorateur du Pentange. (Un murmure étouffé parcourut les rangs des novices.) Il sera exécuté au crépuscule, sur la place du Héros.

— Mais cela fait des années que personne n'a été exécuté ! s'exclama Gemmy.

— Neuf, pour être exact, répondit Per Santoger. Vous comprenez ce que cela implique. La tradition veut que les novices de Yaris Teeg fassent office de chorale lors des exécutions. Donc, il m'incombe à présent de vous apprendre à chanter.

Blane et Gemmy échangèrent un regard.

— Est-ce que l'apex Euphraxia sera là ? interrogea Gemmy.

Euphraxia, la Voix des Quatre, était presque une légende. Elle ne se montrait guère qu'aux membres de la noblesse et de sa propre maisonnée. Certains affirmaient qu'elle était âgée de deux cents ans, d'autres qu'elle était un fantôme.

— Il ne m'appartient pas de connaître les faits et gestes ou les intentions de l'apex, pas plus que de faire des conjectures à leur sujet, rétorqua sèchement le vieux prêtre.

— Qu'allons-nous chanter ? demanda Blane.

Mais Per Santoger s'était déjà retourné pour entrer dans le temple.

— Le chant s'appelle « Profonde Mélancolie », lui apprit Gemmy.

Elle lui prit la main, ce qui l'étonna ; mais il fut encore plus stupéfait de la voir aussi excitée.

— Dépêche-toi, Blane. Nous allons participer à un événement historique !

Chapitre 2

Demos Kallistrate était immobile dans sa cellule, les épaules voûtées, le regard fixé sur l'épaisse porte de bois qui le séparait de la liberté. Sa respiration était hachée, rageuse. Il serrait les poings, et ses doigts ensanglantés étaient si enflés qu'il était tout juste capable d'ouvrir les mains. D'abord, il avait hurlé, crié à ses geôliers de le relâcher, exigé de voir les membres survivants de sa famille et d'apprendre ce qui leur était arrivé. Mais la fenêtre grillagée, percée dans le mur de pierre, n'apportait pas que la brise dans sa cellule. Elle laissait aussi entrer les railleries et les caquetages qui s'élevaient dans la rue. Des enfants crasseux, des soûlards belliqueux et une populace grincheuse s'étaient amassés pour récolter tout ce qu'ils pouvaient de commérages et de malheur. S'il avait appris quoi que ce soit au cours de ses voyages, au sein de la marine de Quandis, c'était que les horreurs attiraient toujours les charognards, et que ces créatures au cœur de pierre n'aimaient rien tant que de ronger les os.

Il garda donc le silence, tout en s'avançant pour tambouriner de plus belle à la porte. Il écrasa le bois de ses poings, frappa les renforts métalliques de ses pieds bottés, donna un coup d'épaule qui fit trembler le battant… mais il savait qu'il ne parviendrait jamais à l'enfoncer. Les gardes connaissaient leur travail, et ne se laisseraient pas distraire par le bruit. Et cependant, comment aurait-il pu rester les bras ballants ? Sa place n'était pas ici. Il était Demos Kallistrate, fils du baron Linos du clan Kallistrate, et amiral en chef de la marine. Bien que rien n'ait été annoncé officiellement, toute la capitale devait bien savoir qu'il était promis à la princesse Myrinne, la benjamine de la reine Lysandra.

Comment pouvaient-ils le traiter de cette manière ?

Il ne sentait plus ses mains, et se demanda s'il s'était fracturé les doigts. Épuisé, il recula d'un pas titubant, s'adossa au mur de pierre, ferma les yeux, et laissa la brise le balayer. Les ombres de l'après-midi s'allongeaient de plus en plus ; le soir ne tarderait pas à tomber. La matinée avait été splendide, mais la journée avait tourné au cauchemar. Un détachement de la garde avait gravi au pas de charge la colline Kallistrate, et avait fait irruption sans crier gare dans la maison de sa famille. Le père de Demos, fou de rage, leur avait ordonné de se retirer. Mais ils l'avaient frappé à coups de trique et lui avaient attaché les poignets. Lorsque Demos et son frère cadet, Cyrus, avaient tenté de défendre leur père, ils avaient été battus eux aussi. Demos avait entendu craquer un os, puis son frère avait crié et plaqué son bras contre sa poitrine. L'un des soldats avait attrapé leur mère, Carina, et l'avait traînée par les cheveux hors de la maison.

Une fois toute sa famille à l'extérieur, la garde avait mis le feu à leur foyer, à l'illustre siège du clan Kallistrate. Cyrus, alors inconscient, avait été jeté à l'arrière d'un chariot à prisonniers. Quant à son père, il avait été coiffé d'un sac noir, serré sans ménagement autour du cou. Ni lui ni Cyrus n'avaient donc pu voir la demeure de leur famille s'embraser, tandis que le chariot descendait la colline pour s'engager sur le pont menant au palais.

Demos, lui, avait tout vu. Et tout le monde avait entendu les hurlements de sa mère face à ce spectacle.

À présent, dans cette cellule exiguë, ils résonnaient inlassablement à ses oreilles.

Il respira profondément pour se calmer, les yeux fixés sur la porte verrouillée. Sa lèvre supérieure s'était rouverte, laissant échapper un filet de sang frais. Des élancements lui parcouraient le crâne et le dos en souvenir des coups qu'il avait reçus. Il avait passé cinq ans dans la marine, à s'échiner sur des navires, à combattre des sauvages insulaires et des Pentistes enragés, et à repousser les attaques de pirates déterminés à suspendre ses intestins au mât de son propre vaisseau. Demos avait connu pires blessures.

Mais c'était son orgueil qui le torturait. En plus de ne pas savoir quel sort était réservé au reste de sa famille.

Dehors, la voix douce et angélique d'une petite fille entonna une mélodie émouvante. La chanson parlait des Sept Morts, les différentes méthodes d'exécution employées autrefois par la Couronne et par la Foi. Elle avait dû l'apprendre à l'école. Le fait que la dernière exécution remonte à avant sa naissance rendait la chanson – et ce qu'elle suggérait – d'autant plus glaçante.

Demos se dirigea de nouveau vers la porte, les poings levés.

Le verrou émit un bruit métallique.

Demos s'arrêta et fit un pas en arrière, tandis que la porte s'ouvrait en grinçant. Un garde de haute stature, au visage fin et allongé comme un bec, glissa le nez par l'ouverture. Demos se prépara à attaquer, mais l'homme leva un doigt pour lui faire signe de se taire, et recula dans le couloir.

La porte s'ouvrit en grand, et une femme vêtue d'une cape lie-de-vin en toile grossière, caractéristique des guérisseurs de la Couronne, fit son entrée. Demos s'apprêtait à lui dire de partir lorsqu'elle repoussa son capuchon.

— Oh, les Quatre soient loués, tu n'as rien, souffla Demos.

La princesse Myrinne lança un bref regard au garde.
— Surveillez la porte, Konnell.

Elle poussa l'homme vers l'extérieur, referma derrière lui, et s'adossa au battant maculé de sang. Enfin, son regard revint à Demos.

— C'est pour moi que tu t'inquiétais ? demanda-t-elle.

— Ils se sont attaqués à ma famille, Myr. Ils ont incendié notre maison. S'ils sont capables de faire cela…

Elle traversa la cellule en deux enjambées, lui prit le visage entre les mains, et l'embrassa passionnément. La douleur qui se réveilla dans sa lèvre ensanglantée et l'émotion qui menaçait de déferler s'il s'y abandonnait firent gémir Demos. Mais il s'écarta de Myrinne, l'agrippa par les épaules, et la maintint en place.

— Myr…

— Ils sont tous en vie, révéla-t-elle. (Elle savait quelle serait sa première question, bien entendu.) Il faut que je parle vite, car je ne peux pas rester.

Demos la lâcha.

— Tu ne peux pas nous faire sortir ?

Ses pires craintes semblaient s'être réalisées. *Non, pas tes pires craintes : elle vient de dire qu'ils étaient tous en vie.* Mais si elles n'étaient pas les pires, elles n'en étaient pas loin. Myrinne était princesse de Quandis. Si elle-même s'avouait impuissante…

— Il doit y avoir une erreur, reprit Demos. Ta mère a donné sa bénédiction concernant nos fiançailles. Elle a mis mon père dans son lit, et ma propre mère n'a pas émis la moindre objection, ne serait-ce que pour préserver notre avenir commun à tous les deux. D'abord, j'ai cru que j'avais fait quelque chose qui avait mis la reine en colère contre moi, mais je n'ai débarqué qu'hier soir. Je voulais rendre visite à ma famille, puis te faire une surprise… Et s'ils ignoraient que je serais là, alors la reine…

Myrinne le prit par le bras pour l'arrêter.

— Chut, petit garçon, dit-elle.

Il s'agissait des mots qu'elle employait pour l'apaiser ou le faire taire depuis qu'ils avaient appris à parler. Ayant joué ensemble dès le plus jeune âge, ils se connaissaient mieux que personne.

— Ce n'est pas à toi qu'elle en veut.

Demos comprit alors.

— Père, dit-il.

— Il est accusé de trahison et de blasphème.

— De blasphème ?

Myrinne baissa les yeux, incapable de soutenir son regard.

— Pour avoir vénéré le Pentange.

Demos se prit la tête dans les mains, comme si son crâne était sur le point de tomber de ses épaules.

— Par les dieux, non…

Il aurait dû s'en douter. On ne brûlait pas les maisons des criminels ordinaires. Mais ça ? Son père ne serait pas le seul à souffrir, si des preuves venaient étayer cette accusation.

Es-tu devenu fou ? C'est impossible, enfin !

— Mon père n'est pas un Pentiste. Et ce n'est pas non plus un traître.

Myrinne se dressa de toute sa hauteur ; elle mesurait environ trois centimètres de plus que Demos. Ses cheveux noirs encadraient son visage pâle, et dans le jour déclinant, poudrée de l'or du crépuscule, elle ressemblait au spectre de la vie de rêve qu'il s'était imaginée.

— Il a été accusé par la reine en personne, mon amour. (Elle s'exprimait d'un ton crispé, presque guindé.) Que ce soit vrai ou non n'a aucune importance. Son exécution…

— Son exécution ? s'exclama Demos.

Il secoua la tête, espérant décrocher cette idée et la laisser tomber. L'idée de la mort de son père. Un homme si grand, si fort, si fier.

— Cela fait des années que personne n'a été exécuté.

— Ma mère a décidé de faire une exception, répondit Myrinne.

Demos lui tourna le dos. Il s'appuya d'une épaule contre le mur. Une douleur sourde parcourait ses doigts gonflés, dont la sensibilité avait commencé à revenir. Comment allait-il lutter contre tout ceci ? Il s'était battu dans des terres lointaines, il avait capturé des pirates en tant qu'officier de marine… Il avait été le compagnon de Myrinne, l'ami de sa sœur Phela et de son frère Aris. Il s'était entraîné à l'épée avec les mêmes maîtres d'armes que tous les enfants des Cinq Premiers Clans, aux côtés du prince et des deux princesses. Mais ce combat-là était différent.

— Tu sais que ce n'est pas un Pentiste, insista Demos. Et elle le sait, elle aussi. Elle le punit pour autre chose. Qu'a-t-il donc pu faire pour mériter cela ?

— Je n'en ai aucune idée. Mais nous trouverons quelque…

Le verrou fit à nouveau du bruit. La porte s'ouvrit dans un grincement. Le garde au visage pointu, Konnell, passa la tête par l'embrasure.

— Le soir tombe, princesse, murmura Konnell. J'entends des pas dans l'escalier.

Elle lâcha un juron. Lorsqu'elle se retourna vers Demos, il lut la souffrance dans son regard pour la première fois. Jusque-là, elle s'était montrée grave et déterminée, mais à présent, elle s'essuyait les yeux en frissonnant.

Myrinne posa une main sur la nuque de Demos et pressa son front contre le sien.

— Tu dois être conduit sur la place du Héros, où auront lieu le jugement et l'annonce de la date de l'exécution de ton père. Avec toute ta famille.

— Tout se passe en public..., dit-il d'une voix hébétée. Les nobles... Les Cinq Clans... Ils ne laisseront pas passer cela. Mon père est baron.

— Nobles ou roturiers, nous sommes tous de chair et de sang, rétorqua-t-elle d'un ton d'avertissement. Nous vivons un moment terrible, et tu vas devoir te montrer plus malin qu'orgueilleux. Je vais faire ce que je peux, mais en attendant, promets-moi que tu n'essaieras pas de te battre.

Il imagina sa mère déshabillée et fouettée, Cyrus marqué au fer rouge.

— Comment peux-tu me demander une telle chose ?

— Parce que je te connais, dit Myrinne. De toute ta vie, tu n'as jamais rencontré d'obstacle que tu ne pouvais surmonter en faisant valoir ton rang, en déclenchant une bagarre, ou en jouant de ton charme.

Il parvint à esquisser un faible sourire.

— Tu voudrais que je fasse du charme au bourreau ?

— Si cela pouvait marcher, oui ! Mais tu sais que ce n'est pas le cas, et te battre ou leur rappeler ton rang ne sera pas plus efficace. J'essaie de te sauver la vie, Demos. Ne me complique pas la tâche.

Elle s'écarta de lui, remonta le capuchon de sa cape lie-de-vin, puis contourna Konnell et disparut dans le couloir.

Lorsque le garde referma la porte et que Demos entendit le verrou retomber, il regretta soudain de ne pas l'avoir embrassée une dernière fois. Au cas où…

Sous sa fenêtre s'éleva de nouveau la voix de la petite fille, chantant les Sept Morts. Des rires et des quolibets retentirent aussi dans la rue, suivis d'un bruit de sabots et de roues sur le pavé. À cet instant, pour la première fois, une pensée lui vint à l'esprit :

Peut-être le reste de sa famille devrait-il subir pire que le fouet, pire que le fer rouge. Pire que quelques os cassés.

Peut-être la reine Lysandra voulait-elle tous les exécuter.

Demos se dirigea à la hâte vers la fenêtre, agrippa le haut rebord, et se hissa afin de regarder à l'extérieur. Il vit des torches s'allumer le long de la route, projetant des ombres étranges sur les visages de la foule et les bâtiments de Lartha, sur laquelle tombait peu à peu le soir. Les gens ne se dispersaient pas. Ils sentaient qu'un grand spectacle était sur le point d'avoir lieu.

Ils humaient l'odeur du sang.

Le verrou de sa cellule résonna de nouveau, et il se tourna avec espoir. Mais cette fois, ce n'était pas Myrinne que Konnell amenait. Deux des nouveaux arrivants appartenaient à la garde de la ville. Cependant, ils n'étaient que des ombres en marge de son champ de vision, comparés à la troisième personne que fit entrer Konnell. Le sang de Demos se glaça.

Shome des Silencieuses mesurait presque deux mètres. Son visage et le côté gauche de son crâne rasé étaient marqués des tatouages de son ordre. Elle était à la tête de l'unité d'assassins muets, exclusivement des femmes, au service de la reine Lysandra. Leur existence n'était qu'une rumeur pour la plupart des gens, mais pas pour le promis de la princesse Myrinne.

— Demos Kallistrate, dit l'un des soldats. Vous allez venir avec nous. Vos bras seront attachés, mais pas vos jambes, à moins que vous ne nous attaquiez ou que vous tentiez de vous échapper.

Il l'ignora, le regard fixé sur Shome. Dans cette lumière dorée, ses yeux paraissaient orange.

— Que fait-elle ici ? demanda-t-il lentement.

Il avait levé le menton, avec toute l'arrogance que sa haute naissance lui avait enseignée. Myrinne avait affirmé que faire valoir son rang n'aurait aucun effet, mais son titre devait bien revêtir un semblant d'importance aux yeux de ces gens…

Le garde qui avait parlé renifla et piétina nerveusement.

— Je ne vois personne, déclara-t-il. Nous ne voyons personne.

— Personne, répéta Konnell en écho.

Ses yeux se plissèrent, et son regard se chargea d'un avertissement insistant.

— Bande de lâches, murmura Demos en esquissant un léger sourire provocateur. Et croyez-moi, j'en ai connu des lâches, ajouta-t-il plus fort. J'en ai tué des dizaines. Mais même ceux-là n'étaient pas aussi pathétiques que vous.

En dépit du mépris qu'il ressentait, il avait l'intention de coopérer. Il leur permettrait de lui lier les mains en laissant ses jambes libres. Il serait taché de sang et couvert de bleus, mais il conserverait au moins un soupçon de dignité. C'est alors qu'il entendit sa mère hurler, plus loin dans le couloir. Cette fois, elle ne criait pas de désespoir ou de peur, mais de rage, et il sut qu'elle avait choisi de lutter contre les soldats qui venaient l'emmener. Les muscles de Demos se tendirent, et il serra de nouveau ses poings ensanglantés.

Lorsqu'ils arrachèrent enfin Demos à sa cellule, il avait les pieds et poings liés, et les vêtements maculés de sang frais qui n'était pas seulement le sien.

Et merde à la dignité.

Les étagères poussiéreuses des archives royales s'étaient fondues dans l'ombre à mesure que les dernières lueurs du jour s'amenuisaient. Phela était penchée sur une table en bois délicatement sculpté, couverte de parchemins jaunis et de gros ouvrages aux pages effritées. Une parole de sa mère, la veille au soir, l'avait poussée à se rendre une fois de plus aux archives. Dans le soir tombant, elle se penchait de plus en plus pour se rapprocher du papier. Elle était si absorbée par ses recherches qu'il fallut que les caractères deviennent illisibles pour qu'elle s'aperçoive de la pénombre.

Avec un claquement de langue agacé, elle repoussa sa chaise et se leva, en quête d'une lampe. Elle fouilla derrière les bibliothèques et les hautes armoires, dans les recoins et dans les placards, et autour de l'emplacement de la véritable couronne du royaume, dissimulée aux regards sous un autel de pierre. Enfin, elle trouva une lampe posée sur une petite table, près de l'immense porte des archives. Il lui suffit de la soupeser pour savoir qu'elle attendait là d'être remplie, mais un peu d'huile clapotait encore dans le réservoir. Cela suffirait pour l'instant.

Au moment où elle ouvrait la boîte d'allumettes en bois qui jouxtait la lampe, elle entendit des voix résonner de l'autre côté de la porte, et se figea. L'une des voix était plus grave et plus forte que les autres, plus irritée, plus autoritaire.

Elle plissa le nez de dédain. C'était son frère, Aris. Le prince qui pensait avec sa queue.

À pas de loup, Phela regagna sa chaise et y grimpa, passa sur la table, puis s'accrocha à la grande bibliothèque qui la surplombait. Les archives étaient pleines de ces meubles à la taille impressionnante, mais cette bibliothèque en particulier s'était révélée d'une grande utilité à la princesse, en plus d'une occasion.

Aris tambourina au battant.

— Ma sœur! Ouvre cette porte! (Il y eut un instant de silence, puis de nouveaux coups.) Je sais que tu es là. Nous avons cherché partout ailleurs, nom des dieux!

Comme une araignée, elle escalada le meuble, puis s'agrippa à la balustrade de l'étroit balcon au-dessus de sa tête. Elle se hissa par-dessus le garde-fou et resta tapie là, le souffle aussi calme et discret que ses pensées.

— Ouvrez la porte, l'entendit-elle ordonner.

On fit tourner une clé, et le vieux verrou glissa bruyamment. La porte s'ouvrit pour laisser entrer Samnee, l'archiviste. C'était une femme âgée à la peau aussi sèche et jaune que les parchemins emplissant son vaste domaine.

— Laissez-moi passer, dit Aris.

Il écarta la vieillarde pour se ruer à l'intérieur, brandissant une lanterne.

Sous cette lumière crue, son visage paraissait cireux et maladif. On reconnaissait à peine les traits séduisants du grand et brave prince Aris, adoré de tout Quandis.

Presque tout Quandis, songea Phela.

— Je vous avais bien dit qu'elle n'était pas là, fit remarquer Samnee de son petit ton narquois.

C'était le ton qu'elle avait toujours employé pour s'adresser aux enfants de la reine Lysandra, aussi loin que s'en souvienne Phela. Cette dernière en était généralement l'objet, cependant, car ni Aris ni Myrinne n'avaient jamais passé plus d'une heure aux archives sans y être forcés. Phela, elle, absorbait le savoir comme une éponge.

Aris renifla l'air comme un chien de chasse, et se dirigea à grands pas vers la table. Phela se raidit soudain. Elle n'aimait pas l'idée qu'il puisse examiner les documents et les livres qu'elle avait compulsés.

— Prince Aris...

— Elle est ici, l'interrompit Aris. Ou alors, elle vient de partir.

Samnee poussa un soupir irrité.

— Comme je vous l'ai dit, personne ne peut entrer aux archives sans ma clé, et celle-ci se trouve bien en ma possession. La princesse Phela n'est pas là.

La jeune femme ne put s'empêcher de sourire en entendant l'archiviste tenir tête à son frère. Très rares étaient les sujets du royaume qui oseraient s'adresser ainsi à un prince, même à Aris, si réputé pour sa bonté, son sens de la justice, sa manie de l'ordre et de la perfection. Mais Samnee n'avait jamais beaucoup apprécié le prince ; en partie parce qu'il n'avait à aucun moment exprimé le désir d'enrichir son esprit, et en partie parce qu'il se comportait parfois en vrai salaud lorsque ses foules d'admirateurs n'étaient nulle part en vue.

Aris leva plus haut sa lanterne, qui projeta des ombres fantomatiques sur la grande salle. Phela se recroquevilla davantage, quoiqu'elle sache qu'il ne pouvait pas la voir là où elle se trouvait.

— Très bien, fais comme tu veux, lança-t-il à voix haute. Mais si tu es là, à te cacher parmi les histoires des morts comme tu le faisais étant petite, sache que Mère et Myrinne m'ont toutes les deux demandé de te trouver, chacune pour des raisons différentes. La reine, car un grand spectacle doit avoir lieu sous peu sur la place du Héros.

Peut-être même s'agira-t-il d'une exécution, à en juger par la présence du bourreau. Myrinne, quant à elle, voudrait te voir parce que la famille que l'on doit juger ce soir est chère à son cœur. Il me semble que Mère a l'intention de faire tuer le baron Kallistrate. Et peut-être son épouse et ses deux fils, par la même occasion.

Phela fut comme paralysée. Elle scruta du regard les ténèbres qui enveloppaient l'étroit balcon, courant le long du plafond en coupole. Plus personne ne venait jamais ici, pas même la vieille Samnee, dont les genoux n'auraient pu endurer la montée. Elle avait sans doute oublié jusqu'à l'existence de cet endroit. Phela aurait dû s'y sentir en sécurité ; et pourtant, même ici, le monde venait la chercher.

Linos ? pensa-t-elle. *La famille entière du baron ? C'est impensable.*

Les grognements et les claquements de peau contre peau qu'elle avait entendus la nuit précédente lui revinrent en mémoire, mais ce n'était pas l'acte charnel qui importait. La reine avait pris de l'épissa, encouragée par son amant, et elle avait avoué un crime qui pourrait causer sa perte. Mais cela n'arriverait jamais si l'unique témoin était pendu sur la place du Héros. Manifestement, son esprit n'était pas assez embrumé pour lui faire oublier ce qu'elle avait dit.

Nom des dieux, pensa Phela. Elle se leva pour révéler sa présence.

Mais Aris avait déjà quitté la pièce, emmenant Samnee. À l'instant où Phela ouvrait la bouche pour parler, la porte se referma en claquant et la clé tourna dans le verrou, laissant la princesse seule face à l'obscurité. C'était mieux ainsi, en réalité. Après tout, qu'aurait-elle dit ? Elle avait besoin d'un peu de temps pour organiser ses pensées, pour réfléchir à la façon dont cette soirée terrible allait se dérouler.

Elle parcourut rapidement le balcon bordé de bibliothèques, et trouva la petite porte de l'escalier en spirale qui descendait dans la salle. Près de la porte, derrière une tenture, elle se glissa dans un renfoncement qui ressemblait à un espace de rangement, une bouche d'aération, ou peut-être à un défaut de conception, un détail d'architecture inachevé. N'importe qui d'autre l'aurait jugé étrange mais indigne d'attention. Phela, elle, était mieux informée. Ces passages étaient indispensables à son Chuchotement. Les labyrinthes secrets situés derrière, au-dessus et en dessous des lieux que voyait le commun des mortels constituaient des refuges, où elle était libre de penser tout son soûl.

Pour l'heure, elle ne pouvait pas se permettre de s'arrêter, cependant.

La princesse Phela se dirigea à la hâte vers ses appartements pour se changer. Des horreurs l'attendaient pour se jouer. Elle n'aurait jamais imaginé en arriver là, mais si les indiscrétions de sa mère finissaient en exécutions publiques, peut-être Phela pouvait-elle exploiter la situation à son avantage. Il n'y aurait plus de Chuchotement, ce soir-là ; en revanche, quelque chose lui disait qu'elle entendrait crier.

Les torches déversaient de la fumée dans le ciel étoilé, faisant danser des ombres sur la place du Héros. Demos cligna des yeux pour chasser le sang qui lui brouillait la vue, tandis que les gardes le traînaient hors du chariot à prisonniers. Son frère, Cyrus, avait sangloté de peur et d'incompréhension durant le bref trajet depuis la prison. Il plaquait contre lui son bras cassé et s'inquiétait pour leur mère. Carina Kallistrate avait été battue jusqu'à l'inconscience par les gardes après leur avoir griffé le visage. L'un d'eux avait été transporté en urgence chez les guérisseurs, et risquait fort de perdre un œil. *Bien fait pour ce fumier*, pensa Demos.

Ballotté par les cahots du chariot, Demos avait écarté Cyrus pour palper le pouls de sa mère, s'assurer que son crâne ne comportait aucune zone creuse ou molle, et soulever ses paupières pour examiner ses pupilles. Dans la marine de la Couronne, il avait vu bon nombre de blessures, et il était certain qu'elle survivrait.

Ce qui signifiait qu'ils seraient encore en mesure de la tuer.

Cyrus lutta pour échapper aux gardes qui le maintenaient, lorsque d'autres tirèrent Carina de l'arrière du wagon et la laissèrent tomber à terre. L'un d'eux lui déversa un seau d'eau sur la tête. Reprenant connaissance sous l'effet du choc, elle crachota, pesta, et tenta de les attaquer de nouveau.

— Mère, ça suffit! ordonna Demos.

Carina se figea et balaya la place du regard. Demos la vit comprendre où elle se trouvait. La rage disparut de son visage, laissant place à la surprise et à une émotion fugace, dont il lui sembla bien qu'il s'agissait de désarroi. Quel que soit le sort qui les attendait, elle savait qu'ils ne pourraient y échapper. Demos se sentit fier de sa mère, mais en ce qui concernait Cyrus, il n'aurait pu en dire autant.

Son frère pleurait à chaudes larmes.

Demos le comprenait, mais lui refusait de donner cette satisfaction à la reine Lysandra.

La place du Héros se trouvait à mi-hauteur de la colline du Palais. Depuis des siècles, on y donnait des fêtes en l'honneur des soldats qui rentraient en héros à Lartha. À deux reprises, Demos y avait été décoré par la reine pour son courage au cours de batailles navales. Son père avait même reçu la Lance d'argent, la plus prestigieuse décoration militaire décernée par la Couronne ; forgée dans les catacombes du palais, à partir des ruines de la Citadelle d'argent, elle avait été tachée de sang à la guerre des générations plus tôt, et bénie par l'apex.

Mais personne n'était à l'honneur, ce soir-là. L'orgueilleux père de Demos se tenait non loin de là, écharpé, sanguinolent, mais la tête haute, aussi droit que le lui permettait son corps meurtri. Il avait les yeux fixés sur un point indéterminé, droit devant lui. Peut-être craignait-il, s'il croisait les regards de sa famille, de perdre la dernière once de sang-froid qui lui restait.

La lumière des torches vacilla, les flammes sautillant et crachant comme des animaux. La fumée, portée par la brise, voila la garde personnelle de la reine Lysandra. La reine elle-même se tenait en haut d'une estrade apportée par ses domestiques. Trois marches menaient à cette tribune marquetée de plumes d'or et du symbole de la Couronne. Elle lui permettait de s'élever au-dessus de la foule de curieux qui s'étaient amassés sur la place, et dont le nombre ne cessait d'augmenter. Bientôt, ils seraient des milliers, venus par les ponts des autres collines, ou bien d'en bas, de la vallée et des berges du fleuve. La foule avait déjà assisté à des châtiments publics, mais ceux-ci ne s'étaient pas déroulés sur la place du Héros, et ne concernaient pas un clan noble. Encore moins le clan d'un baron si proche de la reine, et dont on disait que le fils aîné allait épouser une princesse. On sentait bien que la soirée serait historique.

Le prince Aris rejoignit sa mère sur l'estrade, se plaçant un pas derrière elle. Un instant plus tard, Demos vit la princesse Phela monter les marches à son tour. Deux Silencieuses étaient postées de part et d'autre de l'estrade, à terre ; elles ne pouvaient être surélevées au même titre que la famille royale. Mais même ainsi, Demos était stupéfait de les voir là, associées de façon ostensible à la reine. Ces assassins restaient la plupart du temps invisibles, et n'étaient évoqués qu'à voix basse, pour effrayer ceux qui critiquaient la Couronne de façon trop véhémente. Ce détail, lui aussi, laissait transparaître à quel point les choses avaient changé du jour au lendemain.

Myrinne, quant à elle, n'était nulle part en vue.

Le bourreau, que la plupart des gens connaissaient sous le nom de « Main-mort », s'avança dans l'espace laissé libre par la foule, face à l'estrade. Sa dernière exécution remontait à presque dix ans, et Demos se demanda soudain ce qu'il faisait, depuis tout ce temps. C'était une pensée incongrue. Demos n'avait pas très envie de le savoir.

Lorsque Main-mort brandit son poing droit, l'assemblée se tut.

— Linos Kallistrate ! lança-t-il d'une voix puissante, qui résonna à travers la place. Vous êtes accusé d'avoir trahi la Couronne, blasphémé envers la Foi, et d'être un adorateur du Pentange. Si vous souhaitez vous défendre de ces accusations, faites-le maintenant.

La foule se tourna vers la silhouette pâle et tremblante du baron Linos Kallistrate. Ses vêtements étaient déchirés. Il avait été battu, et son visage sanguinolent était si enflé que son œil gauche semblait avoir disparu. Il se tenait très raide, et ses gardes le serraient de près. Il ouvrit la bouche pour se défendre.

Mais rien n'en sortit.

Du moins, rien d'autre qu'une série de sons étranglés et inintelligibles. Demos vit sa mère défaillir, soutenue par ses gardes, tandis que son frère émettait un cri plaintif face à la détresse de leur père. Du sang ruissela de la bouche de Linos, tandis qu'y remuait un moignon de muscle noirci et déchiqueté, incapable de produire le moindre mot compréhensible.

Main-mort lui avait coupé la langue.

Demos vit le regard du bourreau luire d'un éclat amusé et cruel, et il se tourna pour observer la reine Lysandra. *Ce n'est pas seulement la reine*, se corrigea-t-il. *C'est la mère de Myrinne.* En la voyant se délecter d'un spectacle aussi barbare, il avait peine à le croire.

La reine Lysandra, sur l'estrade, affichait un air calme et satisfait. Demos vit la princesse Phela piétiner derrière elle, mal à l'aise. Elle semblait sur le point de protester, et Demos s'autorisa à ressentir un soupçon d'espoir.

— La reine elle-même vous ayant accusé, poursuivit le bourreau, il n'y aura pas de procès. Demain, à l'aube, vous serez exécuté pour vos crimes, et votre famille…

Linos hurla alors de sa voix déformée, et lutta pour se libérer.

Cependant, son cri fut bientôt couvert par le brouhaha mécontent qui s'élevait de la foule. De nombreux spectateurs étaient eux-mêmes de haute naissance, membres des Cinq Premiers Clans, et habitués à se sentir protégés. Intouchables. À présent, l'inimaginable se produisait, et tous en ressentaient l'impact.

Exécuter sans procès le baron d'un des Cinq Premiers Clans était un affront inacceptable. La colère et l'indignation déferlèrent autour de Demos, en une vague de murmures contagieux. Car si la loi permettait à la Couronne de condamner sans procès, l'assemblée n'avait jamais entendu parler – pas plus que Demos – d'un souverain ayant un jour exercé ce droit. Du moins, pas depuis la révolte des Josqueni, presque un siècle auparavant. Si Lysandra était capable d'ordonner l'assassinat du baron Kallistrate, qu'est-ce qui l'empêcherait de faire exécuter l'un d'eux pour s'être opposé à elle ?

Par les dieux ! Rien du tout.

Carina se mit à protester en hurlant, et Cyrus à maudire l'âme de Lysandra. Mais Demos ne ressentit rien de cette rage incandescente. Il y avait au contraire une distance glacée entre lui et ses propres os, comme si son fantôme s'était arraché à sa chair, et que le temps avait ralenti jusqu'à une allure d'escargot. Il s'autorisa à respirer, en observant la reine et ses enfants. Phela, belle et élancée, avait quelque chose de la renarde ; ses cheveux cuivrés, pourtant coupés court, demeuraient rebelles et ébouriffés. Aris, d'apparence plus sombre, était élégant, soigné et séduisant. C'était le type de futur monarque dont on n'imaginerait jamais qu'il puisse se rendre complice d'un meurtre ou d'une conspiration... Et cependant, c'était précisément ce qui se déroulait sous leurs yeux. Quelle qu'en soit la raison véritable, il était manifeste que la reine Lysandra ne nourrissait plus d'intérêt pour le père de Demos, et qu'elle souhaitait à présent s'en débarrasser. Peut-être l'avait-il réellement offensée, ou peut-être savait-il des choses qui pourraient la mettre en danger. Néanmoins, Demos était certain que son père n'était pas un traître, et encore moins un Pentiste. Son exécution serait un meurtre pur et simple, commis en public et au nom de la Couronne.

Aris toucha le bras de sa mère, et la reine Lysandra se tourna pour quitter l'estrade. Sa garde personnelle se plaça en demi-cercle autour du petit escalier, tandis que les deux Silencieuses surveillaient la foule, guettant le moindre danger. Main-mort aboya un ordre, et deux soldats se mirent à lutter avec Linos dans le but de le traîner hors de la place. Il rugit en postillonnant du sang, refusant de se laisser emmener, et Demos ne put s'empêcher de faire un pas en avant. Sa mère cria le nom de son mari et tenta de se libérer pour courir à lui, mais les gardes l'en empêchèrent.

— Où est-elle ? lança Demos en regardant la reine, furieux et plein de défi. Où est votre fille, la princesse Myrinne ? Elle serait venue, si elle l'avait pu, et elle aurait protesté, à moins que vous ne l'ayez enfermée à son tour. Est-ce vrai ? Avez-vous eu honte de laisser Myrinne assister à cette atrocité ?

La reine fit de son mieux pour l'ignorer, mais Demos la vit chanceler légèrement sur la première marche, comme en proie à un vertige. Phela lui prit le bras pour la soutenir.

Les paroles de Demos résonnèrent à travers la place silencieuse. De toute évidence, elles n'étaient pas restées sans effet. Les gardes qui tenaient Linos s'étaient arrêtés pour écouter. Linos lui-même s'était tu. La foule qui s'était amassée attendait une réponse de la part de la Couronne. La reine Lysandra descendit une marche de plus.

— Que cachez-vous ? cria encore Demos, comme elle demeurait muette. Qu'a appris mon père, pour que vous l'empêchiez de parler en lui coupant la langue ?

Le prince Aris, lui aussi, avait pris le bras de sa mère pour la soutenir. Il se retourna et marcha d'un pas raide jusqu'au bord de l'estrade, d'où il dominait Demos Kallistrate, ce jeune homme qui quelques heures auparavant était comme un frère pour lui.

— Ma sœur est absente, car elle ne pouvait supporter de vous regarder, vous qu'elle a tant aimé, rétorqua Aris avec un rictus de dégoût. Elle n'est pas là, car elle a honte de paraître aux yeux des bonnes gens de Quandis – qu'ils soient nobles ou roturiers – et de leur rappeler qu'elle a failli faire l'erreur de s'unir à une famille marquée par la disgrâce, une famille de traîtres et d'hérétiques…

— Mensonges ! hurla Cyrus, les joues ruisselantes de larmes. Vous mentez !

Un garde le jeta au sol, écrasant son visage contre les pavés de la place. Cyrus, cependant, ne se laissa pas soumettre ; il se tourna à demi pour attraper la dague que l'homme portait à la ceinture. Il parvint à la sortir de son fourreau, et se préparait à attaquer lorsqu'il fut frappé de plus belle. Le garde lui tordit la main pour récupérer la lame, forçant Cyrus à s'agenouiller, et lui donna un coup de pied à la tête, suivi d'un deuxième, puis d'un troisième. Chaque coup était ponctué des exclamations horrifiées de la foule. Tout en appelant Cyrus, Carina échappa au soldat qui la tenait et se précipita vers son fils cadet ; mais les gardes accoururent aussitôt et les éloignèrent. Ils redressèrent Carina et voulurent faire de même pour Cyrus. Cependant, bien que ses yeux soient ouverts, ils étaient vides d'expression. Son visage enflait de seconde en seconde, il saignait du nez, et n'aurait visiblement pas pu rester debout sans aide. Les gardes étaient forcés de le maintenir sur ses pieds comme un épouvantail au milieu d'un champ.

Demos avait la nausée. Il savait qu'il aurait dû se taire, à présent. Si la reine ne voyait pas d'objection à ce que son frère soit traité de cette manière, elle n'hésiterait certainement pas à faire tuer Demos par les gardes. Malgré cela, il fit deux pas en direction de l'estrade et posa sur Aris un regard noir.

— Mon frère a raison, dit Demos. Je ne vous crois pas, et ces gens non plus. Toute la ville sait que la reine avait mis mon père dans son lit ! Il y a autre chose en jeu, quelque chose qu'elle…

— Ça suffit ! tonna Aris.

Interprétant cela comme un ordre, l'un des soldats qui surveillaient Demos lui donna un coup de poing dans le ventre, lui coupant le souffle. Tandis que Demos, plié en deux, tentait de reprendre sa respiration, Aris sauta de l'estrade et atterrit sur la place, à moins de deux mètres de lui.

Le prince tira une dague du fourreau à sa ceinture, et les soldats redressèrent Demos. Il les laissa faire. Quoi que le sort lui réserve, sa destinée était déjà écrite. Aris lui empoigna les cheveux et lui tira la tête en arrière, pressant le couteau contre sa gorge.

— Par vos paroles, vous ne faites que prouver le déshonneur de votre famille, déclara Aris. Parler à l'encontre de la Couronne est un acte de trahison. Si vous recommencez, Main-mort vous coupera la langue comme il a coupé celle de votre père.

— On devait devenir frères, Aris, répliqua Demos. Espèce de salopard.

— Pour être frères, il faut être égaux, Demos. Et tu n'aurais jamais pu être mon égal.

À ces mots, Aris le relâcha et rangea sa dague. Il remonta d'un bond sur l'estrade, et se tourna vers la foule pour terminer d'énoncer le jugement.

—Demain, vous serez tous témoins de l'exécution du traître. Ensuite, la femme et les fils du traître seront vendus aux enchères. (Aris sourit à Demos avant de poursuivre.) Je pense que certains seraient prêts à payer cher pour posséder des esclaves aussi prestigieux. Toute votre fortune et vos biens sont confisqués. Vous avez de la chance que le nom de votre clan ne soit pas effacé de nos annales, car la colline Kallistrate est encore debout, et je suis sûr qu'il se trouvera assez de cousins pour se disputer les ruines fumantes de votre demeure familiale, ainsi que le contrôle des intérêts du clan.

À mesure que les paroles d'Aris résonnaient au-dessus de la foule, Demos entendit des exclamations horrifiées s'élever. Que l'on soit de haute naissance ou non, les exécutions étaient toujours effroyables, mais l'idée que des nobles puissent être vendus comme esclaves était presque inconcevable. Demos regarda sa famille, encore incapable de relier le sens des mots d'Aris à ce qu'il allait advenir d'eux. Son frère…

Cyrus était encore debout, mais c'était uniquement grâce aux gardes qui le tenaient fermement. Il s'écroulait à demi sur eux, ses yeux étaient clos, son visage blême ; Demos craignait qu'il se soit évanoui. D'autres soldats tenaient leur mère, et quoiqu'elle ne soit pas gravement blessée, elle s'était affaissée aussi en entendant le prince rendre justice, si tant est qu'on puisse appeler cela par ce nom. Les gardes demeuraient sur le qui-vive, et Demos savait qu'il ne pouvait pas lutter. Pas alors que sa famille était entre leurs mains. Son heure viendrait, mais pas pour l'instant.

N'ayant plus rien à perdre, son père ne fit pas montre des mêmes scrupules.

Le hurlement inarticulé du baron Kallistrate perça le ciel étoilé au-dessus de la place du Héros, pareil à celui d'une bête sauvage. Demos se retourna à temps pour voir Linos envoyer son coude dans la gorge d'une femme soldat, puis maîtriser un homme à la carrure impressionnante. En crachant une nuée de sang, Linos arracha l'épée du soldat à son fourreau.

—Père, non!

Demos voulut s'élancer, mais on le retenait par les bras. Quelqu'un lui donna un coup à l'arrière de la jambe gauche, et il tomba à genoux.

Le bourreau faisait face à Linos Kallistrate, à la lueur des torches. La reine avait atteint la dernière marche de l'estrade, mais elle s'immobilisa, surprise, tandis que Main-mort tirait sa propre épée. À première vue, on les aurait crus égaux en force; cependant, les condamnés à mort avaient rarement l'occasion de se défendre, et Main-mort affrontait l'un des plus grands guerriers de Quandis. Il n'avait pas la moindre chance. En deux coups d'épée vifs et précis, Linos lui trancha la gorge et lui ouvrit le ventre du sternum aux testicules. Les entrailles de Main-mort se déversèrent, humides et puantes, sur les pavés. Tué sur le coup, le bourreau s'écroula dans un tas formé de ses propres viscères.

Le choc avait fait taire la foule. La respiration de Linos était bruyante, saccadée, étranglée par le sang. Personne ne cria. Personne ne parla.

Enfin, Carina murmura:

—Linos, mon amour…

Ces mots parcoururent la place, portés par les ombres et la fumée.

Linos l'observa comme s'il la voyait pour la première fois. Dans le regard de sa mère, Demos lut la douleur d'avoir été trahie, mais aussi un pardon sincère. Son père, les larmes aux yeux, semblait hésiter entre écouter sa femme et tuer celle qu'il avait cru aimer. Son regard passait de Carina à la reine, et lorsque Demos posa à son tour les yeux sur l'estrade, il vit que la princesse Phela s'apprêtait à prendre la parole. Mais la reine Lysandra l'interrompit d'un geste.

— C'est fini, dit la reine. Tuez-le.

Les soldats de la garde s'avancèrent et encerclèrent Linos Kallistrate. La reine n'attendit même pas que son ordre soit exécuté. Tandis que sa garde personnelle l'escortait hors de la place, le prince et la princesse sur ses talons, les épées et les dagues s'abattirent. Le peuple de Lartha regarda ces dizaines de lames étinceler à la lueur des torches. Des hommes et des femmes vêtus de l'uniforme de Quandis, dont beaucoup s'étaient battus sous ses ordres, passèrent les uns après les autres devant le baron Kallistrate.

Ils l'assassinèrent encore et encore.

Cet affreux spectacle avait été épargné à la reine, mais Demos et sa famille, en revanche, furent forcés d'y assister. Lorsque enfin, on les traîna hors de la place, les gardes s'acharnaient encore sur la dépouille de son père. Demos ne résista pas, tournant le dos au cadavre, car l'âme de Linos l'avait déjà quitté. Ce n'est qu'alors qu'il s'aperçut que les gardes qui tenaient Cyrus l'avaient laissé s'effondrer, et qu'ils le traînaient par les pieds en direction du chariot à prisonniers. Il ne pouvait être sûr que son frère était mort, mais il le craignait. C'était ce que lui soufflait son intuition, et ce sentiment était insupportable.

Demos monta dans le chariot. Son esprit était comme détaché de son corps. Il ne pouvait formuler qu'une seule pensée : c'était à lui, désormais, qu'il incombait de venger à la fois Linos et Cyrus.

Demos ignorait comment procéder.

Mais il savait que son point de départ était la princesse Myrinne.

Chapitre 3

Parfois, il s'écoulait des jours sans qu'elle se souvienne qu'elle était baju. Elle n'aurait jamais cru cela possible lorsqu'elle était enfant, battue par ses maîtres, maltraitée, humiliée et ignorée. À cette époque, ses origines définissaient qui elle était et ce qu'elle était. Elle ne pouvait échapper au bleu éloquent de ses yeux, à la marque sur son avant-bras, ou à cette sensation de ne jamais être à sa place qui la poursuivait le jour et la hantait la nuit.

S'arracher à cette vie avait fait d'elle une autre femme. Plus forte, à plus d'un titre. Plus juste, parfois. Cependant, tout ce qu'elle avait connu avait contribué à façonner la personne qu'elle était. Ainsi, ce jour-là, alors qu'elle avait un châtiment à infliger, le souvenir de sa vie de Baju avait resurgi, vif et frais, dans son esprit.

— Amirale Hallarte, l'audience est prête.

Shawr tenait ouverte la porte de sa cabine. Son intendant était petit pour ses dix-sept ans. Une partie de l'équipage raillait ses traits à la finesse féminine, tandis que d'autres – hommes ou femmes – lui témoignaient un intérêt d'un tout autre genre. Mais les apparences étaient parfois trompeuses. L'amirale avait vu Shawr, pris au piège entre deux pirates, éventrer ses adversaires de sa lame incurvée sans leur laisser un instant pour réagir. Il avait la main preste et le cœur pur, et au fil de ses trois ans de service à bord du navire de guerre la *Nayadine* – en plus d'être son intendant, espion, garde du corps et valet –, il était devenu son ami.

C'était aussi une des nombreuses personnes auxquelles elle était obligée de mentir. Autrefois Daria, simple esclave, et devenue l'amirale Daria Hallarte de la marine royale de Quandis, elle avait bâti sa vie entière à partir d'une méticuleuse supercherie. Avec les années, Daria avait appris à faire taire son sentiment de culpabilité. Elle avait été amenée jusque-là par le destin, et non par choix. Elle s'était contentée d'agripper les mains du hasard, et de se laisser hisser de la mort vers une toute nouvelle vie.

Elle soupira et se leva. Shawr, à la porte, fit passer son poids d'un pied sur l'autre.

— Qu'allez-vous faire de lui ? demanda-t-il.

— De Sugg ? Il doit être jugé et puni, bien entendu. Il nous a vendus aux Forbans du Crâne contre une poignée de pièces d'argent.

Daria vit Shawr détourner les yeux, et lut la tristesse sur son visage. Elle savait que Shawr et Sugg étaient amis. Ce dernier était connu pour être un marin cordial et volubile, et cela rendait son crime encore plus difficile à accepter. Cela rendait aussi le devoir de Daria plus douloureux.

— Quelle sera la sanction ? demanda Shawr.

Il outrepassait ses droits. Daria était une amirale à la tête de six vaisseaux. L'intendant était certes son ami, mais tenter de remettre en doute ses décisions – y compris à demi-mot – constituait une faute grave.

Peut-être la connaissait-il trop bien.

— Sugg s'est associé à un clan de pirates, Shawr. Quelle sanction te paraît-elle appropriée ?

Elle revêtit rapidement sa cape. Elle ne s'habituerait jamais au contact d'un vêtement si doux et finement tissé.

— Il a révélé notre emplacement et nos intentions à un espion des Forbans. Si cet espion n'avait pas été capturé et interrogé, nous aurions pu nous jeter dans une embuscade qui aurait fait tuer de nombreux soldats quandiens.

Elle s'examina dans le miroir. Même après toutes ces années, il lui arrivait de ne pas reconnaître les yeux qui la contemplaient. Ils lui avaient offert sa liberté, et cependant, ils ne lui appartenaient pas.

— Il nous a vendus pour quelques piécettes, sans se soucier des vies qu'il mettait en danger. Nous ne saurons peut-être jamais ce qui l'a poussé à agir ainsi. Était-il soûl ? Victime d'un maître chanteur ? Troublé par une épissa frelatée ? Peu importe. Pour un tel crime, quel juste châtiment recommanderais-tu ?

Daria savait qu'elle pouvait être une oratrice éloquente, à la présence impressionnante. Il suffisait d'ajouter à cela l'effet de ses cicatrices et ses yeux gris argent, et rares étaient ceux qui osaient lui tenir tête. Elle vit l'impact de ses paroles sur le jeune homme.

— Je…, balbutia-t-il. Bien sûr, la sanction que vous estimerez juste sera la bonne.

— Sage réponse, dit-elle.

Elle poursuivit, d'une voix plus douce :

— Tu sais ce que nous devons faire.

Daria quitta son salon et se dirigea vers l'étroit escalier menant au pont supérieur du vaisseau, Shawr sur les talons. Il portait la ceinture d'armes de Daria, chargée de son épée, de ses lames et de ses étoiles de lancer. En pareille circonstance, elle préférait revêtir cette ceinture en public. Elle était capable de la poser sur ses hanches et de la boucler sans produire le moindre son. Cela témoignait de ses talents de guerrière, et de l'étendue de son expérience.

—Nous le ferons passer sous la quille, dit-elle au moment où le soleil tombait sur son visage. Ça fait longtemps que ça n'a pas été fait. Ou alors, nous le fouetterons. Je demanderai au quartier-maître Guye de le faire ; il est fort, et il n'a pas son pareil pour donner des coups de fouet. (Elle s'interrompit avant de monter sur le pont, et regarda Shawr par-dessus son épaule.) Ou bien je lui ferai manger toutes les pièces que lui a values sa trahison, jusqu'à ce qu'il ait l'estomac bien lesté, et puis je le jetterai à la mer.

Shawr cligna des yeux. Le sourire qui s'installa sur ses lèvres fut d'abord hésitant, puis franc.

—Vous êtes quelqu'un de bien, amirale, dit-il. Vous prendrez la bonne décision.

—Merci pour ta confiance, répondit-elle.

Et elle savait que Shawr avait raison.

Daria sentit la colère muette de certains membres de l'équipage. Son jugement avait été transmis aux autres vaisseaux de la flotte par faucon voyageur, et elle voyait d'autres équipages se rassembler sur leurs navires respectifs pour assister au spectacle. Beaucoup de ces marins auraient pu mourir si la trahison de Sugg n'avait été découverte. La plupart d'entre eux auraient été ravis de le châtier de leurs propres mains sans autre forme de procès. Mais ils se gardaient d'exprimer leur ressentiment, car le respect qu'ils portaient à leur amirale était absolu. Leur surprise face au verdict de Daria s'émousserait avec le temps.

Daria savait que les événements du jour ne feraient que s'ajouter aux nombreuses légendes associées à son commandement.

—Sous le regard des Quatre, souhaitez-vous prononcer une dernière parole ?

Sugg se tenait, nu, face à l'équipage, et frissonnait dans la brise fraîche qui arrivait du nord. Le vent sifflait dans le gréement. Les vagues heurtaient puissamment le navire, faisant voler des nuées d'embruns jusque sur le pont. Le mauvais temps s'annonçait, et la flotte s'apprêtait à virer de bord pour fuir vers le sud, espérant y échapper. Peut-être le châtiment choisi par Daria n'était-il pas si clément que cela, au bout du compte.

— Vous auriez dû me tuer, déclara Sugg.

— Et faire preuve d'aussi peu de cœur que vous ? (Daria éleva la voix.) Devant les Quatre, dont nous pouvons aujourd'hui observer la miséricorde, vous allez être châtié. (Elle hocha la tête à l'intention des six marins qui entouraient Sugg.) Allez-y.

Une petite chaloupe avait déjà été descendue contre le flanc du vaisseau. Elle cognait à présent contre la coque au rythme du mouvement des flots, comme impatiente d'accueillir son nouvel occupant. Daria avait ordonné qu'elle soit pourvue d'une outre d'eau et d'un sac de pois secs. Cela suffirait à le maintenir en vie durant sept jours, peut-être plus s'il arrivait à recueillir de l'eau de pluie lorsque les tempêtes seraient là.

Du moins, si les vagues ne le faisaient pas chavirer, que la foudre ne le grillait pas sur place, ou qu'une créature marine ne venait pas le cueillir dans sa barque à l'aide d'un tentacule ou d'un membre hérissé de pointes…

Mais il appartenait aux dieux d'en décider. Il avait failli abandonner la flotte au milieu de l'océan, presque sans espoir de survie. Il était logique que son châtiment soit l'écho de son crime.

Sugg ne lutta pas. Il marcha jusqu'au garde-fou, s'y percha en équilibre comme seul un marin chevronné en était capable, et tendit les bras. Il lança un dernier regard à

Daria et au capitaine Gree, commandant de la *Nayadine*, puis exécuta un plongeon parfait. Il disparut de leur vue, et Daria l'entendit fendre la surface des flots. On coupa l'amarre de la chaloupe, et les six marins restèrent postés devant le garde-fou afin de s'assurer que le condamné ne s'accrochait pas à la coque de la *Nayadine*, qui s'éloignait rapidement de la barque.

— Capitaine Gree, vous savez quels sont vos ordres, dit Daria.

— Oui, amirale. Je les ai transmis à la flotte. Nous partons vers le sud pour éviter la tempête, puis de nouveau vers notre destination, à l'ouest.

— Combien de temps ?

— Si la tempête ne nous prend pas au dépourvu en tournant elle aussi vers l'ouest, neuf jours.

Daria acquiesça et put voir quel respect il lui témoignait. L'espace d'une fraction de seconde, son passé de Baju la rattrapa et elle détourna les yeux, paupières baissées. Lorsqu'elle les releva, le capitaine était parti s'acquitter de ses obligations, et elle se reprocha intérieurement ce moment de faiblesse.

Elle marcha jusqu'au garde-fou et regarda la mer. Sugg et son bateau étaient déjà loin, ballottés par le sillage écumeux de la *Nayadine*. Derrière eux, de lourds nuages s'amassaient à l'horizon. Au cœur des nuées, on voyait scintiller des éclairs, s'agitant comme des animaux furieux de voir la flotte s'échapper. Sugg, dans sa petite embarcation, n'avait pas de voile – ni d'ailleurs de rames – pour lui permettre de les imiter.

— Je savais que vous prendriez la bonne décision, amirale, commenta Shawr.

Il la rejoignit au bord du navire, et se pencha pour observer la mer.

— Je suis amirale, répondit Daria. Je prends toujours la bonne décision.

— Même quand vous vous trompez ?

— Tais-toi, ou je te jette aussi par-dessus bord.

Souriant, Shawr effleura son torse en un salut informel.

— Prépare le carré des officiers en vue d'une conférence, ordonna Daria. Demain matin à l'aube, lorsque nous serons à l'abri de la tempête, je veux que les six capitaines de vaisseau nous rejoignent à bord.

— Nous ne toucherons terre que dans neuf jours, fit remarquer Shawr.

— J'en suis consciente, Shawr. Nous partons en guerre, dit Daria. Et maintenant, les Forbans du Crâne savent que nous arrivons. Il est possible qu'ils décident de venir à notre rencontre. Dans tous les cas, je veux être sûre que nous serons prêts.

— Je vais préparer la salle.

Shawr salua de nouveau, de façon plus académique, et la laissa seule devant le garde-fou.

Le regard de Daria se porta au-delà de la proue, en direction de Quandis, à un millier de kilomètres au sud. Elle avait gagné le respect des équipages, des capitaines, et même de son impertinent valet. Mais surtout, elle en était venue à se respecter elle-même.

Daria avait tué beaucoup de gens, au cours de sa vie en mer. Sa réputation de guerrière était méritée ; sa force, son courage et ses talents de tacticienne alimentaient les conversations de toute la flotte quandienne, sans parler des repaires sordides où les pirates se cachaient pour panser leurs blessures. Ces qualités avaient participé à son ascension rapide au sein de la marine, qui l'avait vue nommée amirale à moins de trente ans. Mais cette progression fulgurante était aussi due à un détail que personne ne connaissait, et qu'elle ne pourrait jamais révéler : le désir de fuir son passé. Plus vite elle avançait, moins elle risquait d'être rattrapée par son histoire.

Elle songea à la manière dont elle avait confié le sort de Sugg à l'océan, et ne put s'empêcher de repenser à la façon dont cette même situation avait tourné pour elle.

Des griffes glacées de la mer au commandement d'une armée.

Le destin et Lameria se comportaient de façon inexplicable, parfois.

Un Baju se met à rêver...
Le maître de Daria la bat de nouveau. C'est un homme ventripotent, riche mais aigri, somptueusement vêtu, mais puant la sueur et la crasse. Il est son maître depuis six mois. La haine brûle en permanence dans le ventre de Daria, d'une flamme vive et cuisante qui la consume de l'intérieur. Plus d'une fois, elle a été battue à cause d'un regard qui ne plaisait pas à son maître, ou parce qu'elle avait voulu s'enfuir, ou même simplement arrêter ses poings. Les coups lui font toujours mal, les bleus brûlent toujours autant, et son sang afflue de plus belle, mais être battue fait presque partie de la routine, à présent. Les corrections n'ont rien perdu de leur hargne – elles semblent au contraire se faire de plus en plus vicieuses –, mais elle se réfugie au fond d'elle-même chaque fois qu'il la frappe. Dans cette cachette intérieure, elle attise les flammes de sa haine et attend que son maître se lasse. Elle prie Lameria d'envoyer à cette ordure une crise cardiaque, causée par l'effort qu'il doit fournir pour lui faire du mal, mais ce juste retour n'arrive jamais.

La fureur et l'énervement de son maître n'ont jamais été si intenses qu'aujourd'hui. Elle n'arrive même pas à se souvenir de ce qu'elle a fait, ce qui lui donne à penser qu'elle n'a rien fait du tout. Les coups n'ont pas toujours de motif. Il semble même en retirer plus de plaisir lorsqu'il n'y en a aucun.

Elle commence à sentir qu'il se passe quelque chose d'inhabituel lorsqu'il l'attrape par les cheveux pour la traîner à travers sa propriété. C'est un marchand, importateur de peaux venues des îles de l'Anneau ; par conséquent, il demeure non loin de Port-Susk, sur la côte septentrionale. Il est trop prétentieux pour habiter en ville ; sa maison est perchée sur la falaise, pleine de grincements et de courants d'air, et beaucoup moins confortable qu'elle n'y paraît. Les apparences sont tout ce qui compte pour lui.

Daria agrippe les mains de son maître et les tire, pour tenter d'alléger la traction douloureuse qui s'exerce sur son cuir chevelu. Cela l'énerve encore plus, et il la secoue violemment. Elle hurle. La douleur est trop forte pour qu'elle parvienne à l'ignorer. D'autres esclaves, travaillant au séchage des peaux, la voient et détournent le regard. Ils ont pitié d'elle, mais en même temps, ils sont heureux de ne pas être à sa place. Daria les comprend. Elle ressent souvent la même chose.

Ils quittent ses terres. Daria est tirée par-dessus un muret de pierre, puis traînée sur un sol plus rocailleux. Elle comprend alors qu'il l'emmène en haut de la falaise.

Son cœur s'affole. Une peur glacée l'étreint. À chaque rugissement furieux, sorti de la bouche grasse de son maître, répond le bruit des vagues s'écrasant sur les rochers en contrebas…

Debout au bord de la falaise, il la regarde tomber. Ces dernières secondes de sa vie sont longues et intenses. Tous ses sens sont en éveil. Le goût salé des embruns, la brise tiède sur sa langue, les cris des mouettes faisant écho au rire méprisant de son maître. La sensation de son corps heurtant des vagues tumultueuses, mais tombant miraculeusement entre les récifs. La vue du monde qui se dissout lorsqu'elle se met à sombrer, poussée contre la roche coupante par les tourbillons de la marée, sa peau lacérée qui se déchire, son sang qui se répand dans l'eau comme des fils de soie, teintant l'écume de rose.

Elle flotte. À la dérive. Le soleil la brûle, l'eau salée décolore ses vêtements en lambeaux et aspire son âme. Elle prie Lameria de la laisser mourir, puis se demande si elle n'est pas déjà morte. Elle regarde autour d'elle, en quête d'un rivage, mais n'en trouve pas. Les courants puissants qui entourent Quandis l'ont attrapée et l'éloignent de la grande île, pour lui offrir la liberté dont elle a toujours rêvé…

Elle flotte. La soif fait gonfler sa langue, le soleil et le sel lui brûlent les yeux, et elle voudrait mourir. Pourtant, elle s'accroche à la vie de toutes ses forces…

En cet instant, juste avant ma mort, je suis plus vivante que jamais, pense-t-elle. Une ombre la recouvre et masque le soleil, bien qu'il n'y ait pas le moindre nuage dans le ciel.

Un Baju se met à rêver…

La mer berce Daria, la soulève et la porte ; cependant, la surface sous son dos est dure. Elle entend craquer des planches, et des voix qui parlent dans une langue qu'elle ne connaît pas. Des mains calleuses la touchent, soignent des blessures qui brûlent ardemment sous sa peau. Des ombres passent devant ses yeux. Elle ne voit rien.

Elle sent le parfum puissant de l'épissa marine en train de se consumer, et elle comprend où elle se trouve. Cette épissa est interdite sur Quandis, car elle a trait au Pentange, le dieu déchu qui a traversé l'océan pour échapper aux Quatre. Lorsque le dieu s'est éloigné de l'île principale et a dépassé l'Anneau pour s'aventurer dans l'étendue sauvage de l'océan, sa peau abîmée est tombée en miettes, semant cette épissa.

Elle entend les rires et devine une atmosphère sereine. L'odeur de l'épissa marine qu'ils fument lui procure à son tour un sentiment de paix. Elle est à bord d'un vaisseau pirate. Ces gens ont entrepris de la soigner. S'ils avaient l'intention de la tuer, ils l'auraient déjà fait.

Un Baju se met à rêver…

… de fumée, de feu, de cris et de mort ; et enfin, de l'étreinte renouvelée de la mer. Celle-ci lui brûle les yeux et ravive les flammes de ses blessures. Lorsqu'on l'arrache une fois de plus à l'océan, elle prie pour se trouver entre les mains de la mort. Elle n'aurait jamais imaginé que quiconque puisse ressentir une telle douleur, pas même une Baju. *Mon frère*, pense-t-elle, et Blane apparaît dans sa mémoire. Il lui fait « au revoir » de la main, pour la dernière fois. Elle regrette de ne pas s'être retournée pour lui rendre son signe.

—Ses yeux ! s'exclame quelqu'un. Regardez ses yeux !

Et voilà, ils ont compris qui j'étais, à présent, se dit-elle. *Ils ont porté secours à une prisonnière des pirates qui se noyait, pour s'apercevoir au bout du compte qu'il s'agissait d'une Baju.* Elle en sourirait presque. Peut-être une dernière coupure – une lame en plein cœur ou au travers de la gorge – va-t-elle mettre fin à ses souffrances.

Mais les voies du destin et de Lameria sont impénétrables.

— Je n'ai jamais vu des yeux gris briller à ce point.

— Ils ne sont pas gris, répond une autre voix. Ils ont la couleur argentée des anciens glaciers. Ce n'est pas la première fois que je vois cela. C'est une aristocrate de Tan Kushir.

Le corps de Daria est couvert de cicatrices. Tout son côté gauche a été lacéré par le corail et délavé par la mer, si bien qu'on n'y distingue plus la moindre trace de sa marque au fer rouge. Plus rien ne trahit sa nature d'esclave. Ainsi, Daria la Baju meurt, et Daria Hallarte, dernière survivante de la noble famille des Hallarte – enlevée par les pirates sur l'île de Tan Kushir, deux cent soixante-dix jours auparavant –, est née.

Il s'écoule des jours, des semaines peut-être, avant qu'elle ne commence à recouvrer la vue. Mais lorsque cela se produit enfin, le monde qui s'offre à ses yeux est un monde nouveau.

Ce minable n'est bon qu'à baiser les Baju, se dit Phela. Son frère, le prince Aris – un homme faible, lâche et mesquin –, se conduisait comme un chien attendant de recevoir le fouet. Quatre jours avaient passé depuis l'exécution du baron Kallistrate, et ils n'avaient presque pas vu leur mère depuis l'événement.

— Mais je sais bien ce qui se murmure! dit-il.

— En matière de murmures, je m'y connais mieux que toi, Aris, rétorqua Phela.

Il la regarda en ouvrant de grands yeux, sachant qui elle était et ce dont elle était capable. Elle avait fait en sorte qu'il l'apprenne. Enfants, ils avaient été proches: elle l'adorait alors, tout comme le reste de Quandis. Mais à présent, il la dégoûtait. Aris le sentait, mais il ne lui avait jamais demandé la raison de ce changement, et Phela ne le lui avait jamais expliqué. Elle aimait que son frère aîné la craigne, et elle aimait encore plus savoir que le mystère entourant cette inimitié mettait Aris mal à l'aise.

S'il savait seulement ce dont elle était réellement capable… Un jour, elle lui demanderait peut-être ce qu'il arrivait à toutes ces chiennes de Baju qu'il engrossait. Elle le soupçonnait de l'ignorer. Les Baju allaient, venaient, apparaissaient et disparaissaient sans que quiconque s'en soucie vraiment. Quelques âmes sensibles s'indignaient parfois des injustices infligées aux Baju, mais pour la plupart des gens, une esclave de plus flottant sur le fleuve en direction de la mer ne représentait qu'un bon dîner pour les poissons. Si elle pressait un bébé mort contre son cœur, le dîner serait un peu plus copieux. Et c'était tout.

Aux yeux de Phela, cela revenait à faire le ménage après le passage de son frère. Il s'adonnait à son vice ; elle le suivait et s'assurait qu'aucune source d'embarras ne subsistait. Leur mère était consciente des agissements de Phela et les approuvait, tout en prenant soin de ne pas s'en mêler. Elle était reine, après tout. Et c'était aussi l'une des personnes les plus pieuses que Phela ait jamais rencontrées. Sa crainte que les liaisons d'Aris ternissent la lignée royale – et donc, la lignée sacrée des Quatre – rendait nécessaire l'action des assassins qu'engageait Phela. Les Silencieuses se faisaient un plaisir de se faufiler dans les ténèbres pour égorger les Baju.

À présent, Phela regrettait de ne pas avoir fait subir le même sort à son frère. Au moins, cela l'aurait empêché de lui jacasser ainsi dans les oreilles.

— En tout cas, les nobles se plaignent entre eux, disait Aris. Je m'y attends de la part du clan Kallistrate – du moins, s'ils arrêtent de se disputer la baronnie assez longtemps pour se mettre en colère –, mais je crains que les autres grandes familles ne décident de s'unir pour protester contre le sort de Linos et de sa famille. Qui sait alors comment cela finira ?

Phela savait comment cela finirait. Par les dieux ! Ils étaient entourés des traces de tels événements. En déambulant dans les couloirs du palais, ils passaient devant des tableaux, des sculptures, et d'autres œuvres d'art représentant l'histoire de Quandis. Et celle-ci n'était pas toujours paisible et ensoleillée. Aris devait bien le comprendre, tout de même… Ou peut-être pas. Il n'avait jamais prêté beaucoup d'attention à ses leçons, pas plus qu'aux choses qui l'entouraient.

Phela, en revanche, était passionnée par le riche passé qui habitait ces objets, et avait toujours adoré écouter leurs histoires. En vieillissant, elle avait découvert de nouveaux endroits, où l'on avait souvent glissé d'autres artefacts à l'histoire plus sombre. Certes, elle n'avait pas encore atteint ses trente ans, mais elle savait mieux que la plupart des gens que Quandis cachait un cœur vérolé. Lorsqu'elle Chuchotait, elle passait souvent de longs moments dans des lieux secrets. Elle avait passé les doigts sur une vieille armure royale percée à coups de pique, et encore maculée de sang séché. Elle avait contemplé les portraits d'un roi dont plus personne ne se souvenait, et dont le nom avait été effacé de l'histoire du pays. Dans une pièce au fin fond du palais, elle avait observé une série de sculptures inachevées, dont les modèles avaient été tordus et déformés sous l'effet d'une magie taboue. Le fait qu'un pays comme Quandis prenne des mesures pour dissimuler son cœur ténébreux, plutôt que de détruire tout simplement les preuves, la fascinait davantage.

— Eh bien, qu'ils protestent, répondit enfin Phela. Ils peuvent s'indigner, argumenter et gesticuler tant qu'ils veulent, cela ne changera rien.

— Vraiment ? Tu sembles oublier à quel point ils nous surpassent en nombre, Phela.

— Je n'oublie rien, mais j'ai confiance en l'autorité de notre reine.

— Espérons qu'elle sera là, dit Aris. Sinon…

— Sinon, la situation peut bien attendre son retour, répliqua Phela.

— Son retour ? D'où donc reviendrait-elle ?

Au lieu de lui répondre, elle se mordit la langue. Elle en avait trop dit. Elle savait très bien que sa mère n'était pas dans ses appartements, et elle était à peu près sûre de savoir où la reine, dans l'état où elle était, s'était rendue. C'était une erreur que de le laisser deviner.

Cependant, il ne s'agissait jamais que d'Aris. Tout le monde savait qu'il n'était pas très futé, et son esprit était en général si embrumé par le vin, l'épissa et le sexe qu'il lui suffisait d'un jour pour oublier la veille.

Je dois quand même faire attention à ce que je dis, jugea Phela. *Devant Aris, ça n'a sans doute pas grande importance, mais à quoi bon prendre des risques ?*

En frappant à la porte de sa mère, et en entendant le bruit des coups se répercuter dans une chambre qu'elle savait vide, elle s'autorisa une courte bouffée d'excitation.

Les événements s'enchaînaient si vite que les ambitions qu'elle nourrissait galopaient en avant d'elle. Il fallait qu'elle les rattrape, qu'elle s'empare des rênes et qu'elle les force à ralentir. Qu'elle les maîtrise. Toute sa vie, elle n'avait rêvé que de devenir reine, et de rendre sa grandeur à Quandis, de la hisser plus haut que jamais. Quelque chose en elle avait envie de se précipiter en avant, mais elle savait qu'une approche lente et réfléchie serait préférable. De cette façon, elle était sûre de ne laisser aucune place à l'erreur.

— Mère ? appela Aris.

Il frappa de nouveau à la porte.

— Elle n'est pas là, dit Phela.

— Mais peut-être que si… Peut-être que…

— Il n'y a aucun garde posté devant la porte, fit-elle remarquer. Aucun bruit venant de la pièce. Elle n'est pas là, Aris, et tu sais pourquoi.

— Pourquoi ? releva-t-il.

Parce qu'elle est redescendue puiser de la magie, pensa Phela.

— Parce qu'elle est tourmentée et horrifiée par ce qu'elle a fait, dit-elle. Que ferais-tu si tu découvrais que ta maîtresse était une Pentiste ? Elle boit et elle s'épisse à s'en rendre malade. Elle abandonne Lartha, au moment où la cité et Quandis ont le plus besoin d'elle.

— Notre mère est reine. Pour rien au monde elle n'abandonnerait son peuple.

— Dans ce cas, où est-elle ? demanda innocemment Phela.

Aris ne trouva rien à répondre.

De toute façon, il se trompait. *« Pour rien au monde » ? Même en échange d'un peu de magie ?* songea Phela. *Hum… Je crois que pour accéder à la magie, notre mère serait prête à faire n'importe quoi.* Les événements sanglants de la place du Héros, quatre jours plus tôt, avaient déjà dévoilé cette réalité au grand jour, même si personne – hormis Phela – n'en connaissait la raison exacte.

— Nous devons faire quelque chose, dit enfin Aris.

Il s'ébroua et se dressa de toute sa taille, s'étant peut-être souvenu qu'il était destiné à régner, un jour prochain.

Beaucoup pensaient qu'il ferait un bon souverain ; cependant, personne ne le connaissait aussi bien que Phela. Elle connaissait ses secrets sordides, ses mensonges, et son absence totale d'aptitude à gouverner. Elle savait qu'en réalité, il ne désirait rien moins que de devenir roi.

Autrefois, elle serait restée passive et l'aurait regardé accéder au trône, malgré son incapacité à contrôler ses pulsions. Elle aurait attendu son heure. Mais lorsque sa mère, poussée par l'épissa, s'était confiée à Linos Kallistrate, tout avait changé. À présent, des possibilités dont elle n'aurait jamais osé rêver se présentaient à Phela.

— Nous allons agir, assura-t-elle à son frère. Je vais rester ici pour attendre Mère. Toi, tu vas proposer une audience aux dirigeants des Cinq Premiers Clans. Ils t'écouteront, Aris, car ils te respectent.

Faible, comme toujours, il goba naïvement les paroles flatteuses de sa sœur.

— Mère va-t-elle se remettre ? demanda-t-il.

— Mais bien sûr que oui, répondit Phela. (Elle embrassa son frère sur la joue.) Ne t'inquiète pas pour elle. Vas-y !

En le regardant s'éloigner le long du vaste couloir, elle fit de son mieux pour éprouver le moindre sentiment à l'égard de cet homme, la moindre pointe d'affection familiale. Elle n'y parvint pas.

C'est sa faute, pas la mienne, se dit-elle. *Ce n'est pas moi qui suis incapable d'aimer ; c'est lui qui est incapable de se faire aimer.* Elle aimait sa sœur, Myrinne. Elle aimait sa mère, la reine. Et elle aimait Quandis plus que tout au monde. Plus que la vie elle-même. Elle avait de l'amour à revendre, mais elle ne l'accordait qu'à ceux qui le méritaient, quand ils le méritaient.

Se le répéter la réconforta.

Lorsque Aris fut parti, Phela appuya son front contre la porte des appartements de sa mère, ruminant les aveux que cette dernière avait prononcés devant elle, à peine cinq jours plus tôt. Les événements suivaient rapidement leur cours. Sa mère avait allumé le feu du changement, et les machinations de Phela le propageraient. Bientôt, elle s'entretiendrait avec Shome, assassin en chef des Silencieuses, et jouerait son coup le plus décisif. Mais pour l'instant, elle attendait, sachant que le moment idéal viendrait lorsque tous les éléments en seraient réunis.

Ce n'était pas facile pour autant. Au fond d'elle-même, Phela brûlait de s'élancer à la poursuite de sa mère. De descendre à son tour dans les profondeurs interdites.

Ces profondeurs qui l'attiraient tant.

Phela, la Chuchoteuse, connaissait trois passages secrets dont l'entrée se trouvait sous le palais, au cœur de la plus grande colline de Lartha, et qui débouchaient loin sous le Temple des Quatre. Au cours de l'année passée, elle avait emprunté deux de ces passages, et les deux fois, son voyage s'était arrêté lorsqu'elle s'était soudain retrouvée en grand danger. Seule la chance lui avait permis de s'en sortir indemne. La première fois, le tunnel taillé dans la roche souterraine avait serpenté de plus en plus profondément, semblant changer de direction aléatoirement, jusqu'à ce qu'un éboulis vienne bloquer la voie. Cet amas de pierres tombées était infesté d'araignées spectrales, des arachnides aveugles gros comme le poing, et dont chacune recélait assez de venin pour tuer toute une armée. Au moindre contact avec ce poison, qu'elles projetaient sur leur victime, celle-ci était condamnée à mourir dans d'atroces souffrances, ses organes se liquéfiant pendant d'interminables heures.

Lors de sa deuxième expédition, Phela avait atteint une vaste caverne où dormait un lac souterrain. Elle avait imaginé que la salle pouvait être un vestige de la Première Cité ; plusieurs ponts de pierre la traversaient. L'un d'eux avait manifestement déjà été utilisé ; des crochets avaient été fixés à la pierre, reliés par des cordes pourries.

À mi-chemin de la traversée, le bruit de la pierre qui s'effritait avait fait s'arrêter Phela. Elle avait fait prudemment demi-tour. Quelques morceaux de pierre étaient tombés dans le lac en contrebas.

Mais quelque chose d'autre avait fendu la surface de l'eau. À la faible lueur de sa torche, elle avait vu de longs appendices humides s'élever en direction du pont. Ils avaient effleuré la pierre, caressants, et s'étaient immobilisés à l'endroit où elle avait fait halte quelques instants auparavant. Ils sentaient sa chaleur. Son odeur, aussi, et peut-être son goût. Les livres des archives mentionnaient parfois les Dieux Innombrables ; ces divinités de la préhistoire, ces horreurs en nombre incalculable, étaient vénérées par le Premier Peuple avant la chute de cette civilisation, et l'avènement des Quatre. Quelle que soit la créature qui habitait ce lac, Phela se demandait si elle était seule, ou si elle faisait partie des Dieux Innombrables. Pour une fois, la princesse n'avait aucune envie de connaître la réponse à cette question.

Lorsqu'elle était remontée vers la lumière, elle avait eu l'impression de naître une deuxième fois. Néanmoins, les frayeurs comme celle-ci faisaient partie intégrante de son Chuchotement. Toutes les découvertes qui ne la tuaient pas la rendaient encore plus puissante.

Elle savait comment commençait le troisième passage, mais elle ne l'avait pas encore exploré. Elle avait appris son existence dans des ouvrages très anciens, enfouis dans les recoins les plus sombres des archives royales. C'était là que débutaient, dans son esprit, la majorité de ses aventures de Chuchoteuse. La bibliothèque elle-même en était une : c'était un labyrinthe contenant plus de livres qu'on ne pouvait en lire dans toute une vie, et dont beaucoup pourrissaient, oubliés de tous, dans l'obscurité. C'était là que Phela dénichait ses secrets, et ces derniers jours, elle en avait trouvé plus que jamais.

Cependant, elle réprima ses pulsions. Le moment n'était pas encore venu pour elle d'entreprendre ce voyage vers les profondeurs. Il était proche, pourtant. Bientôt, elle laisserait libre cours à son désir, et ce serait le plus grand Chuchotement de sa vie.

Le moment où les lieux secrets qu'elle connaissait feraient d'elle une reine.

En attendant, elle avait des manœuvres à accomplir.

Phela entra dans ses propres appartements et traversa la salle de bains ; elle fit glisser la plaque de bois qui masquait le réseau complexe de tuyaux alimentant sa vaste baignoire ; se glissant entre les conduits, elle entreprit de descendre le long d'un étroit boyau vertical, un pied contre la paroi et le dos pressé de l'autre côté ; ainsi, une fois de plus, son Chuchotement l'escamota à tous les regards. Elle aimait ces instants-là, lorsque seuls les dieux savaient où elle se trouvait. Elle se sentait alors plus libre que jamais, et elle se promit de continuer à Chuchoter, même lorsqu'elle serait devenue plus qu'une simple princesse.

D'une certaine manière, c'était aussi ce que faisait sa mère. En descendant dans les profondeurs – sans doute aidée par des membres de l'Ordre Supérieur – elle trouvait ses propres repaires secrets.

Phela alluma une torche, et se faufila dans une crevasse au sein des fondations du palais. Sur une dizaine de mètres, le passage était extrêmement exigu ; elle dut ramper sur le ventre, poussant la torche devant elle, et se laisser glisser à bas d'une légère pente. La première fois qu'elle s'était aventurée là, elle n'avait aucune idée de ce qui se trouvait au bout du chemin. La fissure aurait pu rétrécir, se faire de plus en plus mince, se resserrer autour de son corps jusqu'à ce qu'elle se retrouve prisonnière, condamnée à mourir de faim dans les ténèbres. Ne pas le savoir à l'avance lui avait procuré une terreur délicieuse. Elle frémit à ce souvenir, les veines parcourues d'un frisson glacé.

Elle émergea de l'interstice et se releva dans sa salle des trophées. De tout ce qu'elle savait, de tout ce qu'elle avait fait, c'était là le seul endroit qui, s'il était découvert, choquerait assez pour remettre en doute sa royale moralité.

Car de chacune des putes baju d'Aris dont elle avait ordonné l'assassinat, elle avait conservé un souvenir.

Ces reliques étaient suspendues à une sorte de maillage accroché aux protubérances de la roche, sur l'une des hautes parois. Il y avait une main, sèche et racornie. Un sein tombant, parcheminé, informe. Un chapelet de phalanges. Deux lèvres pulpeuses, cousues ensemble dans une parodie de sourire. Quatre gros orteils de pied gauche. Un morceau de peau, un foie ratatiné, un scalp surmonté d'une chevelure encore brillante. Un fœtus enveloppé dans une pièce de bure, noir de pourriture. Une tête de bébé dépouillée de sa chair, et dont le crâne encore mou avait été modelé pour lui donner une forme allongée.

Il n'y avait pas un seul œil, pas un bout de peau marqué au fer rouge. Rien qui trahisse l'origine baju des victimes. Cette information était réservée à Phela.

Chacune de ces femmes, chacun de ces enfants mort-nés, représentait un affront à ses yeux. Chaque fois qu'Aris répandait sa semence dans les entrailles d'une Baju, la lignée royale, la lignée des dieux, était corrompue.

Sa haine des Baju n'était jamais plus intense que lorsqu'elle se trouvait face à ces témoignages des errements de son frère.

Elle savait qu'il lui restait sans doute d'autres trophées à recueillir, mais pas beaucoup plus. Aris ne baiserait plus ses Baju très longtemps. Bientôt, elle pourrait visiter cette caverne une dernière fois, et puis elle la laisserait devenir un lieu secret qui s'évanouirait à son tour dans l'histoire de Quandis, et serait oublié à jamais. À nouveau, les dessous ténébreux du passé seraient cachés, mais pas effacés.

Avec un regard en arrière, Phela quitta la salle des trophées et amorça un nouveau court voyage.

Shome ne semblait jamais surprise lorsque la princesse Phela apparaissait dans les quartiers des Silencieuses, sous le palais royal. Bien qu'elle n'ait ni franchi la porte, ni traversé le pont au-dessus du gouffre séparant leur domaine du reste des souterrains du palais, elles paraissaient toujours attendre sa visite. Cela troublait souvent Phela, et elle avait commencé à soupçonner Shome de connaître certains des passages de son Chuchotement. Cependant, elle n'aurait pas dû s'en étonner. Les Silencieuses étant elles-mêmes des ombres, il était évident qu'elles connaissaient les meilleurs moyens de demeurer cachées.

L'assassin en chef pressa son bras contre sa poitrine et inclina la tête pour la saluer.

— Shome, commença Phela. Je sais que j'ai beaucoup exigé de vous ces derniers jours, mais j'ai besoin de vous parler une nouvelle fois.

La grande femme la surpassait largement en taille, et à sa vue, le cœur de la princesse se mettait toujours à tambouriner frénétiquement. Ses tatouages, la couleur de ses yeux, et son allure tout entière respiraient le danger et la violence. Elle portait les stigmates de nombreuses années de combats, dont la majorité ne devait jamais être immortalisée dans l'histoire officielle ou les chansons de Quandis. Cependant, Phela savait que ceux qui affrontaient Shome enduraient de pires blessures, lorsqu'ils n'étaient pas morts. Ce n'était pas pour rien qu'elle était capitaine des Silencieuses depuis plus de vingt ans.

À ces mots, Shome hocha légèrement la tête et se tourna pour traverser la vaste salle commune, en direction du mur opposé pourvu de nombreuses portes. Plusieurs autres Silencieuses se trouvaient dans la salle ; certaines mangeaient et buvaient, quelques-unes lisaient, et deux d'entre elles s'entraînaient ensemble. Toutes détournaient les yeux lorsque Phela posait le regard sur elles. Ce qu'elles ne voyaient pas ne risquait pas de les tourmenter plus tard.

Le silence qui régnait dans leurs quartiers et leur salle commune mettait toujours Phela mal à l'aise. C'était une chose de faire l'expérience de leur vœu de silence en tête-à-tête, mais lorsqu'elles étaient réunies, le calme plat devenait presque oppressant. Les deux assassins qui s'entraînaient se mouvaient avec une grâce fluide, sautant, roulant et s'empoignant pour s'infliger des prises douloureuses, le tout sans produire le moindre son. Même les flammes des braseros fixés aux murs voûtés de la caverne s'abstenaient de crépiter. Peut-être choisissaient-elles soigneusement le bois et l'huile qu'elles brûlaient, évitant les nœuds susceptibles de se fendre sous l'effet de la chaleur, ou l'huile frelatée trop prompte à grésiller. Mais même ces précautions méticuleuses paraissaient anormales. Et si Phela appréciait elle-même le silence, c'était parce qu'il lui permettait d'entendre les murmures.

Ici, elle n'entendait que les battements de son cœur et le tonnerre de ses regards furtifs.

Phela retira ses chaussures et s'avança prudemment vers la série de portes. À la suite de Shome, elle emprunta celle située tout à gauche, comme toujours, et entra dans la chambre privée de la capitaine.

La pièce était petite, mais étonnamment confortable. Un tuyau descendait du plafond pour amener l'eau courante. Le lit, fixé le long d'un mur, était pourvu d'un épais matelas et de coussins moelleux ; quant au sol, il était tapissé de tapis et de couvertures. Deux sièges étaient disposés de part et d'autre d'une table basse, et Shome lui fit signe de s'asseoir.

Pendant que la princesse Phela s'installait, l'assassin prépara de l'eau parfumée aux fruits.

— Tout se déroule bien, annonça Phela.

Shome acquiesça et s'assit. En inclinant sa tête tatouée, elle lui fit signe de poursuivre.

— Quelle que soit la personne que vous avez choisie pour exécuter mes ordres, elle s'en est admirablement bien acquittée, et en quelques jours seulement. Des murmures aux accents révolutionnaires circulent au sein des Cinq Premiers Clans. Lorsque ma mère reviendra, je l'accueillerai en lui apprenant ces nouvelles, et ceux qui tentent de se rebeller seront éliminés. Nous supprimerons la partie faible et déloyale de notre noble société, et ceux qui nourrissent des rancœurs à l'égard de ma famille. Je sais qui ils sont. Je sais ce qu'ils se disent. Grâce à vous, ils se montreront au grand jour.

Shome acquiesça.

—Je sais que cela va sans dire, mais je me dois pourtant d'insister : personne ne doit jamais apprendre ce que je vous ai demandé. Et cette ultime faveur, que je m'apprête à formuler, doit devenir notre plus grand secret, Shome. Est-ce que…

Phela s'interrompit, sentant l'acte terrible peser comme une pierre sur son cœur. Pouvait-elle vraiment faire cette demande ? En avait-elle le droit ? Une fois qu'elle aurait parlé, elle ne pourrait plus revenir en arrière, et sa vie suivrait inexorablement le chemin qu'elle s'était tracé.

Oui. C'était son droit, et son devoir. Le fait que sa mère ait touché à la magie, puis se soit laissée enivrer par la luxure au point de l'avouer à Linos Kallistrate, n'avait fait que mettre en branle ce que Phela projetait depuis bien longtemps. Quant au murmure de la reine concernant l'âge invraisemblable de Per Ristolo… il avait fait naître en Phela une ambition dont elle-même n'aurait osé rêver auparavant.

Celle de s'emparer de la magie.

—Aimez-vous votre reine ?

L'autre femme acquiesça, avec une lenteur délibérée.

—Aimez-vous la Couronne davantage ?

Elle acquiesça de nouveau, de façon plus décidée.

—Ma mère est en passe de se suicider, déclara Phela. Elle devient folle et s'empoisonne. L'épissa et la culpabilité vis-à-vis du sort infligé à son amant la dévorent de l'intérieur.

Sans parler de la magie, pensa-t-elle. *C'est cela, surtout, qui la rend de plus en plus instable. Mais je ne peux en parler à personne, pas même aux Silencieuses.*

—Si elle meurt… ou plutôt, quand elle mourra… Aris montera sur le trône.

Shome lança un regard de côté, en une expression brève mais éloquente.

—Exactement, dit Phela. Je ne peux pas laisser une telle chose se produire. Pour le bien de la Couronne, et pour l'avenir de Quandis, Aris ne peut pas devenir roi. Il est trop faible. Ses vices seraient révélés, et la souillure baju viendrait contaminer le Sang des Quatre.

Shome resta impassible, attendant que Phela en vienne au but.

—Aris doit disparaître, affirma Phela. Mais de façon très particulière. Trouvez une Baju particulièrement belle. Menez Aris jusqu'à elle. Et pendant qu'ils baisent, tuez-les tous les deux.

Shome eut un hoquet de surprise. C'était sans doute le bruit le plus sonore que la princesse l'ait jamais entendue produire.

—C'est un ordre, insista Phela. Vous servez la reine, Shome, et vous la servez fidèlement depuis de nombreuses années. Mais vous savez reconnaître la force, et vous savez ce qui doit être fait pour le bien de Quandis. Par votre silence, vous absorbez tout, et ne laissez rien s'échapper. C'est là que réside votre puissance. Ce n'est pas seulement la force physique et l'aptitude au combat ; c'est le savoir. D'une certaine manière, vous me ressemblez.

Shome battit lentement des paupières, puis s'enfonça dans son fauteuil.

—Vous avez donc compris qu'il n'y avait pas d'autre moyen. Pas d'autre moyen de sauver notre pays et nos traditions. Vous allez faire cela pour moi, la future reine ; mais avant tout, vous le ferez pour Quandis.

Sans hésitation, Shome se leva, pressa une main contre sa poitrine, et hocha la tête.

Phela ferma les yeux et sentit la légère brise qui indiquait que Shome quittait la pièce. Pendant quelques instants, la princesse demeura là, les yeux fermés, respirant doucement par la bouche. Elle savoura ce moment de silence, de calme avant la tempête.

La tempête qu'elle avait elle-même créée.

Chapitre 4

Pour la plupart des habitants de la cité, les hautes tours du Temple des Quatre avaient quelque chose de réconfortant. On pouvait les voir depuis presque toutes les places et rues de la ville. Elles étaient un repère pour les nobles comme pour les mendiants les plus crasseux, car tous vénéraient les Quatre.

Anselom, divinité de la Terre et de l'Amour.

Bettika, divinité du Vent et de la Guerre.

Charin, divinité du Feu et des Secrets.

Dephine, divinité de l'Eau et des Animaux.

Pour les Baju, cependant, ces tours étaient un symbole d'oppression. Elles étaient les racines dont germait la haine.

En revanche, les fidèles comme les hérétiques pensaient que le travail des prêtres s'effectuait dans ces tours. Que les membres de l'Ordre s'y réunissaient pour communier avec les dieux de Quandis, pour prier pour la santé de la population et la sagesse de la Couronne. Autrefois, Blane aussi l'avait cru. Mais à présent, il connaissait la vérité. Certes, il s'y trouvait des salles de prière, d'immenses bibliothèques et des chapelles de flagellation, ainsi que les dortoirs des prêtres exerçant dans chacune des tours.

Mais comme tous les véritables secrets, ceux du temple étaient cachés dans les profondeurs.

Blane s'était mis en quête de ces secrets, avec prudence et discrétion, depuis son arrivée à Yaris Teeg. Sous l'académie, des passages conduisaient à des sous-sols répartis sur plusieurs niveaux, ainsi qu'à des tunnels et des escaliers qui s'enfonçaient dans la colline et montaient en colimaçon vers le Temple des Quatre. Blane avait exploré tous ceux où il avait pu entrer sans clé. Il avait fait l'aller-retour entre Yaris Teeg et le Temple en pleine nuit, pendant que tout le monde dormait, juste pour s'assurer qu'il en était capable.

Ce matin-là, une tentation s'était présentée à lui. Blane et les autres novices avaient été conduits en haut de la colline, au Temple des Quatre, pour être promenés d'une tour à l'autre au fil d'innombrables couloirs. Quatre prêtres différents leur avaient administré des cours sur l'histoire de la Foi et les miracles associés à leur divinité de prédilection. Les membres de l'Ordre Supérieur avaient pour devoir de vénérer les quatre dieux, mais de se consacrer parallèlement à l'adoration d'un des Quatre en particulier. C'était ce choix qui déterminait leur tour de résidence. Per Ristolo leur parla de Charin avec force envolées lyriques, ce qui surprit Blane. Ce vieux prêtre desséché ne semblait pas du genre à choisir pour domicile la Tour du Feu et des Secrets.

Mais tout intrigué qu'il soit, c'est ce qui se passa après ce discours passionné qui éveilla réellement son intérêt. Ils avançaient dans un couloir lorsque les genoux fragiles de Per Ristolo se dérobèrent sous lui. Blane s'agenouilla à ses côtés pour le soutenir, tandis que les autres novices poursuivaient leur route vers la Tour du Vent et de la Guerre.

Per Gherinne, une prêtresse aux cheveux gris argent qui faisait penser à une chouette, hésita. Blane lut dans ses yeux qu'elle envisageait de le réprimander. Il la vit cependant se radoucir, ayant décidé que sa gentillesse à l'égard de Per Ristolo était plus importante, pour l'heure, que les règles strictes de l'académie. Elle hocha la tête et suivit les novices.

Per Ristolo s'était fait mal au poignet en tombant. Blane l'aida à se relever, puis le prit par le coude pour l'escorter dans le labyrinthe des corridors, en direction du bureau du guérisseur. Le vénérable prêtre avait la peau mouchetée par l'âge, et ces taches brunes lui conféraient un aspect presque reptilien. Son crâne était surmonté de quelques cheveux aussi fins que de la soie d'araignée. Faible et tremblant, il avait tout de même assez de force pour se reprocher avec colère les défaillances de son propre corps. Une telle émotion aurait été mal vue par ses pairs et par les Quatre, mais devant un simple novice, il ne prit pas la peine de dissimuler sa frustration. Il se morigéna aussi ouvertement pour n'avoir pas emprunté le Couloir des Anciens, plus facile à parcourir. Il désigna même d'un geste vague la porte en question.

Le Couloir des Anciens. Blane n'en laissa rien transparaître dans son regard, mais l'excitation l'envahit tandis qu'il intégrait ces nouvelles possibilités. Il existait un passage plus direct permettant aux plus âgés de circuler d'une tour à l'autre ; un chemin traversant le cœur du Temple des Quatre. Un endroit secret, dont l'existence même ne devait pas être connue des novices. Une expression de regret se peignit aussitôt sur le visage de Per Ristolo, puis disparut en un éclair. Le prêtre avait laissé échapper l'information, mais il s'efforça de donner le change. Après tout, un novice désirant passer le reste de sa vie à servir les Quatre ne prendrait sûrement pas le risque de s'attirer leur courroux en s'introduisant dans un lieu interdit.

Sauf, bien sûr, si ce novice ne croyait pas en l'existence de ces dieux, et n'avait donc aucune raison de craindre leur courroux.

À présent, au cœur de la nuit – moment que les mères baju avaient toujours décrit à leurs enfants sous le nom d'Heure Hantée –, Blane progressait à pas de loup dans le Couloir des Anciens. Son cœur terrifié battait la chamade. C'était une chose d'être surpris dans un lieu incongru à l'heure de la prière solitaire ; et si on l'interrogeait, il pouvait toujours se prétendre en quête d'un lieu plus propice à la dévotion. Mais sa situation actuelle était bien différente. S'il était découvert par un prêtre insomniaque, personne ne voudrait le croire à la recherche d'un endroit pour prier. Blane aurait dû se trouver en bas de la colline, endormi sur sa paillasse à Yaris Teeg ; pas ici, dans le temple, et certainement pas dans un couloir strictement réservé aux membres les plus âgés de l'Ordre Supérieur.

Cependant, il était bel et bien là. Et cette pensée le glaçait autant qu'elle l'excitait.

Lorsqu'il atteignit la porte à l'extrémité du couloir, il retint son souffle, n'osant pas émettre le moindre son. La porte était magnifiquement sculptée, avec des incrustations en verre dépoli et en métal martelé. Elle était pourvue d'un simple loquet, facile à manipuler par des hommes et des femmes aux mains crispées par la vieillesse. Lentement, Blane relâcha sa respiration. Il pensa à sa mère, morte depuis bien longtemps, et aux histoires qu'elle racontait sur l'Heure Hantée. C'était le moment où les doutes que recélait l'âme s'incarnaient en des êtres de chair et de sang, et qu'ils parcouraient le monde. C'était alors que la brise sans lune charriait les anciens péchés, et que les fantômes d'ancêtres frappés par la disgrâce tentaient les vivants pour leur faire commettre des actes déshonorants.

Il se souvint de ce qu'elle leur disait, à lui et à sa sœur, Daria :

« Les enfants ne doivent jamais rester éveillés pendant l'Heure Hantée. »

Terrorisée, Daria avait balbutié une question. Dernièrement, elle avait eu du mal à dormir, et craignait de rester éveillée sans le vouloir. Elle avait souvent été sujette aux tourments nocturnes, et ils n'avaient fait que s'aggraver, cet hiver-là. Leur mère s'était penchée, les yeux emplis de compassion et d'amour. *« Alors garde les yeux fermés et reste aussi immobile qu'une morte, le visage comme un masque. La moindre trace d'émotion te trahira. Fais semblant de dormir, puisque tu n'y parviens pas. Fais semblant d'être morte, si tu veux vivre. Sinon, que Lameria te vienne en aide. Rien de bon n'arpente le monde durant l'Heure Hantée. »*

Blane ne croyait ni aux péchés, ni à l'âme, ni aux fantômes de ses ancêtres. Mais comme sa sœur bien-aimée, il était aussi sujet aux tourments nocturnes, et peinait souvent à trouver le sommeil. Inexplicablement, malgré son scepticisme, il sentit la culpabilité lui chatouiller l'échine et faire rougir ses joues. Ce n'était pas parce qu'il avait enfreint toutes les règles imposées aux novices en s'introduisant dans le Couloir des Anciens ; c'était parce qu'il arpentait le monde durant l'Heure Hantée.

Un sourire flotta sur ses lèvres. *Je t'aime, maman*, pensa-t-il. *Tu me manques, Daria*. Ces pensées le revigorèrent. Il agissait ainsi en souvenir d'elles, tout autant que pour les milliers de Baju encore en vie. S'armant de courage, il tendit la main.

Il toucha le loquet de l'étroite porte sculptée, l'ouvrit, et se retrouva soudain au cœur de l'océan. La salle lui parut vaste de prime abord, mais après avoir avancé de quelques pas, il comprit qu'il s'agissait en fait d'un miracle d'architecture. Les murs et les plafonds voûtés étaient constitués de verre bleu et vert aux nuances subtiles ; des fenêtres donnant sur des cieux mystiques et imaginaires. Des rayons doux semblaient luire derrière ces vitraux, et pourtant, il savait que l'Heure Hantée n'était pas finie, et qu'il faisait nuit à l'extérieur. Cela ne le dérangeait pas. Dans cette salle, Blane avait l'impression d'être au fond d'une mer peu profonde, les yeux levés vers la surface, où le soleil jouait sur les vagues. De toute sa vie, il n'avait jamais connu un lieu où régnaient une telle élégance, une telle sérénité. L'espace d'un instant, il aima l'ordre des prêtres pour avoir créé ceci, mais il se souvint ensuite qu'il n'était même pas censé pouvoir l'admirer. De plus, il se remémora les humiliations qu'avait subies sa mère à chaque instant jusqu'à sa mort, ainsi que le meurtre de sa sœur.

La haine afflua de nouveau en lui.

Calme et concentré, Blane examina la pièce. Elle était incroyablement exiguë, par comparaison avec l'illusion produite par les miroirs et les vitraux. Le sol avait été incrusté de verre poli par la mer, mais au sein de cette mosaïque, il distingua un motif : c'était une spirale, semblable à celle des coquillages, tournant vers l'intérieur. Blane suivit cette spirale d'un pas silencieux. Il se sentit ridicule, mais se força à ignorer cette sensation. Il connaissait les prêtres, à présent, et leur attachement aux rituels et au mouvement. Cette spirale n'était pas là par hasard.

Au centre de la pièce, il atteignit la dernière dalle de verre dépoli. Au moment où il y posait le pied, il entendit un léger souffle derrière lui. Ce son se mua en une exhalaison plus longue, peut-être un soupir ; mais il ne provenait pas d'une bouche humaine. La spirale avait commencé à se pencher vers le bas, sans grondement ni raclement de pierre, pour former un escalier circulaire qui s'enfonçait plus profondément en dessous du temple. Blane sut alors qu'il avait trouvé ce qu'il cherchait. C'était l'entrée secrète d'un domaine plus secret encore, où les prêtres accomplissaient leurs tâches les plus cruciales. Où, peut-être, ils s'adonnaient même à la magie, dont la rumeur disait qu'ils en avaient encore l'apanage.

Blane fit un pas en avant, puis se figea. Ne serait-il pas insensé de descendre immédiatement ? Il calcula le temps qu'il restait avant que les prêtres se lèvent et entament leurs rites matinaux. Se trouvaient-ils sous ses pieds, en ce moment même, à chercher les échos d'une magie à laquelle Blane ne croyait toujours pas au fond de lui ? Il ne pouvait en être sûr, mais il ne pouvait pas non plus se permettre de prendre le risque. Il le ferait lorsqu'il emprunterait enfin cette rampe. Mais pas ce soir. Il lui suffisait de savoir qu'il pourrait retrouver cet endroit, et pénétrer dans les salles souterraines. Pour l'instant, il devait réfléchir et se préparer. Lorsqu'il reviendrait, il aurait de nombreuses heures devant lui.

Et un couteau, juste au cas où.

Il recula le pied qu'il venait d'avancer, et aussitôt, le doux sifflement reprit. La rampe en colimaçon se mit à remonter, et quelques instants plus tard, elle avait repris la forme d'un sol incrusté de verre dépoli. Baigné par la lueur bleue de ce rêve marin, Blane franchit de nouveau la porte et se glissa dans le Couloir des Anciens. Il traversa le Temple des Quatre, puis descendit la colline grâce aux escaliers souterrains, jusqu'à retrouver Yaris Teeg et son lit. En posant la tête sur l'oreiller, il sut qu'il ne trouverait pas le sommeil.

« *Fais semblant de dormir, puisque tu n'y parviens pas* », avait dit sa mère. « *Rien de bon n'arpente le monde durant l'Heure Hantée.* »

Cette nuit-là, il sembla à Blane qu'elle se trompait.

La Flèche du Sang transperçait le ciel coloré par l'aurore de la capitale. Elle s'élevait au-dessus du cœur du palais, culminant en une pointe acérée comme une aiguille. Petite fille, Phela avait été fascinée par cette merveille d'architecture. Elle s'était demandé comment ses bâtisseurs avaient pu ériger des échafaudages si haut au-dessus de Lartha et de ses habitants, aristocratie et populace confondues. À cette époque, elle avait interrogé ses professeurs préférés pour savoir d'où la Flèche du Sang tenait son nom, et chacun d'entre eux lui avait fourni une réponse différente. La plus évidente était qu'il était dû à la teinte écarlate de la tour. Cependant, certains avaient évoqué des origines plus sombres, ayant trait aux cachots situés sous le palais et où les prisonniers étaient torturés et exécutés. La tour s'élevait si haut que ses fondations s'enfonçaient profondément dans la terre ; cette explication paraissait donc assez logique. D'autres encore, plus poétiques, comparaient la Flèche du Sang à un cœur battant au centre de l'empire.

Quelle que puisse être son histoire, Phela haïssait cet endroit. Elle trouvait sa couleur dérangeante, et parfois, il lui semblait entendre de lointains échos – des hurlements de souffrance ancestraux – résonner dans l'escalier en colimaçon qui y tournait interminablement. Elle préférait encore visiter le Temple des Quatre, avec ses effroyables gargouilles, plutôt que la Flèche du Sang. Cette dernière n'était traversée que d'un seul passage, et c'était ce qu'elle détestait le plus. Il était impossible d'y Chuchoter, de se dissimuler dans l'ombre. Même les Silencieuses ne pouvaient aller et venir dans la tour sans être vues.

Mais lorsqu'on était convoqué par la reine, on n'avait d'autre choix que d'obéir. Et la reine Lysandra adorait cette satanée Flèche du Sang, pour toutes les raisons qui la faisaient haïr par Phela.

Le soleil était à peine levé lorsqu'elle se mit à gravir l'escalier en spirale, refusant de céder à son habitude d'enfant qui consistait à compter les marches. Elle savait déjà qu'elles étaient au nombre de deux cent quatre-vingt-dix-huit, et elle avait des choses plus importantes à l'esprit. L'effort fit naître une légère moiteur sur sa peau. Son cœur battait bruyamment dans sa poitrine. Quand elle Chuchotait, elle s'infiltrait dans des espaces cachés qui lui offraient toujours au moins trois ou quatre portes de sortie potentielles. Mais ce n'était pas le cas dans cet étroit escalier, où elle était obligée de baisser la tête, et où les coins sombres de chaque palier pouvaient dissimuler des assassins à l'affût.

Ne sois pas bête. Elle n'a aucune raison de souhaiter ta mort. Pas pour l'instant. À moins que Shome n'ait trahi Phela et dévoilé ses machinations à sa mère. Dans ce cas-là, les marches qu'elle gravissait la mèneraient à son propre trépas, mais il était inutile d'espérer y changer quelque chose.

Le bruit de ses pas traînants sur les marches de pierre résonnait en un sifflement sourd, comme si des serpents se nichaient dans les recoins de la spirale, au-dessus et en dessous d'elle. Ses yeux étaient fatigués, elle avait mal au crâne, et elle se dit qu'elle était certainement trop jeune pour se sentir si vieille. Il était très inhabituel pour Phela de se lever avec le soleil, mais c'était encore plus vrai en ce qui concernait la reine Lysandra.

Phela se pencha pour passer sous la dernière courbe de l'escalier, et sursauta en voyant le garde posté sur le mince palier.

— Princesse, salua le garde en inclinant la tête.

Elle sentit ses joues s'empourprer, et la colère monter dans sa poitrine. Phela scruta le visage du garde – un long nez, une mâchoire anguleuse – et le grava dans sa mémoire. Elle n'aimait pas savoir qu'un homme l'avait vue dans une posture si vulnérable, et pourrait répéter cette histoire au palais, ou dans les tavernes de la ville. Il lui semblait que celui-ci se nommait Konnell, et avait la faveur de la princesse Myrinne. Elle se souviendrait de lui.

— La porte, dit-elle.

Le vent sifflait dans les interstices encadrant le battant, et lorsque Konnell l'ouvrit, le froid s'engouffra dans l'escalier comme un loup affamé et hurlant. Phela était furieuse de devoir passer si près de cet homme, mais l'étroitesse du palier ne lui laissait pas le choix. À sa décharge, Konnell s'écarta et tenta de se faire aussi mince que possible ; cependant, elle fut tout de même forcée de le frôler.

Sa bonne volonté indifférait Phela.

Le soleil matinal se reflétait sur les pierres écarlates de la Flèche du Sang, leur conférant un aspect plus sombre, plus sanglant. Ici, au sommet, se trouvait une plate-forme faisant le tour complet de l'édifice, un balcon donnant sur la capitale tout entière.

La vue était spectaculaire, en particulier lorsqu'on était tourné vers l'est. Couronnant la septième colline de Lartha, les quatre tours du Temple des Quatre projetaient leurs ombres sur la cité. Ces structures étaient les seules plus hautes que la Flèche du Sang, et ce détail avait toujours dérangé Phela. Sa mère et elle avaient des opinions différentes sur bien des sujets, mais sur ce point précis, elles étaient d'accord.

Un autre garde attendait sur le balcon. Le vent souffla violemment contre Phela, mais elle lutta pour avancer, ne prêtant aucune attention à l'homme en uniforme. Suivant la balustrade qui cerclait la plate-forme, elle rejoignit le petit groupe assemblé avant son arrivée. La reine était appuyée contre le garde-fou et contemplait la ville, comme elle l'avait fait des milliers de fois auparavant. *Décidément, Mère a toujours adoré cet endroit*, songea Phela. Elle dut fournir un certain effort de volonté pour retenir un sourire narquois, en pensant aux raisons de ce penchant.

La vérité, c'était que la reine se délectait de la soumission de ses sujets, et qu'elle avait l'impression de la ressentir pleinement depuis ce perchoir. Comme si le pouvoir lui était conféré par sa hauteur physique, et non par le prestige de son sang. Elle aimait leur amour, qu'il soit réel ou présenté comme tel par ses courtisans ; et cette idée dégoûtait Phela, bien qu'elle soit elle-même terriblement avide de ce même amour.

Mais ce n'était pas la seule raison qui poussait la reine à donner ses rendez-vous à cet endroit. Elle aimait aussi le balcon de la Flèche du Sang parce qu'il était malcommode d'y accéder, et qu'il était extrêmement sûr. Une seule entrée, une seule sortie. Les seules personnes qui sauraient quelles paroles avaient été prononcées, et quels ordres avaient été donnés, seraient celles qu'elle avait convoquées. Elle les tenait en son pouvoir, physiquement et moralement.

Un pouvoir dont Phela était désormais très près de s'emparer.

Ces pensées défilèrent en un éclair dans son esprit tandis que Phela étudiait les visages des personnes assemblées, tentant de déterminer la signification de leur présence.

Le commandant Kurtness, chef des gardes de la cité, se tenait aux côtés de Dafna Greiss, Voix de la Reine. Cette dernière était chargée de transmettre les édits aux fonctionnaires gouvernant le royaume. Phela avait été convoquée par un garde tambourinant à sa porte le matin même, alors que les premières lueurs de l'aube venaient tout juste de poindre à l'horizon. Un appel aussi soudain signifiait qu'une crise avait frappé la cité ou l'empire; il n'était donc pas surprenant que Dafna, la Voix, et le commandant Kurtness soient présents. Elle s'était aussi attendue à voir son frère, Aris, mais il n'était pas là.

Les visages qu'elle n'aurait pas cru retrouver, en revanche, étaient ceux de Shome et de sa propre sœur, Myrinne. Grande, les yeux rouges, Myrinne avait attaché ses cheveux en un chignon simple. Elle portait un épais manteau et un pantalon large, accoutrement qui seyait fort peu à une princesse. Physiquement et intellectuellement, Myrinne était devenue une jeune femme exceptionnelle. Cependant, sa bonté avait toujours été sa plus grande faille, et c'était ce qui l'empêchait d'accéder à la véritable grandeur. Phela savait qu'il en serait toujours ainsi, et bien qu'elle aime sa sœur – du moins, autant qu'elle se considère comme capable d'aimer un individu autre qu'elle-même –, elle était tout à fait disposée à tirer parti de la situation.

— Tu as séché tes larmes, observa Phela. Je suis contente de te voir profiter du soleil.

Myrinne lui décocha un regard noir, mais Phela ne lui en tint pas rigueur et n'en fut pas blessée. En voyant ses traits marqués par la tristesse et ses yeux luisants, Phela ressentit un pincement au cœur ; cependant, elle n'était pas responsable du chagrin de sa sœur. Pourquoi donc en endosserait-elle le poids ? L'amour compliquait les choses, c'était certain. Mais seulement jusqu'à un certain point.

— Où est Aris ? demanda la reine sans se retourner.

C'était une excellente question, mais ce n'est pas ce qui retint l'attention de Phela. Les paroles de sa mère semblaient étrangement déformées. Une rafale de vent avait balayé le balcon au même moment, faisant frissonner Phela ; elle ne pouvait donc pas être sûre que cette élocution indistincte n'était pas une illusion due au vent.

— Comme je vous l'ai dit, Majesté, répondit le commandant Kurtness, mes capitaines ont frappé à sa porte, mais il ne répond pas.

Le garde paraissait nerveux.

La reine Lysandra, penchée sur le garde-fou, se raidit à ces mots.

— Ce n'est pas à vous que je parlais, Kurtness. Ma question s'adressait à mes filles.

— Je vous ai déjà dit, Mère, que…, commença Myrinne.

— Où est-il ? cracha la reine d'une voix stridente.

Elle se retourna brusquement pour darder sur les princesses un regard furieux.

L'esprit aiguisé de Phela parut l'abandonner à cet instant, et elle ne put que contempler, choquée, les changements survenus chez sa mère. Ses joues s'étaient creusées, et des poches pendaient sous ses yeux. Son corps entier semblait soudain très faible, et le côté gauche de sa bouche était figé en un demi-rictus. Mais le pire était son œil gauche : il était devenu d'un blanc laiteux, et une goutte de liquide s'en échappait.

— Mère…, amorça Phela.

La vieillarde qui avait remplacé la reine franchit l'espace qui les séparait, semblable à une répugnante araignée, et empoigna les cheveux de Phela. Myrinne eut un hoquet de surprise et Phela s'immobilisa. Ni l'une ni l'autre ne savait comment réagir. Personne ne le savait, car personne n'avait jamais vu la reine poser la main sur l'un de ses enfants, sinon pour admirer le beau visage d'Aris.

— Où… est… mon… fils ? croassa Lysandra.

Phela plongea son regard dans l'œil de la reine.

— Je ne l'ai pas vu depuis hier.

La moitié du visage de Lysandra qui en était encore capable exprima alors la déception. Elle ressemblait plus à une enfant, ou bien à une femme en train de rêver, qu'à une reine. Elle lâcha les cheveux de Phela et se détourna, son œil indemne regardant dans le vague. L'autre, aveugle, pleurait encore.

— Ils l'ont pris. Je suis sûre qu'ils l'ont pris. Mon petit garçon…

Tout en frémissant d'horreur, Phela tenta de reconstituer les événements. L'épissa ne pouvait produire de tels effets, pas aussi rapidement. En l'espace de quelques jours, sa mère était passée de l'imprudence – voire de la dépendance – au naufrage. Son état délirant et fébrile était peut-être temporaire, mais en revanche, sa transformation physique ne pouvait être que permanente. Sa beauté lui avait été volée. Le pouvoir de la reine Lysandra était inextricablement lié à son éclat, et à la force phénoménale qui émanait d'elle. À présent, elle paraissait tout bonnement folle à lier.

Ce n'est pas seulement l'épissa, songea Phela. *C'est la magie !* Ceux qui l'entouraient semblaient aussi horrifiés qu'elle, mais c'était sans doute dû à l'attitude de la reine envers Phela, au moins autant qu'à son apparence. Il était impossible qu'ils soient tous au fait des expériences de la reine en matière de magie… Y en avait-il même un seul qui le sache ? Dafna vouait à la reine Lysandra un amour inconditionnel, et c'était sans doute la plus à même de connaître les habitudes secrètes de sa souveraine. Mais le commandant Kurtness était entré dans la garde alors qu'il était déjà vétéran de l'armée. Il était loyal à la Couronne, mais pas nécessairement à la femme qui la portait. *Et Myrinne…*, pensa Phela. *Myrinne, dont les rêves ont été brisés en mille morceaux, le fiancé emprisonné… ?*

Elle est trop préoccupée par ses propres problèmes pour comprendre ce qui ne va pas chez notre mère.

—Ce n'est pas la première fois qu'Aris nous fausse soudainement compagnie, fit remarquer Phela avec plus de calme qu'elle n'en ressentait vraiment. Sa queue l'entraîne de-ci de-là, mais il finit toujours par revenir.

Elle lança un regard à Shome. Elle ne pensait pas que la capitaine des Silencieuses avait déjà assassiné le prince Aris ; cependant, Shome lui avait peut-être déjà trouvé une pute baju à laquelle s'abandonner. Ce n'était pas la première fois qu'Aris disparaissait entre les bras – ou entre les jambes – d'une salope aux yeux bleus.

Shome croisa son regard, et Phela haussa très légèrement un sourcil, posant sa question en silence.

L'assassin hocha la tête, presque imperceptiblement. Donc, elle avait effectivement mis en branle le plan qui scellerait le destin d'Aris. Le cœur de Phela battit plus vite.

La reine, quant à elle, n'accepta pas l'explication de sa fille.

— Non. C'est eux qui l'ont pris, murmura-t-elle.

Elle posa les mains sur la pierre lisse et écarlate de la Flèche du Sang, comme pour lui parler, pour confier de nouveau ses secrets, de façon encore plus irresponsable qu'auparavant. Et peut-être était-ce bien ce qu'elle était en train de faire. Elle pressa sa joue émaciée contre l'édifice rouge vif, et le vent souffla de plus belle, faisant voler ses cheveux devant son visage et plaquant ses jupes contre son corps.

— Ces sales enfoirés de traîtres l'ont pris.

— Et qui sont ces « enfoirés de traîtres » ? cria Myrinne, incapable de contenir sa rage plus longtemps. Encore des ennemis imaginaires, comme Linos Kallistrate ?

Phela lui lança un regard dur.

— Les nobles viennent frapper aux portes du palais tous les jours depuis l'exécution du baron Kallistrate, ma sœur. Tu le sais bien. Nous aurions peut-être une chance de les apaiser si nous ne leur refusions pas l'entrée tous les après-midi. La révolte gronde. Nul ne sait jusqu'où elle pourrait nous mener.

Derrière le brouillard de sa folie et de sa paranoïa, rendue malade par la magie et l'épissa, la reine les entendait à peine.

Lysandra se tourna d'abord vers Dafna, la Voix. Mais soudain, son œil restant s'éclaira, et son ancienne finesse y étincela de nouveau. Elle fit face au commandant Kurtness.

— Les clans discutent entre eux, et ils croient que je ne les entends pas. Mais j'entends bien des choses, commandant. Bien des choses.

— Oui, Majesté, je n'en doute pas, répondit Kurtness. Mais si vous pensez que le prince Aris a pu être attaqué au sein de la capitale, il est probable que ce soit par des brigands des bas quartiers ou par un coupe-jarret baju, et non par les clans. Les familles nobles sont déjà inquiètes, à la suite de l'exécution du traître… (Il adressa à Myrinne un regard d'excuse.) Ceci étant dit, j'ai déjà envoyé la garde à sa recherche, mais…

Le vent retomba. Même les rayons du soleil semblèrent pâlir un moment. Le mur de la Flèche du Sang luisait, comme s'il était littéralement couvert de sang. La reine Lysandra se redressa de toute sa taille, et plus haut encore ; elle était plus grande que jamais. Le côté abîmé de son visage se fendit d'un affreux demi-sourire.

— Des traîtres…, siffla la reine. En faites-vous partie, commandant ?

— Non ! Non, Majesté, je vous sers fidèlement depuis…

Les épaules de la reine s'affaissèrent. Un filet de fumée noire s'échappa du coin de ses lèvres, et fut emporté par la brise. Surprise et choquée, Phela prit une brusque inspiration, et elle sentit quelque chose entrer dans sa bouche. Le goût sur sa langue évoquait un âge immémorial. Quelque chose caressa l'intérieur de ses joues, effleurant des souvenirs enfouis, venus d'un temps qu'elle n'avait pu connaître. *Quel est ce goût ?* se demanda-t-elle. C'est alors qu'une bouffée de puissance potentielle la traversa, et elle eut la sensation, l'espace d'une seconde, qu'elle pourrait soulever le monde à bout de bras.

Tandis que ce sentiment refluait, elle ferma les yeux et inspira profondément, rêvant déjà de retrouver cette saveur. Mais quelle que soit la substance qui s'était échappée de sa mère, elle avait disparu. Phela bloqua sa respiration et se demanda si quelqu'un d'autre avait vu la même chose qu'elle ; et si c'était le cas, ce que ce témoin en avait pensé. Elle regarda autour d'elle, mais personne ne se trouvait aussi près qu'elle de Lysandra, et les autres ne semblaient rien soupçonner. S'ils avaient remarqué la fumée, ils auraient certainement réagi d'une manière ou d'une autre. Personne n'avait rien vu, sauf elle.

Elle l'avait même goûtée.

La magie! pensa-t-elle. Mais son excitation se fana aussitôt. *Elle était noircie, morte.*

Pourrie.

Quelles sensations la vraie magie, vivante et entière, pouvait-elle procurer?

À la suite de cette exhalaison, la reine redevint elle-même. Mais son œil laiteux s'était légèrement teinté de rose, et la larme qui en coulait laissait une traînée sanguinolente. La magie dont avait goûté la mère de Phela ne l'avait pas seulement brisée.

Elle était manifestement en train de la tuer.

— Que la garde se rende dans chaque maison noble de la ville, ordonna Lysandra. Commencez par celles des barons, mais envoyez-les aussi chez les cousins, les nièces, les oncles… jusqu'au dernier membre des Cinq Premiers Clans. Fouillez toutes les pièces. Traînez-les dans la rue et fouettez-les sous les yeux de leurs propres esclaves, s'ils refusent de coopérer. Si vous avez besoin d'aide, faites dire à l'apex Euphraxia que les Phages ont pour ordre de prêter assistance à la garde…

— Les Phages? répéta Kurtness, visiblement stupéfait.

Phela partageait ce sentiment, quoiqu'elle soit parvenue, contrairement à lui, à conserver son sang-froid. Mais les Phages… Ils existeraient donc réellement? Pour la plupart des gens, ces soldats légendaires n'étaient qu'un mythe. Par ailleurs, même si les Phages se révélaient être davantage qu'une fiction utile, la Couronne ne devrait même pas être en mesure de les commander.

Encore ébranlée d'avoir brièvement goûté à la magie, Phela tint sa langue. Ils attendirent tous que sa mère reprenne la parole.

La reine parut sur le point de poursuivre, mais se tut et regarda l'horizon, au-delà de la ville. Peut-être était-elle en proie à la confusion, ou au contraire contemplait-elle avec une soudaine lucidité la série d'événements qu'elle avait déjà déclenchée. Enfin, elle se tourna vers Shome. La reine paraissait si épuisée qu'elle n'était même pas capable de lever les yeux pour regarder l'assassin.

— Écoutez-moi, Shome. Les Silencieuses ont pour ordre de suivre le mouvement, de se tapir dans l'ombre et d'identifier les traîtres. La mission de la garde est de retrouver mon fils. La vôtre est de faire en sorte que toute personne de haute naissance qui manigancerait contre moi soit morte ou emprisonnée avant la nuit.

Les yeux baissés, la reine ne vit pas Shome lancer un bref regard à Phela. Tout aurait pu prendre fin à cet instant précis. Shome aurait pu dégainer un poignard et trancher la gorge de Phela, répandant le sang de la félonne aux pieds de sa mère. Mais la capitaine des Silencieuses resta immobile, et Phela sut alors que Shome était véritablement son alliée… pour le moment.

Diminuée, la reine Lysandra fit un geste en direction de la porte. Elle ne se retourna pas face au garde-fou, ne contempla pas plus longtemps sa cité et son empire. La Voix, qui était demeurée étonnamment silencieuse tout du long, lui ouvrit la porte. La reine s'engouffra dans la pénombre, et entama la descente du gosier en spirale de la Flèche du Sang. Kurtness et Shome la suivirent, et quelques instants plus tard, seule Myrinne s'attarda sur le balcon aux côtés de Phela.

— Qu'est-il arrivé à Mère ? interrogea Myrinne.

Son émotion était intensément palpable.

— Trop d'épissa, répliqua Phela.

Elle observa attentivement la réaction de sa sœur, désirant savoir si elle avait eu vent des expériences magiques interdites de leur mère. Ce n'était apparemment pas le cas.

— Penses-tu que ce soit vrai ? demanda la princesse Myrinne.

— Qu'elle prend de l'épissa ?

— Oui, ça aussi. Mais je pensais plutôt aux choses qu'elle a dites. Crois-tu que la peur puisse pousser les familles nobles à se révolter ?

Phela replaça une mèche rebelle qui retombait sur les yeux de sa sœur, et sourit.

— Est-ce l'inquiétude que j'entends percer dans ta voix, Myr, ou bien l'espoir ?

Elle s'attendait à ce que Myrinne soit scandalisée par son insinuation, et qu'elle proteste précipitamment. Mais la jeune beauté, fatiguée, se fit soudain aussi immobile que les Silencieuses, en haut de cette Flèche du Sang où le vent glacé emportait leurs paroles et leurs secrets.

— Jamais je ne trahirai la reine, dit fermement Myrinne. Mais je me battrai pour délivrer Demos, ainsi que sa famille.

— Je n'en attends pas moins de toi, répondit Phela. Tu as toujours été la meilleure d'entre nous.

Le chagrin crispa le visage de Myrinne, mais cela ne dura qu'un instant. La princesse retint les larmes qui perlaient au coin de ses yeux, serra les dents, et tourna les talons. Une seconde plus tard, elle disparaissait derrière la porte, suivant sa mère et ses compagnons dans l'escalier.

Seule, Phela marcha jusqu'à la balustrade. Elle regarda la ville, les villages dans le lointain, et l'océan qu'on devinait à l'horizon. Elle sourit. Le vent faisait flotter ses cheveux et ses vêtements, mais ce n'était pas la brise qui faisait battre son cœur, pas plus que la proximité troublante du vide derrière le garde-fou. Ces événements terribles, qu'elle avait simultanément redoutés et souhaités, s'enchaînaient beaucoup plus vite qu'elle ne l'aurait imaginé.

Et puis ce goût…

Elle repensa à Myrinne, et son sourire faiblit.

Phela comprit alors qu'elle aimait bel et bien sa sœur. Elle ne pouvait qu'espérer que lorsque tout ceci serait fini, il serait encore possible de laisser la princesse Myrinne en vie.

La flétrissure le brûlait encore. Demos, allongé sur le sol glacé, s'obligea à regarder le symbole enflé et couvert de croûtes dont on avait marqué le dos de sa main droite. Ces quatre petits anneaux entrelacés représentaient à la fois les dieux, et le droit divin qui permettait aux familles nobles de Quandis de posséder des esclaves. Les Baju avaient leur propre marque sur l'avant-bras, qui les désignait comme les plus méprisables des créatures ; mais les nobles pouvaient aussi apposer une marque sur leurs esclaves, s'ils le souhaitaient. Il s'agissait alors de ce symbole, quatre anneaux, au dos de la main droite.

Comment est-ce possible ? se demanda-t-il. La douleur avait été intense et cuisante. Elle avait perduré longuement, sourde et lancinante. Mais il nourrissait aussi une souffrance plus profonde, une peine, une honte, dont il savait qu'elle perdurerait toute sa vie. Il était Demos Kallistrate, non seulement fils de baron et promis à une princesse, mais marin et guerrier respecté. *Pas seulement respecté*, pensa-t-il. *Je suis un héros, bordel.*

Une petite voix, venue d'un recoin de son esprit, ricana face à l'arrogance d'une telle pensée ; mais elle n'en était pas moins vraie. Il avait sauvé la vie de l'amirale Hallarte. Il avait tué cent pirates de ses propres mains, et aidé à réprimer la rébellion sur l'île de Yitka, dans le Grand Anneau.

Et cependant, la honte le torturait encore. Il regarda fixement la marque. *Je suis…*, commença-t-il une fois de plus en pensée ; mais il secoua la tête. Quoi qu'il ait pu être par le passé, il n'était désormais plus que la propriété de quelqu'un. Il ne s'était jamais senti à l'aise vis-à-vis des esclaves de sa famille. Il avait tenté de faire preuve de bonté à leur égard, mais en observant sa marque, il se sentit horriblement diminué, et se demanda quelle image leurs esclaves avaient eue d'eux-mêmes.

Je ne peux pas rester comme ça. Je vais m'en sortir. Il doit bien y avoir un moyen d'effacer cette marque.

Cependant, il savait que cela constituerait un crime. Même les anciens esclaves conservaient leur marque, ainsi qu'un deuxième symbole représentant la liberté, au dos de la main gauche. Mais il pouvait y avoir une exception pour les gens de haute naissance, les gens qui…

Les gens dont le père a été exécuté pour trahison et blasphème ?

Demos regarda sa flétrissure, et se dit qu'il allait devoir s'y habituer. Tout en sachant pertinemment qu'il n'y parviendrait jamais.

Il entendit des pas et se redressa à la hâte, serrant instinctivement les poings, ce qui réveilla la douleur de sa brûlure. Cinq jours s'étaient écoulés depuis l'exécution de son père, mais il voyait encore son regard vitreux dès qu'il fermait les yeux. Il entendait encore le cri de désespoir qu'avait poussé sa mère. Les yeux rivés sur la porte en bois grossier de sa cellule, il était prêt à affronter tout ce qui se présenterait à lui. Il passa la langue sur ses lèvres enflées, et sentit le goût métallique de son propre sang séché.

Jusqu'à son arrestation, il n'était jamais entré dans une pièce aussi sordide, nue et froide. Même la cellule dans laquelle il avait été emprisonné la première fois semblait luxueuse en comparaison. Celle-ci faisait moins de deux mètres carrés. Il n'avait ni vêtement, ni lit ; seulement un seau d'aisance et un petit tas de vieille paille, qui le grattait, le faisait éternuer, et le préservait à peine de la dureté du sol en pierre glacé.

Il avait lutté contre les marchands d'esclaves. Lorsque le commissaire-priseur avait abattu son marteau et annoncé que le corps et l'âme de Demos étaient vendus, celui-ci avait rugi et s'était débattu furieusement contre les hommes qui l'emportaient. Ils avaient tiré de lui une somme considérable. De par son nom et sa lignée, il était sans doute l'esclave de prestige le plus désirable qu'on ait vu passer sur cette place depuis de longues années. Il ignorait encore ce qu'il était advenu de sa mère et de son frère. Trois hommes impassibles l'avaient roué de coups de poing et de pied, dans le dos et sur le crâne. Enfin, ils l'avaient enchaîné à l'arrière d'un chariot couvert. Quand, ayant atteint leur destination, ils avaient pressé le fer chauffé à blanc sur sa peau, il s'était débattu avec une telle hargne qu'ils l'avaient tabassé jusqu'à l'inconscience. Lorsqu'il s'était réveillé, dans sa cellule, il n'avait aucune idée de la partie de la ville où il se trouvait. À moins qu'il n'ait quitté la ville… Les questions se bousculaient dans son esprit :

Où était-il ?

Quel noble l'avait-il acheté ?

Qui donc s'abaisserait à profiter du malheur d'une famille autrefois glorieuse ?

Le verrou s'ouvrit bruyamment, et il se demanda s'il allait enfin obtenir des réponses. Demos renifla, serra les poings et regarda fixement la porte. L'un de ses yeux avait tant gonflé qu'il était presque fermé, et la douleur de son passage à tabac ne l'avait pas quitté. De plus, il était affaibli par le peu de nourriture et d'eau qu'on consentait occasionnellement à lui donner. Cependant, si l'occasion se présentait, il se battrait.

S'y refuser reviendrait à trahir sa mère et son frère, qu'il souhaitait désespérément retrouver.

La porte racla le sol en s'ouvrant.

L'œil indemne de Demos s'arrondit, et l'espace d'un instant, il ne put que scruter le regard bleu glacier de la femme dans l'embrasure. Les trois brutes vêtues de gris, qui s'étaient tenues derrière la porte chaque fois qu'elle s'était ouverte précédemment, n'étaient nulle part en vue. Il n'y avait que cette femme, avec ses yeux d'hiver et ses cheveux couleur de blé poussiéreux. Demos avait rencontré des pirates et exploré des rivages lointains. Il avait battu des Pentistes pour leur arracher des renseignements, et respiré le même air que des hommes mourant de maladie. Mais aussitôt après ce choc initial, il plissa le nez, les muscles de son cou se crispèrent, et il détourna les yeux de cette femme qu'on l'avait éduqué à ne pas voir.

Une Baju.

Il ouvrit les poings. Il ne se battrait pas contre elle.

—Bonjour, esclave, dit la Baju. Je m'appelle Souris.

Demos examina un recoin de la minuscule cellule. Le mur était rongé d'une moisissure noire. L'humidité suintait du mortier entre les pierres, et les blocs eux-mêmes étaient mouchetés d'un dépôt jaune dû à des décennies de fumée d'épissa. Il était peut-être un esclave, à présent, marqué à jamais ; mais on lui avait appris à ne jamais réagir à la présence d'un Baju.

Pour sa part, Souris ne semblait pas avoir de scrupules à s'adresser à lui. Bougeant si vite qu'il n'eut même pas le temps de cligner des yeux, elle lui assena un coup rapide au visage, avant de l'agripper par les cheveux et le poignet pour le plaquer au mur.

Ses hésitations envolées, Demos tenta de la repousser et de lui donner un coup de sa main libre, mais elle se contenta de lui frapper la tête contre le mur une nouvelle fois.

Avec un ricanement, elle se saisit alors de ses testicules. Elle les serra suffisamment pour le forcer à s'immobiliser, comme si le temps s'était arrêté.

— Je n'ai pas l'intention de perdre mon temps à jouer avec toi, Demos, dit-elle. Regarde-moi.

Il évita une fois de plus son regard.

Elle le serra plus fort.

Il laissa un grognement quitter ses lèvres, mais ce n'est pas la douleur qui le poussa enfin à se retourner pour lui faire face. C'était le ton familier de sa voix, comme si elle le connaissait.

— Mon visage, esclave. Regarde-le.

Demos frémit de douleur, prit une brusque inspiration, et rencontra enfin son regard glacé.

Souris le relâcha et recula de quelques pas, en essuyant sa main sur son pantalon.

— Voilà. Ce n'était pas si difficile que ça, pas vrai ?

Déboussolé, il voulut détourner à nouveau les yeux, mais elle fit claquer sa langue et il se ravisa, en se haïssant de lui obéir. Il y avait quelque chose... La ligne de sa mâchoire, la forme de ses épaules, l'arête de son nez...

— Voilà, murmura-t-elle. Tu commences à me reconnaître.

Comment est-ce possible ? se dit-il. Toute sa vie, on lui avait enseigné que les Baju étaient intouchables, invisibles, plus bas que terre. Il était un homme rationnel, et n'avait jamais trouvé de raison de les détester ; cependant, son regard les évitait comme une goutte de pluie ruisselant d'un toit. Cette femme…

— Bonjour, le garçon, dit-elle.

Ces trois mots résonnèrent alors sur les parois de sa vie, remontant jusqu'à l'enfance. Ils exhumèrent le souvenir d'avoir ri et joué à cache-cache dans la demeure familiale. Il sentit dans sa bouche le goût du sang. C'était le résultat des corrections infligées par son père, chaque fois qu'il apprenait que son fils avait joué avec ce qui vivait dans la plus obscure de leurs caves. La fille du Baju chargé de dépecer les animaux qu'ils mangeaient.

« *Bonjour, le garçon.* »

Demos fronça les sourcils. Sans qu'il sache pourquoi, la souffrance accumulée au fil des derniers jours resserra ses griffes sur son cœur.

— Bonjour, la fille, chuchota-t-il comme il le faisait lorsqu'ils étaient enfants.

Il se renfrogna. Il y avait tant de choses qu'il ne comprenait pas… Son instinct lui hurlait de poser ses yeux ailleurs, mais il les garda fixés sur ce regard d'un bleu intense.

— Je… je ne connais même pas ton nom.

Il se souvint du jour où ils avaient fui pour échapper au cuisinier, ayant été découverts cachés dans la pièce où l'on faisait sécher la viande, derrière la cheminée de l'arrière-cuisine. En dépit de la douleur et du chagrin, ce souvenir attendrit suffisamment Demos pour que le coin gauche de sa bouche se soulève en un semblant de sourire.

Elle le frappa avec tant de force que sa tête fut rejetée en arrière, et il s'écroula au sol. Des secondes qu'il ne pouvait compter s'égrenèrent dans le noir, puis il fut de nouveau capable de voir et d'entendre. Il grogna et roula sur le côté pour se recroqueviller. Il n'avait jamais eu honte de sa nudité, mais ses testicules se souvenaient qu'elle était prête à tirer parti de leur fragilité, et il s'efforça de les protéger.

— Souris, dit-elle, à genoux près de lui. Je te l'ai dit. Je m'appelle « Souris ». C'est le seul nom que tu as besoin de connaître, et c'est plus que tu n'en mérites. Il est important que tu comprennes quelle est ta place dans cette maison, alors commençons par là. (Sa voix se fit plus basse.) Tu n'es rien. Moins que rien. Moins qu'un Baju.

— Comment es-tu arrivée là ? demanda-t-il.

Souris lui donna un coup sur l'oreille. Assez fort pour la faire bourdonner et faire couler un filet de sang, mais pas aussi fort qu'elle en était capable, soupçonna Demos. Il avait envie de penser qu'un vieux reste d'affection enfantine avait retenu sa main, mais un élancement douloureux pulsait sous son crâne, et du sang tiède lui coulait sur le menton.

— Exactement comme toi, dit-elle.

À ces mots, elle le frappa de nouveau. Plus fort. Pas la moindre trace d'affection là-dedans.

— Je suis là parce que je suis esclave. Des soldats sont venus emmener les esclaves de la maison Kallistrate, et nous ont déclarés propriété de la Couronne. Crois-moi, ils n'ont pas fait preuve d'autant de tendresse envers nous que moi à ton égard.

— Si tu as de la tendresse à offrir, peut-être l'as-tu oubliée quelque part ? suggéra-t-il. Pour ce que j'en ai vu jusqu'ici…

Elle le gifla.

— C'est plus de bonté que tu n'en mérites.

Souris se leva et Demos tressaillit, croyant qu'elle voulait lui donner un coup de pied.

— Tu entretiendras les feux et broieras l'épissa pour les cheminées. Tu seras peut-être autorisé à dépecer un animal, comme le faisait mon père, s'il s'avère que tu en es capable. Mais tu vivras dans cette cave à partir de maintenant. Cette pièce sera ta chambre.

Demos poussa un soupir, digérant ses paroles. Il avait cru se trouver dans un cachot ; désormais, tout son monde se résumerait à cette petite boîte.

Souris gagna la porte. Elle l'ouvrit, et une odeur infecte de pisse s'engouffra de nouveau dans la pièce, additionnée de relents d'épissa. Ce mélange lui donna envie de vomir, mais ses yeux étaient rivés à la porte. Les trois hommes qui l'avaient emmené et battu n'étaient nulle part en vue. La Baju était forte et rapide, et lui – temporairement, du moins – faible et lent. Mais s'il arrivait à lui échapper…

— Tu te laveras tous les trois jours, dit-elle. (Son regard spectral luisait dans la pénombre.) Deux fois par jour, on te donnera à manger les restes de la maisonnée. Si notre maîtresse a des invités, tu auras faim, mais lorsque sa maison reste calme, tu seras peut-être rassasié. Ne croise jamais le regard de quelqu'un, hormis celui d'un autre esclave ; et même ça, je l'éviterais, si j'étais toi. Ne parle à personne, hormis à un autre esclave ; une fois encore, je te conseille de tenir ta langue. As-tu compris ces instructions ?

Demos essuya le sang qui coulait de son oreille.

—J'ai compris.

Il ne se releva pas.

—Bien, dit Souris. Ne les oublie pas. Elles vont être mises à l'épreuve. Je vais t'emmener au bain des esclaves. Tu te laveras rapidement et revêtiras la tunique que je vais te donner. Puis je te ferai traverser la cuisine pour te conduire chez Vosto, le praejis.

—Soit, répondit Demos.

Il tentait de conserver un semblant de dignité, tout en s'efforçant de ne pas rencontrer son regard. Toutes les maisons nobles avaient un praejis : c'était un esclave qui s'était élevé petit à petit, jusqu'à devenir en quelque sorte le chef des serviteurs. C'était le seul esclave à entretenir des rapports réguliers avec son ou ses propriétaires.

Déjà, il s'imaginait supplantant le dénommé Vosto dans le rôle de praejis. La vie de marin l'avait presque entièrement lavé des caprices de l'aristocratie, mais Demos avait toujours été profondément pragmatique. Il espérait que Myrinne parviendrait à convaincre la reine de les innocenter, lui et sa famille, des crimes réels ou imaginaires qu'aurait commis son père. Mais en attendant, il devait suivre le chemin qui se présentait à lui, et en tirer parti autant que possible.

Souris l'étudia des pieds à la tête, puis sortit dans le couloir et lui fit signe de la suivre. Malgré la puanteur oppressante qui emplissait l'air, et les contraintes, énoncées par sa nouvelle gardienne, qui régenteraient désormais sa vie… son cœur se fit plus léger lorsqu'il quitta la boîte carrée qui lui tenait lieu de chambre. Ce petit goût de liberté n'apaiserait pas vraiment sa soif, mais il n'en demeurerait pas moins rafraîchissant.

—Vas-y, ordonna Souris en pointant du doigt vers la gauche. Le bain est prêt.

Elle esquissa un rictus amer. Combien de fois avait-elle prononcé ces derniers mots à l'adresse d'un membre de la famille de Demos, dans des circonstances tout à fait différentes?

Demos baissa les yeux vers le sol.

— Puis-je te poser une question? dit-il.

Il se prépara mentalement à être puni. À saigner de nouveau.

— Choisis bien tes mots, avertit-elle. Vas-y.

Demos croisa son regard d'hiver, un bref instant seulement.

— Puisque je vais rencontrer le praejis, y a-t-il autre chose que je doive savoir pour éviter de le mettre en colère?

— Je t'emmène chez le praejis, mais ce n'est pas Vosto que tu vas voir.

Souris le poussa, et il dut se rattraper au mur, tout en avançant clopin-clopant vers un escalier de pierre.

— Exceptionnellement, tu vas rencontrer ta maîtresse.

Chapitre 5

Ce n'était pas la première bouche baju qu'il avait sentie se refermer sur sa queue. Ce n'était pas non plus la vingtième, ni la cinquantième. La centième, peut-être ? C'était possible. Le prince Aris avait perdu le compte depuis longtemps.

Mais cette première sensation, le premier contact de cette bouche humide et de cette langue tiède, lui donnait toujours l'impression que c'était la première fois.

Il émit un grognement, et s'étendit sur le lit couvert de coussins moelleux. Il sentit un bout de langue effleurer ses testicules en une caresse délicieuse, qui fit courir un frisson le long de son corps. Puis une autre langue. En baissant les yeux, il les vit toutes les trois penchées sur lui ; une sur sa gauche, et deux sur sa droite. Ces femmes baju, nues, huilées et magnifiques, arboraient fièrement leurs marques, et savouraient ce moment de pouvoir qu'il leur offrait. Le pouvoir de sucer et baiser un prince. D'être nues, sans honte, face à un héritier de la famille royale quandienne. Elles savaient aussi – ce qui ne le dérangeait pas le moins du monde – qu'il en retirait de son côté une formidable sensation de puissance.

Délivré des entraves de la royauté, il se sentait libre de faire ce qu'il voulait, quand il le voulait. Il n'aimerait jamais une Baju, mais il ne pouvait non plus se résoudre à les haïr.

Comment l'aurait-il pu ? Elles étaient superbes, et elles le libéraient.

Tandis que les femmes de part et d'autre d'Aris continuaient de lécher ses testicules, celle qui suçait son membre fit passer sa jambe par-dessus son corps et se présenta à lui. Pour la millième fois, le prince Aris se demanda si sa langue royale, lorsqu'il les lapait, leur procurait des sensations différentes de celle d'un esclave ou d'un autre Baju. Et pour la millième fois, cette pensée se perdit dans le plaisir qu'il ressentait.

Aris gémit et se cambra, s'abandonnant à ces sensations exquises. Un bon vin de Xhenna Pan lui réchauffait le ventre et permettait à son esprit de se consacrer entièrement à l'instant présent. Les trois Baju avaient émietté de l'épissa et l'avaient diluée dans une huile dont elles s'étaient enduites, permettant à Aris et à elles-mêmes de la lécher. Cette épissa courait dans ses veines, stimulant ses sens, lui picotant la peau, décuplant chaque sensation jusqu'aux limites du supportable. Et cependant, Aris l'endurait bravement. Toujours.

Il ferma les yeux. Son corps était envahi de ces sensations, les seules qui lui donnaient véritablement l'impression d'être en vie. La pièce était réchauffée par leurs corps et par les torches fixées aux murs. L'atmosphère était chargée du parfum de leurs ébats, de l'épissa, et du vin renversé. Les parois étaient couvertes d'œuvres d'art baju, des silhouettes grossièrement sculptées qui s'adonnaient à des rituels ésotériques. Il savait que ces manifestations de leur histoire et de leurs croyances étaient interdites, mais peu de gens entraient jamais dans les foyers baju, et ce type de décoration était répandu. Il se demandait parfois ce que faisaient ces personnages, et pourquoi ils étaient représentés de façon si simple et sans forme, presque comme si les Baju cherchaient à dessiner comme des enfants. Mais il ne se le demandait pas bien longtemps. En réalité, il s'en fichait.

Il ne venait pas dans les endroits comme celui-ci pour admirer les sculptures.

La femme qui se tortillait au-dessus de lui se crispa et poussa un cri aigu, détachant sa bouche de lui pour jouir en tremblant. Elle s'écarta, et laissa glisser son corps moite du lit pour s'allonger sur le sol couvert de tapis. Aris se haussa sur les coudes et contempla les deux femmes qui s'affairaient encore sur lui. L'une était grande et fine ; ses yeux perçants étaient clos, mais de plaisir, et non de honte. Il n'y avait pas de place pour la honte entre lui et ces femmes merveilleuses. Il les traitait en égales, et pour lui qui dissimulait tant de choses, c'était peut-être son secret le plus terrible, le plus dangereux. Avant et après l'amour, il leur parlait, leur témoignait son respect, et dissipait leurs inquiétudes. Il prenait toujours soin de le faire. Leur gratitude et leur humilité lui procuraient une satisfaction presque aussi intense que…

Presque…

—Continuez, dit-il dans un halètement. J'ai bien peur que vous ne soyez plus que deux, à présent.

La femme à sa droite lui sourit. Elle était plus petite et nettement plus voluptueuse. Ce fut elle qui le prit tout entier dans sa bouche, sans jamais le quitter du regard.

Et ces yeux ! Comme un hiver flamboyant, leur froideur bleue accrochait la lumière des bougies et consumait son âme, faisant s'élever des flammes plus intenses qu'aucune femme non baju n'en aurait été capable. Aris ne se faisait pas d'illusions : ces femmes n'étaient pas plus douées, sexuellement, que n'importe laquelle des quandiennes qu'il aurait pu choisir pour assouvir ses pulsions. Mais la joie palpable qu'elles éprouvaient, à l'idée d'être acceptées par lui, provoquait chez elles une passion presque animale. Un besoin primitif de le posséder, tout comme il les possédait.

Il en avait déjà pris deux en même temps, bien souvent, mais trois… jamais. C'était la première fois. Lorsqu'une telle occasion se présentait, il n'était pas homme à la laisser passer.

Les flammes s'élevaient de plus en plus haut, en lui comme au fond des yeux des Baju. Le vin l'apaisait, l'épissa lui chatouillait les sens, et il se sentit s'envoler vers l'orgasme, le premier d'une longue série. Et si cela voulait dire qu'il resterait là toute la journée et toute la nuit, eh bien…

L'épais rideau qui fermait la porte s'écarta brutalement. Un courant d'air s'engouffra dans la pièce, faisant vaciller les bougies. Cette rafale glacée balaya leurs corps couverts de sueur et projeta des ombres pointues sur les murs. La femme à sa gauche s'assit et se tourna vers la porte, et…

Aris ne comprit pas ce qui se passa ensuite. À l'instant précis où son orgasme explosait, la tête de la femme fut rejetée en arrière et sa gorge s'ouvrit, faisant gerber le sang sur l'entrejambe et le ventre d'Aris, où il se mélangea à sa semence. Son esprit se rétracta, refusant d'accepter la réalité de ce qui était en train de se passer. La femme voluptueuse à sa droite roula sur le dos ; ses bras et ses jambes se pointèrent vers le ciel lorsque la silhouette lui enfonça sa grande épée dans les tripes.

Elle hurla.

La femme étendue au sol se leva d'un bond et commença à courir vers l'autre bout de la pièce, mais la silhouette lui empoigna les cheveux.

Shome, pensa Aris. Et contre toute vraisemblance, il sut qu'il ne se trompait pas. Shome – capitaine des Silencieuses, plus grande que bien des hommes et tatouée de promesses effroyables – entraîna la femme par les cheveux, jusqu'à la jeter en travers des jambes ensanglantées d'Aris. La première Baju convulsait sur le sol, le sang ruisselant de sa gorge tranchée. La femme à la droite d'Aris émettait des gargouillis. Shome avait fait remonter son épée pour l'enfoncer dans sa cage thoracique.

La femme que Shome plaquait contre ses cuisses battit des mains et griffa Shome au visage. La peau de celle-ci se fendit, et son sang perla.

— Non ! cria Aris, encore désorienté. Non, que se passe-t-il… Qu'est-ce que…

Shome baissa les yeux vers lui, l'air dégoûté. Elle lâcha son épée et agrippa la troisième femme des deux mains pour la presser contre les cuisses d'Aris. Elle força, tordant la nuque de la Baju, jusqu'à la briser.

Aris sentit le craquement se répercuter dans les os de ses jambes. La jeune femme regardait en arrière, vers lui, lorsque le feu de ses yeux s'éteignit et qu'ils se firent plus pâles que jamais. Non, pas pâles. Morts.

— Non, répéta Aris.

Il n'essaya pas de couvrir sa nudité. Il était incapable d'accepter ce qui venait d'avoir lieu. Le vin et l'épissa mêlés l'embrouillaient. Il n'était pas un soldat, et il ne portait pas d'arme, mais il savait que cela n'aurait rien changé.

Pas contre Shome.

Elle se redressa et le dévisagea, le visage dégouttant de sang. Elle l'observa longuement, franchement, des pieds à la tête, et Aris ressentit une soudaine bouffée de rage. Comment osait-elle le regarder de cette manière ?

Comment osait-elle s'immiscer dans l'intimité d'un prince et… et…

Sa queue s'amollissait. Le sang dont il était éclaboussé refroidissait déjà, tandis que les deux autres Baju expiraient en frémissant.

Alors, il sut pourquoi elle l'osait.

Parce qu'elle avait été envoyée pour cela.

—Ma mère ? demanda Aris. (Shome cilla.) Ma… ma sœur ?

Shome attrapa l'épée et la tira du corps de la femme. Elle dégoulinait. Shome la souleva au-dessus de son épaule gauche, tendue, déterminée, et toujours silencieuse. Ses bras musclés luisaient à la lueur des bougies. Son visage et son crâne tatoués racontaient des histoires de torture et de mort. Le coup fatal ne prendrait qu'une seconde.

Les secondes s'égrenèrent.

—Je suis votre prince, murmura Aris.

Sa voix tremblait, à son grand dam, mais il n'y avait rien à faire. Il n'était pas courageux.

Il n'avait jamais eu besoin de le devenir.

Shome banda de nouveau ses muscles, soulevant davantage son épée pour se préparer à l'abattre sur Aris. Il ne pouvait imaginer la douleur du métal fendant la chair, l'idée de ses entrailles répandues hors de son corps… mais il était si terrifié qu'il ne parvenait pas non plus à bouger. Cependant, pendant quelques secondes supplémentaires, rien ne se passa, et cela l'enhardit légèrement.

—Je suis votre prince !

Il fit de son mieux pour faire résonner dans sa voix la colère du juste. Elle ne tremblait plus, ce dont il se félicita, et son ton s'était fait plus grave et autoritaire.

Et Shome arrêta son geste une nouvelle fois. Elle fronça les sourcils, détourna le regard, et baissa sa grande épée.

Combien l'arme avait-elle fait de victimes ? Aris n'aurait pu le deviner. Trois de plus que la veille, disaient les cadavres des Baju qui jonchaient la pièce.

Mais il n'y en aurait pas d'autres aujourd'hui, les dieux soient loués.

Shome posa la pointe de son épée sur le sol, les mains sur la poignée. Son visage semblait encore soucieux, comme si elle était en proie à un conflit intérieur. Aris lut le doute dans son regard, et il lâcha le soupir qu'il retenait sans s'en rendre compte.

Il ferma les yeux et pria les Quatre, remerciant leur bonté, leur miséricorde…

… et sentit une grande main calleuse enserrer sa queue et ses testicules. Aris écarquilla brusquement les yeux et ouvrit la bouche pour hurler, mais son cri resta bloqué dans sa gorge lorsque Shome enfouit sa lame à la base de son sexe.

Aris n'avait jamais connu une telle douleur, ni un tel choc. Ce cri resterait peut-être figé dans sa gorge pour toujours. *Tuez-moi !* avait-il envie de hurler. *Finissez ce que vous avez commencé !*

Mais Shome ne le tua pas, et cela s'avéra pire.

Elle jeta ses organes génitaux coupés sur le sol, entre les femmes mortes, et rengaina son épée. Aris se demanda si elle avait terminé. Mais alors, elle sortit son couteau. Tandis qu'il tentait de ramper sur le dos pour lui échapper, elle lui entailla le front, les joues, le nez et les lèvres. Il savait que ces profondes coupures suffiraient à le défigurer. La douleur, incandescente et glaciale, rivalisait avec celle qui habitait son entrejambe. Puis Shome l'attrapa par le pied et le tira au bas du lit. Sa tête heurta le sol, ce qui l'étourdit.

Pendant plusieurs minutes, ou plusieurs heures, Aris flotta sur des vagues de souffrance aveuglante. La lumière et l'ombre dansaient devant ses yeux. Elles se fondaient et palpitaient au même rythme que son cœur affolé. Tandis que Shome le traînait, il sentit sous son corps des paillasses et des tapis, un plancher de bois, de la pierre nue, puis le choc répété d'un long escalier qui descendait, descendait, descendait. Des éclisses se plantèrent dans son dos et ses cuisses, puis la pierre lui râpa la peau. Il n'entendait que le pas régulier de Shome, et le raclement de ses propres ongles griffant le sol. Il s'accrocha jusqu'à les arracher, ce qui fit déferler une nouvelle vague de sensations insoutenables à travers son corps.

Shome haletait. La journée n'était pas encore terminée, mais le crépuscule les enveloppait d'une pénombre grandissante.

Lorsqu'elle s'arrêta enfin, Aris resta immobile. L'incrédulité et la douleur lui permettaient de se distancier temporairement de la réalité. Il ouvrit les yeux et vit un plafond de pierre. Il était constellé de mousse et de crasse, et des créatures hérissées de pattes y couraient. Il entendit des rats et des serpents des gouttières. Une odeur de merde remonta par son nez lacéré.

Shome le prit par le cou, le souleva et le regarda droit dans les yeux. La douleur monopolisait presque entièrement ses sens, l'obligeant à se concentrer sur son entrejambe ravagé. Shome glissa la main au bas de son propre dos et sortit une petite dague, à la lame si aiguisée qu'il ne sentit qu'un murmure sur sa peau lorsqu'elle lui trancha la gorge.

Aris suffoqua, les yeux écarquillés, les narines envahies par la puanteur de son propre sang. Avant qu'elle ne le lâche, il lut quelque chose sur le visage de Shome, une vision qui outrepassa son incrédulité et sa douleur.

De la pitié.

Puis elle desserra la main, et il s'effondra. La lumière s'enfuit, de plus en plus loin au-dessus de lui, disque pâle que seul brisait le visage de Shome. Elle le regarda tomber.

Il heurta une eau froide comme la glace, si froide qu'elle engourdit sa douleur, mais pas sa terreur. L'eau l'entraîna vers une noirceur si profonde qu'elle avait un poids et une texture. Mais une autre noirceur se mit à ronger les limites de son champ de vision, et ses pensées lui échappèrent, à la dérive.

Aris, prince de Quandis, émasculé et anéanti, se vida de son sang dans les eaux courant sous la ville, et disparut.

Souris le regarda se laver. Auparavant, Demos avait souvent pris son bain devant des Baju. Cela ne l'embarrassait alors pas du tout, puisqu'il ne remarquait presque jamais leur présence ; et même si c'était le cas, leur regard ne signifiait rien pour lui. À de nombreuses reprises, Myrinne et lui avaient fait l'amour alors que les esclaves baju se trouvaient encore dans la pièce, occupés à ranger des vêtements ou à alimenter le feu. Cela ne signifiait rien. Ils ne signifiaient rien. Cela revenait à se laver – ou à baiser – sous les yeux d'un chien.

À présent, Souris se tenait non loin de lui, veillant à ce qu'il se nettoie convenablement, et il avait du mal à penser à autre chose. Il examina néanmoins la salle de bains, se demandant s'il s'y trouvait un objet dont il pourrait se servir. Hélas, l'endroit était presque vide. C'était une salle humide et remplie d'échos, sans fenêtre, illuminée uniquement par quelques lampes à huile dans des renfoncements muraux. L'eau était froide, visqueuse et trouble, signe qu'elle avait déjà servi. Le pot à savon était gras et couvert de poils. C'était un décor sordide, qui lui parut résonner longuement dans son esprit. Au bout du compte, peut-être Souris était-elle là pour s'assurer qu'il ne se laisserait pas glisser dans l'eau à tout jamais.

— Lave-toi les couilles, exigea-t-elle.

Demos prit un peu de savon et se leva dans le bain. Il étala le mélange froid et huileux sur son entrejambe, se lava, puis s'immergea à nouveau dans l'eau. Il ne sut pas si le murmure qu'il entendait était celui de l'eau clapotant contre la pierre, ou le rire discret de la Baju.

Il cessa de bouger et observa l'eau du bain, la laissant se calmer afin de distinguer des reflets à sa surface crasseuse. Les lampes projetaient des lueurs arc-en-ciel sur l'eau huileuse, et il vit l'ombre renversée de Souris, immobile dans un coin, qui le regardait. Dans un autre monde – celui qui se reflétait dans le bain, peut-être –, elle attendrait de recevoir un ordre de lui. Dans ce monde-ci, tout avait changé.

Il ferma les yeux et se remémora la mort cruelle de son père, face à une foule assoiffée de sang, les fausses accusations bourdonnant à ses oreilles…

— Dehors! ordonna sèchement Souris.

Demos tressaillit, s'attendant à recevoir un coup, mais son comportement violent semblait avoir cessé pour le moment.

J'aurais dû me battre, se dit-il. *Je n'aurais jamais dû permettre à une esclave de me traiter de cette manière!* Mais il avait bel et bien lutté, depuis le moment où les gardes avaient arrêté sa famille jusqu'à celui où Souris avait pénétré dans sa cellule, et chaque fois qu'on l'avait frappé. La marque qui le brûlait toujours, au dos de sa main droite, trahissait sa défaite. Elle proclamait son humiliation. Elle affirmait qu'il ne valait plus rien, comme n'importe quel esclave. Il savait qu'il aurait dû continuer à se battre – son esprit le lui hurlait, furieux –, mais affaibli qu'il était par des jours d'emprisonnement, de faim, de soif et de coups incessants, il savait comme cela finirait. Si Myrinne ne parvenait pas à le libérer, il devrait s'échapper, et s'il voulait s'échapper, il devrait se montrer patient. Prudent. Par le passé, dans la vaste demeure familiale, Demos avait vu des esclaves apparaître et disparaître ; mais il s'était rarement demandé pourquoi les nouveaux visages se trouvaient là, et pourquoi les anciens n'y étaient plus. Les Kallistrate n'étaient pas des gens cruels, mais il savait que chez les esclaves, la vie n'avait pas grande valeur. Les gens qu'on traitait comme moins que rien finissaient par se traiter mutuellement comme moins que rien.

Souris serait certainement prête à le tuer au moindre prétexte. Il craignait que leur passé commun ne rende cette éventualité encore plus probable.

Il s'extirpa de la baignoire encastrée et passa ses mains sur son corps, chassant les traces huileuses de savon. Souris lui jeta une tunique, qu'il attrapa et enfila. Elle était rêche et le démangeait, mais elle le protégeait des courants d'air frais qui parcouraient les sous-sols.

Il ne savait toujours pas vraiment où il était, ni quelle famille avait osé acheter un ancien noble pour l'ajouter à son cheptel d'esclaves. Une famille qui s'abaisserait à apposer la marque des esclaves sur la chair de l'un des leurs. Il aurait pu demander à Souris l'identité de sa nouvelle maîtresse, mais il craignait qu'une telle question ne soit pas bien reçue. Et il était suffisamment intrigué pour ne pas souhaiter retarder leur rencontre.

— Suis-moi, ordonna Souris.

Elle se retourna et quitta la salle de bains des esclaves. Dans le couloir, un homme et une femme les attendaient. Ils étaient vêtus de tuniques identiques à la sienne, et rencontrèrent à peine son regard. Ils portaient sur l'épaule des sacs de bure gris pâle, que Demos reconnut : ils servaient à transporter l'épissa fraîchement récoltée et non moulue. L'homme était baju, et la femme appartenait à l'une de ces races que l'on allait chercher dans des pays lointains pour en faire des esclaves. Demos ne connaissait même pas le nom de son peuple. À cette idée, il ressentit une pointe de honte. Lorsque leurs regards se croisèrent, ce fut lui qui détourna les yeux.

Souris ignora les deux esclaves. Elle lui fit monter un escalier de pierre en colimaçon, et ils débouchèrent dans une pièce vaste et mieux éclairée. Il n'y avait toujours aucune fenêtre, mais des lampes à huile dans des paniers d'acier étaient suspendues aux murs ou nichées dans des braseros à intervalles réguliers. L'endroit ne présentait aucune décoration, aucun détail à visée esthétique. C'était une pièce purement fonctionnelle. Cependant, après des jours d'emprisonnement dans des cellules exiguës, l'expansion soudaine de l'espace eut l'effet d'un choc sur les sens de Demos. Il lâcha un grognement surpris qui résonna dans la salle.

Plusieurs esclaves levèrent les yeux à ce bruit, puis se penchèrent de nouveau sur leur travail. Souris lui adressa un regard noir.

Dans cette salle brûlaient deux feux, entretenus chacun par deux esclaves. Il s'agissait de fosses encastrées dans le sol de pierre, remplies de bois et de morceaux de charbon incandescents. Cela lui donna une idée du statut de sa nouvelle propriétaire. Le charbon était une denrée chère, importée depuis l'étranger et utilisée principalement par les membres des Cinq Premiers Clans, en particulier les barons.

Il n'en reste que quatre, à présent, pensa-t-il. *Du moins, jusqu'à ce qu'un nouveau baron Kallistrate soit nommé.*

Les membres du clan se disputaient sans doute déjà ce rôle. Peut-être avait-il déjà été attribué à quelqu'un d'autre. Le dégoût envahit Demos à l'idée d'un de ses cousins usurpant le titre de chef du clan Kallistrate. Il se demanda s'ils essaieraient de remettre en état le domaine de son père, sur la colline au nord de Lartha. C'était une pensée douloureuse, presque autant que le souvenir de la mort de son père, ainsi que des coups donnés à sa mère et à son frère. Il tenta de refouler ces images, mais il ne put s'empêcher de revoir l'incendie dévorer leur immense demeure ancestrale. Il imagina leurs parents de rang inférieur s'entre-déchirant pour s'approprier le reste du domaine, rêvant de se hisser au sein de la haute société larthienne. Cette idée lui était insoutenable.

— Dépêche-toi ! le houspilla Souris avant de le gifler. Fais un peu attention !

Demos leva les yeux. Le regard glacial de Souris réfléchissait la lueur des lampes à huile, comme un feu blanc.

Ils traversèrent la pièce, passant à côté d'une des fosses enflammées. Demos avait déjà senti l'odeur de l'épissa. À présent, il savait pourquoi. Pendant qu'un esclave entretenait le feu, l'autre maniait un moulin qui transformait l'épissa séchée en poudre. Puis ils répandaient cette poudre dans les flammes. Les feux crépitaient et émettaient une chaleur floue, chargée de vapeurs d'épissa. Presque entièrement dénuées de fumée, ces vapeurs étaient recueillies par des entonnoirs de métal suspendus au-dessus des flammes. Les entonnoirs étaient surmontés de tuyaux fins qui disparaissaient dans le plafond. Demos devina la manière dont la chaleur du feu faisait monter les vapeurs à travers les étages, grâce à un réseau de conduits. Il supposa que le bâtiment était équipé de grilles – habilement dissimulées derrière les meubles ou dans des coins sombres, peut-être –, si bien que l'endroit tout entier était empli d'une atmosphère d'épissa permanente.

C'était intrigant, car il reconnaissait également le type d'épissa utilisé. C'était une variété calmante, employée pour apaiser les nerfs, détendre le corps et chasser les soucis. Rien à voir avec l'épissa qui engluait l'esprit, et qui était devenue presque taboue dans la haute société larthienne. La noble qui l'avait acheté aimait se détendre chez elle, mais garder tout de même les idées claires.

Les esclaves travaillaient habilement et efficacement. Leurs pupilles étaient des gouffres d'un noir profond, leurs lèvres entrouvertes. Certains bavaient. Demos retint son souffle en passant.

Puis Souris le fit passer sous une voûte. Ils marchèrent le long d'un couloir, dépassant de part et d'autre plusieurs pièces fermées, jusqu'à atteindre une porte tout au bout du corridor. De l'autre côté se trouvait un nouvel escalier en colimaçon, et cette fois, il compta dix-neuf marches usées. Ils émergèrent dans une petite pièce d'aspect banal. Souris tourna vers la gauche, mais juste avant de la suivre, Demos lança un regard sur sa droite.

Une lourde porte de bois avait été laissée entrouverte, et par l'entrebâillement, il découvrit l'intérieur d'une demeure extraordinaire. La salle semblait vaste, dotée de hauts plafonds incurvés et de colonnes délicatement sculptées à intervalles réguliers. Entre ces colonnes, en haut des voûtes du plafond, des puits de lumières aux couleurs vives laissaient entrer des taches de soleil radieuses, formant des motifs sur le sol dallé. Il s'agissait des premiers rayons de soleil qu'il ait vus depuis des jours, et il eut l'impression étrange que cette lumière provenait d'un autre monde. Les choses avaient changé, les événements s'étaient succédé… Demos et sa famille n'avaient désormais plus d'influence sur les terres qu'illuminait toujours ce soleil. C'était une pensée désespérante, et il décida de l'écarter de son esprit.

Si seulement le décider avait suffi…

Ils continuèrent leur chemin.

Plus bas dans la grande salle, des rideaux avaient été tendus entre les colonnes, comme suspendus à des fils invisibles. Les tissus, superbes et richement décorés, étaient d'origines diverses ; ils présentaient des dessins, des techniques ornementales et des représentations historiques de pays proches ou lointains. Demos reconnut des paysages enneigés où se déroulaient des scènes de l'histoire troublée de Tan Kushir. Il distingua les hachures bleues angulaires caractéristiques de Herio, des croquis de chamans et de démons légendaires de Xhenna Pan, ainsi que les couleurs ésotériques, toujours changeantes, des tapisseries penperlènes. Chaque tenture était une œuvre d'art à elle seule, et Demos était abasourdi de la désinvolture avec laquelle ces richesses étaient exposées aux regards. Cette demeure n'était donc pas celle du clan Cervebois. Les Cervebois n'auraient jamais fait ainsi étalage de leurs biens. Il tenta de deviner de quelle famille il pouvait s'agir.

— Par ici, dit Souris.

Elle s'était exprimée à mi-voix, et Demos comprit qu'ils étaient presque arrivés.

Elle se tenait devant une porte, de l'autre côté de la petite pièce. Elle attendit qu'il la rejoigne, puis lui lança un regard en biais. Il décela une ombre fugace dans ses yeux – cela ressemblait à un souvenir, peut-être même à une grande peine –, mais elle reprit aussitôt son expression dure et distante. Souris ouvrit la porte et lui fit signe d'entrer.

La chambre du praejis était dénuée de fenêtre, mais confortablement meublée. Cependant, comme Souris le lui avait indiqué, il était absent. Et la femme qui les attendait à sa place était la dernière personne que Demos s'imaginait découvrir.

Euphraxia, l'apex de Quandis, la Voix des Quatre, le gratifia d'un sourire sans joie.

— Kallistrate, dit-elle d'un ton venimeux.

Demos n'avait jamais entendu quelqu'un prononcer un mot – un nom – d'un ton si débordant de fiel. Si haineux.

— Kallistrate..., répéta-t-elle.

L'apex le haïssait profondément.

L'apex... me hait?

Demos l'avait vue de nombreuses fois présider au culte sur la place des Quatre, cette vaste terrasse enchâssée entre les gigantesques tours du temple. Seule la noblesse assistait à ces cérémonies. L'apex y prêchait souvent face à plusieurs centaines de personnes, drapées dans l'ombre froide des quatre tours. Demos l'avait toujours trouvée intimidante, à la fois majestueuse et sévère, et l'âge n'avait fait qu'accentuer ces attributs. En cet instant, assise devant lui, elle suscitait chez Demos un sentiment d'humilité.

Et cependant, cette haine qui émanait d'elle... Il ne parvenait pas à l'expliquer.

— Votre Sainteté..., commença Demos.

Souris le frappa sur le côté de la tête, d'un poing serré. Il tituba et franchit en diagonale la porte ouverte, manquant de peu de s'effondrer. Sa vue se brouilla et ses yeux se mirent à larmoyer. Lorsqu'il fut de nouveau capable de voir nettement, Euphraxia n'avait pas bougé. Elle le dévisageait, impassible.

— Attends qu'on t'adresse la parole pour parler, siffla Souris dans son oreille.

Elle lui tira sur le bras, et il se redressa, s'appuyant à la porte pour éviter de tomber.

Je suis Demos Kallistrate ! Il respira profondément. Il avait du mal à croire que l'apex de la Foi acceptait que ses esclaves soient traités de cette manière. Mais après tout, il n'aurait pas non plus imaginé que sa demeure contiendrait des richesses aussi ostentatoires, ni qu'elle vivrait au quotidien sous l'effet – léger, mais permanent – de ces vapeurs d'épissa apaisante.

Manifestement, dans l'intimité, même les plus grands personnages avaient leurs secrets.

Euphraxia ne lui dit rien d'autre. Elle se contenta de l'observer fixement, assise, tandis que Demos et Souris restaient debout devant la porte.

Demos se risqua à balayer la pièce du regard. Euphraxia était installée sur un banc de bois près d'une table carrée, sur laquelle on avait empilé de nombreux récipients, couverts et ustensiles de cuisine. Il ne vit cependant pas de nourriture. Le reste de la pièce était propre et bien rangé. Demos imagina le praejis se prélassant sur son lit, tandis qu'un esclave balayait et astiquait la chambre sous ses yeux.

Demos entendait l'apex respirer bruyamment. Elle était très vieille, mais elle se tenait très droite, raide et altière. Peut-être était-ce son grand âge qui l'obligeait à répandre une épissa relaxante dans toute sa maison.

—Je t'ai fait venir ici pour pouvoir voir ton visage, déclara enfin Euphraxia. Pour scruter le regard d'un Kallistrate déchu, et pour voir cette marque sur ta peau.

Demos tressaillit en entendant le dégoût dans sa voix, et la honte l'envahit. La marque. Cette marque, nom des dieux ! Suffisait-il d'une marque pour faire passer quelqu'un du plus haut au plus bas ? C'était bien ce qu'il semblait.

—C'est pour ça que je suis là ? Parce que vous avez une dent contre mon clan ?

Souris le frappa de nouveau, si fort que sa vue devint floue et qu'un filet de sang frais coula de ses lèvres fendues.

—Tais-toi, imbécile ! Et baisse les yeux, par les dieux !

Demos cracha du sang sur le sol et lui lança un regard furieux. Marqué ou non, il ne les laisserait pas effacer la personne qu'il avait été.

—L'apex désirait « scruter » mon regard. Peut-être devrais-tu écouter plus attentivement ce que dit ta…

Souris le frappa encore et encore, le faisant tomber à genoux sous une pluie de coups violents, jusqu'à ce qu'Euphraxia elle-même aboie :

—Assez !

Demos garda la tête baissée. Il n'avait pas vraiment le choix : il était à peine capable de la soulever. Son sang goutta sur le sol, mais il sentit un rictus étirer ses lèvres abîmées. Qu'elles soient damnées toutes les deux. Peut-être, au cours de sa vie, s'était-il attiré le courroux de Souris – peut-être le méritait-il –, mais en revanche, il ne devait rien à l'apex.

Euphraxia s'approcha de lui. Demos observa ses pieds, l'élégance de ses bottes, le cuir teint, les symboles des Quatre qui y étaient gravés.

— Tu te demandes pourquoi je te hais, dit Euphraxia d'une voix rauque. Tu te demandes pourquoi je t'ai acheté, pourquoi je t'ai fait amener ici, et ce qu'il adviendra de toi. Eh bien, sache que je prendrai du plaisir à te savoir ici, dans les entrailles de ma maison ; à savoir que tu te tues au travail, que tu saignes et que tu fulmines à chaque seconde. On ne peut choir d'une telle hauteur, et mener une vie si pénible, sans prier pour obtenir des réponses. Et y a-t-il un meilleur endroit pour prier que la demeure de l'apex ? Tes prières seront vaines, bien entendu. Je t'ai fait venir ici précisément pour ne rien te dire ! Je sais que ce mystère ne fera qu'ajouter à ta souffrance, et que tu te demanderas pourquoi tu en es arrivé là jusqu'à la fin de ta triste existence.

L'apex cracha sur lui. Il regarda ses pieds tandis qu'elle leur tournait le dos.

— Fais-le sortir d'ici, lança-t-elle d'un ton méprisant. Mais ne lui fais plus aucun mal. Il est le plus misérable de mes esclaves, mais il est tout de même esclave dans la maison de l'apex. Je veux que sa vie soit insupportablement longue, remplie de journées harassantes et de nuits humiliantes. Que les esclaves le traitent comme s'il était leur propre esclave.

Ses bottes claquèrent sur le sol tandis qu'elle s'éloignait. Il entendit une porte s'ouvrir et se refermer au loin.

Et ma mère ? se demanda-t-il. *Et mon frère, Cyrus ? Comment tout ceci est-il arrivé ?*

Demos redoutait les réponses à ses questions. Il leva les yeux vers Souris, s'attendant à lire dans les siens un mépris triomphant, mais il y trouva de la compassion, et n'eut aucune idée de comment réagir.

— Maintenant, tu vas commencer le travail, esclave, dit-elle.

En évitant son regard, il se leva et quitta la pièce.

Une fois que Souris eut commencé à le guider à travers les souterrains, cependant, il darda sur sa nuque un regard noir. *Je ne suis l'esclave de personne*, songea-t-il, et il se promit de ne pas renoncer à ce sentiment d'orgueil.

Ce serait probablement la seule flamme capable de lui tenir chaud.

Chapitre 6

Phela avait l'impression d'être rouge, bien qu'elle ne puisse pas voir ses mains dans l'obscurité régnant à l'intérieur des murs. Elle s'était transformée en fantôme, cachée aux yeux de tous – même aux siens –, et pourtant, elle ne s'était jamais sentie aussi intensément vivante. Quelle pouvait être cette sensation, le tremblement de son cœur, les fourmillements qui lui chatouillaient la nuque ? Elle avait déjà été en danger par le passé, mais il lui sembla que c'était cela qu'on ressentait face à un véritable péril. Et néanmoins, elle avait aussi l'impression de maîtriser plus que jamais la situation. Le monde entier lui paraissait doux et malléable, et sa main avait le pouvoir de le maintenir en place, ou bien de le faire dégringoler.

Aris n'avait jamais eu assez de patience pour jouer aux cartes, sans parler d'en construire des châteaux. Mais Phela avait joué à ce jeu avec sa sœur lorsqu'elles étaient petites filles, et Myrinne n'avait pas son pareil en la matière. Patiente et adroite, elle était même capable de se retenir de respirer, de peur qu'un souffle égaré ne fasse tout tomber. Phela ne s'était pas aperçue, alors, de tout ce qu'elle avait appris en regardant Myrinne manipuler ces cartes et en l'aidant à bâtir les châteaux. Mais elle avait tout retenu.

La Couronne était aussi fragile que les structures qu'elles construisaient alors. D'après la légende et la foi, la famille royale possédait dans ses veines le Sang des Quatre, et le peuple devait continuer à le croire pour que la Couronne conserve sa force. Phela avait besoin de le croire elle-même ; non seulement de le croire, mais d'en obtenir confirmation. Sa famille s'était transformée en château de cartes. Le royaume tout entier reposait sur ce château, en équilibre. Phela avait passé des années à chuchoter derrière les murs, à étudier l'histoire tant qu'elle pouvait, à engranger des informations sur sa famille. Elle savait que sa prochaine manœuvre consistait à casser le château sans pour autant endommager le royaume. Si elle y parvenait, alors elle pourrait rebâtir la Couronne selon ses désirs, à partir d'un matériau infiniment plus robuste.

C'est-à-dire moi.

Cachée derrière les parois, elle écouta la lente désagrégation du château de sa mère gagner en vitesse.

— Dites-moi la vérité, à présent, commandant, ordonna la reine Lysandra. (Sa voix enrouée contenait une pointe d'avertissement.) Je sais que les manigances et les complots sont légion au sein des Cinq Clans, et je veux savoir qui sont mes ennemis.

— Majesté, je vous dis toujours la vérité, répondit le commandant Kurtness.

La lassitude qui perçait dans sa voix était évidente pour toute personne qui n'aurait pas perdu sa capacité à analyser le comportement d'autrui.

— Les membres de la garde viennent de passer deux jours dans les demeures des Cinq Clans. En uniforme, ils ont fouillé toutes les pièces de toutes les maisons nobles, et en tenue civile, ils ont sillonné discrètement les collines et les rues pour écouter ce que murmuraient les gens, qu'ils soient nobles ou roturiers. Nous n'avons rien découvert qui suggère l'existence d'une véritable rébellion. Ce que nous avons vu, plus que toute autre chose, c'est la peur. L'exécution de Linos Kallistrate, et l'asservissement de…

— Menteur! cria la reine.

Phela tressaillit. Au fil des années, elle s'était entraînée à rester parfaitement immobile lorsqu'elle Chuchotait; mais la souffrance et la panique qui perçaient dans la voix éraillée de sa mère l'avaient prise au dépourvu. Elle ne pouvait qu'imaginer la réaction de ceux qui se trouvaient dans la pièce avec elle. En plus de Kurtness, Shome était présente, bien entendu. Mais qui d'autre? Phela n'avait commencé à écouter qu'un instant plus tôt, et déjà, la situation dégénérait.

— Majesté…? murmura Kurtness.

— N'essayez pas de m'amadouer! cria encore la reine Lysandra.

Puis sa voix se fit très basse, comme si elle ne s'adressait qu'à elle-même.

— J'ai été souffrante ces derniers temps, commandant, mais ne confondez pas maladie et faiblesse. Ma beauté a peut-être été détruite, mais mon intelligence est toujours aussi redoutable.

— Ma reine, dit quelqu'un d'autre. (Phela reconnut la Voix, Dafna.) Vous vous êtes toujours fiée aux conseils et à la loyauté du commandant Kurtness. S'il dit que…

La reine feula littéralement.

— Ne me parlez pas comme si nous étions amies, Dafna. Je vous dis ce que vous devez dire, et vous le dites. Ce sont les seules paroles que je veux vous entendre prononcer, celles qui font écho aux miennes. Vous n'avez pas d'opinion. Maintenant, fermez-la!

Un moment s'écoula dans un silence gêné. Phela les imaginait tous se demandant comment réagir, et à quel point la reine était devenue folle.

Puis elle entendit renifler bruyamment, et sentit l'odeur puissante de l'épissa qui se consumait. Sa mère devait être en train de s'adonner à son vice. Durant sa vie, Phela avait appris beaucoup de choses sur le compte de sa mère en Chuchotant. Jusqu'à la voir prendre de l'épissa avec Linos Kallistrate, elle avait cru ne plus pouvoir être choquée ou déçue par elle. Mais maintenant… Devant tous ces gens… Ses narines se dilatèrent sous l'effet de la révulsion. Phela, nauséeuse, attendit qu'un des conseillers de la reine fasse une objection, ou émette au moins un doute sur la pertinence d'un tel acte dans ces circonstances.

Cependant, personne ne protesta. Au lieu de cela, elle entendit une voix qui la surprit. C'était celle d'un homme dont elle ignorait totalement la présence, et cela la troubla.

— Les gardes ne sont pas les seuls à évoluer parmi la population, déclara l'homme.

Phela mit un moment à se souvenir de qui il s'agissait. Elle revit une longue barbe noire tressée, ainsi qu'un visage balafré. Un crâne rasé. L'air d'un soldat mal à l'aise dans son rôle de prêtre, bien qu'il ait cessé de vénérer la guerre pour servir les Quatre des décennies plus tôt.

Per Ostvik appartenait à l'Ordre Supérieur. Phela fronça les sourcils. Si Ostvik était là, où était Euphraxia ? L'Ordre Supérieur était un clan à lui seul et gardait jalousement ses secrets, notamment les détails de sa hiérarchie. Cependant, Phela était sûre qu'Euphraxia, l'apex, n'apprécierait pas que ses subordonnés rencontrent la reine en son absence.

— Très bien, prêtre, rétorqua la reine d'une voix pleine de mépris. Qu'avez-vous donc découvert, ô saintes créatures ?

D'où venait cette attitude irrespectueuse ? Phela avait cru sa mère assez proche de l'apex et de l'Ordre Supérieur. Dans sa quête de magie, la reine Lysandra n'avait-elle pas dû s'associer à eux pour briser les lois de la Foi et de la Couronne ? Rien, dans cette réunion, ne paraissait logique à Phela. Et c'était bien ce qui la dérangeait.

Les cartes vacillaient…

—Majesté…, reprit prudemment Per Ostvik. Vous devez bien faire confiance à quelqu'un. Et si vous ne pouvez vous fier à ceux qui parlent au nom des dieux, qui restera-t-il ?

Phela entendit alors sa mère émettre un gémissement pitoyable, et elle sut que le château de cartes était réellement sur le point de s'effondrer. Les derniers murs commençaient à tomber ; sinon, Lysandra n'aurait jamais fait montre d'une telle faiblesse devant qui que ce soit.

—Vous avez été mon ami, Ostvik, dit la reine. Mais je vous ai déjà accordé trop de foi. Si vous me dites qu'il n'y a pas de conspiration…

—Ce n'est pas du tout ce que je dis, Majesté, affirma le prêtre d'une voix sonore.

Même à travers la paroi, Phela sentait sa voix résonner jusque dans sa propre poitrine, profonde et très puissante.

—Il existe de nombreux conspirateurs. Mais il ne serait pas difficile de les faire taire. Le clan Daklan s'inquiète pour son commerce avec l'étranger et la sécurité de ses navires marchands, mais ils resteront fidèles à la Couronne si celle-ci parvient à assurer la stabilité de l'économie. *Idem* pour le clan Ellstur, qui ne se soucie que du produit de ses fermes et ses moulins, ainsi que le clan Bruslebien, dont la loyauté va toujours à la force, à l'autorité. Je doute davantage du clan Cervebois…

— Des poètes et des professeurs ? l'interrompit le commandant Kurtness d'un ton dédaigneux. Vous voudriez nous les faire craindre ?

Phela eut l'impression de voir Per Ostvik plisser les yeux, irrité qu'on lui ait coupé la parole.

— Des artistes, reprit Per Ostvik. Des historiens. Vous êtes bien prompt à les écarter de la discussion. Les femmes et les hommes du clan Cervebois sont – depuis toujours – les plus méfiants vis-à-vis de la Couronne. Mais ce n'est pas pour rien qu'il s'agit d'un des Premiers Clans. Qui détient la connaissance détient le pouvoir. Les mots, l'influence, recèlent autant – sinon plus – de puissance que vos épées et vos soldats. Croyez-moi quand je vous dis que c'est là que la rébellion couve, dans les caves et les rues de cette colline, derrière les fenêtres colorées, et dans les paroles de chaque nouvelle chanson qu'on y chante en ce moment même.

— Ma reine, dit Dafna, je pense qu'il serait imprudent de généraliser…

— Mais bien sûr, vous savez où réside le vrai problème, l'interrompit Per Ostvik.

Personne ne dit mot. Coincée entre les murs, Phela expira, et un petit nuage de poussière dansa devant ses lèvres. Elle avait l'oreille pressée contre la cloison en bois, et ses pieds lui faisaient mal tant le sol de pierre était froid. Elle sentait la robustesse du bois et de la pierre comme s'il s'agissait de ses propres membres, et que le palais tout entier faisait partie de sa chair. Mais pour les occupants des appartements de la reine, elle demeurait un fantôme. Même dans le silence absolu, ils ne l'entendraient jamais.

À l'exception de Shome, peut-être. Mais la capitaine des Silencieuses ne la dénoncerait pas.

— Le clan Kallistrate, lâcha enfin la reine.

Donc, en dépit de sa paranoïa et de sa santé déclinante, elle n'avait pas totalement perdu l'esprit.

— L'exécution de leur baron a laissé un vide.

— La colline Kallistrate est sens dessus dessous…, commença le commandant Kurtness.

— Elle est plongée dans le chaos, vous voulez dire, corrigea Per Ostvik. Et ce n'est pas seulement dû à l'exécution du baron, mais au fait que le reste de sa famille proche ait été réduit en esclavage. La moitié du clan Kallistrate parle de se soulever ouvertement contre la Couronne, ou de proclamer la sécession de leur colline.

— Et l'autre moitié ? interrogea Dafna, peut-être parce que la reine s'était tue de nouveau.

— Ils se disputent la baronnie, bien entendu, répondit Kurtness. Si Demos Kallistrate était libre, il hériterait du titre. Même chose pour son frère, s'il était vivant. Mais ce n'est pas le cas. Par conséquent, ceux qui restent se chamaillent comme des chiens affamés autour d'un morceau de viande. Ils sont furieux, mais ils se préoccupent davantage de l'identité du futur baron que d'une quelconque insurrection.

Un sifflement interrompit la conversation. Phela frissonna derrière le mur, sachant que ce bruit provenait de la chose misérable qu'était devenue sa mère.

— Majesté ? hasarda Kurtness.

— Les Kallistrate sont furieux, vous dites. Et Ostvik affirme qu'ils parlent ouvertement de se rebeller.

— Mais ce ne sont que des paroles, ma reine, assura Kurtness. Comme je l'ai dit…

— Des paroles ? répéta la reine. La garde a sillonné les sept collines en tenue civile afin d'apprendre ce qui se murmurait au sein des clans. Vous venez de le dire. Mais nous savons que la révolte gronde. Que la félonie se répand. Et vos gardes, Kurtness, n'ont absolument rien fait pour y remédier. Ils n'ont pas arrêté ceux qui parlent de se soulever. Vous avez écouté les Quandiens manquer ouvertement de respect à leur reine.

— Non, Majesté, protesta Kurtness. Ce n'est pas du tout...

L'écho de la gifle résonna même dans la cachette de Phela, à l'intérieur du mur. Elle sursauta une nouvelle fois, si surprise qu'elle bougea légèrement, laissant son genou frôler la paroi. Ce détail révélait à quel point elle était choquée que sa mère ose frapper le commandant de la garde.

— Je porte la couronne. Je suis la reine, dit Lysandra. Dans mes veines coule le Sang des Quatre. Me critiquer revient à décrier les dieux eux-mêmes, à blasphémer contre les Quatre. N'est-ce pas, Per Ostvik?

Phela retint son souffle. Ce prêtre de l'Ordre Supérieur avait bien dû comprendre que la magie et l'épissa n'avaient pas seulement embrumé l'esprit de la reine, mais qu'elles l'avaient brisé. Il voyait bien qu'on ne pouvait plus se fier à son jugement. Par les dieux! La puanteur âcre et douceureuse de l'épissa pénétrait jusque dans les murs. Phela entendait sa mère respirer bruyamment, comme un cochon devant son auge. Voilà tout ce qui restait de la grande reine Lysandra. Ostvik ne pouvait approuver ses...

— Bien sûr, Majesté, répondit Ostvik. Les Quatre vivent par l'intermédiaire de votre lignée. Ceux qui vous attaquent ne sont pas seulement des rebelles; ce sont des pécheurs.

— Voilà, dit la reine Lysandra, si bas que Phela l'entendit à peine. Des rebelles et des pécheurs. Et si la garde est trop lâche ou trop incompétente pour faire ce qu'il faut… il y a d'autres moyens d'agir.

Dans l'interstice de son Chuchotement, Phela sentit de nouveau sa nuque fourmiller. Elle rougit d'excitation, sûre que quelque chose de remarquable était sur le point de se produire, après quoi plus rien ne serait comme avant. L'exécution de Linos Kallistrate avait déclenché cette série d'événements, mais l'addiction et la dégénérescence de la reine ne tenaient qu'à elle seule.

Et elles causeraient sa perte.

— Shome, dit la reine.

Rien qu'en prenant acte de la présence de son assassin en chef, elle avait manqué au protocole.

— Ce soir, vous conduirez les Silencieuses jusqu'à la colline Kallistrate et vous moucherez la flamme de la révolution. Vous mettrez les cadavres en évidence, et leur exemple fera taire toutes les voix déloyales au sein des autres clans. À présent, partez tous. Sauf vous, Per Ostvik. Nous avons à parler.

Phela entendit des bruits de pas et le grincement d'une porte. Elle devait aller parler à Shome avant que celle-ci ne parte exécuter les ordres de la reine. Cependant, elle s'accorda quelques instants supplémentaires, et fut récompensée par un échange qui lui donna à réfléchir.

— Il va falloir que je dise à Euphraxia ce qui se passe ici, et dans les clans, dit Per Ostvik.

— Vous ne lui direz rien du tout! rétorqua sèchement la reine. Nous avons caché bien des choses à votre apex, Per Ostvik. Nous avons tous les deux des secrets qu'elle ne doit pas découvrir. Donc, pour l'instant, vous allez garder le silence. Le temps de la vérité viendra… lorsque nous aurons décidé en quoi consiste cette vérité.

Phela entendit renâcler une fois de plus. Encore une dose d'épissa. La princesse partit en Chuchotant, dégoûtée.

Elle retrouva Shome dans l'alcôve derrière la porte de l'escalier des serviteurs. La capitaine des Silencieuses examinait un bas-relief poussiéreux représentant un ancien roi. L'œuvre était si vieille que personne ne savait plus de quel monarque il s'agissait, si bien que d'une certaine manière, elle avait fini par tous les représenter. Tous ceux qui avaient porté la couronne et régné à l'époque où les gens se souvenaient des Quatre en tant que dieux vivants. D'après la légende, Quandis avait autrefois appartenu aux Baju. Leurs ancêtres étaient la tribu indigène vivant sur ces terres avant l'arrivée des clans, avec leur religion des Cinq, devenus Quatre lorsque le Pentange s'était détourné des autres. Ce n'était qu'une légende, cependant. Du folklore. Des mythes connus seulement d'une poignée d'individus, dont presque aucun ne s'y intéressait. Sauf que ce roi, poussiéreux et oublié, savait ce qu'il en était vraiment.

— Le Roi Personne a fait son temps, dit doucement Phela.

Shome se retourna, battant des paupières d'un air agacé. Les Silencieuses étaient connues pour leur discrétion, et Phela était satisfaite d'apprendre qu'elle était encore capable de surprendre Shome.

— C'est comme ça que je l'ai toujours appelé, dans ma tête, expliqua Phela. Le Roi Personne.

Elle avait rôdé toute sa vie dans ces corridors et ces escaliers. Les traits minéraux du Roi Personne, émoussés par le temps, lui étaient très familiers. Parfois, elle s'était adressée à lui comme à un ami, ici, dans l'alcôve surmontant l'escalier des serviteurs. Mais Phela n'avait aucun ami. Pas même Shome. Pas même sa sœur, Myrinne.

Elle scruta le regard de Shome.

— Est-ce fait ?

L'assassin fronça légèrement les sourcils, faisant douter Phela. Mais alors, Shome hocha lentement la tête, et Phela sut que son frère était mort. Le prince Aris ne deviendrait jamais le roi Aris. Shome lança un regard dans l'escalier avant de plonger la main dans sa tunique et d'en sortir un sac de toile rêche, qu'elle tendit à Phela. Les ficelles n'étant pas nouées, il ne fallut qu'un instant à Phela pour ouvrir le sac et jeter un coup d'œil à l'intérieur. Son estomac se retourna lorsqu'elle identifia la masse de chair ridée et sanguinolente qui s'y trouvait. Ses narines se dilatèrent et ses yeux se remplirent de larmes, en mémoire du frère qu'Aris avait été lorsqu'ils étaient enfants. Elle avait agi pour Quandis, se dit-elle. Pour le bien du royaume et la gloire des Quatre. Elle se fit le serment d'y veiller, et lorsqu'elle rencontra de nouveau le regard de Shome, elle songea que la capitaine des Silencieuses se promettait peut-être la même chose.

— Nous faisons ce qui doit être fait, rien de plus, dit doucement Phela.

Elle ne savait pas si elle cherchait à convaincre Shome, ou elle-même.

— Lorsque vous exécuterez les ordres de ma mère sur la colline Kallistrate, faites-le publiquement. La rumeur se répandra comme une traînée de poudre. Je veux que tout le monde, dans les sept collines et au-delà, sache que c'est la reine qui a envoyé les Silencieuses exercer sa vengeance.

Shome acquiesça de nouveau, puis se retourna et descendit l'escalier plongé dans la pénombre, laissant le Roi Personne et la future reine derrière elle.

Phela, le poing serré sur le sac de toile, quitta l'alcôve. Elle traversa une porte et se mit à marcher dans le couloir menant aux appartements de sa mère. Ce faisant, elle laissa son chagrin monter et apparaître sur son visage. Ainsi, lorsqu'elle s'approcha des deux gardes postés devant la porte, sa douleur et son émotion étaient clairement visibles.

Elle leur laissa voir ses larmes.

— Je suis désolé, princesse Phela, s'excusa l'un des hommes. La reine ne veut pas être...

— Faites-moi confiance, l'interrompit Phela. (Elle essuya ses larmes et lui lança un regard furieux.) Vous feriez mieux d'éviter de vous attirer mes foudres ou les siennes, aujourd'hui.

Les gardes se regardèrent. Les instructions de la reine au sujet de son intimité et de ses enfants avaient beaucoup varié au fil des ans. Il n'était donc pas étonnant qu'ils se laissent persuader. Ils inclinèrent la tête à l'intention de Phela, et lui ouvrirent la double porte aussi silencieusement que possible. Phela entra, traversa d'un pas feutré le vestibule, et vint se placer devant l'entrée de la salle d'audience. À l'intérieur, elle entendit la conversation houleuse de sa mère avec le prêtre.

— ... ne peux pas vous faire descendre à nouveau, disait Per Ostvik d'une voix à la fois ferme et suppliante.

Il ne voulait pas désobéir à la reine, bien entendu, mais il semblait déterminé à ne pas céder.

— Mais si ! rétorqua Lysandra. Vous allez m'y emmener ce soir, prêtre, ou vous ne verrez pas le soleil se lever demain matin !

— Ne comprenez-vous pas que j'essaie de vous sauver, Majesté ? implora Per Ostvik, cherchant manifestement à se débarrasser de cette tâche par tous les moyens. Je sens la magie qui subsiste en vous, qui vous envahit. Cela aurait pu être évité si vous vous étiez dûment acquittée des étapes préparatoires. Elle vous ronge l'esprit et vous détruit le corps. Vous êtes allée trop loin, la dernière fois, et je crains que…

Phela se remémora soudain le goût de la magie, en haut de la Flèche du Sang, celle qui s'échappa des lèvres de sa pauvre mère et qu'un hoquet de surprise avait attirée dans la bouche de Phela. Cette sensation intime. Cette puissance. Elle savait de quoi – et de quel endroit – parlait Per Ostvik lorsqu'il employait le mot « descendre ». Phela sentit une excitation intense fourmiller sur sa peau, comme si c'était à elle que le prêtre s'était adressé.

Mais pas tout de suite, se dit-elle. *Mère a voulu aller trop vite. Je dois me montrer prudente et méthodique, si je veux réussir là où elle a échoué.*

Phela pénétra dans la pièce. Elle s'était crue prête à contempler sa mère, mais l'apparence de Lysandra était plus effroyable que jamais. Son œil mort continuait de pleurer. L'odeur d'épissa qui emplissait l'air couvrait à peine une autre puanteur, une odeur corporelle douceâtre qui lui fit penser à de la pourriture. Voûtée, amaigrie, la peau plissée et pendante, la reine Lysandra pivota et pointa Phela du doigt, perçant l'air comme à l'aide d'une fléchette.

— Cette conversation ne te concerne pas.

Per Ostvik ne dit rien, et Phela ignora l'avertissement furieux de sa mère. Au lieu de cela, elle laissa de nouveau son chagrin monter à la surface, et traversa la pièce pour tendre le sac de toile à la reine. Le tissu rugueux chuinta sur la peau de Lysandra, qui s'en saisit, décontenancée.

— Que fais-tu ? Qu'est-ce donc ?

— Préparez-vous, Mère, dit Phela. C'est… Ça vient d'Aris. Cela a été confirmé.

La reine Lysandra chancela. Elle gémit comme une bête blessée, et le chagrin rendit ses traits déjà déformés plus affreux encore, comme une sculpture biscornue représentant la douleur humaine. Phela la regarda ouvrir le sac et découvrir les morceaux de chair, racornis et sanglants, qui avaient été les organes virils du prince Aris. Le sac glissa des mains de la reine et s'écrasa sur le sol dallé. Per Ostvik tendit le bras pour le ramasser, mais la reine se retourna vers lui et cria :

— N'y pensez même pas !

Puis elle se figea, comme si le temps lui-même l'avait emprisonnée entre deux instants. Comme si ni le passé ni l'avenir n'étaient capables de l'accueillir, et qu'elle refusait donc de bouger. Phela vint se placer près d'elle, posa une main sur son épaule mince, et tenta de ne pas inspirer trop profondément le mal qui la rongeait.

— Il était au lit avec trois putains baju, expliqua Phela. Elles sont mortes toutes les trois, tuées par l'assassin d'Aris. Le meurtrier a pris son corps, mais il a laissé ses parties intimes dans la pièce.

La reine Lysandra prit une brusque inspiration, comme sortant d'une transe. Elle lança un regard noir à Per Ostvik, qui aurait manifestement préféré se trouver n'importe où plutôt que là. Phela ne pouvait pas lui en vouloir.

— Des témoins ? interrogea Lysandra.

— Seulement des Baju, mais ils confirment ce récit. Aris est mort, Mère. Le prince n'est plus. La rumeur se répand déjà que les Baju profitent de la confusion au sein des Cinq Clans pour organiser leur propre rébellion. Ils vont essayer de tuer leurs maîtres. Se dresser contre la Couronne et contre les Quatre.

—Non! hurla Lysandra.

Elle donna un coup de pied dans le sac de toile grossière, et il roula sur le sol, laissant échapper la queue et les testicules flétris du prince Aris. De petits caillots de sang coagulé mouchetèrent les dalles.

—Non, certainement pas!

Elle se mit à appeler les gardes d'une voix stridente. La magie étincela dans ses yeux, en sortit comme une vapeur, et des filets de fumée s'élevèrent de sa bouche ouverte.

Voilà! pensa Phela. Son souffle se bloqua dans sa poitrine, mais elle résista à la tentation d'aspirer les lambeaux de noirceur qui flottaient dans l'air.

Les lèvres de sa mère prirent une écœurante couleur dorée tandis qu'elle hurlait. Per Ostvik s'approcha d'elle, espérant peut-être la calmer, mais les gardes arrivèrent en courant. Lysandra criait toujours. Son visage se fit soudain flasque, et elle se mit à trembler. Une tache apparut sur le devant de sa robe, dessinant un «V» humide sur le tissu. La puanteur de l'urine recouvrit les autres odeurs que contenait la pièce. Elle se tourna et avança en titubant vers une petite table, où elle avait laissé ses petits morceaux d'épissa vert-jaune.

—Majesté, murmura Per Ostvik.

Mais il ne fit pas un geste pour l'aider, ni pour la toucher. Le dégoût l'avait paralysé.

La reine Lysandra s'effondra, une main encore tendue vers l'objet de son addiction, ignorant le trophée envoyé par l'assassin de son fils. Des larmes noires coulèrent de son œil détruit.

—Les Baju, dit-elle aux gardes qui s'approchaient d'elle. Dites au commandant Kurtness de les tuer. Envoyez-le-moi s'il veut l'entendre de ma bouche, mais… tuez-les.

» Tuez-les tous.

Et les cartes remuèrent à nouveau sous les mains habiles de Phela.

L'amirale Daria Hallarte inspira profondément, et une odeur de fumée, de soufre et de chair brûlée lui emplit les narines.

La bataille était terminée depuis une heure, mais son sang battait encore à ses oreilles, et son souffle était court et haché. Un vaisseau pirate avait coulé et le second était en flammes ; ce résultat ne la surprenait pas le moins du monde. Elle avait tué deux pirates de ses mains, et cela ne la troublait pas non plus. Non, ce qui la dérangeait était le message reçu de la reine par mouette voyageuse. Il ordonnait à tous les bâtiments – tous ceux qui n'étaient pas occupés à protéger le royaume d'un danger mortel – de revenir à la capitale, pour réprimer ce que le message qualifiait d'« insurrection latente ». Même si Daria avait déjà pris sa décision concernant ce message, l'incertitude la tenaillait, et ce sentiment lui était inhabituel. Daria était parvenue à ce poste parce qu'elle était déterminée et sûre d'elle. Elle n'aimait pas douter. Cela lui donnait l'impression d'être une Baju.

Elle regarda par la fenêtre, à l'arrière de sa cabine. Le vaisseau pirate incendié dérivait à huit cents mètres derrière eux, son gréement et ses mâts ne formant plus que quelques lignes noires au milieu des flammes, qui s'élevaient plus haut encore. Il penchait à tribord.

Bientôt, la mer s'y précipiterait, éteindrait l'incendie, et engloutirait le vaisseau à jamais.

Des deux équipages pirates, il ne restait que cinq survivants. Le moment était venu de les interroger. Ils attendaient, ligotés, sur le pont de la *Nayadine*, le bijou de la flotte royale. Ils savaient que le temps leur était compté. Elle leur promettrait une mort rapide et indolore, pour peu qu'ils répondent à ses questions. Mais s'acquitter de cette tâche ne réjouissait pas Daria, car elle avait déjà interrogé des pirates par le passé. Il était peu probable qu'ils acceptent de parler. Vraisemblablement, ils expireraient dans d'atroces souffrances, refusant de trahir les secrets des guildes pirates.

Et cependant, elle se devait tout de même d'essayer.

Le roulis et les grincements de la *Nayadine* étaient familiers et rassurants à ses yeux, mais les planches étaient habitées par les fantômes des marins du passé, et elle les sentait à ses côtés, du capitaine jusqu'au dernier matelot. Les hommes et les femmes qui avaient hissé les voiles et navigué à bord de ce navire ne la jugeraient pas. Ils avaient accompli leur devoir, et ils n'en attendaient pas moins de sa part.

Ce qui l'obligeait à se demander quel était vraiment son devoir, en cet instant. Elle n'avait jamais été très douée pour faire confiance à autrui. La plupart des officiers auxquels elle commandait avaient mérité la foi qu'elle leur accordait. Mais c'était une chose que de croire en la loyauté et la compétence de ses subordonnés, et une autre de s'en remettre à la sagesse et aux conseils d'une autre personne. Elle savait Shawr fidèle et courageux ; mais au bout du compte, il demeurait son intendant, et son expérience de la vie était trop limitée pour rendre son opinion pertinente. Au cours des deux années passées, chaque fois qu'elle avait eu une décision difficile à prendre, elle avait écouté les conseils d'un seul homme : Demos Kallistrate. Jamais elle ne pourrait lui révéler la vérité fondamentale sur son existence, pas plus qu'à qui que ce soit. Mais ses doutes, ses peurs, ses hésitations quant aux décisions qui lui revenaient, pouvaient tous lui être confiés. Et lorsqu'un ordre comme celui qu'elle venait de recevoir se présentait…

Que les Quatre te maudissent, Demos, pensa-t-elle. *Il fallait que tu partes en congé maintenant, évidemment!*

Lorsqu'il reviendrait, Demos serait nommé capitaine du *Souffle de Tikra*, le plus vieux vaisseau de sa flotte de six bâtiments. Si Daria n'avait pas craint de provoquer une mutinerie, elle lui aurait donné le poste occupé par le capitaine Gree. L'équipage de Daria aimait et admirait Demos, mais il n'avait pas passé assez de temps à ses côtés pour être promu au détriment d'hommes et de femmes beaucoup plus expérimentés.

Sauf si j'arrivais à la capitale avant la fin de son congé, songea-t-elle. *Il serait sacrément surpris!*

On frappa à la porte, mais elle ne se retourna pas. Elle avait reconnu le coup, et elle savait que Shawr allait entrer, qu'elle l'y invite ou non.

— Le capitaine Gree a rassemblé tout le monde sur le pont, annonça Shawr. Les prisonniers restent agressifs et hostiles. L'une des pirates s'est déjà suicidée.

— Comment? questionna Daria. J'avais ordonné qu'on les ligote et qu'on les garde en vie afin de les interroger.

— Ils sont bien ligotés, répondit Shawr. Je suppose qu'elle avait une capsule pleine de venin de poisson-scorpion dans la bouche.

Daria haussa les sourcils. Elle avait déjà vu quelqu'un mourir d'une morsure de poisson-scorpion.

—Elle préférait ça à une mort rapide ?
—Elle fume encore, ajouta Shawr.
—Nous combattons de bien effroyables ennemis.
—Ce qui transforme l'ordre de la reine en vrai dilemme, pas vrai, amirale ? dit Shawr.
—Plus que tu ne l'imagines, répondit Daria à mi-voix.
—Mais nous y allons, n'est-ce pas ? reprit Shawr. (Il vint se poster à son côté, comme il le faisait souvent lorsqu'il espérait se rendre utile.) Le message apporté par la mouette disait bien que la situation était critique, chez nous. La reine…
—… a ordonné à son armée d'envoyer les troupes dont on pouvait se passer sans mettre en danger les missions en cours, interrompit Daria.

Elle n'avait pas besoin d'ordonner à Shawr de ne pas la questionner. Son ton était suffisamment clair.

—Je préférerais de beaucoup me trouver loin d'ici, pour chercher le Rivage Lointain ou pour tenter de tisser de nouveaux liens avec le peuple chilkot. Mais l'ordre de lutter de front contre les pirates nous a rapprochés de chez nous. Et il s'agit d'une mission vitale.

—Ce ne sont que des bandes de pillards, amirale. Rien de plus. Les îles de l'Anneau ont déjà repoussé des attaques de pirates, et elles en sont encore capables, avec ou sans notre aide.

—Tu es jeune, Shawr. Tu vois la menace qui se trouve sous ton nez, mais tu ne parviens pas à regarder au-delà. Si ces guildes pirates finissaient par s'allier entre elles, elles représenteraient un danger non seulement pour l'Anneau, mais pour tout Quandis. Et ce chien qui se fait appeler Kharod le Rouge…

—… lequel est mort depuis cinq siècles, intervint Shawr.

—Je ne dis pas qu'il s'agit réellement de Kharod le Rouge. Mais qui que soit ce nouveau chef pirate, il est bien capable de galvaniser les guildes. C'est pourquoi nous ne pouvons pas retourner à Lartha. Nous avons encore du travail ici. Interroger les prisonniers, jusqu'à leur arracher la moindre bribe d'information utile, n'est encore qu'un début. La reine va devoir se débrouiller sans nous.

Shawr acquiesça d'un air sombre, comme si toute la sagesse des temps passés pesait sur ses épaules.

—Donc, votre décision est prise.

—Oui, en effet.

Daria répéterait aux capitaines ce qu'elle avait dit à Shawr. Comme lui, ils comprendraient son raisonnement. C'était parfaitement logique, après tout. Si ce nouveau chef pirate, qui se prenait pour un personnage de légende, réussissait à persuader les guildes de s'allier, elles pourraient devenir une véritable armée de voleurs et de coupe-jarrets. La marine quandienne ne pouvait les laisser faire. Au nom de la Couronne, ils devaient traquer et éliminer ce nouveau Kharod le Rouge.

—Certains des capitaines vont protester, fit remarquer Shawr. Il y en a, parmi eux, qui voudront partir immédiatement rejoindre la reine, par loyauté ou bien désir de gloire.

—Le capitaine Gree, tu veux dire.

Un léger sourire flotta sur le visage de Daria. Shawr ne supportait pas les gens qu'il soupçonnait de manquer de loyauté à l'égard de l'amirale. Étant donné la vie qu'elle avait connue à sa naissance, Daria n'aimait pas comparer les gens à des animaux, mais la fidélité de Shawr rappelait terriblement celle dont seuls étaient capables les chiens.

Elle lui était reconnaissante de lui témoigner une amitié si farouchement protectrice.

— Peut-être, dit-il.

— Gree ne me fait pas peur, affirma Daria. C'est pour ça que je suis amirale.

Elle lissa le devant de sa veste et s'assura que son épée et ses étoiles de lancer étaient bien calées dans leurs fourreaux. Elle risquait d'en avoir à nouveau besoin dans un avenir proche. Daria tenait à montrer elle-même l'exemple, surtout lorsqu'il s'agissait d'interrogations et de torture. C'était en partie pour cela que les hommes la tenaient en si haute estime ; malgré son titre d'amirale, elle n'avait pas peur de se salir les mains.

Sur le pont, la puanteur de la bataille était plus forte encore. L'équipage lavait et préparait les corps de sept Quandiens, tués au cours de l'échauffourée, afin de leur offrir des funérailles marines sur le pont avant. Leurs plaies avaient été recousues et bandées, et on avait choisi de beaux vêtements pour les rhabiller. Bientôt, on les ferait descendre entre les bras de Dephine, divinité de l'Eau et des Animaux. Ce triste spectacle n'était cependant que la toile de fond d'une scène toute différente, juste devant Daria.

Les cinq prisonniers étaient attachés à une rambarde au milieu du navire. L'une d'eux était devenue aussi rouge qu'une écrevisse, brûlée par le venin de poisson-scorpion qu'elle avait ingéré. À ses pieds s'étalait une flaque de sang encore écumante. Ses cheveux pendaient devant son visage, masquant la majorité de ses horribles blessures. Ses bras étaient tendus de part et d'autre de son corps. Les cordages qui la liaient à la balustrade étaient fumants.

Daria se félicita que son cadavre ait été laissé parmi ses compagnons. Ainsi, ils sentaient l'odeur douceâtre de viande cuite qui accompagnait sa mort, et deux d'entre eux s'efforçaient de se tenir le plus loin possible de la flaque de sang. Si elle les touchait, elle leur brûlerait la peau.

Daria longea lentement les prisonniers alignés et s'arrêta devant la morte. Elle tira son épée et s'en servit pour soulever la tête de la prisonnière, afin d'examiner son visage défiguré. Certains de ses hommes détournèrent les yeux. Pas les pirates.

— Il pourrait s'agir de vous, commenta-t-elle.

— On en serait ravis, rétorqua l'un des pirates.

C'était un homme imposant, au corps couvert de tatouages. Des serpents et des créatures tentaculaires s'enroulaient autour de ses membres, sortant de ses manches et de son pantalon court. Un dragon marin enserrait son cou et grimpait jusqu'à son visage, où sa bouche ouverte coïncidait avec celle du pirate. Lorsqu'il parlait, le dragon rugissait.

— Ton nom, exigea Daria.

— Phyllips. J'ai connu une Quandienne comme vous, une fois, mais beaucoup moins moche. Je lui ai arraché les yeux et je les ai mangés en baisant son crâne. Elle était encore vivante. Elle a survécu quelques jours après ça, et le reste de mes gars…

Daria l'interrompit d'un coup d'épée qui lui entailla les joues et le nez. Ses joues s'ouvrirent et un sang mousseux sortit de la coupure qui lui barrait le nez, tandis qu'il tentait de calmer sa respiration. Au moins, il s'était arrêté de débiter des horreurs.

— Je vous tuerai tous rapidement si vous répondez à mes questions, déclara-t-elle.

— Quel honneur y a-t-il à mourir vite ? répliqua Phyllips en crachant du sang. Je préfère que ça dure des heures. Des jours, même.

En la regardant droit dans les yeux, il se déplaça légèrement sur le côté et posa sa jambe à plat dans le sang toxique de son acolyte. Sa peau se mit à grésiller. Phyllips sourit.

— J'embrocherai votre chef de mon épée avant la fin de l'été, annonça Daria.

— Kharod le Rouge a été embroché plus d'une fois ! cria Phyllips. (La douleur semblait l'aiguillonner, alimentant sa fureur.) Le roi Kharod vous dévorera tous ! Il ne fera qu'une bouchée de vous, et…

Daria tourna le dos aux pirates et fit face à son équipage, ainsi qu'à son capitaine. Gree souriait, et son sourire s'élargit lorsque leurs regards se rencontrèrent. Elle savait que sa décision de rester en mer, plutôt que de repartir à Quandis, n'était pas celle qu'il aurait prise. Mais elle voyait aussi qu'il comprenait son raisonnement.

Savoir qu'elle conservait la confiance du capitaine Gree revigora Daria. Et elle allait avoir besoin de toutes ses forces.

Furieux qu'elle lui ait tourné le dos, Phyllips le pirate se remit à hurler et à tempêter. En vain. Daria attendit qu'il se taise, puis se retourna pour reprendre le cours de son interrogatoire. Elle s'était préparée à cette tâche. L'après-midi serait long et sanglant.

Un grand bruit d'ailes l'interrompit. Un énorme albatros apparut à la proue du vaisseau, décrivit un cercle autour de la *Nayadine*, puis descendit en planant jusqu'à se poser sur la rambarde, rangeant ses ailes immenses. Le symbole du clan Daklan était peint en bleu sur son poitrail orgueilleux. L'oiseau pencha la tête, observant Daria et son équipage.

La mouette arrivée plus tôt était encore épuisée, et attendait qu'on lui confie une réponse. Les mouettes servaient en général à porter le courrier à Quandis même, voire, de temps en temps, jusqu'aux îles de l'Anneau. Lorsqu'un de ces oiseaux leur était parvenu alors qu'ils se trouvaient si loin de Quandis, Daria avait su qu'il ne pouvait y avoir que deux explications. Soit l'employé chargé d'expédier la missive n'y connaissait rien, soit tous les albatros de la Couronne avaient déjà été envoyés ailleurs.

Ce volatile-ci n'appartenait pas à la Couronne. Le clan Daklan était une famille de négociants, de marchands et d'explorateurs ; par conséquent, ils possédaient de leur côté de nombreux albatros. Mais jamais on ne les avait vus s'en servir pour communiquer avec un vaisseau de l'armée quandienne.

Shawr voulut s'approcher de l'oiseau, mais Daria leva une main.

— Non. Laissez-moi faire.

À l'instant où elle s'avança, l'albatros se figea. Patiemment, il attendit qu'elle déroule le morceau de cuir enroulé autour de sa patte gauche et récupère l'épais parchemin qui s'y trouvait. La lettre lui était adressée personnellement. Daria l'ouvrit et regarda fixement les mots qui y avaient été griffonnés. Son pouls s'accéléra.

Baron Kallistrate exécuté. Membres de sa famille vendus comme esclaves.
Si vous revenez, ne parlez pas de votre ami, mon fils Demos, ou votre vie sera en danger.
Avec mes amitiés endeuillées,
Carina Kallistrate

Daria resta immobile le temps de quelques battements de cœur. Elle cligna des yeux, stupéfaite.

Puis elle brandit le parchemin et le lâcha. Une brise souleva la lettre dans les airs, puis la laissa retomber entre les vagues. Elle se tourna vers son équipage, dans l'expectative. Le capitaine Gree fronçait les sourcils.

— Shawr, tue cet oiseau et apporte-le au cuisinier. Les capitaines et moi allons le manger pour le dîner.

— Bien, amirale. Tout de suite.

Shawr scruta le grand oiseau, avec son bec cruel et ses grandes ailes, puis posa la main sur son couteau.

Daria, elle, leva son épée. Elle commença par le pirate le plus proche : elle lui trancha la gorge, puis fit un pas en arrière afin que le sang ne gicle pas sur ses bottes. Elle marcha le long de la file, et lorsqu'elle atteignit Phyllips, il lui souriait en penchant la tête en arrière, découvrant sa gorge.

— Gloire au roi Kharod le Rouge, dit-il.

— Oui, c'est ça, répondit Daria.

Elle le poignarda en plein cœur, puis refit face à son équipage interloqué.

— Capitaine Gree, envoyez les signaux aux autres capitaines afin qu'ils nous retrouvent dans ma cabine. Préparez la flotte. Nous en avons terminé ici. Nous partons pour Quandis.

Tandis qu'elle redescendait vers les ponts inférieurs, les allégeances de Daria se faisaient la guerre dans son esprit. Oui, elle se dirigeait vers Quandis, et vers un monde de chaos et de mystères. Mais qui servirait-elle, une fois arrivée ? Pour l'instant, elle n'en avait pas la moindre idée.

Phela était passée maître dans l'art de ne pas bouger. Cependant, elle détestait malgré tout y être obligée. Elle était en ce moment même assise sur une de ces chaises en fer-bois, dont le siège et le dossier étaient si durs qu'elles étaient principalement utilisées par les prêtres. Leur propre inconfort correspondait, selon eux, à une sorte de grâce. Phela s'était toujours moquée de ces inepties, et cependant, n'était-elle pas en train de faire quelque chose qui y ressemblait beaucoup, à cet instant ? *Qui est stupide, à présent ?* songea-t-elle.

La chose allongée dans le lit de sa mère ne ressemblait pas à la reine Lysandra. Vieillie, les bras croisés sur sa poitrine comme pour se protéger, sa mère était recroquevillée sur le côté, et respirait par petits à-coups, comme si chaque bouffée d'air lui était très précieuse. D'ailleurs, peut-être avait-elle raison. Seul son œil détruit demeurait visible, l'autre étant enfoui dans les plis de l'oreiller. Ses cheveux, devenus fins et cireux, étaient tombés par poignées. Son œil mort pleurait toujours, mais la fabuleuse magie qui s'en était échappée et avait été emportée par la brise avait laissé place à un épais pus jaune.

— Majesté, dit Dafna.

La Voix remua nerveusement au bout du lit, nourrissant peut-être l'illusion que la reine avait encore besoin d'elle.

— Puis-je vous apporter quoi que ce soit ?

— Taisez-vous, imbécile, lâcha Phela. Ne voyez-vous pas que plus rien en ce monde ne peut lui être utile ?

Dafna la regarda, blessée. Phela, sans prêter attention au chagrin de Dafna et à la peine qu'elle venait de lui causer, se demanda ce qu'il adviendrait de la Voix, à présent. Elle supposa qu'il lui faudrait la supporter quelque temps, afin que la transition d'un règne à l'autre paraisse respectueuse. Paisible. Dafna pourrait même se révéler utile, sur la durée ; la population avait confiance en elle, et elle avait un talent certain pour conserver un air serein tout en annonçant de terribles nouvelles. Cela vaudrait peut-être la peine de la garder, finalement.

Elle y réfléchirait.

Montant la garde à la tête du lit, Shome veillait sur la reine Lysandra, sans même lever les yeux sur la princesse Phela ou Dafna. Elle demeurait loyale à la Couronne elle-même, et non à la femme qui la portait. Ce soir, elle se devait de servir sa souveraine actuelle. Immobile et menaçante, elle surveillait Lysandra avec une constance marmoréenne.

Une brise balaya le sol, et Phela s'en délecta. Avant de cesser totalement de parler, la reine avait demandé qu'on chauffe davantage la pièce. Dafna avait donc ordonné aux serviteurs d'attiser les cheminées masquées dans le bâtiment, et de diriger la chaleur vers les appartements de la reine. L'atmosphère était étouffante, et le coup de vent salutaire. Il signifiait aussi qu'une autre personne était arrivée pour veiller la reine.

Myrinne entra dans la chambre. Elle se mouvait avec un air de grâce et de puissance que Phela admirait ; elle était silencieuse par respect, et non par désir de passer inaperçue. La princesse Myrinne haïssait désormais leur mère – Phela en était sûre, étant donné le sort réservé aux Kallistrate –, et cependant, elle se comportait comme si elle était encore dévorée par le chagrin.

Phela ne se leva pas. Dafna quitta promptement sa place au bout du lit de la reine et se glissa sous la voûte d'une fenêtre, comme si elle avait voulu y disparaître. Myrinne s'agenouilla au chevet de sa mère, contemplant la déchéance de la femme qui les avait élevées avec sévérité, de grandes exigences, et une intelligence froide, du moins lorsqu'elle daignait se soucier de ses filles. Aris avait toujours été son enfant chéri.

— Mais…, s'exclama Myrinne avant de se retourner vers sa sœur. C'est bien de l'épissa que je sens, Phela?

— Elle a supplié les guérisseurs. Ils ont cédé. Si cela peut la soulager…, répondit Phela en haussant les épaules.

Myrinne hocha la tête.

— J'imagine que cela ne peut plus lui faire de mal, désormais.

— Nous savons tous que son corps y est largement accoutumé, reprit Phela avec une amertume qui la surprit elle-même.

Elle avait eu tort de se laisser aller à exprimer ses véritables sentiments. Cela ne devait pas se reproduire.

Myrinne se pencha et murmura quelque chose à l'oreille de leur mère. Durant quelques minutes, elles demeurèrent ainsi, toutes aussi silencieuses que Shome. Seuls le souffle des bouches d'aération et celui de la reine, court et haché, brisaient le silence. Puis Myrinne regarda de nouveau sa sœur aînée.

— Où est Aris? Il est impensable qu'il puisse se trouver où que ce soit, sinon ici.

Phela laissa son regard dériver vers Shome avant de revenir à sa sœur.

— Myrinne, notre frère est mort.

Myrinne, bien qu'à genoux, s'affaissa sur le côté et se retint aux draps de sa mère. Assise sur le sol, dos au lit, elle dévisagea Phela.

— Retire ce que tu as dit. Dis-moi que c'est un mensonge.

Depuis la voûte de la fenêtre, encore plus visible qu'elle ne l'aurait souhaité, Dafna prit la parole.

— J'ai bien peur que non. Le prince Aris a été tué par des Baju. La reine a proclamé un édit exigeant l'exécution de tous les Baju, afin d'être certaine que ses assassins mourraient.

Myrinne laissa tomber sa tête en avant.

— Mais cela n'a pas de sens. Pourquoi auraient-ils...

— Peut-être en avaient-ils marre de le voir baiser leurs femmes, intervint Phela. Trois putains baju ont été tuées en même temps que lui, dans le même lit.

— Non! dit Myrinne en serrant les paupières. Comment est-ce possible?

Phela fronça les sourcils.

— Tu te conduis comme si tu aimais notre frère. Aris te traitait affreusement mal.

Lysandra gémit faiblement. Dafna émergea de son refuge, le regard plein d'espoir.

— Majesté?

— Laissez-nous, dit Phela sans se tourner vers la Voix.

La pièce retint son souffle. Phela avait toujours les yeux fixés sur sa sœur, mais elle eut l'impression d'entendre la Voix se raidir.

— Vous n'avez pas d'ordres à me donner, répondit Dafna.

Quelle témérité..., songea Phela. Elle lança un regard à Shome, qui quitta aussitôt sa place à la tête du lit de la reine pour venir se positionner face à la Voix. Phela fut forcée de reconnaître que Dafna avait du cran, car elle tint tête à Shome comme si son sang ne s'était pas glacé dans ses veines. Myrinne observa la scène, et une lueur s'alluma dans ses yeux, comme produite par une soudaine révélation. Elle se leva, tremblante.

— Je crois bien que si, Dafna, corrigea la princesse Myrinne en lissant son manteau. À en juger par l'état de ma mère, elle ne survivra probablement pas plus de quelques jours, dans le meilleur des cas. Les guérisseurs m'ont affirmé que son mal leur était inconnu, et qu'ils ne pouvaient en prévoir l'issue avec certitude. Mais… regardez-la, Dafna.

Myrinne suivit elle-même son conseil, et se retourna vers la reine.

— Ma mère est mourante. Mon frère a été assassiné. Peut-être la princesse Phela n'exerce-t-elle pour l'instant aucune autorité sur vous, mais elle deviendra bientôt la reine Phela. Par ailleurs, s'il ne fallait respecter qu'une chose, ce devrait être le souhait d'une fille qui désire rester seule auprès de sa mère agonisante.

La Voix ne répondit pas, mais elle quitta silencieusement les appartements de la reine. Une brise fraîche dansa au ras du sol, puis les portes de l'antichambre se refermèrent avec un bruit sourd.

Enfin, Phela se leva de son siège. Le cœur battant plus vite, elle vint se placer aux côtés de Myrinne, et les deux princesses contemplèrent le corps brisé de leur mère. Elle s'était montrée très dure, lorsque Phela était enfant, mais il y avait eu également des moments de douceur. Des rires. Et même du respect, en des temps lointains. Lysandra lui avait enseigné des choses essentielles alors qu'elle n'était encore qu'une petite fille. Si cette femme forte, sage et déterminée avait survécu, Phela n'aurait jamais convoité la Couronne. Du moins, c'était ce qu'elle se répétait. Mais le Sang des Quatre coulait dans leurs veines, et la Couronne méritait mieux que l'égoïsme et la corruption qui avaient remplacé les qualités de Lysandra. Quandis méritait une reine prête à tout pour préserver sa grandeur et son honneur, pour susciter à la fois la peur et la confiance au sein de la population. Phela serait cette reine, et en goûtant brièvement la magie en haut de la Flèche du Sang, elle avait compris comment.

Leur État insulaire était un astre resplendissant, un exemple à suivre par le reste du monde. Les autres nations souhaitaient commercer avec Quandis, guerroyer à ses côtés, ou bien s'attirer sa protection. Les Quatre avaient béni cet endroit ; ils avaient modelé la terre de leurs mains pour l'ériger, et semé leur graine au sein de ses habitants afin que la tête qui porte la couronne appartienne pour toujours à l'un de leurs descendants. Phela savait qu'elle ne faisait que son devoir.

Et malgré tout, cela restait douloureux.

Pour la première fois depuis des années, elle prit la main de sa sœur.

Myrinne baissa les yeux vers Phela.

— Ce sera mieux pour Quandis, dit-elle comme si elle lisait dans les pensées de son aînée. Nous le savons toutes les deux. Son esprit était en train de se déliter.

Phela étudia le visage de sa sœur, en se demandant jusqu'où s'étendait sa lucidité.

— Être reine n'a jamais été mon rêve, dit Phela.

Le regard de sa cadette vola vers Shome, l'espace d'une fraction de seconde.

— Jusqu'au jour où ça l'est devenu, compléta Myrinne.

En réprimant un sourire, Phela hocha presque imperceptiblement la tête.

— Jusqu'à ce jour-là.

— Quand tu seras reine, tu répareras les horreurs commises ces dernières semaines. Tu feras libérer les Kallistrate.

— Libérer Demos, tu veux dire. Dois-je comprendre que tu as découvert qui l'avait acheté?

— Demos est chez Euphraxia…

— L'apex? releva Phela, soudain intéressée. Pourquoi donc…

— Sa mère est l'esclave du clan Daklan, et son frère est mort, termina Myrinne.

Phela acquiesça, comprenant aussitôt. Les Daklan et les Kallistrate étaient alliés depuis des générations. Carina Kallistrate avait sans doute été achetée par ses vieux amis afin de lui éviter de souffrir aux mains de quelqu'un d'autre. Ce qui signifiait qu'Euphraxia avait surenchéri pour acquérir Demos à leur place… Un bien étrange détail. Du moins, pour qui ne s'intéressait pas à l'histoire de Quandis.

— Tu dois ordonner qu'on les relâche immédiatement, l'exhorta Myrinne. Nous ne pouvons pas faire revenir le père et le frère de Demos à la vie, mais tu peux au moins leur rendre leur liberté, à lui et à sa mère.

Sur le lit, Lysandra soupira et s'agita, presque comme si elle entendait leur conversation, et que celle-ci la mettait en rage. Phela songea que c'était peut-être le cas, et ne s'en émut pas.

Elle sourit et se tourna vers sa sœur.

— Je sais que tu es douée pour manier une épée, mais je me suis toujours demandé si tu serais capable de te battre pour de vrai. À présent, je crois que c'est bien possible. Je ne te croyais pas si forte. Je suis fière de toi.

Myrinne serra la main de Phela.

— Tu vas le faire, alors?

— Je te promets d'essayer.

— D'essayer?

— Euphraxia est l'apex, et j'imagine qu'elle a… (Phela haussa les épaules.) … des raisons personnelles de vouloir Demos comme esclave.

— Quelles raisons ?

— J'ai entendu des rumeurs évoquant une vieille querelle, répondit Phela.

Comme de coutume, elle n'en dit pas plus que le strict nécessaire. En Chuchotant, elle avait surpris des bribes de conversations qui, une fois combinées, fournissaient une explication fragmentaire de la haine d'Euphraxia pour le nom de Kallistrate. Cependant, tout cela semblait à présent confirmé. En un temps très reculé – précédant de loin la naissance des gens d'aujourd'hui, à l'exception peut-être de Per Ristolo et d'autres anciens de l'Ordre Supérieur, dont elle ignorait l'âge exact –, la famille d'Euphraxia faisait partie du clan Kallistrate. La légende disait qu'un Kallistrate de l'époque avait déshonoré l'ancien nom de famille d'Euphraxia. Phela ne connaissait pas la nature exacte de cet affront, mais il avait apparemment suffi à faire bannir cette famille du clan Kallistrate. Les ancêtres d'Euphraxia – et subséquemment, Euphraxia elle-même – avaient été encouragés à rejoindre le clergé afin d'échapper à la misère. Toute cette histoire avait donné lieu à une haine profondément ancrée, transmise de génération en génération, et sans doute encore très vivace dans le cœur d'Euphraxia.

Phela se demanda comment ce sentiment de détestation pouvait coexister avec l'adoration de l'apex envers les Quatre, divinités de justice, de pardon et de miséricorde.

— Querelle ou pas, il faut que tu essaies, reprit Myrinne.

— Je vais faire de mon mieux pour les faire libérer, dit Phela d'un ton pensif. (Les pièces du casse-tête s'imbriquaient dans son esprit.) Mais pas tout de suite. D'abord, Demos va devoir faire quelque chose pour moi.

Le soupçon assombrit le regard de sa cadette.

— Que désires-tu donc, ma sœur ?

Phela le lui révéla donc, en détail. Myrinne commença par protester, mais finit par céder, comme l'avait prévu Phela. Avait-elle le choix ?

Après lui avoir arraché la promesse qu'elle serait tenue au fait de l'état de sa mère, Myrinne lança à sa sœur un dernier regard sombre, puis quitta à la hâte les appartements de la reine. *Elle court sans doute rejoindre Demos.*

— Bon, Shome, dit Phela lorsqu'elle fut certaine que Myrinne s'était éloignée. L'heure est venue de décharger la reine Lysandra de son fardeau. Il y a beaucoup à faire, et une longue période d'attente et d'incertitude ne ferait aucun bien à Quandis. Inutile de laisser souffrir ma mère plus longtemps.

La capitaine des Silencieuses demeura si impassible qu'on aurait pu la croire taillée dans le marbre. Et lorsque Phela se dirigea vers la commode où les guérisseurs avaient caché l'épissa de la reine, au fond d'un minuscule tiroir, et qu'elle la rapporta pour la glisser entre les lèvres de sa mère, Shome ne donna son accord qu'en restant immobile.

Bientôt, la reine Lysandra fut immobile à son tour. Et tout aussi silencieuse.

À jamais.

Chapitre 7

Les novices de Yaris Teeg voyageaient par deux au fil des rues et des places bondées de Lartha, au nord de la colline du Temple. Face à eux, de l'autre côté d'une vallée large mais peu profonde, se dressait la colline du clan Daklan. Un immense à-pic, du côté est de la colline, témoignait d'un cataclysme ancestral qui l'avait divisée en deux. Les autres faces étaient couvertes de bâtiments aux couleurs vives : maisons, boutiques, restaurants, entrepôts et écoles, de même qu'un hôpital de renom. Au sommet s'étendait le château où résidaient les plus grandes familles du clan, ainsi que le cercle de leurs amis et conseillers. À la base de la colline, sur la berge du fleuve Susk qui traversait la ville, on trouvait les bureaux, hangars, quais et jetées qui permettaient aux membres du clan Daklan d'organiser et de pratiquer leurs importantes activités commerciales. Plusieurs grands navires y étaient amarrés, et d'innombrables vaisseaux plus petits allaient et venaient le long du fleuve, s'arrêtant pour la plupart en bas de la colline des négociants. On faisait affaire, on brassait de l'argent, on échangeait des promesses, on signait des contrats.

L'atmosphère était bien différente de celle, calme et paisible, qui régnait au temple.

Arrachés à leurs études silencieuses, les novices avaient pour ordre de regarder autour d'eux sans prononcer un seul mot. Ces moments passés en dehors de Yaris Teeg faisaient partie de leur initiation à la prêtrise ; ils devaient apprendre à se contrôler et à respecter les instructions strictes de leur professeur.

Gemmy était en train de rater l'examen.

— Tu as vu comme ils te regardent ? chuchota-t-elle.

Blane fronça les sourcils et lança un regard oblique à son amie.

— Tous ceux que nous croisons, poursuivit-elle, les mères avec leurs enfants, les marchands dans leurs échoppes, les jeunes, les soldats... Ils te regardent tous comme j'ai appris à le faire.

— Chut ! la pressa-t-il. Per Santoger va t'entendre, et nous allons être...

— Ils ne te voient plus comme un Baju, mais comme un prêtre.

Blane eut un hoquet de surprise. Sa colère à l'égard de Gemmy s'évapora, et il eut soudain envie de tendre la main pour serrer la sienne. Il réprima cette envie, bien sûr, mais s'émerveilla tout de même de la savoir son amie. Il n'avait pas encore fini de se faire à l'idée qu'il avait une amie aux yeux bruns. La plupart des Baju n'avaient jamais l'occasion de nouer de tels liens, hormis à l'époque insouciante de l'enfance, et Blane y réagissait de façon inattendue. Il était un homme profondément absorbé par ses desseins personnels, et pourtant, un simple sourire de Gemmy avait le pouvoir de le toucher et de l'émouvoir sensiblement.

— C'est parce que nous sommes avant tout des prêtres, déclara Per Santoger.

Blane tressaillit et attendit la réprimande. À côté de lui, Gemmy pinça les lèvres en un petit sourire. Mais

Per Santoger, cheminant juste derrière eux, ne les admonesta pas.

— Si tu sais, au fond de toi, que tu sers les Quatre, alors même si ton âme a été abîmée… qu'elle a été attaquée, exploitée, maltraitée, ou rongée par la culpabilité… l'amour des Quatre la réparera. Ils la forgeront de nouveau, en lui conférant la passion et le désir de les servir. C'est pourquoi ils voient en toi un prêtre, Blane, même s'ils entraperçoivent ta marque ou tes yeux. Parce que tu commences toi-même à y croire.

Les paroles du vieux prêtre laissèrent Blane stupéfait, mais il hocha la tête en signe de remerciement.

— À présent, il me semble avoir exigé que la promenade s'effectue en silence, reprit Per Santoger.

Il les dépassa hâtivement, son corps adipeux remuant à chacun de ses pas, pour gagner la tête de la file de vingt novices.

Blane regarda Gemmy, et lorsqu'elle sourit, il ne put s'empêcher de l'imiter. Le sourire de Blane était franc et spontané, et il s'autorisa à savourer ce moment.

Avec une assurance nouvelle, il se permit aussi pour la première fois d'observer les nombreux Larthiens qui emplissaient les rues et les places. C'était une position inhabituelle pour lui : d'ordinaire, en tant que Baju, il marchait la tête baissée, évitant de lever les yeux de peur de croiser accidentellement un regard. Si cela se produisait, certains choisiraient de le battre pour le punir de son audace, tandis que d'autres se contenteraient de pester et de tempêter bruyamment. Tout le monde ne nourrissait pas une haine innée des Baju, mais l'influence de la tradition était considérable.

À tel point, semblait-il, que la simple tradition associée à l'ordre des prêtres suffisait à faire oublier des générations de rejet et d'intolérance.

Ils empruntèrent un dédale de rues étroites – dont les hauts bâtiments masquaient la vue du Temple des Quatre, et des plus petits temples avoisinants – puis une route descendant en pente douce vers le fleuve devant eux. Per Santoger ne leur avait pas révélé leur destination, mais il n'était pas le genre de personne à le faire. Pour lui, chaque promenade était un voyage, chaque nouvelle journée une aventure, et il disait toujours que pour se rapprocher des Quatre, il fallait dénicher et saisir toute occasion d'en apprendre davantage à leur sujet.

La découverte de telles occasions était la vocation première de leurs études à Yaris Teeg. De plus, Per Santoger préférait en général les laisser comprendre les choses par eux-mêmes, plutôt que de les leur faire avaler de force.

Ces rues-ci étaient plutôt calmes. Ils traversaient des quartiers résidentiels, et la plupart des gens se trouvaient soit loin de chez eux – au travail ou à l'école –, soit dans leur lit où ils se remettaient de leurs activités nocturnes. Les quelques personnes qu'ils croisèrent étaient des femmes, de jeunes enfants et des vieillards. Presque tous effectuèrent le signe des Quatre au passage des novices et de leur tuteur.

Blane vit une jolie femme et détourna le regard, mais pas avant d'avoir surpris son sourire. Il releva les yeux. Elle l'observait toujours, la paume posée sur la gorge comme l'exigeait le signe des Quatre. Elle tenait par la main un petit garçon qui, les doigts dans le nez, observait cette étrange procession d'un air ébahi.

Blane lui rendit son sourire et poursuivit son chemin. Cinquante jours plus tôt, il aurait pu être arrêté et fouetté pour ce sourire.

Quelques ruelles plus loin, il commença à sentir l'arôme caractéristique du fleuve Susk, le mélange d'eau salée et de vase que la grande rivière charriait depuis l'océan vers la terre, puis dans l'autre sens, des hauteurs vers la mer, deux fois par jour.

Il aimait le fleuve. Il lui rappelait sa mère, et les fois où elle les emmenait se baigner, lui et sa sœur, lorsque leur journée de travail était terminée. *La terre a une longue histoire et une très grande mémoire, et le va-et-vient de ces eaux correspond aux battements de son cœur*, disait-elle. *Déshabillez-vous, entrez dans l'eau, lavez-vous et sentez cette pulsation.*

— Les bains salés, murmura Gemmy.
— Hein?
— C'est là qu'il nous emmène.
— Qu'est-ce que c'est, les bains salés?
— Tu n'es jamais...? (Elle s'interrompit. Désormais, elle ne semblait plus gênée lorsqu'elle se souvenait de ses origines.) Ah non, c'est vrai. Tu vas voir. Ils sont alimentés par le fleuve, chauffés par de profonds tunnels qui s'enfoncent dans les grottes, illuminés par la mousse céleste qui brûle en permanence sur les plafonds... C'est un endroit unique.
— Mais pourquoi y allons-nous?

Le sourire en coin de Gemmy s'élargit, joyeux.

— Pour chanter!

À l'arrivée de Blane parmi les novices, il avait très vite pu constater la passion de Gemmy pour le chant. Elle était douée pour cela, et la première fois qu'ils avaient chanté aux côtés des autres prêtres, il s'était aperçu qu'elle y prenait aussi un grand plaisir. À tel point, d'ailleurs, qu'elle s'était déclarée déçue que l'exécution de Linos Kallistrate ait été aussi abrupte, et qu'ils n'aient pas pu chanter « Profonde Mélancolie ». Face à l'expression choquée de Blane, elle s'était excusée d'un air contrit, mais il n'était toujours pas sûr qu'elle ait été sincère.

Blane n'avait pas l'oreille musicale et ne connaissait presque aucun des morceaux qu'ils chantaient, mais malgré lui, il commençait à apprécier l'exercice. Remplir ses poumons d'air et faire s'élever sa voix vers le soleil, la lune et les étoiles lui procurait un étrange sentiment de liberté.

Au bord d'une vaste place, Per Santoger fit s'arrêter la colonne et se retourna pour s'adresser à eux. Par-dessus les novices qui le précédaient, Blane vit, de l'autre côté de la place, une haute façade richement décorée à laquelle il n'avait jamais prêté attention auparavant. Sachant que la bâtisse servait à quelque chose dont il ne serait jamais autorisé à profiter, il l'avait écartée de son esprit. Elle n'était restée qu'une ombre pesante qui s'abattait sur lui, de la même façon que son regard baissé se rivait au sol.

À présent qu'il observait attentivement le bâtiment, il prit soudain conscience de sa beauté. Ses coins étaient renforcés par des piliers, et sa façade ornée de lambris colorés, peints et sculptés pour représenter des scènes historiques dont Blane ignorait presque tout. Le fleuve murmurait derrière l'édifice, et des panaches de vapeur s'élevaient en frémissant de six hautes cheminées culminant à presque dix mètres au-dessus du toit en dôme.

—Aujourd'hui, je vous ai amenés…, commença Per Santoger.

Mais alors, un remue-ménage de l'autre côté de la place détourna l'attention de la colonne. Blane fit un pas de côté pour mieux voir.

Une escouade de gardes émergea de derrière le bâtiment des bains salés. Ils étaient au moins une dizaine, en armure et équipés d'épées. Ils entraînaient à eux tous six esclaves rachitiques et terrifiés, tous baju. Aucun d'eux ne se débattait. Ils savaient que c'était inutile.

Le capitaine de l'escouade se dirigea à grands pas vers le centre de la place, faisant s'éparpiller un groupe d'enfants en bas âge. Leurs mères ou leurs nourrices s'empressèrent de les prendre dans leurs bras et de reculer en direction des maisons. Le soleil cognait toujours, et les alouettes chantaient et dansaient au-dessus de la cité pour attraper les insectes, mais l'atmosphère avait changé.

Quelque chose de frais et d'obscur tomba sur la place, comme des ombres invisibles en avance sur la nuit.

— Que se passe-t-il ? demanda Blane.

Per Santoger ne se retourna pas pour le réprimander. D'autres novices s'étaient mis à parler entre eux.

— Ils emploient des esclaves pour pelleter le sel récolté par les grilles de collecte, sur les rives du fleuve, expliqua Gemmy. Je me demande pourquoi…

Le capitaine tira son épée et la planta, pointe vers le bas, entre les pavés à ses pieds. Tandis qu'on forçait les six Baju à s'agenouiller en ligne, dix pas derrière lui, le capitaine s'adressa à la foule.

— Pour crimes contre l'État, dit-il.

Il s'exprimait d'un ton détendu, sans le moindre trouble. C'était la voix d'un homme qui avait déjà prononcé ces mots auparavant, peut-être de nombreuses fois dans la journée. Et d'un coup, Blane remarqua un autre détail concernant ce contingent de gardes. Leurs armures étaient maculées de sang, qui ternissait leur brillance habituelle. Leurs cheveux étaient séparés en mèches humides de transpiration, comme s'ils avaient fourni de grands efforts ou couru. Et un grand fil de fer tordu pour former une boucle pendait à la ceinture du capitaine.

Blane n'arrivait pas à déterminer ce qui avait été enfilé sur cette boucle, à cette distance. Mais cela lui semblait pâle, comme de la chair.

— Et pour crimes contre notre reine. Et contre les Quatre. Et contre… (Il agita la main, comme pour écarter une mouche qui l'agaçait. Il avait presque l'air de s'ennuyer.) Leur sentence est la mort.

En entendant ce mot, six gardes dégainèrent leurs propres épées, qui fendirent l'air.

Blane n'oublierait jamais cet instant. Il ne dura que le temps d'un clin d'œil, mais quelque chose ralentit sa perception, comme si l'air chaud de l'été était trop pesant pour permettre un geste aussi vif, trop oppressant pour tolérer une violence aussi soudaine, aussi fulgurante.

Les épées émirent la même note en heurtant les nuques des Baju.

Quatre têtes tombèrent en tournoyant et roulèrent sur le sol, vomissant du sang.

Des hoquets s'élevèrent parmi les spectateurs qui s'étaient retirés au bord de la place.

Gemmy saisit la main de Blane, mais ce fut lui qui la serra.

— Tout propriétaire d'un esclave baju est tenu de le remettre à la garde afin qu'il soit jugé, reprit le capitaine tandis que les corps s'effondraient.

Des soldats, surplombant les deux Baju qui s'agitaient encore, achevèrent de séparer leurs têtes de leurs corps.

— Tout manquement à cet ordre donnera lieu à une arrestation suivie d'un emprisonnement.

D'autres soldats rassemblèrent les têtes qui avaient roulé à terre et tranchèrent leurs oreilles gauches.

Le capitaine regarda Per Santoger droit dans les yeux. Ils n'étaient séparés que d'une dizaine de mètres. Gemmy poussa Blane sur le côté, d'un demi-pas seulement, mais assez pour le placer derrière un novice plus grand.

— La Couronne remplacera les esclaves ainsi perdus, et si les esclaves venaient à manquer, une compensation financière de nature à satisfaire les deux parties sera établie.

Le capitaine prit la boucle à sa ceinture et la brandit pour y enfiler les six oreilles. De nombreuses autres s'y trouvaient déjà.

— Vous, dit le capitaine en désignant un petit groupe d'hommes et de femmes agglutinés sous l'auvent d'un café. Jetez les corps dans le fleuve.

Leur travail terminé, les soldats reprirent leur formation en ligne derrière le capitaine. Celui-ci sortit un petit parchemin de sa poche, le consulta, grogna, et quitta la place d'un pas rapide.

— Qu'est-ce que c'était? souffla Blane. Que voulait-il dire?

Gemmy resta pressée contre lui, comme pour le protéger du soleil. Les deux hommes juste devant lui se retournèrent, et Blane surprit même le regard de Per Santoger, au bout de la colonne, fixé sur lui.

Les faux-semblants s'étaient envolés. Ils savaient encore pertinemment qu'il était baju. Bien sûr qu'ils le savaient, et qu'ils allaient le dénoncer, poussés par leurs vieux préjugés. L'instinct coulait dans leurs veines et emplissait leurs âmes, plus puissant que l'adoration des

Quatre ne le serait jamais. C'était ce qui rendait ses vraies intentions et ses vrais projets, en tant que prêtre novice, si importants.

Personne n'oublierait jamais.

Blane se prépara à s'enfuir, et tenta d'extraire sa main de celle de Gemmy. Lorsqu'il clignait des yeux, il voyait les épées cinglant l'air et découpant la peau, la chair et l'os. Lorsqu'il respirait, il entendait les têtes heurter le sol avec un bruit sourd. Il avait l'impression de sentir l'odeur de la haine, et il se demandait pourquoi il avait cru qu'un jour, il parviendrait à la chasser de ses narines.

Quelqu'un l'agrippa fermement par le bras.

— Nous devons partir, dit Per Santoger. Il faut te cacher. Rapprochez-vous, tous. Serrez les rangs. Nous avons un ami à reconduire à Yaris Teeg.

Blane ouvrit la bouche pour parler, mais aucun mot n'en sortit.

Durant le voyage en sens inverse à travers la cité, tournant le dos au fleuve et se dirigeant vers l'immense colline qui accueillait Yaris Teeg et le Temple des Quatre, Blane découvrit des signes qui lui indiquèrent que tous ses pires cauchemars étaient devenus réalité.

Près de la Croisée de Quanar, lieu prisé des orateurs, sept Baju pendaient à des cordes qu'on avait nouées aux branches basses d'un singkout. Six étaient morts, et la dernière remuait encore faiblement les jambes. Il leur manquait à tous une oreille. Les gens passaient en pressant l'allure. Certains jetaient des regards angoissés aux pendus, mais la plupart ne relevaient pas la tête.

Un peu plus loin, ils traversèrent une passerelle au-dessus d'un des canaux artificiels qui partaient du fleuve et serpentaient dans la ville. Entouré de ses congénères

– dont la plus proche demeurait Gemmy –, Blane ne voyait pas grand-chose. Cependant, il entendit l'exclamation étouffée de ses compagnons lorsqu'ils atteignirent le sommet du pont. Même Per Santoger grogna, et sa voix grave de vieillard sonna la halte de la procession. Brûlant de savoir, Blane s'avança légèrement pour voir le canal en contrebas.

Il était bouché par les corps.

Son calme ruissellement s'était arrêté, et sur la berge limoneuse, à l'endroit où le canal décrivait un brusque tournant, s'entassaient des dizaines de cadavres. Tous étaient nus, et tous baju. Ils portaient les traces de terribles coups. Certains étaient décapités, et d'autres découpés en morceaux. Aucun ne bougeait, mais des créatures d'eau douce s'agitaient sur eux. Peut-être même encore tièdes, ces corps baju étaient déjà rongés ou colonisés par les êtres les plus repoussants de Quandis.

— Que se passe-t-il? demanda Blane. Pourquoi?
— Crimes contre tout le monde, répondit Gemmy.
— Quels crimes?

Il parlait de plus en plus fort, mais les regards de ceux qui l'entouraient le firent taire. Il n'avait pas d'autre choix que d'accorder une confiance totale à ses nouveaux amis, et il ne pouvait trahir cette confiance en se faisant – ou en les faisant – capturer.

Dans une ruelle, il aperçut des pavés couverts de sang, que lapaient une poignée de chiens hirsutes.

À côté d'un bâtiment en cours de restauration, trois Baju étaient assis, adossés à l'échafaudage, leurs têtes sur les genoux. Ils avaient des panneaux autour du cou, qui proclamaient: «TUEUR DE PRINCES». Blane ne comprit pas.

Des cris résonnaient dans les rues. Des hurlements, parfois. Plus tard, quelques hourras. Lorsqu'ils approchèrent enfin de Yaris Teeg, Per Santoger les enjoignit de monter plus haut, à dépasser les portes pour gravir l'escalier taillé dans la colline.

— Nous allons au Temple des Quatre, dit le prêtre, haletant déjà sous l'effort. Plus sûr que Yaris Teeg. Mieux protégé. Et la garde n'entrera jamais dans ce lieu sacré.

Il les fit monter au pas de course jusqu'en haut de la grande colline, devant les portes du Temple des Quatre. Elles étaient déjà ouvertes, comme souvent, en signe de bienvenue à l'égard des fidèles qui souhaiteraient entrer dans le temple.

Cependant, une fois passé, le vieux prêtre demanda qu'on ferme les portes. Les novices se hâtèrent d'entrer dans la grande cour qu'on appelait la place des Quatre, et Blane leva les yeux vers les quatre tours. Elles se découpaient sur le soleil levant, donnant l'impression que tout le temple était embrasé. Leurs ombres s'étiraient comme les longs doigts des dieux, tendus vers une cité en plein chaos.

Per Ristolo émergea d'une grande ouverture voûtée, dans la moitié ombragée de la cour. Il marchait lentement en s'aidant d'une canne, et cependant, il paraissait déterminé. Per Santoger fit signe aux jeunes prêtres de ne pas bouger, puis rejoignit Per Ristolo, et les deux vieillards se mirent à converser doucement à l'écart du groupe des novices. Même dans l'enceinte du Temple des Quatre, les étudiants demeuraient amassés autour de Blane.

Celui-ci en aurait pleuré des larmes de joie, si son cœur n'avait pas été empli d'une rage incandescente.

— Il faut que je sache pourquoi, dit-il.

Il joua des coudes pour sortir du groupe. Gemmy le retint par le bras.

— Per Santoger nous a dit de rester ici ! s'écria-t-elle.

— Sans rien faire ? Tu ne vois pas qu'il est mort de peur ? rétorqua Blane.

En réalité, il n'était pas sûr de ce que ressentait le vieux prêtre : peur, surprise, ou horreur teintée de résignation à l'égard de ce qu'ils avaient vu. Cela n'avait pas d'importance. Il arracha son bras à Gemmy et traversa lentement la cour, sans se diriger vraiment vers les deux prêtres, mais en s'approchant suffisamment pour écouter leur conversation.

— ... vu les feux moi-même depuis les tours, partout dans la cité, disait Per Ristolo.

— Combien ? demanda Per Santoger.

— Trop pour se donner la peine de les compter.

— Une rébellion ?

— Peut-être, mais je n'en suis pas convaincu, répondit l'aîné des deux hommes.

Il vit que Blane s'était approché et croisa son regard, mais ne réagit pas. Quelles que soient les nouvelles, elles étaient trop graves pour les garder secrètes.

— Je pense plutôt à un génocide, dit-il.

Des larmes brillaient dans ses yeux.

— Que se passe-t-il ? interrogea Blane.

Per Santoger lui décocha un regard sévère, mais son vieux compagnon posa une main sur son bras.

— Plus que n'importe qui, il a le droit de savoir, déclara-t-il. On ne discrimine pas dans l'enceinte de ce temple, et c'est ce qui en fait un endroit exceptionnel. Mais tout le monde, ici, n'est pas prêt à l'accepter. Nous l'avons toujours su, et à présent, notre tolérance risque d'être mise à l'épreuve.

— Tu dois te cacher, dit Per Santoger à Blane.

— Mais qu'est-ce qui se passe ? insista le jeune homme.

— Rien de plus que ce que vous avez vu en revenant ici. On massacre les Baju, répondit Per Ristolo. Dans toute la ville, sur ordre de la reine. Des putains baju ont tué le prince Aris et l'ont émasculé, et maintenant, on raconte que c'était une amorce de révolte au sein de cette communauté.

— Qui a dit cela ? interrogea Blane.

— Ah, c'est une bonne question, dit Per Ristolo. Mais il y a des incendies partout dans la ville, et...

Quelque chose cogna contre les portes. Au même moment, Blane vit une étrange expression passer sur le visage du vieillard. Ses traits s'étaient brièvement tordus en un rictus effrayant, presque bestial... puis Blane s'aperçut que le vieux prêtre avait la figure crispée par la douleur.

Une ombre obscure recouvrit le blanc de ses yeux, plus sombre que le sang, aussi noire que la nuit. Puis ils reprirent la teinte jaunâtre que leur avait donnée l'âge. Cependant, il n'était plus le vieil homme balbutiant et déboussolé que Blane avait cru voir en lui. Il avait changé. Il était... fort.

Par-delà la voûte dans le dos de Per Ristolo, les ombres parurent s'animer en réponse.

Blane écarquilla les yeux. *Les Phages !* Il avait entendu murmurer des rumeurs sur ces soldats de la Foi, mais il n'en avait jamais vu, et par conséquent, il n'avait pas cru à leur existence. Certains prétendaient qu'il s'agissait de créatures hors du temps, dotées d'une longévité extraordinaire. Ils ajoutaient qu'elles passaient le plus clair de leur temps à hiberner sous le Temple des Quatre, en attendant qu'on les appelle pour protéger les prêtres, ou attaquer leurs ennemis. D'autres rumeurs disaient qu'il s'agissait des spectres de prêtres défunts. On racontait parfois qu'ils avaient déjà été invoqués au cours de la vie de Blane, mais les témoignages étaient confus et disparates, et les prêtres gardaient le silence à ce sujet, même entre eux. Des mythes plus anciens évoquaient de vastes conflits, peut-être grossis par ceux qui les racontaient, à moins qu'ils soient véritablement l'écho d'histoires transmises de génération en génération.

Les rumeurs avaient beau changer, la magie qui constituait le cœur de la légende restait la même. Et les Phages, quels qu'ils soient, étaient bel et bien là.

Per Ristolo semblait les avoir fait sortir de nulle part, et il s'agissait effectivement de spectres. Ces ombres, soudain vivantes, demeuraient tapies sous le couvert de la voûte, et la plupart des novices présents ne les remarquèrent pas.

Blane, lui, était assez près pour les voir.

— Per Santoger a raison, dit le vieux prêtre à Blane. Tu devrais te cacher.

Mais c'était trop tard.

— J'ai ordonné qu'on verrouille les portes! tonna Per Santoger.

Mais seul lui répondit le grincement sonore des gonds rouillés, et les deux énormes battants basculèrent vers l'intérieur, révélant une vue de la cité et du fleuve en contrebas. Au loin, des incendies qu'ils ne voyaient pas crachaient de la fumée, et les vents l'accrochaient et l'étalaient dans le ciel. Plus proches, si proches que Blane voyait encore le sang sur leurs épées et la sueur qui emmêlait leurs cheveux, se trouvaient six membres de la garde.

Leur capitaine était une petite femme râblée. Ses cheveux tressés étaient enroulés en chignon et retenus par une épingle bleu pâle, assortie à l'uniforme de la garde. Ses cinq soldats étaient alignés à intervalles réguliers derrière elle, l'épée au clair. Ils respiraient l'autorité et l'assurance, comme en témoigna la lenteur nonchalante avec laquelle ils entrèrent dans l'enceinte.

La capitaine balaya la cour du regard, s'attardant un moment sur les deux prêtres plus âgés. Puis ses yeux s'arrêtèrent sur Blane.

Celui-ci n'y lut rien : ni triomphe, ni haine, ni excitation, ni nervosité. Seulement le sens du devoir. D'une certaine manière, cela l'effrayait davantage.

Elle désigna Blane et demanda :

— Il n'y en a qu'un ?

— Bien sûr que non, répondit Per Ristolo. Vous voyez bien qu'il y a de nombreux autres novices dans cette cour.

— Vous savez très bien ce que j'ai voulu dire.

— Il fait partie des nôtres, déclara Per Ristolo. Et la garde n'est pas la bienvenue dans l'enceinte de ce temple.

— Je ne vous ai pas demandé votre avis, répliqua la capitaine. Il n'y en a qu'un ?

Blane commença à reculer, même s'il savait que s'il se retournait pour partir en courant, ils l'abattraient au moyen des petites arbalètes qu'ils portaient à la ceinture. La capitaine fit signe à trois de ses hommes d'avancer.

— Il n'est plus baju ! cria Gemmy.

Et il eut envie de la contredire, de crier à ces gardes et à ces prêtres qu'en ce jour où ses frères et ses sœurs mouraient dans la rue, il était plus baju que jamais auparavant. Mais d'un autre côté, il ne voulait pas mourir.

— Il n'y aura pas de meurtre sur le sol de ce temple, dit Per Santoger d'une voix basse qui résonna pourtant dans toute la cour.

Il fit un pas vers la capitaine, et elle leva une main, la paume vers le prêtre.

— Ce n'est pas un meurtre, dit-elle. Ce sont les ordres.

— Alors pourquoi vous ne le faites pas vous-même ? interrogea Blane. Vous avez peur que je vous prenne votre épée et que je vous la fiche au cul ?

Les trois soldats qui s'approchaient s'arrêtèrent. Leur expression stupéfaite était presque comique. Même la capitaine parut surprise par son culot. Peut-être était-il le premier Baju à lui répondre de toute la journée, sans même parler de se battre.

Mais il était déterminé à se battre. Il le sut en cet instant, et il s'y prépara, tout en sachant que la lutte serait brève. Il cracherait, il mordrait et donnerait des coups de poing ; et lorsqu'il sentirait le métal entrer dans sa chair, il se débattrait jusqu'au moment où il n'en serait plus capable. C'était pour cela qu'il était là, après tout. Il ne s'attendait simplement pas à ce que cela arrive si vite.

Blane lança un nouveau regard à Per Ristolo. L'obscurité qui suintait des yeux du grand prêtre paraissait faire de l'ombre à son visage, comme interdisant au soleil de l'éclairer. Le cœur de Blane se mit à battre plus vite. *Je le vois de mes yeux*, songea-t-il. *Je suis là, je suis témoin, et je m'apprête à voir…*

La magie. Il voyait de la magie. Cette chose à laquelle il n'avait jamais cru fermement, mais dont il avait toujours espéré qu'elle soit réelle. Et cela signifiait qu'il ne se battrait pas tout seul.

Les spectres sous la voûte se manifestèrent, traversèrent en flottant la cour et se séparèrent pour contourner les deux vieux prêtres. Ils s'arrêtèrent devant les trois soldats qui s'étaient avancés vers Blane. Il s'agissait de mirages, d'ombres, de tourbillons de poussière. De rêves. Ils étaient réels, et leur existence signifiait que les sacrifices de Blane n'avaient pas été vains, que ses desseins avaient une chance de s'accomplir. Mais d'abord, il devait survivre.

Blane ne savait pas de quel sexe ils étaient. Leur déplacement était fluide, gracieux et silencieux. Ce qu'il y avait en eux de plus concret était leurs armes, qui étincelaient au soleil, et semblaient luire encore plus puissamment de l'intérieur. Dans la main gauche, ils portaient des lames recourbées, longues et fines, tandis que de la main droite, ils maniaient des fouets frémissants, dont les lanières étaient constituées de chaînettes mouvantes, comme dotées d'une volonté propre. Leurs armures étaient pâles et souples, comme de cuir épais, et là où elle était découverte, leur peau était incrustée de motifs tatoués sur lesquels on avait du mal à fixer son regard. Peut-être s'agissait-il d'un camouflage. Ou peut-être était-ce autre chose.

— Nous préférerions éviter tout conflit, dit Per Ristolo.

Il était évident qu'il commandait ces guerriers phages, d'une manière ou d'une autre, et il ne cherchait aucunement à le cacher. Blane avait cru que Per Ristolo n'était qu'un vieux prêtre décrépit, un professeur, mais s'il manipulait la magie, il devait être membre de l'Ordre Supérieur.

Les soldats de la garde et leur capitaine n'avaient manifestement jamais rien vu qui ressemble à ces Phages. Ils observèrent, bouche bée, les guerriers alignés face à eux. Cependant, ils avaient été bien formés, et leur sens du devoir était inébranlable.

— Ce n'est pas un conflit, répondit la capitaine d'une voix légèrement étranglée. Si vos… soldats ne se retirent pas, ce sera un acte de rébellion envers la Couronne.

— L'armée de la Couronne n'a nulle place et n'exerce nul droit ni autorité dans l'enceinte du temple. La reine le sait. Vous le savez aussi.

— Ce que je sais, c'est ce qui s'est passé, rétorqua la capitaine.

Elle fit un pas en avant, l'épée à la main, et sa troupe la suivit.

— Je n'y suis pour rien, dit Blane.

— Mais les tiens, si.

— Combien de fois devrai-je vous le répéter? Il fait partie des nôtres, martela Per Ristolo. Capitaine, vous savez aussi bien que moi que les origines ne devraient pas déterminer la façon dont un être est perçu par les autres. N'est-ce pas?

La capitaine s'immobilisa et lança au prêtre un regard mauvais.

— Je vois des traits étrangers sur votre visage, continua Per Ristolo. Vous êtes plus petite que la majorité des Quandiens, plus charpentée, et votre peau est un peu plus foncée, quoique vous fassiez usage de pigments. À un stade de votre histoire – peut-être pas vos parents, mais certainement vos grands-parents – l'un de vos aïeux s'est uni à quelqu'un venu de par-delà l'Anneau.

La capitaine le regardait toujours d'un air furieux.

— Venu du Sud, j'imagine, reprit Per Ristolo. Des Terres de Feu.

— Je vais compter jusqu'à trois, dit la capitaine.

À présent, il était évident qu'elle bouillait de colère. Il n'était pas interdit par la loi quandienne de faire des enfants avec une personne originaire de l'Anneau ou de terres plus lointaines, tant que cette personne n'avait pas été amenée à Quandis en tant qu'esclave. Mais mettre en doute les origines de quelqu'un, ou même émettre un sous-entendu péjoratif, constituait le meilleur moyen d'offenser son interlocuteur.

— Réfléchissez bien à ce que vous allez faire... étrangère, dit Per Ristolo.

— Un !

Blane sentit les regards des novices posés sur lui. Ils avaient reculé en marge de la cour, le laissant isolé près du centre. Les Phages et les gardes se trouvaient devant lui.

Il aurait voulu se tourner pour adresser un bref sourire à Gemmy, mais il n'osait pas quitter la scène du regard.

— Deux !

Quoi qu'il se passe, cela serait rapide. Si un combat commençait, Blane courrait vers la voûte d'où étaient sortis Per Ristolo et les Phages. Il savait où elle menait. Au Temple des Quatre. À l'intérieur, il connaissait mille cachettes.

— Trois ! termina la capitaine. Saisissez-le !

Cela se passa encore plus vite que Blane ne l'avait imaginé.

Lorsque les soldats de la garde s'avancèrent, les Phages parurent se mettre à flotter, légers comme des courants d'air. Quand ils attaquèrent, leurs corps et leurs armes se firent soudain plus denses, mieux définis. Il y eut un choc métallique, et quelqu'un cria. Blane n'arriva même pas à courir : il resta figé jusqu'à ce que Per Santoger le tire vers le sol. Dans cette position, il n'entendit qu'un grognement, un choc sourd, et le bruit de quelqu'un qui tombait. Il tenta d'observer tous les affrontements à la fois, chaque Phage combattant deux gardes. Mais les combats étaient si frénétiques que Blane n'en distingua presque rien.

Per Santoger s'accroupit près de Blane. Ses articulations de vieillard craquèrent, et il grimaça. Il attrapa le visage de son élève entre ses mains noueuses.

— Cours te cacher, dit-il. Toi, et les autres prêtres qui étaient autrefois baju. Trouve-les tous, sauvez-vous et cachez-vous! Vas-y!

Arraché au choc qui le paralysait, Blane se rua vers la voûte, s'attendant tout du long à sentir un carreau d'arbalète se ficher dans son dos. Ce ne fut pas le cas. Arrivé devant l'ouverture, il s'arrêta et regarda en arrière, par-dessus les corps tombés à terre, par-dessus les coups qui fendaient l'air, en direction de Gemmy et des autres. Jusqu'au dernier, ils l'avaient soutenu, et pour cela, il leur était infiniment redevable.

Gemmy leva une main, et Blane lui rendit son signe.

Puis il se glissa sous la voûte, et fut accueilli par la fraîcheur du temple. Il ne voyait plus la scène chaotique qui se déroulait à l'extérieur, et bientôt, il ne l'entendit plus non plus. Les murs épais de l'édifice absorbaient le son, et ils ne tarderaient pas à engloutir Blane, lui aussi.

Il savait exactement où il devait se rendre.

La rumeur du massacre des Baju avait dû se répandre rapidement au sein de l'ordre des prêtres. Quelques minutes après s'être introduit dans la pénombre du bâtiment, Blane prit un tournant et se retrouva face à un petit groupe de novices. La plupart étaient baju et terrifiés, comme lui. Perdus et hébétés, ils avaient entendu parler de ce qui se passait, mais ils n'avaient pas vu ce dont Blane avait été témoin. La majorité des leçons avaient lieu en bas, à Yaris Teeg; cependant, ce groupe avait dû être convoqué au Temple des Quatre pour un cours spécifique. Le groupe de Blane était le seul à avoir quitté la colline du Temple, ce jour-là, et il avait de la chance d'être encore en vie.

Il y avait cinq Baju parmi ces novices, ainsi que quelques Quandiens. Pas d'instructeur. Dans cette situation de crise, on les avait envoyés seuls se trouver une cachette.

—Allez dans les bibliothèques! dit Blane. Traversez la section généraliste, et…

—Qui es-tu pour nous donner des ordres? l'interrompit une femme.

Elle avait l'air plus âgée que Blane, et il devina à la robe et aux chaînes qu'elle portait qu'elle était plus avancée dans sa formation.

—Quelqu'un qui a vu ce qui se passait, dit-il simplement.

Son regard hanté dut suffire à la convaincre, car la femme et ses compagnons acquiescèrent.

—Je connais un endroit, dit la femme. Une salle de conservation des parchemins, qui ferme hermétiquement pour éviter l'humidité. L'entrée est bien cachée derrière la section «Histoire de l'Anneau». (Elle regarda Blane, les sourcils froncés.) Tu viens?

—Bien sûr, dit-il.

Au même moment, il pensa: *Bien sûr que non.* Il connaissait une bien meilleure cachette, mais il la garderait pour lui seul.

Ils se mirent en route, traversant des dortoirs, des cuisines et une salle à manger, en direction du côté nord du temple. Ils s'éloignèrent de la cour et de ses violents combats, mais Blane croyait encore entendre le son du métal sur le métal, et voir les Phages danser sur les rayons du soleil tout en attaquant.

Pour me protéger.

Quoi que Blane puisse penser des prêtres et de leurs croyances dépassées, au moins respectaient-ils leurs promesses. Il ressentit une bouffée d'affection pour le vieux et grincheux Per Santoger, puis un pincement glacé d'inquiétude lorsqu'il se demanda si le prêtre était encore en vie.

Il allait devoir attendre très longtemps pour le savoir.

Tandis que le groupe traversait une cour presque envahie par une vigne luxuriante et des tuteurs couverts d'orchidées, Blane s'éclipsa. Personne ne le vit partir. Et même si cela avait été le cas, cela n'aurait pas eu d'importance : les Baju avaient appris à se mêler de leurs affaires, même auprès de leurs semblables. Il se disait souvent que c'était une des plus grandes tragédies produites par le déclin de leur race et leur asservissement : la perte de la curiosité, ainsi que l'absence d'un savoir élémentaire pour survivre dans ce monde cruel. Ils conservaient l'espoir insensé que le Kij'tal, sauveur des Baju, apparaîtrait un jour pour les libérer ; mais Blane avait toujours vu cela comme une excuse pour ne pas se révolter contre leurs oppresseurs. Ils attendaient le bon moment, le chef annoncé par les anciens prophètes. Mais où était le Kij'tal, à l'heure actuelle ? Si un sauveur devait réellement apparaître, ne serait-ce pas le bon jour pour le faire ?

Pour le moment, il avait d'autres soucis en tête, tout comme le groupe de novices baju. *Ils doivent s'occuper avant tout de leur propre sécurité. Et moi, je dois affronter mon avenir…*

Par deux fois, il fut obligé de se glisser derrière des portes ouvertes en entendant des voix dans les couloirs, les halls et les escaliers. Il ne se cachait pas vraiment. Pas tout à fait. Il… s'assurait que sa présence demeure silencieuse.

Il attendait que les prêtres ou les domestiques soient passés, puis il poursuivait son chemin.

Il se demanda combien des Baju de Quandis seraient morts avant la fin de la journée, mais s'efforça de chasser cette pensée de son esprit. En cette heure de détresse suprême, Blane avait enfin été forcé d'agir. Il avait vu les Phages se battre avec une force et une agilité surnaturelles. Il avait vu ces étranges taches d'ombre autour des yeux de Per Ristolo, lorsqu'il avait donné aux Phages l'ordre muet de s'opposer aux gardes.

Il savait ce qu'il avait vu. Et il savait ce qu'il pouvait faire pour montrer aux siens qu'il ne les avait pas trahis, pas plus qu'il n'avait trahi Lameria.

Il finit par retrouver l'entrée du passage secret. Quelques instants plus tard, il suivit la spirale jusqu'à se placer sur la dernière dalle de verre dépoli. Il entendit le souffle, et le chuintement presque imperceptible de l'escalier en colimaçon qui s'ouvrait sous ses pieds. Blane inspira pleinement et huma les parfums interdits des profondeurs du temple.

Blane n'avait jamais cru en les dieux. Mais à présent, après une longue investigation et des recherches secrètes, la vue des Phages avait raffermi un soupçon qu'il espérait réel.

Désormais, il croyait à la magie.

Chapitre 8

Un calme étrange s'était installé dans l'esprit de Demos, après son entretien avec l'apex Euphraxia. Il savait que c'était peut-être l'effet de la fumée d'épissa qui flottait dans l'air et se déposait sur les murs de la cellule en pierre qui lui servait de chambre à coucher. Si la substance avait réellement eu cet effet bénéfique, il lui en était reconnaissant. Myrinne n'allait pas l'abandonner ici. Elle allait faire quelque chose pour le délivrer. Même marqué au fer rouge et humilié, il croyait suffisamment en leur amour pour savoir qu'elle ne l'oublierait pas. Mais sa libération prendrait du temps, si elle arrivait un jour. L'influence de Myrinne avait ses limites. Par conséquent, il se devait d'élaborer un plan secondaire. D'observer, et d'attendre.

Les esclaves, dans la maison de l'apex, avaient leur propre hiérarchie. Le praejis était au sommet ; en dessous de lui, il y avait les bonnes et les esclaves des cuisines, puis les brûleurs d'épissa et les pelleteurs de charbon, et enfin ceux que les nobles appelaient les « boueux », qui nettoyaient les bols et les casseroles sales, récuraient les tuyaux bouchés par la pisse et la merde, et vidaient les pots de chambre. Au sein de cette hiérarchie, Demos se situait quelque part en dessous du dernier des boueux. Il n'était même pas admis aux cuisines. La plupart des esclaves de la maison faisaient semblant de ne pas le voir, et ne s'adressaient à lui que pour lui donner un ordre. Il avait déjà nettoyé des tapis tachés de vomi et enfoncé ses mains nues dans un conduit d'égout bouché, le tout au cours de sa première journée de travail dans la demeure.

Quel que soit le motif de la haine de l'apex vis-à-vis de lui et de son patronyme, elle avait pris soin d'en faire sentir l'intensité aux autres esclaves. Ils portaient tous des marques – soit celle des esclaves, soit celle des Baju –, mais Demos en portait aussi une autre, invisible à l'œil nu, qui poussait ses congénères à le mépriser.

Pour cette raison, il s'était méfié de la tâche qui lui avait été confiée, ce jour-là. À première vue, elle semblait moins répugnante que les précédentes. Alors pourquoi avait-il été choisi, lui, le plus abject de tous les esclaves d'Euphraxia ?

À présent, il comprenait. Cette tâche avait été déléguée de personne en personne, jusqu'en bas de l'échelle, parce que les autres en avaient peur. Et cela n'avait rien d'étonnant.

Demos était agenouillé sur le sol crasseux du cellier, un chiffon noué autour de son nez et de sa bouche. Ce caveau sombre, situé derrière la maison, était empli d'un air tiède, humide et chargé de miasmes nauséabonds. Il s'y trouvait quatre grands foyers à charbon, à chaque coin du cellier ; mais le temps était encore trop doux pour qu'ils soient allumés. Dans la demeure à proprement parler, en revanche, les cheminées à épissa brûlaient toute l'année, jour et nuit. Il y en avait six, beaucoup plus étroites que les cheminées ordinaires, et les bases de deux d'entre elles se trouvaient dans ce caveau répugnant. Il contenait également le foyer utilisé pour les alimenter, ainsi qu'une énorme réserve de charbon, amassée en bas d'une glissière par laquelle il était livré. Les réserves d'épissa, variées et conséquentes, étaient enfermées derrière une porte de bois verrouillée, épaisse et renforcée par des barres de fer.

Demos s'était enfoncé jusqu'à la taille dans le conduit d'une cheminée à épissa. Son cou et ses épaules lui faisaient mal ; cela faisait deux heures qu'il grattait le dépôt accumulé depuis des années sur la pierre. Les murmures qui lui étaient parvenus, au fil des échelons hiérarchiques, disaient que l'apex s'était plainte de sentir un arrière-goût amer dans les vapeurs d'épissa qui flottaient entre les tentures de ses couloirs. C'était tout : un arrière-goût amer. Le praejis, Vosto, avait décidé que ce vieux dépôt devait affecter le parfum des flambées quotidiennes, et qu'il devait donc être nettoyé. Un travail parfait pour celui dont personne, dans la maison, ne souhaitait voir le visage.

En des temps plus cléments, Demos avait gravi les rangs de la marine – et gagné l'estime de ses supérieurs –, car il ne refusait jamais un travail. À présent, il se serait volontiers débarrassé de cette tâche aux dépens de quelqu'un d'autre. À chaque raclement de la lame de fer plate contre l'intérieur de la cheminée, une épaisse poussière lui enveloppait la tête. Avec effort, il décollait des générations de dépôt d'épissa, ranci, épais et couvert de moisissure. Il ignorait l'effet que cette poussière, qu'il respirait depuis des heures, pouvait avoir sur lui. La puanteur le suffoquait et lui embrouillait l'esprit. Par moments, il s'arrêtait pour sortir de la cheminée et s'éclaircir les idées, mais le reste du temps, il ne ménageait pas ses efforts. La seule autre option aurait été de refuser, et il savait que Vosto aurait volontiers saisi l'occasion pour le battre à nouveau.

L'épissa estompait les contours du monde, et ses brefs moments d'introspection lui paraissaient durer des heures. Cependant, il parvenait à rester concentré, ou du moins ses mains continuaient-elles à s'activer. Des gouttelettes de sueur ruisselaient sur son front. Des voix chuchotaient dans son esprit : Myrinne lui disant des mots d'amour, sa mère le réconfortant comme lorsqu'il était enfant, les officiers de la flotte de l'amirale Hallarte aboyant des ordres, et lui-même priant doucement, de longues années plus tôt. Il sentait son cœur battre au rythme de ses efforts, et les murmures adoptèrent la même cadence, jusqu'à ce que toute sa vie ne soit plus réduite qu'à cette danse d'échos entre muscle et souvenir.

Lorsque quelque chose lui toucha la hanche, il le sentit à peine.

La deuxième poussée, plus forte, fit cogner ses côtes contre la paroi de la cheminée et dérangea son rythme. La lame glissa et lui râpa les doigts. Demos sauta en arrière, hors de la cheminée, et se tourna pour faire face à son agresseur. La lame plate était émoussée, à présent, mais il la brandit comme une arme.

Souris se tenait face à lui.

— Vas-y, essaie. Essaie de me toucher avec cette lame, et je m'en servirai pour te trancher la gorge.

Demos chancela. Il avait bougé trop vite pour son organisme en surdose d'épissa ; à présent, son estomac chavirait, et il se sentit blêmir. Il secoua la tête, luttant pour retrouver les idées claires. Il avait les lèvres sèches.

— Qu'est-ce que tu veux ? interrogea-t-il.

Souris plissa les yeux.

— Tu es malade ?

Il sentit la sueur sur son front et dans sa nuque, mais il ne voulait pas lui donner la satisfaction de savoir à quel point l'épissa l'avait affaibli. Demos jeta la lame dans l'ouverture de la cheminée. Les marges de son champ de vision se brouillèrent, et les couleurs du cellier sordide se firent soudain plus vives et lumineuses, mais il inspira profondément et regarda Souris d'un air de défi. Il avait assez baissé les yeux, à la suite de l'exécution de son père. Le meurtre de Linos Kallistrate avait fait régresser son fils à l'état de petit garçon, mais à présent, l'homme qu'était Demos commençait à se souvenir de lui-même.

— Ça va, répondit-il.

— Tu parles d'une voix pâteuse. Trop d'épissa. (Souris poussa un soupir.) Tu aurais dû dire quelque chose. Je t'aurais emmené près d'une fenêtre. L'épissa qu'ils mettaient dans les cheminées il y a cent ans était beaucoup plus puissante, et bien moins raffinée, que celle qu'on utilise aujourd'hui. On raconte qu'elle rendait fou, qu'elle détruisait les esprits…

— … et que certains ont pu voir le visage des dieux, dit-il.

Les mots étaient comme des papillons de nuit, s'échappant en voletant de ses lèvres.

— J'ai déjà entendu ces histoires, termina-t-il.

Souris leva brusquement la main, et il sentit ses phalanges s'écraser contre son visage, mais la douleur lui parut très lointaine.

— Ne me parle pas comme si nous étions égaux ! cria-t-elle. Nous ne le serons jamais !

Ses paroles flottèrent dans l'air, comme dotées d'une substance propre, comme si leurs couches de sens successives pouvaient être effeuillées et examinées une à une.

— Nous étions égaux, autrefois, dit-il doucement.

Sa voix caressa les murs de pierre qui les entouraient. Souris lança un bref regard par-dessus son épaule, comme pour s'assurer que personne ne pouvait les entendre, avant de le dévisager d'un air mauvais.

—Égaux, non, répliqua-t-elle. Seulement trop jeunes et trop stupides pour comprendre qui nous étions.

—Nous étions amis.

—Non, nous étions une esclave et son maître. Si tu crois que quelques rires partagés dans l'enfance peuvent effacer les années d'indifférence qui ont suivi…

—Non, je ne crois pas cela, l'interrompit Demos.

Il inspira longuement, puis expira. Un voile de lumière scintillante semblait s'être posé sur le décor, et les yeux de Souris s'étaient faits plus intenses, comme si l'hiver bleu qui y couvait soufflait sur le cellier.

—La société nous a forcés à respecter ses rôles. La tradition nous a modelés. Mais je n'ai jamais été cruel envers toi, Souris. Froid, oui, mais pas cruel.

Souris le frappa si fort au visage qu'il crut qu'elle lui avait fracturé une pommette. Il bascula en arrière, tituba jusqu'à heurter la cheminée, renversa le seau plein de dépôt d'épissa, et faillit s'écrouler à terre. Les couleurs vives furent chassées de ses yeux, et la pénombre morne du cellier réapparut. Souris s'était écorché les doigts, à présent dégoulinants de sang. Elle se tenait debout au-dessus de lui.

—Je suis désolée, dit Souris.

Elle le frappa de nouveau. Demos la vit amorcer son geste, mais l'étonnement lui coûta une fraction de seconde, et il le paya cher. Souris lui donna trois coups successifs, puis le projeta contre le mur de pierre. Il tomba dans l'épissa renversée, et lorsqu'il voulut s'éloigner à quatre pattes, la poussière des siècles passés se déposa sur ses mains et ses vêtements. Souris lui donna un coup de pied, mais Demos se tourna au même moment, tendit sa propre jambe et lui fit un croche-pied. Elle tomba, et il bondit sur elle. Demos la frappa deux fois avant de lire la résignation dans ses yeux bleus. Il hésita.

Grave erreur.

Souris plia vivement la jambe et lui enfonça son talon dans les parties. Demos retomba. La respiration sifflante, il tenta de se recroqueviller pour se protéger, mais elle le tira pour le mettre debout. Elle l'examina, comme en quête d'un endroit de son corps qui n'était pas encore tuméfié, et le frappa de nouveau, au coin de son œil gauche. Demos sentit sa paupière se mettre à gonfler.

Haletante, Souris dit :

— Ta princesse est en route.

Myrinne ! La joie déferla sur lui.

— Euphraxia veut que la princesse Myrinne voie le prix que tu paies pour son intrusion. Vosto a souhaité que ce soit moi qui te batte.

L'épissa avait d'abord atténué la douleur, et à présent, l'espoir aidait Demos à se distancier de sa chair meurtrie et sanglante.

— Fais ce que tu as à faire, dit-il.

Il avait déjà participé à bon nombre de rixes, et il avait prouvé qu'il pouvait être un guerrier et un marin compétent. S'il avait choisi de se battre maintenant, alors que l'effet de surprise ne jouait plus en faveur de Souris, il aurait pu la tuer. Mais il était prêt à endurer n'importe quelle sanction physique pour voir Myrinne.

Souris lécha le sang qui recouvrait ses doigts, prête à l'attaquer de nouveau. Mais un vacarme soudain leur fit tourner la tête, à temps pour voir quelqu'un dégringoler de la glissière à charbon. Demos se frotta les yeux et se demanda jusqu'à quel point l'épissa l'avait affecté. Mais tandis qu'il se redressait tant bien que mal, Souris se précipita vers la glissière, et il sut qu'il n'avait pas imaginé la scène.

— Qu'est-ce que tu fais, petit imbécile ? aboya-t-elle. Il y a donc des voleurs assez idiots pour essayer de cambrioler la maison de l'apex ?

Le voleur idiot tenta de se redresser dans le tas de charbon instable. Agitant son bras maigre, il finit par arriver à s'agripper au bord de la caisse et à relever la tête. Barbouillé de charbon noir, son visage livide était encore plus saisissant, ses yeux bleus plus lumineux. Le petit Baju efflanqué ne devait pas avoir plus de douze ans, et semblait mort de peur. Des larmes roulèrent sur ses joues, creusant des rigoles pâles dans son masque de charbon.

— Souris…, dit le jeune esclave.

Ce n'était pas un voleur idiot, en fin de compte.

— Tollivar ? s'exclama Souris, stupéfaite. Qu'est-ce que tu fais là ? Tu ne peux pas… Si on t'attrape, Euphraxia te prendra comme esclave.

— Tollivar, murmura Demos en reconnaissant l'enfant.

Sa mère avait fait partie des esclaves de la maison Kallistrate. Lorsqu'elle était morte, les autres esclaves avaient décidé de s'occuper du garçon afin qu'il puisse demeurer auprès d'eux. Demos eut honte de ne pas se souvenir du nom de sa mère décédée.

Tollivar baissa les yeux vers le sol en essuyant ses larmes, et inclina la tête en signe de soumission à son ancien maître.

— Non ! grogna Souris. C'est un esclave, maintenant, comme moi. Tu n'as pas à t'incliner devant lui !

Tollivar leva les yeux, l'air sceptique. Demos marcha jusqu'à eux, et s'arrêta aux côtés de Souris.

—C'est la vérité, dit-il en montrant sa marque à l'enfant. Dans cette maison, c'est moi qui dois m'incliner devant Souris. Mais dis-nous, mon garçon : pourquoi as-tu si peur ?

—Tu devais aller vivre avec mon oncle. Tu devais rester caché, soupira tristement Souris.

Tollivar essuya encore ses larmes, étalant la poussière noire sur sa figure. Puis son visage se plissa. Il essayait de parler, mais ne parvenait qu'à sangloter. Souris le souleva du tas de charbon et le tint contre elle comme s'il s'agissait de son propre fils. Elle le caressa et le rassura jusqu'à ce qu'il parvienne à réprimer ses larmes.

—Ton oncle… Ton oncle est mort, révéla Tollivar.

Souris porta une main à sa bouche pour masquer son expression horrifiée.

Tollivar regarda Demos, puis Souris.

—Ils sont tous morts. Les gardes traversent la ville en exécutant tous les Baju qu'ils trouvent. La reine leur a ordonné de nous tuer. Tous.

Demos voulut protester, dire que la reine n'ordonnerait jamais une chose pareille. Mais c'était vrai pour la reine qu'elle avait été, pas pour la femme qui avait exécuté son père. Cependant, cela semblait tout de même absurde.

—Ça n'a pas de sens, dit-il. L'impact sur l'économie de la cité, et sur tout Quandis… Les familles nobles mettront des années à s'en remettre…

—Les familles nobles ? cracha Souris. Il y a des milliers et des milliers de Baju sur l'île principale. Combien de temps crois-tu qu'il leur faudra pour se remettre, à eux, une fois qu'on aura séparé leur tête de leur corps ?

Assommé par le tabassage en règle qu'elle lui avait infligé, et l'esprit encore embrumé par l'épissa, Demos s'agenouilla près d'eux.

—Aussi longtemps qu'à mon père.

—Ton père était un salaud, dit-elle d'une voix rauque.

—Mais c'était mon père, et Lysandra l'a assassiné. D'où que vienne cette folie qui la possède, elle nous met tous en danger.

Demos posa une main sur l'épaule de Tollivar. L'enfant eut un mouvement de recul et le dévisagea, interloqué par cette infime démonstration de compassion.

—Ils ne te trouveront pas ici, Tollivar. Pas dans la maison de l'apex.

—Il ne devrait même pas être ici, siffla Souris. Il ne peut pas rester, sinon elle...

—Eh bien, nous allons le cacher, déclara Demos. Il est plus en sécurité ici que dans la rue. Et toi, tu es plus en sécurité que tu ne l'aurais été dans la demeure du clan Kallistrate. La Couronne n'a aucune autorité officielle dans cette maison. Pour que la garde te prenne, il faudrait qu'Euphraxia accepte de te livrer à eux.

Souris serra un peu plus le jeune garçon contre elle, puis hocha la tête.

—D'abord, on le cache, dit-elle. Puis je vais aller me laver. Si Euphraxia s'aperçoit que tu m'as frappée, elle te fera tuer. Elle te hait, Demos, pour une raison que j'ignore. Alors allons-y, et vite. L'un d'entre nous pourrait bien se faire tuer avant que cette journée s'achève.

Dans un couloir qui empestait la pisse, devant la chambre de Souris, Demos attendit qu'elle ait fini de se laver le visage et les mains. Il avait déjà les idées un peu plus claires, assez pour faire ressortir la douleur des coups qu'elle lui avait assenés. Dans sa chambre sans porte, Souris retira sa tunique et la remplaça par une autre, sans taches de sang. Son torse musclé avait été aguerri par des années de dur labeur, et il y vit des cicatrices anciennes, des blessures qu'elle n'avait pu recevoir que dans la demeure des Kallistrate. Cela durcit le cœur de Demos plus qu'il n'aurait jamais pu l'imaginer, vis-à-vis de sa propre vie, vis-à-vis de sa famille, des traditions dont la destruction l'attristait naguère.

Ils avaient caché Tollivar dans le seul endroit où personne n'irait le chercher : la cellule de Demos. Seuls Souris et Demos s'y rendaient, désormais. Ils finiraient par lui trouver une autre cachette. Il y avait d'autres esclaves baju dans la demeure, qu'il faudrait avertir. Ils les aideraient certainement. Mais ce moment-là n'était pas encore arrivé.

Souris sortit de sa chambre et le conduisit à celle du praejis. Vosto, qui se tenait devant sa propre porte, regarda Demos des pieds à la tête avec un rictus méprisant.

— Que des bleus et des éraflures, commenta le praejis d'un air déçu. J'espérais que tu lui casserais au moins quelques os, Souris.

— Je n'ai pas envie de faire son boulot à sa place en attendant qu'il guérisse.

Vosto parut y réfléchir un instant, puis lui fit signe de s'en aller.

— Vas-y. La princesse est déjà arrivée, et l'apex est impatiente de la voir repartir.

— Oui, praejis.

Elle disparut, et Demos se retrouva seul dans le couloir avec le praejis, les yeux baissés, faisant acte d'obéissance envers un esclave qui le haïssait pour ses origines nobles. Vosto frappa un coup à la porte, puis entra. Demos le suivit sans relever la tête. Il sentait encore dans sa bouche le goût de sang que lui avaient laissé les coups de Souris. Il posa sa main gauche sur celle de droite, recouvrant sa marque. Il désirait ardemment passer un moment avec

Myrinne, mais regrettait qu'elle puisse le voir dans cette position.

—Eh bien, entendit-il Euphraxia dire. Au moins le temps que j'ai passé à attendre a-t-il bien profité à mon esclave.

Myrinne cria son nom d'une voix pleine d'angoisse, et il entendit au bruit de ses vêtements qu'elle se précipitait vers lui.

—Non! aboya Euphraxia. Restez assise!

Demos releva brusquement la tête pour la dévisager. Alors qu'il s'apprêtait à parler – acte qui lui était interdit, à moins d'en recevoir la permission de sa propriétaire –, ce fut Myrinne qui le fit taire.

—Venez-vous d'ordonner à la Couronne de rester assise? s'enquit-elle en faisant un pas vers Euphraxia.

Le teint de Myrinne avait quelque chose de crayeux, presque fantomatique, et elle avait les cheveux en bataille. Il était évident qu'elle était bouleversée; et malgré tout, en la voyant darder sur l'apex un regard noir, dominant cette femme bien plus âgée de toute sa taille, elle paraissait aussi dure que l'acier.

—Ceci est ma maison, répliqua Euphraxia. La Couronne n'a pas d'autorité ici.

—Quittez cette pièce, dit la princesse.

Euphraxia tressaillit.

—Je viens de vous rappeler que…

—Oui, vous êtes apex de la Foi. Votre demeure doit bénéficier de la même souveraineté que le Temple des Quatre. Mais les règles que nous avions crues forgées dans les flammes et gravées dans le marbre sont en train de s'effriter tout autour de nous, comme vous le savez certainement.

—Le massacre des Baju ? (L'apex haussa les épaules en signe d'indifférence.) Et je sais bien que la reine a mis à l'épreuve la loyauté des familles nobles. Elle pense que certains nourrissent des desseins perfides à son encontre, et c'est aussi ce que je crains. Votre mère m'a accordé sa confiance, et je lui ai accordé la mienne. Ce n'est qu'en l'honneur de cette confiance que je vous ai permis d'entrer de nouveau dans ma maison.

Alors que l'apex ne se trouvait qu'à trente centimètres d'elle, Myrinne tendit la main et toucha le visage de Demos. Elle embrassa sa joue meurtrie. L'espace d'un instant, il vit à quel point la vue de son sang la peinait.

—Comment osez-vous ? murmura Euphraxia. Il s'agit de mon esclave.

—Je me suis toujours demandé pourquoi vous aviez le droit de posséder des esclaves domestiques, reprit Myrinne. Qu'ils soient novices ou de l'Ordre Supérieur, vos prêtres cherchent toujours à s'abaisser plus bas que terre. L'idée même de posséder un esclave est en contradiction avec le fait de servir les Quatre, et cependant, vous-même... l'apex, dont on est en droit d'attendre le dévouement le plus extrême... vous vivez là entourée d'esclaves, de luxe, d'épissa.

—À quel jeu jouez-vous, petite ? rétorqua Euphraxia. Vous n'avez pas besoin que je vous explique la relation entre l'apex et la Couronne. Je suis le pont entre la lignée royale et la Foi, entre le peuple et les Quatre. Je fais partie des deux mondes. Et vous abusez de mon hospitalité en vous attardant à ce point.

Myrinne prit la main de Demos. Sans savoir de quelle information inconnue elle tirait sa force, Demos y puisa lui aussi, et leva de nouveau les yeux pour lancer un regard de défi à l'apex. Sa propriétaire.

— La qualité de votre relation avec la Couronne ne dépend plus du bon vouloir de ma mère, répondit Myrinne.

En comprenant, Euphraxia changea d'expression.

— La reine nous a donc quittés. C'est une nouvelle tragique, mais prévisible.

— C'est encore très récent, dit Myrinne. C'est arrivé au moment où je sortais du palais pour vous rejoindre.

— Je vais prier pour que les Quatre l'accueillent dans leurs royaumes, et j'adresse mes condoléances à votre frère, le prince Aris. Le roi Aris, désormais.

— Cela va être difficile, car mon frère est mort également. En vérité, il est décédé avant ma mère.

Demos la regarda fixement.

— Myrinne…, dit-il.

Elle serra sa main dans la sienne, mais ne détourna pas le regard d'Euphraxia.

— Votre sœur…, commença l'apex.

— Ma reine, et la vôtre, corrigea Myrinne. Les choses vont changer, à présent. Tout est susceptible de changer. Et même si la reine Phela accorde encore à la demeure de l'apex le statut souverain de propriété des prêtres, à moins que vous ne fassiez de ce lieu votre prison, vous devrez bien en sortir un jour. Et les protections dont vous bénéficiez n'existent pas en dehors de ces murs.

Euphraxia se tenait très droite. La haine lui sortait par tous les pores. Elle pointa Demos du doigt.

— Cette chose est à moi. C'est mon esclave, en vertu des lois de Quandis et par décret de la reine. À moins que la reine Phela ne désire revenir sur le décret de sa mère…

— C'est ce que je désire, l'interrompit Myrinne.

Cette confirmation fit naître un sourire hautain sur les lèvres d'Euphraxia.

— Eh bien, princesse, d'ici là…

— D'ici là, vous vous assurerez que plus personne ne lui fasse du mal, ni sur votre ordre, ni sur celui de qui que ce soit.

Euphraxia ne dit rien. Elle se contenta de sourire.

Myrinne fit un pas vers l'apex.

— Maintenant, vous allez foutre le camp de cette pièce, ordonna-t-elle.

Au début, Demos la serra simplement contre lui. Malgré ses bleus et le sang sur son visage et ses vêtements, en dépit même de sa marque et de l'humiliation dont il avait été victime, il savait que Myrinne avait vécu bien pire. Elle avait appris la mort de son frère, puis perdu sa mère dans la même journée. Toute la rancœur et l'animosité qu'il nourrissait à l'égard de la reine Lysandra s'étaient envolées lorsqu'il avait appris son décès. La peine que lui causait l'exécution de son père était restée, et il n'avait plus nulle part où concentrer son chagrin, plus personne à accuser.

Myrinne l'embrassa sur la joue et sur les lèvres, mais il tenta de lui retirer sa main lorsqu'elle la tourna pour embrasser également le symbole marqué au fer rouge.

— Non, murmura-t-il. Ce n'est pas bien.

— C'est une cicatrice, contra-t-elle. Nous en avons tous.

— Pas comme celle-là.

— S'il te plaît, ne comparons pas nos blessures, dit doucement Myrinne. Le peu de temps que nous avons à passer ensemble doit servir à nous mettre du baume au cœur, pas à nous faire souffrir davantage.

Elle avait raison, bien sûr. Comme toujours, semblait-il.

— Je suis désolé.

Il déposa un baiser sur le haut de la tête de Myrinne et la tint contre lui sans rien dire pendant une longue minute, jusqu'à ce qu'elle se redresse et le repousse d'un geste tendre. Elle le maintint à bout de bras.

— Il faut que nous discutions, dit-elle. Euphraxia n'oubliera pas les affronts qu'elle a subis aujourd'hui, et il est impossible de prédire ses prochaines actions. Sa foi est profonde, mais à sa manière, elle est aussi folle que…

Myrinne ne termina pas sa phrase et serra les paupières, mais Demos entendit la suite dans son esprit. *Aussi folle que ta mère*, songea-t-il.

— Mais tout risque de changer, maintenant, dit-il doucement. Phela est très secrète, et elle me déteste…

— Elle n'apprécie pas ton arrogance, mais elle ne te déteste pas.

— Elle me déteste parce que autrefois, elle était l'objet de ton adoration, et puis tu es tombée amoureuse.

Myrinne hocha la tête.

— D'accord. Tu as sans doute raison.

— Quoi qu'il en soit, reprit Demos, je n'ai jamais douté de l'amour qu'elle te portait. C'est quelqu'un de froid, mais elle n'est pas dénuée de cœur.

— J'aimerais y croire autant que toi. Avant, c'était le cas, mais maintenant… Il y a des jours où je crains de ne pas du tout connaître ma sœur. Et c'est la reine Phela, dorénavant. Elle est la Couronne, et la Couronne n'a besoin de l'approbation de personne.

Le cœur de Demos se serra.

— Tu veux dire qu'elle ne me libérera pas. Que ma mère, mon frère et moi allons rester esclaves, alors que Phela sait que toi et moi devions nous marier. Certes, elle ne me porte pas dans son cœur, mais ton bonheur lui est-il si indifférent que cela ?

Myrinne avait tressailli en l'entendant parler. À présent, le chagrin brillait dans ses yeux.

— Mon amour, je croyais que tu le savais. Sinon, je te l'aurais dit tout de suite, avant toute chose…

— Quoi ? la pressa Demos. Qu'est-ce que tu pensais que je savais ?

Elle posa une main sur sa poitrine, les doigts écartés, comme pour mieux sentir les battements de son cœur.

— Je ne suis pas la seule à avoir perdu un frère.

Demos se crispa.

— Cyrus.

— Les blessures qu'il a reçues le soir de l'exécution de ton père étaient trop graves. Il a survécu une journée, et puis…

— Il est mort prisonnier. Avant d'avoir pu être vendu comme esclave, compléta Demos d'une voix qui sonnait creux à ses propres oreilles.

— Ta mère en a été très affectée, continua Myrinne. Mes amis au sein du clan Daklan m'ont dit qu'elle était souffrante. Au moins est-elle en sécurité pour le moment.

— Le clan Daklan… l'a achetée ? releva Demos.

Cependant, il connaissait la réponse et pouvait se l'expliquer. Sa mère avait des amis parmi les Daklan. S'ils l'avaient achetée, c'était plus pour la protéger que pour le prestige que conférait une esclave de sa notoriété.

— Aux enchères, confirma Myrinne. Ils ont battu Euphraxia.

Demos acquiesça, digérant ces nouvelles. Il y avait soudain tant de morts et tant d'effroi, dans leurs vies à tous les deux… mais lui et Myrinne y survivraient. Il se le promit.

— Que va faire Phela, à présent ? demanda-t-il.

— La nouvelle reine est une femme éminemment rusée, répondit Myrinne. Elle ne va pas se contenter d'annuler les décrets de notre mère, car cela aurait pour effet d'affaiblir la Couronne. Mais elle va se montrer méthodique et – s'il le faut – impitoyable. Elle a bel et bien promis de vous libérer, toi et ta mère, mais pas tout de suite. Phela se méfie d'Euphraxia. Elle veut connaître les secrets de cette maison.

Demos passa la langue sur ses lèvres desséchées. Elles avaient un goût de sang et d'épissa.

— Elle veut que je lui serve d'espion.

— Pendant un temps, assura Myrinne. Elle a besoin de découvrir qui sont les alliés d'Euphraxia. Elle veut connaître la réaction de l'apex vis-à-vis de son couronnement. Et en cas de conflit, tout renseignement que tu auras récolté et qui pourra nuire à Euphraxia…

— … servira de monnaie d'échange à Phela, acheva Demos. Cela lui permettra de lutter contre l'apex, si besoin est.

— Je suppose, oui, répondit Myrinne. Notre sort est entre les mains de Phela. Nous n'avons pas d'autre choix que d'obéir et de nous montrer patients. Le moment venu, Demos, lorsqu'elle te libérera comme elle l'a promis, nous pourrons nous enfuir.

— Nous enfuir ?

— Oui. Tous les deux. Avec ta mère, si je parviens à la délivrer aussi.

L'idée de fuir Lartha, et Quandis, était ahurissante aux yeux de Demos. Toute sa vie, il avait voulu devenir un guerrier, comme son père. Le temps qu'il avait passé aux ordres de l'amirale Hallarte l'avait aidé à se forger une identité propre. Il avait planifié tout son avenir. Mais après tout cela, et ces nouveaux événements qui avaient fracturé la Couronne, envoyant sans doute des ondes de choc à travers tout le royaume… Il savait que Myrinne avait raison. C'était peut-être leur seule chance de bâtir ensemble la vie dont ils rêvaient.

—Les coups vont continuer, dit Demos. Euphraxia me hait, pour une raison qui m'est inconnue. Je survivrai, mais elle va faire tout ce qu'elle peut pour t'empêcher de m'approcher, à présent.

—Je n'en doute pas. Mais peux-tu trouver un moyen de m'envoyer des messages, et de récupérer les miens ?

Demos repensa aux joues noires zébrées de larmes de Tollivar, et aux yeux glacés de Souris. Elle l'avait battu plus d'une fois, mais il avait décelé ses remords et sa colère, et il avait eu un aperçu de ce que vivaient les esclaves.

La sensation d'être indigne d'attention.

—Peut-être, dit-il. (Ses pensées s'enchaînaient à toute allure. Il embrassa les mains de Myrinne.) Mais dis à Phela que j'y mets une condition.

—Demos…

—Tu sais que ta mère a ordonné l'extermination des Baju ?

—Bien sûr.

—La « reine Phela » doit y mettre fin. Qu'elle annule le décret d'exécution. Et elle doit s'assurer que les gardes ne pénètrent pas dans cette maison…

—Elle ne va jamais accepter, l'interrompit Myrinne. Je te l'ai dit : elle ne voudra pas remettre en question l'autorité de la Couronne. Le Sang des Quatre coule dans nos veines, Demos. La Couronne est censée être infaillible. Si Phela donne à penser que le décret de notre mère n'avait pas lieu d'être, la population sera encouragée à douter de…

—Myrinne, dit doucement Demos, les craintes de Phela ne me concernent pas. Notre avenir, et celui de ma famille, si. Dis-lui que c'est le prix à payer.

— Elle te fera tuer sur-le-champ si je le lui dis en ces termes.

— Dans ce cas, dis-lui la vérité, qui est que la seule manière dont je peux espérer échanger des messages avec l'extérieur nécessite que les Baju soient épargnés. S'ils meurent tous, ma présence ici ne lui servira à rien.

On tambourina violemment à la porte, qui s'ouvrit ensuite sans autre avertissement. Vosto se tenait dans l'embrasure. Il inclina la tête en signe de déférence envers la princesse, mais toute son attitude démentait cet égard.

— Ma maîtresse me dit que l'esclave Demos doit retourner travailler.

Myrinne embrassa tendrement son amant, que ses contusions firent grimacer. Elle lui dit qu'elle l'aimait. Puis elle s'en alla.

Une fois Myrinne partie, Vosto entra dans la pièce et ferma la porte, et les coups reprirent.

Seul et caché, en un endroit qui lui semblait séparé du reste de Lartha et de Quandis, Blane était assailli par la rage et le chagrin.

Seules les ombres obscures de ce lieu souterrain lui tenaient compagnie, et il n'avait pas honte de les laisser voir et entendre ses pleurs. Laisser libre cours à ses émotions lui faisait du bien. Alors qu'il descendait l'escalier en spirale, vers des profondeurs où seuls les prêtres de l'Ordre Supérieur étaient admis, ses légers sanglots résonnaient à ses oreilles et lui brouillaient la vue.

Chaque fois qu'il tentait de refouler ses larmes, il revoyait les Phages, et les marques autour des yeux de Per Ristolo, qui ne pouvaient être que d'origine magique. Les prêtres spectraux avaient fait montre d'une agilité, d'une vitesse et d'une force surnaturelles, et Per Ristolo avait guidé leurs actes. Blane en était sûr, tout comme il était sûr que Quandis venait de changer pour toujours. Il vivait une époque troublée, et il espérait qu'un tel chaos provoquerait assez de confusion pour lui permettre de mettre ses projets à exécution.

Cillant pour chasser ses larmes, il continua son interminable descente. L'escalier était très long, et lorsqu'il se crut arrivé tout en bas, il ne découvrit qu'un large palier et une autre spirale incrustée dans le sol. Il suivit ce chemin circulaire, et un deuxième escalier s'ouvrit sous ses pieds.

Il pensa à sa sœur, Daria, et se demanda si sa mort violente n'avait pas constitué une bénédiction. Elle n'avait pas subi de longues années de torture supplémentaires. Elle ne vivrait pas les événements qui risquaient désormais de se produire. Car si Blane était convaincu d'une chose, au cours de cette descente vers le mystère, c'était que tout cela n'était qu'un début. Et s'il n'était pas le divin Kij'tal, le sauveur, il était peut-être tout de même la personne que les Baju attendaient. Et si c'était ce qu'ils avaient besoin de croire pour se battre, il pourrait sans doute se prêter au jeu. Et devenir le seul Kij'tal dont ils auraient jamais besoin.

Il se sentait tout sauf prêt, et pourtant, il n'était plus temps de rester inactif, d'apprendre et d'absorber des informations. Il était temps d'agir.

L'escalier se termina dans une petite pièce, à partir de laquelle plusieurs tunnels s'enfonçaient dans les ténèbres. Il posa dans une alcôve la torche qu'il avait allumée en haut des marches, et s'empara d'une des lampes à huile, plus efficaces, que les prêtres avaient laissées à disposition. Il la secoua et entendit l'huile clapoter à l'intérieur ; elle était pleine, ce dont il se félicita. Il n'avait aucune envie de se retrouver piégé là dans le noir complet.

Après tout, il n'avait pas la moindre idée de ce qu'il allait découvrir.

Il alluma la lampe grâce à la torche, et avança de quelques pas dans la pièce. Celle-ci était beaucoup plus fonctionnelle que la salle décorée de verre dépoli, très haut au-dessus de lui. Les murs étaient en pierre lisse, gravés de sceaux inconnus et à demi effacés. Le sol était aussi en pierre, polie par d'innombrables pas, et incrustée ici et là de roches étranges en forme de flèche, aux couleurs diverses. Blane supposa qu'il s'agissait d'indicateurs de direction, désignant les différentes portes de la pièce circulaire. Cependant, il n'avait aucune idée de ce que signifiaient leurs couleurs. L'atmosphère était lourde et immobile, empestée par l'âge, comme si le même air stagnait dans ce lieu depuis des millénaires. Étonnamment, il faisait chaud. Cela surprit et troubla Blane. C'était comme si une créature vivante chauffait cet endroit de son corps, ou peut-être ces salles et ces tunnels étaient-ils eux-mêmes vivants, et qu'il s'était jeté droit dans la gueule du loup.

Un murmure s'éleva derrière lui. Il pivota en se ramassant sur lui-même, regrettant de ne pas avoir apporté d'arme. Mais il n'y avait rien. Il poussa un soupir de soulagement, puis comprit ce qu'il avait entendu : tout l'escalier en spirale s'était encastré dans le plafond, formant une surface lisse qu'il pouvait toucher en se dressant sur la pointe des pieds.

Pris au piège! pensa-t-il, et plus haut, il entendit une série de chocs sourds : la structure reprenait sa position initiale. Il regarda autour de lui, paniqué, et fit les cent pas à là où l'escalier se trouvait un instant auparavant, repoussant les ombres à l'aide de sa lampe. Puis, en regardant le sol à cet endroit, il découvrit le même motif en spirale. Plus discret que les précédents, il était gravé dans la pierre, et non dessiné par les morceaux de verre dépoli. Mais il était sûr qu'il s'agissait d'un mécanisme similaire, et que s'il suivait son chemin, le même phénomène se produirait.

Il se trouvait loin sous le Temple des Quatre, et ce dernier contenait des sections vieilles de presque trois mille ans. Certains de ces souterrains étaient peut-être encore plus anciens. Et plus profonds. Peut-être s'agissait-il même des vestiges de la Première Cité. En descendant, il avait senti le poids de la colline et de sa longue histoire sur son dos. Elles l'écrasaient et l'attiraient à la fois, par une force de gravité inexplicable. Quels secrets ce lieu dissimulait-il ? Quelles histoires s'étaient-elles perdues dans ces profondeurs, dérivant à jamais sans oreilles pour les entendre, et sans voix pour les raconter ? Il se demanda s'il était seul dans ce labyrinthe de salles et de tunnels. Il l'espérait, mais aussitôt après avoir formulé cette pensée, il craignit que ce soit le cas. Si personne ne savait où il était, personne ne pourrait l'aider si quelque chose tournait mal.

Mais qu'est-ce qui pourrait m'arriver ? se dit-il. *J'ai l'habitude d'être seul. Si je veux mener mes projets à bien, c'est ici que je dois être.*

Blane choisit un passage au hasard dans la pièce circulaire, et se mit à marcher.

Il pénétra dans un large couloir, si long que la lumière de la lampe ne parvenait pas jusqu'au bout, et il fut immédiatement rassuré par des signes d'activité régulière. Des robes et des ceintures étaient pendues à des crochets sur le mur de gauche, et il découvrit des bougies entamées nichées dans de petites alcôves. Plus loin dans le couloir, une ouverture sur sa droite laissait voir une pièce sombre qui attira son attention. À première vue, il crut qu'elle contenait de gros serpents roulés en boule, qui se mouvaient à la lueur pâle de sa lampe. Mais en s'armant de courage, il s'approcha et vit qu'il s'agissait d'une dizaine de cordes enroulées suspendues à des crochets, de filets pleins de chevilles et de maillets, et de sacs dont s'échappait de la poudre, attachés à une corde en travers de la pièce. Blane fronça les sourcils. Du matériel d'escalade, ici ? Déboussolé et perplexe, il poursuivit sa route.

Le couloir s'incurva vers la gauche et se mit à descendre. La pente se faisant de plus en plus raide, le sol plat se transforma en une succession de grandes marches. Des gouttières, de chaque côté, charriaient l'humidité qui se condensait et coulait le long des murs. De temps en temps, une ombre fuyait précipitamment devant la lumière. Blane restait vigilant, craignant les araignées spectrales dont on disait qu'elles infestaient ce genre d'endroits. Il passa devant plusieurs autres ouvertures, et jeta un coup d'œil dans chacune d'elles. Certaines menaient à des dortoirs, dont les lits aux draps bien tirés ne semblaient pas avoir été utilisés. Il vit aussi une salle à manger, où de la vaisselle propre avait été soigneusement empilée sur une petite table. Une autre pièce était dédiée à la prière ; des tapis décorés recouvraient le sol, et un mur avait été orné du symbole des Quatre, artistement façonné à l'aide de verre dépoli, de bois sculpté et d'épaisses couches de peinture.

Blane resta un moment immobile face à ce mur. Il se demanda combien de prêtres de l'Ordre Supérieur venaient ici pour s'agenouiller devant cette image, et mettre leur âme à nu face à des dieux imaginaires. Par le passé, il s'était souvent moqué d'eux en secret, de même qu'il reprochait à son propre peuple de croire encore et toujours en Lameria.

« Comment peut-on croire que notre dieu veille sur nous alors que nous sommes torturés, maltraités, réduits en esclavage et assassinés depuis trente décennies ? » avait-il demandé un jour à sa mère.

« Lameria nous met à l'épreuve au cours de notre vie, afin que nous puissions triompher à ses côtés après notre mort », avait-elle répondu.

De belles conneries, voilà ce que c'était. Depuis qu'il était adolescent, Blane n'avait aucune envie de croire en une divinité qui souhaitait soumettre ses fidèles à une vie de souffrance permanente. Et si elle existait réellement, il la haïrait.

Et pourtant…

Et pourtant, il avait bien vu les traces de la magie dans les yeux de Per Ristolo, lorsqu'il avait commandé aux Phages. Très récemment, il avait entendu des novices murmurer que la magie n'était récoltée et absorbée que par les prêtres les plus aptes à la recevoir : les anciens de l'Ordre Supérieur, les plus dévots, et ceux qui se consacraient pleinement aux Quatre.

Blane était forcé de croire à la magie, désormais, mais il refusait encore de penser qu'elle provenait d'un dieu, quel qu'il soit. Il savait que c'était contradictoire, mais il était du genre pragmatique. Peut-être que la magie, à l'image des saisons et des marées, n'avait pas besoin de dieux ; peut-être était-ce simplement une force encore inexpliquée. Quelle qu'elle soit, et où qu'elle soit, il était déterminé à la trouver. Et il se fichait bien des dieux.

S'étant remis en marche, il atteignit une grande double porte à l'extrémité du couloir sinueux. Les deux épais battants de bois étaient renforcés par des barres de métal délicatement ouvragé, et chaque gond faisait la taille de son avant-bras. Au milieu se trouvait un panneau, scindé en deux par l'interstice entre les portes, et doté d'une serrure sur un des côtés. Blane se dit qu'il n'avait aucune chance de parvenir à franchir cette entrée. Cependant, si l'Ordre Supérieur avait quelque chose à cacher, il voulait le découvrir.

Blane se saisit d'une des poignées, la tourna, et fit un pas en arrière. Une série de bruits métalliques retentit derrière les portes. Le processus qu'il avait déclenché mit plusieurs secondes à se terminer, et fut ponctué par un grand choc qu'il sentit se répercuter dans le sol de pierre.

Surpris, retenant son souffle, il se saisit à nouveau de la poignée et poussa. L'un des battants s'ouvrit. De l'ouverture s'échappa une odeur de moisi et une ombre qui semblait presque palpable, refoulant la lumière de la lampe comme si sa fraîcheur était capable d'éteindre la flamme. Blane fit quelques pas en arrière et rassembla tout son courage avant de s'aventurer de l'autre côté de la porte.

D'abord, la salle lui parut vide. Carrée, elle ne contenait que quatre murs de quinze pas chacun, et rien d'autre. Ni mobilier, ni décorations, ni rien qui puisse justifier qu'elle soit cachée derrière ces lourdes portes.

Ces lourdes portes non verrouillées, songea Blane. L'Ordre Supérieur devait être si convaincu que cet endroit resterait secret qu'il n'estimait pas nécessaire de fermer les portes à clé.

En pénétrant dans la pièce, il remarqua un détail étrange. Le mur face à lui comportait une ombre noire de chaque côté et en haut. Ce n'est qu'en s'approchant qu'il découvrit que ces ombres étaient des ouvertures. Il s'agissait d'un faux mur, masquant ce qui se trouvait de l'autre côté.

Blane avait perdu la notion du temps. Il aurait pu quitter les autres novices deux ou six heures auparavant : il n'avait aucun moyen de le savoir. Et il ne pouvait pas non plus savoir ce qui se passait, loin au-dessus de sa tête.

Per Santoger et les autres le cherchaient peut-être en ce moment même. Ou peut-être étaient-ils morts.

Je suis là, se dit-il. *Ce n'est pas le moment de reculer. Pas avant d'avoir trouvé quelque chose, n'importe quoi, qui puisse justifier cette incursion secrète.*

Il contourna le faux mur, brandissant sa lampe pour illuminer l'autre côté. Il était identique à l'autre moitié de la salle, en dehors du fait qu'il était dépourvu de porte. Il ne contenait rien de particulier. Blane dirigea la lumière un peu partout, en tournant lentement sur lui-même ; puis il la leva vers le mur solitaire qui séparait la pièce en deux.

Il eut un hoquet de surprise. D'abord, il ne reconnut qu'un petit panneau, une page de l'Alliance des Quatre qu'on appelait la « Promesse en Rouge ». Il s'agissait d'un texte que chaque personne devait lire à haute voix, tous les ans, le jour de son anniversaire. Il était accompagné d'images des Quatre sous forme de piliers situés sous les quatre coins du monde, soutenant le poids entier de l'existence. La « Promesse en Rouge » était destinée à renforcer ces piliers.

Alors qu'il bougeait la lampe, la lumière de celle-ci semblait se propager, et il s'aperçut que ce qu'il avait sous les yeux était bien plus qu'un simple mur.

Il s'agissait du fameux Mur des Quatre, sur lequel ces dieux anciens auraient gravé les termes de leur propre Alliance avec les futurs habitants de Quandis. Blane fronça les sourcils et recula, afin d'en éclairer davantage.

Certaines parties étaient manquantes. Il avait vu de nombreux exemplaires reliés de l'Alliance, et chaque carreau de ce bas-relief correspondait à une page du livre. Les exemplaires en question comportaient tous onze pages blanches, représentant les onze passages perdus, dont on supposait qu'ils avaient été cachés ou volés au fil des millénaires.

Sur ce mur, on pouvait voir onze carrés blancs, aux endroits où les panneaux avaient été retirés.

L'incrédulité le disputait à une autre émotion, dans l'esprit de Blane. Il avait envie de railler la folie de cet endroit, si profondément enfoui, et dédié à de fausses divinités. Les efforts déployés pour creuser et construire cette salle, ériger ce mur et sculpter les dalles avaient dû être phénoménaux. Et cependant, ce mur avait quelque chose de troublant à ses yeux. Les gravures projetaient des ombres étranges, semblant repousser la lumière, comme si elles n'existaient qu'à moitié dans ce monde. Il avait l'impression de regarder quelque chose qu'aucun homme n'aurait pu créer.

Peut-être ses sens en éveil lui faisaient-ils imaginer des choses. *Tu divagues*, songea-t-il, et il se réprimanda intérieurement. Il était trop nerveux.

Il se demanda où étaient passées les pages perdues. Si elles étaient quelque part, la logique voudrait que ce soit ici. Si elles existaient vraiment. On avait beaucoup écrit sur ce que pourraient contenir ces onze pages. Blane n'accordait foi à aucune de ces spéculations, car il avait toujours supposé que l'Alliance avait été écrite par des êtres humains, et non par des dieux.

Les mots et les images parurent frémir et se mouvoir sous ses yeux, comme une vipère hypnotisant un rongeur, semblant se moquer de son incrédulité.

La lampe à huile crachota, faiblit.

Blane retint son souffle. Le mur avait disparu brièvement dans les ténèbres, et l'espace d'un instant, il avait senti son poids devant lui. Sa matière, sa noirceur. Lorsque la lumière de la lampe revint, le mur était presque le même qu'auparavant.

Il se glissa de l'autre côté du mur qui trônait au milieu de la pièce, sortit par la porte et la referma derrière lui. La lampe crachota de nouveau. Il l'agita et entendit une bonne quantité d'huile remuer dans le réservoir. Peut-être l'air se raréfiait-il. Cela expliquerait pourquoi son esprit lui jouait des tours. Il sentit une présence pesante derrière lui, et lorsqu'il se retourna vivement et dirigea la lumière vers les ombres, la présence resta dans son dos, tout juste hors de sa vue. Elle demeura derrière son épaule même lorsqu'il pivota. Des pas accompagnaient les siens. Blane s'immobilisa, et l'écho perdura quelques instants de trop.

En marchant rapidement, puis en courant, Blane emprunta une succession de couloirs. Il ne s'aperçut qu'il était perdu que lorsqu'il parvint à une intersection qu'il n'avait pas vue auparavant, et où trois tunnels quittaient un cercle central. Ici aussi, des flèches colorées étaient incrustées dans le sol, mais il ne se souvenait même pas de la couleur qu'il avait suivie la première fois.

Des bruits sourds retentirent dans le couloir, derrière lui. Peut-être n'était-ce que son cœur battant à ses oreilles, mais quel que soit le message, il l'écouta : il tourna à gauche et fuit l'intersection avant que sa peur ne le rattrape.

C'est complètement idiot! pensa-t-il en dérapant dans un virage. *Je suis en train de me fuir moi-même!* Néanmoins, malgré cette certitude, il ne parvenait pas à recouvrer son calme. Il n'avait aucune idée de jusqu'où s'étendait ce labyrinthe souterrain, et plus il courait, plus il risquait de se perdre pour de bon. Les fidèles de l'Ordre Supérieur le retrouveraient peut-être des jours plus tard, blotti dans un coin sombre avec sa lampe éteinte depuis des lustres, bavant et frissonnant, incapable d'échapper aux ombres en dépit des lumières dont les prêtres l'éclaireraient. Ou bien ils le trouveraient des semaines plus tard, mort et refroidi, racorni, ayant laissé sa vie se perdre à jamais dans cette nuit d'encre.

Alors qu'il ralentissait, qu'il reprenait ses esprits et qu'il luttait pour se calmer afin de réfléchir au chemin à emprunter, il tomba.

En roulant, il parvint miraculeusement à garder la lampe en main et à l'empêcher de se briser. L'ombre et la lumière dansèrent tandis que des arêtes tranchantes lui mordaient les tibias, le dos et les épaules. Il heurta durement le sol, et en se retournant, il vit le vieil escalier qu'il venait de dégringoler. Il semblait extrêmement ancien. Les marches étaient concaves et usées par les pas et les années, et derrière lui…

Des ombres plus profondes, plus noires, l'attiraient avec une force effroyable. Il sentait une sorte de tension autour de lui, à présent, comme si le danger imaginaire auquel il avait tenté d'échapper l'avait amené ici délibérément. Cet endroit semblait beaucoup plus vieux que ceux qu'il venait de quitter, et bien moins fréquenté. Une poussière dépourvue de traces de pas tapissait le sol. Des toiles d'araignée émoussaient les angles des murs. De longues et fines stalactites pendaient du plafond.

Devant lui s'étendait un tunnel creusé dans la roche naturelle de Quandis. Ce n'était pas une structure achevée, mais plutôt une caverne, une crevasse perçant le monde et qui précédait peut-être le jour où les humains étaient apparus à Quandis, et la Première Cité. Il y avait quelque chose là-bas, une chose qui n'était plus derrière lui mais face à lui, et qui le tirait vers l'avant. Un grand pouvoir l'attirait comme une flamme attirerait un papillon, sauf que cette flamme était la nuit, et le papillon un homme. C'était une promesse d'inconnu ; mais il sentait également une intelligence stupéfiante, une présence rêveuse, et le monde était le suintement qui s'échappait de son rêve. Cette entité invisible lui fit se sentir humble et minuscule, et son poids immense menaça de lui écraser les poumons, lui coupant le souffle.

Enfin, pensa-t-il. *Tout le mystère de Quandis, toute la magie dont on parle et dont on rêve dans ce pays, elle est là, et elle m'appelle.*

Blane se releva en grimaçant, pressant ses mains sur ses bleus et ses coupures, mais ne s'attardant pas sur la douleur. Car au-delà de la lumière émise par la lampe dans ce profond tunnel, quelque chose bougeait.

Il retint son souffle. La peur était différente, cette fois, plus concrète et palpable, car il savait qu'elle n'était pas le produit de son imagination.

Cette fois, c'était bien réel.

Des créatures rampantes et trottinantes quittaient l'obscurité pour s'avancer vers lui. La lumière de la lampe faisait scintiller d'innombrables yeux aveugles. Des araignées spectrales ! Il en compta dix, mais il y en avait peut-être deux fois plus. Elles étaient aussi grosses que son poing, et chacune d'entre elles aurait pu le tuer cent fois grâce à son venin.

Elles ne se dépêchaient pas. Peut-être savaient-elles que leur victime n'avait aucune chance.

Blane se retourna et remonta l'escalier à la course. Il glissa, faillit casser la lampe, se releva et se remit à courir. Il fila comme une flèche à travers les salles et les corridors, traversa les intersections sans s'arrêter, terrifié à l'idée que les araignées le rattrapent ou que sa lampe s'éteigne, ou peut-être les deux.

Lorsque enfin il se laissa tomber en un tas haletant et transpirant, luttant contre les sanglots qui menaçaient d'agiter son corps, il pressa son visage contre le sol et sentit un renflement lui mordre la joue. En se redressant, il vit un motif en spirale qui lui était familier.

Blane rit jusqu'au moment où il ne parvint plus à retenir ses larmes.

Chapitre 9

La reine Phela se tenait au sommet de la Flèche du Sang, le vent mugissant autour d'elle, sa robe claquant contre ses jambes. La couronne lui paraissait étonnamment légère, mais elle ne craignait pas qu'elle s'envole. La jeune fille qu'elle s'était choisie pour femme de chambre l'avait entrelacée dans ses cheveux. Phela trouvait étrange de faire glisser son regard sur Quandis, jusqu'à la bande bleue de l'océan à l'horizon, et de savoir que tout ceci était désormais son domaine. Phela la Chuchoteuse aurait bien plus de mal à aller et venir sans se faire remarquer, à disparaître à l'intérieur des murs ou ailleurs. Mais elle était reine à présent, ce qui signifiait que plus aucune porte ne lui serait jamais fermée. Sa mère adorait la Flèche du Sang, tandis que Phela l'avait toujours détestée. Mais désormais, elle comprenait le sentiment de puissance que procurait cette position, en surplomb d'un royaume qui lui appartenait.

— Phela ?

La reine nouvellement couronnée rit doucement et secoua la tête.

— Tu vas devoir t'habituer à m'appeler…

— Majesté, oui… Je suis désolée.

La reine Phela se tourna pour dévisager sa sœur cadette.

—Nous sommes seules, Myrinne. Je ne te demandais pas de le faire tout de suite, même s'il serait sans doute plus sage pour toi d'en prendre l'habitude. Tu es encore ma sœur, et je n'attends pas de toi que tu t'embarrasses de titres honorifiques lorsque nous sommes seules. Mais en public…

—Oui, oui, l'interrompit Myrinne sans parvenir à cacher son impatience.

—Des nouvelles de Demos? interrogea Phela. De Demos et de ses… exigences?

—Ce ne sont pas des exigences, assura Myrinne. Mais il a un plan, des idées pour nous aider… Cependant, il en sera incapable si tous les esclaves baju sont…

La reine Phela leva une main en l'air, les yeux plissés. Quelque chose avait bougé dans les ombres, en haut de la Flèche. Quelques instants plus tard, la porte s'ouvrit, et Dafna la Voix apparut.

—Votre Majesté, salua Dafna.

Elle glissa une mèche de ses cheveux derrière son oreille en s'inclinant.

—Qu'y a-t-il? J'avais ordonné que ma sœur et moi ne soyons pas dérangées.

La petite femme osseuse, à l'allure de rapace, hocha la tête.

—Oui, Majesté. Je me retirerai si vous le souhaitez, mais j'ai pensé que vous voudriez savoir que des représentants des Cinq Premiers Clans sont arrivés tous ensemble, et se sont exprimés par le biais d'un unique émissaire. Ils désirent vous transmettre leurs condoléances, et demandent une audience immédiate.

Phela haussa un sourcil.

—Ah, vraiment? Je ne suis reine que depuis quelques heures, et les gens se permettent déjà bien des exigences.

(Elle lança un regard à Myrinne.) Peut-être ont-ils besoin qu'on leur rappelle ce qu'est une reine.

Dafna la Voix resta raide et immobile, attendant ses instructions. Phela se demanda ce qu'elle avait entendu de leur conversation.

— Très bien, allez-y, dit Phela. Conduisez-les dans la salle d'audience et dites-leur que je viendrai sous peu écouter leurs demandes. Et… Dafna ?

— Oui, Majesté ?

— Si jamais je vous soupçonne d'écouter des conversations qui ne vous sont pas destinées, je demanderai aux Silencieuses de vous trancher les oreilles.

Dafna s'empourpra et acquiesça. En bafouillant, elle recula, puis referma la porte derrière elle.

— Viens, dit la reine Phela.

Elle prit la princesse Myrinne par la main et suivit la Voix.

— Nous reparlerons bientôt de Demos. Pour l'instant, voyons quelles nouvelles surprises cette journée nous réserve.

Chacun des Cinq Premiers Clans avait effectivement envoyé un représentant. Per Ristolo était venu également, en tant que porte-parole de la Foi. Phela trouva inouï que ce vieil homme au pas traînant ait eu l'énergie de traverser la ville pour venir du Temple des Quatre. Assise sur le Grand Trône, dans la salle d'audience, elle s'efforçait de chasser l'impression que ce siège était toujours celui de sa mère morte. Au plus profond de son âme ruisselait un mince filet de chagrin. Pas du remords, non, mais une tristesse sincère. Phela avait aimé sa mère, autrefois, et l'avait jugée forte, courageuse et juste. En cet instant, elle se dit que la reine Lysandra avait jadis possédé toutes ces qualités. Mais le temps, l'épissa et la magie interdite à laquelle elle avait goûté l'avaient anéantie, et mis Quandis en danger.

Phela avait agi pour protéger le royaume, et préserver le souvenir de la femme que sa mère avait été. Dans son cœur, Phela était véhémente à ce sujet. Mais tout en bas, sous le petit filet de chagrin, il y avait un torrent plus fort, une vague de suspicion qui disait que sa mère n'avait jamais été cette femme, qu'elle n'avait jamais été digne de l'admiration de ses enfants, et qu'elle avait mérité la fin atroce qui lui avait été réservée.

— Majesté, salua le porte-parole du clan Cervebois après s'être raclé la gorge.

Ses joues étaient empourprées par la fureur, et Phela lisait la colère sur tous leurs visages crispés. En cherchant Aris, la garde avait fait irruption dans leurs demeures. Cet affront et cette intrusion auraient déjà suffi à courroucer les clans, et la situation n'avait fait que s'aggraver par la suite. C'était la reine Lysandra qui avait ordonné ces fouilles, et aucun d'eux ne savait à quoi s'attendre de la part de la nouvelle souveraine.

— Au nom de mon seigneur et maître, le baron Cervebois, historien officiel de la Couronne, poursuivit l'émissaire, je me dois de joindre ma voix à celles de mes compagnons. Nous pleurons la mort de la reine Lysandra, et nous vous adressons nos plus sincères condoléances. Mais nous sommes néanmoins forcés de contester son dernier édit. D'après nos estimations, au moins sept cents esclaves baju ont été exécutés par les gardes en moins d'une journée, et cette… cette extermination ne semble pas devoir s'arrêter. Lartha, notre bien-aimée capitale, ne se remettra pas du désastre économique dont nous serons victimes si cet édit est mené jusqu'à son terme. Le cœur de Quandis dépend des bienfaits des Quatre et de la prospérité des Cinq Premiers Clans. Mais les clans – et la Couronne – dépendent du travail loyal et assidu de nos esclaves, et les Baju en constituent une bonne partie.

L'émissaire des Cervebois tira nerveusement sur sa barbe grisonnante. Il avait d'épais sourcils broussailleux et des yeux larmoyants. Ses habits de cérémonie étaient mal ajustés, comme s'il avait vieilli et s'était empâté durant les mois – ou les années – écoulés depuis sa dernière audience avec la reine.

— Le clan Cervebois vous implore, reine Phela, de…

— Assez, dit Phela à mi-voix.

Assise très droite dans le Grand Trône, elle balaya toute l'assemblée d'un seul regard.

— Vous avez tous eu l'occasion de « m'implorer ». Kallistrate, Daklan… Ellstur, Bruslebien, Cervebois… et le vénérable Per Ristolo. Le fait que vous vous présentiez si tôt après le décès de ma mère, ainsi que l'hypocrisie de votre prétendu chagrin…

— Majesté, tout ceci est insensé, protesta Per Ristolo. (Il s'étranglait presque d'horreur feinte, face aux insinuations de Phela.) Tant de personnes ont été tuées ! J'ai même entendu dire que deux patrouilles de gardes ont disparu. Tout ceci doit…

La reine Phela lui fit signe de se taire. Elle regarda Myrinne, assise dans le siège à sa droite, surélevé par rapport au sol, mais un peu plus bas que celui de la reine. Le coin de la bouche de Phela tressauta à peine, mais Myrinne l'avait observée et imitée pendant toute leur enfance, et elle ne manquerait pas de remarquer ce sourire. Un échange muet eut lieu entre les deux sœurs.

Dafna se tenait près de la porte et observait l'entretien, visible par tous, mais aussi immobile qu'une statue tant qu'elle n'était pas tenue de parler en tant que Voix de la Couronne. Elle se racla la gorge.

— La reine ne doit jamais être interrompue, dit-elle sans regarder personne en particulier.

Phela eut envie de dire à Dafna qu'elle était capable de s'exprimer elle-même, mais elle risquait d'avoir besoin d'elle plus tard, et elle l'avait déjà admonestée plus tôt dans la journée. De plus, la Voix était efficace : cette simple phrase avait suffi à réduire six personnes au silence. Par conséquent, au lieu de réprimander Dafna, Phela écarta les mains, paumes vers le haut, comme pour supplier à son tour ces émissaires.

— Vos barons ne sont certainement pas aussi terrifiés que vous le dites ; sinon, ils seraient venus ici en personne, plutôt que de vous envoyer à leur place. Ils seraient venus eux-mêmes me présenter leurs condoléances, et implorer ma clémence, et me dire – comme vous semblez être en train de le faire – que la noblesse de Quandis remet en question les volontés et la sagesse infinies de la reine Lysandra.

Elle laissa ses paroles flotter un moment dans l'air, délibérément, mais personne n'osa parler pendant plusieurs secondes, de peur de faire la même erreur que Per Ristolo.

— Alors ? dit-elle, se réjouissant intérieurement de les voir aussi perturbés par l'avertissement de Dafna.

— Majesté, si je puis me permettre, dit la porte-parole du clan Kallistrate en s'inclinant profondément. Le clan Kallistrate est déjà très ébranlé, à la suite de… la disparition de notre baron et de sa famille. Personne ne remet en doute la sagesse dont a fait preuve la défunte reine en désignant les Baju comme des abominations et des traîtres à la Couronne. Mais si elle était encore parmi nous, n'est-il pas possible qu'en vertu des inquiétudes que nous vous avons présentées, nous eussions pu convaincre la reine Lysandra de modifier son édit ?

Un frisson de plaisir réchauffa le cœur de Phela. Ces nobles lui mâchaient le travail.

— La défunte reine a promis de dédommager les clans en compensation des esclaves perdus, répondit Phela. Cependant, on m'a appris que l'île principale comptait plus de onze mille Baju… Je dois reconnaître que si ma mère avait été au fait de ce chiffre, elle n'aurait peut-être pas effectué cette promesse.

L'angoisse mit un instant à s'abattre sur l'assemblée ; alors, tous les émissaires blêmirent simultanément. Même Dafna – déjà rendue nerveuse par son imprévisible souveraine – parut choquée face au sous-entendu que les Baju pourraient être exécutés sans dédommagement. Un tel acte entraînerait la ruine des clans nobles, et déclencherait sans doute une rébellion ouverte de leur part.

La reine Phela se pencha en avant sur le Grand Trône, dévisageant la Kallistrate vieillissante.

— Si vous aviez eu ainsi l'occasion de solliciter la reine Lysandra, quelle autre solution auriez-vous suggérée ?

L'émissaire Kallistrate tourna la tête vers ses compagnons, qui lui adressèrent des regards véhéments et pleins d'espoir. La nouvelle reine venait de lui donner une chance.

— Peut-être… peut-être que les clans dotés de propriétés à l'extérieur de l'île principale, et d'esclaves y travaillant, pourraient bénéficier d'un délai supplémentaire pour rappeler ces esclaves et envoyer leurs Baju en remplacement sur les îles de l'Anneau ?

Cette fois, Phela n'osa pas regarder sa sœur, de peur de se trahir en souriant.

— Intéressant, dit-elle. Vous proposez donc l'exil en remplacement de l'exécution ?

La femme n'avait pas réellement émis cette suggestion, mais son regard s'illumina lorsqu'elle comprit que ce serait une solution idéale. Les autres paraissaient mal à l'aise. Pour le clan Bruslebien et le clan Daklan, ce serait un changement très favorable, car ils possédaient beaucoup d'exploitations et de terres tout au long de l'Anneau. Pour le clan Kallistrate, ce serait plus difficile, car leurs esclaves devraient être formés à de nouvelles tâches. Mais ils étaient suffisamment bien implantés dans le domaine de la pêche pour faire fonctionner cet arrangement.

Phela voyait que les envoyés des clans Ellstur et Cervebois étaient contrariés.

— Oui, l'exil, reprit l'émissaire des Kallistrate, si les clans pouvaient bénéficier d'une vingtaine de jours pour effectuer cette transition…

Le porte-parole des Cervebois se racla la gorge et gratifia la Kallistrate d'un regard insistant.

— … mais qu'adviendrait-il de ceux qui n'ont pas assez d'esclaves sur l'Anneau, et ailleurs, pour remplacer les Baju ? poursuivit la femme.

— Nous pourrions simplement continuer à les exécuter, dit la reine. On ne peut pas faire confiance aux Baju. Ma mère les a toujours considérés comme des abominations ; pire, à présent, la Couronne a appris que les Baju conspiraient contre notre règne et contre notre foi en les Quatre. Leur obstination blasphématoire à vénérer leur « dieu unique », et le mythe qu'ils continuent de relayer, prétendant que leurs ancêtres formaient le Premier Peuple de Quandis… tout cela a assez duré.

Elle laissa ses mots résonner dans la pièce. Après un moment, elle lança un nouveau regard à la princesse

Myrinne. Lorsqu'elle observa une fois de plus le groupe des émissaires, ils semblaient être parvenus silencieusement à un consensus.

— Majesté, si je puis me permettre ? reprit l'envoyé du clan Daklan.

— Je vous en prie.

Le représentant des Daklan se tourna vers les autres, sans accorder la moindre attention à Per Ristolo.

— Il est possible que mon baron ainsi que d'autres clans possédant de nombreuses exploitations dans le Grand Anneau acceptent de reprendre des esclaves Baju en échange de non-Baju travaillant dans l'Anneau. Et si nous n'en avions pas assez, alors la Couronne pourrait dédommager les familles lésées, comme l'avait promis la défunte reine.

La reine Phela resta muette jusqu'à ce qu'un silence absolu règne dans la salle. Les émissaires osaient à peine respirer. Dafna, toujours postée près de la porte, ne bougeait pas d'un millimètre. Tous les regards étaient posés sur Phela. Celle-ci pencha la tête et fronça les sourcils, feignant de réfléchir.

— Mon premier décret en tant que reine, dit-elle d'un ton pensif. Je crois en effet que si ma mère avait vécu assez longtemps pour entendre vos arguments, dans sa grande sagesse, elle aurait accepté. En son nom et en son honneur, nous procéderons ainsi. Sous vingt jours, tous les Baju devront quitter l'île principale. Tous ceux qui demeureront sur l'île après cette date seront exécutés sans délai supplémentaire. Vos barons devront établir les termes de ces transactions entre eux. S'il survient le moindre désaccord, le moindre conflit entre vos maisons au sujet de ce décret, il sera annulé et l'ordre d'exécution générale sera rétabli. La Couronne a parlé.

Presque d'une seule voix, les cinq émissaires des clans nobles inclinèrent la tête et signifièrent leur assentiment par un mot :

—Majesté.

Les traits de Per Ristolo s'étaient faits sombres et orageux.

—Reine Phela, vous êtes d'une sagesse comparable à celle de votre mère, c'est évident. Mais je dois vous rappeler que les Baju qui rejoignent l'ordre des prêtres n'ont plus rien de baju. Ils prient les Quatre et font don de leurs vies aux dieux. Vous n'avez tout de même pas l'intention de...

Phela se leva du Grand Trône, les dominant tous depuis l'estrade. Elle posa sur le prêtre un regard assassin, lui laissant apercevoir l'amertume dont son cœur était empli. Les membres de l'Ordre Supérieur avaient cédé aux caprices dangereux de sa mère ; ils l'avaient laissée goûter à la magie qui l'avait tuée, et avaient laissé sa folie dégénérer sans rien faire. Elle ne pouvait lui reprocher tout cela à voix haute, mais elle ne laisserait pas un prêtre lui faire la morale.

—N'essayez pas de me dire quelles sont mes intentions, Per Ristolo.

Le vieux prêtre baissa la tête, l'orage de sa colère marquant encore ses traits.

—Majesté..., dit-il.

—Je vais étudier votre requête, Per Ristolo, dit la reine Phela.

—C'est tout ce que nous pouvons espérer, Majesté.

—Oui. En effet.

Per Ristolo releva les yeux en battant des paupières, surpris et sans doute déboussolé par son ton venimeux. Il était clair que l'audience était terminée, et Dafna la Voix ouvrit les portes. Les émissaires sortirent l'un après l'autre, passant devant les sentinelles qui montaient la garde dans le corridor. Lorsqu'ils furent tous partis, Dafna les suivit et referma les portes derrière elle. Myrinne quitta son siège et s'inclina devant Phela, puis fit un pas vers elle et l'embrassa sur la joue.

— Dis à ton bien-aimé que je lui ai donné ce qu'il voulait, dit la reine Phela, et que la Couronne attend de lui qu'il exécute les ordres.

— Merci, Majesté, répondit Myrinne. Merci, ma sœur. Tu es plus fine encore que je ne le pensais.

Phela ne conseilla pas à Myrinne de ne pas oublier cette leçon. Elle devina que sa sœur la garderait en mémoire éternellement, car Myrinne elle-même était plus fine que quiconque l'aurait imaginé. Et c'était ce que Phela, pour sa part, retiendrait de cette journée. Elle avait beau aimer sa sœur, elle avait la ferme intention de la surveiller.

De très près.

Chapitre 10

La reine Phela n'avait jamais vraiment désiré la majorité des attributs réservés à la reine. Les toilettes somptueuses, les mets et les vins les plus fins, les soins d'hygiène et médicaux extrêmement attentifs, les serviteurs et les esclaves… tout cela était assez agréable. Elle apprécierait les bons repas, la sollicitude et l'attention dont elle serait l'objet, mais ce n'était pas pour en profiter qu'elle s'était hissée sur le trône.

Elle était plutôt incommodée – alors même qu'elle n'était reine que depuis moins d'une semaine – par les traditions et la routine qui lui étaient imposées. Elle avait connu ces contraintes, à moindre échelle, presque toute sa vie, depuis le jour où elle avait su marcher jusqu'à celui de la mort de sa mère. De nombreux ouvrages et parchemins avaient été écrits sur la manière dont la famille royale devait se comporter, et aussi des tomes entiers sur les tâches qui leur incombaient, en fonction de leur sexe, leur place dans la famille, et leur âge. Ces traditions avaient toujours bénéficié d'une certaine flexibilité, mais un membre de la famille royale – dans les veines duquel coulait le Sang des Quatre – devait tout de même s'acquitter d'un grand nombre de devoirs. Avec tous ces domestiques anticipant ses besoins, et tous les esclaves que requérait son statut, elle risquait, en tant que reine, de se retrouver plus que jamais prisonnière de cette existence.

Une vie dont on lui dictait les moindres faits et gestes n'en était pas une à ses yeux. Elle n'avait jamais pu supporter cette idée, et Phela avait toujours été persuadée que sitôt couronnée, elle inaugurerait un grand changement. Une nouvelle forme de famille royale.

Cependant, c'était bien plus facile à dire qu'à faire, et elle se sentait déjà piégée. Tout le cirque entourant la grande cérémonie funéraire de sa mère, qui aurait lieu bientôt, ne cessait de la tracasser. Tandis que Dafna et ses autres subordonnés s'affairaient à tout organiser, Phela voyait ce jour arriver avec angoisse. Elle allait devoir demeurer au premier plan durant tout l'événement, et présenter un visage fort et confiant aux milliers de spectateurs. En des jours si tumultueux, c'était la pire corvée dont elle pouvait hériter.

À la même période, elle déménagerait aussi dans les appartements de sa mère. Elle avait ordonné que tous les meubles et les décorations de ces pièces, situées au cœur du palais, soient remplacés. Elle prévoyait déjà de modifier leur structure, par des travaux qu'elle ferait réaliser par les Silencieuses. Shome et ses soldates n'étaient pas des domestiques, ni des maçonnes, mais elles ne révéleraient rien des tâches accomplies sur ordre de leur reine. Phela n'aurait jamais pu se détendre dans les anciens appartements de sa mère, connaissant les cachettes d'où elle l'avait espionnée par le passé. Elle ne voulait pas avoir à imaginer des yeux et des oreilles étrangers derrière les parois, observant et écoutant ses propres plans.

En attendant le déménagement et l'enterrement, Phela brûlait de commencer à explorer et à manipuler la magie. Elle en avait eu un avant-goût terriblement bref, et elle en voulait davantage. Elle savait que la magie lui serait d'une aide inestimable pour offrir à Quandis toute la grandeur qu'elle méritait. Cependant, Phela avait été témoin de la dégénérescence fulgurante de sa mère. Elle n'ignorait pas l'étendue de ce pouvoir, ainsi que le danger qu'il y avait à le manier.

Ses désirs étaient évidents, mais elle devrait se montrer prudente et méthodique dans leur exécution.

Avant d'ouvrir sa porte aux incontournables sentinelles qui la gardaient, ainsi qu'aux nombreux occupants du palais, elle prit un moment en tête-à-tête avec elle-même. Face à l'avenir. Elle étudia toutes les conséquences que pouvaient avoir ses prochaines actions, et la façon dont elle-même allait changer.

C'était ce qu'elle avait toujours voulu.

Elle ouvrit la porte au reste de sa vie.

— Majesté, salua Per Ostvik.

Phela décela la surprise dans sa voix, accompagnée d'un autre sentiment. Le doute… peut-être même la méfiance.

Cela n'avait rien de la déférence dont il aurait dû faire preuve à l'égard de sa nouvelle souveraine.

— Bonjour, Per Ostvik, dit-elle en entrant dans la salle de pierre au plafond voûté.

Ils se trouvaient en bas de la tour de Bettika, dans l'une des multiples pièces dont était percé le Temple des Quatre.

— C'est un honneur, reprit Per Ostvik.

Il était agenouillé, les mains sur les cuisses, et il se releva en grognant légèrement sous l'effort. Avec sa tête rasée et sa silhouette charpentée, le vieux soldat faisait souvent oublier son grand âge. Il n'était pas aussi vieux que Per Ristolo, bien entendu. Personne n'était aussi vieux que cela.

En se levant, le prêtre regarda derrière Phela, cherchant manifestement la troupe de serviteurs et de conseillers qui accompagnaient habituellement la reine dans tous ses déplacements. Bien sûr, il n'en vit aucun.

—Ma visite est d'ordre personnel, annonça Phela. D'ailleurs, j'aimerais que vous m'accompagniez. Nous allons retrouver deux autres prêtres.

—D'ordre personnel…, répéta Per Ostvik d'un ton froid.

—C'est une question qui m'importe beaucoup, dit-elle avec un sourire. (Elle tenta d'y instiller une certaine chaleur, mais ce n'était pas facile.) Elle était également très importante pour ma mère.

—Ah, répondit Per Ostvik. Et où allons-nous?

—Plus bas, dit-elle. Venez, nous allons marcher ensemble.

Derrière elle, elle sentit bouger une ombre, et elle sut que Per Ostvik l'avait vue. Il écarquilla les yeux, et Phela faillit sourire. *Je ne me déplace jamais complètement seule.* Shome l'accompagnait, silencieuse et menaçante. Si Shome respirait, Phela ne l'entendait pas. Parfois, elle se demandait si les Silencieuses avaient besoin d'air pour survivre.

—Plus bas, dit Per Ostvik en hochant la tête. Et je suppose que les autres prêtres que nous allons voir font partie de l'Ordre Supérieur?

—Tout à fait, répondit Phela.

—Et l'apex Euphraxia sera également présente, bien entendu.

À ces mots, le prêtre lança un regard de côté, tout en rassemblant les plis de sa robe et en enfilant ses chaussures de cuir souple. Il la mettait à l'épreuve.

—Non, répondit Phela.

Per Ostvik ne s'immobilisa pas, mais ses épaules parurent s'affaisser, comme si quelque chose qu'il redoutait venait de se produire.

— Votre mère n'était pas prête, et vous ne l'êtes pas non plus, dit le vieux prêtre. (Il se redressa et regarda Phela droit dans les yeux.) Si vous ne me croyez pas, vous êtes une imbécile.

Phela se hérissa en entendant son ton glacial et irrespectueux. Elle était à deux doigts de le réprimander pour s'être adressé à une reine de cette manière, mais elle se retint. Tout ceci n'avait pas grand-chose à voir avec le fait qu'elle était reine, et aucun rapport avec ses devoirs de souveraine.

Cela ne concernait qu'elle.

— Venez avec moi, Per Ostvik, dit-elle. Shome nous suivra. Oh, et… traitez-moi une nouvelle fois d'imbécile, et elle hâtera votre voyage.

Elle ne précisa pas de quel voyage il s'agissait, mais cette menace suffit à faire avancer le vieillard.

Ils traversèrent ensemble la large base de la tour de Bettika et descendirent d'étroits escaliers, en direction des étages souterrains. Si Per Ostvik fut étonné que Phela s'oriente si aisément dans cette vaste tour, il n'en montra rien. Ils croisèrent plusieurs prêtres qui, l'un après l'autre, s'écartèrent et inclinèrent la tête à l'intention de la reine.

Bientôt, ils arrivèrent en vue de leur destination. Phela vit trois membres des Silencieuses qui attendaient non loin de là, comme elle l'avait demandé. Elle ne les avait jamais vues si nerveuses. Même Shome paraissait inquiète. Aucune Silencieuse n'avait pénétré dans le Temple des Quatre depuis bien des années, et Phela était pleinement consciente de l'antagonisme qui les opposait aux Phages. On parlait de conflits entre les deux groupes en des temps éloignés, mais on savait très peu de choses sur les unes comme sur les autres. Phela elle-même en savait davantage sur les Silencieuses que toute autre personne encore en vie ; quant à ces créatures surnaturelles appelées les Phages… elle n'était même pas sûre qu'elles existent encore. Les vieilles histoires parlaient de batailles, mais il était rare à présent que quiconque affirme avoir vu les Phages ; et bien souvent, ceux qui le faisaient étaient des fous, des ivrognes, ou des esclaves de l'épissa.

La vigilance fébrile de Shome en apprenait plus à Phela sur les Phages que tous les vieux mythes et légendes imaginables.

— L'apex n'appréciera pas que vos soldats envahissent le Temple des Quatre, fit remarquer Per Ostvik.

— Votre ton commence à poser un problème, rétorqua Phela. Je suis votre reine, Per Ostvik. Ne l'oubliez pas.

— Majesté, dit-il en penchant légèrement la tête.

Ils arrivaient face à une porte qu'il devait très bien connaître. Lourde et ancienne, elle était incrustée de verre dépoli et de métal ouvragé. Il l'avait certainement franchie de nombreuses fois.

— De plus, ceci n'a rien d'une invasion. Shome et les Silencieuses sont là pour me protéger, et pour exécuter mes ordres.

— Bien sûr, répondit le vieux prêtre.

— Bien sûr. À présent, ouvrez la porte.

Le prêtre obéit et fit signe à la reine d'entrer la première, ce qu'elle fit. Shome se glissa derrière elle comme une ombre. Per Ostvik leur emboîta le pas.

Per Gherinne et Per Ristolo les attendaient déjà à l'autre bout de cette salle superbe, étincelante de reflets et de lumières colorées. Une spirale de verre dépoli ornait le sol à leurs pieds. Les deux prêtres semblaient tendus.

Ils se tenaient tout proches l'un de l'autre, et Phela eut l'impression d'avoir interrompu leur conversation.

— Majesté, saluèrent-ils en inclinant la tête.

Phela sourit et acquiesça. Derrière elle, Per Ostvik referma la porte, et elle entendit le choc sourd du verrou qui s'enclenchait. D'instinct, Shome gagna une zone plus sombre sur la gauche, où la lumière émise par le verre et les miroirs l'atteignait à peine. Phela vit l'image de la grande Silencieuse se refléter plusieurs fois dans la pièce. Cela la réconforta.

Elle baissa les yeux vers le motif incrusté dans le sol, s'efforçant de masquer son excitation et sa nervosité. *Je n'en ai jamais été si proche!* pensa-t-elle, quoiqu'elle n'en soit pas tout à fait sûre. Elle avait tenté de parvenir jusqu'aux souterrains secrets du Temple depuis la colline du Palais ; mais il s'agissait d'aventures clandestines, imprudentes et vouées à l'échec. Ces tentatives l'avaient effrayée, et bien qu'elle n'ait jamais véritablement décidé d'y mettre un terme, elle avait finalement préféré attendre ce moment. Le moment où elle se dirigerait vers les lieux qu'elle cherchait, mais par les voies idoines, cette fois.

Les prêtres échangèrent des regards anxieux. Per Ristolo paraissait plus vieux que jamais. Les cheveux argentés de Per Gherinne étaient ébouriffés, et Phela eut l'impression que la Silencieuse qu'elle avait envoyée la chercher l'avait réveillée. Parfait. Elle préférait les savoir apeurés et incertains. Ce qu'elle voulait leur dire les perturberait sans doute encore plus, et Phela avait besoin de contrôler entièrement la situation si elle souhaitait que son plan fonctionne.

Son cœur battait la chamade. *Est-ce que Mère a vécu la même chose?* se demanda-t-elle. Elle ne le saurait jamais. Mais ce qu'elle savait, en revanche, c'est que n'étant pas sous l'emprise de l'épissa, elle maîtrisait bien mieux ce qu'elle faisait que Lysandra. Elle s'était préparée, et elle avait constaté l'effet d'une magie incontrôlée sur sa mère. C'est pourquoi elle se faisait accompagner dès le début de trois prêtres de l'Ordre Supérieur.

— Vous savez ce que je désire, dit-elle.

Sa voix retentit de façon étrange dans la petite pièce ; elle semblait plate et étouffée, comme si cette salle était dépourvue d'échos, ou qu'elle était nettement plus grande qu'il n'y paraissait. Peut-être les miroirs et les pans de verre aspiraient-ils sa voix. Certains croyaient en l'existence d'un autre monde derrière les glaces, exactement semblable au leur, mais inversé. Phela savait que le monde où elle était en contenait d'autres, et que l'un de ces mondes se trouvait sous ses pieds.

— C'est impossible, affirma Per Ristolo.
— Impossible ? répéta-t-elle.
— C'est dangereux. Votre mère…
— Ma mère a été assassinée.

Les prêtres ouvrirent de grands yeux. Per Gherinne eut un hoquet de surprise et porta sa main à sa gorge. Per Ristolo chancela légèrement.

— Assassinée ? interrogea Per Ostvik.
— Par vous, dit Phela. Par vous tous.
— Non… Non, Majesté, nous avons servi votre mère fidèlement, et de tout notre cœur. Et quoi qu'elle nous ait demandé, nous…
— Même si cela devait la mettre en danger ? (Personne ne lui répondit.) Même si vous saviez que ce qu'elle désirait allait l'empoisonner, la ronger, pour finalement la tuer ?
— Nous avions entrepris de la préparer, répondit Per Ostvik. (Il semblait désormais plus triste qu'indigné.) Elle en a demandé trop et trop vite ; nous avons fait de notre

mieux pour ralentir au maximum le processus. Un grand prêtre doit se soumettre à des années de formation avant d'être conduit dans les profondeurs, sans parler d'être initié aux échos de la magie des Quatre qui persistent dans les tréfonds du monde. Bien des années… et il arrive qu'un prêtre ne soit jamais considéré comme prêt. Nous pouvons faire tout le nécessaire de l'extérieur : instruire, éduquer, préparer et entretenir le corps et l'esprit, initier à la contemplation et à la méditation. Mais nous ne pouvons changer la nature profonde de quelqu'un. La peur se cache soigneusement, comme un poisson que nul ne peut attraper. Le doute sème une graine de pourriture.

— Et quel défaut ma mère présentait-elle ? questionna Phela.

— L'impatience, dit Per Ristolo.

— Et elle se droguait, ajouta Per Ostvik. Sa dépendance à l'épissa était sa plus grande faiblesse.

— Je ne me drogue pas, assura Phela.

— Mais qu'en est-il de l'impatience ? argua Per Ostvik. Majesté, ce n'est pas l'endroit pour vous. Ce n'est pas le bon moment. Le Sang des Quatre coule dans vos veines, et c'est précisément pour cette raison que vous ne devez pas…

— C'est précisément pour cette raison que je vais descendre ! cria Phela. Leur sang est le mien. Leur magie est la mienne. Vous allez tout me montrer. Aujourd'hui. Ici et maintenant, vous allez me conduire dans les profondeurs et me révéler ce que vous et vos prêtres avez fait, vu, trouvé et caché là-bas depuis des générations. Une fois que je saurai tout, vous me préparerez comme vous vous préparez mutuellement. Je ne suis pas impatiente. Je suis prudente et méfiante. Vous le serez également. Mais prudence et rapidité ne sont pas toujours incompatibles, et il n'est pas question de lambiner. Je suis prête et disposée à recevoir la magie, et je l'obtiendrai coûte que coûte.

— Vous demandez l'impossible, répliqua Per Ostvik. La magie sera nocive pour vous, comme elle l'a été pour votre mère.

— Je ne suis pas ma mère, riposta Phela.

Elle sentait la rage monter en elle. Elle s'était attendue à rencontrer une résistance, mais aussi un grand respect. Néanmoins, ici, hors de vue du reste du monde, les prêtres de l'Ordre Supérieur la regardaient comme si elle faisait partie de leurs novices.

— Majesté, c'est beaucoup trop dangereux, reprit Per Ristolo. La magie est… imprévisible.

— Je la vois en vous, Per Ristolo. Je sens son parfum. Je sens presque son goût… et vous ne pouvez pas le nier.

— Je ne peux pas nier que j'étudie et que je vénère la magie depuis plus de décennies que vous et votre mère n'en avez vécu, contra-t-il. Et malgré tout, elle continue à me hanter et à me faire souffrir.

— C'est aussi elle qui vous maintient en vie.

Per Ristolo ne dit rien.

— Je ne vous fais pas cette demande à la légère. J'ai besoin de la magie et de la puissance qu'elle confère.

Sa voix s'adoucit, quoique sa détermination demeure solide comme l'acier, et elle parvint à cacher sa colère pour un temps.

— Quandis souffre de sa faiblesse et de son manque d'ambition, reprit-elle. À l'aide de cette magie, je vais soulager cette souffrance. Mes arguments sont solides, vous ne pouvez prétendre le contraire, affirma-t-elle comme pour les défier de le faire. Quant à ma mère… Je dois avouer que j'ignore pourquoi elle a voulu s'emparer de la magie si brusquement et avec une telle témérité, mais ses raisons n'avaient rien à voir avec les miennes. Mes raisons à moi sont des raisons morales. Vous devez l'accepter. Je comprends les risques, mais je refuse d'en débattre. Notre nation est en train de pourrir de l'intérieur, et nous devons faire notre possible pour que ça s'arrête. Vous devez donc m'emmener là-bas. Je ne connais pas le chemin, ni les voies de la magie ; mais vous, si. Guidez-moi, laissez-moi la voir, la toucher. Puis, lorsque nous remonterons à la surface, vous me préparerez afin que je puisse revenir régulièrement.

— Non, dit Per Ostvik.

Phela darda sur les trois prêtres un regard furieux. Elle les terrifiait visiblement, mais ils présentaient tout de même un front uni. Leurs yeux de vieillards semblaient tristes, mais sûrs d'eux. Leurs corps étaient infirmes, mais résolus. Sa plaidoirie et ses ordres n'avaient pas fonctionné. Elle était déçue, bien entendu. Mais elle avait prévu que les choses se dérouleraient ainsi.

Elle s'y était préparée.

— Shome, dit-elle.

La Silencieuse surgit derrière elle. Il y eut un tourbillon de tissu, un souffle d'air, et son épée siffla en s'abattant sur la tête de Per Ostvik. Shome fit un pas en arrière après ce brusque assaut, et les prêtres de chaque côté du vieux soldat chancelèrent, bouleversés.

L'arme de l'assassin avait fendu la tête de Per Ostvik en deux, scindant aussi le haut de son torse, juste au-dessus de sa poitrine. Du sang, accompagné d'un liquide transparent, ruissela sur son visage stupéfait. Il s'affaissa et tomba en avant, laissant s'échapper un flot de sang et de cervelle issus de son crâne ouvert. Ces fluides se mirent à couler le long du motif en spirale, suivant les creux et les lignes tracés, gravés et incrustés par d'habiles artisans, des générations plus tôt.

Face à ce spectacle, le cœur de Phela se mit à battre plus vite. Elle ressentait un soupçon d'horreur, mais surtout une grande excitation. Elle ne pourrait jamais retourner en arrière, car tout ceci avait eu lieu devant témoins ; des témoins dont elle avait besoin pour survivre à ce jour-ci, et au suivant, afin de mener à bien tous ses projets. Elle n'essaierait pas de se détourner de cet acte.

Per Ostvik eut un dernier frisson, et il mourut. Mais son sang coulait toujours, affectant ce qu'il touchait dans ce monde.

Avec un murmure, le sol sous les pieds de Phela s'abaissa. Elle recula, de même que les deux autres prêtres, et un large escalier en colimaçon apparut autour d'une colonne de pierre centrale. Le corps de Per Ostvik glissa sur quelques marches, et s'arrêta avant d'être complètement englouti par les ténèbres, à l'endroit où l'escalier prenait un tournant plus serré.

— C'est par là qu'on descend, souffla Phela.

— Vous… vous ne pouvez pas…, murmura Per Ristolo.

— Je viens de vous démontrer que si.

— Sinon quoi ? s'exclama Per Gherinne. Vous pensez nous avoir fait peur ? Vous croyez donc que nous craignons la mort ?

— Oh non, pas du tout, répondit Phela. Loin de moi l'idée de vous sous-estimer. C'est pourquoi j'ai pris soin de me renseigner. Par exemple… Per Ostvik a deux nièces et un neveu. Son neveu et une de ses nièces vivent sur la colline des Cervebois. Ils sont tous deux professeurs. Le neveu a une femme et quatre enfants. La nièce a aussi une femme, et elles ont adopté trois enfants des terres du Nord, à la suite de l'inondation survenue il y a trois ans. Elles les aiment tendrement. L'autre nièce est caporale dans la garde de la ville. Ostvik a aussi deux frères aînés, tous deux à la retraite, vivant sur la côte avec leurs épouses. Il a aussi neuf cousins, ayant tous fondé des familles. En dehors de cela, il ne possède que des parents plus lointains, mais qu'il est tout de même possible de retrouver. Ses frères sont riches tous les deux, et nourrissent une relative animosité envers la Couronne. Mais ce n'est pas pour cela qu'ils seront tués. Ils seront tués, car ils sont liés par le sang à Per Ostvik, et que celui-ci m'a déplu. (Elle lança un regard à Shome.) Envoyez quelqu'un s'en occuper.

Shome acquiesça et quitta la pièce, laissant Phela seule avec les deux prêtres et le corps sanguinolent de leur compagnon.

Il est si facile de condamner à mort une ribambelle de gens…, songea Phela. La reine n'avait pas peur. Elle se sentait… vivante.

— C'est pour cela que vous allez m'obéir, déclara-t-elle. Pas parce que vous craignez pour votre vie, mais parce que je vous promets que si vous refusez, toutes les personnes que vous aimez ou que vous avez aimées paieront le prix de votre insubordination.

Les prêtres semblaient terrifiés. Phela vit leurs pensées et leurs peurs remuer derrière leurs yeux.

— Votre chère sœur, ses enfants, ses petits-enfants…, dit-elle à Per Gherinne. La famille de feu votre frère, lança-t-elle à Per Ristolo.

— Vous n'avez rien d'une reine, dit le vieux prêtre.

Phela le gratifia d'un sourire froid.

— Vous allez mourir, ajouta Per Gherinne. La magie vous détruira, comme elle a détruit votre mère.

— Non, assura Phela. Croyez-moi.

Et dans leurs yeux, elle lut qu'ils la croyaient.

La reine Phela suivit les deux prêtres dans les profondeurs, sous le Temple des Quatre. Ils avaient enjambé le corps de Per Ostvik, et elle avait vu les deux vieillards détourner les yeux. Phela, elle, l'avait regardé. Il était sage d'assumer la responsabilité de ses actes, tout cruels et peu ragoûtants qu'ils soient. Elle n'allait pas nier ce qu'elle était devenue, ni ce qu'elle était destinée à devenir. Au contraire, elle s'en délectait.

Au pied de l'escalier circulaire se trouvait une autre pièce, au sol incrusté d'un motif similaire. Les prêtres suivirent le dessin, et elle les imita, jusqu'à ce que le sol s'enfonce en murmurant pour former un nouvel escalier.

Per Gherinne portait une torche, et en haut du deuxième escalier, Per Ristolo prit une lampe au mur et l'alluma. Il la tendit à Phela, qui s'en saisit sans un mot. Le vieux prêtre émit un grognement.

En bas de cet escalier, Per Gherinne pénétra dans un tunnel grossièrement taillé. Per Ristolo la suivit et fit signe à Phela de faire de même.

— J'ai une histoire à raconter, révéla le vieux prêtre.

— Je n'ai aucune envie d'écouter vos vieilles fables, Per Ristolo.

— Et cependant, je vais tout de même la raconter. Et si cela vous dérange, demandez à votre meurtrière de me fendre la tête en deux en faisant gicler ma cervelle. Je suis sûr qu'elle nous suit. Je suis certain que Votre Majesté ne s'aventurerait jamais seule dans un endroit si sombre et si dangereux.

Phela adressa un sourire au large dos de Per Ristolo. Elle n'avait pas entendu le moindre son derrière elle, et pourtant, elle savait que Shome et plusieurs autres Silencieuses les accompagnaient. Elles avaient déjà parlé de la façon dont les choses devaient se dérouler, et les assassins étaient très à l'aise dans ces souterrains obscurs et pleins de secrets.

Phela ignorait ce qui se passerait lorsqu'ils descendraient davantage et qu'ils s'approcheraient des lieux que les prêtres fréquentaient. C'était là, dans ces cavernes et ces crevasses, que subsistaient les vestiges de l'ancienne magie. Elle devrait affronter ce problème lorsqu'il se présenterait, sans le laisser la détourner de ce qui l'occupait pour le moment.

— Il y a bien longtemps, alors que Lartha n'était encore qu'un modeste village de marchands et de chasseurs au bord du fleuve, et que la nation de Quandis n'avait pas encore de nom, vivait une femme appelée Mephilia Bon. C'était une époque plus simple : les gens chassaient pour se nourrir et cultivaient la terre pour survivre. Faire la guerre revenait à gaspiller son énergie et ses ressources. Oui, une époque plus simple et plus paisible… Bettika, divinité du Vent et de la Guerre, chuchotait dans l'air, se contentant de rêver aux conflits qu'elle dirigerait dans un avenir lointain. Mais Mephilia Bon était venue d'une île sans nom, dans le Grand Anneau, dans un but précis.

— Laissez-moi deviner, dit Phela. Elle voulait s'emparer de la magie des dieux, et elle l'a payé très cher.

Per Ristolo eut une toux qui ressemblait à un rire, mais il ne regarda pas en arrière. Ils cheminaient le long d'un tunnel qui descendait doucement, décrivant de légers virages à droite et à gauche, mais toujours dirigé vers le bas. Ils traversèrent des intersections d'où partaient d'autres tunnels, et dépassèrent des ouvertures vers des cavernes noires où l'on entendait des créatures courir et gratter la roche. Phela était forcée de s'en remettre aux prêtres pour ce qui était de la direction à prendre.

— Je poursuis mon histoire, Majesté, répliqua Per Ristolo. Cependant, vous n'avez pas tort, d'une certaine manière… Et d'un autre côté, vous vous trompez lourdement. Ce n'est pas Mephilia Bon qui paya le prix de ses transgressions.

Ils atteignirent une petite pièce pourvue de plusieurs portes. Per Gherinne s'arrêta un instant et lança des regards à droite et à gauche. Puis elle marmonna pour elle-même, hocha la tête, et s'engagea dans un autre conduit. Per Ristolo et Phela la suivirent.

— Mephilia Bon se considérait comme une Chuchoteuse.

Phela prit une brusque inspiration, surprise. Mais Per Ristolo continuait à parler, sans inflexion particulière de la voix. Rien n'indiquait qu'il essayait de lui tendre un piège ou de la pousser à avouer son passe-temps secret.

Pourtant, ce mot…!

— Elle parlait aux animaux. Elle les guidait et les cajolait, et il est dit qu'elle les encourageait à lui rendre des services. Je ne saurais vous dire si c'était vraiment le cas. (Le prêtre eut un nouveau rire sous forme de toux.) Elle s'en était sans doute persuadée toute seule. Mais cela ne l'empêcha pas d'offenser Dephine, divinité de l'Eau et des Animaux.

— Comment l'a-t-elle offensée ?

— Ce n'est qu'une histoire, dit Per Gherinne, en tête de la file.

Son ombre dansait à la lueur vacillante de la torche.

— Nous ne sommes constitués que d'histoires, répondit Per Ristolo. Celle-ci dit que Mephilia Bon construisit un autel au sud de l'emplacement actuel de Lartha, et qu'elle y sacrifia à Dephine six animaux à chaque heure de chaque jour, pendant une année entière. Des oiseaux, des rats, des souris… des araignées, des écureuils, des lapins… des daims, des loups, ainsi que toute autre créature qu'elle parvenait à trouver, à attraper et à tuer.

— En l'honneur de Dephine, dit Phela. Cela se fait encore aujourd'hui, dans certaines régions.

— Elle honorait Dephine en lui construisant une statue faite d'animaux morts, précisa Per Ristolo. Une montagne puante de presque vingt mètres de haut, constituée de bêtes en décomposition dont Mephilia Bon clamait qu'elles étaient l'incarnation de Dephine. Celle-ci fut terriblement offensée par ce faux portrait, bâti à partir de créatures qu'elle aimait et chérissait tendrement. Elle mit le fleuve en crue, pour laver le monde de Mephilia Bon et de son hommage répugnant.

— J'ai déjà entendu parler de cela, dit Phela dans un souffle. « La Crue des Crues ».

— Vous avez entendu la version qu'on raconte aux enfants, corrigea Per Ristolo. Le fleuve qui déborde, les berges balayées, les villages et les hameaux emportés par le courant jusqu'à l'océan. Mais la vérité, c'est que l'eau ne s'est pas contentée de tuer des milliers de personnes et de dévaster la terre sur cent soixante kilomètres en aval. Elle a aussi charrié cinquante mille cadavres morts et pourrissants. La putréfaction de ces corps a empoisonné le fleuve, et bien d'autres gens sont morts de maladie. Dephine était furieuse. Les crues sont revenues, encore et encore.

— Un dieu s'est mis en colère, c'est tout, conclut Phela. Ce n'est qu'une légende.

— Une légende parmi tant d'autres, souligna Per Ristolo. Dans lesquelles des fous bouleversent l'équilibre naturel des choses.

— Par ici, dit Per Gherinne. Nous atteindrons bientôt le premier des lieux sûrs.

— Les lieux sûrs ? releva Phela.

Per Gherinne s'arrêta et lança un regard en arrière, pour la première fois depuis qu'ils avaient emprunté les escaliers. Son regard était comme hanté. Irrité, peut-être. Phela allait devoir rester sur ses gardes.

— Un lieu que vous ne pourriez traverser seule sans mourir.

Phela sourit et acquiesça.

— Comme les lieux sûrs situés très loin dans les profondeurs, entre la colline du Palais et la colline du Temple ?

Per Gherinne et son compagnon la dévisagèrent.

— Le lac avec sa créature tentaculaire, prête à saisir les explorateurs imprudents… L'éboulement infesté d'araignées spectrales… Des restes de la Première Cité déchue.

— Je ne sais pas de quoi vous parlez, affirma Per Gherinne. Faites exactement ce que je vous dis lorsque nous y serons, et il ne vous arrivera rien.

Elle se retourna et se remit à marcher avant d'achever sa phrase par les mots :

— Votre Majesté.

— Vous avez vu la colline du clan Daklan, avec son versant presque vertical à l'est, dit Per Ristolo. (Phela mit un moment à comprendre qu'il poursuivait son histoire.) Il y a neuf mille ans, Charin, divinité du Feu et des Secrets, fendit cette colline en deux après qu'un dénommé Jerok avait entrepris de graver les secrets des dieux dans la roche, où n'importe qui pouvait les voir. De très nombreuses personnes moururent.

— Pourquoi me racontez-vous tous ces vieux mythes ?

— Parce que je crains que votre ambition n'offense tous les dieux à la fois. Et qu'un jour, lorsque la terre se sera remise des blessures occasionnées par le courroux divin, ce soit votre propre histoire que les survivants murmureront avec effroi.

— Vieil imbécile, soupira Phela. Je n'offense rien ni personne. Il ne reste plus rien des dieux, hormis ce que vous gardez pour vous dans cet endroit.

— Il en reste plus que vous ne le croyez.

— Dans ce cas, cela signifie que vous prêchez la crainte des Quatre afin d'écarter les gens de ce que vous voulez garder pour vous. Peut-être est-ce vous, les prêtres, qui êtes les ennemis de Quandis, et non les Baju qui sont tombés sous les coups d'épée. Peut-être que vous vous moquez de nous depuis bien longtemps.

— Non, Majesté, répondit Per Ristolo. (Il ne semblait en rien choqué par la tirade de sa souveraine.) Ce n'est que de nous-mêmes que nous nous moquons, en servant une lignée royale corrompue par l'ambition.

Phela sentit la colère bouillonner en elle, mais l'émotion fut tempérée par le poids du monde tout autour d'eux. Elle sentait toute la masse de Quandis peser sur elle, sa nouvelle reine, héritière du monceau de problèmes que sa mère lui avait transmis. Ce qu'elle faisait dans cet endroit la rendrait plus apte à servir Quandis, et à en faire la grande puissance dont Phela avait toujours rêvé.

Elle avait été obligée de s'en convaincre.

Per Gherinne leur intima de faire halte, et Phela eut un hoquet de surprise. Quelque chose… passait près d'elle. En elle. Elle sentit une brise à l'intérieur et autour de son corps, qui transportait une odeur et un goût rappelant la fumée qu'elle avait inhalée sur le balcon de la Flèche du Sang. Elle tituba et s'appuya à un mur pour rester debout, tandis que son cœur et son esprit s'ouvraient aux sensations qu'elle éprouvait.

La magie!

Per Ristolo lui adressa un sourire ironique.

— Je vais… bien, dit-elle. Ça va.

— Il est encore temps de faire demi-tour…

— Ça va!

Il émit un grognement.

Per Gherinne était en train d'effectuer une sorte de rituel face à une paroi rocheuse, devant eux. De l'eau coulait sur la pierre, et plusieurs petites créatures visqueuses rampaient sur cette surface humide. Per Gherinne marmonna une invocation que Phela ne comprit pas. De ses mains, elle traçait dans l'air des motifs complexes, et répétait les mêmes gestes de nombreuses fois au rythme de ses paroles.

La roche devant elle se volatilisa, et les créatures gluantes tombèrent au sol. La vieille femme les écrasa lorsqu'elle se remit à avancer.

Phela tenta de ne pas paraître trop ébahie. Elle sentait les relents de magie qui flottaient autour d'elle et la traversaient, et voir quelqu'un l'employer ainsi sous ses yeux pour la première fois l'avait fortement ébranlée.

— Est-ce que ce mur existait réellement? interrogea-t-elle.

— Si vous pensez qu'il existait, oui, répondit Per Gherinne.

— Que voulez-vous dire? Était-ce un faux mur que vous avez révélé comme tel, ou avez-vous fait disparaître le mur par vos paroles?

— Cela dépend de ce que vous croyez, dit la prêtresse. (Elle secoua la tête en entrant dans la nouvelle salle.) Vous ne savez rien, marmonna-t-elle.

Phela eut l'impression qu'elle n'était pas censée entendre ces derniers mots. Elle jeta un regard en arrière avant de s'engager à la suite des prêtres, et fut réconfortée par la vue de plusieurs ombres qui les suivaient au loin. Shome et les autres Silencieuses n'avaient pas besoin de lumière pour voir.

À partir de là, le voyage se transforma en une sorte de rêve. Phela talonnait les prêtres, en essayant de se concentrer sur leurs mots lorsqu'ils parlaient, mais ses sens étaient de plus en plus submergés par le pétillement des puissances emplissant ces profondeurs ténébreuses. On aurait dit que la magie était plus lourde que l'air, que la roche ou que Quandis elle-même ; que les vestiges qui demeuraient, après tout ce que la terre avait subi, étaient tombés là et s'étaient cachés dans l'ombre, attendant que quelqu'un vienne les retrouver. Et manifestement, c'était ce qu'avaient fait les prêtres, de nombreuses années plus tôt. Puis sa mère s'était laissée glisser, elle aussi, jusque dans les profondeurs, et elle s'était noyée dans ces noirs mystères. À présent, c'était au tour de Phela. Et celle-ci savait qu'en faisant preuve de prudence, elle allait triompher.

Toute sa vie l'avait conduite à ce moment.

Elle entendit murmurer des voix, loin dans l'espace ou dans le temps, qui entonnaient des chants du passé. Elle sentit dans l'air des effluves exotiques : des plats qu'elle n'avait jamais goûtés, des vins venus d'endroits inconnus, la sueur coulant sur des corps musclés. Elle huma l'avenir et se vit au sommet de la colline du Palais. Tout Quandis était là, devant elle, et la vénérait non seulement parce qu'elle était la reine Phela, mais aussi parce qu'elle était la plus grande souveraine que la nation ait jamais connue. La Reine Éternelle. Dans son esprit, les jours et les nuits s'enchaînèrent. Le Temple des Quatre s'écroula, en ruine, et Phela devint le plus haut édifice du pays. Les collines s'élevaient et tombaient, tandis que son règne se prolongeait indéfiniment.

L'eau coulait dans le lit du fleuve, et parfois, elle se muait en sang.

Phela absorba tout, sans jamais oublier qui elle était et ce qu'elle avait fait. C'était important. La conscience de son identité la protégerait, et une fois qu'elle serait remontée à la surface, les prêtres la prépareraient à s'immerger – lentement et prudemment – dans la magie qui emplissait ces lieux.

Une magie sombre et profonde, mais qui cesserait de se cacher.

Le temps passa, et Phela se retrouva au seuil d'une vaste caverne, pleine d'une eau qui leur arrivait aux genoux. L'eau était glaciale. Phela jeta un regard en arrière, mais il n'y avait aucun signe de Shome, et une pointe de peur lui transperça le cœur. La terreur papillonna en marge de sa perception.

Per Ristolo et Per Gherinne paraissaient plus vieux que jamais, mais ils lui souriaient tous les deux.

— C'est ce que vous avez voulu, dit Per Ristolo. Contemplez donc les Quatre.

— Les Quatre ? répéta Phela.

Elle ne comprenait pas. Elle observa la grotte : en son centre se trouvait une zone surélevée, un îlot au milieu du bassin, derrière un voile d'eau qui ruisselait depuis les crevasses du plafond, loin au-dessus de leurs têtes. L'île ne crevait la surface que de quelques centimètres. Aux quatre coins du monticule, éloignés de plus de cinquante mètres, on pouvait voir quatre énormes piédestaux de pierre. Ils ressemblaient à des stalagmites géantes, un peu affaissées.

On leur avait donné une forme. Ils étaient grands, presque circulaires. Ils n'avaient rien de spectaculaire, et pourtant...

— Les tombeaux des Quatre, annonça Per Gherinne.

— Ici ? s'exclama Phela. Non... Non, ils ne sont pas réels. Ils ne sont pas ici.

— Ils sont exactement comme vous les voyez, affirma Per Gherinne. Chacun d'eux constitue la fondation des tours qui se trouvent au-dessus, aux quatre coins de la place des Quatre. Ils sont bel et bien là. Et ils font partie du monde réel.

Les deux prêtres se turent. Ils s'agenouillèrent et se mirent à prier, et Phela se sentit elle aussi tomber à genoux dans l'eau glacée, plus par sidération que pour rendre hommage aux dieux.

Cet endroit n'avait rien de particulier à première vue, et cependant, Phela savait que c'était le centre du monde.

— J'ai vu de quoi il était question, dit-elle. À présent... doucement d'abord... je dois y toucher.

Chapitre 11

Blane sentit le monde basculer sous ses pieds. Il eut l'impression de recevoir un coup de poing, et il eut le souffle coupé ; les larmes lui montèrent aux yeux. Depuis le coin sombre où il se dissimulait tant bien que mal, à moins de dix mètres du bord de l'eau, il regarda la reine Phela s'agenouiller. Tout ce en quoi il avait jamais cru était en train de s'écrouler. La sensation d'un étau se resserrant sur sa poitrine, ainsi que ses joues qui s'échauffaient, lui rappela qu'il avait besoin de respirer. Il avala une minuscule bouffée d'air. De l'autre côté de la chambre souterraine, l'une des Silencieuses se raidit et regarda dans sa direction.

Pas maintenant, pensa Blane. *Je ne peux pas mourir maintenant. Si près de la vérité… Si près de la liberté…*

La Silencieuse pencha la tête ; on aurait dit qu'elle écoutait battre le cœur de Blane à travers la caverne obscure, où l'ombre et la lumière dansaient sans relâche. Aux lueurs des lanternes présentes s'ajoutaient d'étranges faisceaux et des taches lumineuses, dont l'origine était incertaine, et peut-être surnaturelle. Le cœur de Blane tambourinait dans sa poitrine, et il serra les paupières, luttant pour calmer son pouls. Il savait que les Silencieuses n'étaient jamais que des êtres humains, mais il savait aussi qu'elles étaient passées maîtres dans l'art de tuer.

Il rouvrit les yeux, s'attendant à découvrir l'assassin juste devant lui. Mais elle n'avait pas bougé. La Silencieuse était petite et mince, avec une épaisse tresse de cheveux roux qui lui tombait dans le dos. Des éclairs argentés étincelaient au fil de cette longue natte, et il mit un moment à comprendre qu'il s'agissait de lames de rasoir, mêlées à ses cheveux.

Cependant, l'assassin à la tresse semblait n'avoir rien entendu. Les prières, dans le bassin, se firent plus fortes et attirèrent l'attention de la Silencieuse. Blane s'autorisa enfin à expirer. En regardant la reine Phela, à genoux entre Per Ristolo et Per Gherinne, il fut de nouveau ébahi… de même qu'en contemplant les quatre socles de pierre aux coins de la grande plate-forme, au centre de la caverne. L'eau coulait aussi du plafond, en rideaux de pluie légère gouttant de la roche sous la cité, qu'alimentaient à la fois le fleuve et le réseau de plomberie vieillissant de Lartha.

Tu ne pourrais pas penser à autre chose qu'à la plomberie ? se reprocha-t-il. Mais en réalité, ce n'était pas aux tuyaux qu'il pensait ; c'était au temps. Aux sept ou huit mille ans qui s'étaient écoulés depuis la fondation de Quandis, quand la Première Cité était tombée, et que la ville de Lartha était née. Des milliers d'années de secrets, dont tous menaient à cet endroit. Et ces salauds de l'Ordre Supérieur le savaient depuis toujours. Ils avaient gardé pour eux l'existence de ces quatre tombeaux.

Blane pressa une main tremblante sur sa bouche pour empêcher ses cris d'angoisse et d'effroi de s'échapper. Les Quatre n'existaient pas. Le dieu des Baju – le dieu de son enfance – n'existait pas. La magie n'existait pas ! Et pourtant, il avait vu les Phages, et le changement dans l'air qui indiquait le passage de l'énergie, lorsque Per Ristolo avait fait usage de magie. Même à ce moment-là, il avait tenté de se persuader que cette force était issue de la nature ; qu'il s'agissait seulement d'une puissance que le reste du monde n'avait pas encore interprétée.

Mais ceci était différent. Étaient-ils dans ces tombeaux, entourés par les pluies tombées des caves de la ville ? Anselom, Bettika, Charin, Dephine ?

Depuis le jour où il était arrivé à la colline du Temple, il avait fait de son mieux pour dénicher les passages secrets et les recoins cachés, que ce soit à Yaris Teeg ou dans le Temple des Quatre. Per Gherinne l'avait cherché, le jour du massacre, pour lui dire que Per Ristolo était parti s'entretenir avec la reine ; mais Blane se trouvait alors sous le temple, où il explorait les tunnels pour la première fois. Lorsqu'il était enfin réapparu, elle avait exigé de savoir où il était passé. Il lui avait répondu qu'il s'était caché, craignant pour sa vie. Per Gherinne, réputée pour son attitude cassante et la chose noire et racornie qui lui servait de cœur, lui avait témoigné de la compassion ; mais elle lui avait aussi rappelé qu'il n'avait rien à craindre. Il n'était plus baju.

Censées le rassurer, ces paroles n'avaient réussi qu'à le mettre en colère, car elles balayaient d'un revers de main le massacre de son peuple et toutes les horreurs commises par le passé. Per Gherinne faisait preuve de gentillesse envers lui, car le fait qu'il soit prêtre compensait une naissance qu'elle jugeait honteuse. Depuis ce moment, il avait redoublé d'efforts, surveillant de près ceux qu'il savait membres de l'Ordre Supérieur, en particulier Per Ristolo et Per Gherinne. Il avait surpris des regards sombres et des murmures de conspirateurs, et avait commencé à écouter les conversations dès que c'était possible.

Lorsque les messes basses des professeurs de Yaris Teeg lui avaient appris que la reine avait gravi la colline du Temple, Blane avait su qu'il devait risquer le tout pour le tout. Une fois de plus, il s'était donc glissé dans les caves, avait voyagé par les tunnels qui montaient dans la colline, s'était introduit dans le Temple des Quatre et avait gagné le Couloir des Anciens. Au bout du corridor, en écoutant à la porte, il avait entendu la reine menacer Per Ristolo et Per Gherinne. Ce n'est qu'après leur départ qu'il avait osé pénétrer dans cette salle bleue, aux lumières chatoyantes et aux parois décorées de verre dépoli. Il avait alors découvert le cadavre sanguinolent de Per Ostvik, abandonné dans l'escalier en spirale, le crâne ouvert, la cervelle éparpillée sur les marches.

C'est à cet instant qu'il avait pris la décision la plus stupide de toute sa vie. Tout en sachant que la reine Phela était accompagnée de plusieurs Silencieuses, il les avait suivis. Le courage et l'inconscience s'étaient fondus pour ne plus former en lui qu'un seul sentiment. Néanmoins, quelque chose d'autre le tirait en avant, comme un appel discret, un murmure qui résonnait non pas à ses oreilles, mais au fond de lui. L'inspiration, s'était-il répété, ayant encore peur de penser qu'une autre influence pouvait subsister dans les ruines enfouies de la Première Cité déchue. Il avait vu Per Ristolo et Per Gherinne éloigner d'un geste d'étranges créatures. Il avait entendu les mots qu'ils psalmodiaient pour faciliter leur passage, et découvert la vraie nature de ce mur qui n'existait qu'en pensée. Il n'aurait pas dû être capable de reproduire ces gestes, ces mots, ces pensées. Pas sans entraînement. Pas sans magie.

Et cependant, il l'avait fait.

Les grands prêtres entreprirent de se déshabiller. L'envie de détourner les yeux étreignit Blane, mais il regarda tout de même Per Ristolo découvrir sa chair ridée, et Per Gherinne dévoiler sa poitrine tombante et ses jambes maigres. Toute la dureté et l'autorité de ses instructeurs de l'Ordre Supérieur s'envolèrent en même temps que leur dignité. Leurs corps séniles avaient quelque chose de beau dans leur sécheresse, mais il savait qu'il ne pourrait plus les revoir sans se remémorer ce moment.

Ensemble, ils déshabillèrent la reine. Blane n'avait jamais vu Phela auparavant, et il n'avait jamais imaginé se trouver un jour si près de l'ancienne princesse, désormais reine. Sa peau paraissait refléter les ombres et les lumières de la salle caverneuse. Nue et exquise, dotée d'un corps aux courbes parfaites, et le visage empreint de fascination et de joie, la reine Phela conservait néanmoins son aura d'autorité. On aurait dit que depuis le début, tous les autres n'avaient fait que voyager vers son domaine, vers un foyer qu'elle avait perdu, et où elle venait à peine de revenir.

Blane ressentit le besoin animal de la toucher, sensation que d'aucuns auraient appelé le Chant de Dephine. Mais celui-ci était contredit par le Chant de Bettika.

Le désir de tuer.

Il résista à ces deux pulsions et regarda les deux prêtres de l'Ordre Supérieur se laver, puis laver la reine. Ils puisèrent de l'eau au creux de leurs mains, dans le bassin entourant l'îlot, et la burent. Jamais ils ne s'approchèrent de la zone surélevée ; ils ne franchirent même pas les rideaux d'eau qui tombaient du plafond. Ces cascades ressemblaient presque à un voile, dressé entre les occupants supposés des tombeaux et ceux qui les vénéraient.

Hé ho…, songea-t-il en dirigeant ses pensées vers les tombes. *Il y a quelqu'…*

Non. Pas question. Si des dieux auxquels il n'avait jamais cru exerçaient sur lui une influence quelconque, qu'ils jouaient avec lui de quelque manière que ce soit, il ne voulait pas chercher à leur parler. Il ne fut pas loin de s'esclaffer. Même face à toutes ces preuves tangibles, il doutait encore.

Il fut arraché à ces pensées lorsqu'un étrange rituel débuta. Per Ristolo appela Charin, et fit naître des flammèches dans ses deux paumes. Per Gherinne appela Bettika, et une bourrasque tiède au parfum enivrant tourbillonna dans la caverne, éteignant deux des lanternes. Ensemble, ils appelèrent Dephine, et puisèrent à nouveau de l'eau qu'ils versèrent sur la tête de Phela, plaquant ses cheveux en arrière. Ce fut Phela elle-même, guidée par les prêtres, qui fouilla au fond de l'eau et en sortit une pierre tranchante. Elle s'entailla la paume de la main gauche, embrassa la pierre et la lança à travers le voile d'eau. Puis elle serra le poing, et son sang goutta dans le bassin.

Le Feu et les Secrets. Le Vent et la Guerre. L'Eau et les Animaux. La Terre et l'Amour.

Les Quatre.

Les prêtres se mirent à chanter dans une langue ancienne, une série de syllabes gutturales qui parurent étrangement familières à Blane. Il reconnut une langue qu'il avait vue écrite dans de vieux ouvrages du Temple des Quatre, mais qu'il n'avait jamais entendue prononcée à haute voix. Cependant, il sentait son attrait, sa mélodie, bien qu'elle semble de prime abord assez laide.

—Agenouillez-vous à nouveau, intima Per Ristolo en posant la main sur la tête de Phela.

—En signe d'obéissance?

—Pas du tout, Majesté. Simplement pour ne pas tomber.

Per Ristolo lança à Per Gherinne un regard d'avertissement que Phela ne parut pas remarquer, mais que Blane trouva curieux. Chaque prêtre plaça ensuite une main sur une épaule de la reine, et ils se remirent à parler cette langue étrange. Ils peignirent l'air de leurs doigts, puis tendirent les bras, tête baissée, les paumes vers le haut.

Blane le sentit d'abord dans sa cage thoracique. Ses os se mirent à vibrer, son cœur se serra, puis tous les sons se turent dans l'enceinte de cette vaste salle. L'eau qui tombait du plafond ne faisait plus de bruit en heurtant le bassin. Le silence qui s'était abattu sur eux ne ressemblait à rien de ce que Blane avait pu connaître auparavant. Il n'entendait même plus les battements de son propre cœur.

Le bassin se para soudain de courants de lumière mouvants, des vaguelettes bleu saphir qui provenaient des tombeaux et de leur vaste plate-forme. Lorsque Blane cilla, il vit ces vagues partout dans l'air de la caverne, comme si elles avaient toujours été là.

D'un coup, les lueurs bleues se rejoignirent comme des vagues heurtant des récifs, et déferlèrent sur les trois personnes dans le bassin : la reine Phela, Per Ristolo et Per Gherinne. La reine pencha la tête en arrière et cria ; c'était le premier son que Blane entendait depuis ce qui lui avait semblé une éternité. Sa voix était chargée de chagrin, et cependant teintée d'un abandon haletant que seule l'extase avait pu susciter. Blane frissonna et un éclair de plaisir lui parcourut l'échine. Bien que les vagues de lumière ne l'aient pas touché, il eut l'impression de ressentir leur magie à son tour.

Puis ce fut terminé. Les prêtres de l'Ordre Supérieur aidèrent Phela, tremblante, à se relever. Elle tituba entre eux, et les Silencieuses se rapprochèrent tandis qu'ils se rhabillaient. Il sembla à Blane qu'il ne s'écoula que quelques instants avant qu'ils ne s'éloignent. Les prêtres murmurèrent quelques mots à l'intention de leur reine, et celle-ci garda le silence, sauf pour leur dire – les joues roses et le souffle court – qu'ils reviendraient le lendemain, ainsi que le surlendemain. Lorsqu'ils tentèrent de l'en dissuader, elle leur assura qu'elle ne souffrirait aucun refus.

— Il s'agit de mon héritage, ajouta-t-elle. Je le sens en ce moment même, dans mon sang. Dans leur sang.

— Votre mère…, commença Per Ristolo.

Ils reprirent le chemin par lequel ils étaient arrivés, et commencèrent à franchir en sens inverse la série de pièges, de leurres et de défenses magiques censés tenir à l'écart toute personne n'appartenant pas à l'Ordre Supérieur.

— Vous avez laissé ma mère se tuer, cracha la reine Phela.

Elle fut agitée d'un spasme, comme sous l'effet d'un plaisir intense, et s'agrippa au bras d'une Silencieuse.

— Elle était embrouillée par l'épissa. Aveuglée. Je ne suis pas aussi faible qu'elle.

— Vous avez dit que vous feriez preuve de prudence et de pondération.

— C'est vous, les prêtres, qui prendrez soin de moi et serez les gardiens de ma prudence. Je ne peux pas attendre. Pas maintenant, pas après que…

Ses paroles devinrent alors inintelligibles. Ce n'est qu'une fois qu'ils furent tous partis que Blane s'autorisa à pousser une expiration.

Les lanternes luisaient toujours. Les lumières mystérieuses aussi, bien que les vagues bleu saphir dans l'eau et dans l'air se soient évanouies. Il ressentait encore leur présence grésillante.

Blane savait qu'il devait partir, et il s'inquiéta. S'il n'arrivait pas à se souvenir des mots et des gestes conformes, sans parler des tournants à emprunter et de l'emplacement des escaliers ou passages, il resterait piégé dans cet endroit jusqu'à ce que les prêtres de l'Ordre Supérieur reviennent avec la reine. Il serait à la merci de toute créature qui rôderait dans ces lieux étranges et silencieux.

Mais son esprit était une vraie éponge lorsqu'il s'agissait de savoir et d'informations ; c'était une compétence qu'il perfectionnait au quotidien par ses études à Yaris Teeg, à la fois officielles et clandestines. Cet endroit, et tout ce à quoi il venait d'assister, représentait exactement ce qu'il cherchait depuis le début. Par conséquent, il se souvenait de tout : chaque phrase, chaque geste, chaque pas.

Et ce, non seulement pour s'échapper, mais aussi pour reproduire la cérémonie qu'il venait d'observer…

Il émergea de son coin sombre et se dirigea lentement vers le bassin. Son cœur se serra tandis que Blane contemplait les tombeaux, et il repensa aux mythes qu'il avait appris sur la magie, le contrôle des éléments, l'invocation des fantômes, les prémonitions et les manipulations. Il se rappela les légendes affirmant que la magie reliait le magicien à la terre, et que la santé de l'un pouvait jouer sur celle de l'autre. Il y avait tant d'histoires… Lesquelles disaient la vérité ? Blane avait toujours été un sceptique enclin à l'espoir, même si cela avait changé récemment. Dans cette caverne, où seul résonnait le son de l'eau tombante, toutes ces pensées fourmillaient incessamment dans son esprit.

Il regarda fixement les tombeaux à travers le voile d'eau, en se demandant à quoi ces dieux anciens et desséchés ressemblaient à présent. Ils étaient morts depuis des millénaires, et pourtant leur pouvoir subsistait, en des vestiges qui s'étaient amassés ici, comme pour attendre.

Blanc entra dans le bassin et se déshabilla.

Livre deuxième

Chapitre 12

Deux semaines s'étaient écoulées depuis que Phela avait découvert les tombeaux. Depuis, elle y était descendue au moins une fois par jour – à l'exception du jour de l'enterrement de sa mère, un événement lugubre qui lui avait semblé beaucoup trop long – pour s'acquitter des rituels que prônait l'Ordre Supérieur. Per Ristolo et Per Gherinne veillaient sur elle, et à chaque étape de son intronisation, elle voyait leurs doutes et leurs craintes s'amenuiser. Diminuée par l'épissa, sa mère était devenue folle ; elle avait cru pouvoir s'exposer à la totalité de la magie résiduelle des Quatre et l'absorber sans conséquence. Depuis le départ, Phela s'était montrée plus prudente, procédant par petites doses, prenant garde tout du long à ne pas commettre les mêmes erreurs que sa mère. Lysandra avait laissé l'épissa affaiblir son corps et son esprit, et elle avait ignoré les avertissements des prêtres qui l'entouraient. Bien que Phela refuse de se laisser dissuader par leurs scrupules et leurs doutes, elle leur avait tout de même ordonné de la conseiller et de veiller sur elle. Et lorsqu'ils lui disaient qu'elle avait absorbé assez de magie pour la journée, qu'il était trop risqué de continuer, elle les écoutait. Elle était résolue à ne pas laisser la magie la ronger, comme elle avait rongé sa mère.

Assise sur le Grand Trône, les yeux posés sur les personnes réunies dans sa salle d'audience, elle se demanda si elles voyaient elles aussi les étoiles bleues qui scintillaient partout dans la pièce. Elles étaient minuscules, mais il y en avait des milliers. Elles dérivaient dans l'atmosphère en clignotant, pareilles à des grains de poussière dans le soleil bas de l'après-midi. Elle sentait chaque inspiration qui gonflait ses poumons, ainsi que les motifs ornant le bois et le tissu de son siège. Elle entendait les mots prononcés autour d'elle comme s'ils lui avaient été murmurés à l'oreille. Sublimé par ses premiers avant-goûts de magie, chaque instant lui paraissait délicieux.

— Majesté ?

Le mot flotta dans l'air, net et sonore. La reine Phela inspira profondément en contemplant l'assemblée face à elle. Per Ristolo et Per Gherinne se tenaient tout près du trône. Leur apparence ne révélait rien de leur âge véritable… Elle savait ce qu'ils portaient en eux, à présent, ce qu'ils auraient été capables d'invoquer s'ils en avaient eu le courage… et pourtant, elle ne faisait encore que découvrir la magie. Une autre prêtresse de l'Ordre Supérieur, Per Stellan, les accompagnait. Borgne et solidement bâtie, elle arborait une crinière rousse ébouriffée qui trahissait ses origines étrangères. Les autres prêtres maîtrisaient parfaitement les rituels associés à leur art, mais Per Stellan était venue de l'Anneau sur ordre de la reine Phela. Elle maniait la magie mieux que personne, d'après Per Ristolo. L'espace d'un instant, la cavité luisante qui avait remplacé son œil manquant attira l'attention de Phela. L'une des étoiles bleues étincelait à l'intérieur, comme si la magie était venue s'y nicher. La reine Phela ressentit un pincement de jalousie. Elle aurait voulu s'emparer de cette petite étoile bleue. Elle voulait s'approprier jusqu'à la moindre trace de magie que les Quatre leur avaient abandonnée.

—Majesté, est-ce que ça va ? demanda Dafna.

La reine Phela tourna brusquement la tête pour lui jeter un regard noir.

—Vous êtes ma Voix, femme. Ne pourriez-vous pas parler à ma place ?

Dafna blêmit.

—Je ne prononce que les mots que vous me donnez, ou bien leur esprit général si c'est ce que vous souhaitez, Majesté.

Phela sourit. À chaque respiration, il lui semblait sentir un serpent entrer et sortir de sa poitrine. Elle regarda les autres personnes présentes : les deux gardes postés à la porte ; le commandant Kurtness à côté de Dafna, au garde-à-vous ; sa sœur, Myrinne, à gauche du Grand Trône ; Shome, à sa droite. Trois autres Silencieuses se trouvaient également dans la pièce. La plus petite était Helaine, avec sa longue tresse aux reflets roux ; sa silhouette était celle d'une enfant de treize ans, mais elle maniait ses lames jumelles avec une dextérité redoutable. Sa réputation avait même attiré l'attention de feu la reine Lysandra. Distraitement, Phela se rappela qu'elle ferait bien d'apprendre le nom des autres. Ces femmes lui étaient plus proches que sa propre famille, à présent ; elle les sentait presque plus proches que sa propre peau. Elles étaient toutes les témoins de sa transformation naissante. Elles étaient son armure vivante. Ses armes, aussi... et ses poings.

Mais bientôt, je n'aurai peut-être même plus besoin d'elles.

Cette pensée la fit sourire tandis qu'elle examinait les représentants envoyés par les Cinq Premiers Clans. Mais elle se renfrogna légèrement en constatant que certains des porte-parole avaient changé. La reine Phela se demanda s'ils avaient remplacé les premiers car ceux-ci s'étaient révélés inefficaces.

Ou peut-être les ai-je déjà fait assassiner, songea-t-elle.

— Ma sœur ? dit Myrinne.

— Permets-moi de te poser une question, *ma sœur*, dit la reine Phela en regardant les étoiles scintillantes tourbillonner dans les airs. Crois-tu que je ne suis pas consciente de vous faire attendre ? Ou que votre impatience m'importe le moins du monde ?

Un murmure mécontent s'éleva parmi les envoyés nobles, mais il cessa à l'instant même où Phela reposa le regard sur eux. Ils se figèrent, comme des enfants surpris en pleine bêtise.

La reine se tourna vers Dafna.

— Un édit de la Couronne, annoncé par ma Voix.

Dafna hocha vivement la tête, soulagée que la situation évolue enfin.

— La famille royale descend en droite ligne des Quatre. Le sang des dieux coule dans nos veines. Par conséquent, comme l'avaient certainement prévu nos dieux, la Couronne et la Foi ne font qu'un, et ce, depuis toujours. C'était déjà le cas lorsque les Quatre ont bâti Lartha sur les ruines de la Première Cité déchue. Il s'agit du cours naturel des choses. C'est par cette voie que Quandis recouvrera sa véritable splendeur. À compter de ce jour, Quandis est un État sacré, et quiconque porte la Couronne dirige également la Foi.

Per Gherinne jura à voix basse. Per Ristolo se mit à tousser, le visage de plus en plus rouge, comme en proie à une sorte de crise. Per Stellan conserva un visage impassible, et ne dit rien. Les porte-parole, en revanche, n'estimèrent pas nécessaire de garder le silence. Même Myrinne eut un hoquet de surprise, et c'est ce qui retint l'attention de Phela. Elle se tourna vers sa sœur et découvrit son expression sidérée, qui ne faisait paradoxalement qu'ajouter à la beauté de son visage. Un grand choc pouvait avoir cet effet, Phela le savait. La terreur, également.

— Un problème, ma sœur ? interrogea Phela.

Elle scruta les yeux de Myrinne, et se demanda si elle pouvait lui faire confiance.

— Pas en ce qui me concerne, Majesté, répondit Myrinne. Mais vous savez certainement que d'aucuns s'élèveront contre cette mesure.

Phela se redressa sur son Grand Trône et pencha la tête sur le côté. Elle sentit sa couronne glisser légèrement. Elle se mit à étudier chaque visage, en commençant par Dafna. La Voix ne voulut pas lui rendre son regard.

— J'entends murmurer nos chers aristocrates, et les prêtres qui servent nos ancêtres, les dieux, auxquels nous sommes liés par le sang, déclara la reine Phela. Mais je n'entends aucune voix s'élever avec fureur. Tous sont forcés de reconnaître la véracité de mes dires. Tous les Quandiens savent que nous descendons des Quatre. J'ai simplement décrété que nous allions respecter l'ordre naturel des choses. (Elle darda un regard intense sur sa sœur.) Et je suis la reine.

— En effet, répondit Myrinne.

— Majesté, intervint Per Ristolo. (Il s'éclaircit la voix et battit des paupières, reprenant son souffle.) Tout au long de l'histoire de Quandis, la Couronne et la Foi sont restées séparées, et ont collaboré pour accompagner la vie de notre bon peuple…

— Une erreur que je viens de rectifier, l'interrompit la reine Phela.

— Mais ne préféreriez-vous pas être conseillée sur le sujet, dans un premier temps ? reprit Per Ristolo. Si vous vouliez bien vous entretenir avec l'apex Euphraxia…

Le poids du regard de Phela le fit taire. Elle n'eut pas besoin de lui rappeler le sort qu'avaient connu Per Ostvik et sa famille, ni même de faire s'approcher l'une des Silencieuses. Un regard acéré lui suffisait à transmettre tous les avertissements nécessaires.

L'envoyé des Daklan s'avança.

— Ça suffit, déclara-t-il.

Les autres ne semblaient pas tous décidés à le suivre. L'homme avait le visage buriné et couturé de cicatrices d'un soldat vétéran. Ses cheveux commençaient à se raréfier, et bien qu'il soit richement vêtu, il ne lui rappela rien tant que ces chiens sales et émaciés qui rôdaient dans les ruelles des collines inférieures.

— « Ça suffit » ? répéta Phela d'un ton curieux.

— Vous ne pouvez pas usurper la place de l'apex. Vous ne pouvez prendre le contrôle de la Foi, et surtout pas en l'absence d'Euphraxia. La Foi est inviolable ; elle doit nous protéger des caprices et des excès de la Couronne. Vous ne pouvez pas…

Le commandant Kurtness bougea avec une rapidité étonnante pour quelqu'un de son âge. En deux pas, il fut près de l'émissaire, l'épée pressée contre sa gorge.

— Vous êtes un honnête homme, Yuris Daklan, mais c'est à votre reine que vous parlez. Des hommes sont morts par ma main après de telles démonstrations d'insolence.

Shome et les autres Silencieuses n'avaient pas bougé. Elles n'agiraient pas tant que Phela ne leur en donnerait pas l'ordre, ou qu'elle ne serait pas menacée.

— Commandant Kurtness, dit la reine.

Elle admira les tourbillons des étoiles qu'elle était la seule à voir, et qui dansaient en scintillant dans les airs.

— Yuris Daklan est-il un honnête homme ? Très franchement ?

Kurtness ne détacha pas son regard du porte-parole.

— Oui, Majesté. À mes yeux, du moins.

— Et pourtant, vous le tueriez si je vous l'ordonnais ?

Le commandant de la garde acquiesça d'un air sombre.

— Sans hésiter.

— Évidemment. C'est avec du fil de courage et de loyauté qu'on a tissé votre chair. Vous êtes un atout précieux pour la Couronne et pour la Foi. Veuillez vous agenouiller devant moi.

Le commandant Kurtness était prêt à tuer, aussi hésita-t-il un instant avant de s'écarter de Yuris Daklan. D'un soupir, il relâcha la violence qu'il n'avait pu exprimer, et cela parut apaiser l'assemblée. Il pivota et se rapprocha de l'estrade à grandes enjambées. Il déposa son épée devant le Grand Trône et mit un genou à terre, tête baissée.

— Maintenant, à votre tour, Yuris Daklan, dit la reine.

La fureur rougeoya dans les yeux de l'émissaire, et Phela eut l'impression de la voir remuer sous sa peau. Yuris Daklan soupira bruyamment, regardant autour de lui comme pour chercher un signe de soutien envers sa rébellion. Mais il n'en vit aucun. Au contraire, l'envoyé du clan Ellstur s'approcha du trône et s'agenouilla aux côtés de Kurtness.

L'un après l'autre, tous l'imitèrent, jusqu'à ce qu'enfin Yuris Daklan vienne les rejoindre. Il bouillait encore de colère, et les étoiles qui planaient toujours dans la pièce semblaient chercher à l'éviter. Néanmoins, il était à genoux.

La reine Phela se tourna vers les prêtres.

—À vous, maintenant.

À côté d'elle, elle entendit Myrinne haleter de surprise. Mais les prêtres de l'Ordre Supérieur étaient des gens éminemment raisonnables. D'un même mouvement, ils vinrent se placer face au trône et rejoignirent les autres, posant un genou à terre.

—Dafna, dit Phela. Vous êtes ma Voix. Vous avez entendu mon édit. À présent, allez parler en mon nom.

La Voix inclina la tête.

—Comme vous voudrez, dit-elle.

Elle se retira d'un pas pressé pour s'acquitter de son devoir.

Plusieurs minutes s'écoulèrent avant que Phela n'autorise les personnes agenouillées à se relever. Elle tenait à ce qu'elles ressentent la douleur sourde associée à leur soumission, et qu'elles ne l'oublient jamais.

Les cheminées d'épissa, dans le cellier de l'apex Euphraxia, avaient été récurées de fond en comble. Les années de dépôts successifs avaient laissé sur la pierre des traces que même les détergents les plus agressifs ne pouvaient faire disparaître. Demos le savait, car il avait essayé. Un tissu noué autour du nez et de la bouche, il s'était consacré à cette besogne avec un zèle peu commun. Il se fichait totalement du résultat final. Si les cheminées à épissa avaient fait monter une fumée empoisonnée dans la maison et tué tous ses occupants, il aurait été ravi. La raison pour laquelle il s'intéressait aux cheminées tenait à un détail tout particulier de leur construction, qu'il avait découvert en les nettoyant.

Pour qui ne faisait aucun bruit, et se positionnait avec soin – et savait quelle cheminée menait à quelle pièce –, il était possible d'écouter toutes les conversations qui se tenaient dans la demeure. Les paroles étaient étouffées, parfois fragmentaires, et parfois très difficiles à entendre selon l'endroit où la personne se trouvait dans la pièce. Mais cette découverte lui permettait d'espionner ce qui se passait dans la maison d'Euphraxia avec beaucoup plus de facilité.

Même si ça ne sert plus à grand-chose, à présent.

— Je connais cette expression, chuchota Souris.

Demos bougea légèrement. Ses genoux lui faisaient mal. Bien qu'on lui ait donné d'autres tâches à effectuer – les pires besognes, ayant toujours trait aux ordures ou à la crasse –, il n'avait cessé de retourner s'occuper des cheminées à épissa, se prétendant résolu à en venir à bout. Son cou et ses épaules le faisaient souffrir, à force de frotter la pierre et de se contorsionner pour entrer dans les cheminées ; mais le pire était ses genoux, même lorsque Souris parvenait à lui fournir en douce un paillasson.

— Quelle expression ? marmonna-t-il.

— Ton air abattu. Tu penses qu'il ne sert peut-être plus à rien d'espionner Euphraxia.

— C'est évident, non ? riposta-t-il.

Même les plus misérables des esclaves avaient appris que la reine avait décidé d'unir la Couronne et la Foi, et ils savaient ce que cela signifiait pour Euphraxia. Demos n'était même pas sûr que la reine Phela désire toujours qu'il la surveille. Il lui avait envoyé plusieurs rapports par le biais de Tollivar, craignant chaque fois de ne pas le voir revenir. Mais à sa surprise, le garçon avait toujours réapparu. À présent, pourquoi la reine aurait-elle besoin qu'il lui procure des renseignements, puisqu'elle avait déjà pris la place d'Euphraxia ?

— À mon tour, ordonna Souris. Dégourdis-toi les jambes.

Ils étaient devenus alliés, depuis quelques semaines. Pas amis, comme ils l'avaient été dans l'enfance ; mais les souvenirs de cette amitié s'étaient faits plus intenses.

Demos s'écarta de la cheminée avec un grognement.

— Ce n'est pas la vie que j'imaginais mener. Je suis un marin. Un soldat.

Souris le bouscula d'un coup de hanche.

— Ça non plus, ce n'était pas la vie que tu imaginais.

Il la regarda. Il admira la courbe de ses pommettes et la ligne pure de sa mâchoire, ainsi que le bleu hivernal de ses yeux.

— Qu'est-ce que tu racontes ?

Souris lui adressa un sourire, peut-être son premier sourire véritable, depuis des semaines qu'ils travaillaient ensemble. Un souvenir fugace effleura l'esprit de Demos. Il la revit petite fille, courant et riant avec lui.

— Tu voulais devenir pirate. Le capitaine Demos, Fléau des Mers, Maître de l'Anneau !

Elle s'esclaffa doucement, et porta une main à sa bouche pour cacher son sourire, comme penaude d'avoir abandonné sa gravité habituelle.

— Tu ne te souviens pas ? questionna-t-elle.

Demos se pencha vers elle. Il inspira son odeur, un mélange de savon bon marché et de musc naturel qui le fit s'immobiliser. Ses yeux d'hiver étaient rivés aux siens. Le corps de Demos se souvenait de chaque coup qu'elle lui avait donné, de chaque éclair de douleur qu'elle lui avait infligé, mais il savait que tout cela n'était rien en comparaison de ce qu'elle avait vécu au cours de sa vie d'esclave. Elle était baju, mais elle n'essayait jamais de cacher la marque sur son avant-bras. Souris était furieuse du sort qui lui avait été réservé, mais elle n'en avait pas honte. La marque d'esclave de Demos ne lui faisait plus mal. Sa chair s'était réparée et calmée au fil des jours, et il en était de même pour Demos. Il voulait quitter cet endroit, mais la vision confiante qu'il avait du monde extérieur – et de la place qu'il y tenait – s'était dégradée. La marque avait eu cet effet sur lui. Elle l'avait changé, désenchanté. Il était devenu la plus abjecte des créatures, mais au moins, il n'était pas seul.

—Attention, souffla-t-il sans trop savoir s'il s'adressait à Souris ou à lui-même. (Il lui donna une bourrade.) Le Fléau des Mers pourrait bien te faire passer sous la quille!

Le rire d'un enfant brisa le silence, long et lourd de sens, qui s'ensuivit. Demos et Souris se tournèrent et découvrirent Tollivar. L'enfant les observait depuis son perchoir habituel, en haut d'une caisse en bois, de l'autre côté du cellier. Le petit Baju se mouvait avec une furtivité naturelle – c'était pour cela qu'il avait survécu assez longtemps pour les rejoindre ici –, mais parfois, cela signifiait qu'il pouvait apparaître quelque part sans que personne ait anticipé son arrivée.

—Vous allez vous embrasser? lança-t-il.

Souris devint plus pâle encore que ne le voulait son teint de Baju. Demos regarda l'enfant, puis Souris, et se demanda quelle était la réponse. La princesse Myrinne était son grand amour, sa promise et sa plus proche amie. Ce moment d'intimité qu'il avait partagé avec Souris lui donnait l'impression de la trahir, mais cette sensation ne venait que maintenant, une fois l'instant fini. Il ne pouvait être sûr de ce qui se serait passé si Tollivar ne les avait pas interrompus.

—Laisse-moi écouter un peu, dit doucement Souris. Occupe-toi de faire le guet.

Demos opina sans rien dire. Le corps douloureux et l'esprit troublé, il entreprit de se redresser.

C'est alors qu'il entendit les voix s'échappant de la troisième cheminée. Demos leva une main pour faire taire Souris et Tollivar. Il reconnaissait le ton excédé et le rythme de parole caractéristique d'Euphraxia, ces derniers temps. Mais quelle était l'autre voix ?

— Qui est-ce ? murmura Demos en s'accroupissant sous l'ouverture de la cheminée.

Souris vint se glisser à côté de lui et tendit l'oreille. Ses yeux s'allumèrent lorsqu'elle reconnut la voix.

— Per Gherinne, une prêtresse. C'est une femme odieuse. Elle paraît très sereine, mais elle a toujours un éclat de méchanceté dans le regard.

Demos secoua la tête. Il ne connaissait pas Per Gherinne, mais on lui avait accordé une audience avec l'apex. Même au vu de la situation précaire d'Euphraxia, cela signifiait certainement que l'invitée appartenait à l'Ordre Supérieur…

Assis sur sa caisse, Tollivar se mit à balancer les jambes et à fredonner doucement pour lui-même, à la manière des enfants heureux. S'il l'était, Demos ne comprenait pas comment, alors qu'il vivait caché dans ce cellier puant ; et cependant, les enfants possédaient cette magie particulière. Il regretta de devoir le réduire au silence, mais pressa néanmoins un doigt sur ses lèvres. Tollivar lui jeta un regard boudeur et croisa les bras, sans cesser de balancer les jambes.

— … vous ferais-je confiance ? disait Euphraxia.

La colère lui faisait hausser la voix, rendant ses mots plus intelligibles.

— Vous n'avez pas le choix, répondit Per Gherinne.

— Vous y étiez dès le premier jour, dans les profondeurs ! Vous avez aidé la reine à accomplir des rituels qui ne devraient pas lui être autorisés. Ce qu'elle fait est blasphématoire. Elle souille la magie des dieux, et vous, vous l'avez aidée !

— La Silencieuse a assassiné Ostvik sous nos yeux, et vous savez ce qu'il est advenu de sa famille. Elle nous a menacés de…

— Vous n'êtes que des lâches ! Que vaut votre vie, celles de vos parents, de vos sœurs, comparées au coût du blasphème ? Vous connaissez les légendes. Vous avez vu les ruines. Vous avez lu les écrits sur le Mur des Quatre.

— Apex, écoutez-moi, je vous en prie. Je suis d'accord avec vous. Notre ordre est divisé, à présent, scindé en deux par l'édit de la reine. Certains sont fidèles à la Couronne et à Per Ristolo, qui cède à tous ses caprices et lui procure tout ce qu'elle désire. Mais d'autres sont aussi horrifiés et effrayés que vous. Toute la cité est en train d'apprendre l'existence de la magie, par des murmures, des descriptions de nos rituels, et par les proclamations de Phela quant à son héritage. Même parmi les novices de Yaris Teeg, les prêtres ne sont pas d'accord à ce sujet ; mais si je ne devais avoir qu'une certitude, ce serait celle du caractère sacré de la magie. Le Sang des Quatre a beau couler dans les veines de la famille royale, les prêtres de l'Ordre Supérieur sont les véritables héritiers des dieux.

Le silence retomba, et pendant un moment, Demos s'imagina Euphraxia scrutant la cheminée, mystérieusement alertée que quelqu'un l'espionnait. Elle ne pouvait pas le savoir, bien entendu. Mais l'apex et ses prêtres parlaient de magie, et après s'être moqué de cette idée toute sa vie, Demos n'était plus en mesure de nier catégoriquement son existence.

L'apex devait simplement être en train de réfléchir, car Per Gherinne se mit à insister.

—Je vous jure, assura la femme, que je suis fidèle à la Foi et à votre autorité.

Tollivar se remit à fredonner, et heurta la caisse en bois du talon. Demos se figea, mais Souris s'éloigna à la hâte de la cheminée pour attraper l'enfant par les chevilles, et l'obliger à se tenir tranquille. Tollivar haussa les épaules et sourit. Demos aurait voulu se mettre en colère contre lui, mais il n'y parvint pas. Souris jeta un regard vers lui par-dessus son épaule, mais Demos leva une main pour lui signaler que les questions pouvaient attendre.

Il préférait écouter attentivement. Lorsque Euphraxia reprit la parole, ce fut d'une voix beaucoup plus basse. Prudemment, Demos enfonça la tête dans la cheminée et recueillit l'écho assourdi des mots qui lui parvenaient. Il s'agissait de trahison, de résistance, et des alliés qu'ils pourraient trouver parmi les Cinq Premiers Clans. Elles discutèrent de la personne qui pourrait monter sur le trône si jamais ils parvenaient à en déloger la reine Phela, et se demandèrent si cette dernière pourrait être bannie de Lartha, ou s'il serait préférable qu'elle meure dans son sommeil, par une nuit sans lune.

Demos arrivait à peine à respirer.

Son heure était venue. À présent, il pouvait espérer gagner la faveur de Phela, et sa propre liberté. Lorsque Myrinne apprendrait qu'il avait empêché une conspiration et l'assassinat de la reine, elle insisterait pour que sa sœur le libère. Le cœur battant, les joues empourprées, les poumons emplis d'un fumet d'épissa, il s'extirpa de la cheminée et se tourna vers Souris et Tollivar. L'arrivée du jeune garçon avait été une bénédiction. Les pensées de Demos s'enchaînèrent à toute allure. Il allait envoyer

Tollivar porter un message à un cousin fidèle, qui le transmettrait à la princesse Myrinne. Et le moment venu, Demos s'assurerait que Souris et Tollivar soient libérés aussi, et autorisés à quitter la ville pour vivre librement, ou bien à demeurer dans la cité s'ils le souhaitaient. Ils étaient baju, mais s'ils aidaient à sauver la vie de la reine…

— Demos, chuchota Souris.

Il lui sourit, puis remarqua que son regard était fixé derrière lui. Tollivar avait cessé de bouger les jambes.

Demos se tourna et vit Vosto, le praejis, qui les regardait bouche bée.

— Praejis, commença Demos. (Encore à genoux, il leva les mains.) Ce n'est pas ce que vous croyez.

Vosto rugit, fit un pas en avant et donna un coup de pied dans le crâne de Demos. Sa botte le heurta à la tempe, et l'espace d'une fraction de seconde, le monde devint noir. La lumière revint avec une pointe de douleur. Demos sentit la botte de Vosto s'enfoncer dans son flanc, une fois, puis deux, avant qu'il ne se tourne à demi pour attraper la jambe du praejis. Vosto était plus vieux et plus petit, mais il était remarquablement fort et rapide, et sa cruauté décuplait son énergie. Lorsque Demos lui empoigna la cheville, le praejis pivota et abattit violemment son genou sur son torse, expulsant tout l'air de ses poumons. En sifflant et en crachant, Demos envoya son poing dans l'entrejambe du chef des esclaves. Vosto s'écarta assez pour amortir le coup, mais celui-ci le fit assez souffrir pour augmenter encore sa colère. Il fit pleuvoir ses poings sur Demos, faisant cogner son crâne contre le sol de pierre trois ou quatre fois. À nouveau, la lumière s'éteignit dans son esprit.

Il se demanda s'il allait mourir.

Puis Vosto émit un halètement guttural, et Demos ne sentit plus son poids sur lui. Il secoua la tête, cillant pour recouvrer la vue, et aperçut Souris accrochée au dos du praejis.

— Laisse-le tranquille, espèce de salaud ! Tu en as assez fait. Tu en as assez fait pour toujours, tu m'entends ? Pour toujours !

Souris ponctuait ses mots en redoublant de force, l'étranglant de plus en plus. Elle découvrit les dents, et ses yeux d'hiver se firent orageux.

Le visage de Vosto était en train de virer au bleu. La vue brouillée, Demos se redressa laborieusement sur les genoux, puis se leva en tremblant. Il serra les poings, prêt à en finir. Quoi qu'il arrive après ce soir-là, il ne serait plus esclave chez Euphraxia. Il y avait une pierre branlante dans la deuxième cheminée ; Demos s'en saisit, enfonça les doigts dans le mortier effrité, et l'arracha.

Quand Demos se retourna, Vosto titubait en arrière, mettant à profit ses dernières forces. En voulant écraser Souris contre le mur, il trébucha et tomba, ce qui ne fit qu'ajouter à la violence de l'impact. Demos entendit un craquement humide lorsque le crâne de Souris heurta une pierre saillante. Le souffle coupé, il regarda Vosto s'affaisser, Souris derrière lui, et vit le sang et les cheveux blonds qui étaient restés accrochés à la pierre.

Vosto se dégagea des bras de Souris, désormais flasques, et se redressa à genoux. Il observa la Baju un moment, constatant en même temps que Demos qu'elle ne bougeait plus. Une flaque de sang s'élargissait sous sa tête. Ses yeux étaient fixes, inertes.

Le cri de Tollivar brisa le silence. Il se jeta sur Vosto, non pas pour l'attaquer, mais pour le pousser sur le côté. L'enfant s'agenouilla près de Souris, sans prêter attention à la flaque de sang, et prit son visage entre ses mains. Il hurla, lui embrassa le front, la supplia de se réveiller. Son chagrin avait percé un grand trou dans le monde.

Demos sentit une immobilité proche de la mort dans son propre cœur. Là, il n'y avait plus un son, pas même les cris du garçon. Il s'avança juste au moment où Vosto se retournait vers lui, et abattit la lourde pierre de la cheminée ; une fois, deux fois, trois fois. Vosto s'effondra au sol près de Souris, et son propre sang se mit à couler de son crâne fracassé. Les flaques se rejoignirent jusqu'à ne plus former qu'un océan rouge sur ce sol de pierre, un meurtre plutôt que deux.

Quand Demos murmura à l'oreille de Tollivar, le jeune garçon commença par lui résister. Mais il était assez âgé et assez malin pour comprendre que lorsque d'autres personnes arriveraient, ils seraient tous les deux exécutés. Ils mourraient comme Souris.

— Elle aurait voulu qu'on s'échappe, Tollivar. Elle aurait voulu que je te fasse sortir d'ici, que je trouve un moyen de nous libérer, toi et moi.

Cette fois, lorsqu'il prit la main de l'enfant, Tollivar le suivit de son plein gré. Demos lança un regard en arrière vers Souris, se remémorant l'enfant rieuse qu'il avait connue et la femme pleine de panache qu'elle était devenue, même réduite en esclavage. *«Au revoir, le garçon»*, aurait-elle dit.

— Au revoir, la fille, murmura-t-il.

Tollivar se mit à grimper par la glissière à charbon, le chemin qu'il avait emprunté pour entrer pour la première fois dans le cellier d'Euphraxia. Demos le suivit jusque dans les rues sombres de Lartha, emportant des secrets qui pouvaient aussi bien le sauver que le détruire.

Chapitre 13

En approchant des premières îles de l'Anneau, Daria n'eut absolument pas l'impression de rentrer chez elle.

Elle se tenait à la proue de son vaisseau, la *Nayadine*, et regardait l'île de la Fin d'Igler se rapprocher. Elle ne faisait pas partie des plus grandes îles de l'Anneau, ce vaste cercle de mille cinq cents kilomètres de diamètre qui ceignait la majorité de Quandis. Cependant, elle était peut-être la plus belle, et elle était dotée d'un des plus importants ports maritimes hors de l'île principale. La Fin d'Igler était constituée de deux volcans, dont l'un était éteint et l'autre partiellement actif. Le volcan à la pointe sud de l'île crachait un flot constant de fumée et de vapeur, envoyant des nuages de gaz coloré survoler l'île ; et ces nuages, en diffractant la lumière du soleil, produisaient des arcs-en-ciel presque permanents. Le volcan éteint, au nord, était beaucoup plus petit. Son cratère avait été créé par une éruption remontant à la préhistoire. À présent, ce large creux accueillait une petite ville reliée à la côte par un chemin de presque deux kilomètres, qui serpentait depuis le port et à flanc de montagne. Il était pourvu pour cela d'escaliers et de rampes, et jalonné d'écriteaux et d'annonces. Le temps qu'un visiteur atteigne le village – qu'on appelait la Folie d'Igler – à pied depuis le port, on lui avait déjà promis toutes sortes de repas, de boissons, et de manières de satisfaire n'importe quel vice, si bien qu'il avait déjà en tête une foule de destinations alléchantes.

Daria n'avait visité l'île que brièvement, des années auparavant, mais elle gardait des souvenirs impérissables de sa beauté, ainsi que de l'atmosphère débauchée et décadente de la Folie d'Igler.

Le sol de l'île était riche et fertile, et majoritairement recouvert de jungle. Les seuls endroits dépourvus d'arbres étaient ceux que l'homme avait défrichés à coups de machette ; et même là, la population de l'île prenait soin de préserver quelques touches de couleur. L'exportation des orchidées constituait sa source principale de revenus. Beaucoup d'habitants avaient été expulsés de Quandis pour une raison ou pour une autre, mais l'ironie voulait que la plupart d'entre eux gagnent mieux leur vie sur cette île qu'ils n'avaient jamais pu le faire chez eux.

Chez eux… Qu'est-ce que ça veut dire, finalement ?

Daria ne s'était jamais sentie chez elle avant d'être arrachée à la mer, à moitié morte, des années plus tôt. Elle songea que ce n'était qu'ici, à la proue de son navire, qu'elle pouvait éprouver quelque chose d'approchant. Cette pensée ne l'attrista pas. Le remous constant de l'océan lui rappelait les battements de son cœur et les remous du sang dans ses veines. Parfois, elle avait l'impression que son cœur palpitait en cadence avec le rythme de la marée, et d'autres fois – dans des rêves plus profonds, où elle était plus qu'un être humain – il lui semblait que c'était le contraire.

— Magnifique, commenta Shawr en arrivant près d'elle.

— C'est là que tu as grandi, répondit-elle. Tu n'es pas impartial !

Il haussa les épaules :

— Je suis parti quand j'avais sept ans, emmené à Quandis avec ma sœur pour commencer une nouvelle vie.

— Et c'est ce que tu as fait, dit Daria.

Ils restèrent silencieux un moment, contemplant l'île lointaine, et l'éventail de couleurs déployé au-dessus du volcan fumant.

— Il te reste quelqu'un, là-bas ?

— Plus maintenant, non, répondit Shawr. Mes parents sont morts. Il reste peut-être quelques personnes qui se souviendraient de moi à sept ans, mais…

— Mais ils ne te reconnaîtraient plus aujourd'hui, compléta Daria en hochant la tête.

C'était tant mieux. Il était comme elle… et il lui donnait l'impression de ne pas être tout à fait seule. S'il avait eu dix ans de plus, peut-être leur relation aurait-elle évolué au-delà de l'amitié. Elle y avait déjà pensé, et bien que cette idée la mette vaguement mal à l'aise, elle ne parvenait pas vraiment à s'en défaire.

— Ça va être intéressant de revoir cet endroit, dit-il. (Il sourit, et l'excitation lui fit hausser la voix.) Vous verriez tout ce qui se passe sur la place principale ! Des pièces de théâtre, des tournois, des spectacles de magie ou de marionnettes, des duels… Il y avait un vieux soldat, autrefois, qui combattait des lézards de feu ! Et puis un homme capable de se glisser tout entier dans une jarre !

Daria fit la grimace.

— Merveilleux.

— Une fois, il a fallu que quelqu'un aille casser la jarre pour le libérer. (Shawr se mit à rire.) Il avait eu une crampe. Il n'arrivait plus à bouger ses… Ses bras étaient complètement…

Le fou rire le prit, et il se plia en deux sur la balustrade, incapable de parler. Daria se mit à rire avec lui.

Cependant, en repensant à la raison de leur retour à Quandis, elle fut brutalement ramenée à la réalité. Pendant que Shawr s'essuyait les yeux et partait vaquer à ses occupations, elle garda le regard fixé sur la Fin d'Igler, par-dessus la mer tumultueuse. Elle se demanda quels changements ils découvriraient, une fois qu'ils mettraient pied à terre.

Deux heures plus tard, la *Nayadine* et la flottille de cinq vaisseaux qui l'accompagnait jetèrent l'ancre face à Baie-de-Mercel. Le port se trouvait sur la partie nord de la baie, avec ses jetées et ses quais posés sur la mer, ses entrepôts et ses bâtiments officiels alignés le long de la côte, et ses drapeaux claniques flottant un peu partout sans ordre apparent. Ici, tout le monde vivait et travaillait ensemble. Le fait d'être un habitant de l'Anneau était considéré comme plus important que le clan ou la race d'origine ; cependant, cette tolérance ne s'appliquait pas aux personnes venues de l'extérieur. Ne sachant pas quel accueil leur serait réservé, le capitaine Gree avait suggéré que la flotte jette l'ancre un peu plus loin au large, et Daria avait accepté. Si, pour une raison inconnue, ils avaient besoin de mettre les voiles rapidement, il vaudrait mieux pour eux que leurs vaisseaux ne soient pas tous amarrés aux docks.

Lorsque le groupe envoyé en reconnaissance alluma des signaux bleus pour leur indiquer que tout allait bien, on fit descendre vingt chaloupes des vaisseaux de guerre, et des centaines de marins se dirigèrent vers le port.

— J'ai déjà mal au cœur, dit Shawr, assis à côté de Daria.

— Moi aussi, renchérit le capitaine Gree. La baie est trop plate. Et à l'intérieur des terres, c'est encore pire.

Daria était d'accord, mais elle était amirale, et se plaindre n'aurait pas été très professionnel de sa part. Ils naviguaient en haute mer depuis longtemps, et hormis de courtes escales sur des îles reculées lorsqu'ils faisaient la chasse aux pirates, ils n'avaient pratiquement jamais débarqué. À présent, ils allaient retrouver la terre ferme, et perdre cette sensation particulière de mouvement permanent.

Rien n'est jamais immobile, pensa Daria tandis qu'ils approchaient d'une jetée. *Tout est mouvant, et aujourd'hui plus que jamais.* Elle avait hâte de découvrir ce qui avait changé à Quandis, depuis qu'elle avait reçu la lettre de la mère de Demos. Des semaines entières s'étaient écoulées ; c'est-à-dire, à la guerre comme en amour, une éternité. Elle avait été frustrée de ne pas pouvoir en apprendre davantage sur les événements qu'évoquait ce message mystérieux, mais c'était justement pour cela qu'ils s'étaient arrêtés à la Fin d'Igler.

L'île était l'un des principaux points d'arrêt entre Quandis, à quatre-vingts kilomètres au sud, et le vaste océan au nord. Bien que beaucoup de ses habitants aient été expulsés de Quandis pour diverses raisons – politiques, criminelles, religieuses ou raciales – il arrivait aussi que des gens viennent s'y installer de leur plein gré. Peut-être étaient-ils mus par un désir de découvrir une autre partie du monde, ou peut-être souhaitaient-ils s'affranchir de l'atmosphère plus stricte et sévère de l'île de Quandis. Quoi qu'il en soit, Daria savait qu'elle y trouverait des gens capables de la renseigner sur les événements en cours.

Elle adorait naviguer, car c'était ainsi qu'elle s'était bâti une autre vie. Mais parfois, comme ces jours-ci, l'isolement devenait frustrant.

La chaloupe heurta doucement la jetée, et on noua les amarres. Les marins attendirent que Daria monte à l'échelle avant de débarquer eux-mêmes. Debout sur les planches en bois déformées de la jetée, elle se retourna et regarda son vaisseau par-delà l'étendue d'eau.

Le sol parut se gonfler et pencher sous ses pieds, et elle fut forcée de fermer les yeux. Son estomac se tordit. Elle fut prise de vertige. Le soleil lui brûlait la peau, sans brise marine pour la rafraîchir.

— Je crois que je vais gerber, dit-elle, déclenchant quelques rires parmi les marins de la chaloupe.

Ils débarquèrent les uns après les autres, puis s'agrippèrent mutuellement par les épaules en attendant de retrouver leur équilibre.

Presque quatre cents marins étaient descendus au port, laissant une partie des équipages à bord de chaque vaisseau pour s'occuper du ravitaillement et monter la garde contre les visiteurs indésirables. Les capitaines feraient en sorte que tous ceux qui souhaitaient faire escale et monter jusqu'à la Folie d'Igler en aient la possibilité. Daria avait décidé de passer au moins un jour et une nuit sur l'île, en partie pour récolter autant d'informations que possible, et en partie pour réapprovisionner la flotte. Ils savaient tous que leur retour à Quandis pouvait s'effectuer paisiblement ou se muer en véritable bataille ; il faudrait donc que chaque équipage soit en pleine forme, nourri, abreuvé, reposé et prêt au combat.

Daria elle-même avait besoin d'un peu de temps pour analyser tout renseignement qu'elle réussirait à récolter.

Lorsqu'ils quittèrent la jetée de bois et sentirent le sable sec et doux sous leurs pas, ils rencontrèrent le capitaine de port qui les attendait.

—Amirale, salua-t-il. (Sa posture était décontractée, son regard vigilant.) Je suis honoré que vous ayez choisi de nous rendre visite.

—Je n'en doute pas, dit-elle.

L'homme haussa un sourcil. Il était maigre, la moitié du visage barbouillée de vieux tatouages militaires, et le crâne chauve couturé de fines cicatrices. Elle avait déjà vu des marques semblables, et savait qu'il s'agissait de brûlures dues à l'acide. Il avait participé à une campagne contre les pirates sur Skarroth, l'une des îles les plus excentrées, du côté ouest de l'Anneau. Il vit qu'elle l'avait remarqué, mais son regard ne changea pas. Il ne leur faisait pas confiance et n'était pas heureux de les voir débarquer. Cependant, il n'avait pas d'autre choix que de les accueillir.

—Comment vous appelez-vous ? demanda Daria.

—Chester Bruslebien, répondit-il.

Son nom résonna comme un défi.

—Peu m'importe à quel clan vous appartenez, dit-elle. Je me fiche de savoir quelles marchandises passent illégalement par votre port, avec qui vous faites affaire, qui travaille pour vous, ou pour qui vous travaillez. Mes équipages sont fatigués, ils ont faim et ils ont soif. Nous sommes venus faire une pause et nous reposer. Et tout ce que j'attends de vous, c'est quelques renseignements.

Chester fronça les sourcils et regarda derrière Daria, examinant les nombreux marins et leurs six grands vaisseaux de guerre, immobiles dans la baie. Peut-être, en les voyant arriver, avait-il craint que la vie qu'il s'était bâtie sur cette île – légalement ou non – ne soit brutalement anéantie.

—Je... je suis cousin au troisième degré du fils du baron Bruslebien, ajouta l'homme.

Daria haussa les épaules.

— Comme je vous l'ai dit, je m'en fiche.

Elle s'avança et désigna du menton un chemin pavé qui longeait la courbe du port, au-dessus de la ligne marquant la hauteur de l'eau par grande marée. Plus loin, on apercevait le premier grand escalier qui montait vers le cratère du volcan éteint, et le village de la Folie d'Igler. D'où ils se trouvaient, la route traversant la jungle était cachée par les bâtiments du littoral, mais Daria avait hâte de commencer le trajet.

— Venez marcher en ma compagnie, dit-elle. Vous allez pouvoir m'aider à obtenir ce que je recherche.

— Vraiment ? répondit l'homme avec étonnement.

Ils marchèrent de conserve. Daria sentait la présence de Shawr non loin de là, et en regardant derrière elle, elle vit que le capitaine Gree et les autres capitaines faisaient avancer les marins en procession derrière elle. Les pêcheurs et les équipages des autres navires les regardèrent passer, intrigués. Même la mer murmurant sur la côte paraissait moins bruyante, comme si elle retenait son souffle en attendant la suite des événements.

La Fin d'Igler avait connu bien des visites de la marine quandienne au fil des ans, mais l'atmosphère semblait à présent bien plus tendue qu'auparavant.

Ou peut-être était-ce l'humeur de Daria qui produisait cet effet.

— Il me faut des nouvelles de Quandis, dit-elle.

— Je ne m'occupe plus de cet endroit, maintenant, déclara Chester d'un air de défi.

— C'est pourtant chez vous, non ? questionna Daria.

— Chez moi ?

L'homme ricana.

— Mais vous avez bien dû entendre parler de ce qui s'est passé là-bas ? insista-t-elle.

— Bah, la reine est morte, quoi.

Il haussa les épaules sans s'arrêter de marcher.

La reine Lysandra est morte! pensa Daria. Le choc fit courir un frisson glacé le long de son corps. Les choses avaient évolué depuis que l'albatros avait atteint son vaisseau. Il était certain que toute cette affaire était liée à l'exécution du baron Kallistrate… mais comment?

— Quoi d'autre? insista Daria.

— Je ne sais pas, répliqua Chester. Moi, je fais le dos rond, voyez. Des gens et des navires arrivent, des gens et des navires repartent. Il y en a qui m'apportent ce que je leur demande, et d'autres à qui je vends ce qu'ils veulent. J'ai une bonne vie et des revenus corrects, et ça, c'est déjà vachement mieux que ce que j'ai vécu à Quandis. Alors c'est ici, chez moi. Et je ne vais pas fourrer mon nez dans des affaires qui se passent ailleurs. Ça m'est égal.

— Vous avez combattu les pirates, dit-elle.

— Oui. Vous aussi. Et alors?

Elle ne pouvait s'empêcher de bien aimer Chester. Ses paroles auraient pu lui attirer de graves ennuis, mais elle savait qu'il l'avait jaugée, tout comme elle l'avait fait pour lui. Il avait misé sur l'idée qu'elle n'aimait pas faire punir les gens. En parlant franchement, il s'était attiré son estime, et elle n'insisterait pas pour obtenir des informations qu'il ignorait.

— Dans ce cas, donnez-moi un nom, dit-elle. Quelqu'un, en ville, à qui je pourrais demander des renseignements sur ce qui se passe à Lartha. Les anecdotes, les vérités glanées au fil des rumeurs. Un nom, et j'ordonnerai à mes timoniers de faire passer tout le réapprovisionnement par vous.

Il s'arrêta, faisant face à l'amirale et à ses soldats aguerris.

— Je ne vous ferai pas payer un sou de trop, assura-t-il. Ce n'est pas mon genre.

—J'en suis certaine, répondit Daria, sachant qu'ils étaient sur le point de se faire plumer.

Elle sourit.

Il lui donna un nom.

La vue de Per Cantolatta la surprit grandement. Non seulement il était improbable de rencontrer une prêtresse dans un village comme la Folie d'Igler, vêtue de la robe traditionnelle et arborant les chaînes et symboles de son statut au sein du clergé… mais elle était aussi la personne la plus énorme que Daria ait jamais vue. Elle mesurait plus d'un mètre quatre-vingts et devait peser le poids de cinq femmes ordinaires. Son corps immense était ceint par un déambulateur en bois doté de roues, de luxueux bracelets boudinant ses longs bras ; ses pieds étaient posés sur un guéridon. Ses cheveux longs, qu'elle n'avait pas tressés, étaient propres et brillants. Son visage était gras, son regard perçant, sa peau lisse, et Daria avait l'intuition que son sourire était permanent.

Ils se trouvaient dans une taverne appelée *Fini la Bourlingue*. Daria, Shawr, le capitaine Gree et une dizaine d'autres marins s'y étaient arrêtés. Quant au reste des équipages, ils s'étaient dispersés dans toute ce que la Folie d'Igler comptait de gargotes, de troquets et de bordels afin d'y passer la soirée. Daria avait ordonné que tout le monde regagne son navire à trois heures du matin, afin de relever les équipages restés à bord. Mais il n'était encore que sept heures du soir, et les marins ravis se préparaient à savourer pleinement ce temps de liberté, de quelque façon qu'ils aient choisi de l'occuper.

Per Cantolatta se trouvait près d'une grande baie vitrée, à l'arrière de la taverne, et Daria avait l'impression qu'elle n'en avait pas bougé depuis fort longtemps.

— Votre Excellence, salua Daria en s'inclinant légèrement.

Per Cantolatta se mit à frémir, puis à trembler, et laissa enfin échapper un rire sonore, étonnamment aigu.

— Excellence ! s'exclama-t-elle. Je ne mérite plus ce titre, amirale. J'ai abandonné les Quatre il y a bien des années.

— Mais…

Daria désigna les chaînes et les médailles qui pendaient à son cou énorme.

— Je les aime bien, répondit Per Cantolatta. Ils mettent en valeur mon éblouissante beauté naturelle.

Elle ricana, et Daria s'aperçut qu'elle appréciait cette femme étrange. Et ses premières impressions se révélaient souvent correctes.

— Asseyez-vous, amirale…

— Hallarte.

— Hallarte ! Bien sûr. Votre réputation vous précède. Je vous en prie, prenez place. Et votre garçon de cabine aussi.

— Je ne suis pas son garçon de cabine ! s'indigna Shawr.

— Mais si, rétorqua Daria. (Elle s'amusa de son regard outré.) Et aussi mon intendant, mon valet, mon aide de camp, mon conseiller et mon confident.

— Nous avons tous besoin de gens comme ça, dit Per Cantolatta. Pardonnez-moi, jeune homme. Ça fait longtemps que je n'ai pas eu à parler correctement.

Un serveur s'approcha et prit leur commande, et quelques instants plus tard, une serveuse apparut avec un plateau chargé de boissons, de petites choses à grignoter, et d'une grande corne en verre de forme élégante, à demi remplie d'eau. Daria avait déjà vu des pipes à épissa par le passé, mais celle-ci semblait taillée dans le cristal le plus pur.

—Passez-moi ça, voulez-vous ? demanda Per Cantolatta.

Daria voulut se lever, mais Shawr avait été plus rapide qu'elle. Il dut se pencher au-dessus du déambulateur en bois afin de tendre la pipe à la prêtresse, qui s'en saisit avec une dextérité inattendue. Daria songea que cette femme avait au moins cela de trompeur.

—Alors, j'imagine que vous vous demandez ce qu'une prêtresse comme moi fait ici, dans le trou du cul du monde, dit Per Cantolatta.

—Ce n'est pas si mal, ici, protesta Shawr.

—C'est même un lieu magnifique, ajouta Daria.

Elle ne voulait pas seulement parler du paysage. Il régnait sur cette île une atmosphère... différente de tout ce qu'elle avait pu connaître depuis des années. Un rire tonitruant éclata quelque part non loin de là. Des putains passaient de table en table ; hommes et femmes déjà à peine vêtus, ils dévoilaient de plus en plus leurs « marchandises » à mesure que le soir tombait. Les buveurs buvaient, les guerriers racontaient des histoires rocambolesques, et les pêcheurs pleuraient les poissons qui leur avaient échappé, et qui grossissaient à chaque nouvelle description. Daria avait connu cent lieux similaires à Quandis, mais *Fini la Bourlingue* avait quelque chose de différent. Il flottait dans la taverne un parfum de liberté, et même d'excitation, qui semblait n'exister que dans les établissements situés sur les îles de l'Anneau. On aurait dit que les gens, ici, en savaient plus que les autres. Et une partie de ce qu'ils savaient était ceci : en laissant derrière eux ce qu'on appelait la civilisation, ils avaient échappé à un carcan.

Le nombre de Baju présents était également surprenant. Elle en avait déjà vu sur le port, et la ville en comptait bien d'autres. Ils se déplaçaient par petits groupes, mais ne semblaient pas honteux ou apeurés. Les gens les croisaient sans se retourner ; mais elle remarqua que les Baju n'évitaient pas non plus leur regard. Ils n'étaient pas intégrés aux autres groupes, mais ils n'étaient pas non plus l'objet de crachats ou d'insultes. Et bien que certains paraissent maussades, beaucoup d'entre eux arboraient des vêtements plus voyants et élaborés que n'en portaient normalement les Baju, et ceux-là marchaient la tête haute. Ils parlaient entre eux. Ils souriaient. Il arrivait même de les voir rire.

Son cœur palpitait follement à ce spectacle. Elle avait soudain terriblement envie d'aller les retrouver, de se joindre à eux. Mais elle craignait qu'ils ne prennent peur en la voyant.

Magnifique…

— Magnifique, peut-être…, répliqua Per Cantolatta.

Elle avait parlé comme en écho aux pensées de Daria, mais sa voix se teintait aussi de déception.

— En tout cas, si vous vous demandiez effectivement ce que je fais là, je vous conseillerais de ne pas me poser la question. Parce que je vous dirais la vérité, et alors, vous seriez tous les deux obligés de décider ce que vous allez en faire.

Daria leva les mains et haussa les épaules. Elle était curieuse, bien entendu, mais elle avait aussi des choses plus préoccupantes en tête que les secrets de cette femme.

Shawr n'était pas du même avis.

— Que voulez-vous dire ? Cette île a toujours eu son lot de hors-la-loi. Qu'avez-vous pu faire d'assez horrible pour que nous nous détournions de nos problèmes pour nous occuper des vôtres ?

— Je n'ai pas dit que c'était horrible, chéri. (Elle le gratifia d'un clin d'œil exagéré.) En revanche, c'est blasphématoire.

Daria se raidit et étudia Per Cantolatta d'un œil nouveau.

— Vous avez dit que vous aviez abandonné les Quatre. Mais vous n'êtes pas athée, n'est-ce pas ?

— Oh, non… Je suis très pieuse.

Shawr se mit à bafouiller :

— Vous ne voulez pas dire que… vous êtes une…

— Chut, lui lança Daria avec un regard noir. Cette île n'est plus ton foyer. Et nous avons trop de choses à faire de notre côté pour nous mêler des histoires des autres.

L'instant s'éternisa. Shawr semblait troublé, et Daria le comprenait. Cette ex-prêtresse n'avait probablement rien d'une « ex »-prêtresse, en réalité ; elle avait seulement remplacé ses dieux d'origine par un autre.

Cette femme était une Pentiste.

Ce n'était pas la première Pentiste que Daria rencontrait. D'ailleurs, après avoir balayé la pièce du regard et vu la manière dont certains clients les observaient, elle fut convaincue que Per Cantolatta n'était même pas la première Pentiste qu'ils rencontraient de toute la journée. Mais la foi de l'énorme femme était effectivement blasphématoire, et il était choquant de rencontrer une Pentiste si prompte à avouer ses croyances… et à risquer l'arrestation et l'exécution que Shawr, pour sa part, semblait juger inévitables.

— Amirale ? s'enquit Shawr.

Daria avait pris sa décision. Elle avait été esclave, autrefois. Elle avait reçu des crachats, des coups de pied, des coups de poing, et pire encore. Son peuple vénérait son propre dieu, et non les Quatre. En quoi était-ce moins scandaleux que le fait de prier le Pentange ?

— Ce sont nos propres affaires qui nous ont amenés ici, dit-elle à Shawr d'un ton qui ne souffrait aucun débat.

Shawr parut contrarié.

— De quelles affaires s'agit-il, justement ? demanda Per Cantolatta.

Elle prit une bouffée de sa pipe à épissa. L'eau qui s'y trouvait bouillonna, la vapeur s'éleva en spirale dans le bec de cristal, et la femme inspira profondément. Lorsqu'elle expira lentement, son énorme masse parut s'affaisser davantage dans la structure de bois qui l'entourait.

— Elles ont trait à Quandis, dit Daria en baissant un peu la voix. J'ai appris une partie de ce qui s'est passé là-bas, et on m'a affirmé que vous seriez capable de m'en dire plus.

— Vous en dire plus…, médita Per Cantolatta.

Elle se pencha sur le côté, faisant grincer son cadre de bois, affectant d'échanger des secrets avec Daria.

— Je vous en dirai tout ce que vous voulez, tant que vous payez pour me poser la question.

— Je suis prête à payer, assura Daria.

— L'argent n'est pas tout ce qui m'intéresse.

— Quoi d'autre ?

Per Cantolatta caressa sa pipe un moment, comme pour réfléchir, mais Daria était convaincue qu'elle savait très bien ce qu'elle désirait.

— Vous êtes amirale. Vous devez donc transporter du bon vin sur votre vaisseau. La piquette qu'on fait ici, c'est…

Elle fit la grimace.

— J'en ai, promit Daria. Il me reste six bouteilles de Xhenna Pan. Neuf ans d'âge.

— Parfait. Et du tabac ?

— Importé de l'Est.

Shawr se raidit, manifestement furieux qu'elle accorde de telles récompenses à une Pentiste. Daria ne lui prêta pas attention. Il était garçon de cabine ; elle était amirale.

— Quelles îles ? questionna Per Cantolatta.

— Des lieux si reculés qu'on ne leur a pas encore donné de nom, répondit Daria. Mais c'est le meilleur tabac qui soit. Je vous donne ma parole d'officier que vous recevrez ces bouteilles et un sachet de tabac, si vous me donnez des informations que j'ignore.

Per Cantolatta sourit.

— Vous n'êtes pas le premier officier quandien à me donner votre parole. Jurez-le par tous les dieux jusqu'au dernier, et dépêchez un coursier sur-le-champ. Je veux être payée aujourd'hui, s'il vous plaît.

— Je le jure par tous les dieux, jusqu'au dernier, répondit Daria.

Elle sourit pour tenter de masquer son irritation, et adressa un signe de tête à Shawr. L'air renfrogné, il s'éclipsa pour ordonner à un marin d'aller chercher le salaire de la prêtresse.

— Et ce sera fait avant que vous ne quittiez cette taverne, ajouta Daria.

Une fois Shawr disparu, la femme opina en souriant.

— Posez-moi vos questions, dans ce cas.

Daria balaya la taverne du regard. Quelques têtes se tournèrent, des regards se baissèrent, et elle sut que même dans un endroit pareil, elle resterait au centre de l'attention. L'atmosphère de la taverne se faisait de plus en plus débridée à mesure que la soirée avançait, mais cela ne signifiait pas que Daria pouvait baisser sa garde. Cette île était loin de Quandis, et elle sentait à quel point cette communauté était devenue indépendante au fil des ans. Ici, elle était étrangère, et il aurait été idiot de créer des problèmes sans raison valable. Elle se pencha tout près de Per Cantolatta.

Le capitaine Gree était assis avec les autres officiers qui les avaient accompagnés, trop loin pour les entendre. Ils riaient et buvaient d'un air décontracté, mais en réalité, ils surveillaient attentivement l'endroit. Daria espérait que les choses n'iraient pas plus loin. Remarquant que leur conversation s'était faite plus discrète, le capitaine Gree vint s'asseoir à leur table.

— Je sais ce qui est arrivé à la famille Kallistrate, commença Daria en saluant Gree d'un signe de tête. Ce sont des amis à moi.

— Une bien triste histoire, commenta Per Cantolatta.

— Cependant, j'ignore pourquoi c'est arrivé, poursuivit Daria. Tout ce que j'ai reçu, c'est un message personnel qui m'informait que le baron avait été exécuté, ainsi qu'un communiqué officiel de la reine décrivant des troubles à Quandis. Mais nous n'avons pas reçu d'ordres précis.

— Quelle reine ? s'enquit Per Cantolatta.

La question laissa Daria perplexe un instant. Elle fronça les sourcils, secoua la tête. Puis elle comprit.

— On m'a dit que la reine était morte. Mais Aris n'est-il pas devenu roi à son tour ?

— Mort aussi.

La grosse femme tira longuement sur sa pipe. Son regard passa de Daria à Shawr, qui venait de revenir, puis au capitaine Gree, et à Daria de nouveau. Manifestement, elle s'amusait de leurs expressions horrifiées, et jubilait d'en savoir beaucoup plus qu'eux.

Daria se demanda ce qu'ils ignoraient d'autre.

Ailleurs dans la taverne, quelqu'un cria, et Daria faillit porter sa main à son épée. Mais elle avait connu assez de situations épineuses pour conserver son sang-froid. Elle sentit Gree se crisper à sa gauche, vigilant et prêt à agir. Le cri se mua en éclat de rire, et elle vit un groupe d'hommes et de femmes jouant à un jeu de société, dans le coin opposé au leur. Ils étaient absorbés par leur divertissement, heureux dans leur petit monde. Ils n'étaient pas troublés par tout ce qui pouvait se passer ailleurs. Daria se détendit légèrement.

—Qu'est-il arrivé ? interrogea Daria.

—Vous savez, tout ça me parvient par la rumeur, dit Per Cantolatta. Pas dans des lettres apportées par mouette ou albatros, écrites noir sur blanc. Les murmures changent en passant de bouche à oreille, et encore plus lorsque ces bouches et ces oreilles appartiennent à des gens qui fuient ou sont expulsés de Quandis. L'amertume et le chagrin peuvent colorer une histoire, ou l'altérer. Par conséquent, ce qui m'apparaît comme le plus proche de la vérité, c'est ce qu'on retrouve en faisant la moyenne de toutes ces histoires. Le fil conducteur.

—Je comprends, dit Daria.

Elle était de plus en plus agacée. La grosse femme se délectait de cette conversation. Mais si Daria la brusquait, elle risquait de le regretter. Per Cantolatta se refermerait sans doute comme une huître, refusant d'en révéler davantage.

—Tout cela pour dire que je ne peux pas garantir la véracité de mes propos, continua l'ancienne prêtresse.

Mais assez de gens m'en ont appris suffisamment pour que ces informations soient considérées comme vraies.

— Oui, oui. Donc, la reine Lysandra? Le prince Aris?

— Morts. Tous les deux. La reine de maladie, dont certains disent qu'elle était due à sa dépendance à l'épissa. Le prince Aris, assassiné par des putains baju.

— Assassiné?

— Vous êtes surprise d'apprendre la façon dont il est mort, mais pas de savoir qui l'a assassiné, releva Per Cantolatta avec un sourire.

— Les habitudes du prince n'étaient plus vraiment un secret, répondit Daria d'un ton absent. Ses pensées s'enchaînaient à toute allure; elle essayait de garder le contrôle et de clarifier chaque nouvelle information. La mort d'une reine et d'un prince recélait très certainement des détails cachés, mais en attendant d'en savoir plus, elle ne pouvait pas se permettre de faire des hypothèses.

— Bien sûr, d'autres rumeurs suggèrent qu'Aris ait été tué par la nouvelle reine.

— Vous dites que Phela aurait assassiné son frère? s'exclama Daria, choquée par cette accusation.

— Je n'ai rien dit de tel. Simplement qu'il y avait des rumeurs. Il s'agit de la famille royale, ma chère. Il y a toujours des rumeurs.

Per Cantolatta frémit dans son cadre de bois, par vagues qui firent trembler son corps. La pipe bouillonna et cracha de la vapeur, et Daria sentit l'odeur de l'épissa. Elle n'en avait jamais pris, et en avait prohibé l'usage à bord de tous ses vaisseaux. Elle n'aimait pas cette odeur. Mais ici, à *Fini la Bourlingue*, elle imprégnait l'air, mélangée aux relents de bière renversée, d'orchidées, de sueur et de sexe.

— Et les Kallistrate?

— La reine Lysandra a accusé Linos Kallistrate de trahison. Elle a affirmé que c'était un Pentiste, et elle l'a fait exécuter.

La nouvelle résonna un moment. Il y avait des Pentistes dans cette pièce, dont une qui leur faisait face. Si l'exécution de Kallistrate inquiétait Per Cantolatta, elle n'en montra rien. Les Pentistes pouvaient se révéler fanatiques et prêts à tout, donc dangereux. Mais par expérience, Daria savait qu'ils s'installaient hors de l'île principale – ici, par exemple – et vivaient généralement cachés, ou du moins sans dévoiler leurs croyances à qui que ce soit. Sauf qu'à présent, un Pentiste avait été découvert non seulement sur l'île principale, mais à Lartha… et qu'il s'agissait du baron d'un Premier Clan. Un baron qui plus est très proche de la Couronne, à en croire les commérages.

Cela n'avait pas de sens. Sans parler de la mort inattendue d'Aris… Elle ne parvenait pas à mettre le doigt dessus, mais elle était sûre qu'une information lui manquait. Pour le moment, néanmoins, elle ne s'attarda pas sur ce point. Plus vite elle pourrait quitter cette taverne, plus vite elle aurait la possibilité de réfléchir au calme et de prendre des décisions.

— Et les membres de la famille du baron ? demanda-t-elle.

Au même moment, elle songeait : *Pas Demos. Faites que Demos ne soit pas mort.* Il était ce qui se rapprochait le plus d'un ami intime. À l'exception de Shawr, peut-être, mais le garçon tenait davantage du compagnon loyal et dévoué. Il était aussi son subordonné, et cela créait une certaine distance entre eux.

Demos était son ami à la vie, à la mort.

— Vendus comme esclaves, annonça Per Cantolatta. Jusqu'au dernier, quoiqu'on raconte qu'un des fils, Cyrus, est mort lui aussi. Et les Kallistrate n'ont pas été les seuls à souffrir. La purge s'est étendue à d'autres familles nobles. Mais les informations qui nous viennent de Quandis, depuis que Phela est montée sur le trône, sont moins précises. Une reine ou un prince qui meurt, c'est un grand événement. Le massacre de leurs sujets, par contre…

— Massacre ? releva Daria.

Quelques têtes se tournèrent à nouveau vers elle en l'entendant hausser la voix, parmi les marins comme parmi les résidents de la Folie d'Igler. Mais cela lui était égal, à présent. Ils partageaient certainement ses préoccupations, et Per Cantolatta n'avait jamais demandé que ses révélations soient gardées secrètes.

— Vous avez remarqué le nombre de Baju que compte cette île ? interrogea Per Cantolatta.

Daria hocha la tête, craignant de se trahir si elle parlait.

— Ils ont été bannis de Quandis. Tous. Du moins, ceux qu'il restait après la purge. Quand Aris a été assassiné, la reine mourante a ordonné que toute la race soit exterminée. C'est Phela qui a transformé ce châtiment en exil, après la mort de sa mère.

Daria était pétrifiée. Shawr paraissait aussi ébranlé qu'elle, et le visage de Gree s'était fait dur et sombre. *Il voit déjà la guerre qui s'annonce*, pensa-t-elle. Bien qu'alarmante, la perspective d'une révolte semblait inévitable. Si seuls les Baju avaient été tués ou bannis, cela n'aurait peut-être pas été le cas. Mais en exécutant et en terrorisant des membres de l'aristocratie, la Couronne avait dû mettre toute la cité en émoi. Elle tenta de ne pas laisser ces nouvelles la blesser. Oui, elle avait été baju à sa naissance… mais elle avait été un marin, une guerrière, et une femme indépendante tout au long de sa vie d'adulte. Cependant, lorsqu'elle fermait les yeux le soir et laissait son esprit vagabonder, elle éprouvait encore de la fureur vis-à-vis de cette époque lointaine. L'époque où elle était battue constamment, traitée comme la plus abjecte des créatures, et parfois comme si elle n'était rien du tout. Longtemps, elle avait été persuadée que les Baju étaient bien des êtres inférieurs, malgré toute la rancœur qu'elle ressentait au fond d'elle-même…

— Certains affirment que sept cents Baju sont morts le premier jour, dit Per Cantolatta.

Daria tressaillit. La prêtresse paraissait sérieuse pour la première fois depuis qu'elle avait pris la parole.

— D'autres disent qu'ils ont été plus d'un millier. C'est un massacre né de l'ignorance et de la folie. Pourquoi donc ont-ils écouté cette vieille garce complètement folle…

Elle secoua la tête et tira de nouveau sur sa pipe.

— Et les prêtres baju ? questionna Daria.

Elle sentait tous les regards posés sur elle, toute l'attention de ceux qu'elle connaissait dans cette taverne, et de ceux qu'elle n'avait jamais rencontrés auparavant. Elle eut l'impression qu'ils avaient tous deviné son secret, à sa question et à la façon dont elle l'avait posée, ainsi qu'en décelant sa peur pour son frère. Là aussi, elle s'en fichait. Elle savait que Blane était devenu prêtre, et bien qu'elle ne l'ait jamais revu depuis qu'elle était tombée de la falaise, son sang lui dictait d'apprendre ce qui lui était arrivé.

— Ceux qui rejoignent l'ordre des prêtres ne sont plus baju, rappela Per Cantolatta.

Elle donnait l'impression de lire une fiche, mais paraissait tout à fait sérieuse.

— Donc, il ne leur est rien arrivé, conclut Daria.

Per Cantolatta fronça les sourcils. Daria détourna le regard.

L'un des marins arriva avec un plateau de verres pleins, et Daria se félicita de cette interruption. Elle but un peu de vin, les yeux fermés pour mieux réfléchir.

— Ce n'est pas tout, bien entendu, reprit Per Cantolatta. Il y a des nouvelles qui ne sont en fait que des murmures, si bas que j'ose à peine les qualifier d'informations.

— Dites-les-moi tout de même, exigea Daria. Nous avons besoin de tout savoir.

Per Cantolatta haussa les épaules, faisant frissonner tout son corps et grincer le bois de son déambulateur.

— Si je me risque à propager des rumeurs, je pourrais relayer des renseignements erronés. C'est dangereux pour moi. Je suis une femme réputée pour la fiabilité de ses informations. Je n'ai pas besoin d'inventer quoi que ce soit, puisque je sais presque tout. Cependant… ces jours-ci, il s'est passé tant de choses, et il s'en passe encore tellement, que mes sources sont plutôt… floues.

— Que voulez-vous ? demanda le capitaine Gree.

Il avait gardé le silence jusqu'ici, mais Daria trouva son intervention opportune. Sa voix était calme et douce, mais recélait également une grande force.

Cependant, Per Cantolatta ne regardait pas le capitaine. Elle regardait Shawr.

— Une heure avec le petit.

— Quoi ? s'exclama Shawr. Qu… Quoi ?

— Non, dit Daria.

Elle était sincère. Le vin et le tabac, passe encore, mais elle n'utiliserait pas Shawr comme monnaie d'échange avec cette femme. Ni lui, ni personne. Lorsqu'on avait soi-même connu l'esclavage, l'idée qu'un être humain puisse être considéré comme un objet était insupportable, à tel point que Daria passa de nouveau tout près d'empoigner son épée.

Per Cantolatta parut déçue, mais elle sourit et haussa les épaules.

— Ça valait le coup d'essayer.

— Quoi d'autre ? répliqua Daria, lasse de ses petits jeux.

Cette femme allait lui dire ce qu'elle savait, ou bien elle apprendrait ce qu'il en coûtait d'insulter un officier quandien.

Per Cantolatta parut étudier cette menace implicite avant de dire enfin :

— Des murmures nous sont parvenus tard hier soir, par le biais de plusieurs membres d'une famille travaillant sur la colline Cervebois. Ils ont fui Quandis par peur pour le pays et son avenir. Ils disent qu'il y a deux jours, la reine Phela a déclaré que Quandis était désormais un État sacré, où la Couronne et la Foi ne font qu'un. Ceux qui ont protesté ont été immédiatement considérés comme Pentistes et seront soit exécutés, soit vendus comme esclaves. Beaucoup de gens vont quitter l'île. Certains parlent de résistance.

— C'est elle qui a tout fait, murmura Daria.

Tout s'imbriqua dans son esprit, avec un déclic presque audible. Ses paroles retentirent par-dessus le brouhaha ambiant, et Per Cantolatta, de nouveau sérieuse, acquiesça.

— Si ces rumeurs sont vraies, alors c'est aussi mon avis. Phela a monté un coup d'État. Je n'aime pas beaucoup Euphraxia ni la Foi, pas après… (Elle cilla, comme sous l'effet d'un souvenir atroce.) Mais le pays se portait plutôt bien, depuis quelques décennies. La reine Lysandra était juste et honnête, jusqu'à une époque récente. Qui sait de quelle souveraine a hérité Quandis, à présent…

Elle haussa les épaules. Daria se redressa et regarda Shawr et Gree.

— Nous devons y aller, dit Gree.

— Pas encore, le contredit Daria. Nous allons rester ici un moment. Laisser aux équipages le temps de récupérer, de réapprovisionner les vaisseaux… Et pendant ce temps, vous, moi et les autres capitaines, nous allons établir différents scénarios possibles et déterminer la conduite à tenir dans chacun des cas.

— Sûr ? demanda Per Cantolatta.

Daria se retourna vers elle, mais la prêtresse avait les yeux fixés sur Shawr.

— Merci de votre proposition, mais… non, merci, dit Shawr.

Il se leva, fit un signe de tête poli, et fut le premier d'entre eux à quitter la taverne.

— Tant pis, soupira l'énorme femme.

— Merci pour votre aide, dit Daria en se levant pour partir.

— Dernière chose, reprit Per Cantolatta. N'amenez pas la guerre jusque dans l'Anneau. (Elle regarda la taverne, et pour la première fois, Daria aperçut une lueur de tristesse dans ses yeux.) Nous avons bâti quelque chose de bien, ici. Et il y a d'autres îles de l'Anneau où de belles choses se créent, aussi, même si beaucoup d'habitants de l'île principale vous diront le contraire. Maintenant que les Baju ont été bannis, vous avez vu leur attitude ? Leurs visages ? Par les Quatre, à quand remonte la dernière fois où vous avez vu le visage d'un Baju ? Certains ont même l'air heureux. Ça ne m'étonnerait pas qu'on finisse même par les laisser entrer ici, dans un an ou deux.

Il y en a déjà une ici, juste devant vous, songea Daria.
— Je ne suis même pas sûre qu'il y aura une guerre, dit-elle.

Per Cantolatta se contenta de la dévisager. Ni l'une ni l'autre n'eurent besoin d'ajouter un mot ; elles comprenaient toutes deux la naïveté de ces paroles.

Daria sortit. Gree et les autres officiers l'attendaient à l'extérieur. Shawr n'était nulle part en vue.

— Et maintenant ? demanda Gree.

— Maintenant, nous allons trouver une autre taverne, dit Daria. Et boire, et discuter.

Et nous préparer, ajouta-t-elle en pensée.

Préparer une révolution.

En contemplant les étoiles, Daria s'étonna qu'elles n'aient pas changé, contrairement à tout le reste de Quandis. Une brise soufflait avec régularité sur l'île, indifférente à ses tracas. L'odeur de la jungle, le parfum des gaz émis par le volcan en activité, l'herbe qu'elle sentait sous son dos… Aucun d'eux ne se préoccupait de ce qu'elle avait appris, ni du secret qu'elle portait en elle depuis tant d'années.

Ils sont en train de tuer mon peuple, se dit-elle. Pour la première fois depuis très longtemps, la Baju tapie en elle se réveilla, terrifiée et furieuse.

Elle avait bu trop de mauvais vin, et puis Gree avait acheté du cognac, et ils avaient trinqué en l'honneur des camarades disparus et des amis absents, jusque tard dans la nuit. Chaque fois qu'elle trinquait, elle voyait Blane plus clairement encore. Elle imaginait à quoi il ressemblait maintenant, adulte, et prêtre. Pendant que ceux qui l'entouraient priaient les Quatre, elle supplia secrètement Lameria de veiller sur Blane. Elle se sentait toujours coupable de ne jamais lui avoir donné signe de vie, mais elle avait appris à l'accepter, au fil des ans. À présent, en revanche, le besoin de le mettre elle-même en sécurité suffisait presque à étouffer tout le reste.

Même le devoir.

— Ah, vous voilà, s'exclama Shawr. Je vous cherchais. Les équipages retournent au port pour faire l'échange. Les autres veulent goûter au vin et aux putains du coin.

Shawr avait l'air aussi soûl qu'elle. Il s'allongea à ses côtés et lâcha un long soupir.

Daria s'était écartée des tavernes, des bordels et des restaurants pour gagner les abords de la ville, là où elle surplombait la mer. Un petit parc aux grands arbres grêles et à l'herbe luxuriante avait été créé sur plusieurs niveaux, au bord du cratère accidenté. En contrebas, la lune faisait étinceler la baie, projetant les ombres des six grands navires de guerre qui s'y trouvaient. C'était magnifique, intime, et cela lui permettait de réfléchir tranquillement.

Mais elle avait déjà trop réfléchi. Shawr tombait à pic.

— J'ai l'impression que tout est en train de changer, dit-il.

— C'est sans doute le cas, acquiesça-t-elle. Ou ça le sera bientôt.

Shawr se dressa sur un coude. Il la gratifia d'un grand coup de poing sur le flanc.

— Et c'est l'amirale Hallarte qui mènera la danse !

Daria s'esclaffa. Puis elle sentit sa main s'attarder sur son corps, juste sous son sein droit. Il se pencha sur elle, masquant la lune et les étoiles. Ses cheveux en désordre formaient comme un halo autour de son visage.

Elle sentit ses lèvres sur les siennes, et sa main recouvrit son sein.

Daria repoussa violemment Shawr et s'assit.

—Non, mais qu'est-ce que tu fais, bordel ?

Shawr s'écarta et se redressa à genoux, un mètre plus loin. Il chancelait légèrement, mais la regardait bien en face.

—Je croyais qu'on… Je voulais…

—Tu veux quoi, exactement ? rétorqua Daria.

La colère montait en elle, portée par une vague nauséeuse de mauvais vin et de cognac trop fort.

—C'est moi que tu veux ? Tu ne tiens pas l'alcool et après, tu te crois autorisé à me baiser ? Ton amirale ?

—Non, je…

—Non, tu oublies ta place. Je t'ai peut-être fait bénéficier d'une certaine latitude, mais je vois que c'était une erreur. (Elle secoua la tête.) Et moi qui croyais que c'était moi, avec tous mes secrets, qui voguais sur une mer de mensonges, parce que c'est comme ça que Lameria…

Elle vit Shawr froncer les sourcils, même dans l'obscurité.

—Lameria ?

—Oui, Lameria. Et alors ? cracha Daria en le défiant d'un regard menaçant. Shawr… Mon garçon, mon ami, espèce de petit crétin présomptueux… Mon passé n'est pas mon présent. J'étais une esclave avant de devenir une Hallarte. Mais maintenant, je suis une Hallarte. Un officier… Ton amirale… Et tu te crois autorisé à me toucher, comme si c'était ton droit ? Comme si je t'appartenais ?

—Tu… tu ne peux pas être…

—C'est incroyable que ce soit ce détail-là qui t'obsède, reprit Daria. (Elle secoua la tête à nouveau, puis sourit.) C'est un masque, mon garçon. La vie que je mène, c'est un masque. Mais peut-être qu'il est temps que le masque tombe.

Shawr se leva tant bien que mal et recula.

— Tu ne peux pas être baju. Je t'ai embrassée !

Il recula davantage, en direction de l'entrée du parc.

Et pour la première fois de la nuit, un éclair de panique la traversa.

— Ne dis rien, Shawr. Je leur dirai quand je l'aurai choisi. Tout est en train de changer. Tout.

Elle regretta d'avoir tant bu. Elle aurait voulu pouvoir réfléchir correctement, analyser tout ce qu'on lui avait dit ce soir-là, tout ce dont Gree, les officiers et elle avaient discuté.

— Un seul mot et je te fais passer sous la cale, pour te punir de m'avoir violentée.

Elle aurait voulu que Shawr ne soit jamais venu la rejoindre. Et cependant, une partie d'elle-même s'en félicitait. Elle avait l'impression d'y voir clair pour la première fois depuis des lustres. Son secret était enfin dévoilé. Elle avait toujours su que l'avouer à quelqu'un reviendrait à informer le monde entier. C'était la règle en matière de terribles secrets. Et même si elle aurait préféré que cela ait lieu dans d'autres circonstances, elle ne serait pas revenue en arrière, même si elle l'avait pu.

— Je dois partir, dit-il avant de quitter précipitamment le parc.

Le bruit de ses pas s'évanouit dans le lointain.

Daria se leva et marcha jusqu'au muret. Par-dessus le garde-fou, elle laissa son regard glisser jusqu'au port. Un peu plus tard, une ombre apparut sur le chemin en pente, courant toujours. Elle suivit Shawr du regard jusqu'à ce qu'il disparaisse derrière un relief du versant.

Bien que partiellement soulagée d'un grand poids, Daria savait qu'elle allait devoir se rendre au port pour découvrir si un autre fardeau, plus lourd encore, allait s'abattre sur ses épaules.

Impossible d'y échapper.

Tout avait changé.

Daria les vit se tourner vers elle lorsqu'elle s'approcha. Elle sut alors ce que Shawr avait fait. Une main posée sur la poignée de son épée, elle ne ralentit pas. L'orgueil la poussait en avant, ainsi que la conviction profonde qu'elle était l'égale de tous ces gens. Elle l'avait prouvé encore et encore au fil des années ; travaillant aux côtés de ces hommes et de ces femmes, elle était montée en grade et avait recueilli avec bonheur leur estime et leur admiration.

— La voilà ! dit Shawr.

Il semblait plus soûl encore qu'auparavant. Peut-être n'était-ce que l'effet de l'amertume. Elle se demanda ce qui serait arrivé si elle l'avait laissé continuer à l'embrasser.

Les marins et les officiers qui venaient de passer quelques heures à la Fin d'Igler fourmillaient sur le quai. Beaucoup titubaient. Certains étaient ensanglantés, à la suite de bagarres avec des habitants ou entre eux. En silence, ils la regardèrent s'avancer.

Les marins venus des autres vaisseaux avaient déjà débarqué sur la grande jetée, impatients de se divertir sur l'île. Ils l'observaient aussi.

Les choses changent parfois à une telle vitesse..., songea-t-elle. Elle se demanda ce qui se passait à Lartha, au même moment. Elle imagina la terreur qui rôdait dans les rues, la peur tapie dans les ombres. Elle espéra que Blane allait bien. Elle regretta de ne pas l'avoir vu une dernière fois.

Daria Hallarte, qui n'était pas une vraie Hallarte mais portait néanmoins ce nom avec fierté, savait qu'elle mourrait peut-être cette nuit.

— La voilà, répéta Shawr. La salope baju!

Apparemment, il n'avait pas cru à ses menaces. Ou alors, l'humiliation d'avoir été rejeté – et par une Baju, par-dessus le marché – s'était révélée plus forte que sa peur.

Elle était déçue... et cependant, elle n'était pas surprise.

— Ta hargne est étonnante, quand on sait que tu viens d'essayer de coucher avec moi, dit-elle.

Shawr eut un rictus méprisant.

— Comme si je pourrais avoir envie de toucher quelqu'un comme toi! Et même si je l'avais fait, ça ne serait pas un crime. La loi n'est pas prévue pour protéger les gens de ton espèce!

— Amirale, intervint le capitaine Gree.

Il se tenait juste à côté de Shawr qu'il tenait par la ceinture, tout près de son épée.

— Shawr a lancé une grave accusation contre vous. Je ne le crois pas.

— Vous pouvez le croire, répondit Daria. Mais croyez aussi que c'est un petit con et un lâche, qui a mis ses mains et sa langue là où on ne voulait pas de lui...

Gree se tourna pour gratifier Shawr d'un regard assassin, de même que certains autres. Le jeune homme s'empourpra, humilié, mais ne détourna pas le regard.

— ... mais oui. Ce dont vous parliez à l'instant..., poursuivit Daria. Ça, c'est vrai. Je suis baju. Je l'ai toujours été, et ici, je le serai toujours.

Elle pressa son poing fermé contre sa poitrine. Elle garda la tête haute et rendit leurs regards à ceux qui la dévisageaient ; au moins la moitié d'entre eux baissèrent les yeux. Elle faisait face à des centaines d'hommes et de femmes, à la lueur claire de la lune, et elle n'avait jamais éprouvé une telle fierté, ni une telle peur. Elle s'aperçut, stupéfaite, que c'était la peur du rejet, plus que la peur de mourir, qui faisait battre son cœur.

— J'ai vu vos bras nus des centaines de fois, argua Gree. Vos cicatrices…

— Elles sont dues au corail, comme je l'ai toujours dit. Vous connaissez l'histoire. Je me suis presque noyée…

— Tu aurais dû crever, saleté ! lança quelqu'un.

— Le corail m'a griffé la peau, effaçant ma marque. La mer a changé la couleur de mes yeux. Des inconnus ont émis une hypothèse quant à mon identité, avant même que je ne reprenne connaissance. J'ai simplement décidé d'accepter cette hypothèse. De ne pas refuser cette nouvelle vie qui s'offrait à moi.

— Pourriture, cracha une autre voix.

Ce fut Shawr qui bougea le premier. Prenant Gree par surprise, il se dégagea de la main du capitaine et tira une lame de sa botte. Lorsqu'il atteignit Daria, il découvrait les dents en un rictus bestial.

Logique, car il ne valait pas mieux qu'un chien.

Daria fit un pas de côté et le gifla sur l'oreille du plat de la main. Il hurla et trébucha ; cependant, il se tourna à demi avec une agilité redoutable, repoussant la main de la jeune femme, et fit plonger sa lame vers l'aisselle vulnérable de Daria, là où une entaille bien placée pourrait la tuer. Le couteau ne la toucha pas. Avant d'atteindre sa cible, Shawr tituba, la tête pendante, et regarda la pointe de l'épée du capitaine Gree. Couverte de sang, elle saillait de sa poitrine.

Le capitaine Gree se tourna et laissa glisser le jeune homme de son épée. Shawr heurta le dock et tomba dans la mer.

— Un coup d'épée dans le dos ! rugit quelqu'un.

Gree pivota brusquement pour répliquer :

— Effectivement ! Un mutin comme lui ne mérite pas mieux. Nous allons régler ça entre nous, mais nous le ferons de façon raisonnable. Et toute personne qui prendra les armes à l'encontre d'un officier supérieur connaîtra le même sort que Shawr.

Daria regarda fixement l'endroit où Shawr était tombé. Elle l'avait considéré comme son ami, et à présent, il n'existait plus. Elle avait laissé sa lame au fourreau, prête à affronter les conséquences de ses mensonges. Mais à présent, elle se demandait si Gree n'était pas le seul à lui demeurer loyal.

— Je vous l'ai caché à tous, dit-elle. C'était la chose qu'on vous avait appris à haïr, à mépriser. Vos familles et la société vous avaient ordonné de me détester, de me considérer comme inférieure. De cracher sur moi si j'osais croiser votre regard. De me tuer si je vous mécontentais.

— Menteuse ! cria quelqu'un.

Une femme – une matelote du *Souffle de Tikra* – s'avança, mais quelqu'un la repoussa.

— Laisse-la parler ! protesta l'autre marin. Elle le mérite.

— Elle ne mérite rien du tout ! Une ordure baju... Je n'arrive pas à croire que j'ai navigué sur le même vaisseau qu'une...

— Cette salope mérite de passer sous la cale !

— Elle nous a commandés pendant des années ; elle nous a menés de victoire en victoire...

— Trahison...

—Guerrière…
—Jetez-la aux…
—Silence ! hurla le capitaine Gree.

Il se tenait, seul, entre l'assemblée houleuse des marins quandiens et l'amirale baju qu'ils avaient suivie si longtemps. Il tourna sur lui-même, décrivant un cercle complet sans jamais s'arrêter dos à quelqu'un, tout en parlant.

—On m'a appris à cracher sur les Baju, dit-il. On m'a dit qu'ils étaient les plus misérables des créatures. Mon éducation me dicte de mépriser cette femme. Mais je n'y arrive pas. Vous y arrivez, vous ? C'est notre amirale ! C'est le meilleur officier que j'aie jamais connu, et on me demande de la haïr… Ce sont deux choses incompatibles, et ça m'oblige à remettre en question tout ce que je croyais savoir.

Il tourna son épée ensanglantée vers Daria, mais celle-ci ne tira pas la sienne. Il venait d'endiguer une mutinerie. Cependant, elle n'allait tout de même pas baisser sa garde, pas alors que le reste des marins se trouvaient là, sur le quai, juste derrière lui.

—Inutile de prétendre que le couronnement de Phela n'est pas entouré d'un certain mystère, poursuivit Gree. Sa mère est morte. Son frère est mort. Tous les Baju ont été bannis. Des nobles ont été exécutés, malmenés, vendus comme esclaves. Et dernièrement, elle a balayé d'un revers de main toutes nos traditions pour se proclamer chef de la Foi. Si elle est capable de faire tout ça, qui sait ce que fera ensuite la reine Phela ? (Gree posa sur Daria un regard sévère.) Je juge les gens en fonction de leurs actes, pas en fonction de leur statut. C'est comme ça que je juge Phela, et c'est pareil pour l'amirale. Quelles que soient ses origines, je sais qui elle est aujourd'hui.

Il se dirigea vers Daria, s'arrêta à quelques pas devant elle et baissa son épée. Il en planta la pointe dans le sol, devant lui.

— Mon épée vous appartient toujours, amirale Hallarte, dit-il. De même que mon estime. Et même, nom des Quatre, mon affection !

Quelques marins poussèrent des hourras. D'autres les imitèrent. Certains se mirent à avancer, en se bousculant parfois. Quelques coups de poing partirent, quelques voix s'élevèrent, mais le temps que les battements du cœur de Daria égrènent assez d'instants pour former une minute, les trois quarts de sa flotte s'étaient rassemblés autour de Gree, et ils acclamaient Daria.

Elle tenta de retenir ses larmes, mais dut finalement se résigner à les laisser couler. Elle avait perdu quelqu'un qu'elle croyait être son ami.

Et cependant, elle avait retrouvé non seulement la majorité de son équipage, mais aussi sa propre identité.

Plus d'un millier de marins, répartis sur six vaisseaux, constituaient la flotte de l'amirale Hallarte. Moins de deux cents d'entre eux choisirent de quitter son service. Aucun ne se montra violent, même si une ou deux fois, dans les heures précédant le lever du soleil, Daria avait craint qu'un conflit n'éclate. Elle en conclut qu'au bout du compte, même ceux qui avaient décidé de partir n'étaient pas tous convaincus d'avoir fait le bon choix. Ils devaient remettre en question les convictions qu'on leur avait toujours inculquées, à présent qu'elles leur imposaient de renier une femme qu'ils connaissaient et respectaient depuis si longtemps.

Elle leur donna un vaisseau. Elle aurait pu les abandonner à la Fin d'Igler, mais elle aurait alors hérité de six vaisseaux en sous-effectif, au lieu de cinq vaisseaux aux équipages complets. Là où ils se rendaient, ils auraient pu le payer cher. Lorsqu'une bataille s'annonçait, elle souhaitait que ses vaisseaux et ses marins possèdent tous les atouts possibles.

Gree craignait que ceux qui les quittaient ne deviennent leurs adversaires, mais Daria n'y croyait pas. Elle espérait que ce ne serait pas le cas.

Troublée, attristée, mais aussi soulagée d'avoir été débarrassée d'un grand fardeau, Daria se tenait fièrement à la proue de la *Nayadine* qui quittait le port, suivie de quatre autres navires de guerre.

Elle découvrit alors un spectacle incroyable. Dans la lueur rosée de l'aurore, plusieurs vaisseaux plus petits s'engagèrent dans leur sillage. Et puis plusieurs autres. Il s'agissait de petits voiliers et de bateaux de pêche, tous capables de prendre la mer, mais dont aucun n'atteignait le vingtième de la taille de la *Nayadine*. Lorsqu'ils s'approchèrent, elle vit qui se trouvait à leur bord.

Des Baju. Par dizaines, par centaines peut-être. Ils suivaient sa flotte.

Ils la suivaient, elle.

— J'en ai vu qui nous écoutaient, révéla Gree.

Il se trouvait à ses côtés, devant le garde-fou, et en dépit de sa perspicacité, Daria ne décela aucune différence dans sa voix ou sa façon de s'adresser à elle. En fait, il semblait même plus respectueux encore qu'auparavant.

— Sur la jetée ? interrogea-t-elle.

Gree hocha la tête.

— Comme ils étaient derrière vous, vous ne risquiez pas de les voir. Ils s'étaient cachés parmi les cages et les filets, Il n'y en avait que quelques-uns, mais ils ont dû remonter en ville et tout raconter aux autres. (Il se mit à rire doucement.) Une Baju. (Il rit de plus belle.) Une Baju est à la tête d'une flotte quandienne!

—Et regardez-moi ça!

D'autres vaisseaux s'élançaient à leur suite, formant une ligne qui s'étendait jusque dans la baie. Au moins une trentaine de petits bateaux les suivaient, à présent.

—Ils viennent à peine d'arriver ici, et ils repartent déjà.

—Peut-être sont-ils fous, suggéra Gree.

—Peut-être le sommes-nous aussi.

Il ne répondit rien. Bientôt, ils obtiendraient la réponse à cette question.

Chapitre 14

Au milieu de la nuit, Yaris Teeg était comme animé d'une vie propre. La vie du bois, de la pierre et des clous en fer ; les craquements et les frémissements que provoquaient le vent et la terre dans les bâtiments construits par les gens ordinaires. Blane, étendu dans son lit, écouta ces bruits nocturnes qu'il connaissait bien, la voix de Yaris Teeg, si discrète que tous les autres bruits de la nuit paraissaient assourdissants. Les autres novices respiraient bruyamment en dormant. Conavar ronflait, comme presque toutes les nuits. On entendait gratter les griffes minuscules des rats et des souris à l'intérieur des murs. Des moutons de poussière et de débris glissaient au ras du sol, poussés par des courants d'air venus de nulle part et de partout à la fois.

Paisible et douce, à la fois solide et fragile, l'obscurité les enveloppait tous.

Blane se passa la langue sur les lèvres pour les humidifier. L'air de Yaris Teeg ne lui avait jamais semblé sec par le passé, mais à présent, il avait toujours soif. Il ouvrit les yeux et observa le plafond, encore étonné par la manière dont la lumière s'attardait désormais devant ses yeux. Quinze jours plus tôt, la pièce lui aurait paru si sombre qu'il aurait à peine pu distinguer les poutres du plafond. Mais maintenant, il voyait les fibres du bois, les toiles d'araignée dans les coins, et les étincelles bleues qui crépitaient dans l'air. Qu'il le veuille ou non, il sentait l'odeur des autres novices sur leurs matelas, et des couvertures sous lesquelles ils sommeillaient. La lessive était prévue pour le lendemain, et Blane trouvait le temps très long.

Il n'avait fait que goûter à la magie, pour le moment. Il l'avait aspirée, reproduisant avec soin les gestes qu'il voyait la reine Phela effectuer, chaque fois qu'elle descendait prendre sa leçon. Chaque nuit, il courait toute une série de risques, à la fois en suivant Phela et les prêtres de l'Ordre Supérieur – dorénavant à son service – ainsi que les Silencieuses qui la protégeaient... mais aussi en touchant la magie elle-même, sans personne pour l'aider si les choses tournaient mal.

Mais avait-il le choix ?

La magie lui picotait la peau. Elle lui asséchait la bouche toute la journée. Elle le rendait nerveux, et même paranoïaque. Il la sentait grandir en lui, comme s'il avait planté une graine dans sa chair et l'avait cultivée ; cependant, il était clair que la magie prenait racine plus vite que n'importe quelle plante.

Blane inspira, la sentit couler en lui, et se dit : *Pas étonnant qu'ils gardent si jalousement ce pouvoir... Et encore, nous n'en connaissons qu'une infime partie !* Lorsqu'ils foulaient encore ce monde de leurs pieds, les Quatre auraient pu accomplir n'importe quoi. Bien entendu. Il s'agissait de dieux, ou d'entités que l'on pensait être des dieux. Ses doutes ne l'avaient pas quitté, et il se demandait si cette distinction faisait vraiment une différence.

Silencieusement, il quitta son lit et sortit en tapinois du dortoir. Dans le couloir, les ombres murmuraient, et en se tournant, il vit une silhouette qui le suivait sans un bruit. Blane aurait dû éprouver de la panique, mais il sourit et se mit à marcher doucement dans le couloir, jusqu'à l'escalier de pierre menant au cellier et aux tunnels. Après avoir descendu deux marches, il se retourna et attendit que la forme le rejoigne.

Dans la pénombre, à peine éclairés par les lampes murales qui jalonnaient le couloir, les yeux de Gemmy luisaient faiblement.

— Tu es debout bien tard, murmura-t-il lorsqu'elle posa le pied sur la première marche.

Gemmy tressaillit, surprise qu'il se soit arrêté. Dans le noir, il devait ressembler à un fantôme.

— Ces derniers temps, tu te lèves très souvent la nuit, expliqua-t-elle. Et tu vas dans des endroits où je parie que tu n'as pas le droit d'aller.

Blane remarqua le rose qui lui montait aux joues et les mouvements nerveux de ses yeux.

— Et toi, tu faisais semblant de dormir… Tu es très douée pour ça.

— Où est-ce que tu vas ? chuchota-t-elle en regardant par-dessus son épaule.

Elle semblait craindre tout autant que lui qu'ils ne soient découverts. Blane jugea que c'était bon signe.

Il remonta d'un cran, si bien qu'une seule marche les séparait encore. Elle le dominait de quelques centimètres et il devait lever les yeux pour la regarder, mais ils étaient assez proches pour qu'en inspirant, il sente la tiédeur de son souffle et le parfum de son corps. Ce souffle prit vie en lui, décuplé par la magie qu'il avait absorbée, et se transforma en un avant-goût d'elle qu'il trouva délicieusement enivrant.

Ainsi, Charin, dieu des Secrets, me permet de plonger dans les siens.

Pendant un moment, il ne put que frissonner et s'efforcer de ne pas rencontrer son regard, craignant l'intimité de l'échange. Lorsque Blane s'était lancé dans cette vaste intrigue, il considérait les autres novices comme ses ennemis, au même titre que tous les prêtres. Et pourtant…

—Tu me fais confiance ? demanda-t-il.

Gemmy sourit, avec un air de fragilité qui ne lui ressemblait pas.

—Que veux-tu que je te dise ? Ça fait je ne sais combien de temps que tu t'éclipses en secret au beau milieu de la nuit…

—Tu me fais confiance ? répéta-t-il.

Elle scruta son regard, puis détourna le sien.

—Oui, je te fais confiance. (Avec un petit soupir, elle releva les yeux vers lui.) Et peut-être plus que ça. Mais j'ai peur, maintenant. Tu ne vois pas ce que je veux dire ? Toutes ces histoires de magie… Nos professeurs – prêtres ordinaires et Ordre Supérieur confondus – passent leur temps à se lancer des regards assassins… La suspicion et l'hostilité règnent, maintenant que la reine a pris le contrôle de la Foi…

—Et… ?

—Ça ne devrait pas se passer comme ça. Je suis venue ici en quête de quelque chose… dans l'espoir de devenir quelqu'un de meilleur. Quoi qu'il doive se passer à présent, ce n'est pas ce que j'avais imaginé.

Blane lui prit la main. Tout en le faisant, il sentit les complications et la confusion que cela risquait de provoquer. Et malgré tout, il serra sa main contre sa poitrine, presque heureux de se trouver face à des problèmes aussi triviaux, par contraste avec sa conscience en pleine expansion.

— Ce n'est pas non plus ce que j'imaginais, confia Blane. Mais le pouvoir n'est jamais conforme à ce qu'il semble être en apparence.

— La Foi ne devrait pas être comme ça, souffla-t-elle.

Il entendait presque le pouls de Gemmy s'accélérer.

— Je ne peux pas te dire pourquoi je suis debout au milieu de la nuit, Gemmy, dit-il. Pas sans te mettre en danger. Les secrets, c'est le meilleur moyen de protéger les gens. Mais tu peux me faire confiance quand même, et te dire que je ne souhaite que ta sécurité et ton bonheur.

Gemmy posa une main sur sa joue. Il sentit les reliefs de sa paume et la peau calleuse de ses doigts, durcis par les longues heures de travail. Le menton rugueux de Blane râpa la main de la jeune femme.

— C'est vraiment tout ce que tu me souhaites ? murmura-t-elle.

Gemmy descendit le rejoindre sur sa marche. Elle l'entoura de ses bras, se plaqua contre lui, et caressa sa bouche de la sienne, doucement d'abord, puis passionnément. Il sentit la sécheresse de ses lèvres, le contact humide de sa langue, et inhala l'arôme complexe que formaient sa peau, son sexe, sa robe… Puis ses propres mains se glissèrent sous le vêtement de Gemmy, et parcoururent ses muscles fermes et ses courbes douces. Gemmy, elle, ouvrit la robe de Blane.

Elle murmura son nom. Lorsqu'il s'adossa au mur et la souleva pour se glisser en elle, ils gémirent à l'unisson. Haletants, ils s'étreignirent, savourant le goût de la sueur, de la peur, de l'abandon au plaisir… et pendant un temps trop court, les questions de confiance furent oubliées. Ce n'est qu'après, lorsque Blane fut étendu, épuisé et tremblant, et Gemmy à califourchon sur lui, que ces interrogations revinrent.

—Je ne suis pas…, commença faiblement Gemmy.

Elle sourit. Elle se frotta un peu à lui, frémissant comme Blane des échos de leurs ébats. Avec un petit rire, elle le prit par le menton et le regarda au fond des yeux, en adoptant une expression plus sérieuse.

—Je ne suis pas amoureuse de toi, ni rien. J'avais juste besoin de… de quelqu'un.

—Tu avais besoin d'un ami, dit doucement Blane.

Il lui donna un léger coup de reins, et elle se mordit la lèvre inférieure. Blane l'embrassa sur la bouche, puis dans le cou, et enfin, ils parvinrent tous deux à reprendre leur souffle. Gemmy posa une main sur son torse et se redressa. Elle se leva pour s'asseoir quelques marches au-dessus de lui, refermant sa robe et resserrant les cuisses.

—Nous avons rompu nos vœux, dit-elle en l'observant.

Blane haussa les épaules :

—Nous les avions rompus dès le premier jour. Et nous sommes amis depuis le deuxième, malgré toutes nos différences.

Gemmy y réfléchit un moment avant d'acquiescer et de se relever.

—Range donc ton attirail et va t'adonner à tes secrets, mon ami. Mais sois prudent. Un soupçon de confiance peut se révéler dangereux sur la colline du Temple, ces temps-ci.

À ces mots, elle se retourna et disparut dans le couloir.

Blane poussa un soupir et se leva. Après avoir remis de l'ordre dans sa tenue, il descendit vers le cellier. Par les tunnels, il emprunta le chemin souterrain qui l'emmènerait au Temple des Quatre. Jusqu'à la pièce bleue comme l'océan. Dans les escaliers secrets. Plus bas, et plus bas encore, franchissant des pièges qui auraient dû le tuer, et des illusions censées le duper. Jusqu'à se trouver en présence des Quatre, près des tombes des dieux défunts, afin d'aspirer la magie dont saignaient encore leurs cadavres ancestraux.

Mais à chaque pas, il sentait encore le goût de Gemmy sur ses lèvres.

Blane avait l'impression que la Salle des Tombeaux le surveillait d'un œil méfiant, comme pour prendre sa mesure. Il n'avait jamais entendu quelqu'un donner un nom à cet endroit, mais en lui-même, il l'avait baptisé ainsi, la Salle des Tombeaux, quoique ces mots ne lui paraissent pas suffire à qualifier la pièce. Il ne s'agissait pas d'une salle, ni même d'une caverne, mais d'une alvéole héritée des ruines de la Première Cité, la ville qui se dressait à cet endroit avant la construction de Lartha. On y devinait des colonnes, des murs à demi effondrés, des édifices de pierre qui semblaient avoir autrefois servi de ponts... Et cependant, les ruines qu'il voyait autour de lui ne pouvaient être rebâties mentalement pour former une cité. On aurait dit que les restes de la ville perdue avaient été rassemblés dans cette caverne par un conservateur désespéré, tandis que toutes les autres traces de cette ancienne société avaient été consciencieusement effacées.

La Salle des Tombeaux respirait. Cela aidait Blane à demeurer calme et posé, à se souvenir des dangers de la magie. Au fond de lui-même, depuis ses testicules jusqu'à son cœur, il piaffait avec une impatience sauvage, brûlant de saisir le pouvoir qu'il sentait crépiter dans l'air autour de lui. L'envie de prendre autant de magie qu'il était capable d'absorber, de se vautrer dans la fournaise que ces étincelles auraient pu devenir, le tentait à chaque instant qu'il passait dans cette pièce. Il avait vu bien des vies détruites par l'épissa, mais le goût de la magie le faisait trembler plus violemment que n'importe lequel de ces drogués.

Mais il n'y succombait pas. Il se contentait de respirer, savourant ces moments, prenant son temps. Blane avait vu Phela se précipiter. Il avait entendu les avertissements de l'Ordre Supérieur. Par conséquent, il mettait un point d'honneur à progresser plus lentement dans ses rituels que ne le faisait la reine. Elle avait des prêtres expérimentés auprès d'elle, de vrais magiciens capables de la sauver si quelque chose tournait affreusement mal. Blane, lui, n'avait que des échos, les étincelles clignotantes de la magie flottant dans l'air, les lueurs impossibles dans les recoins, l'eau venue de la cité qui s'égouttait lentement à travers la pierre au-dessus de sa tête, et les tombeaux de quatre entités, ou divinités, mortes depuis des millénaires.

À genoux dans le bassin, toujours face au voile d'eau – il n'avait jamais osé s'approcher davantage des tombes –, il découvrit son torse et mit ses mains en coupe dans cette onde bleue et limpide. Il étudia un moment sa couleur intense, puis la but d'un trait. Il but une deuxième, puis une troisième fois, avant de s'asperger le visage, se consacrant lui-même. Il fouilla en lui et trouva une oasis de tranquillité, l'endroit où il cultivait la graine de la magie depuis plusieurs semaines. Il se mit à murmurer les paroles du Quatrième Rite, qu'il avait entendues prononcer par Phela la nuit précédente.

— Tu es bien éloigné de ce que j'imaginais.

En entendant la voix, Blane se retourna brusquement. Voulant se relever trop vite, il glissa sur le sol visqueux du bassin et tomba sur les fesses dans une gerbe d'éclaboussures. Un rire léger s'éleva des ombres, et l'espace d'un instant, il crut que les dieux eux-mêmes s'étaient mis à lui parler. Mais presque aussitôt, il se rendit compte de l'ineptie d'une telle pensée. La magie embrouillait l'esprit, tout comme l'épissa.

La femme s'avança dans la lumière clignotante, les ombres lui zébrant le corps. Blane jura entre ses dents.

— Tu n'es pas très agile, n'est-ce pas, esclave ?

Blane parvint à se redresser, sur les genoux du moins.

— Je suis un prêtre. Novice.

Elle agita une main, comme si cette remarque n'était qu'une fumée, facile à dissiper.

— Ah oui, bien sûr. Nous allons donc faire comme si tu n'étais pas baju. C'est une marque de politesse que je n'ai jamais réussi à rendre sincère. Mais de toute façon, tu n'es pas vraiment un novice non plus, si ? À moins que mon Ordre Supérieur ait modifié radicalement son cursus en oubliant de prévenir son apex.

Blane se contenta de baisser les yeux, sans savoir quoi lui répondre. Il avait déjà vu Euphraxia, bien entendu, mais il ne lui avait jamais parlé et ne l'avait jamais approchée de si près. Une dizaine de pensées s'emmêlèrent dans son esprit. Allait-on le mettre en prison ? L'expulser de la Foi en même temps que de l'île principale, comme les autres Baju ? Ou le ferait-elle exécuter parce qu'il en savait trop ?

Puis une autre question s'immisça dans son esprit.

Que faisait-elle ici, toute seule ?

Euphraxia fit un pas supplémentaire vers lui, pénétrant dans le bassin. Des vaguelettes se formèrent autour de ses chevilles tandis qu'elle le fixait du regard.

— Je t'ai parlé, novice.

— Oui, apex.

Qu'aurait-il pu dire d'autre ?

— Je t'ai entendu murmurer, à l'instant. J'ai entendu les paroles d'un rituel que personne n'a pu t'enseigner, à moins qu'une faction renégate au sein de la Foi n'ait entrepris de transformer davantage de prêtres en magiciens sans mon accord. Et je ne vois qu'une seule raison susceptible de les pousser à le faire.

Blane cligna des paupières, comprenant peu à peu la logique de ses propos.

— Non, apex. Ce n'est pas un…
— Un complot.
— Apex, je vous le jure, personne ne sait que je suis ici, à part vous !

Euphraxia s'agenouilla face à lui dans le bassin. L'eau imbiba le tissu fin de sa robe, si différente des vêtements en tissu grossier que portaient les autres prêtres. Ses yeux sombres luisaient d'intelligence et de cruauté.

— Si seulement je pouvais te croire… Je l'aurais peut-être fait naguère, mais on est venu m'espionner jusque chez moi. Il y a eu des meurtres, novice. Des meurtres dans ma propre maison !

— Je ne sais pas de quoi vous…
— Et même si je te croyais, je n'aurais pas le choix. Vois-tu, personne ne sait que je suis là, moi non plus.

La gorge déjà sèche de Blane paraissait maintenant se serrer de plus en plus. Que disait-elle ? Que signifiait toute cette histoire ?

— Pas le choix, répéta-t-il comme en écho.

L'apex fit claquer sa langue.

— Non, dit-elle.

Euphraxia leva une main. Elle fit tourner et danser ses doigts, et ses lèvres se mirent à bouger, parlant si bas que même d'où il était, si près et dans un silence presque complet, Blane ne distingua qu'une syllabe ou deux. Cependant, il connaissait les mouvements qu'elle effectuait, et il reconnaissait ces syllabes. Un frisson le parcourut, un flot glacé de résignation. Il pesta intérieurement, serra les paupières, et lorsqu'il les rouvrit, il découvrit les silhouettes qui venaient d'apparaître dans la caverne. Les Phages. Au nombre de quatre, ils se mouvaient comme des brumes, sans masse concrète. Des armes pendaient le long de leurs hanches, des épées et des dagues qui paraissaient constituées de fumée grise jusqu'à l'instant où ils les touchaient. Les Phages eux-mêmes semblaient disparaître au contact de la lumière et réapparaître lorsque l'ombre aurait dû les cacher aux regards, comme si la luminosité les affectait à l'inverse des êtres de chair et de sang. Peut-être était-ce le cas.

— Je vous en prie, apex, dit Blane en tendant les mains vers elle. Je peux…

Mais qu'aurait-il pu lui dire pour la faire changer d'avis ? La vérité le ferait condamner plus vite que n'importe quel mensonge. Anéanti de chagrin, il comprit que son peuple ne serait jamais libre.

La magie lui picota la peau et crépita dans l'air de la caverne, lui faisant sentir la colère, la curiosité et l'amertume de la femme qui lui faisait face. Mais la magie ne pouvait le sauver. Tout ceci n'avait été qu'une perte de temps, une pantomime alimentant de faux espoirs.

— Tuez-le, ordonna Euphraxia. Et emportez son corps si loin dans les profondeurs que même les Quatre ne pourraient le retrouver.

Les Phages glissèrent vers lui en un flot chatoyant.

— Je vous en prie, non…, murmura Blane.

À présent, c'était aux Phages – aux morts – qu'il s'adressait, car il savait que l'apex était incapable de pitié.

Comme si ces mots avaient réveillé ses membres, il se mit à ramper à reculons dans l'eau, entrant plus profondément dans le bassin qui entourait les tombes. Il sentit une pluie ruisseler sur son dos, et s'aperçut qu'il se trouvait sous le rideau d'eau tombante. Il avait percé le voile liquide qui séparait les tombeaux et leur zone surélevée du reste de la grotte.

Les Phages accélérèrent leur approche. À l'intérieur de son crâne résonna une lamentation sourde, comme s'ils criaient, mais seule la partie la plus ancienne de Blane était capable de l'entendre. Leurs bouches étaient grandes ouvertes et leurs bras tendus, leurs doigts griffant l'air en direction de sa gorge. Euphraxia aurait aussi bien pu s'être volatilisée ; Blane ne lui prêtait plus la moindre attention.

— Non ! hurla-t-il en levant les mains pour se défendre.

Il sentit des vagues remuer en lui, comme une marée de puissance, et fut surpris de voir l'eau se dresser en un mur bleu et limpide, jaillissant du bassin pour le protéger. Les Phages s'y heurtèrent et l'eau les repoussa, se muant en lame de fond pour les projeter une dizaine de pas plus loin. Ils disparurent, mais réapparurent un instant plus tard, plus proches encore de Blane qu'auparavant.

Blane se redressa et recula encore, s'éloignant du voile de pluie.

— Qu'est-ce que tu viens de faire ? s'écria Euphraxia. (Il la vit s'avancer en marge de son champ de vision, à gauche.) Tu as reçu la bénédiction de Dephine ? Elle t'a protégé ?

L'apex croyait que ces satanés dieux s'étaient pris d'intérêt pour lui. Peut-être était-ce une bonne nouvelle ; peut-être Euphraxia aussi s'intéresserait-elle à lui, et déciderait-elle de l'épargner, s'il lui laissait croire que c'était vrai. Mais Blane s'était caché, avait baissé les yeux et courbé le dos trop longtemps face aux riches et aux privilégiés. Il avait senti l'eau jaillir, senti le lien entre lui et la matière du monde qui l'entourait.

C'était lui qui avait fait cela. Pas un dieu, réel ou non.

— Je me suis protégé moi-même, rétorqua-t-il.

Il tendit les bras et marmonna une série de mots, faisant de nouveau s'élever le bouclier d'eau. Il le renvoya s'écraser contre les Phages, sachant que l'effet de surprise qui les avait propulsés en arrière ne fonctionnerait qu'une fois. Mais il existait d'autres éléments, d'autres rituels qu'il avait trouvés dans des livres ou vus effectuer par l'Ordre Supérieur et la reine. Il ne s'en serait jamais cru capable, mais il avait découvert de quels pouvoirs il disposait, à présent, et il les sentait gronder en lui.

Et pourtant, il ignorait encore beaucoup de choses. La magie était bien là, mais pouvait-il l'employer à l'encontre des Phages ? Ils hurlèrent de nouveau dans son crâne, d'une voix surgie des abysses de la mort. Blane en regarda un, dont il voyait qu'il était baju.

— C'est pour toi que je fais ça, dit-il à la créature. Pour nous tous.

Le guerrier phage avait-il hésité ? Peut-être. Mais les autres s'élancèrent de nouveau vers lui, franchissant le temps d'une brève disparition le mur d'eau qu'il érigea pour se défendre. Ils saisirent leurs armes, dont les lames et les pointes devinrent soudain palpables. Blane leur cria de s'arrêter, tenta d'appeler le vent pour les repousser ; il sentit trembler les os de son échine et la terre sous ses pieds, secoués par le réveil d'une magie qu'il n'avait encore jamais connue…

— Ça suffit ! aboya Euphraxia.

Les Phages l'ignorèrent et se mirent à lacérer la robe de Blane. Ils le soulevèrent hors de l'eau et il agita les pieds dans le vide. L'un des Phages brandit une main spectrale, armée d'une lame étincelante.

Euphraxia frappa ses petites mains l'une contre l'autre. Ce son emplit la caverne avec une telle force que l'eau, l'air et la matière qui constituait les Phages en frémirent. Les guerriers lâchèrent Blane, s'éloignèrent de lui à toute allure, et s'alignèrent en un rang parfait, l'air vigilant. Blane retomba dans le bassin. À la fois bouillant de colère et résigné, prêt à mourir, il se remit debout.

Mais les Phages ne l'attaquèrent pas.

L'apex marcha jusqu'à Blane, les yeux plissés, et l'examina.

— Tu es une drôle de créature, commenta la femme qui l'avait condamné à mort peu de temps auparavant. Comment as-tu appris tout cela ? Tu as manipulé la magie, tu t'es exposé au souffle des Quatre, et cependant, tu n'as pas l'air d'être devenu fou. Tu ne baves pas, tes yeux ne sont pas abîmés, pas une goutte de sang ou de magie ne suinte de tes orifices... du moins, pas de ceux que je vois d'ici...

— Des autres non plus, assura Blane.

Il l'observa, lançant de temps en temps un regard aux Phages, attendant que la curiosité de l'apex se tarisse et qu'elle donne le signal de sa mort.

— Malin, aussi, on dirait. Déterminé. La plupart des Baju sont de petites choses brisées.

— Brisées dès la naissance par les gens comme vous, rétorqua-t-il.

Il s'étonna lui-même de son impudence. Mais puisqu'il allait mourir, pourquoi ne pas dire ce qu'il pensait ? Il avait déjà décidé que l'heure n'était plus aux faux-semblants.

— Tu ne m'as pas répondu. Comment as-tu appris...

— La magie ? J'en connais quelques bribes. J'ai appris en voyant Per Ristolo et les autres enseigner les rituels à la reine, toutes les nuits. Je les suis. Ils lui apprennent…

— Ah ! interrompit l'apex avant d'inspirer profondément. Je commence à comprendre, à présent. Ils font son éducation, sans savoir qu'ils sont également en train de faire la tienne.

— On peut dire ça comme ça, dit Blane.

Euphraxia s'approcha de lui, les bras ballants.

— Tu pourrais m'être utile, novice. Un schisme a divisé la Foi.

— Oui, je sais.

— Je m'en doute. As-tu choisi ton camp ?

— Je suis baju.

— Tu es un prêtre de la Foi. Tu as laissé toutes tes affiliations passées derrière toi.

— Et vous, apex ? Avez-vous laissé vos affiliations derrière vous, à l'époque où vous êtes devenue prêtresse ?

— J'avais raison : tu es intelligent. (Euphraxia sourit.) Tu dois donc savoir que la reine Phela a modifié l'édit de sa mère. Elle a sauvé les vies de onze mille baju.

— Mais elle les a bannis. Elle les a expulsés de chez eux, et les a envoyés les mains vides dans le vaste monde, laissant le destin décider de leur sort.

— Donc, tu as bel et bien choisi ton camp.

— Je suis baju. C'est ça, mon camp.

— Mais tu conviendras que nous avons des intérêts communs.

— Pour l'heure, c'est certain, admit Blane. Nous voudrions tous deux voir Phela morte ou emprisonnée, ou bannie à son tour. En dehors de ça, je ne peux rien vous promettre. Mes objectifs risquent de ne pas coïncider avec les vôtres.

— Tu dis cela alors que je pourrais te tuer en un instant. Je ne suis pas sûre de savoir si c'est un signe de bravoure ou de bêtise, mais pour le moment, cela me suffit. Je pense que tu peux m'être utile. Tant que ce sera le cas, je t'aiderai. Pour l'instant, ne change rien à tes habitudes. Apprends tout ce que tu peux. Une époque troublée s'annonce ; la guerre, peut-être. Si cela doit se produire, je te demanderai alors de te mettre à mon service.

— C'est tout ? Vous allez me laisser partir librement ? Et si je courais tout dire à Per Santoger ?

L'apex éclata de rire.

— Tu ne le feras pas.

— Ah bon ?

— Si tu le fais, je te tuerai, ainsi que tous les autres novices entrés à Yaris Teeg avec toi.

Sur un geste de l'apex, les Phages disparurent. Cette démonstration de pouvoir, très désinvolte, glaça le sang dans les veines de Blane, tout autant qu'elle l'excita.

— Va-t'en, maintenant, ordonna Euphraxia.

Elle lui tourna le dos et s'agenouilla dans le bassin, inclinant la tête face aux tombeaux des dieux.

— Ils m'adressent des murmures. J'ai besoin de silence pour les entendre, ainsi que pour leur répondre.

Blane n'hésita pas, même s'il brûlait d'envie d'entendre les murmures qu'échangeaient l'apex et l'entité qui lui parlait. Il savait qu'il avait déjà eu beaucoup de chance, ce soir-là. Il quitta la Salle des Tombeaux et se dirigea vers la surface.

Tout avait changé, mais il lui faudrait encore du temps pour comprendre si ce changement l'aiderait à accomplir ses projets, ou les anéantirait définitivement. Son corps tremblait encore sous l'effet de la magie qu'il avait invoquée ; l'excitation, ainsi que l'énergie crépitante qui courait encore sur sa peau, lui rappelait qu'il avait puisé dans cette réserve de pouvoir à la brillance éblouissante.

Discrètement, secrètement, il venait de choisir un camp dans une guerre qui n'était pas la sienne.

Demos ne se sentait pas en sécurité, malgré toutes les promesses du tavernier. Il était assis sur le sol d'un garde-manger à l'arrière d'une auberge, entouré de toiles d'araignée et d'étagères chargées de denrées non périssables, de fruits en bocaux et de légumes en train de sécher. Le sol était constellé de taches collantes, de grain renversé et d'araignées écrasées ; il y avait aussi un piment shirazi pourri, ainsi qu'un amas de petits points noirs qui ressemblaient dangereusement à des crottes de souris. Il n'avait pas vu de souris pour le moment, mais il songea qu'à mesure que l'heure avançait, elles risquaient fort de faire leur apparition.

Les parois étaient minces. Un tumulte permanent lui parvenait, ponctué par moments d'un rire tonitruant, et une partie de Demos trouvait le bruit réconfortant. Entendre à nouveau rire lui faisait du bien ; il aimait savoir qu'en dépit du chaos, des meurtres et de l'atmosphère de plus en plus oppressante de Quandis, les gens parvenaient encore à oublier leurs soucis. Des pas faisaient craquer le plafond au-dessus de sa tête : l'étage était pourvu de chambres, dont certaines étaient louées pour une longue période et d'autres à l'heure. Demos n'était jamais entré dans la *Taverne de la Queue de Serpent*, mais il connaissait son existence presque depuis toujours. Il n'en avait jamais passé le seuil, car il était le fils du baron Kallistrate, et qu'il était destiné à devenir lui-même baron. Son père l'avait amplement sermonné sur le danger qu'il y avait à enfreindre publiquement les règles de la bienséance. L'ironie lui donna la nausée.

La Queue de Serpent se trouvait sur la berge du fleuve Susk, à la base de la colline du Palais et dans l'ombre du pont des Érudits, le plus vieux et le plus élaboré des soixante-dix-sept ponts que comptait Lartha. Le pont des Érudits reliait la colline du Palais à la colline Cervebois, foyer des historiens et des enseignants du royaume. Demos avait toujours éprouvé beaucoup de respect pour le clan Cervebois. Il se demanda ce qu'ils pensaient de Phela, à présent.

Il changea de position. La paillasse sur laquelle il était assis avait reçu son lot de taches, dont il préférait ne jamais apprendre la provenance. Inconfortable et crasseuse, elle avait déjà vécu bien trop longtemps, et il pensait savoir à quel usage la réservait le patron, ici, dans le garde-manger.

Dépêche-toi, Tollivar, pensa-t-il.

Le jeune garçon était parti depuis au moins quatre heures, et Demos ne savait pas quoi faire pour lutter contre l'ennui et l'anxiété. Dans la taverne à proprement parler, trop de gens reconnaîtraient son visage. Il avait passé deux nuits dans une grange, et à présent, il avait atterri ici. Il aurait pu tenter de frapper à une dizaine de portes différentes, mais il n'avait aucun moyen de connaître les allégeances de ses anciens alliés et amis. Et même s'il pouvait en être sûr, ils avaient tous des serviteurs, des cousins, des voisins. Ici, à la base de la colline du Palais, il se disait qu'au moins, Myrinne n'aurait pas loin à aller. Mais pour cela, il fallait que Tollivar tienne ses promesses. Il fallait que l'esclave de cuisine qui donnait à manger aux chiens errants, derrière le palais, soit effectivement un cousin de l'enfant baju, par le biais d'un métissage que personne ne se risquerait à avouer. Mais Demos avait appris à faire confiance au jeune garçon. Il avait aussi appris qu'il ne savait rien du monde complexe des esclaves quandiens, de leur culture et de leurs relations ; et encore moins lorsqu'il s'agissait des Baju. Il était à la merci de cet enfant, dont il n'aurait même pas remarqué la présence quelques semaines plus tôt.

Parce que tu es un imbécile, se dit-il.

Sur ce point, son esprit tout entier était parfaitement d'accord.

Un grincement et un raclement retentirent derrière la porte du garde-manger, et Demos se figea. Des pas s'approchèrent. Il ramassa le long couteau de cuisine qu'il avait chipé en arrivant. Aussi silencieusement que possible, il s'arracha à la paillasse pour se dresser sur un genou, dans le rai de lumière filtrant par l'interstice entre la porte et l'encadrement.

Le battant s'ouvrit. Il resserra sa main sur le couteau. Il s'attendait à voir Tollivar, mais préférait ne prendre aucun risque. Et effectivement, ce n'était pas Tollivar, mais une belle serveuse souriante, dont les épais cheveux bouclés rebondirent lorsqu'elle se détourna de l'homme qu'elle tirait par la main. Demos perçut la scène très clairement, en un seul instant : la lueur espiègle qui brillait dans ses yeux, le « chut ! » qu'elle glissait à son amant, la paillasse sale sur laquelle il s'était assis, à la disposition de tous ceux qui auraient besoin d'en user…

Éclairée par la lampe miteuse de la cuisine, la jeune fille était belle ; il émanait d'elle une sorte de fragilité. Elle riait, si ravissante qu'il fallut à Demos une seconde de plus pour voir que le chanceux qu'elle traînait par la main portait l'uniforme des gardes.

— Putain de merde, grogna Demos.

La serveuse eut un petit hoquet de surprise et se figea. Le sourire concupiscent du garde s'évanouit et il se renfrogna, irrité d'avoir été interrompu ; cependant, Demos vit son expression changer de nouveau lorsqu'il le reconnut. L'homme plissa les yeux et fit un pas en arrière. Il suffirait que Demos hésite un seul instant pour qu'il donne l'alarme. D'autres gardes le rejoindraient, et Demos redeviendrait esclave, ou mourrait.

La fille poussa un cri aigu lorsque Demos s'élança, la poussa sur le côté et plongea son couteau dans la gorge du garde. Il sentit la lame sale et émoussée percer la peau et les muscles, puis le sang ruissela en un flot qui gicla jusqu'au sol. Demos laissa le couteau où il l'avait planté et se retourna vers la jeune fille. Elle inspira profondément avant de crier, et il se jeta sur elle pour lui plaquer une main sur la bouche. Elle lui griffa les bras et le frappa à la tempe, assez fort pour lui faire desserrer sa main. Elle parvint à amorcer un cri, mais Demos la frappa, la réduisant au silence. Elle heurta des étagères pleines de sacs de grain et de fruits en bocaux, puis tomba à genoux, sous une pluie de grain échappé des sacs déchirés.

Elle prit une nouvelle inspiration. Demos posa un doigt sur ses propres lèvres.

—Chut. Inutile de mourir pour ça.

Sur ce conseil, elle s'immobilisa. Sans lui donner le temps d'y réfléchir, il traîna le garde mort hors du garde-manger et enferma la serveuse à l'intérieur. Ils avaient fait beaucoup de bruit, mais les rires et les conversations animées de la taverne étaient assourdissantes. Cependant, il ne savait tout de même pas de combien de temps il disposait, et il ne devait pas se trouver là lorsqu'une autre personne entrerait dans la cuisine. Le tavernier avait certes accepté de l'aider, mais découvrir un garde mort dans son établissement lui ferait certainement changer d'avis.

Il jeta un regard au couteau de cuisine fiché dans la gorge du mort, puis à l'épée qu'il portait à la hanche. Demos choisit l'épée, déboucla la ceinture de l'homme et la passa à sa propre taille, de manière à faire pendre le fourreau contre sa hanche gauche. Il courut vers la porte de derrière, mais s'arrêta un instant. Par quel moyen pourrait-il laisser un message à Tollivar, afin de permettre au garçon de le retrouver ?

C'est alors que la serveuse se mit à hurler. Demos ne l'avait pas terrifiée autant qu'il l'aurait cru. Il n'avait plus le temps de s'attarder.

Le loquet de la porte résista un peu, mais il parvint à l'ouvrir en forçant pour décoller la rouille. Il émergea brusquement dans la nuit éclairée d'une demi-lune. Dans les ombres derrière la taverne s'élevait un grand tas constitué d'ordures, ainsi que de tables et de chaises brisées. La puanteur s'engouffra dans ses narines, mais il l'ignora et courut vers les arbres qui bordaient la route, les yeux fixés sur l'obscurité qui régnait sous le pont des Érudits. Peut-être y trouverait-il un petit bateau, à bord duquel il pourrait s'échapper par le fleuve.

En cet instant, il ne parvenait à penser qu'à s'enfuir. Il reviendrait chercher Myrinne un jour, ainsi que sa mère, mais il ne faudrait pas longtemps aux gardes pour découvrir le corps de leur collègue. Ils se mettraient alors à fouiller toutes les maisons de fond en comble pour retrouver son meurtrier. Demos était certain que la reine Phela leur accordait une grande latitude.

Les pensées se bousculaient dans son esprit. S'il restait, ils le rattraperaient à coup sûr, et le tueraient peut-être sur-le-champ. S'il partait, il avait au moins une chance de trouver une solution. Cela lui laisserait peut-être aussi le temps d'envoyer un message à Myrinne, ne serait-ce que pour la prévenir de la rébellion fomentée par Euphraxia. En vertu de ces informations, la reine déciderait peut-être de l'épargner.

Un chemin menait à un bosquet d'arbres à flanc de colline. Il courut s'y mettre à couvert, et faillit trébucher lorsqu'il vit deux silhouettes émerger des arbres. À la lueur jaunâtre de la lune, il était vulnérable, sans espoir de ne pas être remarqué. Il tira son épée volée, espérant ne pas avoir à la tacher de sang.

Puis il vit la manière dont galopait la petite silhouette, tandis que la plus grande lançait un regard en arrière, comme si elle craignait qu'ils aient été suivis. Il vit ses enjambées déterminées, et il sut de qui il s'agissait. Il se mit à courir vers elle.

Myrinne le rejoignit sous la demi-lune. Tollivar les supplia à voix basse de se dépêcher, mais Demos la prit tout de même dans ses bras, et elle l'embrassa. Esclave en fuite, il était aussi recherché pour meurtre, et toute la ville connaissait son visage… et malgré cela, il ne s'était jamais senti aussi libre.

Chapitre 15

La ville portuaire de Port-Susk avait vu passer bien des navires au fil des ans, mais jamais quoi que ce soit qui ressemble à l'étrange flottille qui s'approcha du port, ce matin-là. Postée sur le pont de son vaisseau, munie d'une longue-vue, Daria regarda les pêcheurs s'arrêter de décharger leur butin du jour pour regarder, bouche bée, les navires de guerre et l'assortiment de bateaux hétéroclites qui les accompagnait. Les enfants qui s'amusaient sur les quais interrompirent leurs jeux et leurs bagarres pour courir tout au bout de la plus longue jetée, et les contempler d'un air fasciné. De chaque côté de l'embouchure du fleuve, des hommes et des femmes s'amassèrent peu à peu. Daria savait que ce spectacle devait leur paraître menaçant, et elle ne fut pas surprise de voir le régiment en garnison à Port-Susk se mettre en position, le long des quais et du port tout entier. Cachés derrière les fortifications, des artilleurs pointaient sans doute leurs armes sur eux en ce moment même.

Très bien, pensa-t-elle. Il était important qu'ils la voient arriver.

Le vaisseau tangua dans le port, et l'on déroula la chaîne de l'ancre dans un grand bruit métallique. L'équipage courait entre les mâts, occupé à baisser les voiles.

— Prête à débarquer, amirale ? demanda le capitaine Gree en se rapprochant d'elle à grands pas.

Daria referma sa longue-vue et la garda dans la main gauche. Trois marins suivaient le capitaine Gree, et se tenaient à présent au garde-à-vous derrière lui. La seule femme parmi eux mesurait une bonne taille de plus que les hommes. Aussi noire que la lave refroidie, elle venait d'une des îles volcaniques tout à l'est de l'Anneau. Elle s'appelait Sujita, et à l'exception de Demos Kallistrate, Daria n'avait jamais connu de meilleur guerrier, ni de plus loyal. Cela l'encourageait de savoir que des marins comme Sujita étaient demeurés auprès d'elle en dépit de sa révélation. D'autres avaient refusé de servir sous son commandement, mais en vérité, Daria avait cru qu'ils seraient beaucoup plus nombreux. Si Sujita était restée, ce n'était pas seulement par loyauté envers son amirale. Cela signifiait qu'elle croyait en leur combat, ce qui motivait Daria.

— Ce sont les trois que vous avez choisis ? demanda-t-elle.

— Vous avez demandé trois personnes qui savent se battre, mais qui sont assez malignes pour savoir la fermer quand il le faut, répliqua le capitaine Gree. Chez les marins, ces deux qualités-là sont rarement réunies.

Daria les examina de nouveau l'un après l'autre. Près de Sujita se tenait Lorizo, qu'elle savait capable de manier l'épée comme personne, et un troisième marin qui semblait trop jeune pour cette mission.

— Je ne vous connais pas, dit-elle.

Elle interrompit son inspection pour l'étudier de plus près.

— Je m'appelle Hudnall, m'dame. C'est un honneur, m'dame.

Le capitaine Gree sourit.

— Hudnall cuisine pour nous depuis que nous avons quitté le dernier port. Ce jeune homme a un don pour transformer des ingrédients insipides en plats dignes de ce nom. La semaine dernière, je l'ai vu se bagarrer avec Bospur, au mess. Croyez-moi, il se débrouille extrêmement bien.

— C'est vrai, Hudnall ? interrogea Daria.

Le marin – qui ne devait pas avoir plus de dix-huit ans – se dressa bien droit, en évitant son regard.

— C'est pas faux, amirale. Je n'aime pas les bagarres, mais je n'en ai jamais perdu une seule.

— Ça me suffit, déclara Daria.

Elle marcha jusqu'au garde-fou, et contempla les bateaux de pêche et les esquifs dont certains n'auraient jamais dû survivre à un tel voyage. Tous étaient pleins d'esclaves baju, qui ne demandaient qu'à se battre.

— Et ça, alors ? Le fait d'appartenir à une armée à moitié constituée de cette racaille, que la plupart des marins ne remarquent que quand ils ont un pot de chambre à faire vider, ou qu'ils veulent baiser sans que personne le sache ? Vous êtes prêts à vous battre aux côtés de ces Baju ?

Aucun ne répondit, pas même le capitaine Gree. Le vaisseau grinça, une poulie heurta bruyamment le mât de misaine, et les cris des marins au travail résonnèrent dans l'air.

Daria se retourna face à Gree et aux trois marins qu'il avait sélectionnés. Ces trois personnes lui serviraient de garde personnelle lorsqu'elle débarquerait, et elle regrettait amèrement de ne pas mieux les connaître, de ne pas pouvoir se fier davantage à eux. Demos aurait été son premier choix, son bras droit, mais il n'était pas là. *Et que va-t-il penser,* se dit-elle, *quand il apprendra qui tu es ? Va-t-il réagir comme Shawr ? Va-t-il te rejeter ?*

— Vous n'avez rien à dire ? insista-t-elle.

— Nous sommes avec vous, amirale Hallarte, dit Sujita. Hier, aujourd'hui, et demain.

Daria laissa échapper un souffle. Elle regarda Lorizo, qui se contenta d'acquiescer, une main posée sur le pommeau de son épée. Il ne restait donc que le jeune homme, Hudnall, qui murmura quelque chose dans sa barbe.

— Plus fort! ordonna sèchement le capitaine Gree.

Hudnall leva les yeux et regarda Daria.

— Je peux parler franchement, amirale?

— Je vous en prie. Puisque nous devons apprendre à nous connaître les uns les autres, il faut que vous vous exprimiez librement lorsque nous sommes seuls, et que vous gardiez le silence le reste du temps.

Hudnall baissa les yeux vers le pont et haussa légèrement les épaules.

— J'ai moi-même un quart de sang baju.

Gree, Lorizo et Sujita se tournèrent tous vers lui, surpris.

— Un quart, répéta Daria.

— C'était la mère de ma mère, dit Hudnall à voix basse. J'en ai toujours eu honte. (Il lança un regard aux dizaines de petits bateaux amassés autour d'eux, puis revint à Daria.) Jusqu'à maintenant, amirale. Je suis avec vous, quoi qu'il arrive.

Lorizo sourit.

— Je suis un hérétique, amirale. Pas un Pentiste, non, juste un vulgaire athée. Les prêtres de la colline du Temple racontent peut-être beaucoup de conneries, mais au moins, la plupart d'entre eux ont l'air de vouloir le bien de Quandis. Notre nouvelle reine, par contre... Puisqu'elle s'amuse à tuer les nobles, à massacrer ou à bannir toute une race, et à prendre le contrôle de la Foi par la force… Merde! Je n'ai jamais tellement aimé l'idée de la monarchie, de toute façon.

Sujita éclata d'un rire si communicatif que même Daria ne put s'empêcher de sourire.

—Qu'est-ce qu'il y a de drôle? renifla Lorizo d'un air vexé.

—Je ne t'ai jamais entendu aligner plus de trois mots à la suite depuis que je te connais. Je ne pensais pas que tu en connaissais autant, répliqua la grande femme.

Le capitaine Gree fit un pas en avant et fit claquer ses talons l'un contre l'autre, au garde-à-vous.

—S'ils vous conviennent, amirale, il est temps de débarquer. Le canot vous attend.

—Allons-y, dans ce cas, dit Daria. (Son sourire s'était évanoui.) L'heure est venue de découvrir de quel côté se rangera la garnison de Port-Susk.

L'amirale se mit en chemin à la tête de sa nouvelle escorte, choisie parmi les marins qui lui étaient restés fidèles. Depuis sa révélation, elle nourrissait une certaine méfiance vis-à-vis de la flotte, ne sachant pas ce qui pouvait se passer à bord des quatre autres vaisseaux qu'elle commandait. Pour l'instant, il n'y avait eu ni mutinerie, ni désertion; mais ils se trouvaient face à l'île principale de Quandis, à présent. La capitale n'était qu'à un jour de voyage à bride abattue. Si certains regrettaient leur décision, elle ne tarderait pas à le savoir.

—Capitaine, dit-elle en atteignant l'échelle de corde qui descendait vers le canot.

Après avoir hésité un instant, elle glissa une main dans sa veste et en tira une petite enveloppe, cachetée de son sceau de cire bleue. Lorsque Daria reprit la parole, ce fut à voix basse et le dos tourné aux autres, de manière que seul le capitaine Gree puisse l'entendre.

— Est-ce qu'il nous reste un coursier un peu malin, dans cette flotte ?

Réprimant visiblement sa curiosité, le capitaine opina.

— Fissel, sur l'*Aube Royale*. Il est rapide et discret comme une souris, plus futé que la moyenne, et trop laid pour que quiconque ait envie d'examiner bien longtemps son visage.

Daria lui tendit l'enveloppe :

— Donnez ça à Fissel. En main propre, surtout, capitaine. Dites-lui de la livrer à Yaris Teeg, à un prêtre novice du nom de Blane, et à personne d'autre.

— Comptez sur moi.

— À personne d'autre, insista Daria.

Puis elle se mit à descendre l'échelle de corde. Son escorte s'était déjà entassée dans le canot. Son épée et ses autres armes pesaient lourdement à son côté, mais ce poids lui procurait une sensation satisfaisante. Quoi qu'il doive arriver, elle ne pouvait revenir en arrière.

Sujita donna au canot sa poussée initiale, et Lorizo se mit à ramer. On aurait cru que le passage du temps venait de s'accélérer. Les vagues ballottaient l'embarcation, et le soleil brûlant du matin grimpait dans le ciel. Daria contempla, alignés en une file de la largeur du port tout entier, les petits bateaux des Baju qui avaient fui cette île quelques semaines seulement auparavant, et qui revenaient désormais dans ce lieu dont on les avait bannis, vers les vies qu'on leur avait arrachées. Daria ne leur ressemblait peut-être plus, mais depuis le jour où elle avait été battue presque à mort et jetée dans la mer, elle ne s'était jamais sentie aussi profondément baju.

Sur la jetée, ils furent accueillis par une dizaine de modestes pêcheurs, un petit homme empressé qui affirmait représenter le maire de Port-Susk, et environ quarante des soldats en garnison dans la ville. Une autre troupe était en poste de l'autre côté de l'embouchure du fleuve, dans le vieux fort qui y était perché. C'était de là qu'on contrôlait l'estacade qui empêchait les navires d'entrer dans la rade sans autorisation. Et des canons étaient très certainement pointés sur eux derrière ces murs-là également. Daria n'était pas vraiment inquiète ; elle avait donné à ses troupes l'ordre d'armer leurs propres canons. Les cinq navires pourraient réduire en miettes les constructions du bord de mer en quelques minutes, si le besoin s'en faisait sentir.

Daria attendit que le premier des bateaux de pêche aux couleurs délavées vienne se placer derrière son canot. Elle croisa le regard du vieil habitant de l'Anneau qui pilotait l'embarcation, ainsi que d'un Baju vieillissant mais d'apparence redoutable. Elle leur adressa un signe de tête, que les deux hommes lui rendirent. Ce n'est qu'alors que Daria monta sur le quai flottant et se dirigea vers la jetée, en compagnie de Hudnall, Sujita et Lorizo, et suivie de trois Baju sortis du petit bateau de pêche.

Sur la jetée, les pêcheurs reculèrent, laissant le larbin du maire et les soldats les accueillir. La lieutenante de la garnison s'avança, une main négligemment posée sur la poignée de la dague à sa ceinture, comme s'il s'agissait de sa posture naturelle. Puis, semblant se remémorer soudainement le protocole, elle se mit au garde-à-vous et salua.

— Levez l'estacade, lieutenante, commanda Daria.

— Amirale Hallarte… Bienvenue à Port-Susk. (Elle lança un regard aux Baju, l'air déboussolé.) Êtes-vous… êtes-vous revenue en réponse à la demande d'assistance émise par la reine Phela ?

Daria sourit. À sa gauche, Lorizo bougea légèrement, la main à quelques centimètres de son épée.

— D'une certaine manière, oui, répondit-elle. Mais vous paraissez nerveuse, lieutenante. Seriez-vous déroutée par la présence de ces Baju ? Ce serait étonnant, puisque ce sont précisément les mêmes milliers de personnes qui ont traversé Port-Susk dans l'autre sens très récemment, et que vous avez eu l'amabilité d'aider à mettre les voiles. À présent, je vous le redemande : levez l'estacade.

La lieutenante avait rasé le côté gauche de sa tête, et y avait fait tatouer des images de monstres marins du Grand Anneau. À Lartha, on lui aurait retiré son grade et on lui aurait fait creuser des fossés, mais ici, elle dirigeait les opérations.

— Leur présence ne me déroute pas, amirale, répliqua-t-elle. Mais je ne peux que m'étonner de les voir revenir aussitôt après avoir été bannis. Vous savez que la reine a ordonné que tout Baju restant sur l'île principale soit exécuté.

Le moment était donc arrivé.

Daria se dressa de toute sa taille et s'assura de ne pas arborer le moindre soupçon de sourire.

— La mer, les dieux et l'étreinte de la mort m'ont changée, lieutenante… mais je suis moi-même baju. Mes yeux ne trahissent pas mon identité, mais autrefois, ils étaient du même bleu glacier que ceux du reste de mon peuple.

Une vague de murmures courroucés parcourut les soldats et les pêcheurs. L'assistant obséquieux du maire eut un mouvement de recul si brutal qu'il trébucha et bouscula un soldat, qui le repoussa d'un geste dédaigneux. Quelqu'un, dans la foule, la traita de « saloperie de menteuse », mais la majorité des murmures exprimaient l'étonnement, et non l'indignation.

La majorité seulement.

Daria vit quelque chose bouger à sa droite. Un soldat, petit et trapu, s'agenouilla et brandit la petite arbalète accrochée à sa ceinture. Il visa, derrière l'épaule gauche de Daria, le Baju qui se trouvait un peu plus loin. Daria réagit aussitôt, attrapant une étoile de lancer à sa ceinture pour la projeter d'un même mouvement. L'arme siffla dans l'air et atteignit le soldat à la gorge.

Ses yeux devinrent blancs. Il toussa et eut un haut-le-cœur. Lorsqu'il tira sur la lame tranchante qui s'était plantée dans sa chair, son sang se mit à jaillir.

Deux autres soldats s'avancèrent et levèrent leurs arbalètes, mais Sujita s'était déjà élancée. Elle plongea son épée dans le visage d'un des soldats. L'autre se baissa et recula, pointant son arbalète sur Sujita.

Daria sentit un souffle d'air près de son oreille ; une courte lance venait de passer près d'elle pour finir dans le ventre du soldat baissé. Celui-ci s'effondra, et Hudnall suivit le même chemin que sa lance, prêt à achever l'ennemi.

— Attendez ! s'écria Daria.

Elle avait l'épée à la main, et elle savait que Lorizo et les trois Baju étaient également en position de combat, prêts à en découdre.

Il ne s'était écoulé que quelques secondes, mais trois soldats s'étaient déjà écroulés ; deux d'entre eux étaient morts ou mourants, et le troisième grièvement blessé.

— Attendez, répéta Daria en regardant la lieutenante droit dans les yeux.

— Baissez vos armes ! cria la lieutenante.

— Vous n'allez donc pas vous décider à agir ? gémit l'assistant du maire. Elle est là, devant vous ! Elle vient de vous dire qu'elle était baju, et elle les a tous ramenés. La reine…

Un soldat à la carrure impressionnante couvrit tout le visage de l'homme d'une main énorme, et le poussa en arrière. L'homme se mit à faire de grands moulinets avec les bras, et tous s'écartèrent. S'il n'était pas tombé en s'assommant sur la jetée, il aurait continué à tituber jusqu'à finir dans l'eau.

— Il n'a pas tort, reprit un autre soldat. (Avec un rictus mauvais, il regarda la lieutenante.) Une sale putain baju arrive, et on est censés l'accueillir au garde-à-vous ? Coupez-lui donc la tête, et Sa Majesté vous donnera une médaille.

La lieutenante regarda ses hommes à terre. Elle examina le trio de marins qui entouraient Daria, les Baju qui étaient montés avec eux sur la jetée, puis les navires de guerre et la longue file d'embarcations de toutes sortes, ramenant chez eux les esclaves exilés.

— Eh bien, amirale…, reprit la lieutenante. Veuillez excuser les plus impulsifs de mes hommes, mais c'est vrai que vous me mettez dans une position délicate. Je devrais vous mettre aux fers et vous livrer directement à Lartha. Ou bien je pourrais gagner du temps, et vous tuer sur-le-champ.

— Vous pourriez essayer, nuança Daria.

La lieutenante s'agita, nerveuse.

— Que faites-vous ici, amirale, si vous n'êtes pas venue aider la reine à contenir les troubles qui agitent la capitale ?

Daria aimait bien les tatouages monstrueux sur son crâne, et la façon dont les cheveux qu'il lui restait tombaient en un rideau dentelé de l'autre côté de son visage. Elle aimait la lueur de malice qui brillait dans ses yeux.

Elle n'avait pas envie de tuer cette femme.

— La reine Phela s'est déclarée chef de la Foi, dit Daria. Elle réduit au silence tous ceux qui s'opposent à elle, en les intimidant, en les tuant ou en les emprisonnant. Elle a exécuté des membres de l'aristocratie, entre autres, et elle piétine des générations de traditions et d'usages. Nous sommes venus…

— Traîtresse ! Salope baju ! hurla le soldat qui voulait lui faire couper la tête.

Il se rua en avant, tirant une dague de sa ceinture.

Daria leva les yeux au ciel et se prépara à se défendre, mais avant qu'elle n'ait eu besoin de bouger, la lieutenante fit un croche-pied au soldat et le poussa pour faire bonne mesure. L'homme dégringola de la jetée. Il heurta la rampe et cria de douleur avant de tomber dans l'eau.

— Quelqu'un d'autre a envie d'agir sans attendre mes ordres ? cria la lieutenante.

Tournant le dos à Daria pour faire face à ses troupes, elle ramassa une arbalète lâchée par un soldat, vérifia qu'elle était bien tendue, marcha jusqu'au bord de la jetée, et tira sur l'homme qu'elle venait de pousser dans l'eau. Le carreau l'atteignit dans l'œil.

— D'autres amateurs ? Allez-y, c'est gratuit.

Il n'y eut pas d'autres amateurs.

La lieutenante se retourna vers Daria. Bien qu'on ait pu entendre la colère percer dans sa voix, elle respirait encore lentement et calmement, et Daria devina que les battements de son cœur s'étaient à peine accélérés.

— Donc… Quelles sont vos intentions ? demanda-t-elle.

La tension faisait vibrer l'atmosphère, mais Daria conserva une apparence imperturbable.

— J'ai avec moi cinq vaisseaux de guerre et leurs équipages, dit-elle, de même qu'un millier de Baju exilés revenus se battre. Je constate une grande diversité au sein de vos troupes : des peaux plus ou moins sombres, des soldats de Quandis et d'autres de l'Anneau, et même quelques-uns dont les ancêtres venaient d'ailleurs. Mais ces différences-là n'ont aucune importance. Nous sommes tous les mêmes, car nous voulons tous être libres, et gouvernés par un souverain qui respecte sa position plutôt que d'en abuser. La mère de la reine Phela est devenue folle, et sa fille semble avoir hérité de son mal. Quandis est en plein bouleversement. Nous ne sommes pas venus pour éteindre les étincelles de la rébellion contre Phela, mais pour en attiser la flamme.

Les yeux malicieux de la lieutenante brillèrent, et elle sourit à Daria.

— Par les enfers, amirale... pourquoi ne l'avez-vous pas dit plus tôt ?

La lieutenante se tourna alors vers sa garnison. Quelques-uns grommelaient, mais la plupart murmuraient et hochaient la tête en signe d'assentiment.

— Martyn ! cria-t-elle à un sergent ventripotent.
— Oui, lieutenante ?
— Levez l'estacade.

Lorsqu'il tenait la main de Myrinne dans la sienne, Demos était prêt à considérer presque n'importe quelle idée comme la bonne. Quand elle l'embrassait et qu'il respirait son parfum, quand il enfonçait ses doigts dans ses cheveux, le courage lui revenait et l'espoir emplissait son cœur. Il se tenait plus droit ; les bleus et les blessures qu'il avait reçus en tant qu'esclave ne le faisaient plus autant souffrir. Mais même aveuglé par l'assurance de Myrinne, il avait tout de même l'impression qu'elle était sur le point de les faire tuer tous les trois.

Ils avaient passé la plus grande partie de la nuit dans un moulin à vent à la base de la colline du Palais, juste en face de la taverne où Demos avait poignardé un garde, de l'autre côté du pont des Érudits. Toutes les fibres de son être lui hurlaient de quitter la cité, d'emprunter le fleuve d'une manière ou d'une autre et de se laisser porter jusqu'à Port-Susk. Dans son état actuel, celui d'esclave marqué et de fugitif, l'amirale Hallarte n'accepterait jamais de le reprendre dans sa flotte, mais il savait que les capitaines pirates cherchaient toujours de nouvelles recrues, et la moitié d'entre eux étaient marqués au fer rouge, eux aussi. C'était une petite plaisanterie qu'il se faisait à lui-même, bien qu'enfant, il ait rêvé de se faire pirate. La réalité ressemblait plus à un cauchemar.

Myrinne lui avait appris la mort de sa propre mère. Elle n'avait cessé de décliner depuis l'exécution du père de Demos et la mort de Cyrus, et quoiqu'elle ait été bien traitée au sein du clan Daklan, elle avait tout simplement dépéri. Le chagrin l'avait emportée. Demos ne fut pas surpris de cette nouvelle, car en vérité, il s'était attendu à l'apprendre tous les jours. Mais il avait tout de même pleuré dans les bras de Myrinne. On lui avait tant volé. Tant de gens qu'il aimait.

Au moins pouvait-il essayer de réparer les choses.

— Mon amour, dit Demos avec autant de douceur qu'il en était capable. Je pense que c'est une très mauvaise idée.

Myrinne le tira par la main, et ils continuèrent à marcher. En dehors des murs du château à proprement parler, la colline du Palais grouillait de vie. Des courtisans et des riches marchands, qui n'étaient pas membres d'un des Cinq Premiers Clans, avaient couvert la colline de somptueux manoirs empilés – parfois littéralement – les uns sur les autres. Des nobles venus de pays étrangers vivaient à l'ombre du palais, séjournant à Lartha pour entretenir de bonnes relations avec la Couronne de

Quandis et pour négocier des accords commerciaux. Entre les demeures et les auberges, on trouvait une multitude d'échoppes tenues par des couturiers, des chapeliers, des bijoutiers ou des boulangers. Myrinne et Demos marchaient main dans la main ; elle portait une sorte de voile, qu'arboraient parfois les jeunes filles de familles très pieuses, et lui une robe à capuchon de diplomate kolbarite, volée dans la calèche d'un homme pendant que son chauffeur l'aidait à rentrer chez lui, après sa promenade matinale.

Tollivar avait promis de les retrouver là où ils devaient se rendre. Demos ignorait comment le jeune garçon comptait gravir la colline du Palais sans se faire remarquer. Naguère, il aurait été facile pour un enfant baju de se déplacer sans être vu ; mais désormais, sa présence serait source de stupeur pour toute personne qui poserait les yeux sur lui. En quelques semaines, le monde avait changé. Au Temple des Quatre, Tollivar aurait été en sécurité, mais partout ailleurs dans la cité, il serait tué par le premier garde qu'il croiserait.

Le temps avait viré au gris, et la température baissait à mesure que la matinée avançait. Dans une rue étroite, près du sommet de la colline, ils passèrent devant la boutique d'un tailleur et le studio d'un portraitiste, dont la mère avait autrefois peint le père de feu la reine Lysandra, le roi Bejin. Du moins, c'était ce qu'affirmait le panneau placé dans la vitrine. Quelques pas plus loin, près du bout de cette charmante ruelle, Demos s'arrêta et se retourna vers Myrinne.

—Tu ne peux pas continuer à ignorer mes remarques.

Myrinne coinça une mèche de cheveux derrière son oreille. Il distinguait la forme de son visage à travers son voile de dentelle bleu ciel.

— Je t'aime, répondit-elle. Mais tu dois me faire confiance. C'est le seul moyen.

Il se rapprocha d'elle.

— Nous devrions déjà être en train de fuir, murmura-t-il.

— Impossible.

— Pourquoi ?

Myrinne serra ses mains dans les siennes et scruta son regard.

— Ma sœur est en train de détruire la ville. Le reste de la nation suivra. Quelqu'un doit absolument l'arrêter.

— Et il faut que ce soit nous ?

— Je n'en suis pas encore sûre. Je sais que c'est moi qui ai suggéré la première que nous fuyions tous les deux, mais si nous voulons avoir une chance de quitter Lartha vivants et ensemble, nous avons besoin de gagner du temps. Et pour cela, tu dois aller voir la reine et lui dire tout ce que tu sais. Je n'ai pas confiance en elle, mais je crois en sa fureur. Et cette fureur doit être dirigée ailleurs que sur nous.

Demos soupira.

— Je comprends ta logique. Même si je crains qu'elle ne soit plus du genre à suivre les règles dictées par la raison.

Myrinne ne prit pas la peine de lever son voile avant de l'embrasser. La dentelle empêcha leurs lèvres de se toucher, mais le contact rugueux du tissu fit frissonner Demos. Cela faisait trop longtemps qu'il n'avait pas suivi de ses mains les courbes du corps de Myrinne. La reine Phela le ferait peut-être exécuter, au bout du compte, mais en cet instant, il pria Anselom de lui permettre de faire l'amour à Myrinne une dernière fois, avant de mourir.

On entendit un bruit de roues sur les pavés, et un cheval souffla derrière eux. Demos et Myrinne s'écartèrent de son chemin. Demos tourna le dos à la calèche en espérant qu'il ne s'agissait pas de celle du diplomate kolbarite. Il n'aurait plus manqué qu'il soit arrêté à cause d'une robe volée, plutôt qu'en raison de son identité ou du meurtre d'un garde.

Mais la calèche poursuivit sa route. Demos sourit à Myrinne, et ils se remirent à marcher derrière le véhicule, comme s'ils faisaient partie de l'entourage du propriétaire. La calèche cahota bruyamment jusqu'au bout de la rue, puis tourna vers le bas de la colline. Demos et Myrinne, eux, prirent la direction du sommet. Ils ne pouvaient plus se cacher, à présent. Il se mit à pleuvoir légèrement, et un vent frais balaya la rue, beaucoup plus large que la précédente. Dans le petit poste de garde, près du portail du palais, se trouvait une soldate. Quatre autres gardes se trouvaient à proximité, mais deux d'entre eux étaient occupés à surveiller la foule hétéroclite qui s'amassait toujours à gauche de l'ouverture. Les sujets de la reine se présentaient là par dizaines pour exprimer des demandes diverses, implorer son pardon ou son aide.

Et c'est précisément ce que je suis venu faire, pensa Demos.

Un enfant, vêtu d'une veste si démesurément grande qu'elle en devenait comique, émergea en courant du groupe de citoyens. Une casquette de pêcheur était vissée sur sa tête, dissimulant entièrement ses cheveux. Tandis que la pluie s'intensifiait et que le garçon se précipitait vers eux, Demos s'aperçut qu'il s'agissait de Tollivar. Il sourit, même s'il n'était pas vraiment surpris que ce petit bougre débrouillard soit parvenu à monter jusqu'ici sans être découvert.

Un garde au visage buriné, dans un uniforme délavé, se dirigea vers eux d'un air hostile. Il n'avait pas mis la main à son épée, mais ce n'était manifestement pas l'envie qui lui en manquait. De sa main gauche, Demos recouvrit la marque sur son autre main.

—Allez faire la queue comme tout le monde, aboya le garde en désignant la foule.

Myrinne ôta son voile et le laissa pendre au bout de ses doigts à son côté.

—Ouvrez les portes, sergent.

Elle ne s'était même pas arrêtée de marcher, avançant tout droit vers le garde vieillissant. Les deux hommes qui surveillaient la foule ne leur prêtaient pas attention, mais la femme sortit du poste de garde. Son autre collègue et elle vinrent se placer devant le portail, posant ostensiblement les mains sur le pommeau de leurs épées.

Des épées.

Merde! Demos avait complètement oublié l'épée du garde qui pendait, dans son fourreau, à sa ceinture. Il sentit son visage s'empourprer, mais garda la tête baissée, se cachant du mieux qu'il pouvait sous son capuchon volé.

—Princesse Myrinne? s'exclama le vieux garde.

—Je suis heureuse que vous m'ayez reconnue. Cela va beaucoup simplifier les choses. Ouvrez les portes.

—Pour vous, bien entendu, répondit-il. Mais vous savez mieux que personne ce que dit la loi de la reine quant à l'entrée dans le palais.

Ç'aurait été trop beau, songea Demos. *Ça devait forcément se terminer comme ça.*

Il repoussa son capuchon et écarta sa cape pour révéler l'épée à son côté. Le garde jura et dégaina sa propre lame.

—Kallistrate, cracha l'homme.

Sa voix était emplie de haine, mais dénuée de surprise. Pourquoi aurait-il été surpris, alors qu'à ce stade, toute la ville devait savoir qu'il s'était échappé de la demeure de l'apex?

Demos leva calmement les mains.

— Sergent, je pense qu'aucun de nous deux ne veut mourir aujourd'hui, mais si vous vous approchez de moi ou de la princesse, je vous trancherai la tête. Je ne suis pas entièrement sûr de pouvoir vous tuer tous les cinq, mais je sais en revanche que c'est vous qui mourrez en premier. (Il désigna le plus grand des deux gardes postés devant la porte.) Et lui en deuxième. Sans doute un de plus après cela, mais j'ignore lequel ; je suppose que cela dépend de vous.

— Tais-toi, imbécile, lui lança Myrinne avec impatience.

Demos la regarda en fronçant les sourcils, voulant se convaincre que c'était l'amour qui parlait.

— Je n'ai même pas sorti mon épée, protesta-t-il.

Les gardes devant la porte avaient tiré les leurs, cependant, et les deux autres qui surveillaient les citoyens amassés venaient enfin de remarquer ce qui se passait, et commençaient à s'approcher.

Myrinne tendit la main vers Tollivar et le tira vers elle. Elle lui arracha son chapeau, dévoilant ses cheveux blonds, ainsi que ses yeux d'hiver.

— Que faites-vous, princesse ? s'exclama le sergent.

Il semblait désormais incertain, presque hagard.

— Je rentre chez moi, en compagnie de mon fiancé et d'un nouvel ami.

— Un enfant baju ! marmonna l'un des gardes. Qu'est-ce que…

Le sergent parut soudain s'apercevoir qu'à la façon dont il brandissait son épée, on aurait pu croire qu'il avait l'intention d'attaquer la princesse. Le doute creusa des rides sur son front.

— Demos Kallistrate est un esclave en fuite, recherché pour le meurtre du praejis de l'apex Euphraxia. Il y a eu un autre meurtre hier soir, dans une taverne au pied de la colline, ajouta le sergent. Un témoin a décrit l'assassin. Nous pensons qu'il s'agit de… votre fiancé. Et l'épée qu'il porte à la ceinture a achevé de m'en convaincre.

Myrinne poussa légèrement Tollivar. Le jeune garçon perdit l'équilibre et tomba contre Demos, qui dut le rattraper. Sans arme, Myrinne s'approcha du garde, sa haute taille obligeant l'homme à lever les yeux vers elle.

— Je vous ai vu devant cette porte des centaines de fois, sergent, mais je ne connais pas votre nom.

Désarçonné, ne cessant de lancer des regards vers Demos, le sergent resserra sa main sur son épée.

— Rokai, princesse.

— Sergent Rokai. Je vais me montrer on ne peut plus claire.

Elle regarda les autres gardes par-dessus son épaule. Parmi les citoyens agglutinés près des portes, beaucoup s'étaient levés pour se rapprocher, tout en prenant garde de se tenir hors de portée d'épée au cas où une bagarre éclaterait.

— Je suis la fille de Lysandra, la petite-fille de Bejin et la sœur de la reine Phela, qui désire entendre au plus vite ce dont mon fiancé, Demos Kallistrate, voudrait lui faire part. La reine est à la tête de la Foi, à présent ; l'apex devra donc s'adresser à elle afin de régler la question de Demos et de sa prétendue qualité d'esclave. Et quels que soient les crimes dont vous l'accusez, n'est-ce pas à la reine de déterminer s'il est innocent ou coupable ?

Déconfit, le sergent regarda par terre, comme si la réponse l'attendait là, entre les pavés.

— Là, elle vous a eu, commenta Demos.

Tollivar lui donna un coup de coude dans le ventre. Demos souffla, mais se tut.

— N'est-ce pas ? insista Myrinne.
— En effet, admit le sergent.
— Dans ce cas, laissons-la en décider, une fois qu'elle aura écouté ce qu'il a à dire.

Le sergent Rokai secoua la tête :

— Princesse, je suis désolé, mais je ne peux pas…

Myrinne pivota, rapide comme l'éclair, et s'empara de l'épée à la ceinture de Demos, qui ne parvint pas à la retenir. Elle se retourna vers le sergent abasourdi. Le garde tenta de se défendre, mais la princesse était trop rapide. Elle s'élança, para aisément, et plongea son épée dans le côté du cou du sergent, où son armure ne pouvait le protéger.

— Par les dieux, Myr, mais qu'est-ce que tu fais ? cria Demos.

Ses paroles se perdirent dans le tumulte qui s'élevait de la foule et des gardes.

— On va tous mourir, murmura Tollivar.

Myrinne ne fit même pas un pas en arrière. Au lieu de cela, elle brandit l'épée ensanglantée en direction des autres gardes, tandis que leur sergent gisait au sol, mort.

— Le sergent Rokai a désobéi aux ordres exprès d'une princesse de la Couronne, dit-elle. Je suis Myrinne de Quandis. Le Sang des Quatre coule dans mes veines. Cet homme et ce jeune garçon sont sous ma protection. Je vous demande maintenant, et pour la dernière fois, de m'ouvrir ces putains de portes.

Et ils ouvrirent les portes.

Chapitre 16

En tant que reine de Quandis et chef de la Foi, Phela ne pouvait jamais laisser apparaître le moindre doute quant à ses décisions, ni le moindre soupçon de faiblesse ou d'incertitude. La Foi s'était divisée en deux presque aussitôt lorsque Phela avait annoncé que la Couronne gouvernerait désormais l'ordre des prêtres. La nouvelle avait été relayée tout au long de la hiérarchie, des membres de l'Ordre Supérieur aux prêtres ordinaires et aux novices, depuis le Temple des Quatre jusqu'à Yaris Teeg. Per Stellan avait été sa meilleure source d'informations quant aux querelles de loyauté qui déchiraient le clergé. La femme borgne, originaire de l'Anneau, avait fréquenté des pirates, des Pentistes et des athées, et sa foi était demeurée intacte. Per Stellan croyait Phela lorsqu'elle disait que le Sang des Quatre coulait dans ses veines, et qu'il lui donnait le droit de régner sur le Temple des Quatre. Elle approuvait son ambition d'utiliser la magie pour rendre sa grandeur véritable au pays, en signant des traités de paix avec les nations étrangères, en imposant des accords commerciaux favorables et en étendant leur influence… le tout facilité par la terrible puissance qui étayait tout ce que disait et faisait Phela. Grâce à Per Stellan, la reine savait donc que des factions s'étaient formées, que des amis étaient devenus ennemis, et quels prêtres de l'Ordre Supérieur s'étaient prononcés contre elle ou avec elle.

Les conflits et le chaos faisaient rage, mais ces troubles ne dérangeaient pas Phela. En réalité, elle les trouvait même assez opportuns, alors qu'elle travaillait à consolider son pouvoir. Elle croyait fermement à ses actes et à ses objectifs, concentrée sur ses ambitions et leurs résultats. Au bout du compte, Quandis en sortirait plus forte.

Ses doutes et ses incertitudes n'étaient que des rêves.

Cependant, il s'agissait de rêves palpables et audibles, qu'elle sentait sur sa langue et dans ses narines ; et elle savait que si elle en parlait à l'apex, à Per Ristolo, ou même à Dafna la Voix, ils lui diraient des choses qu'elle ne souhaitait pas entendre. En s'aventurant dans les profondeurs, jusqu'au Mur des Quatre – ce lieu enfoui où elle s'était rendue de nombreuses fois, mais qu'elle avait étudié beaucoup moins longtemps qu'elle ne l'aurait dû –, elle trouverait des réponses aux doutes qui se présentaient à elle dans son sommeil. Dans ses rêves.

Dans ses rêves, Lartha avait été dévastée. Ses sept grandes collines avaient été fendues par de violents séismes, et les bâtiments s'étaient écroulés ou avaient brûlé. La Flèche du Sang avait été brisée à mi-hauteur, et sa moitié supérieure était tombée en miettes sur la colline du Palais, comme autant d'éclats de sang gelé. Une odeur de putréfaction flottait sur la cité déchue, comme si toute sa population était allée se réfugier dans les caves et y était morte. Un vent terrible venu du Nord soufflait sur les ruines, y déposant lentement, très lentement, une pellicule de glace luisante, qui finirait par cacher sa cité aux yeux de Phela. Peut-être le vent serait-il suivi de neige, qui ensevelirait ces tristes vestiges sous un hiver de plusieurs siècles. L'eau ruisselait tout en bas de la cité, charriant les déchets d'un pays mourant :

des bateaux renversés, les cadavres gonflés du bétail, les poutres disloquées des bâtiments détruits, des arbres déracinés, le tout mélangé en un funeste ragoût.

Dans la cité, derrière les ombres et sous les lieux où les morts entraient en pourrissant dans l'histoire, des créatures brumeuses remuaient, inconnues et inconcevables, promettant l'avènement d'une indicible horreur.

C'était toujours à ce moment-là que Phela se réveillait. En nage, lâchant des jurons et les poings serrés, elle se raccrochait de toutes ses forces à la journée qui commençait.

Cinq fois, elle avait été victime de ces cauchemars, toujours dans la nuit suivant une descente aux tombeaux. Elle n'en avait parlé à personne. Elle gardait cela pour elle, car elle était reine de Quandis et chef de la Foi, la personne la plus forte et la plus importante du pays. Et bientôt, elle aurait accès à la magie des Quatre dans son intégralité, et elle deviendrait la Reine Éternelle. Ces rêves n'étaient qu'une manière pour son esprit de s'ouvrir, et d'intégrer l'énormité de ce qui lui arrivait. Ils représentaient ce qu'elle aurait pu faire subir au monde, si elle l'avait souhaité.

Elle ne voudrait jamais faire subir un tel sort à Lartha et à Quandis. Tout ce qu'elle faisait, c'était pour le bien du pays et de son peuple, et elle savait que sa mère serait fière d'elle.

— Vous avez l'air fatiguée, Majesté.

La voix de sa sœur arracha brutalement Phela à ses pensées. Elle se saisit d'un verre de vin et en avala une lampée, masquant son expression et se donnant le temps de reprendre ses esprits. Des étincelles lumineuses dansaient devant ses yeux. Elle entendait la respiration des souris, les battements d'ailes d'une mouette qui survolait la ville, l'odeur d'un plat vendu dans la rue à plus d'un kilomètre de là, ainsi que la puanteur, plus proche et plus animale, de la trahison.

— Kallistrate, dit-elle.

Elle se retourna pour poser les yeux sur Demos Kallistrate et sa sœur, Myrinne.

— Vous êtes sûre que vous n'êtes pas malade? demanda celle-ci.

— Malade? répéta Phela. Je ne me suis jamais sentie aussi bien.

Elle les détailla des pieds à la tête. Demos avait du sang séché sous les ongles, ainsi qu'en travers de la joue. Elle s'était attendue à la vue de la marque d'esclave sur sa main, mais elle en fut tout de même ébranlée; c'était une souillure entachant l'aristocratie, et pas seulement sa famille. Il portait une robe kolbarite, manifestement volée, et une épée pendait à sa ceinture. Le sang sur la main de Myrinne, lui, était frais.

— Ce n'est pas ton sang, fit remarquer Phela en désignant Myrinne du menton. C'est du sang de roturier.

— Est-ce que nous sommes seuls? voulut savoir Myrinne, sans répondre au commentaire de Phela.

Celle-ci s'en agaça un instant, mais elle décida d'oublier son irritation. Elle allait laisser Myrinne se comporter familièrement avec elle encore un petit moment.

— Nous sommes seuls, confirma Phela. Mais il faut que je vous le demande: comment êtes-vous arrivés jusqu'ici, tous les deux?

Myrinne balaya la pièce du regard comme si elle ne l'avait jamais vue auparavant. Quelque chose avait changé dans les yeux de sa sœur, remarqua Phela. Elle y lisait le poids nouvellement acquis de l'expérience, une force qui s'accompagnait d'un soupçon de chagrin. Myrinne observait les tableaux et les sculptures disposés dans la salle. Il s'agissait d'un lieu historique, que les rois et les reines utilisaient traditionnellement pour s'adonner à la méditation et à l'introspection, sous le regard bienveillant de leurs ancêtres. Les portraits des grands hommes et des grandes femmes qui avaient marqué la longue histoire de Quandis leur prêtaient, aimait-on à croire, un peu de leur sagesse. Phela avait pris l'habitude de se rendre dans cette pièce une fois par jour, car elle était certaine d'ajouter un nouveau chapitre capital à l'histoire du pays, et que ceux qui l'observaient de leurs yeux peints ou minéraux seraient fiers de ce qu'elle allait accomplir. Et s'ils n'étaient pas fiers, elle était sûre qu'ils éprouveraient au moins du respect à son égard.

— Vos gardes sont aisément aveuglés par les exigences royales, répondit Myrinne. (Elle reposa enfin les yeux sur Phela.) Vous avez vraiment changé, je vous assure.

— En effet, répliqua Phela. Je gouverne Quandis comme elle aurait toujours dû être gouvernée.

— C'est-à-dire ? interrogea Demos.

La reine Phela l'examina de nouveau des pieds à la tête et ignora sa question.

— Il a des choses à vous annoncer, reprit Myrinne. Il a accompli le travail que vous lui aviez confié, en écoutant ce qui se passait dans la demeure de l'apex.

— Bien, dit Phela. On dirait cependant que vous n'avez pas eu besoin que je vous fasse relâcher.

— J'ai été obligé de m'enfuir, dit Demos. J'avais entendu trop de choses.

— Quelles choses ?

Il fit passer son poids d'un pied sur l'autre, nerveux. Phela sentait l'inquiétude émaner de lui par vagues, et se demanda ce qu'il avait vécu dans la demeure d'Euphraxia.

— Si je vous le dis, vous tiendrez votre promesse ? Vous me libérerez, et me permettrez…

— Vous osez négocier avec la reine ? l'interrompit Phela.

Elle s'exprimait d'une voix sonore, chargée d'un pouvoir magique qu'elle sentait courir dans tout son organisme, crépiter dans son cerveau et aiguiser ses sens. Elle entendit quelque chose vibrer bruyamment, et un murmure de poussières qui tombèrent doucement lorsque les sculptures s'agitèrent sur leurs socles.

Demos fit un pas en arrière, les yeux écarquillés. Phela constata avec une certaine admiration que Myrinne n'avait pas bougé ; mais elle vit la peur monter dans les yeux de sa sœur.

Que voient-ils donc dans les miens ? se demanda-t-elle.

— Majesté, reprit Demos en baissant la tête. Jamais je n'oserais négocier avec vous.

— Mais l'accord initial tient toujours, ajouta Myrinne. Il a espionné pour vous, vous pouvez donc le libérer.

— Il me semble qu'il est déjà libre.

— Vous savez bien ce que je veux dire, ma sœur. Demos et moi ne nous sentirons jamais en liberté, à Lartha, à moins qu'il ne soit officiellement affranchi.

La reine Phela haussa les épaules. Tout ceci devenait lassant, et elle avait besoin d'apprendre ce que Demos avait à lui raconter. Elle avait le sentiment – non, la certitude – que cela influerait sur les événements en cours. Elle était déjà persuadée qu'Euphraxia préparait une rébellion, mais elle allait peut-être en recevoir la confirmation.

— Dites-moi ce que vous avez entendu, ordonna-t-elle.

— Majesté, j'ai entendu l'apex conspirer contre vous avec une prêtresse de l'Ordre Supérieur, annonça Demos.

Le cœur de Phela s'assombrit.

— Quelle prêtresse ?
— Je ne la connais pas, mais j'ai entendu Euphraxia l'appeler par son nom : Per Gherinne.

La colère flamba dans la poitrine de Phela. Per Gherinne, qui s'était prétendue loyale, aux côtés de Per Ristolo et Per Stellan ; qui savait ce qu'il lui arriverait, ainsi qu'à sa sœur et à sa famille, et à tous leurs parents. Cette garce avait trahi sa reine.

Per Stellan n'était donc pas au courant de tout. Puisqu'elle venait d'arriver de l'Anneau, ce n'était pas très étonnant ; mais cela agaça tout de même Phela. Pendant que Demos lui rapportait tous les propos qu'il avait surpris, elle sentit la rage monter en elle, et le feu de la magie brûler au creux de son ventre.

Lorsqu'il eut terminé, Phela était tout près de s'embraser.

Elle frémit, et la fureur vibra le long de ses muscles et de ses os. Elle sentait un grand pouvoir au fond d'elle-même, mais Phela était assez raisonnable pour le maîtriser. Elle le berça, l'apaisa par ses murmures intérieurs, comme une mère chantant pour endormir son enfant. Elle n'avait pas encore besoin de s'en servir, et il était préférable d'attendre qu'il soit entièrement formé, parfaitement absorbé, avant de révéler toute son étendue.

De plus, elle était reine. La magie n'était pas le seul pouvoir à sa disposition.

— Shome, dit-elle.

La Silencieuse émergea des ombres, dans un coin de la pièce. Phela entendit Myrinne et Demos pousser de légères exclamations de surprise lorsque la grande guerrière s'approcha de Phela.

— Va chercher le commandant Kurtness et Dafna, ordonna la reine. Et rassemble tes guerrières. Toutes

tes guerrières. Nous allons faire preuve de ruse et de prudence, mais les Silencieuses vont partir en guerre, et la garde vous accompagnera.

Luttant pour conserver une voix égale et modulée, Phela ferma les yeux.

— Le Temple des Quatre va tomber, et tous ceux qui y conspirent contre moi paieront très cher leur trahison. Et vous… (Elle rouvrit les yeux et pointa un doigt vers Demos.) Vous avez combattu pour Quandis. Vous allez le faire de nouveau. Vous commanderez une escouade de gardes lors de l'attaque initiale, et vous me rapporterez la tête d'Euphraxia.

— L'apex ?

— Tel est le prix de votre liberté, Demos Kallistrate, déclara Phela. La tête de la garce qui cherche à me défier. Maintenant, partez tous.

Shome quitta aussitôt la pièce, mais Myrinne et Demos ne bougèrent pas.

— Ma sœur… Ce n'est certainement pas la solution…
— Partez ! cria Phela.

De l'autre côté de la pièce, le buste d'un Quandien oublié se fendit en deux et tomba au sol. Non loin de là, un tableau prit feu. Les ombres s'agitèrent avant de redevenir immobiles, et les étoiles s'épanouirent, puis se fanèrent, partout dans la pièce. Pantelante, la reine Phela regarda Myrinne et son amant quitter hâtivement la salle, désorientés et effrayés. Elle se retrouva seule.

Seule, à l'exception de la magie qui rugissait en elle. *Et elle s'apprête à rugir plus fort encore*, pensa Phela. *Toute la magie. L'heure n'est plus à la méfiance et aux précautions. Toute la magie doit m'appartenir, jusqu'au dernier lambeau.* Pendant que la Silencieuse et ses troupes attaqueraient le Temple des Quatre et écraseraient l'insurrection qui y couvait, elle irait jusqu'aux tombeaux par le chemin le plus dangereux : les souterrains de la colline du Palais. Elle avait déjà entamé ce voyage, mais elle avait fait demi-tour face à des tunnels impraticables et des gouffres infranchissables. À présent, elle savait qu'elle était assez puissante pour en triompher.

La guerre, au sommet, lui permettrait d'assouvir ses ambitions dans les profondeurs. D'une certaine manière, la trahison d'Euphraxia ne ferait que faciliter son triomphe.

— Per Gherinne, dit-elle.

Elle ordonnerait à la prêtresse de préparer le rituel qui transférerait en elle la totalité de la magie.

— Per Gherinne ! dit-elle plus fort.

Puis elle se mit à hurler le nom de la prêtresse félonne.

Blane tentait de paraître normal, alors que plus rien dans sa vie ne serait jamais normal. Sa conversation avec l'apex Euphraxia pesait sur chacune de ses pensées, chacun de ses gestes, et chaque décision qu'il devait prendre. Et au fond de lui, alimentant son esprit et faisant gonfler son cœur, se trouvait la magie qu'il avait touchée et utilisée.

Il n'était plus l'homme qu'il avait été auparavant, et cependant, il était obligé de faire comme si de rien n'était.

C'était le jour de la lessive chez les novices. Blane n'avait plus l'impression d'en être un, et pourtant, Yaris Teeg était le seul endroit où il se sentait chez lui. La buanderie était vaste et humide, et la plupart des novices s'étaient déshabillés, ne gardant que leurs sous-vêtements pour travailler. D'ordinaire, aucun d'entre eux ne s'en préoccupait : les vœux qu'ils avaient prononcés étaient stricts, et leur dévouement profond. Mais ce jour-là était différent.

Pendant que Blane frottait un drap, Gemmy étendait des vêtements mouillés sur une grande ligne, de l'autre côté de la pièce. Il savait qu'elle savait qu'il l'observait. Sa tunique lui moulait les seins, et sa culotte lâche se collait à son corps lorsqu'elle se dressait sur la pointe des pieds. Elle ne cessait de lui lancer des regards curieux. Elle n'osait pas parler.

Blane s'efforça encore et encore de détourner les yeux. Sa propre réaction, de plus en plus évidente, devenait difficile à cacher, et Per Santoger le punirait sévèrement pour cette transgression. Il rendit à Gemmy le sourire qu'elle lui adressait, mais sans y ajouter de connotation suggestive. Après tout ce qu'il avait vécu, ces derniers jours, il trouvait ironique que ce soit une femme qui monopolise ses pensées.

— Tu as quelque chose de changé, murmura-t-elle en passant près de lui, une pile de robes sales sous le bras.

Blane ramassa des vêtements et la suivit jusqu'aux cuves alignées contre le mur. Il regarda autour de lui : personne ne semblait avoir remarqué leur échange. Per Santoger était là, mais il paraissait distrait ; il observait, debout devant la porte, la cour de Yaris Teeg.

— Tu n'as pas l'impression d'avoir changé, toi ? demanda-t-il à Gemmy.

Il ressentit une pointe de culpabilité en s'entendant attribuer son propre changement à leur brève relation charnelle.

Elle sourit et détourna le regard. Il vit rosir ses joues. Ce n'était pas de la timidité ; plutôt de l'excitation. À nouveau, il dut se concentrer pour maîtriser sa propre réaction. *Je suis sens dessus dessous!* se dit-il ; mais d'une certaine manière, sa vie et son destin n'avaient jamais été si limpides. Il pouvait au moins se permettre ce petit plaisir.

— Un petit peu, dit-elle. Dans le bon sens du terme.

Il ne sortirait rien de leur badinage. Elle lui avait clairement fait comprendre que son intérêt n'avait rien de romantique. Même s'ils avaient eu l'un pour l'autre des sentiments plus forts que l'amitié, ils étaient des prêtres, promis à la Foi. Un jour, ils dédieraient officiellement leur vie à l'une des quatre tours. Ils avaient prononcé des vœux.

D'un autre côté, Euphraxia avait manqué à bien des vœux, et elle était devenue apex. Et les projets d'avenir de Blane n'exigeaient pas qu'il demeure fidèle à la Foi. Que penserait Gemmy, lorsqu'il se servirait de cette puissance qu'il avait commencé à acquérir, lorsqu'il aurait maîtrisé la magie qu'il tirait des tombeaux des Quatre et qu'il s'en serait servi pour délivrer les Baju? Leurs vœux recèleraient-ils encore la moindre importance?

Cette question le poussa à étudier Gemmy un peu plus longtemps, et à penser à elle d'une autre manière. Il y avait là des possibilités qu'il n'avait jamais envisagées auparavant, et il désirait les examiner une à une.

Blane plongea le linge dans l'eau tiède et savonneuse. Chaque fois qu'il le poussait des deux mains, il se souvenait du mur d'eau qu'il avait dressé et projeté sur les Phages, lors de sa rencontre avec l'apex. Il entendait aussi la respiration de Gemmy, tout près de lui, et il revoyait des images de leurs ébats. Il la vit se frotter contre lui à chacun de ses coups de reins. C'était une union interdite, mais elle lui avait paru si délicieuse... En réfléchissant à l'avenir, il finissait par revivre le passé.

— Je vois que tu aimerais... changer encore un peu, dit Gemmy en jetant un coup d'œil sur sa réaction manifeste.

Puis elle le regarda dans les yeux, tout à fait sérieuse, et chuchota :

— Je suis prête.

— Gemmy...

— Dans le séchoir, derrière la pile de couvertures.

— Blane !

Per Santoger, de l'autre côté de la pièce emplie de vapeur, avait les yeux fixés sur lui. Le vieil homme paraissait anxieux et sur le qui-vive, et Blane comprit immédiatement que son appel n'avait rien à voir avec Gemmy et lui. C'était bien moins trivial que cela.

Euphraxia a-t-elle changé d'avis ? se demanda-t-il. *Souhaite-t-elle me faire exécuter, finalement ?*

Blane se calma, invoquant toute la magie qu'il avait apprise, et sentit sa force augmenter. Peut-être qu'ici, dans cette salle humide, il parviendrait de nouveau à faire appel à Dephine.

— Blane ! insista Per Santoger. Il y a un messager pour toi.

Le vieux prêtre ne cessait de se retourner pour regarder la cour, cachée aux yeux de Blane.

— Un messager ?

Gemmy arqua les sourcils. Les novices n'étaient jamais contactés par leurs familles et leurs amis de l'extérieur, et encore moins lorsqu'ils étaient baju.

Blane haussa les épaules, intrigué lui aussi, et contourna Gemmy. Il traversa la grande buanderie sous les regards des autres novices, muets et curieux. Per Santoger sortit de la pièce à l'approche de Blane. Le novice découvrit un homme devant le portail. Celui-ci avait été refermé derrière lui, comme il l'était tous les jours depuis que les gardes étaient venus chercher les prêtres baju. Encore un changement qui, désormais, paraissait normal.

L'homme haletait, couvert de sueur. Il portait l'uniforme d'un membre de la marine quandienne.

— Il dit qu'il veut te voir, et personne d'autre, révéla Per Santoger.

Le prêtre n'était visiblement pas ravi de cet état de fait.

— Je m'appelle Fissel, du navire de guerre l'*Aube Royale*, sous le commandement de l'amirale Hallarte, dit Fissel en reprenant son souffle. Je suis venu en courant de Port-Susk, avec un message pour un prêtre novice du nom de Blane.

— C'est moi.

— Dans ce cas, ce message est pour vous, de la part de l'amirale elle-même.

L'homme s'approcha et lui tendit un tube de bambou de la longueur de son avant-bras, un étui à parchemin traditionnel utilisé sur les navires pour éviter de mouiller le papier.

— L'amirale? répéta Blane.

Il ne comprenait pas. Il regarda Per Santoger, mais le vieux prêtre se contenta de hausser les épaules, apparemment plus irrité qu'intrigué par l'arrivée de l'intrus.

— Prends-le donc, s'exclama Per Santoger. Le pauvre homme a couru cinquante kilomètres pour venir te livrer ça en mains propres.

— Je ne comprends pas, dit Blane.

— Et ça ne risque pas de changer tant que tu n'auras pas lu le message, par les dieux!

Blane fut choqué par le juron du prêtre, de même que Fissel. Mais il savait très bien ce qui préoccupait Per Santoger. Il avait dû avoir vent des actes de la reine, des tombeaux, de sa soif de magie et du meurtre de Per Ostvik. Les membres de la Foi s'entre-déchiraient, le vieil homme voyait le monde changer sous ses yeux… et à présent, un nouvel événement étrange venait de se produire.

Blane ne pouvait s'empêcher de penser que cette missive mystérieuse était liée, d'une manière ou d'une autre, à toute cette affaire.

Il accepta le tube de bambou, en hochant la tête pour remercier le marin. Fissel ne semblait pas contrarié d'avoir dû remettre ce message à un Baju.

Blane se tourna et marcha jusqu'à l'extrémité opposée de la cour. Il s'attendait à ce que le prêtre lui crie de revenir, mais il lui autorisa ce moment d'intimité. Lorsque Blane regarda en arrière, il vit Per Santoger emmener le marin au réfectoire, où on lui offrirait de quoi se restaurer. Derrière eux, agglutinés dans l'ouverture menant à la buanderie, une dizaine de visages pâles l'observaient, Gemmy parmi eux.

Blane brisa le sceau de cire et tira le parchemin enroulé dans le tube. Il n'y avait qu'une seule page, et le message était bref.

Dès les tout premiers mots, Blane sentit son monde basculer, en proie à un changement plus radical que jamais auparavant.

Blane, mon cher frère,
Le temps est venu pour moi de t'avouer la vérité sur mon sort, sur ma non-mort, ma survie, et la vie que j'ai menée depuis que je suis tombée de cette falaise. Il y a beaucoup à dire, mais je ne dispose que de très peu de temps, aussi me contenterai-je d'un court message. J'ai été repêchée par des pirates, puis sauvée par la marine quandienne. Ils m'ont prise pour la dernière survivante de la famille Hallarte, à la suite d'une descente des pirates sur Tan Kushir, et ils se sont

occupés de moi. La mer a délavé mes yeux, le corail tranchant a effacé ma marque de Baju, et je suis entrée dans la marine. Depuis, au fil des ans et grâce à de nombreuses promotions, je suis devenue amirale de ma propre flotte. Une redoutable guerrière des mers. Qui l'aurait cru, mon frère ?
Tu risques de ne pas me croire ; aussi te dirai-je que...
Mère chantait en t'habillant le matin, pendant que je me débrouillais toute seule. Étant plus âgée que toi, j'en étais déjà capable.
Tu aimais les croûtons de pain rassis jetés par les vendeurs de rue. Moi, je préférais les trognons de pomme. Mère n'aimait ni l'un ni l'autre, mais nous pensions que c'était pour que nous mangions mieux, tous les deux.
Mère t'appelait son petit chiot, tandis que j'étais son chaton.
J'espère que tu me crois. J'espère que tu me pardonneras. Je me suis tenue informée de ta vie et me suis efforcée de veiller à ta sécurité, même si de loin, ce n'était pas toujours facile. Je suis heureuse que tu aies choisi de devenir prêtre. Je pense que j'aurais fait la même chose, si le destin ne m'avait pas réservé une autre voie.
Des conflits s'annoncent, Blane, et c'est pourquoi j'ai choisi de te contacter aujourd'hui. Je serai bientôt à Lartha. Peut-être, au milieu de tout cet inévitable chaos, pourrions-nous nous retrouver. J'en rêve.
Ta sœur qui t'aime,
Daria

Le monde de Blane chavira, tourbillonna, devint flou, et se mit à pulser autour de lui, au centre. Il ne s'était jamais senti au cœur de quoi que ce soit, mais à présent, il avait l'impression que tout tournait autour de lui : les novices, les tombeaux des Quatre, la reine Phela avec ses stratagèmes et ses ambitions meurtrières, Per Ristolo et les grands prêtres... et maintenant, sa défunte sœur, brusquement ressuscitée.

Il était au centre de tout, mais tout n'était que mensonges.

Il s'approcha en titubant de la haute muraille de la cour et s'assit au bord d'un puits, s'adossant à un poteau de bois avant que le vertige ne le fasse s'effondrer à terre.

Daria était vivante. Elle n'était plus la sœur qu'il connaissait dans ses souvenirs, ni la jeune fille morte flottant dans l'océan, immense et cruel, de son imagination. À présent, elle affirmait être amirale dans la marine quandienne.

Amirale !

Son regard se porta de l'autre côté de la cour, là où Fissel avait disparu à l'intérieur du réfectoire. Il avait tant de questions à poser au messager... et cependant, aucune qu'il aurait pu formuler devant Per Santoger. Le vieux prêtre l'autoriserait-il à interroger le coursier en privé ? Blane en doutait. L'académie limitait au maximum les contacts des novices avec l'extérieur, car c'était en eux-mêmes qu'ils devaient trouver les Quatre.

Blane serra les paupières, et l'espace d'un instant, il souhaita revenir en arrière, jusqu'à l'époque précédant son entrée à l'académie, lorsque sa mère était encore en vie. Les choses étaient plus simples, alors. Il n'était qu'un esclave baju, rien de plus.

Mais à présent, Daria était revenue, et rien ne serait plus jamais simple.

Il avait toujours été baju, et malgré les protestations et les sermons des prêtres, il l'était encore, corps et âme. C'était pour cette raison qu'il se trouvait là. Ses projets fonctionnaient mieux qu'il n'aurait jamais osé l'espérer. Bientôt, il posséderait le pouvoir dont il avait toujours rêvé, et la possibilité de libérer les Baju de l'esclavage auquel ils étaient soumis depuis des générations. Mais Daria n'en faisait pas partie.

Daria n'était plus baju, depuis le jour de sa mort.

Aux yeux de Blane, c'était une trahison. Elle avait renié ses origines pour suivre une voie plus facile. Elle s'était battue au service de Quandis, des oppresseurs de tous les Baju. Elle avait oublié sa famille.

Daria, tu m'as laissé seul pendant tout ce temps…, songea-t-il. Et tout en sachant que c'était égoïste, il ne parvenait à penser à rien d'autre. Elle avait fui ; elle avait abandonné son identité, et s'était bâti une vie sans elle.

Et sans lui.

La reine Phela avait déjà parcouru ces tunnels, mais cela remontait à une époque bien différente. Elle n'était que Phela, en ce temps-là : une jeune femme pleine d'ambitions, et non la reine… et encore moins une femme qui débordait de magie nouvellement acquise. Autrefois, elle avançait à tâtons dans l'obscurité, seule, emplie de peur et d'excitation. À présent, elle était accompagnée de Per Stellan, Per Gherinne et Per Ristolo, ainsi que de sa fidèle Shome et de la petite Helaine pour la protéger. À l'époque, elle n'avait aucune idée de ce qu'elle faisait, mais désormais, elle avait un objectif bien précis en tête.

Elle n'avait plus besoin de Chuchoter. Phela était prête à hurler.

Dès l'instant où ils avaient pénétré dans le premier tunnel sous la colline du Palais, Per Gherinne s'était tue. Elle avait assisté à la mort de Per Ostvik ; elle savait à quel point Phela pouvait se montrer résolue et impitoyable, et pourtant, elle avait tout de même trahi sa reine. Malgré l'audace d'une telle manœuvre, ce qui stupéfiait le plus Phela était que Per Gherinne se montre assez courageuse – ou idiote – pour continuer à feindre la loyauté. Une fois qu'elle avait choisi de rejoindre le camp d'Euphraxia, elle aurait dû aller chercher sa sœur et le reste de sa famille et s'enfuir de la ville. De l'île principale, même. Se sauver au-delà du Grand Anneau, jusqu'à un lieu si reculé que personne ne l'y retrouverait jamais. Mais non : elle était restée là, et elle avait fait semblant de demeurer fidèle à la reine.

Per Stellan ne disait rien. D'une sagacité hors pair, même avec un œil en moins, elle savait quand il valait mieux garder le silence et se contenter d'observer les événements. La reine Phela devinait que Per Stellan avait flairé une anomalie au sein de leur petit groupe, mais les autres prêtres semblaient n'avoir rien remarqué.

À l'exception de Per Gherinne. Elle paraissait troublée. Soudain, elle se hasarda à exprimer son malaise à voix haute.

— Je vous en conjure, Majesté...

— Cela fait déjà une heure que vous m'en conjurez, interrompit Phela.

— Et cependant, je n'ai pas l'impression d'avoir réussi à vous communiquer l'énormité de ce que vous nous demandez de faire.

— Je ne vous le « demande » pas, Per Gherinne.

— La magie, maniée avec maladresse, peut déclencher de grands cataclysmes, reprit Per Gherinne sans paraître s'apercevoir qu'elle s'engageait sur une pente glissante. L'Alliance des Quatre est très claire sur ce point, et les preuves sont encore visibles par tout un chacun. Il y a eu…

— Oui, je sais, je sais. Les tremblements de terre provoqués par Charin, qui ont fendu la colline Daklan en deux. La Crue des Crues envoyée par Dephine.

— Je lui ai déjà dit tout cela, marmonna Per Ristolo tout en marchant.

Per Stellan s'arrêta face aux deux autres prêtres.

— Il y a d'autres problèmes, plus graves, dit-elle d'un ton sombre.

Per Gherinne les ignora tous les deux et continua à avancer d'un pas vif.

— Tout cela vous a déjà été expliqué, Majesté, et pourtant, vous n'avez pas réellement compris de quoi il était question.

— Je comprends tout, répondit Phela.

Sa voix, plus sonore qu'auparavant, résonna dans la grotte où ils venaient de déboucher. Il s'agissait d'une caverne aux contours irréguliers, formée naturellement, mais qui s'ouvrait sur des tunnels artificiels.

— Je comprends que vous craigniez une magie que vous êtes incapables de contrôler véritablement. Mais en ce qui me concerne, le Sang des Quatre coule dans mes veines, et je la contrôlerai coûte que coûte. Je comprends que vous trembliez face aux restes des dieux que vous prétendez vénérer. Et cependant, je leur fais face là-bas, dans la caverne aux tombeaux, et ils me bénissent chaque jour.

Per Gherinne la regarda avec un mépris non dissimulé.

— Ce que je ne comprends pas, poursuivit Phela, c'est que vous m'ayez trahie. Après ma démonstration sur

Per Ostvik, l'idée que vous ayez couru trouver Euphraxia la queue entre les jambes, comme une petite chienne terrorisée qui s'aplatit devant son maître…

Même dans l'étrange pénombre de la caverne, Phela vit blêmir la prêtresse.

— Per Gherinne… Vous n'auriez pas…, murmura Per Ristolo.

La prêtresse avait été son élève, autrefois ; les coins de ses yeux se plissèrent sous l'effet du chagrin.

Per Stellan, pleine de sagesse, recula pour s'écarter des deux autres prêtres.

— Imbécile, soupira-t-elle.

— Shome, appela Phela.

La Silencieuse vint se placer à son côté, une main sur la grande épée incurvée à sa ceinture, et l'autre tenant toujours la torche enflammée qui les éclairait.

Per Gherinne eut à peine le temps d'articuler une supplication que Shome l'avait déjà empalée sur sa lame, et qu'Helaine lui avait tranché la gorge. Quelques instants plus tard, les deux assassins reculèrent et le corps de Per Gherinne tomba au sol avec un bruit flasque.

La reine Phela remarqua les larmes de Per Ristolo, et la gravité résignée de Per Stellan. Les prêtres s'agenouillèrent pour prier auprès du cadavre. Phela avait envie de leur dire de se relever, d'abandonner la défunte sans la moindre bénédiction, mais elle s'aperçut que cela lui importait peu, tant qu'ils ne la retardaient pas outre mesure.

— Venez, ordonna-t-elle.

Per Ristolo se leva, et il lui parut plus fort qu'auparavant. Plus fort qu'elle ne l'avait jamais vu, comme s'il était mû par une détermination nouvelle.

— Aucune personne encore vivante ne peut connaître toute l'étendue de l'Alliance, déclara le vieux prêtre.

(Il désigna du menton le passage étroit qui prolongeait la caverne.) Je connais en partie ce qui nous attend sur ce chemin vers les tombeaux, et je pense que vous aussi. Mais personne ne sait tout ce qui s'y cache. Si vous passiez un temps suffisant à étudier le Mur des Quatre, comme le font tous les prêtres destinés à rejoindre l'Ordre Supérieur pendant au moins deux ans de leur vie, vous comprendriez que ce qui manque à l'Alliance est sans doute plus important encore que ce qui s'y trouve.

— Comment pouvez-vous le savoir ? rétorqua Phela. J'ai l'impression que tous les membres de l'Ordre Supérieur sont affligés de la même stupidité.

Per Stellan inclina respectueusement la tête.

— Per Ristolo a raison, ma reine. Les carreaux manquants racontent une histoire. Personne ne sait comment ont vraiment fini la Première Cité et son peuple, mais il existe des indices, disséminés dans tout Quandis. C'est une histoire de douleur, de menace, et d'un pouvoir immense et ténébreux, antérieur aux Quatre. Antérieur au Premier Peuple. Avez-vous entendu des légendes sur les Dieux Innombrables ?

— J'ai passé ma vie au milieu des archives royales. J'ai lu un millier de fables sur ces vieilles créatures, et chacune d'elles ne faisait qu'évoquer vaguement quelque chose qui rôdait dans le noir. Les Dieux Innombrables ne sont qu'un mythe destiné à effrayer les enfants, pour les dissuader de s'aventurer dans les égouts ou dans les ruelles sombres.

— Et pourtant, il y en a beaucoup, pas vrai ? Une sacrée quantité d'histoires, écrites dans le seul but d'effrayer les enfants, objecta Per Stellan.

— Où voulez-vous en venir ? s'impatienta Phela.

— La Foi n'a jamais su exactement ce qu'il en était, expliqua Per Ristolo. Il est possible que les Dieux

Innombrables aient appartenu à notre monde à l'aube des temps, comme l'affirment les légendes. Avant Quandis, et avant la Première Cité. Et il se pourrait qu'ils existent encore.

— Mais où ? questionna Phela.

Per Ristolo haussa les épaules.

— Loin d'ici, peut-être. De l'autre côté de l'océan, sur des îles gelées, ou des terres de feu et de lave. Ou bien plus bas. Très, très loin dans les profondeurs, plus loin que ces choses dont vous pensez qu'elles sont là pour bloquer l'accès aux tombeaux. J'ai eu un professeur, il y a plus d'un siècle, qui croyait que les créatures des profondeurs n'étaient pas là pour empêcher ceux qui sont en haut de descendre, mais pour empêcher ceux qui sont plus bas de monter.

Ils restèrent un moment immobiles et muets, dans un silence que seuls brisaient les sifflements et les crépitements de la torche que portait Shome. Puis Phela partit d'un grand rire sec et sonore, la tête rejetée en arrière, face au plafond de la caverne. Des créatures aux multiples pattes s'enfuirent hors de sa vue, effrayées par le bruit. Les échos se répercutèrent en ondulant dans les tunnels qu'ils s'apprêtaient à emprunter.

— Il n'y a vraiment que vous, les prêtres, pour inventer des histoires pareilles, dit-elle. (Elle secoua la tête.) Décidément, vous êtes fous, tous autant que vous êtes. Vous êtes tellement obsédés par votre religion que vous ne voyez pas ce qui se trouve juste sous votre nez. Vous ne voyez pas les Quatre ! Mais ils sont là, en bas. Les Dieux Innombrables hantent peut-être vos cauchemars, mais la magie des Quatre est réelle et bien vivante. Elle rayonne encore de pouvoir. Je me suis approchée, je les ai sentis, et bientôt, je les verrai. Je n'ai pas besoin que vous me racontiez une histoire en me bordant, Per Ristolo, dans l'espoir de me détourner de ma destinée. Alors allez-y, je vous suis. L'époque où je faisais preuve de prudence, et où je me soumettais docilement aux règles que vous imposent la peur et la superstition, est désormais révolue. Mon rituel final m'attend, et la prochaine fois que je verrai la lumière du jour, je serai la plus grande reine de tous les temps. La Reine Éternelle.

— Majesté…, répondit Per Ristolo. (Il baissa les yeux vers la flaque de sang qui s'agrandissait sous le corps de Per Gherinne.) Je n'ose pas m'opposer à vous, mais je vous en supplie, réfléchissez bien. Nos vies sont entre vos mains. Tout Quandis sera en danger, si vous ne parvenez pas à maîtriser ces pouvoirs.

— Personne n'est en danger. Je vais vivre éternellement, répliquat-elle. Je vous le promets, Per Ristolo. Et à vous aussi, Per Stellan. Tout ira bien. Je vous hisserai avec moi. L'Ordre Supérieur renaîtra, et vous le dirigerez, tous les deux.

— Et c'est à vous que nous adresserons nos prières, répondit Per Stellan.

La prêtresse la regardait de son œil indemne ; l'autre était un gouffre noir, fait d'ombres et de cicatrices.

— Cela va peut-être marcher, Majesté. Et je resterai à vos côtés en faisant tout mon possible pour vous aider. Mais n'oubliez pas ce qui s'est passé la dernière fois qu'un sorcier a voulu devenir le Cinquième.

La reine Phela sentit son estomac se retourner. Ce rappel lui faisait l'effet d'une réprimande. Les mots avaient été prononcés prudemment, mais l'avaient heurtée comme une gifle en plein visage.

— Vous osez me comparer au Pentange ? chuchota Phela.

— Je vous fais simplement part d'une inquiétude, répondit la prêtresse. Vous ne pouvez nier la pertinence de la comparaison, pour le moment. Seuls le temps et la retenue dont vous parviendrez à faire preuve pourront confirmer ou infirmer cette analogie.

Shome et Helaine se rapprochèrent de Per Stellan de leur propre initiative, dévisageant la femme avec une intensité menaçante. La prêtresse les vit, mais elle ne parut pas effrayée, ni même mal à l'aise. La reine Phela fit signe aux Silencieuses de reculer.

— Je dois vous reconnaître une qualité, femme, déclara Phela. Je ne vous soupçonnerai jamais de ne pas dire franchement ce que vous pensez.

Per Stellan inclina respectueusement la tête.

Phela lança un regard à Per Ristolo, pour voir s'il oserait formuler de nouvelles protestations. Quelque chose passa sur son visage, mais ses pensées ne se muèrent pas en paroles. Phela le laissa se complaire dans ses réflexions, et le prêtre finit par pivoter pour entrer dans le tunnel exigu. Phela le suivit, Per Stellan et les deux Silencieuses sur les talons.

Ils laissèrent le corps de Per Gherinne refroidir lentement dans la caverne, dans une mare de sang qui ne cessait de s'agrandir. Peut-être serait-elle dévorée par les araignées spectrales, ou une créature plus terrible encore. *Les Dieux Innombrables*, songea Phela en souriant dans la pénombre. *Quel ramassis d'inepties.*

Ils suivirent un chemin tortueux qui descendait loin sous la colline du Palais, puis remontait en arrivant sous la colline du Temple. Elle se souvenait de cet itinéraire, quoique lors de sa première visite, elle n'ait été équipée que d'une petite lampe à huile qui n'éclairait pas très bien le passage. Cette fois, elle distingua plus de détails sur les murs des tunnels ; on pouvait y voir les marques d'outils ancestraux, et des gravures employant des langues oubliées. Si l'un des deux grands prêtres savait ce que signifiaient ces écrits, ni l'un ni l'autre ne le lui fit savoir.

Shome était allée se placer devant Per Ristolo, et cheminait désormais en premier, tandis que l'autre Silencieuse fermait la marche. À l'approche de la gigantesque grotte souterraine, même Shome ralentit et consulta sa reine du regard.

— Laissez-moi faire, dit Phela. Je suis déjà venue, mais je suis mieux préparée, cette fois.

Les ténèbres qui leur faisaient face étaient très épaisses, l'immensité de l'endroit très intimidante, et même les deux torches dont ils étaient équipés ne pouvaient en éclairer qu'une petite partie. Quatre ponts de roche naturels s'avançaient depuis leur côté de la grotte, au-dessus d'un abîme d'une profondeur vertigineuse. La taille démesurée de la caverne était certes sidérante, mais c'était la sensation que quelque chose se cachait dans cette obscurité que même Phela avait du mal à supporter. Lors de sa dernière visite, elle était seule, mais elle ne savait pas à quoi s'attendre. À présent, elle s'en souvenait.

Loin, très loin en contrebas, elle entendit un léger bruit d'eau. Quelque chose avait brisé la surface d'un lac souterrain.

— Celui-là, déclara-t-elle en choisissant l'un des quatre ponts.

Il s'agissait du pont où des anneaux rouillés avaient été fichés dans la roche, dont certains étaient reliés par des cordes pourries. Celui qu'elle avait emprunté la première fois.

— Dhakur est là, dit Per Ristolo. Nous ne pouvons pas traverser. Dhakur est là, répéta-t-il.

—Dhakur, le monstre du lac ? interrogea Phela.

Elle serra le poing, puis l'ouvrit. Un nuage de vapeur d'eau se condensa dans l'air, humidifiant sa peau.

—Vous avez entendu ? dit Per Stellan. Per Ristolo a raison.

—Vous vous trompez tous les deux, rétorqua Phela avant de s'avancer sur le pont.

Son cœur tambourinait dans sa poitrine, mais elle inspira profondément et réprima sa peur. Son assurance la guidait. L'obscurité s'épaissit, bien que Shome se trouve juste derrière elle, comme si le poids du néant s'était alourdi. Elle prit la torche de Shome et souffla sur la flamme, laissant ses sens s'épanouir. Elle sentit la magie affluer dans ses veines. Le feu se fit plus vif et plus large ; de petites escarbilles se mirent à voleter au-dessus et autour de la torche, élargissant le cercle de lumière qui les entourait. Les ténèbres se rétractèrent.

Phela dépassa l'endroit où elle s'était arrêtée la fois précédente ; et c'est à ce moment qu'elle entendit quelque chose effleurer la roche, loin au-dessous de ses pieds.

Elle baissa les yeux. Les membres de la créature étaient longs et fins, et il y en avait des dizaines. Ils se tordaient dans les airs, pliaient, puis s'étiraient, comme s'ils s'accrochaient à l'obscurité pour se hisser vers le haut. Ils se dirigeaient vers le pont, et quelques instants plus tard, le premier d'entre eux s'enroula autour de la passerelle de roche, à vingt pas seulement devant Phela. L'appendice était pâle et flexible, et sa couleur semblait s'assombrir à mesure qu'il se resserrait sur la pierre. C'était Dhakur.

—Derrière nous ! s'écria Per Ristolo. Dhakur est aussi derrière nous !

Phela jeta un regard en arrière et vit la petite Helaine faire des moulinets de son épée, ramassée sur elle-même et prête à attaquer les trois tentacules qui se mouvaient, dansants, de l'autre côté du pont.

— Attendez ! cria Phela. Ne lui faites pas de mal.

— Il est impossible de faire du mal à Dhakur ! rétorqua Per Ristolo.

Phela lui sourit, puis ferma les yeux.

Dephine, divinité de l'Eau et des Animaux, vint à elle. Phela absorba la puissance et la grâce qui émanaient d'elle, sentant la magie traverser son esprit et ses pensées, puis se diriger dans le gouffre et la relier, brièvement, à une intelligence si différente et si profonde qu'elle chancela. Si Shome ne l'avait pas rattrapée, Phela aurait péri dans les profondeurs, aux côtés de la chose appelée Dhakur.

Le contact fut bref, mais en cet instant, Phela ressentit la confusion qu'il provoquait chez Dhakur. La reine n'émit ni supplique, ni négociation ; elle constata simplement que ce moment, durant lequel leurs esprits s'étaient frôlés, lui donnerait peut-être une chance de survivre.

Elle ouvrit les yeux, regarda ses compagnons, et dit :
— Courez !

Phela poussa les prêtres vers l'avant. Sans eux, elle ne parviendrait jamais à effectuer les rituels nécessaires. Ils coururent le long du pont de pierre, Shome précédant la reine et brandissant vers l'avant la torche qu'elle avait récupérée. Un bruit assourdissant de roche brisée résonna dans la grotte, et alors qu'ils atteignaient presque l'autre côté, Phela sentit le sol bouger sous ses pieds. Les derniers pas lui donnèrent la nausée ; au moment où elle sautait, elle sentit la roche s'ouvrir et tomber dans l'abîme.

Shome et les deux prêtres avaient déjà gagné l'ouverture, de ce côté de la vaste caverne. Phela n'eut pas d'autre choix que de tendre les mains à Shome, qui l'attrapa et la tira jusqu'à elle.

Derrière eux, le pont finit de s'effondrer, et Helaine tomba avec lui. Même alors qu'elle chutait dans ce gouffre, promise à un abominable trépas, la petite Silencieuse ne brisa pas son vœu de silence.

Des milliers de tonnes de pierre chutèrent elles aussi. Il s'écoula un certain temps avant qu'ils ne les entendent heurter la surface de l'eau.

— Rien ne peut faire de mal à Dhakur, murmura Per Ristolo.

Phela ne savait pas quoi dire. Encore ébranlée par son contact avec cet esprit étranger, elle fit signe à Shome de prendre les devants. À quatre, ils poursuivirent leur route en silence.

Au fil de leur voyage souterrain de la colline du Palais à la colline du Temple, ils rencontrèrent d'autres obstacles destinés à gêner le passage, et chaque fois, Phela les écarta ou les neutralisa. L'un des pièges était un conduit scintillant, empli des toiles de centaines d'araignées spectrales au venin mortel. Elle le dégagea à l'aide d'une éblouissante boule de feu, produite par le biais du grand dieu Charin. Ses flammes étaient si ardentes que la pierre elle-même se fendilla, incandescente, et que les restes carbonisés des araignées se désagrégèrent sous leurs pas lorsqu'ils s'avancèrent. Le deuxième piège était une illusion : un mur de sang où se reflétaient leurs visages. Phela fit s'abattre une pluie de graviers sur le passage, qui déchirèrent l'image et leur permirent de franchir l'obstacle.

Le troisième piège était peut-être le plus terrible, et celui qui occasionna le plus de doutes à Phela. Il s'agissait d'un gouffre trop large pour être traversé, et si insondable qu'elle n'était même pas sûre qu'il ait un fond. D'après ses estimations, ils se trouvaient au pied de la colline du Temple, et l'idée même qu'un tel endroit existe sous le lieu le plus sacré de Lartha aurait suffi à horrifier la majorité de la population.

Pendant que Per Ristolo tenait la torche, Shome souleva une énorme pierre et la lança dans les ténèbres. Elle disparut très vite, et les quatre personnes – une reine, une Silencieuse, et deux prêtres de l'Ordre Supérieur amenés là sous la contrainte – tendirent l'oreille en retenant leur souffle.

Il n'y eut pas d'impact. Pas d'éclaboussures, pas de choc sur la roche. Phela se demanda jusqu'où l'abîme devrait descendre pour que l'écho de la chute du rocher ne les atteigne jamais. Deux kilomètres ? Trois ?

Elle n'eut pas le loisir d'y réfléchir, car ils virent, s'élevant de l'abysse, une obscurité si profonde que Phela eut l'impression qu'elle pourrait presque la toucher. La lueur de la torche n'éclairait presque rien, malgré tous les efforts de Phela pour l'attiser par magie. Les ténèbres menaçaient de les engloutir tous les quatre. Phela repensa aux Dieux Innombrables, et l'espace d'une seconde, elle ne parvint plus à réduire leur existence à une fable inventée pour faire peur aux enfants.

Per Ristolo se mit à prier les Quatre, mais Phela l'attrapa par le bras et le retourna. Elle le tenait si près du bord, qu'elle-même, pendant un court instant, douta de ses propres intentions.

—C'est moi que vous priez ! hurla-t-elle.

Sa voix résonna longuement, comme si elle avait été imitée par d'autres créatures qui répétaient ses mots à l'infini, jusqu'au cœur de la nuit. Le prêtre ouvrit de grands yeux en entendant des propos si blasphématoires, et il se tut.

— Nous allons devoir faire demi-tour, conclut Per Stellan.

— Demi-tour? releva Phela. Non. Nous avançons.

— Vous voulez traverser ça?

— Bien entendu.

— Mais…

Phela avança jusqu'au bord de la corniche, et baissa les yeux sur le néant. Il aurait suffi que l'un d'eux la pousse légèrement pour la faire chuter, mais elle savait qu'elle ne craignait rien. Les deux prêtres de l'Ordre Supérieur la respectaient et la redoutaient suffisamment, désormais. Quant à Shome… elle avait servi Phela depuis la première fois que celle-ci s'était adressée à elle. Bien entendu. Les Silencieuses servaient la reine, et Phela avait endossé ce rôle bien avant que la folie de sa mère ne finisse par la tuer.

— Nous allons traverser, déclara Phela.

Elle invoqua la magie en elle. C'était une relation étrange, comme si la magie était une entité distincte, et qu'elle traduirait les souhaits of Phela sans que cette dernière ait à s'expliquer. C'était Charin, à nouveau; le Charin des Secrets, cette fois. Et Phela sut quoi faire. Elle n'avait pas besoin d'imaginer le pont qui traversait l'abîme : il était là. Transparent, et légèrement plus palpable que l'obscurité. Aucun signe n'indiquait son apparition, et pourtant, Phela fit un pas au-dessus du vide. Sa confiance était totale, même lorsqu'une petite exclamation de surprise quitta les lèvres de Shome. C'était sans doute la première fois qu'elle entendait la voix de la Silencieuse.

Le pied de Phela se posa sur une surface dense, et elle continua à marcher, en travers de l'abîme et en direction du côté opposé, encore hors de vue.

—Apportez la torche, ordonna-t-elle.

Elle entendit les grands prêtres s'engager derrière elle. Elle savait que Shome les suivait.

Ils terminèrent la traversée, et en entrant dans un nouveau réseau de tunnels, Phela sentit enfin un parfum familier.

Un air chargé de magie.

Les tombeaux étaient tout proches, et sa destinée plus proche encore.

Chapitre 17

Malgré lui, durant le trajet à pied entre le palais et la base de la colline du Temple, Demos Kallistrate – guerrier, marin, prisonnier, esclave, et maintenant, guerrier à nouveau – se retrouva codirigeant de l'assaut sur le Temple des Quatre.

Le commandant Kurtness, de la garde de Lartha, avait été un ami de la famille Kallistrate. Cette amitié avait fané et était morte alors que se décomposait le corps de Linos Kallistrate, mais l'estime que Kurtness portait à Demos en tant que guerrier était toujours intacte, et elle refit surface alors qu'ils cheminaient par les rues de Lartha, en direction de leur cible.

— Comment envisagez-vous la manœuvre ? interrogea Kurtness.

— En deux temps, répondit Demos. D'abord, un détachement que j'ai envoyé à l'avance depuis la maison de l'apex va lancer un assaut destiné à faire diversion, au niveau des portes principales du temple.

— Ce qui nécessite de gravir la colline du Temple. Une longue ascension, lui fit remarquer Kurtness.

— C'est vrai. Et cette montée ne manquera pas d'être remarquée par les alliés d'Euphraxia et les prêtres. Ils seront prêts lorsque le détachement atteindra les portes. Et cette garce d'Euphraxia croira qu'il s'agit de notre assaut principal.

Demos et un petit contingent de gardes s'étaient déjà rendus à la résidence officielle d'Euphraxia, près de la base de la colline du Palais. Comme ils l'avaient prévu, l'apex n'était pas chez elle, mais pendant que ses serviteurs étaient alignés contre un mur, tremblants de terreur, Demos avait conduit une fouille rigoureuse de l'endroit. Certains esclaves avaient été surpris de voir Demos, des caves à épissa, désormais vêtu d'un uniforme de garde trop petit pour lui et maniant une épée empruntée. Il avait envisagé de les libérer, mais ce n'était pas l'objet de sa mission. Par ailleurs, les autres gardes auraient tiqué en le voyant faire. Mais peut-être n'avait-il pas besoin de les délivrer de ses propres mains. Il sentit les regards des esclaves posés sur lui lorsqu'il s'éloigna, et il devina leurs pensées. *« S'il peut partir d'ici, pourquoi pas nous ? »*

Vous pouvez le faire. Il faut juste que vous le vouliez assez fort pour accepter de risquer vos vies.

Dans une pièce humide mais propre, au sous-sol, Demos avait trouvé le corps du praejis, qu'on avait préparé pour son enterrement. Ailleurs, à l'endroit où il avait passé de nombreuses heures à récurer une cheminée, les restes d'un feu luisaient encore d'un éclat orangé, vif et mordant. Les cendres étaient jonchées d'os.

Souris. Jetée dans une cheminée et brûlée sans plus de cérémonie. Elle l'avait battu, l'avait haï, et elle avait été son amie, des années plus tôt et de nouveau très récemment. Une amie si fidèle qu'il lui devait probablement d'être encore en vie.

Il était resté là, à regarder les cendres et les os, jusqu'à ce qu'un garde vienne lui taper sur l'épaule pour lui confirmer ce qu'il savait déjà.

— L'apex n'est pas là.

Pendant qu'ils quittaient la demeure et franchissaient ses jardins luxuriants, Demos avait désiré ardemment trouver l'apex, et planter son épée dans le corps de cette femme abjecte et hypocrite.

—Leurs Phages nous attendront, reprit Kurtness.

Ces paroles arrachèrent Demos à ses tristes ruminations.

—S'ils existent réellement, ajouta Demos.

—Vous en doutez ?

—Pour moi, ce sont… des histoires. Pour faire peur aux enfants, répondit Demos en haussant les épaules.

—Dans ce cas, je suis un enfant, répliqua Kurtness. Les rumeurs ne manquent pas…

—Quelles rumeurs ?

Les soldats se frayèrent un chemin à travers une place de marché bondée. Leur troupe comptait cinquante gardes, ainsi qu'un nombre inconnu de Silencieuses. Demos apercevait de temps en temps l'une des guerrières, qui avançaient au même rythme que les gardes, et demeuraient pourtant séparées. Il était surpris que les Silencieuses ne soient pas parties remplir leur mission de leur côté. Peut-être le feraient-elles bientôt, ou peut-être allaient-ils vraiment combattre main dans la main.

—Quand la reine Lysandra a ordonné l'extermination des Baju, un détachement de gardes a été envoyé au Temple des Quatre, expliqua Kurtness. On ne les a plus jamais revus, et les portes du temple sont restées fermées depuis.

—Vous avez bien dû mener une enquête ?

—Oui, bien sûr. Mais les vieux prêtres et les novices qui étaient présents n'ont rien su nous dire.

—Évidemment, dit Demos.

Il fronça les sourcils et continua de marcher en silence. Ne pas savoir exactement ce qu'ils faisaient là, et le rôle qu'il avait à jouer, le tracassait.

Les ordres de la reine Phela étaient clairs : il fallait trouver et tuer tout membre de la Foi qui s'était allié avec Euphraxia pour s'opposer à elle. C'étaient les propos de Demos qui avaient mis la reine en rage et l'avaient poussée à lancer cet assaut ; et c'était donc grâce à ces révélations qu'au bout du compte, Demos serait libre de quitter Lartha avec Myrinne. C'était tout ce qu'il désirait. Rien d'autre. Lartha et Quandis pouvaient bien s'écrouler, cela ne lui ferait ni chaud ni froid, tant que celle qu'il aimait était à ses côtés. Il était chez lui lorsqu'il était auprès de Myrinne, et s'ils finissaient par atterrir sur une des îles de l'Anneau, ou même au-delà, il s'en accommoderait de bonne grâce. Avec le temps, il en serait même très heureux. Il avait passé des années en haute mer, sous le commandement de l'amirale Hallarte. Il savait que de l'autre côté de l'Anneau, on trouvait certes des endroits violents et sauvages, mais aussi des lieux sublimes.

Cependant, la façon d'agir de Phela le dérangeait. L'idée de massacrer des prêtres ne lui plaisait pas, même sur ordre de la reine. Euphraxia, en revanche…

Il serait ravi d'embrocher cette ordure. Ses os étaient parcourus d'élancements, ses muscles étaient déchirés, et ses plaies étaient encore couvertes de sang séché, à la suite des coups qu'elle lui avait fait donner. Si la tuer devait être le dernier acte qu'il accomplirait au service de Quandis, il quitterait le pays le sourire aux lèvres.

— Donc, pendant qu'un détachement fait diversion au temple, nous, nous passons par Yaris Teeg, reprit Kurtness.

— Voilà, répondit Demos. Les novices ne se battront pas. Nous les rassemblons, ainsi que les prêtres, et nous leur présentons l'ultimatum.

— Et nous tuons ceux qui se sont alliés à l'apex.

Les gens s'écartaient précipitamment de leur chemin. Demos vit une Silencieuse passer comme une flèche à sa gauche, courant derrière une rangée d'étals, ralentissant à peine même alors qu'elle louvoyait au sein d'une foule compacte.

— Tuer des gens désarmés n'a pas l'air de vous déranger, commenta Demos.

— Si c'est pour servir la reine, non.

Même cette reine-ci ? songea Demos, mais il ne dit rien. L'amnistie que lui avait promise Phela concernait les crimes qu'il avait déjà commis, pas les suivants.

Après la place du marché, ils pénétrèrent dans le dédale de rues et de ruelles qui grimpaient progressivement, formant des pentes de plus en plus raides, jusqu'à la base de la colline du Temple. Bientôt, Yaris Teeg apparut de l'autre côté d'une zone où poussaient des végétaux de toutes sortes, cultivés dans des caissons de bois ainsi qu'en pleine terre par les prêtres novices. Les soldats de la garde connaissaient leurs ordres, et la dizaine de Silencieuses qui marchaient à leurs côtés se battraient à leur manière.

Demos demanda une halte. Il leva les yeux vers le sommet de la colline, où l'immense Temple des Quatre pointait ses tours vers le ciel bleu. Les tours luisaient au soleil, mais une partie de la vue était masquée par un nuage de fumée qui flottait doucement. Sa source n'était pas visible ; cependant, elle semblait se trouver non loin de l'entrée principale du temple.

— Réglé comme du papier à musique, se réjouit le commandant Kurtness.

Et en réponse à son signal, l'assaut sur Yaris Teeg et le gigantesque Temple des Quatre commença.

Encore bouleversé, Blane entendit à peine Per Santoger traverser la cour pour le rejoindre. À en croire son regard, le prêtre avait dû l'appeler plusieurs fois avant qu'il ne lève enfin les yeux.

— Veuillez m'excuser, dit Blane. J'avais l'esprit ailleurs.

— Oui, je le vois bien, dit Per Santoger. Tu pensais au message de l'amirale, j'imagine. Pourquoi donc es-tu si troublé ?

— Une sœur que je croyais morte se révèle être en vie, avoua Blane.

Per Santoger parut perplexe.

— Et c'est l'amirale Hallarte qui t'envoie ce message ?

Blane fronça les sourcils. La magie décuplait ses sens, et lui permit d'entendre des pas furtifs, de humer la sueur d'un grand nombre de corps, et de sentir dans l'air le goût de la violence.

— Il se passe quelque chose, dit-il en regardant le portail fermé de la cour.

Per Santoger pencha la tête sur le côté et écouta les bruits venus de l'autre côté de l'enceinte. Sa confusion se changea en tristesse.

— Je craignais que nous n'en arrivions là, dit-il.

Derrière le mur s'éleva un ordre, sec et sonore. Par-dessus le portail et les murailles, on vit apparaître plusieurs grappins, qui s'accrochèrent au bois et à la pierre.

— La reine Phela donne l'assaut.

Après avoir lancé un dernier regard plein de regret à Blane, Per Santoger se hâta de gagner le centre de la cour. Il griffa l'air de ses mains crispées, invoquant les Phages.

Blane leva les yeux vers le sommet de la colline escarpée et le grand Temple des Quatre, avec ses flèches qui transperçaient le ciel. Il vit que de la fumée s'en échappait.

Lorsqu'il regarda de nouveau le portail, six Phages s'étaient matérialisés autour de Per Santoger. Les spectres drapés de brume étaient prêts à se battre. L'air grésillait de puissance et de violence anticipée.

— Va te cacher, Blane. Toi et les autres, vous n'êtes pas prêts pour cela, le pressa Per Santoger.

Un tourbillon de désirs contradictoires emplit l'esprit de Blane. Il savait ce qu'il voulait obtenir pour son peuple, et cela nécessitait la chute de Phela. Pour le moment, ses intérêts étaient compatibles avec le pacte conclu avec Euphraxia, mais il savait que cela ne durerait pas bien longtemps. De plus, sa sœur était en chemin, nourrissant probablement d'autres attentes à son égard.

Et Per Santoger voulait qu'il s'enfuie. Si Blane ne suivait pas le conseil du vieil homme, s'il restait pour se battre, il savait qu'il déchaînerait la magie qu'il avait acquise. Per Santoger découvrirait son secret.

Mais Blane ne se souciait plus de cela. Il ne voulait plus cacher qui il était, ni ce qu'il était.

L'heure était venue d'agir.

Demos traversa en courant les jardins à ciel ouvert, avec les cinquante autres gardes. Ils se déplaçaient presque sans bruit, mais les Silencieuses étaient plus discrètes encore. Les guerrières atteignirent l'enceinte avant le premier des gardes, et alors que ces derniers lançaient leurs grappins par-dessus les portes et les murailles, les Silencieuses y grimpaient déjà.

Demos attrapa une corde et s'y hissa. Quelques semaines plus tôt, il aurait effectué l'ascension en quelques instants et en dépensant très peu d'énergie, mais son corps avait été affaibli par la faim et les mauvais traitements. Il dut serrer les dents et se concentrer pour ne pas abandonner en rencontrant ce premier obstacle. Il avait été chargé de tuer Euphraxia pour le compte de la reine, et il devait y consacrer toutes ses forces et toute sa détermination. Son avenir avec Myrinne en dépendait.

À sa gauche et à sa droite, d'autres soldats grimpaient plus vite que lui, et atteignirent bientôt le sommet du mur ou du portail. Ils se laissèrent tomber de l'autre côté. Plusieurs Silencieuses étaient déjà entrées dans l'enceinte, et Demos entendait des bruits de combat : des épées qui s'entrechoquaient, des cris étouffés, et le son caractéristique de l'acier tranchant la chair.

Demos arriva en haut juste à côté du portail, et de ses larges piliers de pierre. Il reprit son souffle un instant, le ventre posé en travers du mur, et baissa les yeux vers la grande cour en contrebas.

L'inspiration qu'il venait de prendre quitta aussitôt ses poumons, la peur et la stupéfaction lui coupant le souffle.

— Des Phages, murmura-t-il.

Car il ne pouvait y avoir d'autre explication à ce spectacle. Les créatures paraissaient se tenir debout, mais elles se mouvaient comme si elles volaient, apparaissant et disparaissant dans un chatoiement ; et ces esprits translucides maniaient des épées bien palpables.

Les premiers gardes avaient été arrêtés net, et gisaient, sanguinolents, sur les pavés. Une femme rampait dans l'espoir de ramasser son épée, alors que sa main coupée était toujours serrée sur la poignée, à dix pas de son moignon.

Un autre soldat se tenait les entrailles à deux mains et murmurait en direction du ciel.

De l'autre côté de la cour se trouvaient un vieux prêtre et, près de lui, un jeune novice qui ressemblait à un Baju. Une porte s'ouvrit et plusieurs autres novices en sortirent, armés de longues lances aux pointes acérées.

—Allez, Kallistrate ! lança le commandant Kurtness, un peu plus loin.

Debout au sommet du mur, il mettait en joue une petite arbalète. Lorsqu'il tira, le carreau traversa l'un des spectres et ricocha sur un bâtiment.

—La liberté, ça se mérite, bordel ! ajouta-t-il.

Kurtness sauta du mur, atterrit avec une roulade, et se mit à attaquer un Phage en compagnie de trois autres soldats.

Demos dégaina son épée et sauta, pliant les genoux et roulant sur le côté à l'atterrissage. En se redressant, il se retrouva nez à nez avec une silhouette indistincte. Drapée dans une robe, elle était en partie transparente ; de longs cheveux s'échappaient de son capuchon et flottaient autour d'elle, malgré l'absence de vent. Ses mouvements étaient vifs et gracieux, et dans chaque main, la créature tenait une épée courte et large. Ses armes paraissaient plus opaques que le reste. Lorsque le Phage abattit son épée en un arc sifflant vers la tête de Demos, qui para, l'impact fit courir des frissons dans sa main et son bras tout entier.

Il fit un pas en arrière et le Phage le suivit avec des moulinets de ses deux épées, un véritable tourbillon d'acier chantant. Demos lutta pour ne pas trébucher sur ses propres pieds ; il endormit son esprit, et laissa son instinct prendre le relais. Il avait confiance en ses capacités, même si sa faiblesse présente le troublait. Mais il écarta ces doutes de ses pensées. L'anxiété, pendant un combat rapproché, ne servirait qu'à le faire tuer. Permettre à ses talents innés de guider le combat – en le défendant d'abord, puis en contre-attaquant – était le seul moyen de l'emporter.

S'il était possible de l'emporter, face à un monstre spectral comme celui-ci.

Demos esquiva encore par deux fois les épées du Phage, puis s'avança pour balayer de sa propre longue lame les jambes de l'ennemi. La créature hurla – émettant un son qui semblait étrangement lointain, comme filtrant à travers une barrière invisible – et fit un pas en arrière.

Demos regarda son épée. Elle était maculée d'une substance ténébreuse et mouvante, comme des vers liquides, qui pâlirent rapidement et disparurent de la lame étincelante.

Il n'eut pas le loisir d'y réfléchir davantage, car le Phage fit un pas de côté et l'assaillit une nouvelle fois, ne semblant ni blessé, ni gêné par le passage de la lame à travers ses jambes.

Pas juste, pensa Demos, et c'est alors qu'une des Silencieuses le rejoignit. La femme vint se placer devant lui et le poussa en arrière. Demos n'apprécia pas d'être écarté du combat. Il leva haut son épée et voulut s'avancer de nouveau, mais ce qu'il entendit et vit ensuite le figea.

Le Phage rugit. C'était un cri aigu et oscillant qui parut transpercer Demos, crissant à ses oreilles comme des ongles grattant la pierre, se répercutant le long de son échine et entre ses côtes. La rage et la fureur qui se lisaient sur le visage de la créature auraient presque suffi à le faire tomber à genoux, envahi par un sentiment de profond désespoir.

Il songea : *Nous allons tous mourir.*

La Silencieuse s'élança et fendit l'air de son épée.

Criant toujours, le Phage l'étreignit de ses bras spectraux et pivota brusquement, la projetant contre le mur d'enceinte dont elle venait de sauter. Elle heurta la pierre avec un bruit sinistre ; mais aussitôt, elle s'accroupit, fit une roulade et attaqua de nouveau le Phage.

Leurs épées s'entrechoquèrent. Le sang jaillit de l'épaule de la Silencieuse. Le Phage tituba vers la gauche et tomba sur les genoux, mais se releva d'un bond sans effort apparent, repoussant de nouvelles attaques de la Silencieuse. Il plongea l'une de ses lames dans la cuisse droite de la combattante.

Elle cria de douleur, et Demos s'élança dans le dos du spectre. Il enfonça son épée dans le corps du Phage ; il ne sentit presque aucune résistance ralentir sa lame, si bien qu'il faillit empaler la Silencieuse sur la pointe, de l'autre côté.

Le Phage se retourna vers lui. Demos resta agrippé à l'épée et l'extirpa du corps de l'ennemi. En agitant la lame pour faire tomber les résidus ténébreux qui s'y accrochaient, Demos fit un pas en arrière.

— Comment faire pour te tuer, saloperie ? cracha-t-il.

Lorsque le Phage s'élança une fois de plus vers Demos, la Silencieuse fit un bond prodigieux, s'appuyant sur sa jambe valide, et fit passer son épée à travers le cou du revenant.

L'esprit poussa un nouveau hurlement, encore plus assourdissant et plus terrible que le précédent, raclant le crâne de Demos comme des ongles pointus. La chose lâcha l'épée qui lui restait et tendit une main vers la gorge de Demos, au moment même où sa tête basculait de ses épaules et allait rouler sur le sol.

Le cri continua. Demos s'accroupit, les mains sur les oreilles, s'efforçant de s'éloigner tandis que la créature s'effondrait sur les pavés. Il ne resta bientôt plus d'elle qu'un enchevêtrement fondu de lumière et d'ombres.

La Silencieuse tira sur l'épée plantée dans sa cuisse, mais Demos sut aussitôt que la plaie recélait une infection mortelle. La Silencieuse le voyait, elle aussi. Des traînées serpentaient de l'affreuse blessure, dessinant sous sa peau un réseau noir qui semblait suivre ses veines, grandes et petites. Le sang qui coulait de la plaie était moucheté de taches qui ne cessaient de grandir, faisant passer son sang du rouge au noir.

Elle regarda Demos, battit des paupières, fit quelques pas incertains vers un autre ennemi, puis s'écroula, morte.

Demos ramassa sa propre épée, refoulant l'effroi qu'il ressentait pour appréhender plus calmement la situation.

— Coupez-leur la tête! cria-t-il.

Une dizaine de gardes s'étaient déjà écroulés, et deux autres succombèrent sous ses yeux, fendus en deux par les épées des Phages; leurs plaies et leur sang s'assombrirent, contaminés par les ombres toxiques que répandaient les créatures.

N'ayant toujours pas réussi à détruire le portail, d'autres gardes passèrent par-dessus le mur d'enceinte, et pendant que les Silencieuses ferraillaient contre les Phages, ils longèrent le pourtour de la cour. Demos les accompagna. Le commandant Kurtness avançait en tête, et il fut le premier à atteindre le petit groupe de novices. Ils s'étaient placés en demi-cercle devant une ouverture menant aux premiers bâtiments de Yaris Teeg, formant une sorte de cordon de protection peu serré, comme pour empêcher les soldats d'avancer. Ils étaient presque nus, tremblants de froid, mais déterminés.

— Tout ceci n'est pas nécessaire! cria quelqu'un.

Il s'agissait du vieux prêtre, encore debout à l'arrière de la cour, le novice baju à ses côtés. Le jeune prêtre croisa le regard de Demos, et celui-ci vit quelque chose en lui qui lui déplut. Une attitude provocatrice qu'il n'avait jamais vue chez un Baju, auparavant. Une sorte d'arrogance, comme s'il connaissait un secret dangereux qu'il était impatient de révéler.

— Déclarez votre loyauté à la reine, ordonna Kurtness. (Les combats s'étaient interrompus un moment.) Laissez-nous entrer dans le temple, et le combat cessera peut-être.

— Sacrilège! s'exclama l'une des novices.

— Gemmy! dit le Baju d'un ton d'avertissement.

— Vous êtes dans un lieu sacré! insista la femme du nom de Gemmy. Nous servons les Quatre, avant toute chose, et ce que votre reine essaie de faire...

Kurtness et trois autres gardes firent un pas vers les six novices, les épées levées. Les jeunes prêtres pointèrent leurs lances en avant.

Kurtness rit.

— Moi, je sers la reine, avant toute chose, déclara-t-il avant d'attaquer avec son épée.

L'un des novices tomba, la lance brisée et la poitrine ouverte jusqu'aux côtes. Les autres crièrent et reculèrent, tous sauf celle qu'ils appelaient Gemmy. Elle brandit sa lance et la projeta sur Kurtness.

Celui-ci l'écarta d'un geste et bondit vers la novice.

— Non! rugit le prêtre baju.

Demos sentit quelque chose emplir l'air. Les combats avaient repris, dans la cour : on entendait de nouveau les cris, les grondements, le choc métallique des épées, les vociférations des Phages, le bruit des corps heurtant le sol. Mais à présent, il y avait quelque chose d'autre en jeu. Le sol semblait trembler sous les pieds de Demos. L'air vibrait, comme agité par les échos des cris abominables des Phages. Le soleil brillait, loin au-dessus de leurs têtes, faisant déferler sur la cour des vagues de chaleur qui lui brûlaient la peau et asséchaient ses yeux.

—Qu'est-ce que c'est que ça? marmonna Demos.

Kurtness attrapa Gemmy par sa robe, la souleva dans les airs et se prépara à la transpercer de son épée.

Le Baju hurla de nouveau :

—Non !

Autour du commandant Kurtness, le sol éclata. Les pavés s'arrachèrent à leur mortier pour venir le frapper à l'aine, à la poitrine et au visage. Kurtness lâcha la novice, qui tomba en arrière. Les autres traînèrent Gemmy pour la mettre en sécurité, tandis que Kurtness était criblé de coups par de lourdes pierres venues de toutes les directions, laissant chacune une marque. Plusieurs gardes accoururent pour le tirer en arrière, et ce n'est qu'alors que les pierres cessèrent de voler. Au même instant, cependant, une silhouette traversa la cour en direction de Demos, courant à toutes jambes, l'épée au clair. Demos se tourna, prêt à tuer ce fou qui se précipitait vers lui, jusqu'à ce que l'homme relève la tête. Demos, voyant son visage, le reconnut immédiatement.

—Fissel !

Le marin avait combattu avec lui au sein de la flotte de Daria. Fissel le rejoignit et se tourna, brandissant son épée, prêt à se battre de nouveau auprès de Demos.

—Qu'est-ce que tu fais là? questionna Demos, malgré sa joie de retrouver son camarade.

—On se bat d'abord, on discute après, répliqua Fissel.

Mais les combats avaient de nouveau cessé. Comme en réponse à un ordre silencieux, les Phages se retirèrent en marge de la cour, laissant les gardes et les Silencieuses au milieu des morts et des mourants.

Le vieux prêtre se tenait immobile, médusé ; il ne regardait pas le carnage qu'avaient perpétré les Phages, pas plus que l'endroit où était apparue l'inexplicable éruption, mais le Baju qui se trouvait à ses côtés.

— Blane ! cria le prêtre. Qu'est-ce que tu as fait ?

Mais l'homme qu'il appelait Blane ne l'écoutait pas. Il avait pris la femme, Gemmy, dans ses bras, et il l'examinait pour s'assurer qu'elle n'était pas blessée.

Demos donna un coup de coude à Fissel. Ils firent tous deux un pas en arrière en direction du portail encore fermé et du mur d'enceinte. L'air était chargé d'une mystérieuse énergie, une puissance potentielle qui faisait vibrer les os de Demos et pulsait douloureusement aux racines de ses dents.

— Reculez ! hurla-t-il.

Mais alors que les Silencieuses et les rares gardes restants obéissaient à cet ordre affolé, il vit Euphraxia émerger d'une porte, dans le coin opposé de la cour. La stupéfaction se peignit sur son visage, et son regard se dirigea aussitôt vers le Baju.

Elle sourit.

— C'est bien, Blane, lança-t-elle à travers la cour. C'est bien !

En entendant ces mots, Demos sentit toute la scène devenir très nette dans son esprit. À quarante pas devant lui se tenait la femme qu'il devait tuer. C'était une décision rationnelle, car c'était ce que Phela lui avait demandé, et lorsque Euphraxia serait morte, Myrinne et lui seraient libres de fuir cet horrible endroit avant qu'il ne glisse définitivement dans le chaos. Mais c'était aussi ce que lui dictaient ses émotions, car il s'agissait de la femme qui s'était délectée de sa déchéance, et qui l'avait fait battre et torturer par la malheureuse Souris.

Tuer Euphraxia mettrait un terme à cette partie de sa vie, et le propulserait vers un nouveau départ.

Cependant, lorsque Demos fit un pas en avant, la cour tout entière explosa en un maelström de pierres brisées et de chaleur étouffante, tournoyant en une spirale de plus en plus grande qui cueillit une Silencieuse et la déchiqueta en un instant, mêlant son sang, sa chair et ses os au tourbillon.

— Courez ! hurla quelqu'un.

Demos détesta la lâcheté qui perçait dans cette voix. Et pourtant, il savait que c'était la seule solution. Le Baju, Blane, était au cœur du chaos, et malgré l'absence de signes visibles, Demos sentait les vagues d'énergie déferler du novice. Il ne comprenait pas ce qui se passait, mais son instinct de survie n'avait pas besoin de comprendre. Manifestement, il n'était pas le seul à se sentir perdu : Demos remarqua que le prêtre avait fait un pas en arrière, bouche bée.

La seule personne qui ne trouvait apparemment rien à redire à la scène se tenait toujours dans l'embrasure de la porte où elle était apparue. Euphraxia arborait un sourire béat.

Elle rencontra le regard de Demos, mais elle ne parut pas furieuse à la vue de son esclave échappé. Au contraire, son sourire s'élargit. Demos y lut la promesse de souffrances bien pires, et il sut qu'Euphraxia était convaincue d'avoir déjà gagné.

Pas encore, songea-t-il.

Demos et Fissel tournèrent les talons et coururent vers le mur d'enceinte. D'autres gardes et quelques Silencieuses se dirigèrent vers le portail fermé, mais le maelström les rattrapa et les saisit, écrasant leurs corps contre la pierre et le bois. Le fait que Blane ait été concentré sur eux permit à Demos, à Fissel, à plusieurs Silencieuses et à un Kurtness blessé et couvert d'ecchymoses d'escalader le mur. Il n'était pas facile de trouver des appuis sur cette surface presque plane, mais la peur aiguillonnait Demos. La peur... ainsi que la rage qu'il ressentait en repensant au sourire d'Euphraxia.

Ce n'est pas fini, loin de là! pensa-t-il en tendant la main pour attraper l'un des grappins. Il se hissa au sommet du mur et jeta un seul regard en arrière.

La cour s'était muée en tornade effrénée de poussières et de cailloux, de sang et de corps, d'armes perdues et de morceaux de bâtiments. Par-delà la tempête, il distinguait ceux qui leur avaient infligé ce sort funeste : les novices, les prêtres et l'apex, ces serviteurs des dieux qui avaient mis en déroute les Silencieuses et la garde de Lartha. Les Phages étaient encore là, sous la forme d'un chatoiement presque imperceptible dans l'air. Mais les pouvoirs magiques de l'Ordre Supérieur s'étaient révélés plus dangereux encore. Demos avait été profondément ébranlé par le pouvoir qu'il sentait grésiller dans l'air, par l'existence d'une magie à laquelle il n'avait jamais vraiment cru. Mais il n'avait pas le temps de faire le point, pour le moment. Son effroi et sa sidération devraient attendre jusqu'à la fin du combat.

S'il survivait.

Demos sauta du mur et atterrit lourdement. Fissel l'imita, suivi de Kurtness, qui se réceptionna tant bien que mal à leurs côtés. Le commandant effleura une marque sanguinolente sur son front; mais malgré ses blessures, il semblait toujours aussi fort, endurci par l'expérience.

Après un signe de tête de Kurtness, ils se mirent à courir sans un regard en arrière.

Tandis qu'ils se hâtaient de quitter l'endroit, Demos songea que l'équilibre du pouvoir venait de changer radicalement. Ce qu'ils venaient de vivre, au cours des cinq dernières minutes, serait au cœur des légendes de Quandis pendant de longues années.

Il espéra qu'ils ne seraient pas tous morts avant.

Derrière eux résonna une grande explosion, et il se risqua à lancer un regard par-dessus son épaule. Les portes de Yaris Teeg s'étaient brutalement ouvertes. Une dizaine de caissons à végétaux éclatèrent et vinrent se mêler à la tornade.

Sans savoir où il allait, Demos courut à perdre haleine.

Personne n'avait jamais regardé Blane de cette façon. Pourtant, il avait déjà lu le dégoût dans les yeux d'autrui, et la haine, et parfois une sorte de pitié secrète, chez les gens qui ne détestaient pas les Baju, mais qui n'arrivaient tout de même pas à les apprécier. Même Gemmy, qui avait surmonté sa haine des Baju pour devenir son amie, puis son amante, semblait avoir peur de lui. Il lui avait sauvé la vie, puis l'avait serrée dans ses bras, mais à présent, elle s'écartait de lui, le regard incertain.

— C'était ça, ton secret ? demanda-t-elle doucement, en balayant du regard les corps éparpillés.

Il ne put que hocher la tête.

Gemmy observa Per Santoger, comme si le professeur détenait les réponses aux questions qui se bousculaient dans son esprit. Mais ce fut l'apex Euphraxia qui passa devant elle et s'arrêta à quelques mètres de Blane. Elle le regardait avec une lueur dans les yeux qu'il interpréta comme de la peur.

Lorsqu'elle prit la parole, il s'aperçut que ce n'était pas de la peur. C'était du respect.

— Je n'aurais jamais cru que quiconque puisse prendre le contrôle de la magie aussi vite et de façon aussi impressionnante, déclara l'apex. Et tu es un Baju, par-dessus le marché !

La mention de sa race ne le froissa pas. Il était fier de l'entendre.

— Et peut-être n'est-ce pas vraiment un hasard, ajouta-t-elle d'un air pensif.

Autour d'eux, la cour de Yaris Teeg ressemblait à un champ de bataille où se serait déroulé un combat extrêmement inégal. Il était difficile d'estimer le nombre de morts, tant les corps étaient éparpillés. C'était un spectacle atroce et écœurant, mais ce qu'il avait fait semblait étrangement lointain à Blane. Il avait l'impression de regarder des images peintes représentant ses actes, et non leur résultat concret. Tout était là, devant lui, et cependant, quelque chose le protégeait des conséquences de son geste.

Peut-être était-ce la magie. Si c'était cela, il lui en était reconnaissant.

Gemmy demeura à l'écart, mais les autres novices se rassemblèrent autour de lui. Comme Per Santoger, ils l'observaient avec une expression fascinée. Et effrayée. Ces deux réactions lui convenaient... sauf en ce qui concernait Gemmy. Blane ne voulait pas qu'elle ait peur de lui. Il avait envie d'aller la retrouver et de lui dire que c'était ce qu'il avait toujours désiré. Que cet étrange et terrible pouvoir allait peut-être lui permettre de sauver enfin son peuple.

Avant qu'il n'ait pu bouger, Euphraxia l'attrapa par le bras.

— Viens avec moi, ordonna-t-elle. Et vous aussi, Per Santoger.

Blane regarda Gemmy, qui se contenta de hocher la tête. On ne disait pas « non » à l'apex. Blane détourna donc les yeux, et suivit Euphraxia dans l'ombre d'une porte menant hors de la cour. Une fois que le paysage dévasté eut disparu, il aurait presque pu croire que rien de tout cela n'était vraiment arrivé.

— Ils reviendront, déclara Per Santoger.

— Au bout d'un moment, oui, répondit Euphraxia. Mais ce n'est pas ce qui m'inquiète le plus. Phela est en route vers les tombeaux, j'en suis certaine.

— Elle y est allée plus souvent que moi, ajouta Blane. Et elle a des prêtres de l'Ordre Supérieur pour l'aider à accomplir les rituels.

— Nous devons l'arrêter. Si elle réalise ses ambitions, son pouvoir sera…

— Supérieur au mien ? suggéra Blane.

Euphraxia lui sourit, comme à un enfant.

— Ton pouvoir n'est rien en comparaison, dit-elle.

Elle se renfrogna et jeta un regard en haut de la colline, vers la silhouette du Temple des Quatre qui s'y découpait, loin au-dessus d'eux.

— Je suis sûre qu'ils ont aussi attaqué le temple principal, mais leur assaut a dû être repoussé. Je dois me rendre au temple, et descendre jusqu'aux tombeaux…

— Apex, je vais vous accompagner, proposa Per Santoger. Nous emmènerons tous les prêtres de l'Ordre Supérieur capables de manier un tant soit peu la magie, et nous la combattrons au temple, ou dans les souterrains. Peut-être qu'à nous tous, nous serons de taille à lutter contre la reine.

—Peut-être, répondit Euphraxia. En tout cas, je suis d'accord : nous devons nous rendre au Temple des Quatre, et la combattre là-bas. Mais si Phela convoite la magie, elle n'hésitera pas non plus à utiliser ses troupes pour prendre le contrôle de Lartha. Tous ceux qui s'opposent à elle seront tués, y compris les prêtres et les novices. (Elle regarda Blane.) Je ne suis pas quelqu'un de bien, Blane. Inutile de prétendre le contraire.

—Apex ! murmura Per Santoger.

Euphraxia ignora sa brève exclamation de surprise.

—Mais je demeure infiniment moins dangereuse que ne peut l'être Phela, acheva-t-elle.

—Apex... Ma sœur..., dit Blane.

Il s'interrompit. Le message qu'il avait reçu lui paraissait si incroyable qu'il se demanda s'il ne l'avait pas rêvé. Il tira le papier chiffonné de sa poche et le déroula. Ce n'était pas un rêve. Il le tendit à Euphraxia, et la vit écarquiller les yeux à mesure qu'elle lisait.

—L'amirale Daria Hallarte, dit Euphraxia d'un ton éberlué.

Elle regardait le parchemin comme s'il ne pouvait être réel. Elle releva les yeux vers Blane.

—L'amirale Hallarte est ta sœur. Une Baju...

Blane acquiesça.

—Je pourrais aller à sa rencontre. Lui expliquer ce qui s'est passé ici.

—Oui. Fais-le, dit Euphraxia. Nous ne pouvons qu'espérer que l'amirale Hallarte sera fidèle à Quandis, et non à sa reine désaxée. (Un coin de sa bouche s'étira, formant presque un sourire.) On dirait qu'après avoir été invisibles durant des siècles, les Baju sont sur le point d'entrer dans l'histoire.

Le cœur de Blane se gonfla de joie. C'était tout ce qu'il avait toujours désiré.

Au fond de lui, comme une créature vivante, la chaleur de la magie pulsait au rythme des battements de son cœur. Peut-être qu'avec l'aide de Daria, il réussirait à terminer ce qu'il avait commencé, et à devenir le vrai Kij'tal. Non pas un mythe, mais un véritable sauveur pour son peuple. Une nouvelle légende.

Chapitre 18

Dans le labyrinthe qui s'étendait sous la cité où elle était née, la cité qu'elle avait toujours été destinée à gouverner, Phela sentit son cœur se gonfler d'émerveillement. Depuis l'enfance, elle avait Chuchoté entre les murs du palais, elle avait pressé son oreille contre les fentes et écouté les secrets les plus intimes, dans l'espoir de résoudre les mystères de son monde et des gens qu'elle rencontrait au fil des jours. Et cependant, même cette Phela-là – avec sa longue expérience des énigmes, son talent pour la discrétion et son esprit brillant que sa mère l'avait aidée à aiguiser – n'aurait pas été capable de se frayer un chemin entre les pièges, les ruines et les méandres des tunnels dans les tréfonds de la colline du Palais. Les prêtres de l'Ordre Supérieur, des siècles auparavant, étaient parvenus de façon très ingénieuse à rendre les tombeaux beaucoup plus simples d'accès depuis la colline du Temple que depuis le palais. Ils avaient jalonné le trajet de diversions, d'embûches et d'écueils frustrants, afin que tout visiteur finisse par se décourager.

Tous, sauf elle.

Phela était accompagnée de prêtres de l'Ordre Supérieur, mais même Per Ristolo n'était pas assez vieux pour traverser seul ce dédale périlleux. Lui et Per Stellan possédaient de petits brins de magie, un peu de sagesse et quelques souvenirs, mais Phela, elle, respirait la magie.

À la différence des membres de l'Ordre Supérieur, elle avait dédié toute son âme à chacun des Quatre, et non à un seul, et elle sentait leur présence plus intensément que les autres n'en semblaient capables. Les prêtres l'aidaient, certes, mais les Quatre n'appelaient qu'elle, l'attirant le long du labyrinthe comme s'ils désiraient l'accueillir tout autant qu'elle souhaitait les rejoindre.

— Pensez-vous encore que je me suis précipitée ? demanda-t-elle, emplie de fierté et de bonheur. Doutez-vous encore du fait que le Sang des Quatre coule en moi, et que je suis destinée à hériter de leur pouvoir ?

Ils étaient baignés par une clarté dorée et improbable qui filtrait par les crevasses du plafond, sans source visible. Per Ristolo et Per Stellan s'arrêtèrent derrière elle pour contempler à leur tour ce spectacle, et elle entendit la respiration sifflante du vieil homme. La magie l'avait longtemps gardé en vie, mais après deux cents ans, son corps commençait à faiblir. Derrière les deux prêtres de l'Ordre Supérieur, Shome restait cachée dans l'ombre.

— Vous voulez que je vous réponde franchement ? interrogea Per Stellan.

Son orbite vide semblait darder sur Phela un regard plus sévère encore que son œil valide.

Phela observa la ruine en contrebas. Une tour de pierre, bâtie par le Premier Peuple avant l'arrivée des dieux dans ce monde, était tombée sur le flanc et s'était effondrée. Un torrent ruisselait autour de l'édifice et à travers lui, coulant des fenêtres par lesquelles le Premier Peuple contemplait autrefois les Sept Collines. Elle se demanda à quoi ressemblait Lartha, à l'époque, comment elle s'appelait dans leur langue, et ce qu'elle aurait pensé en voyant ces gens. Il y avait là d'autres vestiges de bâtiments ancestraux, dont un pont de pierre, cassé en deux. Le dernier tunnel les avait menés jusqu'à cette corniche, surplombant la tour et le pont en ruine. Des dalles avaient été disposées pour former une sorte d'escalier, menant au pont brisé. À cinquante mètres de l'extrémité du pont, de l'eau tombait du plafond en un rideau argenté qu'elle connaissait bien, depuis quelques semaines. Derrière le voile d'eau, on apercevait les formes familières des tombeaux des Quatre, sur leur estrade carrée ; cependant, Phela ne les avait jamais vus sous cet angle. Aucun être vivant ne s'était jamais tenu sur cette corniche auparavant.

La reine se tourna pour sourire à Per Stellan.

— Allez-y, prêtresse. Dites-moi ce que vous croyez être la vérité.

La femme venue de l'Anneau hocha lentement la tête, soutenant son regard sans se démonter.

— Vous possédez une affinité naturelle avec la magie. Votre mère l'avait aussi, quoiqu'elle ne soit pas en état de la contrôler, diminuée qu'elle était par l'épissa. Vous vous êtes bien débrouillée, jusqu'à maintenant. Je vous ai juré ma loyauté, et je ne manquerai pas à ce serment, mais ce que vous nous demandez est de la folie pure. La magie des dieux irradie encore de leurs tombeaux et couve au sein de leurs dépouilles. Ces rituels vont créer une ouverture en vous afin que la magie s'y engouffre directement, sans que vous puissiez espérer la contrôler. Je ne sais pas si vous en recevrez la totalité – il est possible que le pouvoir que recèlent encore les Quatre n'ait aucune limite –, mais quoi qu'il en soit, vous ne serez pas capable de le contenir. Les Quatre étaient des sorciers, déjà vieux avant de devenir des dieux, et ils étaient quatre. Vous, vous êtes seule.

Phela renifla de mépris, par pur réflexe. Elle avait envie de tuer cette femme. Si elle n'avait pas eu besoin des services de Per Stellan, elle aurait peut-être demandé à Shome de s'en charger sur-le-champ. Mais Phela n'était pas assez naïve pour ne pas sentir ses paroles résonner en elle. Ils lui firent l'effet d'une cloche, sonnant dans sa tête ; et une fois qu'on avait frappé sur une cloche, il était inutile d'espérer revenir en arrière. Et pour cette raison, Phela, reine de Quandis et chef de la Foi, hésita. La magie lui picotait la peau, et partout, elle voyait scintiller les étoiles bleues, l'énergie rayonnante qui maintenait le monde en un seul morceau. Combinée à cet environnement invraisemblable, son hésitation aurait dû la faire paniquer ; et effectivement, elle ressentit une certaine nervosité. Mais étrangement, elle se sentit aussi rassérénée. Si elle était encore capable de douter, cela signifiait qu'elle n'était pas devenue folle.

Elle n'était pas devenue comme sa mère.

— Per Ristolo, dit-elle en se tournant vers le prêtre. Êtes-vous d'accord ?

Le vieil homme se tenait toujours au bord de la corniche, contemplant les ruines, le rideau d'eau et les tombeaux avec une expression sereine.

— Plus maintenant, répondit-il en se tournant pour lui sourire. J'avais des doutes, c'est vrai, mais ils ont été balayés.

Per Stellan se raidit.

— C'est la magie sans entraves, sans personne pour la museler, qui a détruit la Première Cité.

— Ce sont des légendes…, commença Per Ristolo.

— Des légendes dont les ruines se trouvent tout autour de nous ! rugit Per Stellan.

Elle ouvrit les bras, embrassant d'un geste le pont brisé et la tour détruite.

Phela ressentit une bouffée de colère, mais Per Ristolo s'approcha de sa consœur avant que la reine n'ait pu réagir. Le vieil homme posa une main sur l'épaule de Per Stellan, et plongea son regard dans son œil indemne.

— Vous n'êtes pas descendue jusqu'ici pour abandonner maintenant.

— Je suis venue jusqu'ici parce que ma reine me l'a ordonné. Et vous, Per Ristolo, vous êtes descendu ici parce que Sa Majesté a menacé de tuer tous ceux que vous aimez.

— C'est faux, rétorqua Per Ristolo. Si ce que vous craignez se produisait, ils mourraient, de toute façon. Je suis venu parce qu'il s'agit de leur meilleur espoir de survie, et du nôtre. Et… avouez-le, ma sœur, vous êtes venue parce qu'au fond de vous, vous vous demandez ce qui va se passer. Au fond de vous, vous brûlez de savoir si l'âge des Quatre est susceptible de recommencer.

Per Stellan baissa la tête. Dans l'ombre, Shome s'avança, mais la reine Phela lui fit signe de s'immobiliser. Au bout d'un moment, Per Stellan poussa un soupir et soutint le regard de Per Ristolo.

— Je dois reconnaître que j'ai peur, dit-elle.

Phela la prit par la main et l'embrassa sur la joue.

— La peur, c'est la sagesse, prêtresse. Courage! Les Quatre sont avec nous. Avec moi. Je le sens.

C'était la seule vérité, pure et authentique. L'appel des dieux, le chant qui semblait vibrer dans le cœur de Phela, était de plus en plus fort. Ils savaient qu'elle était toute proche, et que l'avenir était sur le point de commencer.

Ils se tenaient dans l'eau, qui leur arrivait à mi-cuisse. Le bassin était si saturé de magie que Phela avait l'impression de sentir des flammes glacées lui lécher la peau.

L'onde tourbillonnait au rythme de ses étranges courants, et possédait la couleur et l'aspect d'une étoffe de soie bleue. La reine Phela savoura ces sensations, laissant la magie déferler sur elle, l'aspirant, puis tendant les mains pour se draper dans l'air scintillant. Per Ristolo et Per Stellan se tenaient de part et d'autre de Phela, et elle voyait leurs visages changer au fil de leurs émotions, exprimant tantôt la terreur, tantôt l'extase.

— Agenouillez-vous, demanda Per Ristolo. Agenouillez-vous, ma reine, devant Dephine et Charin, devant Bettika et Anselom. Laissez les Quatre vous apporter leur bénédiction.

Phela s'abandonna et tomba à genoux, l'eau montant jusqu'à sa gorge. Son pantalon de lin collait à ses jambes, tandis que sa longue cape flottait derrière elle comme des ailes de faucon. Per Stellan posa une main sur le crâne de Phela, et se mit à psalmodier les paroles d'un rituel qui lui était devenu familier. Mais alors, les mots changèrent. Le rituel n'était plus le même. L'énergie de l'air et le crépitement de l'eau parurent envelopper Phela. Elle sentit le duvet de ses bras se hérisser. Lorsqu'elle inspira, elle eut l'impression de ne plus rien peser, comme soulevée non plus par l'eau, mais par la magie. Sa chair et ses os semblaient avoir été libérés de l'emprise du monde.

— Bettika, dit Per Ristolo.

Il posa sa main sur celle de Per Stellan, et le rituel se poursuivit. Les mots s'enchaînèrent. Le vieux prêtre rejeta la tête en arrière, et lorsque Phela le regarda, elle vit des larmes couler sur ses joues.

— Dephine.

— Anselom, dit Per Stellan. Charin.

La reine Phela pencha la tête en arrière.

— Je m'ouvre à vous. Mon sang est à vous. Votre sang est à moi.

Ils avaient passé plus d'une heure dans l'eau, tout près des tombes. Plus d'une heure afin d'atteindre ce moment, de se purifier et de rendre hommage à chacun des Quatre individuellement, et enfin, à tous les dieux réunis. À sa grande stupéfaction, la reine s'aperçut qu'elle aussi s'était mise à pleurer, et à trembler avec une extase que personne d'autre n'avait jamais pu susciter en elle. Elle poussa une exclamation. Du coin de l'œil, elle décela un mouvement qui attira son attention, et vit Shome qui s'approchait, craignant peut-être que Phela ne soit en danger. L'assassin s'était avancée jusqu'au rideau d'eau, mais pas plus loin, ne voulant pas se trouver trop près des tombeaux, dans l'intimité même des Quatre. Shome était entraînée à affronter tous les dangers sans sourciller, et pourtant, même la Silencieuse n'était pas tout à fait à l'aise dans cette situation.

— Bettika, dit la reine Phela, énumérant les Quatre à la manière des prêtres.

La magie se rua en elle avec une telle sauvagerie qu'elle cria de nouveau, cette fois sans la moindre notion de plaisir. Elle toussa et voulut respirer, mais elle sentit son nez se mettre à saigner, et sa bouche s'emplit de ce goût métallique.

— Dephine, poursuivit-elle d'une voix étranglée.

Cette fois, la magie la transperça en pleine poitrine, d'une pointe de douleur qui s'immisça en elle, puis s'épanouit en une grande vague de souffrance. Phela voulut crier de nouveau, mais l'eau s'engouffra dans sa gorge. Ses yeux s'ouvrirent brusquement – elle n'avait même pas eu conscience de les fermer – et elle se retrouva sous la surface de ce bassin luisant, soyeux et crépitant.

Avec un rugissement, elle se campa sur ses jambes et se propulsa vers le haut, vers la surface de l'eau. Elle n'était plus à genoux, mais elle saignait toujours du nez, et à présent des yeux et des oreilles. Elle les essuya, et sentit quelque chose de tiède couler sur sa cuisse ; elle sut alors qu'elle s'était mise à saigner entre les jambes, également. La magie se déchaînait en elle, lui tordant les entrailles, ruisselant dans ses veines et tambourinant dans son cœur, comme deux lions se livrant une lutte acharnée dans sa poitrine.

Sa vue s'était brouillée. Elle se tourna vers Per Stellan. Elle tendit les mains, et l'agrippa par la gorge.

— Qu'avez-vous fait ?

Per Ristolo empoigna les cheveux courts de la reine et la tira en arrière, l'obligeant à lâcher la prêtresse. La tenant toujours par les cheveux, il obligea Phela à le regarder, à se concentrer sur lui.

— Majesté, écoutez-moi. Nous avons commis une terrible erreur…

La reine Phela lui donna un coup de poing sur la tempe, le faisant tomber dans l'eau, et le domina de toute sa taille. Ses émotions, comme la magie des deux divinités, se faisaient la guerre dans son esprit.

Shome apparut comme par enchantement et vint se placer devant le vieil homme, prête à le tuer si sa reine lui en donnait l'ordre.

— Arrêtez ! cria Per Stellan. Écoutez-le. Je sais que vous le sentez, reine Phela. La magie est déséquilibrée. Sans harmonie, elle vous déchirera de l'intérieur. Per Ristolo veut vous satisfaire. Il veut apporter la magie au monde, voir Quandis devenir un royaume qui recouvrira le monde entier, d'horizon en horizon, et même au-delà. Et moi… Par les dieux, c'est ce que je veux, moi aussi ! Mais vous devez nous faire confiance…

Phela haleta, s'efforçant de ralentir sa respiration et d'apaiser la guerre qui sévissait en elle. À nouveau, elle essuya le sang qui coulait de ses yeux et de son nez. L'écoulement semblait s'être ralenti, et cela la tranquillisa. Peut-être n'allait-elle pas mourir tout de suite.

— Et maintenant ? interrogea-t-elle.

Elle pointa Per Ristolo du doigt. Le prêtre était toujours recroquevillé dans l'eau, hésitant à se redresser de peur que Shome lui arrache le cœur. Comme si Phela avait encore besoin que les Silencieuses tuent ses victimes à sa place.

— Vous avez dit que nous avions commis une terrible erreur.

La foi se mit à briller dans les yeux de Per Ristolo.

— Nous avons eu tort d'effectuer cette tentative ici. Vous vouliez être proche des tombeaux, vous trouver parmi les Quatre, et je comprenais votre désir. Mais la profondeur de l'eau empêche de déterminer précisément le point d'harmonie. L'axe.

La reine Phela plissa les yeux. Elle balaya la vaste salle du regard, examina les tombeaux, puis pencha la tête en arrière et regarda vers le haut. L'eau s'éleva en rubans autour d'elle, comme si elle cherchait à atteindre le plafond de cette grande cathédrale souterraine. Un vent soudain se mit à souffler, dansant avec les rubans aquatiques, et Phela sut que ce qu'elle avait senti correspondait aux magies de Dephine et de Bettika, et qu'elles voulaient la même chose que Phela. Elle en était certaine.

— L'axe, répéta-t-elle.

— Oui, reprit Per Stellan. Sur la place au milieu du Temple des Quatre, le point d'harmonie se trouve très précisément au centre, là où se rejoignent les lignes de pouvoir des quatre tours.

La reine Phela tendit la main à Per Ristolo et l'aida à se remettre debout.

— Nous aurions dû y penser plus tôt, commenta-t-elle.

— Ce n'est pas comme si nous avions un précédent auquel nous référer, Majesté, répliqua Per Stellan.

Toujours aussi effrontée, songea Phela. Mais avant qu'elle ait pu exprimer son mécontentement à la prêtresse, Per Ristolo ajouta :

— Pour avoir la moindre chance de réussir ce rituel, il faudrait l'accomplir au temple. Je...

— Oui ? Parlez ! s'impatienta Phela.

— Je m'inquiète, à présent que je vous ai vue saigner. Après qu'une telle douleur vous a été infligée. J'ai peur que même vous, même l'héritière du Sang...

Il ne termina pas sa phrase. C'était inutile.

— Je saigne, oui, mais ce sang est le Sang des Quatre, et ce qu'il m'en reste est toujours aussi puissant. Non... ce n'est pas cela qui m'inquiète, dit la reine Phela. Le Temple des Quatre est infesté de traîtres et d'hérétiques : vos frères et vos sœurs qui refusent d'accepter mon autorité en tant que chef de la Foi. Euphraxia a dû rassembler tous les prêtres, à présent. Nous avons des alliés parmi eux, mais nous devons tuer tous ceux qui s'opposent à nous, si nous voulons pouvoir terminer cette cérémonie.

Les prêtres de l'Ordre Supérieur, devenus ses serviteurs, savaient qu'ils n'avaient pas intérêt à la contredire.

Phela se tourna vers Shome.

— Les autres sont-ils en position ?

Shome hocha la tête, et la reine lui sourit.

— Parfait, dit Phela. Dans ce cas, nous allons remonter vers la surface, par un chemin qui nous est plus familier, cette fois. Ceux qui se trouvent au temple ne s'attendront pas à nous voir arriver d'en bas.

— Et s'ils acceptent de plier devant vous ? questionna Per Stellan. S'ils se rendent sans combattre ?

La reine Phela sourit.

— Peut-être devriez-vous passer le trajet vers la surface à prier pour que ce soit le cas.

Demos marchait d'un pas vif le long du pont qui reliait la colline du Temple à celle du Palais. Tout son dos était parcouru de picotements, s'attendant à recevoir une lame, tandis que son crâne vibrait dans l'attente d'un coup de matraque. Aux yeux des gardes qui l'entouraient, son père était un Pentiste et un traître. Personne, à l'exception du commandant Kurtness, ne savait qu'il avait échappé à sa propriétaire — les autres pensaient sans doute qu'il avait été affranchi —, mais tous savaient qu'il avait été esclave. Certes, il était noble, fils de baron, héritier d'un des Cinq Premiers Clans, guerrier honoré pour services rendus à la Couronne… mais il avait perdu tout cela. Son honneur avait été balayé. Pour ceux qui n'étaient pas au fait des dernières nouvelles, sa marque d'esclave, apposée au fer rouge au dos de sa main, suffisait à le trahir. Sa peau restait plus sensible qu'ailleurs, là où cette marque avait été imprimée dans sa chair, mais même lorsque toute gêne physique aurait disparu, elle le brûlerait encore. Ce symbole était pour lui comme un signal lancé au reste du monde, attirant l'attention, proclamant sa présence.

Esclave ou non, la reine Phela lui avait ordonné d'aller attaquer Yaris Teeg aux côtés des gardes, et il s'était exécuté. Il avait même revêtu un uniforme. De nombreux soldats avaient été tués avant qu'ils ne soient forcés de battre en retraite, et à présent que sa mission avait échoué, il s'attendait à être puni. Phela avait-elle ordonné à ses fidèles de le tuer, le cas échéant ?

Ou bien leur avait-elle tout simplement donné cet ordre, quelle que soit l'issue de la mission ?

Il continua d'avancer en direction de l'autre extrémité du pont, attendant le coup fatal. Il se fichait bien de savoir quelle cicatrice ils lui laisseraient. À présent qu'il s'était libéré, il ne redeviendrait jamais esclave. Il préférait recevoir un couteau dans le dos. Au moins, il serait mort libre.

— Qu'est-ce qu'on fait ? lui glissa Fissel en se rapprochant de lui, au milieu du groupe de gardes.

Demos jeta un coup d'œil par-dessus son épaule, mais le commandant Kurtness semblait presque avoir oublié sa présence. Celui-ci aboya quelque chose à ses hommes, leva les yeux vers le palais, puis se tourna pour regarder le temple, et les enjoignit de presser le pas.

— Tais-toi tant qu'on ne pourra pas parler tranquilles, chuchota Demos à Fissel. Question de vie ou de mort.

Le marin tira sur sa barbe maculée de sang, et agita nerveusement les doigts. Ils lui avaient confisqué son épée, préférant ne pas se fier à un soldat qu'ils avaient trouvé à l'intérieur de Yaris Teeg. Fissel s'était montré sincère, leur expliquant que l'amirale Hallarte l'avait envoyé porter un message à l'un des prêtres novices, mais cela n'avait fait que décupler les soupçons du commandant Kurtness. Pourquoi un prêtre ? Que contenait donc ce message ?

Fissel affirmait ne pas connaître les réponses à ces questions, et peut-être était-ce vrai, mais Kurtness ne l'avait manifestement pas cru. Demos avait défendu son ami, jurant que Fissel était loyal à l'amirale Hallarte et, par conséquent, à la Couronne, et qu'il disait certainement la vérité. Kurtness l'avait épargné, mais prévoyait de le mettre au cachot jusqu'au moment où il pourrait l'interroger plus longuement. Le commandant avait toujours paru honnête à Demos. Il paraissait quelque peu perturbé par le chaos qui régnait désormais à Lartha, mais il suivrait les ordres de la reine, quoi qu'il arrive. Demos en était convaincu, et cela rendait le chef des gardes très dangereux pour lui et pour Fissel, à l'heure actuelle.

Le ciel était chargé de lourds nuages, et un vent froid soufflait en rafales entre les collines de la ville, balayant les versants, sifflant au-dessus et en dessous des ponts, faisant claquer les drapeaux et ployer les arbres. La pluie venait de commencer à tomber, légère d'abord, mais promettant de s'intensifier.

— Les voilà ! cria l'un des gardes.

La dizaine d'hommes et de femmes qui constituaient leur groupe pressa le pas.

Au bout du pont, là où il rejoignait la base de la colline du Palais, un détachement de gardes les attendait. Il s'agissait de quatre sections dont chacune comptait environ une quarantaine de soldats, parfaitement alignés. Demos avait déjà vu des formations similaires, et il savait de quoi il s'agissait : des unités d'assaut, prêtes au déploiement. Fissel se remit à parler, et Demos le fit taire d'un seul regard. Ce n'était pas le bon moment pour poser des questions à voix haute. Chacune des quatre unités était accompagnée de deux Silencieuses, toutes de gris vêtues, dont la posture annonçait clairement les intentions. Elles n'étaient plus censées se tapir dans l'ombre. Si la reine les avait envoyées dans la capitale, c'était pour tuer.

— Commandant ! appela un sergent en quittant la formation la plus proche.

Demos reconnut cet homme : c'était Konnell, l'ami qui avait fait entrer Myrinne dans sa cellule lorsqu'il avait été arrêté. Apparemment, le jeune garde avait été promu.

— Unités de garde en position, en attente du signal, monsieur, annonça Konnell.

Kurtness, encore affaibli par ses plaies sanglantes et ses contusions, rejoignit le sergent.

— Renvoyez deux unités au Temple des Quatre, ordonna le commandant.

— Tout de suite, monsieur.

— Envoyez les deux autres unités à Yaris Teeg. Faites attention, ils ont des Phages avec eux. Et un prêtre qui manie… la magie.

— La magie ? répéta Konnell.

— Une force dangereuse. Puissante. Mais nous devons l'affronter. Certains prêtres iront se réfugier dans les souterrains, mais ne les poursuivez pas. Bouchez les issues et surveillez-les. L'édit de la reine Phela entre en action dès maintenant. Acceptez toute reddition, mais exécutez toute personne qui refuse de lui jurer fidélité.

Le sergent Konnell blêmit.

— Toute personne, commandant ? Mais… et l'apex ?

— L'apex en particulier, cracha Kurtness. Si vous parvenez à l'approcher, tuez-la sans sommation. La reine donnera une île au garde qui lui rapportera la tête d'Euphraxia.

Demos sentit ses entrailles se crisper lorsqu'il entendit des gardes pousser des grognements de satisfaction. Certes, quelques-uns paraissaient mal à l'aise, mais aucun d'entre eux n'était prêt à désobéir pour autant. Quelques instants plus tard, les unités se mettaient en branle, empruntant le pont que Demos et ses compagnons venaient de traverser. Il était clair que ce plan était en place depuis le début. Si l'assaut initial échouait, il suffirait à distraire les prêtres qui suivaient toujours l'apex, et à leur donner l'illusion de la victoire. Mais à présent, le sergent Konnell emmenait quatre fois plus de gardes que n'en avait compté la première attaque. Les prêtres ne tiendraient pas longtemps face à eux, même en usant de magie pour se défendre. Les Phages pourraient éventuellement rendre le combat plus équitable, mais les Silencieuses compensaient cet atout.

Soit les prêtres se rendraient, soit ils seraient massacrés.

Fissel tapota l'épaule de Demos.

— Regarde là-bas.

Au loin, de la fumée s'élevait de deux collines : les foyers ancestraux des clans Cervebois et Daklan. Plus près encore, ils virent brûler un groupe de maisons de marchands à quelques centaines de mètres de là, sur la route menant au palais.

— Apparemment, ils n'ont pas attendu le signal, dit Kurtness d'un air sombre. Allons-y. Nous devons prendre part au quadrillage du quartier des courtisans. Toutes les familles doivent se soumettre à la reine. (Il lança un regard insistant à Demos et Fissel.) Tous les soldats ou marins sont tenus de prendre les armes au service de la reine, dont les ordres ont été relayés par mes soins.

— Il y a une hiérarchie à respecter, objecta Fissel.

— Et la reine se trouve tout en haut. Ses ordres l'emportent sur tous les autres, rétorqua Kurtness.

Il donna une tape dans le dos de l'une de ses gardes, puis la poussa en avant pour signifier à sa troupe de se mettre en route.

— N'ayez pas peur de faire couler le sang, recommanda-t-il. Inutile d'espérer passer la nuit sans avoir à tuer personne, alors mettez-vous ça dans le crâne dès maintenant.

Les dix hommes et femmes qui les accompagnaient, et faisaient partie de l'élite des gardes de Kurtness, passèrent en file devant eux. Le commandant fit un pas vers Demos et le regarda dans les yeux.

— Un commentaire à faire, Kallistrate ?

— Je ne viens pas avec vous. Et Fissel non plus.

— Je vous ai donné un ordre.

Demos sourit et pencha la tête sur le côté.

— La reine Phela m'a ordonné d'attaquer Yaris Teeg avec vous, puis de revenir la voir, ainsi que la princesse Myrinne. Vous venez de dire que les ordres de la reine l'emportaient sur tous les autres. À moins que vous ne vous considériez comme une exception, je pense que vous conviendrez que je me dois de respecter ses instructions.

Le commandant Kurtness se tourna vers Fissel, les yeux plissés. Il s'apprêtait sans doute à protester, mais juste à ce moment-là, les cloches de la Flèche de l'Os se mirent à sonner. Blanche et cannelée, comme un gigantesque instrument de musique, la tour transperçait le ciel au-dessus du palais. Elle était deux fois plus petite que la Flèche du Sang, mais bien plus appréciée, en raison de ses cloches. *Cela va changer aujourd'hui*, pensa Demos en voyant les gardes autour de lui se raidir. Les gens n'aimeraient plus la Flèche de l'Os, dorénavant.

— J'imagine que c'était le signal que vos gardes étaient censés attendre ? suggéra Demos.

— Partez, lui lança Kurtness. Mais pas seuls.

Il agrippa l'épaule d'un de ses soldats, un homme d'apparence monstrueuse, arrogant mais compétent, et beaucoup moins bête qu'il en avait l'air.

— Cofflin s'assurera que vous regagnez bien le palais.

Le garde savait qu'il n'avait pas intérêt à protester, mais il parut déçu. Le commandant Kurtness s'éloigna en courant avec le reste de sa troupe, les cloches sonnant encore à toute volée. Le vent redoubla ; à chaque rafale, le son des cloches se faisait à la fois plus puissant et plus doux.

Cofflin essuya la pluie qui lui ruisselait dans les yeux, et gratifia Demos et Fissel d'un regard hostile.

—Allez, on y va. Plus on ira vite, mieux ce sera, déclara le garde au visage disgracieux. Ne faites pas les idiots, et on arrivera tous à bon port ce soir. (Il adressa un sourire narquois à Demos.) Même si certains coucheront dans des lits plus chauds que d'autres.

Cofflin fit signe à Demos d'ouvrir la marche, suivi de Fissel. Ils entreprirent l'ascension de la colline, s'avançant dans l'ombre du palais sous la pluie battante.

Au premier angle mort, alors qu'ils se trouvaient encore à presque un kilomètre du palais, Fissel s'enfuit soudain en courant. Cofflin lança un juron sonore et s'élança à sa poursuite. Demos tua le grand homme d'un coup d'épée, avant qu'il ait pu faire trois pas. Fissel se hâta de rejoindre Demos, et ils restèrent un moment immobiles, à regarder le sang qui se mêlait à l'eau de pluie ruisselant sur les pavés.

—On peut parler, maintenant? plaisanta Fissel en se baissant pour récupérer l'épée de Cofflin.

Demos se remit à marcher, toujours en direction du palais.

—Oui, mais fais vite, mon vieil ami. Myrinne m'attend, et nous avons des décisions à prendre.

Fissel se mit à parler, et à chaque mot qu'il prononçait, le cœur de Demos devenait plus léger. Il ne fut pas réellement surpris d'apprendre que l'amirale Hallarte avait ramené une flotte qui s'approchait en ce moment même par le fleuve Susk, mais cette nouvelle le remplit d'espoir. Lartha était en train de vivre un jour funeste, et les gens allaient être à la fois terrifiés et révoltés par l'attitude de Phela envers le Temple des Quatre et l'apex. Bien que le peuple n'ait sans doute pas fomenté de rébellion avant cela, si Daria voulait vraiment faire la guerre à la reine, et prendre la cité à la Couronne, elle trouverait certainement des alliés parmi les mécontents et les opprimés.

— Je n'aurais jamais imaginé tout ça, commenta Demos en pressant le pas.

— Ce n'est pas tout. On a appris quelque chose de très surprenant, aussi, poursuivit Fissel. Ça concerne l'amirale.

Demos se plaqua à un mur pour jeter un coup d'œil au coin de la rue. Les portes du palais étaient gardées, bien entendu, mais il avait été envoyé en mission avec le commandant Kurtness, et il portait la cape des gardes de Lartha. Myrinne devait attendre son retour de l'autre côté de l'entrée, comme ils l'avaient convenu, à moins que Phela ne l'ait fait enfermer dans ses appartements.

— Qu'est-ce qu'elle a ? interrogea Demos en tournant dans la rue pour se diriger vers les portes.

— Elle est baju.

— Ce n'est pas drôle.

Fissel l'attrapa par le bras.

— Je ne rigole pas.

Demos ralentit, et lut dans les yeux de l'autre marin qu'il ne plaisantait pas, bien au contraire. Un frisson parcourut Demos, et l'espace d'un instant, il fut envahi d'un dégoût familier. Puis il pensa à Souris, à Tollivar et à sa propre enfance. Aux Baju exécutés et bannis ces dernières semaines. À la femme aux côtés de laquelle il avait livré bataille, la femme qu'il avait suivie. Daria Hallarte était l'une de ses plus proches amies. Et au-delà de cela, elle avait été son officier. Chaque fois qu'il s'était battu sous ses ordres, il avait espéré mériter son approbation. Et bien que le choc initial l'ait ébranlé un instant, cette révélation ne changeait rien à tout cela.

— Ses yeux…, murmura-t-il.

Fissel leva les deux mains.

— Je n'en sais pas plus. Je n'ai pas entendu toute l'histoire, mais je te promets que c'est vrai.

— Et la flotte la suit toujours, dit Demos d'un ton songeur.

— En majeure partie, oui. Sans parler de plusieurs milliers de Baju dans une ribambelle de petits bateaux qui n'auraient même pas dû dépasser les eaux de l'Anneau. Mais ils la suivent.

Demos imagina une file de petits navires pleins d'esclaves baju, naviguant à la suite d'une flotte de vaisseaux de guerre commandés par une amirale baju. Le rire monta en lui, et il n'eut pas d'autre choix que de le laisser s'exprimer. Son sourire s'élargit à tel point qu'il en eut mal aux joues, mais il baissa la tête, luttant pour se forcer à respirer et calmer son hilarité.

— Qu'est-ce qu'il y a de si drôle, par les dieux ? s'exclama Fissel.

Le marin le dévisagea, les yeux emplis d'une telle inquiétude que cela fit redoubler le rire de Demos.

— Tout, lâcha celui-ci en reprenant son souffle. (Il s'essuya les yeux.) C'est fou, tout ça, mon ami. Le monde est sens dessus dessous.

— Et cela ne te dérange pas, qu'elle soit baju ?

Cette question rendit son sérieux à Demos.

— Des gens se font massacrer partout dans la ville, simplement parce qu'ils refusent de se soumettre à la reine… Une reine qui tue tous ceux qui n'applaudissent pas des deux mains chacun de ses caprices sanguinaires. À côté de ça, je pense que rien ne pourrait me déranger. (Il tourna la main pour mettre sa marque en évidence, et rappeler à Fissel qu'il la portait.) Et pour ce qui est d'obéir à une esclave… je suis mal placé pour en parler, non ?

Il posa une main sur le pommeau de son épée et se dirigea vers les portes.

— J'aurais préféré que Daria ne me cache pas son secret, et j'ai hâte de la revoir. Je crois en sa cause. Mais mon seul souci est de trouver Myrinne et de m'enfuir d'ici. J'ai rêvé de bâtir ma vie avec elle depuis que nous sommes enfants, et je n'ai pas l'intention d'y renoncer maintenant.

— Un peu lâche, comme décision, non ?

Demos se retourna d'un coup vers Fissel.

— Je me fiche pas mal de ce que tu penses. Tu n'as jamais été esclave. Tu n'as jamais vu ton père se faire massacrer sous tes yeux, ou perdu ta famille à cause d'un mensonge. Tu peux faire ce que tu veux, mais ne t'avise surtout pas de me juger.

Ils se regardèrent un moment, puis Fissel acquiesça, et ils se mirent de nouveau en route vers le palais. Tandis que la pluie tombait toujours à torrents et que le ciel s'assombrissait de plus en plus, un chariot traversa à toute allure la place où se trouvaient les portes du palais, conduit par un homme barbu et débraillé. Deux gardes à cheval le poursuivaient, et des objets tombaient un à un de l'arrière du véhicule : des lanternes, des poteries, des vêtements… Des petites mains apparaissaient de temps à autre, jetant des babioles. Il s'agissait d'une famille tentant d'échapper à l'exécution, et utilisant leurs biens pour se défendre contre leurs poursuivants. Demos pressa le pas, prêt à les aider, mais Fissel le prit par le bras, et il se souvint de ce qu'il venait de dire. Des centaines de personnes mourraient à Lartha, ce jour-là. Des milliers, peut-être. Mais Demos ne pouvait se préoccuper que de Myrinne.

Les chevaux des gardes passèrent au galop devant eux, leurs sabots claquant sur les pavés mouillés. Demos se demanda combien de temps cette famille avait passé à rassembler toutes ses affaires, et comprit qu'elle avait prévu de quitter la ville bien avant que la garde ne commence son quadrillage. Peut-être avait-il sous-estimé l'inquiétude de la population. Les gens étaient terrifiés, et prêts à fuir. Ou à se battre.

Les portes du palais se trouvaient devant eux. Pour l'heure, personne n'attendait dans l'espoir d'obtenir une audience. Les gardes habituels étaient à leur poste, mais ils avaient reçu des renforts. La guérite n'aurait pas pu accueillir les neuf personnes qui surveillaient l'entrée, et Demos se raidit en constatant leur nombre. Fissel et lui seraient-ils vraiment capables de les tuer tous ?

Certainement pas, ce qui signifiait qu'ils n'avaient pas d'autre choix que d'entrer par la négociation. Myrinne devait attendre de l'autre côté des portes, prête à donner un ordre si elle disposait d'un bon moment pour intervenir, et si elle savait qu'il était là.

Si, si, si…

— Je ne suis pas très impressionné par ton plan, lui glissa Fissel tandis que les neuf gardes, les voyant arriver, commençaient à réagir.

Si ces gardes avaient été des chiens, ils se seraient mis à aboyer, en découvrant deux soldats qu'ils ne reconnaissaient pas. Au lieu de cela, ils s'avertirent mutuellement par des tapes sur le bras et posèrent les mains sur leurs épées. Une femme dégaina la sienne. Demos n'avait aucun argument à opposer à Fissel.

Lorsqu'une petite silhouette encapuchonnée quitta une zone d'ombre, près du mur nord du palais, aucun d'eux ne lui prêta d'attention particulière. Ce devait être un paysan espérant obtenir une audience, et que la pluie n'avait pas découragé ; du moins, c'est ce que pensa

Demos. De même que toutes les personnes présentes, probablement. Mais lorsque la petite silhouette mince se dirigea vers lui et Fissel, les sentinelles l'observèrent d'un air suspicieux. Deux d'entre elles s'écartèrent des portes pour lui emboîter le pas, et la silhouette se mit à marcher plus vite.

Fissel fit un geste pour dégainer son épée.

— Non, dit Demos. C'est un ami.

En effet, il avait pu voir un instant sous le capuchon, et avait reconnu le visage pâle qui s'y cachait.

— Tollivar, dit-il à voix basse, juste assez fort pour que le jeune garçon l'entende malgré la pluie. Tu devais nous attendre !

— Plus le temps, affirma l'enfant en passant devant eux sans s'arrêter. Suis-moi, Demos. Ton ami aussi. Et si ces salauds aux portes nous suivent, vous allez devoir les tuer.

Qu'est-ce que c'est que cette histoire ? pensa Demos. Mais il suivit Tollivar, et Fissel l'imita.

Par-dessus son épaule, il regarda les gardes et lança :

— On va voir ce qu'il fabrique. Le commandant Kurtness vous demande de rester à vos postes. Ça a déjà commencé, et il y aura sûrement des gens pour se ruer vers le palais dans le but de s'en prendre à la reine.

Les deux gardes qui s'étaient lancés à la poursuite de Tollivar parurent troublés et indécis. Ils ralentirent le pas, puis échangèrent quelques mots avant de repartir en direction des portes, jetant des regards autour d'eux comme si la populace risquait d'attaquer le palais à tout moment. Demos commençait à se dire que c'était une crainte relativement raisonnable.

Tollivar les entraîna un demi-pâté de maisons plus loin, à l'ouest, jusqu'à une ruelle pourvue de nombreuses boutiques, dont la plupart avaient fermé leurs volets. Des gens entraient et sortaient encore à la hâte des autres échoppes, mais les nouvelles n'avaient pas tardé à se répandre, et ils savaient que la garde et les soldats étaient en chemin. Une femme vit la cape de Demos et poussa un cri. Laissant tomber la brouette de fruits et de légumes qu'elle essayait de tirer après elle, elle se rua à l'intérieur en appelant quelqu'un, sans doute son mari. La cape les avait aidés, auparavant, mais à présent, Demos avait l'impression qu'elle les desservirait plus qu'autre chose. Tandis que Tollivar accélérait encore le pas, Demos entreprit de dégrafer sa cape. Lorsqu'il releva les yeux, l'enfant avait disparu.

— Par ici, dit Fissel en voyant son air perplexe.

Ils regardèrent autour d'eux. Quelques visages anxieux les observaient, les empêchant de s'éclipser sans être aperçus, mais Demos ne vit pas d'autre solution que de suivre Fissel dans le petit théâtre. Il se retourna vers la porte qu'ils venaient d'emprunter, mais apparemment, aucun de ceux qui les surveillaient ne se sentait le courage de les suivre.

Le vestibule était plongé dans la pénombre et empli du son de la pluie tambourinant sur les pavés. Tollivar se tenait entre les rideaux qui masquaient l'entrée de la salle de spectacle. Une main apparut sur l'épaule de l'enfant, et il s'écarta. Elle sortit de derrière les rideaux.

— Myrinne ! dit Demos en courant à elle, oubliant l'agrafe de sa cape.

Les yeux de la princesse étincelèrent dans l'obscurité, pleins de détermination.

— Tu devais attendre au palais, lui rappela-t-il. Qu'est-ce que...

— Le palais est devenu trop dangereux, même pour une princesse. Le moment est venu de partir, dit-elle avec un regard méfiant à Fissel.

— C'est un ami, dit Demos en désignant le marin. Nous avons combattu ensemble, autrefois.

Myrinne hocha la tête.

— Tollivar a entendu des paysans murmurer qu'une flotte était en train de remonter le Susk, afin de s'opposer à Phela.

— Nous le savions déjà. Daria Hallarte est à sa tête.

La princesse esquissa un sourire.

— Dans ce cas, nous ferions bien de partir à sa rencontre.

Demos ôta sa cape de garde. Ils quittaient enfin Lartha, en quête de l'avenir dont ils rêvaient, et il préférait ne pas risquer une méprise qui pourrait le faire tuer par ses propres alliés.

Tout ce que nous avons à faire, c'est survivre jusqu'à demain, pensa-t-il.

Myrinne lui prit la main et l'entraîna plus loin dans le théâtre. Un vieil homme, sans doute propriétaire de l'endroit, adressa une révérence à la princesse avant de se retirer dans les coulisses.

Ils descendirent jusqu'à un cellier, Fissel et Tollivar sur les talons, puis ils empruntèrent un tunnel et un escalier de pierre. Lorsqu'ils remontèrent à la surface, une demi-heure plus tard, ils se trouvaient presque à la base de la colline du Palais, et à quelques pâtés de maisons de la rivière. Dans la clarté grise de l'orage, sous la pluie battante, ils parvinrent à un hangar à bateaux. De toute évidence, Myrinne s'y était rendue à l'avance pour préparer leur départ.

Le bateau n'était pas fameux, mais sa coque ne fuyait pas et les rames étaient solides. Demos et Fissel avaient ramé toute leur vie. Ils réussiraient à rejoindre la flotte. Ils n'avaient pas d'autre choix.

Blane sentait Daria approcher comme s'il se trouvait au milieu de l'hiver et que son âme réclamait le printemps, sachant qu'il arrivait, mais impatient qu'il soit là. Il était en colère contre elle, et attisait au fond de son cœur une braise de fureur incandescente, mais il avait tout de même relu encore et encore la lettre qu'elle lui avait adressée. Daria… C'était Daria! Sa sœur était encore en vie. Sa rage cohabitait avec la joie que lui procuraient cette idée et le projet impérieux qui l'animait depuis des années. Sa sœur était revenue, et elle amenait une armée. L'apex Euphraxia souhaitait lui faire négocier une alliance, et peut-être cela servirait-il les intérêts de Blane pour le moment. Mais si la reine était renversée, et que Blane parvenait à s'arroger davantage de la magie qu'il avait vu Phela manipuler, qu'il avait manipulée lui-même… il savait qu'il n'aurait plus besoin de l'apex. Ses rêves de liberté pour le peuple baju deviendraient réalité.

Une vague de plaisir le parcourut, sans qu'il sache si elle était due à la pensée de la liberté ou à la magie qu'il portait en lui. Les gouttes de pluie se mêlèrent aux étincelles bleues qui luisaient dans l'air, et il sourit. Il s'agissait là du tissu dont était fait le monde, et Blane avait l'impression qu'il pourrait presque le toucher, en séparer les fils et le tisser de nouveau, selon le motif qui lui plaisait. Autrefois, il ne croyait en aucun dieu, mais à présent, il pouvait presque imaginer quel effet cela ferait d'en être un lui-même. Un dieu baju! Cette pensée le fit rire un instant, puis il se reprit.

Ne sois pas bête, se dit-il. *Tu n'es rien d'autre qu'un homme qui a eu la chance de goûter à quelque chose de miraculeux.*

Et cependant, Blane commençait à aimer cette idée. Celle des miracles. Le fait que Daria soit encore en vie ressemblait à un miracle, sans parler du fait qu'il se trouvait ici, muni d'un tel pouvoir et d'une alliance avec l'apex de la Foi, engagé dans deux guerres contre la reine : l'une pour défendre le peuple, et l'autre pour lui disputer la magie des dieux.

Il courait le long de la rivière, laissant derrière lui la colline du Temple. Son cœur ne s'était pas attaché au Temple des Quatre, mais à Yaris Teeg, et il se demanda comment se portait Gemmy. Il se souvenait du goût de ses lèvres, et de la douceur de sa peau sous ses mains calleuses. Blane espérait la revoir, et il espérait que si ce jour arrivait, ils se trouveraient dans le même camp.

De l'autre côté de la rivière, il vit de la fumée s'élever d'une dizaine d'endroits distincts au sein de la cité. Malgré la pluie, deux feux flambaient avec une telle ardeur que leur lumière se reflétait sur le ciel gris. Si des hurlements s'en élevaient, ils avaient été engloutis par le bruit du fleuve.

Près du pont du Marché, il vit des marchands pousser des bateaux dans le cours d'eau. D'autres les rejoindraient bientôt. La plupart des gens ne jugeraient pas nécessaire de s'enfuir, pensant que leur loyauté, une fois établie, ne serait pas remise en question ; que les gardes les traiteraient décemment et dans le respect de la justice. Mais d'autres auraient entendu des rumeurs quant au comportement de la reine, et les auraient prises au sérieux. Ceux-là essaieraient certainement de quitter la ville. Certains partiraient par la route, mais les plus malins choisiraient d'emprunter le fleuve.

Ce n'était pas une bonne nouvelle pour Blane, car il avait besoin d'une embarcation. Il scruta la rivière à travers le rideau de pluie, et décida qu'un bateau de marchand, non loin de là, lui conviendrait parfaitement. En murmurant une prière à Dephine, il tendit la main vers la magie qui tombait avec la pluie, qui coulait avec le fleuve. Blane, discret comme une ombre sur la rive, s'avança dans l'eau jusqu'à ce qu'elle lui arrive aux genoux.

Puis il entendit une voix retentir sur le côté, quelques mots portés par le vent. En amont, il découvrit un autre bateau, plus proche. Celui-ci transportait quatre passagers, dont un, grand et brun, ramait d'un geste puissant, non content de se laisser porter par le courant en direction de la mer.

Encore mieux, pensa Blane. Il prononça sa prière un peu plus fort. Ses yeux devinrent deux fentes, et il inspira profondément. En expirant, il sentit la magie des dieux ruisseler dans son cœur, de ses lèvres, du bout de ses doigts. L'eau, sous le bateau, se gonfla en une vague qui le poussa en direction de la berge. Le rameur redoubla d'efforts, fouettant l'eau de ses rames avec une inefficacité cocasse, tandis que les autres passagers s'efforçaient de ne pas tomber. L'autre homme et la femme basculèrent dans le fleuve à environ trois mètres du rivage. En agitant les bras, un jeune garçon les rejoignit. Seul le rameur se maintint sur l'embarcation, que la vague poussa jusque sur la berge.

Les yeux écarquillés de surprise, le rameur se leva et dégaina son épée, pendant que ses passagers nageaient vers la rive. Le bateau tangua sous les pieds de l'homme, qui dévisageait Blane. Soudain, son expression changea.

— Je te connais, dit l'homme en sortant du bateau pour marcher sur la berge.

Il tenait toujours fermement son épée, tandis que ses compagnons s'arrachaient péniblement au fleuve.

Blane marmonna le début d'une prière à Charin, et des flammes naquirent dans la paume de sa main. C'est alors qu'il s'aperçut qu'il connaissait aussi cet homme.

— Oh, quel beau présent, s'exclama-t-il. Je suis béni des Quatre. Vous étiez là, au temple ; vous avez aidé les gardes à assassiner mes amis. Vous êtes un des chiens de Phela.

— Je ne porte pas Phela dans mon cœur, rétorqua l'homme en regardant sa paume enflammée d'un air méfiant. Et je ne lui suis pas loyal. Elle a fait assassiner mon père. Ma mère et mon frère sont morts par sa faute. Le clan Kallistrate a été ravagé, et ce n'était que le commencement.

Demos Kallistrate, songea Blane en se souvenant de son nom. *Réduit en esclavage.*

— Et pourtant, vous avez combattu pour elle, riposta Blane. Vous avez tué pour elle !

La femme qui se trouvait à bord du bateau sortit enfin de l'eau, accompagnée du jeune garçon. Demos leva une main pour les dissuader de s'approcher davantage… comme si la distance pouvait les protéger des pouvoirs de Blane. La femme n'y prêta pas attention et dégaina son épée, apparemment disposée à mourir aux côtés de Kallistrate. Trempée jusqu'aux os, les cheveux plaqués sur ses joues, elle parut familière à Blane, mais il ne réussit pas à se rappeler où il l'avait vue.

— Oui, c'est vrai. Et toi, tu as tué pour le compte d'Euphraxia, rétorqua Demos. Elle est aussi corrompue que la reine.

Blane entendit des cris de triomphe, et leva les yeux vers le fleuve. Les marchands avaient réussi à faire entrer leur bateau dans l'eau, ce qui lui rappela que d'autres lui succéderaient. Il voulait rejoindre Daria aussi vite que possible, avant de se retrouver mêlé à un exode.

— Écartez-vous, Kallistrate, ordonna-t-il. J'ai besoin de votre bateau. Si vous fuyez la ville, vous mourrez peut-être aujourd'hui, mais je ne tiens pas particulièrement à vous tuer moi-même.

— Vous faites partie de l'Ordre Supérieur…, intervint la femme. Avec un tel pouvoir à votre disposition, comment pouvez-vous abandonner la Foi maintenant ? Si vous détestez ma… si vous détestez la reine, les prêtres ont besoin de vous. Les Quatre ont besoin de vous !

— Les Baju ont besoin de moi, et c'est tout ce qui m'importe.

Blane laissa le feu grandir dans sa main. Il s'éleva en spirale, caressé par le vent, et forma un tourbillon de feu dans sa paume. Il avait l'impression qu'il pourrait s'en servir pour peindre le ciel, et il savait qu'il pouvait tous les tuer.

— Arrêtez, je vous en prie, s'écria le jeune garçon en contournant la femme.

Pour la première fois, Blane s'aperçut qu'il était baju.

Il hésita. *Non*, pensa-t-il. Il ne tuerait pas cet enfant. Le sang des baju avait assez coulé… et en luttant pour leur liberté, Blane en ferait certainement couler davantage.

Mais il avait besoin de retrouver Daria, et ils avaient ce qu'il désirait…

Le feu dans sa main diminua, un peu seulement.

— Hors de mon chemin. J'ai besoin du bateau.

Puis l'autre homme sortit de l'eau en titubant, et dégaina son épée en marchant vers eux.

—Assez parlé. On ne te donnera pas ce putain de bateau. Alors montre-nous ce que tu sais faire avec ta magie, par les dieux!

Blane le dévisagea, stupéfait.

—Vous… vous êtes Fissel… le messager envoyé par ma sœur…

Fissel baissa son épée comme si son bras n'avait soudain plus aucune force.

—Blane?

Demos ne baissa pas son épée, mais il se mit à rire.

—Attends…, dit-il avec un regard à Fissel. Tu es en train de me dire que ce salopard, c'est le frère de Daria?

—Vous connaissez Daria?

—J'ai combattu sous ses ordres, expliqua Demos. C'est elle que nous allons voir.

Le feu s'éteignit dans la paume de Blane.

Tout changea, après cela.

Chapitre 19

Avant toute escarmouche ou grande bataille, Daria était habituée à ce que Shawr l'aide à se préparer. Il ne s'agissait pas seulement de lui présenter ses armes et son uniforme, de l'aider à s'habiller, de contrôler les boucles de son armure, et de régler les sangles et les ceintures qui maintenaient ses armes plaquées contre son corps. Shawr savait également lui prêter une oreille critique et attentive, et parfois, lui faire entendre la voix de la raison. Daria n'avait jamais eu à affronter un conflit avec la peur au ventre, car à ses yeux, chaque nouveau jour était un jour qu'elle n'aurait pas dû pouvoir vivre. La vraie Daria était morte en heurtant la mer, au pied de la falaise, et la personne qui lui avait succédé était un présent de Lameria. Cependant, l'absence de peur ne signifiait pas qu'elle n'était jamais en proie au doute ou à l'inquiétude. Et Shawr était là pour l'aider à les surmonter.

Il était mort, à présent. Il l'avait aimée en secret, puis il l'avait haïe. Le souvenir de son mépris sardonique la hantait, et son absence se faisait douloureusement sentir. Mais alors que la flotte de Daria remontait le fleuve Susk en direction de Lartha, ce n'était pas Shawr qui occupait ses pensées. Au seuil de la plus grande bataille de sa vie, elle ne parvenait à penser qu'au visage d'un petit garçon, et à quoi il pouvait ressembler, à présent que ce garçon était un homme.

Je te verrai bientôt, mon frère, pensa-t-elle, et en dépit de tout ce qu'elle sentait peser sur son esprit, elle ne put s'empêcher de sourire.

—Amirale? demanda le capitaine Gree. Vos ordres?

Elle entendait l'inquiétude percer dans sa voix.

—Oui, capitaine, dit-elle. Envoyez des éclaireurs en reconnaissance, pour observer un peu le terrain. Nous ramons contre le courant, et pourtant, j'ai l'impression tenace que nous allons trop vite en besogne.

—Je ne suis pas sûr qu'attendre nous soit très favorable, fit remarquer Gree. Vous avez entendu ce qu'a dit la lieutenante. La situation ne cesse d'évoluer, à Lartha, et tant que nous bénéficions de l'effet de surprise, nous devons absolument en profiter.

Daria acquiesça et regarda les capitaines de ses vaisseaux, rassemblés autour de la table. Aucun d'entre eux n'avait soulevé la moindre objection, et ils avaient tous signé le plan de bataille qu'elle avait établi. Elle appréciait leur confiance. Mais elle savait aussi qu'ils connaissaient la vérité, à la fois par expérience, et parce qu'ils n'ignoraient pas dans quelle situation complexe ils étaient sur le point de s'immiscer : aucun plan de bataille ne survivait jamais au premier choc des épées.

—Pas de nouvelles de Fissel? interrogea-t-elle.

Gree secoua la tête.

—Prévenez-moi quand il reviendra, dit-elle. Rien d'autre?

Elle laissa glisser son regard sur les hommes et les femmes assis face à elle. Sombres, mais confiants, ils ne semblaient pas nourrir le moindre doute quant à son autorité. Seule la situation les inquiétait. Après tout, ils étaient très probablement en passe de prendre les armes contre la reine. Ce simple fait suffirait à perturber toute personne, pour peu qu'elle soit saine d'esprit.

Personne ne prit la parole.

— Dernière chose, dit Daria.

Elle se leva, sourit, et sentit une étrange chaleur derrière ses yeux. Elle n'était pas quelqu'un d'émotif, habituellement. Mais la situation n'avait rien d'habituel.

— Merci. Pour tout ce qui s'est passé, et tout ce qui va arriver. Nous avons mené de vraies batailles ensemble, et nous avons toujours été liés par la confiance. Je suis… honorée que ce lien subsiste, et il me paraît plus précieux et plus solide que jamais auparavant. Je sais que nous sommes en proie à beaucoup d'incertitude, aujourd'hui, mais je suis convaincue que nous faisons ce qui est juste. Nous allons au bout de nos convictions, et je crois que c'est à Quandis que nous rendons service, avant tout le reste. J'aime ce pays tout autant que vous tous. J'aime son peuple, Quandiens comme Baju. Et je vous aime, vous, parce que…

Elle ne termina pas sa phrase. C'était inutile.

— Capitaine ! appela un marin en frappant sur la porte ouverte de la salle de réunion. Un petit bateau approche, et Fissel se trouve à son bord.

— Merci, dit Daria. (Elle se tourna vers les officiers.) Capitaine Gree, avec moi. Vous autres, vous pouvez prendre congé. Faites vos derniers préparatifs avant la libération de Lartha.

Gree sortit le premier, et elle le suivit hors de la salle jusqu'au pont.

Poussée par le vent, la pluie lui fouetta le visage, lui piquant la peau et la forçant à plisser les yeux. Elle était nerveuse. Fissel avait-il transmis le message à Blane ? Et surtout, rapportait-il une réponse ? De nombreux scénarios se bousculaient dans sa tête : Blane était introuvable ; il s'était allié à la reine ; il était perdu dans le chaos qui avait englouti Lartha…

Il était mort.

Il la haïssait pour ce qu'elle avait fait.

Elle ne savait même pas laquelle de ces deux dernières possibilités la bouleverserait le plus. Le cœur de Daria battait la chamade, et sa peau fourmillait d'impatience à l'idée de découvrir les nouvelles que rapportait Fissel.

— Halte ! entendit-elle au milieu du navire. Qui va là ?

Elle aperçut un groupe de marins, appuyés sur les plats-bords, pointer leurs arbalètes vers une embarcation qu'elle ne voyait pas. Par-dessus le bruit du vent, elle entendit le bateau heurter doucement la *Nayadine*, et la voix de Fissel s'élever en réponse.

— Je suis Fissel, de l'*Aube Royale*, annonça-t-il. Je transporte avec moi la princesse Myrinne, qui souhaite demander l'asile à l'amirale Hallarte. Demos Kallistrate, héritier de la baronnie des Kallistrate. Un jeune garçon baju, Tollivar. Et Blane, le frère de l'amirale Hallarte.

Le cœur de Daria cogna dans sa poitrine, et elle ne put réprimer le sourire qui lui montait aux lèvres. *Il est là ! Ce n'est pas un message… C'est lui ! Il est venu en personne !*

— Faites-les monter à bord, ordonna le capitaine Gree.

Il lança un bref regard à Daria, et ce fut peut-être la première fois qu'elle lisait un soupçon de désapprobation dans ses yeux. Elle lutta pour cesser de sourire, mais n'y parvint pas. Au lieu de cela, elle haussa légèrement les épaules en signe d'excuse. Oui, elle aurait dû tout révéler au capitaine, mais il s'agissait d'une affaire personnelle. Elle avait craint que Blane n'éprouve que colère et rancœur à son égard, qu'il ne parvienne jamais à lui pardonner. Mais il était venu… et il était accompagné de la sœur de la reine folle, de son vieil ami et compagnon d'armes, et d'un enfant baju !

Daria attendit, sans se pencher sur le garde-fou, que les nouveaux arrivants montent à son bord. Les marins avaient baissé leurs arbalètes, mais Daria sentait encore leur vigilance et leur circonspection. La princesse apparut la première. Le capitaine Gree inclina la tête pour la saluer, et elle serra contre elle les pans de sa robe pour se garder autant que possible de la pluie et du vent. Daria fut surprise de voir qu'elle portait une épée, et se demanda ce qui se passait, à Lartha, pour justifier ce détail. Derrière la princesse, elle vit arriver un jeune garçon baju qui ouvrait de grands yeux, fasciné.

Puis vint Demos, le vieil ami pour lequel elle avait entrepris cette expédition de sauvetage, à l'origine. Il se mit au garde-à-vous et salua, et Daria lui rendit son salut sans grand enthousiasme. Demos lui tendit la main et elle lui tapa sur l'épaule ; elle lui dit à quel point elle était heureuse de le retrouver, et combien elle regrettait le sort réservé à sa famille. Daria était sincère – Demos comptait beaucoup à ses yeux, en tant que frère d'armes –, mais Blane était son frère à proprement parler, et savoir qu'il ne tarderait pas à arriver l'empêchait de se consacrer pleinement à ces retrouvailles.

— Je n'étais pas sûre que tu reviendrais, dit-elle en pressant l'épaule de Demos. Une fois que tu aurais appris mon histoire.

— Mais si, allez. Si tous ces vieux loups de mer sont restés à tes côtés, tu devais bien te douter que j'en ferais autant.

Il lâcha sa main, reprenant presque – mais pas tout à fait – sa posture solennelle. Il lui montra alors le dos de sa main droite, et Daria battit des paupières, stupéfaite de découvrir sa marque d'esclave.

— Et puis, j'ai adopté un point de vue différent, ces derniers temps.

Daria savait qu'il avait été réduit en esclavage, mais la vue de la marque n'en était pas moins choquante.

— Tu as dû vivre un enfer, dit-elle.

Demos plissa les yeux.

— Pas au point d'oser m'en plaindre à une Baju, amirale. (Il se pencha légèrement et poursuivit à voix basse.) Tu aurais pu me le dire, tu sais. J'aurais gardé le secret.

Daria hocha la tête, comme si une telle loyauté allait de soi. En réalité, deux jours plus tôt, elle n'aurait jamais pu imaginer révéler la vérité sans déclencher une incommensurable catastrophe.

— Et ce n'était pas ton seul secret, apparemment, ajouta Demos.

Il regarda la petite embarcation, puis Daria de nouveau, et il s'écarta alors pour laisser passer un homme grand et fort, qui se hissait en haut de l'échelle de corde sans un regard pour les mains qu'on lui tendait. Le jeune homme en robe de prêtre avait déjà commencé à observer les visages des marins, avant même de poser le pied sur le pont.

Lorsqu'il rencontra le regard de Daria, le cœur de celle-ci se serra, et la honte lui brûla les joues. Elle se demanda ce qu'il voyait, s'il la reconnaissait, et si le flot de souvenirs d'enfance qui déferlait dans son esprit était le même pour lui, tiède et réconfortant.

— Blane, dit-elle.

Il cligna des yeux plusieurs fois en entendant son nom quitter les lèvres de Daria.

— Ma sœur.

Deux petits mots qu'elle désirait entendre depuis des années. Le monde de Daria rétrécit, et elle détourna son attention de ses équipages, de son poste, de ses devoirs, pour se concentrer uniquement sur son frère retrouvé.

Elle tendit les mains et lui fit signe de s'approcher, terrifiée à l'idée qu'il lui tourne le dos pour s'éloigner. Dans ses yeux, elle lut une incertitude mêlée de chagrin, et elle s'aperçut que lui-même envisageait encore de la rejeter. C'était son droit le plus strict. Il était monté à bord du vaisseau, certes, mais il accompagnait Demos et la princesse. Chaque histoire contenait d'autres histoires, et Daria voulait toutes les entendre, mais en cet instant, la seule qui lui importait était celle qui les unissait, tous les deux. Elle voulait être sûre que cette histoire-là existait encore.

C'était tout ce qui comptait.

Abruptement, l'hésitation qui marquait le visage de Blane s'évanouit. Il secoua la tête avec un léger rire, puis s'approcha pour la serrer dans ses bras, joindre les mains derrière son dos et appuyer son front contre le sien. De près, elle voyait à quel point il était fatigué, malade même ; et cependant, il y avait quelque chose dans ses yeux qui la fit frémir. Une force. Un pouvoir.

— Daria, murmura-t-il d'une voix à peine plus audible que le vent.

— Blane, répéta-t-elle, savourant la sensation de ce nom quittant ses lèvres. Je suis désolée…

— Désolée ?

— Désolée de… tout. D'avoir laissé la vie m'emmener loin de toi. De ne pas t'avoir retrouvé plus tôt.

Elle le serra contre elle et pressa sa joue contre la sienne, fermant les yeux et oubliant le reste du monde, l'espace d'un moment. Il lui rendit son étreinte.

— Tu as fait ce que j'aurais fait, moi aussi, chuchota-t-il à son oreille. Tu t'es enfuie. Tu as saisi ta chance. Et… (Il s'écarta, l'étudia des pieds à la tête, puis contempla le majestueux navire.) … on dirait que tu ne t'es pas trop mal débrouillée.

Daria lâcha un rire, semblable à un petit aboiement, qu'elle n'avait pas pu retenir.

— Amirale, intervint le capitaine Gree. Nous devons nous remettre en route.

Elle cligna des paupières, intégrant de nouveau à ses pensées ce qui les entourait. Officiers et marins avaient détourné le regard, l'air gêné, afin de leur laisser un peu d'intimité, et Daria leur en savait gré. Mais à présent, elle reporta son attention sur le capitaine Gree, et sur la mission en cours.

— Bien sûr, dit-elle. Donnez l'ordre de repartir, capitaine.

— Amirale, dit Demos en s'approchant. Nous avons beaucoup de choses à nous dire.

Son regard passait de Daria à Blane.

— J'en suis certaine, répondit-elle. Demos, voici Blane, mon frère.

— Oh, on se connaît, répliqua Demos.

Il avait parlé sur le ton de la plaisanterie, mais sa voix se teintait aussi de peur. Son vieil ami était couvert de bleus et paraissait épuisé ; amaigri sous son uniforme de garde. D'une certaine manière, Blane et lui avaient la même apparence débraillée. Une fois de plus, elle se demanda ce qui se passait vraiment à Lartha.

— Ils savent qui tu es ? interrogea Blane.

Il regardait les membres d'équipage qui avaient assisté à l'arrivée du petit bateau, et aux retrouvailles qui avaient suivi.

— Oui, et ils se battent malgré tout à mes côtés, dit-elle. Et heureusement, puisque tu es venu me rejoindre.

Blane haussa les épaules.

— Je leur aurais fait changer d'avis.

— Ah bon ?

Blane détourna vivement le regard et baissa la tête. L'espace d'un instant, elle crut qu'il adoptait de nouveau la posture classique des Baju, les yeux baissés pour éviter de croiser ceux de quelqu'un d'autre, et elle lui effleura le menton pour lui faire relever la tête. Mais elle s'aperçut alors qu'il avait les yeux fixés sur ses mains. Il tourna ses paumes vers le haut, puis de nouveau vers le bas, serrant les poings puis étirant les doigts. Il paraissait fasciné.

Daria vit que Demos l'observait, et fut certaine de lire la peur dans son regard.

— Demos ? questionna-t-elle.

— Comme je te l'ai dit, mon amie, nous avons beaucoup de choses à nous dire, et cela ne peut pas attendre. Tu dois tout apprendre avant de lancer l'assaut.

Il regarda les capitaines des quatre autres vaisseaux, qui attendaient de monter dans des canots pour rejoindre leurs navires.

— Et eux aussi, précisa-t-il.

Daria adressa un signe de tête à Gree, et son capitaine relaya les instructions.

— Tu es revenue en plein chaos, dit Demos. Tout a commencé quand mon père…

— Je sais, lui apprit-elle. C'est ta mère qui m'a avertie la première de ce qui se passait. Elle m'a envoyé un albatros.

C'est grâce à elle que tout ceci a commencé, poursuivit Daria en désignant d'un geste la flotte qui s'apprêtait à attaquer Lartha.

— Par la faute de la reine Lysandra, reprit Demos. Et maintenant, Phela, cette garce complètement cinglée, s'est emparée du trône, et elle est pire encore que sa mère.

La princesse Myrinne s'était tenue à l'écart, quelques pas plus loin, pendant que Daria retrouvait ses deux frères ; son frère de sang, et son frère d'armes. Mais elle s'approcha alors, grande et pleine d'autorité, le regard résolu. Pour la première fois, Daria comprit comment Demos avait pu tomber si éperdument amoureux d'elle.

— Amirale, peut-être ferions-nous mieux de continuer cette conversation en privé, dit-elle.

— Bien sûr, opina Daria. Conseil de guerre, alors. Et vite.

Elle lança un regard à Blane. Il examinait toujours ses mains, comme émerveillé ou accablé de ce qu'elles pouvaient faire, et cela laissa Daria songeuse. Mais son frère et elle allaient devoir attendre. Le devoir passait avant la famille. Les histoires du passé ne pouvaient rivaliser avec la guerre.

Debout sous la pluie battante et le vent cinglant, Phela se tenait sur la place centrale du Temple des Quatre, les grandes tours dédiées aux dieux s'élevant tout autour d'elle. La personne qu'elle avait été lui apparaissait désormais comme une étrangère. Des centaines de gargouilles l'observaient, tandis que ses entrailles malades se tordaient et que ses os l'élançaient douloureusement. Ses muscles lui paraissaient mous et faibles, et chaque fois qu'elle clignait des yeux, elle craignait de ne pas parvenir à les rouvrir. Le sang séchait lentement sur sa peau, mais elle appréciait ce contact. Cette sensation signifiait qu'elle était en vie.

Ce n'était pas le simple fait de se tenir au milieu de la tempête qui lui donnait l'impression de renaître. C'était aussi la conscience accrue qu'elle avait d'elle-même, de ce qui l'entourait, de la vie. Certes, les douleurs et la nausée l'accablaient, et lui faisaient se demander si son désir de manier la magie ne l'avait pas poussée à aller trop loin et trop vite. Mais au plus profond d'elle-même, elle se réjouissait de ce qu'elle avait fait, et de ce qu'elle était en train de devenir.

Je serai la Reine Éternelle, se dit-elle, *au pouvoir luxuriant, forgée par la magie, et je demeurerai mille ans sur le trône de Quandis.* Pourtant, son malaise remuait et pulsait en elle, comme un être de chair et de sang. Elle se pencha en avant avec un haut-le-cœur, et la salive qui goutta de ses lèvres fourmilla d'étincelles vivantes.

— Majesté ! s'exclama Per Ristolo. Je vous en prie, laissez-moi vous aider.

Le vieux prêtre était émerveillé par ce qu'ils avaient déjà réussi à faire. La fascination conférait une nouvelle jeunesse à son visage ridé. Derrière lui, Per Stellan posait sur eux un regard désapprobateur, sa robe gonflée volant autour d'elle. Mais Phela décelait également en elle une certaine excitation. Au cours de l'ensemble des initiations et rituels dont ils s'étaient acquittés auprès des autres prêtres, Phela savait qu'ils n'avaient jamais vu son égal. Ils n'y avaient jamais cru.

Peut-être était-ce précisément le problème.

Per Ristolo la saisit par les aisselles et la souleva, puis entreprit de la porter en direction du centre de la place des Quatre. Phela frissonna en sentant le vent fouetter ses habits mouillés, et les sons et les odeurs de la guerre se firent soudain plus intenses. Bettika, divinité du Vent et de la Guerre, regarda par ses yeux, et sourit.

—Shome, dit Phela. Il faut que je parle à Shome.

—Vous devez garder toutes vos forces pour accomplir le dernier rituel, protesta Per Ristolo.

Elle savait ce qu'il pensait. Phela était sa reine, certes, mais à présent, elle était aussi devenue son projet. Le prêtre était aussi impatient qu'elle de découvrir ce qu'elle pourrait supporter avant de s'effondrer.

« Tout, leur avait-elle dit, près des tombeaux des Quatre. Je veux tout. Pas seulement les petits filets de magie fugace que vous amassez, vous, les prêtres, pour les absorber et les garder avec vous, comme des volutes en suspension. Je veux tout, et je ne m'effondrerai pas ! »

— Shome…, haleta-t-elle.

La Silencieuse fut aussitôt près d'elle. Elle paraissait plus grande qu'auparavant ; ou peut-être Phela était-elle diminuée par la maladie, écrasée par le poids de son fardeau. Pour la première fois, elle vit le visage tatoué de Shome exprimer autre chose qu'une sérénité analytique. Elle y lut la peur.

—Vous êtes mon bras droit, dit Phela. Vous resterez toujours à mes côtés, mon guide et mon garde. Ma protectrice.

La pluie ruisselant sur ses traits balafrés, Shome acquiesça, une seule fois.

—Ce sera bientôt terminé, et alors, tout renaîtra. Tout deviendra meilleur ! Pour le moment, restez auprès de moi.

Elle ne lut pas le moindre soupçon de doute dans les yeux de Shome, et pourtant, Phela aurait compris qu'elle se demande quand tout ceci s'achèverait enfin, et si quelque chose de beau et de neuf pouvait réellement naître de ce qui se passait ici. Et pas seulement en ce lieu, mais dans tout Lartha, et dans tout Quandis.

Car tandis que la faiblesse et la maladie luttaient, en Phela, contre une magie qui promettait tant de bienfaits, la guerre faisait rage dans le Temple des Quatre, et au-delà.

De la fumée s'élevait derrière les murs de la place des Quatre, et des crêtes de feu brillaient sur les toits de bois et de chaume. Dans le coin opposé de la place, au pied de la tour de Charin, plusieurs corps avaient été entassés contre le mur, leurs peaux pâles et foncées maculées de sang frais. D'où elle se trouvait, Phela distinguait les robes des prêtres et les capes de ses gardes. Elle ne ressentit aucun regret. Tous ceux qui rejoignaient la garde savaient que leurs vies appartenaient à la Couronne. Toute personne qui osait désavouer Phela devait être tuée, et elle supposait que parmi les prêtres, bien d'autres martyrs succomberaient ce jour-là. Que tous meurent en l'honneur de la cause qu'ils préféraient : la Couronne ou la Foi. Le lendemain, lorsque le reste de la nation découvrirait ce que Phela était devenue, ces gens seraient oubliés.

Pourquoi honorer des martyrs lorsqu'on a une nouvelle déesse à vénérer ?

Tout autour de la place étaient postés des Silencieuses et une vingtaine de gardes, tous tournés vers les tours et les murs d'enceinte, surveillant les portes et les arches d'où pouvaient surgir des attaquants. Ils avaient pris le contrôle de la place des Quatre et tué tous ceux qui se dressaient en travers de leur chemin, même s'il était probable que d'autres prêtres se cachent encore dans les bâtiments pour conspirer contre elle. Cela n'inquiétait pas Phela. Les guerriers qui combattaient en son nom étaient vigilants, forts, sûrs d'eux, et dévoués à leur reine. Ils n'auraient aucun mal à écraser ce qu'il restait de rebelles. Mais elle était aussi certaine que s'ils n'y parvenaient pas, elle était assez puissante pour se défendre seule.

Bientôt, tout le pouvoir serait en sa possession, et toute bataille ou querelle qui n'aurait pas encore été remportée prendrait aussitôt fin.

Par-delà les murs, plus bas sur la colline du Temple et hors de sa vue, elle entendait le son des combats. Même la tempête ne couvrait pas entièrement le bruit des épées, les cris et les hurlements. Peut-être la magie décuplait-elle ses sens, et les petites lueurs bleues, ces particules qui constellaient ses yeux, la reliaient-elles aux éléments plus intimement qu'auparavant. Quoi qu'il en soit, elle entendait les cris d'agonie de ses opposants, ou, parfois, de ses partisans ; mais ils ne la dérangeaient pas. C'étaient là les symptômes du changement, le résultat inévitable de ce qu'elle avait entrepris. Elle s'était écartée d'une norme qui avait entravé Quandis, l'empêchant de grandir, depuis des générations.

À présent qu'elle était si profondément imprégnée de magie, elle avait du mal à comprendre pourquoi l'accès à un tel pouvoir avait été si longtemps limité. L'Ordre Supérieur allait devoir s'expliquer. Les prêtres n'avaient même pas conservé la magie pour eux seuls : ils l'avaient simplement gardée jalousement, s'assurant qu'elle ne tombe entre les mains de personne.

Ils avaient éloigné le peuple de la seule chose dont il avait réellement besoin.

Mais c'est fini.

— Per Ristolo, appela-t-elle. Je suis prête.

— Majesté..., intervint Per Stellan.

La prêtresse se tenait encore à plus de dix pas de sa reine. *Elle doute encore de moi !* Phela sentit la colère bouillonner en elle, mais fut forcée de la réprimer.

— Per Stellan, tout ceci est inéluctable, lui lança Phela. Je vous ai fait venir de l'Anneau, car je croyais en la profondeur de votre Foi. Maintenant, vous pouvez être mon témoin, m'assister, et recevoir votre part du résultat. Ou bien vous pouvez me défier. (Phela désigna du menton la pile de corps.) Et vous savez ce qu'il arrive aux personnes qui choisissent de me défier.

— Je ne suis ni pour vous, ni contre vous, rétorqua Per Stellan. Je suis simplement loyale envers les Quatre.

— Tout comme moi, répliqua Phela. Tout comme moi. À présent, ce rituel… Quand pouvons-nous commencer ?

— Bientôt, répondit Per Ristolo. Vous vous trouvez au bon endroit, Majesté. Au point exact situé entre les quatre tours et les tombeaux, loin en dessous de nous.

— Nous sommes au bon endroit ? Vous en êtes sûr ?

Le prêtre battit des paupières, nerveux et incertain.

— Tout ceci n'a…

— … jamais été fait auparavant, acheva pour lui Per Stellan. Non sans raison, si vous me permettez de vous le rappeler, Majesté. Une seule faute, une seule erreur, et la magie pourrait être déchaînée en un ouragan incontrôlable qui risquerait d'anéantir Quandis.

— « Pourrait » être déchaînée ? releva Phela. « Risquerait » d'anéantir ? Auriez-vous perdu votre courage, prêtresse ?

— Ce n'est pas une question de courage, rétorqua Per Stellan. L'important est de savoir ce qui est bien, et ce qui est mal.

Je plaçais de grands espoirs en elle, mais Per Stellan va devoir nous quitter, songea Phela. *J'ai besoin d'elle pour le rituel, mais ensuite…*

— Assez parlé, décréta Phela. Plus de craintes, plus de précautions. Commençons.

Per Ristolo hocha la tête, lâcha Phela, et appela les quelques prêtres encore fidèles à la Couronne qui demeuraient en marge de la grande place. Il se mit à donner des ordres : « Allez chercher ceci, récupérez cela, préparez ceci, priez cela… » Phela écouta, mais n'entendit presque rien. Elle fit de son mieux pour ignorer son malaise, et retenir tous les gémissements de douleur qui menaçaient de lui échapper. Lorsqu'elle était princesse, Chuchotant à travers le palais pour recueillir des renseignements et des nouvelles, la patience constituait une qualité cruciale. À présent, l'heure n'était plus à la patience, mais elle savait qu'elle n'aurait plus à attendre bien longtemps.

— Majesté ! appela une voix.

Dans un coin de la place, le sergent Konnell et deux autres gardes tiraient derrière eux une silhouette en robe. L'homme ne cessait de gémir tandis que ses pieds traînaient sur les dalles de pierre, laissant des sillons de sang que la pluie s'empressait de laver.

— J'ai ordonné qu'on ne fasse aucun prisonnier ! cria Phela.

Elle savait que la répression devait être brutale et inconditionnelle. Cette démonstration de pouvoir devait suffire à annihiler toute velléité de rébellion, une bonne fois pour toutes. Les prisonniers étaient toujours source de problèmes. Demos Kallistrate en avait été la preuve, quoiqu'il ait fini par se révéler très utile à Phela.

— Per Solis ! s'exclama Per Stellan.

Per Ristolo s'immobilisa et se retourna vers les gardes, qui laissèrent tomber le prêtre aux pieds de Phela.

— Qu'est-ce que cela signifie ? interrogea-t-elle.

— Il s'est présenté, seul, à la porte, expliqua le sergent Konnell. Il dit qu'il a des informations à vous transmettre.

— Non... Pas des informations, dit Per Solis. Une promesse.

— Que promettez-vous donc ? demanda Phela.

— L'échec.

Le prêtre n'avait pas été battu, d'après ce que pouvait voir Phela, mais il avait été traîné au sol, peut-être même depuis Yaris Teeg. Elle savait que l'assaut sur le temple des novices avait échoué, provoquant la mort de nombreux gardes et Silencieuses, et qu'ils avaient été repoussés par un ennemi qu'aucun survivant ne connaissait. C'était tout à fait regrettable, car cela signifiait qu'Euphraxia était encore en vie. Phela s'attendait à voir ce chien de Demos Kallistrate revenir à elle en rampant d'une minute à l'autre, sans doute accompagné de sa faiblarde de sœur, pour implorer son pardon et la supplier de les laisser partir. L'amour les rendait aveugles aux réalités qui se jouaient devant eux.

D'abord, elle avait supposé que ce mystérieux ennemi n'était autre que les Phages. Mais à présent, elle pensait qu'il s'agissait en réalité de magie. Beaucoup de prêtres de l'Ordre Supérieur en maîtrisaient quelques bribes, mais Per Ristolo avait affirmé qu'aucun d'eux ne serait capable de la manier avec une telle habileté.

Mais peut-être était-ce lui ? Per Solis ? Elle se prépara à un piège, l'imaginant bondir subitement et tenter de les propulser hors de la place par un hurlement, un cri, ou un geste impérieux de la main. Mais Per Solis semblait plus près de mourir qu'autre chose.

— Expliquez-vous, ordonna Phela.

— Vos propres armées se dressent contre vous, révéla Per Solis.

Laborieusement, il se dressa sur les coudes, regardant Per Stellan et Per Ristolo. Le sang et la pluie lui coulèrent dans les yeux, mais il ne cilla pas.

— Vous allez tous mourir, dit-il.

— Vous vous trompez, affirma Phela.

— Non, insista Per Solis. L'amirale Hallarte est en train de remonter le Susk en ce moment même, son armada derrière elle, et elle amène aussi d'innombrables Baju bannis de Quandis. Ils se sont alliés contre vous, Majesté. Ils veulent vous renverser à tout prix. Mais il n'est pas trop tard pour mettre un terme à cette folie. Renoncez au trône, Majesté. Faites cesser tout ce chaos. Tout ce blasphème. Prenez la bonne décision. Trop de gens sont déjà morts.

Phela avait pris soin de cacher sa surprise, mais Per Solis s'en aperçut tout de même, et il sourit.

Elle n'apprécia pas de le voir s'amuser à ses dépens.

— La folie se trouve du côté de ceux qui osent me résister, déclara-t-elle. Mais cela n'a pas d'importance. D'autres personnes mourront peut-être ; mais moi, je serai bientôt si puissante que je deviendrai immortelle.

Le sourire de Per Solis s'évanouit. Il se tourna vers Per Stellan, qui baissa les yeux vers ses pieds. Puis le prêtre dévisagea Per Ristolo, qui soutint son regard avec une expression furieuse.

— Vous ne pouvez pas…, balbutia Per Solis. Il ne faut pas…

— Shome, dit Phela.

La Silencieuse tira son épée et en transperça le prêtre, le clouant au sol dallé de la place. Il hoqueta, encore dressé sur ses coudes, puis s'affaissa. Phela avait conscience que les deux autres prêtres avaient détourné les yeux, mais elle, non.

Elle tituba légèrement lorsqu'une douleur se mit à tambouriner dans sa poitrine, imitant les battements de son cœur. Per Ristolo s'empressa de la soutenir.

—Sergent Konnell, dit Phela.

Le sergent inclina la tête.

—Oui, Majesté.

—C'est votre jour de chance. Vous êtes désormais le capitaine Konnell. Emmenez une troupe de gardes jusqu'aux portes du Susk, et envoyez des forces expéditionnaires dresser une embuscade sur les rives du fleuve. Si l'amirale Hallarte et ses troupes parviennent jusque-là, préparez-vous à les arrêter.

—S'ils parviennent jusque-là, Majesté ? releva le nouveau capitaine.

—J'espère pouvoir les repousser avant, indiqua Phela. Qu'en pensez-vous, Per Ristolo ? Ce pourrait être l'occasion de me mettre véritablement à l'épreuve pour la première fois ?

Le vieux prêtre opina du chef, comme un chien surexcité.

—Très bien, dit Phela. (Elle inspira profondément, mettant sa douleur à distance.) Bien. Commençons le rituel, à présent.

Phela ferma les yeux, sentit l'odeur de la fumée et des entrailles ouvertes, entendit des pas s'éloigner, et tenta de ravaler la nausée qui menaçait encore. *Je rends honneur aux Quatre*, pensa-t-elle, *et je les prie de m'accorder leur savoir, pour le bien de tout Quandis.*

Daria, debout à la proue de la *Nayadine*, regarda Lartha se rapprocher. Certaines parties de la ville étaient déjà en flammes. À l'aide de sa longue-vue, elle vit le feu dévorer la colline Kallistrate, tandis que d'autres incendies débutaient sur les collines avoisinantes. La colline du Palais semblait encore calme et préservée, ce qui n'était pas surprenant. Mais cela ne durerait pas éternellement. Déjà, la panique avait dû gagner les marchands, les diplomates et les familles bourgeoises qui vivaient dans l'ombre du palais. Ils tentaient sans doute de fuir leurs maisons, et peut-être même la cité. Ou alors, ils se cachaient, priant les Quatre pour que tout ceci finisse par s'arrêter.

Et cela s'arrêterait. Daria allait s'en assurer.

Son cœur saignait de voir les flammes ronger cette cité qu'elle aimait.

— Ramez! cria-t-elle par-dessus son épaule. Ramez plus vite! Vos foyers sont en feu, vos familles sont en danger! Ramez pour eux. Ramez pour Quandis!

Le chargé de cadence accéléra ses coups de tambour, et les deux cents marins qui actionnaient les avirons de l'énorme vaisseau suivirent ce tempo, redoublant de vigueur. Ils chantaient à pleins poumons un chant guerrier, tout en se penchant en avant, puis en tirant en arrière. Les avirons, longs et légers, se terminaient par des pelles en fanons de baleine taillés; cependant, même avec cent rameurs de chaque côté, répartis sur deux niveaux, leur avancée était lente. Le vent soufflait avec violence, mais il leur aurait été impossible de piloter ces énormes navires sur un fleuve aussi étroit s'ils avaient utilisé les voiles. Même de cette manière, Daria avait peur qu'ils s'écrasent contre l'une des berges, ou qu'ils heurtent l'un des petits bateaux qui s'écartaient tant bien que mal de leur chemin… ou encore qu'ils entrent en collision avec un ponton de bois, une épave cachée au fond de l'eau, ou des barrières de chaînes ou de pieux qui pouvaient avoir été mises en place au dernier moment. À sa connaissance, aucun vaisseau de la taille du sien n'avait jamais entrepris de remonter le Susk, sans parler de naviguer jusqu'à la capitale.

Mais pour faire face à cette situation exceptionnelle, elle était obligée de prendre des mesures tout aussi extraordinaires.

Bientôt, elle devrait ordonner aux vaisseaux d'accoster, afin de poursuivre le voyage à pied. Mais la *Nayadine* et les quatre autres vaisseaux de sa flotte étaient pourvus chacun de quatre-vingts canons, ainsi que de balistes fixées au pont et capables de lancer des projectiles à plus de trois kilomètres de distance, de mortiers à feu, et d'assez de munitions pour permettre un siège important.

Elle observa la rive orientale du Susk, à environ trente mètres de là. Elle avait envoyé des troupes à pied escorter les vaisseaux, et les protéger d'une attaque venant des berges. Ils couraient toujours pour se maintenir au même niveau que les navires. L'impression que ces derniers avançaient à une allure de tortue était donc fausse. Une fois que les navires de cette taille étaient lancés et qu'ils atteignaient une certaine vitesse, leur élan suffisait presque à les propulser vers l'avant.

Les détachements sur les rives étaient composés de Baju, de soldats de la garnison de Port-Susk que commandait la lieutenante tatouée – une femme au tempérament d'acier qui se faisait surnommer Cuir –, ainsi que de la princesse Myrinne et de Demos Kallistrate.

Et auprès de Daria, à bord de la grande *Nayadine*, se trouvait son frère. Si changé. Si différent. Et cependant – peut-être uniquement aux yeux de Daria – si proche du jeune garçon qu'elle avait quitté, bien des années auparavant.

— Nous avons de curieux alliés, ma sœur, fit remarquer Blane.

Il s'était glissé à ses côtés, aussi discret qu'un murmure. Daria esquissa un petit sourire. Autrefois, ils étaient unis par un lien que nul ne pouvait briser, mais à l'époque, ils n'étaient soumis à aucune influence extérieure. À l'exception de leur mère, les deux enfants n'avaient personne d'autre à aimer. À présent, ils se retrouvaient là, à combattre aux côtés de fils et de filles de nobles, d'une princesse de la Couronne, et d'une armée de Baju dont Daria était le héros. Et malgré tout, au-delà de tout cela, leur ancien lien subsistait encore. Effiloché, peut-être, mais solide. Sans qu'ils puissent dire comment.

— Ils sont étranges, c'est vrai, répondit-elle.

Et ce fut tout.

Il y avait tant à dire que Daria ne parvenait pas à faire le tri. Pour l'instant, se trouver de nouveau en compagnie l'un de l'autre leur suffisait. Le temps des souvenirs et des récriminations viendrait bientôt. Pour le moment, une bataille s'annonçait.

— Demos a parlé de magie, dit enfin Daria. Il a dit que Phela désirait s'en emparer, et que c'était la cause de tout ça. J'ai entendu des légendes sur la magie, mais il ne s'agissait que de fables de l'ancien temps, transmises par les parents à leurs enfants. La magie ? Je n'arrive pas à…

Daria s'interrompit. Blane la regarda et elle vit quelque chose lutter dans ses yeux. Il y avait à la fois une grande sagesse, et une force sombre et impénétrable.

— Tout est vrai. Tout, annonça-t-il. Phela est déjà capable d'accomplir des choses phénoménales. Mais si elle obtient ce qu'elle désire, elle sera encore plus puissante que tu ne peux l'imaginer.

— Dois-je m'inquiéter ?

Blane rit. C'était un rire plus grave que celui qu'elle connaissait, et elle regretta les gloussements aigus de son enfance. Le Blane dont elle se souvenait ne se préoccupait pas des affaires d'adultes, et il était trop jeune pour que les contraintes et la misère d'une vie de Baju aient achevé de lui voler son humour et sa gaieté. Son rire charriait désormais un grand savoir, et autre chose encore.

— Ma sœur, je ne te connais plus, et en même temps, j'ai l'impression que si.

Ces paroles blessèrent Daria, bien qu'elle sache qu'elles étaient vraies.

— Que veux-tu dire ? demanda-t-elle.

— Ton assurance. Tu as toujours su des choses que j'ignorais, Daria ; ou alors, tu en étais persuadée.

— Mais non, pas du tout, dit-elle doucement.

— Si, je t'assure, insista Blane. Tu étais bonne avec moi, mais j'ai toujours été un petit garçon, à tes yeux.

— Plus maintenant, dit-elle.

— Plus maintenant.

Blane se tourna vers la cité à l'horizon, les yeux emplis d'une sorte d'appétit.

— Tu veux savoir si tu dois t'inquiéter ? Ne crois pas un instant que commander une armée comme celle-ci peut t'offrir un avantage. Pas si la reine Phela s'empare de la magie dans sa totalité, et c'est ce qu'elle veut faire. Certes, tu es amirale, tu commandes un millier d'hommes et de femmes, tous armés jusqu'aux dents et prêts à se battre. Tu as tes vaisseaux, avec leurs canons et toutes les autres armes qu'ils contiennent certainement. Tu es sûre de toi, et expérimentée, et... orgueilleuse, je le vois bien. Je suis persuadé que tu as combattu des ennemis si terribles que la plupart des Larthiens se pisseraient dessus en les voyant.

Mais la magie, Daria… la magie ne ressemble à rien de ce que tu as pu connaître par le passé.

Il serra les poings et les regarda, et Daria fut stupéfaite de voir des étincelles s'allumer et disparaître sous ses ongles. Elle eut un hoquet de surprise et fit un pas en arrière, clignant des yeux pour tenter d'y voir plus clair. Elle avait dû surveiller l'horizon trop longtemps. Le soleil l'avait peut-être éblouie.

— Blane ?

— Demos Kallistrate a vu ce dont je suis capable, dit Blane. (Il desserra les poings et souffla sur ses mains.) Je peux peut-être vous aider ; au début, du moins. Mais si Phela termine les derniers rituels, son pouvoir sera… (Il frémit, les yeux fermés, le visage levé vers le ciel.) Elle ne le mérite pas, murmura-t-il, comme pour lui-même.

» Elle ne mérite pas le millième de ce qu'elle a pris. C'est à moi, Daria. C'est moi qui suis destiné à m'en emparer. (Il rouvrit les yeux et darda sur sa sœur un regard furieux.) Parce que je suis baju.

— Tout comme moi, dit Daria.

— Vraiment ?

Un mince filet de sang coulait de son nez. Il ne parut pas s'en rendre compte.

— Bien sûr que je suis baju…, répondit-elle. Blane, qu'est-ce qui t'arrive ?

Elle reconnaissait son visage, sa voix ; et pourtant, à présent qu'ils s'étaient retrouvés, Daria avait l'impression qu'elle le connaissait de moins en moins, moins que jamais auparavant.

— Pendant que tu faisais carrière en combattant au service de l'ennemi, je m'efforçais d'aider notre peuple. Par la magie. J'y suis presque arrivé, Daria. (Il sourit.) Je suis presque prêt.

La magie ? Perdue et troublée, elle s'apprêtait à le questionner lorsque le capitaine Gree accourut sur le pont avant. Sans paraître le remarquer, Blane continua à parler.

— Les nôtres sont dans l'attente d'une légende. Un conte de fées. Un sauveur qui n'arrivera jamais…

— Le Kij'tal, l'interrompit Daria. Tu ne crois pas en l'existence du sauveur ?

Blane lui décocha un regard noir.

— Inutile d'espérer qu'un sauveur surhumain va venir nous aider, ma sœur. (Il leva les mains, et les étincelles dansèrent de nouveau sur ses doigts.) Aussi ai-je l'intention de devenir le sauveur que les Baju attendent depuis si longtemps.

Daria le dévisagea, bouche bée.

— Mon frère…

— Amirale ! appela le capitaine Gree. Des tireurs attaquent l'expédition sur la côte orientale depuis un fort. Ils peuvent le contourner, mais cela prendra beaucoup de temps.

Daria lâcha un juron sonore.

— Et nous perdrions de vue nos troupes terrestres, compléta Daria.

Sa stratégie consistait à atteindre les murs de la ville à la tête de toutes ses troupes. Plus son armée se fragmenterait, plus elle aurait de mal à entrer dans la capitale et à rétablir l'ordre. Elle ne savait toujours pas vraiment à quoi s'attendre en matière de résistance, malgré les comptes-rendus de Demos et de Blane. Ils allaient se retrouver face à la garde de Lartha ainsi qu'à des troupes de l'armée régulière, mais à la suite des événements de Port-Susk, elle espérait que certains de ces soldats se laisseraient convaincre de les rejoindre pour combattre la reine. Elle n'en était pas sûre, cependant, et elle ne voulait attaquer qu'en force et bien préparée. Elle déplia sa longue-vue et observa la rive. Le fort, énorme, ressemblait en fait à un grand mur incurvé, partant de la berge et s'étirant vers l'intérieur des terres. Elle distinguait des soldats en haut du mur, tirant à l'arbalète sur sa troupe. Celle-ci s'était cachée dans un bloc de petits bâtiments, derrière une rangée de jetées et de bateaux à l'amarre.

— Nous ne pouvons pas nous laisser ralentir par une bataille alors que nous sommes encore à presque cinq kilomètres de la cité, dit Gree. On règle ça au canon ?

— Préparez-les, dit Daria. Un tir de réglage de chaque vaisseau, puis une première salve de dix canons à tribord. Et envoyez un signal à ceux du rivage ; dites à la lieutenante Cuir de se retirer lorsqu'elle nous verra dresser le pavillon rouge.

— Ça prendra trop de temps, déclara Blane.

— Tiens ! Tu es officier de marine, maintenant ?

— Pas du tout, répliqua-t-il. C'est ton domaine, ma sœur. Je ne suis qu'un Baju, mais un Baju puissant. Laisse-moi faire.

Il ferma les yeux et s'agrippa à la balustrade. Daria l'observa un moment, puis eut un reniflement dédaigneux et se retourna vers le capitaine Gree.

— Capitaine, nos tirs doivent être d'une précision absolument parfaite. Je ne veux pas risquer de…

Gree écarquilla les yeux en regardant par-dessus l'épaule de Daria.

— Amirale…

Daria se retourna vers son frère. Blane marmonnait, les yeux fermés, les mains serrées sur le garde-fou. Elle entendit le nom de Charin, divinité du Feu et des Secrets.

De la fumée et de la vapeur s'élevèrent soudain du bois qui s'était mis à noircir sous ses paumes.

— Blane ! s'écria Daria en s'élançant vers lui.

Elle ne comprenait pas ce qui se passait, et craignait qu'il ne se brûle. Les flammes, la chaleur, l'odeur du bois roussi... De quoi s'agissait-il ? Elle tendit les mains pour l'agripper... puis se ravisa.

« La magie », avait-il dit.

Elle sentait la chaleur émaner de lui, et l'espace d'un instant déchirant, elle fut transportée dans leur enfance, un jour qu'il était blotti, malade, dans son lit, et que sa mère et elle se relayaient pour éponger son corps à l'aide de linges humides. Elles n'avaient pas d'argent pour acheter des médicaments, pas même aux marchands de rue, qui vendaient parfois leurs mixtures trop légères ou défectueuses aux Baju. Elles étaient donc restées assises à son chevet, terrifiées à l'idée que l'infection le consume de l'intérieur ; seuls le temps et Lameria lui avaient permis de survivre.

À présent, il était plus brûlant que jamais.

— Blane ? appela-t-elle.

— Regarde-moi, ma sœur, murmura-t-il. Regarde-moi, amirale, et vois ce que je suis devenu.

Daria jura en voyant des flammèches luire au coin de ses yeux.

Entre le vaisseau et la rive, l'air se mit à trembler, empli d'une brume de chaleur. Des taches de lumière aveuglante apparurent en grésillant à la surface du fleuve martelé par la pluie. Depuis sa place, Daria sentait cette chaleur qui lui tendait la peau du visage et lui asséchait les yeux. Elle cilla, leva les mains, et regarda, bouche bée, une boule de feu grandir en crépitant devant elle.

Était-ce vraiment l'œuvre de Blane ? Son petit frère ? Des exclamations de surprise et de peur s'élevèrent de l'équipage, derrière eux. Mais elle n'avait aucune parole rassurante à leur adresser, aucune explication rationnelle.

—Charin, aide-moi, dit Blane.

Et la boule de feu se fit plus énorme et plus terrifiante de seconde en seconde, s'éloignant d'eux en diagonale au-dessus de la surface du Susk, lâchant de la vapeur et dessinant derrière elle un sillage brumeux. Des vagues jaillissaient partout où la boule effleurait le fleuve, envoyant vers le ciel des geysers d'eau surchauffée ; ceux-ci, se dispersant dans l'air, marquaient ensuite le rideau de pluie de cercles aux couleurs de l'arc-en-ciel.

La boule de feu se dirigea vers la rive, et la peur de Daria se mua en curiosité. Quelques instants plus tard, le feu atteignit la berge au pied du fort de pierre.

Daria n'eut pas besoin de sa longue-vue pour voir la dévastation qui s'ensuivait.

Plusieurs bateaux explosèrent littéralement, propulsés en l'air par la violence de l'impact ; des milliers d'éclats enflammés se mirent à pleuvoir sur la rivière et sur les grands murs de pierre avoisinants. D'immenses colonnes de vapeur s'élevèrent vers le ciel tandis que la boule de feu poursuivait son chemin, heurtant le fort et s'étirant sur la façade. Le feu roula jusqu'en haut des murs et se déversa ensuite de l'autre côté, comme une vague s'écrasant contre une jetée. Tandis que la boule de feu éclatait, éclaboussant de flammes toute la longueur du fort, Daria espéra que ses propres troupes s'étaient retirées à temps. Certains des petits bâtiments qui bordaient la rive prirent feu, et une grande explosion retentit, projetant des débris loin au-dessus de la rivière.

Daria contempla le spectacle, abasourdie, bouleversée, terrifiée et ravie. Dire que cet immense pouvoir était au service de sa cause! Elle avait vu bien des choses étranges au cours de ses années de navigation, surtout dans les contrées sauvages et exotiques situées à des centaines de kilomètres de l'Anneau… mais rien de tel. Les rumeurs qui parlaient de magie se révélaient vraies, et sa source était la dernière qu'elle aurait pu imaginer.

Son frère.

Elle se tourna vers Blane. Il était agrippé à la balustrade, du sang coulant de sa bouche et de son nez, les mains encore fumantes, les poils de ses avant-bras brûlés jusqu'à ne plus ressembler qu'à une myriade de points noirs. Malgré l'horreur de son apparence, il sourit à Daria.

— Tu vois, ma sœur? Tu vois?

Puis ses yeux se révulsèrent, et il s'effondra sur le pont.

— Blane!

Daria se précipita vers lui. *Kij'tal!* pensa-t-elle. En tendant les mains pour l'aider, elle se remémora de nouveau le jour où, enfant, il avait failli mourir.

À présent encore, il était trop chaud pour qu'elle puisse le toucher.

Demos voyait à quel point Myrinne avait envie de se battre.

Tollivar était blotti entre eux deux. Ils se trouvaient en haut d'une petite pente, cachés entre les arbres d'un parc, et ils regardaient les forces combinées des Baju, de la marine et de l'armée terminer l'attaque du fort.

Les flammes dansaient tout au long du grand bâtiment de pierre, et même à cette distance, Demos sentait la chaleur et l'odeur de brûlé qui s'en échappaient. Plusieurs édifices, entre eux et le lieu de l'assaut, avaient pris feu spontanément ; le bruit et la puanteur de la combustion emplissaient l'air.

Ils avaient regardé, éberlués, la boule de feu rouler depuis le grand vaisseau de l'amirale Hallarte et s'écraser sur le fort. « Blane », avait dit Demos. Il avait déjà vu le Baju invoquer un ouragan destructeur à Yaris Teeg, et il n'y avait survécu que de justesse. À présent qu'ils étaient – en quelque sorte – alliés, le prêtre novice n'en demeurait pas moins terrifiant par ses facultés, et par son ambition.

—Quandis va changer, aujourd'hui, dit Myrinne en observant la fin de la bataille, les larmes aux yeux. Elle a déjà changé.

—La guerre civile a tendance à provoquer de grands changements, commenta Demos.

—Ce n'est pas ce que je veux dire, répondit-elle.

Elle balaya du regard les soldats et les Baju qui étaient restés auprès d'eux. Elle savait bien qu'ils étaient là pour la protéger, elle, la princesse qui pourrait être la future reine de Quandis.

—Ou du moins, ce n'est pas seulement ce que je veux dire. Je parle des personnes qui se battent. Des Baju, aux côtés de soldats de la marine et de soldats de l'armée. Ils se battent tous pour Quandis. Pour le bien du pays où ils vivent. Toutes les autres différences, réelles ou imaginaires, sont mises de côté. C'est ça, le changement. Qu'une personne ou cinquante mille meurent aujourd'hui, c'est l'union du peuple pour le bien commun qui nous fera sortir des ténèbres.

—Nous y entrons à peine, dans les ténèbres, fit valoir Demos.

Mais Myrinne ne répondit pas. Elle regardait, par-delà les ruines embrasées du fort et les troupes rebelles triomphantes, la cité de Lartha à l'horizon. Les flammes et la fumée s'élevaient de la ville. Elle avait raison : les choses étaient en train de changer.

— Il faut y aller, déclara-t-elle. La cité a besoin de nous. Quandis a besoin de moi.

Demos savait qu'elle disait la vérité. Le royaume avait bel et bien besoin d'elle, et en cet instant, il avait également besoin de lui, Demos. Myrinne pourrait devenir la plus grande reine que Quandis ait jamais connue. Mais il la voulait pour lui seul ; il voulait partager sa vie avec Myrinne, pas avec la reine Myrinne, qui devrait se consacrer corps et âme à la Couronne. Et c'était ce qu'elle était, désormais. Tout avait changé en quelques heures seulement. Lorsque Tollivar les avait réunis dans le théâtre, elle avait dit qu'il était temps de quitter Lartha, et Demos s'était cru autorisé à espérer. Mais ils se trouvaient à présent en plein cœur de la guerre de Quandis, et le royaume aurait besoin d'un nouveau monarque. Un chef juste et courageux. Une véritable reine. Tandis que le sang coulait et que les flammes crépitaient, il sentait l'avenir s'ouvrir devant eux, grave et inexorable. Un espoir était mort, mais il se demanda si un autre ne lui succéderait pas, naissant de ses cendres.

Malgré tout, en serrant la main de Myrinne dans la sienne, et en la sentant lui rendre son geste, il craignit de l'avoir déjà perdue.

Chapitre 20

Bien que choquée par la démonstration de magie dévastatrice qu'avait effectuée Blane, Daria avait recouvré ses esprits et lancé des ordres, tandis qu'ils approchaient de la plus grande cité du monde connu. Blane était assis, adossé à une cloison, pressant des chiffons ensanglantés contre sa bouche et son nez en dodelinant de la tête. Daria avait peur qu'il soit mourant. Après avoir attendu si longtemps pour le retrouver, elle risquait de perdre son frère bien-aimé.

Mais elle ne pouvait laisser la souffrance d'un seul homme la détourner de son devoir, même s'il s'agissait de Blane. La guerre avait commencé, et la guerre concernait toujours plus d'une seule personne.

Lartha se dressait devant eux. Le fleuve serpentait vers le mur d'enceinte de la ville à moins d'un kilomètre de là, à travers l'amas hétéroclite de petits bâtiments qui recouvraient le sol au pied de la cité. C'était là que vivaient les visiteurs venus d'autres pays, les esclaves affranchis, et bien d'autres gens qui ne bénéficiaient d'aucun lien avec l'un des clans, ou qui n'étaient pas assez riches pour résider en ville. Pour le moment, ces bâtisses et ces rues étaient calmes. Soit les habitants avaient fui, soit ils s'étaient cachés au fin fond de leurs maisons en prévision de la bataille. Daria s'attendait à ce que des soldats de Phela se soient embusqués dans ces bâtiments, mais elle était également convaincue que ses troupes terrestres l'emporteraient sur eux sans problème. Elle savait que beaucoup de Baju bannis attendaient l'occasion de se venger, et cela les rendait particulièrement dangereux pour l'ennemi.

Son attention était concentrée sur le mur d'enceinte, et surtout sur les deux tours qui surplombaient le fleuve.

Elle était déjà entrée dans ces tours, lors d'une visite conduite par le commandant Kurtness et destinée aux meilleurs officiers militaires de Quandis. L'idée était alors de leur montrer à quel point Lartha était bien protégée de tout assaut extérieur, en réponse au danger que représentait Kharod le Rouge et la recrudescence potentielle des attaques de pirates. Les deux tours se dressaient de part et d'autre du Susk, le long du vaste mur à travers lequel coulait le fleuve, depuis des générations. Mais jusqu'à une époque récente, elles n'étaient en réalité que des sculptures vides, symbole de la virtuosité architecturale quandienne. À présent, en revanche, elles formaient de véritables fortifications.

Daria se souvenait des balistes, lançant des projectiles aux extrémités remplies de feu-bleu ; des canons prêts à tirer et toujours pointés en aval ; de la centaine de postes de tir, réservés aux archers, que comptait chaque tour ; des vessies pleines d'huile, prêtes à éclater à la surface du fleuve pour l'enflammer ; et enfin de la dizaine de meurtrières, par lesquelles le feu pouvait pleuvoir sur tout vaisseau qui osait s'approcher sans y avoir été invité. Il y avait aussi une estacade immergée, reliée par d'énormes chaînes à une série de poulies et de contrepoids. Le seul effort nécessaire pour la lever était un simple coup d'épée, tranchant les deux grosses cordes pour faire tomber les poids et hisser la barre défensive.

Daria n'aurait jamais cru se trouver un jour dans la position de l'attaquant, face aux outils de défense impressionnants de ces tours, mais elle était convaincue qu'ils parviendraient à passer… tant que l'estacade n'était pas levée. Et elle se promit que même cette estacade ne lui barrerait pas longtemps le chemin.

— Les troupes terrestres sont en place, annonça le capitaine Gree.

— Bien, répondit Daria.

La *Nayadine* était en tête de la flotte, et ils ramaient toujours vers l'amont. Il était inutile d'attendre. Derrière le haut mur d'enceinte, le reste de la cité s'étendait sur des centaines d'hectares. Dans les sept grandes collines, et les larges vallées qui les séparaient, vivaient un million de Quandiens et leurs dirigeants. Et cette cité était plongée dans le chaos. Même de loin, Daria sentait dans la brise l'odeur pestilentielle de la chair brûlée. Tout le monde la sentait. Elle voyait à quel point les regards de son équipage étaient devenus sérieux.

— Pourquoi n'ont-ils pas encore levé l'estacade ? s'étonna Gree.

— Ils savent qu'on approche, dit-elle. Peut-être prévoient-ils de la soulever sous la *Nayadine* pour la piéger, ou la briser en deux et la faire sombrer, nous transformant en barrière qui bloquerait la route aux autres navires. Ça n'a pas d'importance. S'ils parviennent à arrêter le vaisseau, nous irons nous battre sur les berges du Susk.

Gree acquiesça d'un air sinistre.

— Dois-je donner le signal ?

— Oui. Maintenant.

Tandis que Gree se tournait pour donner ses instructions à son clairon, Daria s'agenouilla près de son frère.

— Blane, il va y avoir énormément de bruit. Est-ce que tu préfères descendre sous le pont ?

Il leva la tête, mais il fallut quelques secondes à ses yeux vitreux et larmoyants pour se fixer sur elle. Son visage était barbouillé de sang, et une goutte écarlate perlait encore au coin de son œil. Des vaisseaux sanguins éclatés avaient fait virer le blanc de ses yeux au rose vif.

— J'ai peur, avoua-t-il.

— Reste près de moi, recommanda-t-elle.

— Pas de la bataille, dit-il. Pas de la guerre. J'ai peur de… moi.

À ces mots, le sang de Daria se glaça. Mais le clairon se mit alors à sonner, et elle sut qu'elle n'avait pas le temps de s'inquiéter pour son frère.

— Reste avec moi, Blane, et je te protégerai.

Elle se mit en position sur le gaillard d'avant, tandis que le grand navire commençait à basculer vers la gauche. L'estomac de Daria se tordit douloureusement lorsqu'ils jetèrent l'ancre, que les deux cents grands avirons se retirèrent, et que la coque s'enfonça dans le fleuve et vira brusquement à gauche, envoyant de grandes vagues s'écraser sur les rives. Derrière eux, les quatre autres vaisseaux faisaient de même, l'*Aube Royale* dirigeant sa proue vers la rive opposée. Cette disposition en quinconce le long du fleuve devait – Daria l'espérait – offrir à leurs artilleurs de bons angles de tir.

Tandis qu'elle entendait le bruit sourd des sabords de la *Nayadine* qui s'ouvraient sur son flanc tribord, les premiers panaches de fumée s'élevèrent le long du mur d'enceinte de Lartha.

— Aux abris ! cria quelqu'un, et le bruit de tirs de canon retentit sur le fleuve.

Des boulets passèrent en rugissant au-dessus de leurs têtes, déchirant les voiles, fracassant d'énormes espars. Un tir atteignit directement l'un des mâts, et ses éclats de bois acérés s'abattirent sur le pont en une pluie mortelle. Le vaisseau fut aussi touché plus bas, par des tirs qui détruisirent une partie de sa structure supérieure dans un tourbillon de bois et de sang. Des voix s'élevèrent, puis se turent. Daria sentit le vaisseau frémir sous les impacts, et elle espéra que les marins chargés des réparations s'étaient déjà mis au travail.

Elle resta debout, le regard fixé droit devant elle. Elle savait à quel point il était important pour son équipage de la voir ainsi, imperturbable et confiante, bien qu'elle s'attende à être frappée par un boulet de canon et réduite en bouillie d'un instant à l'autre. Elle parvenait à rester stoïque en se disant que si cela se produisait, ce serait terminé avant même qu'elle ne s'en soit rendu compte.

—Feu! entendit-elle crier par le capitaine Gree.

Les explosions qui suivirent eurent lieu beaucoup plus près. Le navire tout entier trembla lorsque quarante canons tirèrent de leurs sabords respectifs, en une vague de déflagrations qui ne dura pas plus d'un battement de cœur. La fumée s'éleva en panache, l'odeur puissante de la poudre emplit l'air, et Daria ressentit cette étrange bouffée de joie qu'elle éprouvait toujours au début d'une bataille.

Voilà ce que je suis! pensa-t-elle. *Voilà pourquoi je suis en vie!* C'était un sentiment de bonheur qui n'allait pas tout à fait jusqu'à la soif de sang, mais l'excitation qui l'envahit lorsque la salve atteignit le mur de la cité était indiscutable.

Une série d'impacts sourds frappa le mur à droite du fleuve, commençant par la tour, puis s'étirant sur des dizaines de mètres le long de l'édifice. Certains boulets heurtèrent le bas du mur, en des tirs fracassants qui pulvérisaient la pierre et le bois, mais beaucoup d'autres l'atteignirent plus haut, près de son chemin de ronde crénelé. Son équipage avait effectué une visée impeccable, et tout un pan de la partie supérieure du mur se désintégra, faisant apparaître des nuages de poussière, de pierre et de fumée.

Cela se passait à huit cents mètres de là, mais Daria eut tout de même l'impression de distinguer les hurlements des mourants.

Derrière son vaisseau, elle entendit le reste de sa flotte tirer dans un bruit de tonnerre, et le sifflement grave des boulets qui dépassaient la *Nayadine* en direction du mur. L'une des salves se révéla trop courte, et détruisit quelques bâtiments au pied du mur d'enceinte. Une autre atteignit la partie inférieure du mur à gauche du fleuve, abîmant la façade, mais ne perturbant pas outre mesure les troupes postées en haut de la structure.

— Reprenez-moi un peu cette visée, murmura-t-elle dans un souffle, sachant pertinemment que les artilleurs ne pouvaient pas l'entendre.

L'ennemi tira en réponse, et plusieurs autres boulets s'enfoncèrent dans le fleuve, faisant jaillir des gerbes d'eau, ou bien dans leurs coques, leurs ponts ou leurs gréements. Jusqu'ici, cependant, elle n'avait perdu aucun vaisseau.

Daria examina les défenses à l'aide de sa longue-vue, s'arrêtant plus longuement sur la tour de droite. Deux fois plus haute que le mur, elle grouillait d'activité.

— Capitaine, tirs imminents en provenance des tours, annonça-t-elle.

Comme en réponse à ses paroles, les deux grandes tours crachèrent des nuages de fumée, et leur propre artillerie se joignit à la bataille. Daria put même suivre du regard les énormes carreaux lancés par les balistes, qui décrivirent un arc avant de s'abattre sur eux. L'un alla se planter dans la rivière, à trente mètres à bâbord de la *Nayadine*, et sa réserve de feu-bleu s'épanouit sous l'eau comme une fleur scintillante. L'autre traversa leur gréement et poursuivit sa route jusqu'à heurter l'*Aube Royale*, plus de cent mètres plus loin. Le carreau déchira le pont pour se ficher dans le cœur du vaisseau, puis s'enflamma dans un éclair blanc aveuglant qui se refléta à la surface de l'eau. Elle vit plusieurs silhouettes, auréolées de feu blanc, sauter dans le fleuve ; puis Daria reporta son attention sur la bataille.

— Clairon ! *Nayadine*, concentrez vos tirs sur la tour de gauche. L'*Aube Royale*, sur la tour de droite. Les trois autres vaisseaux continuent à viser le mur.

Le clairon sonna les ordres du capitaine, faisant retentir un signal complexe qui serait ensuite relayé par les capitaines et les officiers d'artillerie de chaque navire ; quelques instants plus tard, la flotte tira de nouveau.

Sur la tour que visait la *Nayadine*, on vit apparaître des masses grisâtres de pierre fracassée et de fumée, puis un grand pan de mur s'en détacha et tomba dans le fleuve. Daria vit des corps brisés chuter à sa suite. Une chose était sûre : les poissons du fleuve allaient faire bombance.

Les salves venues du mur d'enceinte se poursuivirent. La visée des ennemis se faisant plus juste, leurs tirs atteignaient avec précision les navires des attaquants. Le pont frémit sous les pieds de Daria, à la fois sous l'effet des canons de la *Nayadine* et de l'impact du feu ennemi. Elle entendit des hommes et des femmes crier. Trois marins furent coupés en deux par un carreau de baliste ; l'un d'eux s'accrochait encore au pont lorsque l'énorme projectile se planta dans le vaisseau, avec une explosion de feu blanc.

— Éteignez-moi ce feu ! cria le capitaine Gree. Continuez à tirer ! Prenez des canons à bâbord pour remplacer ceux qui sont endommagés à tribord. On ne peut pas se permettre de perdre en puissance, pas maintenant !

Daria fit glisser son regard sur les rives, de chaque côté. Elle savait que leurs troupes terrestres s'étaient tapies un peu plus loin en attendant le moment d'attaquer, relativement proches du mur, mais pas assez pour risquer d'être blessées ou tuées par les canons. Demos et Myrinne se trouvaient sur la droite, et Daria ressentit une pointe d'inquiétude à leur égard. Lors de leur conseil de guerre, ils avaient abordé la question de ce qui se passerait après, une fois que Phela aurait été vaincue. Toutes les personnes présentes avaient supposé que Myrinne monterait sur le trône, afin de laisser le Sang des Quatre en possession de la Couronne. Daria n'avait aucune envie de régner sur Quandis, et la dernière chose dont le pays avait besoin, c'était d'un nouveau bouleversement. Le fait qu'un membre de la famille royale prenne le relais calmerait les inquiétudes de la population. Cela semblait logique à tout le monde, et pourtant, Demos avait paru profondément troublé. Il n'avait rien dit, mais il était clair qu'être marié à une reine ne faisait pas partie de ses projets d'avenir.

Daria, quant à elle, avait tenté de dissuader Myrinne d'accompagner Demos et les autres guerriers. Leur future reine n'aurait pas dû se retrouver au cœur d'une périlleuse bataille : elle aurait dû être mise à l'écart, sur la terre ferme, mais loin des murs de la cité. Cependant, Myrinne avait empoigné son épée et insisté pour se battre, comme si elle était personnellement responsable des actes de sa sœur, et Demos leur avait assuré à tous qu'elle était plus que capable de manier une arme. Daria ne pouvait pas empêcher la princesse de se battre, pas si elle espérait conserver de bonnes relations avec elle lorsque tout serait terminé. Elle s'était donc contentée de serrer la main de la princesse, et de lui demander de faire son possible pour ne pas mourir. Myrinne avait ri, mais Daria ne plaisantait pas. Ils allaient vite s'en rendre compte.

— Fais attention à toi, Demos, murmura Daria.

Elle examina les bâtiments qui se trouvaient entre eux et la base du mur. Elle ne les voyait pas, mais elle savait que ses troupes étaient là, bien cachées et prêtes à donner la charge d'un instant à l'autre. Les Baju y étaient, eux aussi. Elle avait perçu l'enthousiasme briller dans les yeux de Blane, lorsqu'il avait vu leur peuple ainsi armé et prêt au combat. Elle aurait aimé ressentir la même chose, elle aussi. Elle lui enviait son ambition, et se désolait de constater à quel point elle était devenue insensible aux malheurs des siens. Elle s'émerveillait de les voir se rebeller, mais ce n'était pas parce qu'elle se sentait véritablement liée à eux.

Une explosion, entre les bâtiments, attira son attention. Des débris jaillirent vers le ciel, soulevés par une colonne de terre et de gravats, où elle repéra également plusieurs corps. Elle fronça les sourcils et baissa sa longue-vue, tandis que d'autres déflagrations agitaient la plaine.

— Capitaine, s'agit-il de tirs perdus de notre part ?

— Non, amirale. J'ai l'impression que nos troupes terrestres ont été repérées. Regardez… Les murs !

Il pointa du doigt, et Daria vit aussitôt s'élever des panaches de fumée : certains des canons de l'ennemi venaient de changer de cible, tirant sur les bâtiments plutôt que sur les navires.

— Nous ne pouvons pas sonner la charge, dit Daria. Nous serions obligés d'arrêter de tirer, et nous perdrions notre avantage. Continuez à tirer. Doublez la cadence, capitaine ! Nous devons neutraliser ces canons avant qu'ils ne tuent tout le monde !

Le capitaine relaya son ordre, qui fut repris par le clairon.

— Nous pourrions faire reculer nos troupes, suggéra Gree.

— Non, répondit Daria. Hors de question de se retirer.

S'ils perdaient du terrain maintenant, ils n'auraient presque aucune chance de le récupérer avant que les défenses de Lartha ne se soient réorganisées pour les repousser. Elle vit de nouvelles explosions, d'autres bâtiments volant en éclats, et elle se tourna vers son frère, le visage sombre.

— Blane ?

Il était toujours assis, adossé à une cloison. Il ne voyait pas la bataille, et ne semblait d'ailleurs rien regarder en particulier. Il tremblait et saignait ; les chiffons avec lesquels il essuyait son visage étaient désormais trempés de son sang.

— Blane !

Il leva les yeux vers elle.

— Est-ce que tu peux recommencer ? La boule de feu ? Nous avons besoin de ton aide.

— Vous... avez besoin de mon aide ?

— Moi, j'en ai besoin, Blane. Notre peuple.

On entendit d'autres tirs de canon, d'autres hurlements. Il y eut un fracas de bois brisé, et un long gémissement douloureux lorsque le mât arrière de la *Nayadine* tomba majestueusement dans le fleuve. Son gréement déchiré claquait dans l'air, toutes cordes déroulées. Les canons du vaisseau lancèrent une nouvelle salve qui siffla avant de heurter la pierre, le bois, la chair. La poussière avait envahi l'atmosphère. Des incendies se déclarèrent sur trois des cinq vaisseaux de Daria. Le pont était glissant de sang, et plusieurs corps dérivaient dans le fleuve en direction de la mer. Au plus fort de la bataille, Daria avait la sensation de tout maîtriser, mais cette sensation lui permettait de distinguer des détails dont elle savait qu'ils resteraient gravés dans sa mémoire. Elle possédait une vaste et triste réserve de ces souvenirs.

— Ça me brûle..., dit Blane. Dans ma tête... Dans mon ventre... Ça brûle...

— De l'eau, dit Daria.

— De l'eau, répéta-t-il en hochant la tête. De l'eau !

Il tendit les mains comme pour accepter une boisson, mais Daria les prit dans les siennes et l'aida à se relever. Il tituba et tomba contre elle. Elle l'étreignit, et lui parla à l'oreille.

— Quoi que tu aies, quoi que tu aies fait, c'est maintenant que nous avons besoin de toi, dit-elle.

— Tu as besoin de moi, Daria, dit-il à nouveau.

— Oui.

— J'ai peur. Je crois que je suis peut-être allé trop loin, et peut-être...

— De l'eau, Blane.

Un tir frôla le pont à six mètres d'eux, perçant le bois. Les planches volèrent et se fendirent, tandis que le boulet, par ricochet, tombait dans le fleuve. Blane se crispa entre ses bras, puis parut se détendre à nouveau.

Quelque chose avait changé. Sa peau brûlante se rafraîchit, et lorsqu'il s'écarta, ses yeux étaient plus embués que jamais, son visage indistinct, comme vu à travers un rideau de larmes. Daria s'essuya les yeux, mais elle ne pleurait pas. Pas plus que Blane.

Il souriait.

— Ah... de l'eau, dit-il.

Il se détourna de Daria et tituba jusqu'à la proue du vaisseau.

Daria voulut l'accompagner, mais Gree l'attrapa par le bras pour la retenir.

—Laissez-le, dit le capitaine. Vous devez garder le contrôle de la bataille. Nos troupes terrestres attendent vos ordres, nos capitaines ont hâte de continuer, et vous devez rester là pour faire en sorte que tout cela fonctionne. Quoi qu'il s'apprête à faire… (Le capitaine eut un frisson.) … que ça nous soit utile ou non, il le fera de son côté.

Ce n'était pas la manière dont un capitaine aurait dû s'adresser à une amirale, mais c'était exactement ce que Daria avait besoin d'entendre de la part d'un ami. Gree savait que l'amour d'une sœur n'avait pas sa place au milieu d'une bataille, et elle savait qu'il avait raison.

Heureusement, Blane paraissait rasséréné. Il ne lui avait pas semblé si fort depuis leurs retrouvailles, quelques heures plus tôt. Il ferait ce qu'il fallait.

—La tour de l'est! cria quelqu'un.

D'autres voix lui firent écho, et les acclamations s'élevèrent bientôt de tout le vaisseau.

La tour, sur la rive est, semblait presque gonflée, palpitante, crachant des pluies de pierres, des nuages de poussière; puis une explosion aveuglante de feu blanc envoya des flammes vers le ciel et sur la surface du fleuve, où des geysers de vapeur s'élevèrent en réponse. La tour s'écroula avec une lenteur terrible, et bien qu'il s'agisse du premier signe de victoire qu'elle avait espéré, Daria ne put s'empêcher de penser aux centaines de soldats qu'elle contenait. Des soldats quandiens, combattant d'autres soldats quandiens par la faute d'une souveraine dérangée et capricieuse, venaient d'être brûlés, écrasés, fracassés en mille morceaux.

Une plus grande explosion projeta des débris sur une vaste zone ; le nuage de fumée et de feu qui en naquit était si immense qu'il semblait presque ne pas bouger du tout.

— Focalisez les tirs sur la tour et le mur ouest ! ordonna Daria. Dites aux troupes à terre de se préparer à avancer, mais d'attendre mon signal. Et remettez-moi ces navires en route, capitaine. Levez les voiles, prenez les rames !

Pendant que le clairon transmettait les signaux, Daria se tourna pour observer Blane. Mais alors, elle vit quelque chose bouger au-delà de la proue, et son cœur se serra.

Entre la tour détruite et celle qui tenait encore, la lourde chaîne qui servait d'estacade était en train de sortir de l'eau, accrochée de part et d'autre du fleuve et haute de plusieurs mètres. Même à cette distance, Daria distinguait ses épais maillons, et les algues qui en pendaient comme des draps en lambeaux.

— Nous allons devoir la détruire avant d'atteindre le mur, dit-elle. Mais nous ne pouvons pas attendre. Nous avons déjà assez tardé ; maintenant, il nous faut agir vite. Si nous voulons prendre la ville, c'est maintenant ou jamais.

— Je suis d'accord, déclara Gree. Mais pendant que nous avancerons en ligne droite, les deux tiers de nos artilleurs ne bénéficieront pas du bon angle pour tirer.

— Dans ce cas, tirons un maximum pendant que nous nous préparons à repartir.

Tandis que le tambour égrenait de nouveau sa lente pulsation, le bruit d'une salve de tirs la recouvrit, brièvement seulement. Elle ne perturba pas l'officier, qui conserva son rythme régulier. Le mur de la cité vomit de la fumée, de la poussière et de la pierre, et la tour restante essuya la majeure partie des tirs de la flotte. Cependant, elle riposta aussitôt, propulsant ses énormes carreaux de baliste explosifs jusque dans les vaisseaux et dans le fleuve autour d'eux. Un carreau passa si près, au-dessus de la tête de Daria, qu'elle sentit le courant d'air qu'il déplaçait. Le projectile brisa leur mât de misaine, avant de dévier de sa trajectoire et d'aller s'écraser trente mètres plus loin dans un ponton, qui s'enflamma.

— Et voilà l'huile, indiqua Gree. (Il poussa un grognement.) J'espérais que nous les aurions finis avant.

Daria acquiesça. S'il y avait une chose que les marins craignaient plus que tout, c'était le feu sur leur navire.

Entre la tour écroulée et celle qui tenait toujours bon, une flaque d'huile enflammée s'étala sur le fleuve, sous la chaîne géante. Le courant l'agrippa et se mit à l'attirer en aval, droit vers les navires de Daria. La rivière se mouvait lentement, à cet endroit, mais Daria devina qu'il ne s'écoulerait que quelques minutes avant que l'huile enflammée ne les atteigne.

Ils ne pouvaient rien faire pour l'éviter, cependant ; ils allaient simplement devoir traverser la vaste flaque, et lutter contre cette huile ardente et collante du mieux qu'ils pouvaient.

— Que les batteurs se préparent à combattre le feu sur tous les vaisseaux, ordonna Phela.

— Votre frère…, souffla Gree.

Blane se tenait très droit à la proue, ne semblant rien voir du chaos qui l'entourait : les canons qu'on actionnait en contrebas, les geysers d'eau que faisaient jaillir les tirs trop courts, les impacts des boulets contre le bois, la fumée, la poussière, les cris de douleur et de rage. Il semblait plus grand que jamais aux yeux de Daria, comme si ce qu'il avait absorbé – cette étrange magie à laquelle il semblait désormais appartenir – le rendait plus imposant dans ce monde-ci, l'étirant, le gonflant jusqu'à ce qu'il soit tout près d'exploser.

Il tendit les mains, et de l'eau s'en déversa. *Peut-être a-t-il été éclaboussé*, se dit Daria. Mais l'eau était rose, teintée de sang, et lorsqu'elle tomba sur le pont, elle parut bouger trop lentement, comme en décalage avec la bataille frénétique qui les entourait.

Elle sentit un choc sourd vibrer sous ses pieds. En marin expérimenté, elle sut qu'il ne s'agissait pas de l'impact d'un boulet de canon, ni d'un tir en provenance de leurs propres armes. Quelque chose avait frappé la coque. Lorsque Daria se précipita jusqu'au garde-fou pour s'y pencher, elle vit la première vague s'élever hors du fleuve.

Le mur d'eau s'érigea face à eux, adoptant la forme d'un arc de cercle autour de la proue de la *Nayadine*. Haute de trois mètres, puis dix, puis quinze, l'eau était comme suspendue dans les airs, défiant toutes les lois de la nature.

— Que les dieux nous viennent en aide, murmura Gree.

Il était venu se placer aux côtés de Daria, et il lui serra le bras, pour la réconforter autant que pour se rassurer à son tour.

— Je crois que c'est ce qu'ils font, répondit Daria.

Blane s'agita brusquement, crispant tous les muscles de son corps et jetant ses mains en avant, et le mur d'eau se mit à avancer vers la cité. Rugissant, il saccagea les deux rives sur son passage, détruisant les barques, les pontons, les bâtiments. Le mur entraînait tous les débris avec lui, si bien que lorsqu'il approcha des défenses du fleuve, il était haut de plus de vingt mètres et constitué d'un mélange tumultueux d'eau, d'embarcations brisées, de murs fracassés, et de vase.

Il ramassa les flaques d'huile enflammée qui dérivaient, puis alla s'écraser contre la tour restante… et l'estacade suspendue en travers du fleuve.

Le bruit fut assourdissant, et l'impact fit vibrer la terre. D'énormes vagues refluèrent le long du fleuve à une vitesse surnaturelle et vinrent se briser contre les navires. Pendant ce temps, le mur d'eau disloquait en un instant la tour déjà tombée, et s'engouffrait dans la tour debout, à travers les meurtrières et les trous causés par la canonnade. La vague continua sa route de l'autre côté de l'enceinte, rugissant le long du fleuve tout en s'amenuisant peu à peu, et disparut dans la cité.

Daria, les yeux exorbités, contempla les effets destructeurs de la vague. L'estacade avait disparu, emportée par le courant. La tour encore d'aplomb était calme et silencieuse, étincelante sous les rayons du soleil. L'eau qui y était entrée ruisselait de toutes ses ouvertures. Daria se demanda s'il était possible que quiconque, à l'intérieur, soit encore en vie.

Elle n'attendit que quelques instants avant d'accepter leur victoire, et de s'employer à la prolonger.

— Envoyez le signal aux troupes terrestres, ordonna-t-elle au clairon. Chargez !

— Reste près de moi, conseilla Demos.

— Je suis capable de me défendre.

— Je n'en doute pas ! Mais as-tu déjà fait la guerre ? As-tu déjà vu des hommes et des femmes éventrés et décapités sous tes yeux ? Cela n'a rien à voir avec tout ce que tu as pu connaître au cours de ta vie, Myrinne. À la guerre, il n'y a pas de règles. D'ailleurs, peut-être ferais-tu mieux de…

— Ne t'avise même pas de le dire! l'interrompit Myrinne.

Demos vit qu'elle était blessée, et furieuse. En réalité, il pensait qu'elle serait plus en sécurité avec lui que tapie quelque part dans un bâtiment, même en laissant quelques personnes pour la protéger. Lartha était plongée dans le chaos, et cela ne ferait qu'empirer. Il valait mieux que la reine qui naîtrait de tout ceci vienne au monde dans le sang. Ce serait une reine sage, ayant été témoin de la violence et de la mort qui avaient mené à son ascension.

— Quant à toi…, dit-il à Tollivar.

Mais l'enfant était plus têtu encore que la femme qu'il aimait.

— Personne n'a à me dire ce que je dois faire, rétorqua le Baju. Je ne sais peut-être pas me battre à l'épée, mais je suis passé maître dans l'art de rester invisible.

— Alors, suis-moi, maître, répliqua Demos. L'ordre a été donné. C'est à notre tour.

Dans les larges rues avoisinantes, des marins, des soldats et des Baju donnaient l'assaut au mur d'enceinte endommagé. Il vit Cuir, la lieutenante à qui Daria avait accordé sa confiance, aller et venir le long de la colonne, dirigeant ses troupes vers la muraille criblée de trous. Demos était à la tête d'une petite escouade de marins issus du vaisseau de Daria, dont certains avaient déjà combattu à ses côtés. Il ressentit une bouffée d'optimisme et d'espoir, pour la première fois depuis que son père avait été arrêté. Tout était en train de s'écrouler autour d'eux. Lartha était en flammes et sombrait dans l'anarchie. Cependant, il était convaincu qu'ils faisaient ce qui était juste, et que cette justice les guidait.

Une salve de boulets de canon venus du fleuve fit trembler l'air et la terre, et tandis qu'ils couraient entre les bâtiments éparpillés sur la plaine, de nouvelles explosions constellèrent le mur face à eux, sur une distance de plusieurs dizaines de mètres. Les tirs avaient été extrêmement bien calibrés, atteignant tout du long la partie supérieure de l'enceinte. Il ne pouvait qu'espérer qu'ils avaient neutralisé la majeure partie des canons des défenseurs.

— J'espère qu'ils arrêteront bientôt de tirer, soupira Myrinne.

— C'était la dernière salve, assura Demos. Daria sait que nous sommes en train de charger. Elle fera cesser les tirs, à moins qu'il survienne une menace que nous ne pouvons pas contrer depuis le sol.

— Par exemple… ?

— Tout dispositif de défense important qu'ils n'auraient pas mis hors d'état de nuire, répondit Demos.

Il n'avait pas envie d'imaginer ce qui pourrait les attendre, alors qu'ils approchaient du mur. En dépit des dégâts occasionnés par la canonnade aux fortifications – sans parler de la vague de Blane –, ils donnaient tout de même l'assaut à l'une des lignes de défense les plus intimidantes et les plus élaborées de tout le pays.

— Blane m'inquiète, dit Myrinne.

Bien qu'ils courent à toute allure, la princesse haletait à peine. Les mauvais traitements qu'avait subis Demos avaient dû l'affaiblir, car il avait déjà du mal à tenir la cadence. *On ne courra plus très longtemps*, pensa-t-il. *Mais bien sûr, à ce moment-là, il faudra se battre…*

— Je ne sais pas quel est son pouvoir, mais…, dit Demos sans achever sa phrase.

— C'est de la magie, dit Myrinne. Et c'est un prêtre novice. Un Baju, qui plus est! (Tollivar lui lança un regard, mais elle ne parut pas le remarquer.) C'est à cause de l'obsession de Phela pour la magie que nous nous battons à l'heure actuelle, et c'est aussi celle de ma mère qui a tout déclenché, avant cela.

— Quand elle a tué mon père, ajouta Demos.

— Blane nous aide pour le moment, mais après, que se passera-t-il?

Une porte s'ouvrit, quelque part devant eux. Demos se crispa et empoigna son épée, s'attendant à voir bondir un groupe de gardes, embusqués dans les bâtiments au pied du mur. Mais il ne découvrit que quelques visages apeurés. En voyant la colonne de soldats qui passaient devant eux, ils se retirèrent aussitôt à l'intérieur et verrouillèrent la lourde porte.

— Je ne sais pas…, dit Demos. Ce n'est pas quelque chose dont nous devrions nous soucier pour le moment. Tu ne crois pas?

Myrinne ne répondit pas. Demos observa, du côté du fleuve, les ruines des deux tours de défense. L'une était entièrement détruite, et scintillait encore de ses dernières étincelles de feu-bleu. L'autre n'était plus qu'une coquille vide, trouée et fendue, vidée et réduite au silence par l'incroyable vague qui s'y était écrasée quelques instants plus tôt.

— Cette bataille ne réglera pas tout, déclara Myrinne.

— Pour nous, si. Puisque nous partirons.

Un cri, en avant d'eux, coupa court à toute réponse qu'aurait pu vouloir donner Myrinne. La lieutenante Cuir rassemblait les troupes auprès d'elle, leur intimant de se cacher derrière un bâtiment long et bas qui avait peut-être servi de hangar aux nombreux bateaux amarrés au bord du fleuve, à moins de cent mètres sur leur gauche. Le mur n'était plus très loin, et d'ici, Demos pouvait voir les dégâts provoqués par l'artillerie de la flotte de Daria. Des gravats s'amassaient au bas de l'enceinte. Sa façade était criblée de trous, parfois petits, parfois énormes, lorsque des pans entiers s'étaient effondrés ou détachés. L'air était chargé de poussière, et même la pluie battante ne parvenait pas à la chasser. Le haut du mur ressemblait à une chaîne de montagnes irrégulières, constituée de pierres brisées, de morceaux du chemin de ronde écroulé, de quelques cadavres gisant çà et là, de plusieurs canons pointés vers le ciel ou tombés dans les trous béants du grand édifice, et de feux brûlant par endroits, crachotant sous la pluie. Demos scruta l'enceinte à gauche, puis à droite, mais n'y vit aucun signe de vie.

— Trois escouades vont partir par là, en direction des portes, annonça Cuir. (Elle désigna un endroit du mur où deux portes de bois pendaient à leurs gonds brisés.) Deux escouades passeront par les escaliers qui se trouvent ici et ici.

Elle pointa un doigt vers des escaliers en zigzag, creusés dans la façade du mur. Il en existait plusieurs, mais seuls deux d'entre eux demeuraient praticables.

— Les archers, vous restez ici pour soutenir l'assaut. Les arbalétriers, vous vous approchez un peu du mur, et vous canardez tous ceux qui oseront passer la tête par-dessus.

— Et les meurtrières ? interrogea Demos.

À intervalles réguliers, le long du mur, on pouvait voir ces ouvertures destinées aux défenseurs ; certaines, très étroites, ne laissaient passer que les flèches, tandis que d'autres, plus larges, étaient destinées aux petits canons ou aux projections d'huile enflammée. Bon nombre de meurtrières avaient été détruites, éventrées comme des créatures géantes. Mais quelques-unes étaient encore intactes, et elles semblaient les regarder, pareilles aux yeux menaçants d'un prédateur guettant patiemment sa proie.

— Les Baju ! cria Cuir. Les meurtrières… Tout, absolument tout ce qui se trouve derrière est votre ennemi. On ne fait pas de prisonniers. On ne leur propose pas de se rendre. Vous êtes avec moi ?

Un rugissement retentit. Demos ne put s'empêcher de sourire, surtout en voyant Tollivar joindre sa voix à cette clameur. La lieutenante Cuir était une femme impressionnante, au crâne rasé et tatoué, et son charisme en faisait une meneuse-née.

— Lieutenante, encore une salve, peut-être ? suggéra Demos.

— Nous sommes tout près, objecta-t-elle en regardant le mur par-dessus la longue bâtisse.

L'enceinte se trouvait à moins de cent mètres de là, silencieuse et fumante, et néanmoins immense et dangereuse.

— Et c'est pour ça qu'ils ne s'y attendront pas, fit remarquer Demos. L'amirale Hallarte et ses troupes sont d'excellents viseurs, et ils savent où nous nous trouvons.

Cuir fronça les sourcils, puis sourit.

— Encore une salve. Envoyez le signal !

Derrière la lieutenante, un marin leva un drapeau bleu triangulaire, et l'agita trois fois de droite à gauche. Le signal fut repris derrière eux et relayé, et quelques instants plus tard, Demos vit des panaches de fumée s'élever du vaisseau de Daria. Suivit le coup de tonnerre, le sifflement de la canonnade qui fendait l'air, puis l'impact assourdissant des boulets qui s'écrasaient une fois de plus sur la grande muraille. La pierre explosa, se brisa, tomba… et avant même que la poussière ait eu le temps de retomber, ils se mirent à courir, louvoyant entre les derniers bâtiments et traversant la bande de terrain découvert au pied du mur, évitant les blocs qui tombaient. La troupe se sépara en plusieurs escouades, pour attaquer là où Cuir leur avait indiqué de le faire.

Demos vit les escouades s'approcher des portes brisées et les franchir, sans observer le moindre signe de résistance. *Et voilà, nous sommes dans la ville*, songea-t-il. *Lartha est envahie.* Cela faisait des siècles que la capitale de Quandis n'avait pas été l'objet d'une attaque réussie, et il ressentit le pincement d'une émotion qu'il ne pouvait identifier. La tristesse ? La culpabilité ? Il ne pouvait l'affirmer.

— Là ! s'exclama Myrinne. En haut du mur !

Des formes étaient apparues le long du sommet déchiqueté, et une pluie de flèches s'abattit brutalement sur eux.

Demos, Myrinne et Tollivar s'accroupirent pour présenter des cibles plus petites, les deux adultes tirant les boucliers qu'ils portaient dans le dos pour protéger leurs têtes et leurs poitrines. Tollivar n'en possédait pas, aussi le firent-ils recroqueviller entre eux deux. Tout autour, les flèches se fichèrent dans le sol. Il y eut quelques grognements et quelques cris lorsque certaines atteignirent leur cible. Puis, derrière eux, Demos entendit les bruits familiers des archers et des arbalétriers qui ripostaient. La contre-attaque fut précise et dévastatrice. Tout au long du sommet du mur, des silhouettes se crispèrent et tombèrent, et la deuxième salve de flèches lancées par les défenseurs fut nettement moins dense et moins efficace. Bombardés par les canons des vaisseaux, pris de court par l'avancée rapide de leurs assaillants, ils tiraient à l'aveuglette. Demos avait observé les guerriers des deux côtés. Les soldats et les gardes de Lartha étaient bien entraînés, mais la plupart d'entre eux n'avaient pas participé à un vrai combat depuis très longtemps, s'ils l'avaient même déjà fait. Les membres de la flotte de l'amirale Hallarte, en revanche, combattaient les pirates et d'autres ennemis du royaume depuis des années.

Les marins étaient en infériorité numérique, mais les protecteurs de la reine n'étaient pas de taille à lutter.

Les troupes de l'amirale chargèrent de nouveau, jusqu'à atteindre le mur, et Demos repéra l'escalier en zigzag qu'il souhaitait emprunter. Il se mit à grimper les marches derrière un groupe de Baju, Tollivar et Myrinne sur les talons. D'un regard en arrière, il put observer clairement le champ de bataille en contrebas. Quelques-uns de leurs soldats s'étaient effondrés, mais la majorité d'entre eux avaient gagné le mur et s'étaient engagés dans les escaliers extérieurs, lorsqu'ils n'avaient pas franchi les portes brisées un peu plus loin.

Un cri, devant eux, les fit s'immobiliser. Du liquide s'était mis à couler dans l'escalier, et Demos sentit l'odeur âcre de l'huile de lampe.

— Halte ! cria-t-il.

Il embrassa l'escalier du regard, repérant des itinéraires permettant une retraite au cas où l'huile serait embrasée. Mais il espérait que ce ne serait pas le cas.

— Vous ! dit-il en désignant un arbalétrier. Venez.

L'homme monta quelques marches pour rejoindre Demos tout en chargeant son arme, et il leva les yeux. L'ouverture d'où se déversait l'huile se trouvait à six mètres au-dessus d'eux.

— Je n'ai pas d'angle de tir ! se plaignit l'homme.

Demos ôta sa ceinture et s'empara de la corde autour de la taille de Tollivar. Après les avoir nouées ensemble, il en fit passer une extrémité dans une sangle de poitrine dont était équipé le tireur. L'homme lui sourit.

— Prêt? demanda Demos.

— Tenez bon, surtout.

Demos fit un nœud coulant à la corde, puis se campa pour soutenir le poids de l'homme, qui se pencha en arrière au-dessus du vide. Le soldat leva son arbalète, les jambes écartées, et Demos se concentra pour le maintenir en équilibre et ne pas le faire bouger. De l'autre côté du tireur, il voyait le fleuve et les vaisseaux de Daria qui s'approchaient à nouveau de la ville, poussés à la fois par le vent et par leurs rames, progressant lentement vers les tours en ruine et l'entrée de la cité. Il n'était même pas sûr d'avoir déjà vu des vaisseaux si grands et si majestueux sur le Susk. Malgré les dégâts qu'avait subis chaque navire depuis le début de l'attaque, la flotte offrait encore un spectacle impressionnant.

Le claquement de l'arbalète l'arracha à sa contemplation, et au-dessus de leurs têtes, il entendit un grognement.

— Courez! cria-t-il.

Aussitôt, les attaquants qui attendaient dans l'escalier se mirent à courir par-dessus les flaques d'huile, choisissant soigneusement où ils mettaient les pieds et lançant des regards nerveux vers le haut. Tous redoutaient de voir tomber l'inévitable torche enflammée. L'arbalétrier rechargea son arme en quelques secondes, et il mettait de nouveau en joue lorsque Myrinne et Tollivar traversèrent la zone huileuse.

Demos hissa le tireur à la verticale, et tous deux se hâtèrent de gravir l'escalier, fermant désormais la marche.

Deux niveaux plus haut, ils atteignirent un trou béant, percé dans la façade par les canons. D'autres attaquants s'en étaient déjà servis pour pénétrer à l'intérieur du mur, et il y vit les cadavres de trois défenseurs, ainsi que plusieurs Baju qui, ayant reçu des coups d'épée, pansaient leurs blessures.

Demos s'arrêta pour étudier le visage d'un des défenseurs, très familier et pourtant inconnu. Qui était-il, ce garde larthien ? Pourquoi Demos le connaissait-il ?

— Konnell, murmura une voix.

Surpris, Demos se retourna et découvrit Myrinne derrière lui. Elle posait sur le mort un regard accablé de chagrin, et Demos se rappela alors où il l'avait vu. C'était l'homme qui l'avait aidée à venir le voir dans sa cellule, lorsque la famille Kallistrate avait été arrêtée. Un membre loyal de la garde, et l'ami de Myrinne.

— Myr, dit-il en la prenant par le bras et en lui murmurant à l'oreille. Nous devons continuer à avancer.

— C'était un homme bon, dit-elle en mettant son épée au fourreau.

Elle s'agenouilla et prit la main de Konnell, sous les yeux écarquillés de Tollivar.

— Il se conduisait avec moi comme un véritable ami. Toujours si gentil…

— Je suis désolé, dit Demos d'un ton pressant, mais nous allons probablement voir d'autres morts aujourd'hui. D'autres amis. Nous allons peut-être être obligés de les tuer de nos mains. C'est pour ça que…

Myrinne se leva et se retourna vers lui d'un seul mouvement.

— Tu crois peut-être que je l'ignore ?

Elle pointa un doigt vers la Flèche du Sang et la Flèche de l'Os, au loin, qui perçaient le ciel au-dessus du palais.

— Des gens que nous connaissons et que nous aimons sont en train de mourir en ce moment même. Si je dois plonger mon épée dans le corps de ma propre sœur pour y mettre un terme, je le ferai. Mais je pleurerai sa mort quand ce sera fini, Demos. Je les pleurerai tous.

À ces mots, elle repartit en tirant son épée, de nouveau prête à se battre. Demos et Tollivar la regardèrent s'éloigner un instant, et Demos fut alors certain qu'il venait de perdre cette bataille. Tout ce qu'il voulait, c'était prendre Myrinne avec lui et fuir Quandis pour toujours, abandonnant leurs noms de famille et leurs responsabilités. Mais la femme qui venait de partir en avant d'eux n'était pas seulement une princesse. C'était une souveraine.

— On y va ! dit Demos.

Tollivar et lui coururent afin de rattraper Myrinne dans un couloir sombre, et traversèrent une pièce plus large où gisaient d'autres cadavres. Devant eux, Demos entendit des épées s'entrechoquer.

— Restez près de moi, recommanda-t-il.

Ils débouchèrent près d'une série d'escaliers et de galeries construits à l'arrière du grand mur d'enceinte, et jonchés de blocs de pierre brisés, de gravats et de poussière. C'est là que le combat recommença. Des gardes bloquaient le passage, face à des attaquants qui, jusqu'à récemment, étaient leurs compagnons d'armes. Par paires, quelques combattants se tournaient autour, hésitant à donner l'assaut. Tuer à distance était facile, mais se battre au corps à corps avec quelqu'un qui aurait pu être son ami était bien plus délicat, même pour des soldats de carrière.

Demos profita de ce moment de flottement pour lancer un regard par les galeries, en direction de Lartha elle-même. Il entendit des cris et des hurlements, poussés non seulement par les soldats défenseurs, mais aussi plus loin dans la cité. Il vit des rues grouillantes de gens, dont beaucoup portaient des sacs ou poussaient des chariots remplis de leurs biens. Des incendies s'étaient déclarés un peu partout, et deux collines étaient envahies par les flammes. Il regarda la colline Kallistrate – son foyer, son héritage – et son cœur se brisa à la vue de tant de bâtiments en feu, d'un tel pan de son histoire qui s'évanouissait en nuages de fumée puante.

En levant les yeux, il vit que la colline du Temple était constellée d'éclats palpitants à la lueur bleu pâle, comme si la foudre la frappait encore et encore, puis allait se nicher dans le sol.

— Demos! l'appela Tollivar.

Demos pivota, levant son épée juste à temps, et para le coup porté par un garde petit et trapu. L'homme effectua une feinte sur la gauche, se baissa sur la droite, et tenta de le frapper au ventre. Demos écarta sa lame et avança son pied arrière pour l'abattre sur le tibia de son adversaire; au même moment, il fit passer son épée derrière son propre dos et l'enfonça par le côté dans le torse du soldat. Le garde hoqueta, et sa plaie écumante aspira l'air; Demos se tourna de nouveau et, mobilisant toutes ses forces, fit tourner son épée pour trancher la tête de l'ennemi. Celle-ci bascula, tomba, et rebondit trois fois avant de disparaître dans la rue en contrebas.

Myrinne se battait contre un homme presque deux fois plus imposant qu'elle, mais dont la corpulence semblait composée de graisse plutôt que de muscles. Dansant autour de lui, elle lui assena des coups au ventre, à la poitrine et aux cuisses, se mouvant avec une agilité qui aurait été belle si elle n'avait pas été si dangereuse.

L'homme tomba à genoux, pressant des deux mains sa cuisse entaillée d'où jaillissait une gerbe de sang. Il était hors de combat, mais Myrinne l'acheva en lui tranchant la gorge.

— Par ici ! dit Demos. Nous devons rester au même niveau que les vaisseaux.

À sa gauche, la proue de la *Nayadine* poussait déjà devant elle les ruines des tours écroulées. Le fleuve était plein de débris tombés des deux édifices – poutres enflammées, meubles et escaliers brisés, cadavres – et la vue du vaisseau passant entre les tours pour entrer dans la ville était à la fois spectaculaire et glaçante. Demos aperçut Daria sur le pont avant, aux côtés de Blane et du capitaine Gree. Des archers étaient perchés sur les plats-bords, ainsi que des soldats prêts à débarquer à tout moment. Il était impossible de savoir jusqu'où les navires parviendraient à avancer le long du Susk, et le débarquement devrait s'effectuer aussi rapidement que possible.

Il jeta un regard vers la droite, vers la grande avenue qui longeait le fleuve et passait entre les collines Kallistrate et Daklan. La route était envahie par les Baju et les soldats rebelles, et ils ne semblaient rencontrer qu'une résistance légère et irrégulière.

La frappe éclair que Daria avait portée aux défenses de la cité semblait avoir été très efficace. Mais Demos ne pouvait entretenir le sentiment de la victoire. Ç'aurait été prématuré, et leur entrée dans la ville avait été trop facile pour être uniquement le fruit de leur plan de bataille et de la chance.

Myrinne contemplait les collines qui se dressaient sur le chemin du fleuve, et plus précisément la colline du Temple. Ses quatre grandes tours se dressaient au-dessus de la ville, leurs silhouettes semblant percer les nuages noirs et orageux, zébrés de temps à autre par un éclair. Les ombres des tours dansaient de gauche à droite, remuant lentement sur les versants inférieurs, comme des tentacules noirs cherchant à agripper quelque chose.

— Mais qu'a-t-elle fait ? s'exclama Myrinne.

Des vagues parcouraient le fleuve et venaient se briser contre la *Nayadine*, comme poussées par des remous en amont, hors de leur vue. Le sol se mit à trembler, en une série de fortes secousses ; des fenêtres se brisèrent, des tuiles glissèrent des toits, et des crevasses apparurent dans les rues pavées.

Sous les yeux de Demos, une tour située à mi-hauteur de la colline du Temple pencha, puis s'effondra.

— Venez ! pressa Myrinne. Nous ne pouvons pas ralentir. Il faut nous dépêcher ! Quoi qu'elle ait fait, quoi qu'elle s'apprête à faire, il faut l'arrêter immédiatement !

— Peut-être est-elle déjà allée trop loin, fit remarquer Demos.

Mais Myrinne ne lui répondit pas. Elle n'avait pas grand-chose à ajouter.

Ils dévalèrent les escaliers jusqu'au sol, enjambant les corps de vaillants défenseurs qui avaient courageusement tenté d'arrêter l'assaut. Plusieurs Baju gisaient également à terre, jetés du mur par les gardes les plus chevronnés, et Demos ressentit un pincement au cœur en les voyant. Même ce jour-là, on tuait encore des Baju. Au moins tuaient-ils eux aussi en retour, cette fois.

Ils coururent le long des rues, les escouades conservant une formation serrée, et retrouvèrent bientôt la lieutenante Cuir et ses propres troupes. Des centaines de marins, de Baju et de soldats du bataillon de Port-Susk traversèrent Lartha au pas de course. Lorsqu'on tentait de leur barrer le passage, ils se battaient avec ardeur, et les attaquants déterminés triomphaient rapidement des rares groupes de gardes défendant encore la ville. Aucun d'eux ne se rendit. Demos se demanda ce que Phela leur avait promis pour qu'ils se battent, ou de quelle punition elle les avait menacés s'ils s'y refusaient.

Il ne savait pas si le châtiment qu'elle leur réservait pouvait être pire que la mort qu'ils trouvaient en rencontrant son épée.

Sur leur gauche, ils entendirent un grincement retentissant. Entre deux bâtiments, Demos vit qu'il s'agissait de la *Nayadine* qui butait contre le fond du fleuve, non loin de la berge. Les marins lançaient déjà des grappins sur les quais afin de se laisser glisser le long des cordes, et Demos les rejoignit à la tête d'une escouade, pour les protéger d'une éventuelle attaque tandis qu'ils débarquaient.

Daria le retrouva sur le large ponton de bois, Blane à ses côtés. Le Baju pâle et couvert de sang, semblait affaibli ; mais son regard était rivé à la colline du Temple, et aux événements mystérieux qui s'y déroulaient.

— Nous allons continuer sur notre lancée, annonça Daria. On dirait que le Temple des Quatre est notre destination principale. Je laisse la moitié des équipages ici pour défendre les navires, et je vais envoyer des coursiers définir des cibles pour les canons. Certes, nous ne pouvons plus avancer, mais ces vaisseaux restent les meilleures armes à notre disposition.

— Visez le temple, ajouta Myrinne.

En l'entendant parler, les autres se turent, surpris.

— Non, dit Blane. N'essayez pas de la tuer. Ça ne fera aucune différence. Ça pourrait même la rendre plus puissante encore. Elle doit regorger de magie, à présent. Elle doit lui sortir par tous les pores. Les boulets de canon ne lui feront aucun mal. Les soldats ne pourront pas s'approcher assez près pour la tuer à coups d'épée ou de flèches.

— Qu'est-ce qu'on peut faire, alors ? insista Daria. Par quel moyen penses-tu que nous puissions l'arrêter ?

— Moi, répondit Blane.

Un frisson parcourut Demos en entendant parler le novice. Il avait déjà été témoin des choses incroyables et terrifiantes dont il était capable. Il se demanda ce qu'il avait d'autre en réserve.

— Emmenez-moi jusque là-haut, et je pourrai la combattre, dit Blane. Mon peuple va m'y emmener, ma sœur. Notre peuple. Et ton armée nous protégera.

Daria sourit. Elle regarda Demos.

— On dirait qu'on a un plan.

— Alors, allons-y, répliqua Demos. Tant que nous avons encore l'avantage.

Si c'était véritablement le cas jusqu'ici, ajouta-t-il en pensée.

Mais ils se mirent néanmoins en route à travers la cité, en direction de la colline du Temple. Vers ce que Demos supposait être la plus ancienne et la plus noire des magies. *Et si c'est bien cela que nous allons affronter, impossible de dire à quoi ressemblera notre victoire.*

Chapitre 21

Demos trébucha en sentant la colline du Temple trembler sous ses pieds. Il tomba sur un genou, et Tollivar apparut aussitôt. Puisque Myrinne était absorbée par son propre destin, le jeune Baju était devenu inopinément son meilleur atout, son ami le plus loyal. Ils avaient échappé à la mort ensemble, perdu Souris ensemble ; peut-être ces épreuves avaient-elles renforcé leur lien. Mais Demos avait aussi l'impression que quelque chose d'autre était en jeu, que les moments qu'ils étaient en train de vivre – le combat qu'ils menaient côte à côte pour une noble cause – étaient plus importants que tout le reste.

— Ça va ? demanda le jeune garçon.

Autrefois, Demos aurait peut-être accueilli cette question d'un sourire railleur ; mais il savait qu'elle partait d'un bon sentiment. La colline continuait de trembler. Sur la droite, des ravins s'étaient brusquement créés, formant de grandes crevasses à l'endroit où – disait-on – des tunnels montaient de Yaris Teeg à la colline du Temple. L'académie des novices, elle aussi, s'était à demi écroulée. Au loin, Demos voyait de jeunes novices s'activer parmi les ruines. Mais ils essayaient seulement de sauver leurs congénères, et Demos n'avait pas besoin de s'en mêler.

Le sommet de la colline, là où les vents et la pluie tourbillonnaient dans le Temple des Quatre, où les tours des dieux frémissaient et se balançaient… C'était cet endroit-là qui le préoccupait.

Myrinne se fraya un chemin entre plusieurs guerriers et vint se placer à côté de lui. Elle parvint à lui sourire, malgré les secousses qui agitaient le monde, et la pluie glacée qui les fouettait. Ses vêtements étaient trempés, ses cheveux dégoulinants.

— Quelle grâce ! commenta-t-elle.

Demos se releva, une main sur le pommeau de son épée.

— Je suis connu pour ma dextérité, rétorqua-t-il.

— Allez, on continue ! lança Tollivar avec excitation.

Demos hocha la tête, et ils se remirent en route. La colline trembla, et tous chancelèrent. Myrinne attrapa Tollivar pour l'empêcher de tomber. Demos serra les dents et se concentra sur leur objectif. Ils devaient à la fois mettre un terme au règne chaotique de Phela, et reprendre à Euphraxia son titre d'apex. Encore quelques morts, au fil d'une journée qui en avait déjà connu bien trop, et tout serait terminé.

Demos lança un regard au jeune garçon. Tollivar portait une dague dans un fourreau à sa ceinture, et comme l'épée de Demos, cette dague avait fait couler le sang, aujourd'hui. L'enfant paraissait fatigué, maigre et terriblement jeune, et Demos hésita. Puis un groupe de marins et d'autres guerriers les dépassèrent d'un pas vif. Daria et ses officiers cheminaient loin devant eux, suivis par les hommes forts qui se relayaient pour porter le corps affaibli de Blane. Demos aurait dû se trouver parmi eux. Daria avait toujours pu compter sur lui, et cela le rendait fier. À ses côtés, il se serait jeté dans n'importe quelle bataille… mais à présent, il n'était plus que l'ombre de lui-même. De plus, il n'était même pas sûr de vouloir encore se battre. Il ne voulait rien d'autre que voir tout ceci se terminer. Abandonner Lartha derrière lui, et prendre un nouveau départ quelque part, dans un lieu où les gens n'avaient pas assisté, les bras ballants, à l'exécution de son père. C'était cette pensée qui le poussait à avancer.

— Allez! dit-il pour encourager Myrinne et Tollivar à presser le pas. On ne servira à rien, si la bataille se termine avant notre arrivée.

Au lieu de courir, cependant, Myrinne l'attrapa par le poignet, et il la sentit le retenir d'un geste ferme. Elle appela Tollivar, tout en entraînant Demos sur le côté, à l'écart des autres combattants qui continuaient l'ascension de la colline du Temple.

— Qu'est-ce qui ne va pas? demanda-t-il, car il reconnaissait son regard.

Ils se connaissaient depuis toujours, et son expression le préoccupait.

— Nous n'allons pas suivre Daria, annonça Myrinne.

— Que veux-tu dire? s'étonna Tollivar. Tu prends parti pour ta sœur?

— Bien sûr que non, répondit Myrinne. (Elle plissa les yeux, la pluie ruisselant sur son visage.) Mais j'ai bien réfléchi. Et j'ai compris que pour sauver Lartha, pour sauver Quandis tout entière, il ne fallait pas seulement vaincre Phela.

— Comment ça?

Myrinne le tira par le bras pour qu'il vienne se placer près d'elle et qu'il regarde dans la même direction, puis elle pointa un doigt devant eux. Vers le pont. Vers la colline du Palais. Vers le palais lui-même, avec ses flèches et ses murailles. Puis elle se tourna face à lui, si proche que malgré la pluie, il sentait la tiédeur de son haleine.

— Les archives royales contiennent l'histoire écrite et les artefacts de notre peuple. Quandis est…

Demos posa sa main libre sur l'épaule de Myrinne.

— Tu plaisantes, j'espère ?

L'éclat dur qui brilla dans ses yeux lui répondit.

— Il y a un bas-relief, dans une alcôve, près des appartements de la reine. Je sais que tu l'as déjà vu. Quand nous étions enfants, Aris, Phela et moi l'appelions le Roi Personne, parce que les traces écrites de cette époque ont été perdues au fil des âges. Nous ne pouvons pas laisser de nouveau mourir notre histoire. Regarde autour de toi. La cité est en train de s'effondrer.

— Nous allons l'empêcher de tomber, assura Demos. Nous…

— Et si nous n'en sommes pas capables ?

Demos voulut protester de nouveau, mais Myrinne fit glisser sa main jusqu'à la sienne et la serra.

— Quandis, tout comme nous, ne se résume pas à ce qui se passe ici et maintenant. Réfléchis-y.

Demos s'exécuta. Il soupira, et baissa la tête.

— La couronne elle-même.

— Nous ne pouvons pas la laisser où elle est. Si le palais s'écroule…

Ses paroles furent interrompues par un coup de tonnerre qui ébranla le ciel. La foudre s'abattit sur la colline du Palais, et l'une des structures adjacentes au château prit brusquement feu. Une maison s'effondra et se mit à glisser, en renversant une autre. Même au milieu de l'orage, les dégâts que subissait la ville étaient évidents. Demos lança un regard au pont : pour le moment, il demeurait intact.

— La couronne, répéta-t-il.

La relique accompagnait depuis des siècles le couronnement des nouveaux souverains, tous issus de la même lignée, tous parcourus par le Sang des Quatre. Mais d'une certaine manière, cet objet était tout aussi important que ce sang. Elle constituait un symbole d'une importance colossale aux yeux des sujets de la reine.

— Oui, dit Myrinne. La couronne, et toutes les archives des époques que nous connaissons, et d'autres que nous ne connaissons pas... Elles doivent survivre. Nous les emporterons jusqu'à la flotte, et nous les chargerons à bord du vaisseau de Daria.

Demos regarda de nouveau le pont. Des lézardes apparaissaient dans les gigantesques piliers de pierre, et la colline paraissait le heurter délibérément, comme si la terre elle-même voulait détruire ce passage.

— Par les dieux ! jura-t-il à voix basse.

Puis il embrassa Myrinne, en s'efforçant de ne pas penser à la Couronne et aux projets de Myrinne pour l'avenir, de ne pas regarder plus loin que la fin de cette journée, sans même envisager le lendemain.

Il leva la main pour cueillir le visage de Myrinne dans sa paume, le nez de la jeune femme à quelques centimètres du sien.

— Nous allons faire du mieux que nous pouvons. Si le palais se révèle trop dangereux, et si la cité continue à se disloquer...

— Dans ce cas, nous fuirons, acquiesça-t-elle. Je ne veux pas te perdre à nouveau.

Demos sourit. S'il vit le sourire de Myrinne se faner lorsqu'il détourna le regard, s'il perçut son chagrin, il se persuada qu'il l'avait imaginé. Hélant trois marins qu'il connaissait, il leur fit signe de s'approcher, et leur expliqua ce qu'ils avaient décidé de faire. Les marins hésitèrent, d'abord résolus à suivre Daria. Mais il s'agissait de guerriers intelligents, deux femmes et un homme qui avaient juré de donner leur vie pour protéger Quandis presque avant de sortir de l'enfance.

— Vous savez que Daria serait d'accord, si nous avions le temps de la rattraper pour le lui demander, argua Demos.

Ils le savaient, en effet.

Demos chercha Tollivar du regard, mais le jeune garçon était déjà allé se placer aux côtés de Myrinne, l'air impatient.

— Elle doit mourir, déclara Tollivar, en désignant du menton le sommet de la colline du Temple. Quoi qu'il arrive, Euphraxia doit mourir. Pour Souris.

— Avant le prochain lever de soleil, affirma Demos. Tu as ma parole.

Tous les six, ils se mirent à courir en direction du pont. Vers le palais. Vers la couronne.

La reine Phela se tenait au point de jonction de la place du temple, les Tours des Quatre s'élevant tout autour d'elle, et la magie tambourinant au fond de son corps. Elle coulait à travers elle comme le vent soufflait dans la Flèche de l'Os, créant une nouvelle musique, une mélodie qu'aucune personne vivante n'avait pu entendre auparavant. La douleur qui lui tordait le ventre disparut. Le flot de sang qui coulait de son nez et de ses yeux s'arrêta, et chacune de ses respirations la faisait frémir d'une extase nouvelle. La pluie martelait sa peau et le vent balayait la pierre autour de ses pieds, mais elle n'en était consciente que de la manière dont une personne qui dort perçoit les voix qui s'élèvent près d'elle, comme si Phela vivait dans un rêve. Le monde tangible avait une texture propre, mais l'étoffe de la magie était unique. Elle glissait sur elle, et en elle, avec autant de douceur que la soie la plus fine.

Cette pureté représentait ce qu'elle avait tant attendu. Les Quatre la connaissaient, et ils l'aimaient. Leur sang coulait en elle, et rien ne pourrait lui barrer le passage.

Per Ristolo se tenait près de Phela, et Per Stellan se trouvait de l'autre côté. Leurs mains étaient sur son corps, touchant son front et ses épaules, son abdomen et le creux de ses reins, déposant des bénédictions sur sa gorge et ses yeux. Ils parlèrent, et la reine Phela se fit inconsciemment l'écho de leurs paroles, comme s'ils l'avaient hypnotisée ; alors qu'en vérité, c'étaient les Quatre qui les avaient tous hypnotisés. Quelque part, non loin de là, on entendait un autre prêtre sangloter sur les corps des défunts. Tout du long, Phela sentait le sang des novices et des prêtres que ses Silencieuses et ses gardes avaient assassinés. Les gardes qui étaient venus la rejoindre sur la place surveillaient à présent les prêtres ayant eu la sagesse de se rendre. Entre les mots du rituel, Per Stellan reniflait comme un enfant turbulent qui vient d'être puni. Phela savait que la prêtresse se prêtait de son plein gré à la cérémonie, et cependant, la femme pleurait tout de même ses frères et ses sœurs de la Foi qui avaient trahi la reine, et qui en avaient payé le prix.

Cela n'a aucune importance, avait envie de lui dire Phela. *Ne sentez-vous pas ce qui se prépare ? Tout va changer, à présent. Tous vont s'incliner. Les hérétiques ouvriront leurs cœurs à la Foi, lorsqu'ils verront qu'un véritable dieu marche sur la terre.*

Et Quandis ne serait pas la seule à en bénéficier. La Reine Éternelle mènerait son peuple vers la conquête de toutes les terres que comptait l'océan, jusqu'à ce qu'il n'existe plus un seul endroit qui puisse prétendre s'appeler autrement que Quandis, ou vénérer un autre dieu que les Quatre.

Les Cinq.

Grâce à la magie d'Anselom, la reine Phela poussa un soupir, et les pierres sous ses pieds s'agitèrent. La colline du Temple tout entière se mit à trembler. Grâce à la magie de Bettika, elle fit danser le vent, puis le propulsa et le fit tournoyer hors du temple, si bien qu'une immobilité parfaite, irréelle, se mit à régner entre les tours. Grâce à la magie de Dephine, elle détourna la pluie afin qu'elle ne la touche plus, et elle chassa les flaques d'eau à ses pieds, qui rampèrent comme des serpents sur la pierre frémissante. Grâce à la magie de Charin, elle sentit le feu naître au bout de ses doigts et s'enrouler autour de son avant-bras, jusqu'à ce que Per Ristolo se penche pour lui murmurer à l'oreille :

— Pas maintenant, Majesté. Nous avons presque terminé.

Brûle-le, souffla une voix dans son esprit, mais la reine Phela n'y céda pas. Ristolo l'idolâtrait. Il était bon et fidèle, un véritable ami, et elle allait le nommer apex dès aujourd'hui.

À nouveau, elle inspira, puis expira. Elle trouva la magie des Quatre, paisible, au fond d'elle-même, dans une harmonie parfaite, et elle sut que les deux serviteurs de la Foi avaient eu raison de l'amener jusqu'à ce point de jonction. La magie l'emplissait, courait dans ses veines. Ses lèvres formaient encore les paroles du rituel, et son chant se répercutait encore dans ses os, plus fort qu'avant. Elle sentait l'herbe des parcs et des espaces à ciel ouvert dont était pourvue la colline du Temple, le courant puissant du fleuve en contrebas, et la peur des chiens et du bétail sur les versants, qui se recroquevillaient à terre ou couraient de toutes leurs forces pour tenter de survivre. Elle sentit la terre craquer, près de Yaris Teeg, lorsqu'un tunnel s'y effondra. Et cependant, bien loin de terrifier Phela, le séisme qui s'intensifiait faisait bouillonner la magie qu'elle portait en elle, la poussait vers l'extérieur. La reine Phela se demanda quelles pensées secrètes nourrissaient ceux qui l'entouraient, et si elle serait capable de voir jusque dans leurs cœurs. La magie lui paraissait bien plus intense qu'elle ne l'avait imaginé. Avec son aide, elle parviendrait peut-être à faire naître l'amour là où il n'existait pas, à semer la haine là où elle en avait besoin. Grâce à cette magie, elle pourrait asservir les esprits des morts.

Où se terminait-il, ce pouvoir ?

Avait-il une fin ?

Avec un sourire, elle leva les yeux vers le ciel. Le tonnerre grondait au-dessus de sa tête. Des veines de foudre d'un blanc bleuté transperçaient les nuages, enflammant l'air. La petite fille qu'elle était autrefois aurait pu croire, à ce spectacle, que les dieux se faisaient la guerre dans cet orage. Mais la reine Phela savait que les Quatre étaient ici, à Lartha, enfouis dans les profondeurs de la ville.

Et la Cinquième se tenait à présent au sommet de cette colline.

Elle rit, et le tonnerre lui répondit. La pluie se mua en neige, car elle le lui ordonna ; elle aimait la beauté, pure et silencieuse, de la neige qui tombait.

Le bourdonnement de ses os s'intensifia, devenant si fort qu'il lui faisait presque mal.

Mais la douleur n'avait plus la moindre emprise sur elle. Pas sur la fille des Quatre. La Reine Éternelle.

Sans qu'elle l'ait décidé, un flot de bile acide monta soudain dans sa gorge. Elle porta une main à ses lèvres, tentant de l'arrêter, puis se résigna à laisser ce goût affreux lui emplir la bouche. La reine cracha sur les dalles mouchetées de neige de la place.

— Majesté ? dit Per Ristolo, et Phela l'entendit.

Sa voix avait percé sa rêverie.

— Finissez votre travail, dit-elle.

Et le temple tout entier se souleva sous ses pieds. Ses deux serviteurs de l'Ordre Supérieur chancelèrent, et Per Stellan tomba sur un genou, mais la reine Phela accompagna les ruées de la terre comme si elle en faisait elle-même partie.

Un filet de liquide coula de sa narine gauche. La reine Phela l'essuya de la main, et celle-ci se teinta de noir plutôt que de rouge sang. Mais l'ichor sombre qui coulait de son nez ne l'alarma pas autant que la vue de sa main et de son avant-bras. Sa peau était pâle, et si sèche qu'elle avait commencé à se craqueler et à s'effriter. Ses os chantèrent, et cette fois, une douleur sourde les parcourut.

— Non, murmura-t-elle.

Elle répéta ce mot, plus fort, et se dressa plus droite, le dos raide.

— Non.

Inspirant profondément, concentrée sur la magie, elle laissa celle-ci glisser à l'intérieur et à l'extérieur de son être, et se tendre vers les Tours des Quatre. Elle sentait les dieux, très loin sous ses pieds, dans leurs tombeaux. Et la magie qui coulait dans tout son être retourna en eux, en une boucle de pouvoir crépitant qui pulsait, grandissait et se déchaînait en elle.

— Oui. Oui !

Le feu courut le long de ses bras, mais elle l'attira jusqu'à ses paumes, et le fit danser le long de ses doigts. La bile l'étrangla de nouveau, et une fois encore, elle cracha dans la neige qui s'accumulait. *Je vais la retenir*, pensa-t-elle. *Je vais tout garder.*

Avec un sourire si large qu'elle sentit les coins de ses lèvres se fendiller, elle se tourna pour poser sur Per Ristolo un regard aimant. Ce n'est qu'alors qu'elle s'aperçut qu'il criait son nom. Il désignait quelque chose qui se trouvait derrière elle… de l'autre côté. La reine Phela s'était perdue au sein de la magie, mais aussitôt, elle voulut voir ce qui terrifiait le prêtre à ce point. Elle se tourna juste à temps pour sentir une gerbe de sang chaud lui fouetter le visage, les bras et la poitrine.

Per Stellan tomba à genoux, le sang jaillissant d'un trou sur sa gorge. Un guerrier phage fantomatique se tenait derrière elle, une épée translucide dans la main.

Le monde tangible rugit autour de Phela. Sa transe magique se dissipa, et elle les vit donner l'assaut : les Phages étaient plus d'une vingtaine. Ils hurlèrent en fendant l'air dans sa direction. Shome et les autres Silencieuses se précipitèrent pour s'interposer, remplissant l'espace entre la prêtresse morte et leur reine. Les épées s'entrechoquèrent. La neige tombait à travers le corps des Phages comme s'ils n'étaient pas réellement présents, et cependant, leurs lames étaient tout à fait concrètes. L'une des Silencieuses mourut sans bruit, son sang teintant la neige de rouge.

Les gardes s'approchèrent pour protéger la reine, tandis qu'une foule de prêtres émergeaient sur la place, sortis des portes et des voûtes du temple. Maniant des bâtons et des poignards, ils se battirent, assez maladroitement. Même contre les moins habiles des gardes, ils mouraient presque aussitôt. Mais ils n'étaient pas seuls ; ils étaient accompagnés de prêtres de l'Ordre Supérieur, ceux qui avaient refusé de se soumettre lorsque Phela s'était déclarée chef de la Foi, et ils se présentaient maintenant devant elle, au nombre de sept.

L'apex Euphraxia était à leur tête.

— Vous auriez dû vous contenter d'être reine ! cria Euphraxia. Votre devoir est de servir votre peuple et vos dieux, pas vos propres intérêts. Vous blasphémez, Phela. Et c'est pour cela que vous allez mourir !

Elle tendit une main vers le ciel, appelant la foudre. Un éclair surgit des nuages et se dirigea vers Phela, mais la reine l'écarta d'un geste ; il alla frapper un mur, détruisant des blocs de pierre qui se trouvaient là depuis un millier d'années. Euphraxia prononça des mots très anciens, leva les bras, et cette fois, la place s'ouvrit sous les pieds d'une Silencieuse et de deux gardes. Lorsqu'ils tombèrent entre les dalles, Euphraxia frappa dans ses mains, et le trou se referma, pulvérisant leurs os et écrasant leur chair.

La reine Phela n'arrivait plus à respirer. Sa bouche était pleine de bile et de sang noir. Ses os vibraient du chant de la souffrance. Per Ristolo se rapprocha d'elle et se mit à dessiner dans les airs, invoquant à son tour ses maigres pouvoirs. Voyant cette magie toute proche, Phela voulut s'en emparer. Elle décida donc de la lui prendre. Elle s'avança vers le prêtre, l'attrapa par la gorge et aspira toute la magie qu'il possédait. Ses yeux s'écarquillèrent, et il la regarda d'un air si triste qu'elle regretta presque son geste.

— Majesté…, articula-t-il tandis que son âge le rattrapait.

Les années le firent flétrir en un instant. Les siècles transformèrent sa peau en parchemin, sa chair en poussière. Lorsqu'il tomba en avant sur les dalles de la place, il ne restait de Per Ristolo que quelques os et une poignée de souvenirs.

Ils étaient partis. Son Ordre Supérieur l'avait abandonnée, et à présent, la magie la faisait hurler de douleur et d'extase. Elle tendit les mains pour tenter d'en aspirer davantage à l'aide des tours, tâtonnant en esprit jusqu'aux tombeaux des profondeurs et priant les Quatre dans son cœur... mais seule la douleur lui répondit. Une douleur cuisante qui la transperça, tandis qu'elle s'écartait du point de jonction.

— Non, murmura-t-elle. Elle m'appartient.

Rassemblant ses forces, endurcissant son esprit, la reine Phela se détacha des souffrances qui lui laceraient le corps, et des larmes noires qui coulaient de ses yeux. Elle se concentra plutôt sur la neige et le vent, et d'un geste, elle pétrifia sur place une dizaine de prêtres, transformant leur sang en glace. Deux Phages se ruèrent vers elle. Phela rit, ignorant à nouveau la douleur, et glissa sur le côté ; elle se trouvait à la fois dans le monde de la vie et dans celui de la mort. Elle chercha à tâtons les fils dont se servaient les prêtres de l'Ordre Supérieur pour contrôler les Phages, et s'en empara. Elle aurait pu se servir des Phages pour tuer Euphraxia, même si l'apex aurait certainement tenté de se défendre. Mais Phela préféra forcer les deux guerriers fantômes à se battre l'un contre l'autre.

Partout sur la place, les lames chantaient et s'entrechoquaient. Les guerriers et les prêtres hurlaient et saignaient ; luttaient, et mouraient.

Puis la magie se mit à crier.

Euphraxia, les mains pleines de feu, traversa à grandes enjambées le cœur de la bataille, sans se soucier des combats frénétiques qui l'entouraient. La reine Phela regarda ces flammes, puis ses propres mains, et éprouva une terrible bouffée d'envie. Euphraxia ne possédait qu'un soupçon de magie, mais elle était aussi très douée pour la manier. Phela voulait les deux : le contrôle, bien sûr, mais aussi le pouvoir, peut-être davantage. Elle voulait l'aspirer jusqu'à sa dernière goutte. C'était le gaspiller que de le laisser à l'apex. Car si Euphraxia avait passé l'intégralité de son interminable vie à perfectionner son pouvoir magique, Phela sentait clairement les limites de ses capacités, comme si la magie que l'âme d'Euphraxia était capable de contenir était confinée dans un minuscule bassin. Phela, elle, aurait pu engloutir tout l'océan.

— C'est à moi, cracha Phela.
— Jamais.

Euphraxia aboya alors un ordre, et d'un seul mouvement, tous les Phages qui restaient se précipitèrent sur la reine. Euphraxia toucha le sol d'une main, et les tremblements s'arrêtèrent un instant. Puis une fissure s'ouvrit entre les dalles, et se mit à progresser à vive allure vers l'endroit où se tenait Phela. Au même moment, Euphraxia parut attraper le vent de sa main libre, et Phela sentit l'air quitter ses poumons. Les ténèbres s'avancèrent en marge de son champ de vision. Hoquetant, suffoquant, elle tomba à genoux, tandis que la crevasse brisait les dalles qui l'entouraient.

La douleur la transperça, la découpa ; elle fit chanter dans son esprit la certitude de son destin, tandis que les Quatre modelaient leur nouvelle sœur. La reine Phela sentit les dieux sous sa peau, et d'une main tendue, elle arracha le vent à Euphraxia. Elle lui reprit la terre. Bettika et Anselom étaient ses ancêtres, et non ceux d'Euphraxia. La magie de Charin et le pouvoir de Dephine lui appartenaient.

Une pointe de douleur la fit hurler et écarter les bras. Ce n'est qu'en baissant les yeux, et en voyant la pointe d'une épée spectrale saillant de son épaule, qu'elle s'aperçut que ce n'était pas l'œuvre des dieux ni de la magie. Un Phage l'avait frappée dans le dos. Le prêtre défunt reprit son épée, et Phela tituba le temps de quelques pas.

Répandant un sang couleur d'encre, les os chantant de puissance et de douleur, elle se retourna vers le Phage qui l'avait frappée, et murmura :

— Tu oses t'attaquer à la Reine Éternelle ?

Elle toucha le Phage. Il était lisse et frais sous ses doigts. L'épée disparut de la main du spectre, et ce qui s'effondra au sol n'était qu'une dépouille racornie, le cadavre qu'il aurait été s'il avait été mis en terre, et non transformé en esprit sans repos. L'effort lui fit subir une nouvelle vague de douleur qui la fit crier, mais elle frémit comme elle aurait frémi de plaisir. Peut-être, songea-t-elle, était-ce ainsi que naissaient les dieux. C'était sa métamorphose. À présent qu'elle l'avait compris, elle s'en délecta, hurlant sa douleur au ciel comme s'il s'agissait de l'extase suprême.

Avec un rugissement, la reine Phela se tourna vers les autres misérables qui avaient osé l'attaquer. Elle vit la magie dérisoire de ses ennemis, sentit la manière dont Euphraxia osait manipuler le vent, et cela la fit enrager. Elle murmura à Bettika, dans l'ombre de sa tour, et Euphraxia écarquilla les yeux, sentant qu'on la dépossédait du pouvoir des dieux. Phela la fit tomber d'une seule bourrasque, la souleva à plus de cinquante mètres dans les airs, plus haut encore que les tours des Quatre ; puis, non contente de la laisser simplement retomber, elle projeta Euphraxia vers le sol. L'apex heurta les dalles de la place, en agitant les bras pour rattraper la magie qui ne serait plus jamais sienne.

Le bruit de sa chute, et de ses os qui se brisaient, résonna dans tout le Temple des Quatre. Même les Phages eurent un moment d'hésitation.

En cet instant, alors que tous les autres retenaient leur souffle, la reine Phela hurla sa douce souffrance aux Quatre. Le feu roula de ses mains et se mêla au vent, en un maelström ardent qui balaya la place, réduisant en cendres les prêtres, les gardes, et même plusieurs Silencieuses. Blessée, mais rassérénée, elle entendit à peine la voix minuscule qui s'éleva au fond de son esprit, pour lui rappeler que Shome était toujours auprès d'elle. Ce n'est que ce dernier soupçon de loyauté qui l'obligea à retenir la magie, et l'empêcha d'anéantir la colline tout entière.

Elle tomba à genoux et vomit sur les dalles, en se demandant comment elle pouvait ressentir un tel vide et une telle plénitude à la fois. Essuyant le liquide noir qui coulait de sa bouche, de son nez et de ses yeux, Phela parvint à lever la tête, toujours à genoux, et contempla la dévastation qui l'entourait. Toute la colline du Temple s'agitait sous elle, et le vent revint en rafales, à nouveau hors de son contrôle. La neige se mua de nouveau en pluie, sifflant à chaque goutte qui tombait sur les cadavres calcinés.

Shome se leva, lentement. Elle s'était jetée à plat ventre pour échapper aux flammes. Quatre autres Silencieuses étaient encore en vie, ainsi qu'une dizaine de gardes, malgré les brûlures qu'ils avaient subies. La reine Phela vit plusieurs prêtres agenouillés auprès des morts ; ils priaient, la tête baissée. Per Santoger se trouvait parmi eux, et elle ressentit une nouvelle pointe de haine pour ce vieil homme qui avait osé la défier.

Les Silencieuses survivantes auraient dû revenir vers elle, à cet instant, pour la protéger. Mais même Shome n'osait pas approcher la reine. Phela le remarqua, mais elle ne les réprimanda pas. Elle n'avait plus besoin d'elles, à présent. Elle traversa d'un pas vif les dalles brisées, longeant le pourtour d'une zone qui s'était effondrée dans le temple en contrebas, et s'avança vers Per Santoger. À chaque pas, elle frissonnait. La vibration de ses os résonnait si puissamment dans son crâne qu'elle eut peur qu'ils ne soient en train de céder ; mais elle savait que c'était une étape nécessaire pour devenir un dieu.

À l'approche de la reine Phela, le vieil homme leva une main, comme pour se défendre. Phela se contenta de sourire, de murmurer une prière, et d'aspirer toute la magie qu'il possédait. Tout le pouvoir qu'il avait passé sa vie à acquérir laborieusement, en priant à genoux. Per Ristolo était beaucoup plus vieux, et la perte de la magie l'avait tué. Per Santoger, lui, ne succomba pas, mais il pleura en s'effondrant au sol, le corps secoué de spasmes.

Le tonnerre résonna, si fort que quelques fenêtres des tours volèrent en éclats. Le vent souffla sur la place, dispersant les braises et les os de ceux que Phela avait brûlés. La colline du Temple s'agita plus violemment qu'auparavant, et une nouvelle fissure apparut par terre. La tour de Dephine se fendit, et une partie de son coin occidental vint s'écraser sur la place. La reine Phela regarda le mur d'enceinte. À cette hauteur, entourée de parois, elle ne pouvait voir du reste de Lartha que la Flèche du Sang et la Flèche de l'Os. Les deux tours se balançaient. Sous ses yeux, la pointe de la Flèche de l'Os se brisa et tomba hors de sa vue.

—Non, murmura-t-elle. Non.

La reine poussa une longue expiration et tenta d'absorber de nouveau la magie. Elle sentit le lien qui l'unissait aux Quatre, alors même que la douleur continuait de lui lacérer les entrailles. Elle se tourna pour repartir en titubant vers le point de jonction, mais vit alors que la fissure l'avait scindé en deux.

Elle est à moi, pensa-t-elle. *La magie m'appartient, et c'est moi qui la contrôle.*

En effet, le tremblement de terre parut s'apaiser un peu, et le vent retomba légèrement. Très légèrement.

Pour la première fois, la reine Phela s'inquiéta de ce qu'être un dieu pouvait bien signifier.

Mais surtout, elle se demanda ce qui avait pu tuer les Quatre.

Chapitre 22

Bien que la majorité des gardes de Lartha soient disséminés dans toute la ville, occupés à combattre les troupes rebelles ou à massacrer les prêtres, quatre d'entre eux étaient encore postés aux portes du palais, lorsque Demos, Myrinne et leurs compagnons les atteignirent. Ils n'avaient pas pris la peine de se cacher. Au milieu du chaos et de la pluie torrentielle, entre les incendies et les secousses sismiques presque constantes, les fenêtres qui se brisaient, les rues qui s'ouvraient et les murs qui se fissuraient, personne ne prêta attention aux six personnes qui gravissaient la colline. Personne, sauf ces quatre gardes, qui semblaient tout aussi terrorisés par le tonnerre et le tremblement de terre que les citoyens dans les rues.

Demos s'apprêtait tout simplement à les tuer, mais Myrinne l'attrapa par l'épaule au dernier moment, et une fois de plus, s'interposa entre lui et les portes du palais.

— Me reconnaissez-vous ? aboya-t-elle aux sentinelles.

Ils acquiescèrent. Les quatre hommes et femmes étaient censés lancer des avertissements à leurs collègues situés à l'intérieur et repousser tout envahisseur, mais ce jour-là, la peur et la confusion régnaient sans partage. L'une des gardes scruta les marins qui accompagnaient Myrinne et Demos, et l'enfant baju ; manifestement, elle savait qu'ils n'auraient pas dû leur ouvrir les portes.

Mais lorsqu'elle ouvrit la bouche pour protester, son sergent leva une main pour la faire taire.

— Princesse Myrinne, salua l'homme aux yeux enfoncés et à la peau blême. Bienvenue chez vous. J'espère que nos foyers à tous seront encore debout, à la fin de cette journée…

Il fit un geste, et l'un de ses hommes entra dans le poste de garde pour transmettre un signal à leurs collègues dans l'enceinte du palais. Un instant plus tard, les portes s'ouvrirent, raclant bruyamment le sol dallé. L'encadrement des portes s'était fissuré, et les battants n'étaient plus très droits ; mais ils étaient encore assez mobiles pour permettre à leur groupe de passer. Les gardes regardèrent autour d'eux, craignant d'être épiés, sachant qu'ils risquaient leur vie. Pourtant, ils n'avaient fait que laisser entrer un membre de la famille royale : la princesse héritière, par-dessus le marché… Peut-être, songea Demos, espéraient-ils que Myrinne parviendrait à sauver la ville avant que tout ne soit perdu.

Je dois avouer que je l'espère aussi.

— Fermez les portes derrière nous, lança Demos en passant devant les gardes. Et surtout, tenez votre langue. Pas un mot de notre présence à toute personne qui ne nous a pas vus entrer. Quandis survivra peut-être encore un millier d'années supplémentaires, mais pour cela, il faut que notre princesse réussisse ce qu'elle est venue faire ici.

Le sergent, qui regardait les marins et Tollivar entrer au pas de course dans le château, hocha la tête. Il posa deux doigts sur son front, en l'honneur de la princesse Myrinne, puis leur tourna le dos. Demos se glissa entre les portes, qui se refermèrent aussitôt. Les gardes, de l'autre côté, pourraient prétendre qu'ils n'étaient jamais passés par là.

Par un jour ordinaire, au moins une dizaine de gardes auraient été postés dans le vestibule ; mais il ne s'agissait pas d'un jour ordinaire. Les sentinelles n'étaient que deux, un homme et une femme, à surveiller les allées et venues ; et ils ressemblaient à des enfants déguisés en gardes. Demos, cependant, dut s'avouer impressionné. Des gravats tombaient du plafond, sous l'effet des tremblements qui secouaient la colline du Palais. Des fissures étaient apparues au sol, et un chandelier de l'entrée, qui s'était détaché, gisait en mille morceaux sur le marbre veiné de rouge. Le palais rugissait, grondait, bougeait sous leurs pieds et tout autour d'eux. De la fumée s'échappait d'un escalier richement décoré, à environ dix mètres devant eux ; manifestement, quelque chose était en train de brûler. Et pourtant, ces deux jeunes gardes étaient demeurés à leur poste.

La jeune fille s'avança, tirant son épée en découvrant les marins. Sa main tremblait lorsqu'elle leur lança, d'un ton chevrotant :

— Pas un pas de plus !

— Kira, c'est la princesse, lui dit l'autre sans même toucher son épée.

La jeune fille hésita. Elle ne devait certainement pas avoir plus de quinze ans.

Demos fit un pas vers eux.

— Kira…, commença-t-il.

Elle s'élança vers lui, l'épée pointée vers son cœur. Mais l'autre garde la poussa sur le côté avant qu'elle n'ait pu atteindre sa cible. Kira trébucha et tomba à genoux, puis se tourna pour lancer un regard méprisant à son compagnon.

— Lâche ! cracha-t-elle. Traître !

La princesse Myrinne lui prit son épée.

— Tu es courageuse, je dois le reconnaître. Mais ceux qui sont fidèles à la Couronne feraient bien de se demander, non pas qui la porte aujourd'hui, mais qui la portera demain.

Puis elle lui assena un coup de pied à la tempe. Kira s'effondra ; elle s'agita en gémissant de douleur, mais ne se releva pas. Demos adressa à l'autre garde un signe d'excuse, puis se retourna vers Tollivar et les marins.

— Essayons de ne pas mourir ici, d'accord ?

Myrinne prit la tête du petit groupe. Tollivar ouvrait de grands yeux face au luxe qui les entourait. En dépit des dommages grandissants, du morceau de plafond qui se détacha juste après leur passage dans un couloir, de la porte brisée qu'ils furent forcés d'enfoncer, le jeune garçon n'avait jamais rien vu de si beau et de si majestueux de toute sa vie, pas même dans les demeures des nobles.

— C'est magnifique…, commença l'enfant.

— J'aurais fait un bon roi, déclara Yarn, l'un des marins qui les accompagnaient.

Yarn était un homme courageux, plus doué pour se servir de ses poings que pour manier une épée, ou manipuler un gréement. Il rit à ses propres mots.

— Je n'aurais jamais ouvert ma porte à personne, ajouta-t-il.

— Moi, si, affirma Tollivar. J'aurais ouvert la porte à tout le monde. Quel gâchis !

Demos sourit :

— Nous devrions tous avoir honte, face à ce garçon.

Deux serviteurs apparurent devant eux dans le couloir, terrifiés. Myrinne leur ordonna de les laisser passer, puis de trouver un refuge s'ils le pouvaient, et ils s'éloignèrent à la hâte. Ils continuèrent ainsi leur traversée du palais, entendant l'écho du tonnerre gronder dans les couloirs, croisant des serviteurs et des ministres tapis dans des alcôves et sous des tables. Certains appelaient leur princesse en la voyant passer, lui demandant ce qu'ils devaient faire, s'ils allaient mourir, et si les Quatre les avaient abandonnés. Myrinne répondit d'abord à leurs questions, mais au bout d'un moment, elle préféra garder le silence.

Ils gravirent en courant un escalier incurvé, puis traversèrent un large couloir menant aux archives royales. Le corridor était percé de fenêtres sur un côté, mais seule l'une d'entre elles était encore intacte. À mi-chemin, le sol était fendu sur une telle largeur qu'ils durent sauter un par un par-dessus le trou, et Tollivar y parvint de justesse. Lorsque Demos s'élança, le palais entier parut bouger ; il tomba de tout son long de l'autre côté, heurta un mur, et roula sur des morceaux de verre. Lorsqu'il se leva en pestant, son pantalon était criblé de petits éclats tranchants. Le sang coula le long de sa jambe, mais il ne s'en soucia pas, heureux de ne pas avoir subi de plus graves blessures.

Puis ils atteignirent la porte des archives, et Myrinne frappa vigoureusement sur l'épais battant de bois, renforcé par des barres de fer.

— Écartez-vous, princesse, on va l'enfoncer, promit Yarn.

Il consulta du regard les autres marins, Alita et Lien. Les deux femmes acquiescèrent, se préparant à entrer de force dans la salle des archives.

— Non, refusa Myrinne. (Elle frappa de nouveau à la porte.) Samnee ! C'est la princesse Myrinne. Laissez-moi entrer !

Demos regarda Tollivar et ne lut qu'une grande confiance dans ses yeux. Lui-même, en revanche, était sceptique. La pluie qui s'engouffrait par les fenêtres cassées commençait à se transformer en neige, et la température de l'air avait sensiblement baissé. Myrinne tambourina de plus belle à la porte, criant le nom de l'archiviste.

Le sol bougea, enfla, et Lien dut bousculer violemment Alita pour éviter de tomber dans la crevasse qui venait de s'ouvrir. Quelque part en contrebas, dans les caves, ils entendirent hurler. Des gens avaient été pris au piège. Demos aurait aimé pouvoir les secourir, mais le devoir l'obligeait à se concentrer sur leur mission.

— Princesse, dit-il. Samnee ne répond pas. Elle n'est pas là.

Myrinne martela le battant.

— Elle est là, assura-t-elle. C'est l'archiviste. Elle ne laisserait jamais les livres sans surveillance, pas plus que la couronne.

À ces mots, les marins s'immobilisèrent. Yarn dévisagea Myrinne.

— La couronne est là-dedans ? La vraie couronne ? La relique ?

— Oui, dans un coffre, sous *L'Histoire enluminée*. Nous devons la récupérer, mais Samnee…

L'espace d'un instant, d'un souffle suspendu, le monde cessa de trembler. Au même moment, Demos entendit le verrou cliqueter. Ils levèrent tous les yeux vers la porte des archives, qui s'ouvrit. Dans l'embrasure se tenait l'archiviste en personne. Samnee s'écarta de la porte, reculant dans la salle des archives royales, où un millier de livres avaient été arrachés à leur emplacement, des étagères étaient tombées, et des bustes s'étaient fracassés au sol. La neige fondue pleuvait à travers les vitres brisées.

L'escalier en colimaçon s'était détaché du mur pour s'effondrer, formant comme un pont de fortune au-dessus du gouffre qui s'ouvrait au milieu de la pièce.

Mais l'attention de Demos fut aussitôt attirée par la chose que Samnee tenait entre les mains. La vieille femme la contemplait, les larmes aux yeux, refusant de regarder Demos et ses compagnons entrer dans la bibliothèque. Elle était de fer et d'or, grossièrement façonnée, et néanmoins parfaite. Ces branches de métal entrelacées qui s'élevaient en quatre pointes, chacune ornée d'un joyau représentant l'un des Quatre, constituaient la couronne. La véritable couronne, fabriquée avant la mort des dieux. Elle avait été posée sur la tête du premier roi lorsque le cataclysme s'était abattu sur la Première Cité, après la défaite du Premier Peuple.

Samnee leva le menton et regarda Myrinne droit dans les yeux, d'un air de défi.

—J'aime votre sœur comme si c'était ma propre fille. Vous étiez une excellente élève, brillante et pleine d'intuition. Mais je n'ai jamais pu réprimer mon affection pour cette petite fille secrète, qui volait les connaissances qu'on refusait de lui donner. Il suffisait que je lui interdise l'accès à un livre pour qu'elle veuille le lire coûte que coûte. Je trouvais cela magnifique. Charmant. Et c'était la princesse, après tout. Ce n'est qu'à présent que je comprends le prix à payer, pour elle… et pour nous tous. Prenez-la, Myrinne. Que les dieux me pardonnent… Vous devez la prendre.

Lorsque Myrinne tendit les mains vers l'artefact, l'archiviste lui tomba presque dans les bras. Ensemble, elles tinrent la couronne. Pour la première fois, Demos remarqua que l'autel sur lequel était naguère posé

L'Histoire enluminée s'était disloqué. Le coffre de pierre, situé en dessous, demeurait béant.

— Venez avec nous, dit Myrinne à la vieille femme. Venez vous mettre à l'abri.

Samnee secoua la tête. L'espace d'un moment, elle ressembla davantage à une petite fille qu'à une vieille femme flétrie et voûtée, mais pleine de dignité.

— Les histoires sont là, rétorqua-t-elle.

— Plus pour longtemps, glissa Demos. Nous sommes venus les chercher, elles aussi. La princesse Myrinne sait que si nous voulons sauver Quandis, nous devons aussi préserver son histoire.

Tandis que le sol tremblait sous leurs pieds, l'archiviste sanglota et étreignit Myrinne de plus belle. Elle les remercia tous d'une voix hachée, puis tint le visage de Myrinne entre ses mains.

— Je n'ai pas aimé la bonne princesse, dit-elle.

— Alors, aimez-moi maintenant, répondit Myrinne.

Samnee hocha la tête, se dressa bien droite – plus droite qu'elle ne l'avait été depuis des années, peut-être – et se mit à aboyer des ordres à Tollivar et aux marins, leur criant de retrouver tel ou tel ouvrage, leur indiquant les caisses à emporter et les artefacts à rassembler. Quelques instants plus tard, elle commandait aussi à Demos, et même à la princesse. La couronne fut glissée dans un sachet de soie, puis dans un sac de toile plus grossière, et enfin dans une boîte avec *L'Histoire enluminée*. La couverture du livre avait été déchirée, et certaines pages mouillées par la pluie. Ils travaillèrent vite. Yarn parvint à grimper jusqu'à l'étage, en pestant contre l'escalier tombé, et lança des livres à Alita. Une haute étagère bascula, et sans l'avertissement de Tollivar, elle aurait écrasé Lien sous son poids. En dépit de la terreur qui faisait battre leurs cœurs, et malgré la bataille qui faisait rage dans les rues, sur les collines et sur le fleuve, une sorte de légèreté avait envahi le petit groupe, qui croyait si ardemment au bien-fondé de sa mission.

Cependant, cette légèreté n'était pas allée jusqu'à toucher le cœur de Demos. Ses pensées n'étaient dirigées que vers la couronne dans sa boîte, dans son sac de toile, dans son sachet de soie. Vers ce que ce morceau de métal orné de joyaux, grossièrement façonné, signifiait pour son avenir.

Lorsqu'ils eurent emballé les volumes les plus précieux, ceux que l'on n'aurait pu trouver nulle part ailleurs, Samnee insista pour rester auprès des archives. Myrinne tenta de l'en dissuader, mais la vieille femme ne voulut rien entendre. Elle ne s'était pas contentée de surveiller tous ces ouvrages : elle leur avait dédié sa vie, et à présent, elle refusait de les quitter.

— Revenez me voir quand ce sera fini, recommanda Samnee. (Elle caressa de nouveau la joue de Myrinne, d'un geste maternel.) Revenez me voir quand vous serez reine, et nous remettrons les archives en état, ensemble.

— Je viendrai, répondit Myrinne en hochant la tête. Je vous en fais le serment.

À ces mots, l'horreur qui brûlait dans la poitrine de Demos s'étendit, envahissant tout son corps, si intense qu'il crut que son cœur allait s'arrêter de battre. Mais il ne dit rien, attendant simplement qu'ils aient tous soulevé leur lot de caisses et fait rapidement leurs adieux à Samnee. Celle-ci ne prit pas la peine de refermer la porte des archives derrière eux. Le petit groupe entreprit de traverser en sens inverse le large corridor, fendu et jonché d'éclats de verre. Le sol tremblait, et la crevasse s'était élargie, mais ils parvinrent tout de même à faire passer toutes les caisses, une à une. Yarn lança Tollivar par-dessus la fissure, et Demos sauta en dernier, atterrissant cette fois sans encombre.

La foudre frappa juste derrière eux, traversant la fenêtre comme si elle l'avait visée ; le sol de pierre noircit et se déforma jusqu'à n'être plus qu'une ruine fumante. Les secousses semblaient s'être calmées un peu, mais Demos leur cria de ne pas ralentir. Les autres pensaient sans doute que le séisme allait cesser, mais pour sa part, il avait l'impression que les tremblements n'avaient fait que s'infiltrer plus profondément dans la terre, loin sous les collines, et cela le terrifiait d'autant plus. Il se demanda un instant s'il était possible que le monde tout entier s'ouvre en deux.

Les autres étaient partis en avant, atteignant le haut de l'escalier incurvé, et Demos rattrapa Myrinne.

— Ne t'arrête pas, dit-il.

— Je t'att…, commença-t-elle.

Un cri interrompit sa réponse. Demos et Myrinne se trouvaient dans l'escalier, mais Tollivar et les trois marins étaient arrivés au rez-de-chaussée juste comme un petit groupe de gardes passaient au même endroit. De hautes fenêtres, près de l'escalier, laissaient entrer la pluie ; Demos dut battre des paupières pour chasser l'eau de ses yeux, et distinguer la petite silhouette qui conduisait la troupe. C'était la jeune Kira, qu'ils avaient choisi de laisser en vie. Apparemment, elle avait fait son choix quant à la personne qui serait reine le lendemain, et Myrinne n'avait pas obtenu sa faveur.

— Princesse ! cria l'une des gardes. Ordonnez à ces cochons de traîtres de baisser les armes, ou bien…

—C'est à vous que j'ordonne de baisser les armes! rétorqua Myrinne. En l'absence de ma sœur, vous êtes tenus de m'obéir!

En tout, une dizaine de membres de la garde leur faisaient face, tous adultes à l'exception de la jeune fille ; mais c'était elle qui lançait des mises en garde à la princesse, et encourageait les autres à s'approcher, l'épée à la main.

Alita avait toujours été discrète. C'était un marin compétent et une guerrière habile, mince et musclée, impitoyable mais pas cruelle. Ce fut elle, à cet instant, qui s'avança et tua presque nonchalamment le garde le plus proche d'elle. D'un coup, le fracas des épées retentit. Des bottes s'abattirent sur des torses et frappèrent des genoux. Deux gardes acculèrent Lien et parvinrent à la tuer, mais aussitôt après, Yarn les pourfendit tous les deux avec une férocité que Demos ne lui connaissait pas. Tollivar para un coup d'épée à l'aide de la caisse qu'il portait, et celle-ci se brisa ; il se mit alors à courir pour ramasser tous les objets qu'il avait perdus, toujours poursuivi par le garde. Demos rattrapa le poursuivant du jeune garçon, laissa tomber sa propre caisse et dégaina son épée avant même que la boîte n'ait heurté le sol.

Tandis qu'il éliminait le garde, et qu'Alita enfonçait son épée dans le crâne de Kira, Demos sentit le palais tout entier s'apaiser soudainement et plonger dans le silence, comme un vaisseau naviguant sur une mer aussi lisse que du verre. Même la pluie diminua. Même le vent, à l'extérieur, retomba. Et cependant, Demos savait.

Il attrapa Tollivar par le bras pour l'entraîner à sa suite, se tourna vers Myrinne et cria son nom. Il leur hurla, à tous, de se mettre à l'abri.

Mais ils ne pouvaient échapper à la colline sous leurs pieds.

Comme une bête ancestrale qui venait de se réveiller, le monde s'ébroua, et le palais s'effondra sur ses fondations. Le mur extérieur céda au moment où Demos projetait Tollivar en direction de Myrinne. Il vit une partie du plafond s'abattre sur Yarn, avec un bruit qui résonnerait à ses oreilles jusque dans la tombe... dont il n'était sans doute pas très loin. Puis quelque chose le frappa à la tête, et Demos eut l'impression de ne plus rien peser, juste avant que le monde devienne noir.

Demos entendit son nom. Il battit des paupières. Il poussa un grognement, lorsque Tollivar et Alita soulevèrent un fragment de l'escalier de marbre qui pesait sur sa poitrine. C'était un détail d'architecture qui l'avait sauvé : la courbe de la marche de pierre l'avait empêchée de l'écraser. Le sang lui poissait les cheveux et ruisselait, tiède, sur son visage ; cependant, il se sentit assez fort pour les aider à repousser le bloc de pierre. Le sol tremblant toujours, il se leva péniblement, en pleine tempête. Il n'y avait plus de plafond pour arrêter le vent et la pluie, à présent, plus de murs pour les protéger, et le répit qu'ils avaient constaté un peu plus tôt était bel et bien terminé. Un regard lui apprit que la section du palais qui abritait les archives royales n'était plus qu'une ruine fumante. Il adressa une pensée à la fidèle Samnee, probablement morte, puis se retourna et s'aperçut que le corridor par lequel étaient arrivés les gardes avait été bloqué par l'effondrement du plafond.

Myrinne traîna une caisse jusqu'à leurs compagnons. Au total, elle en avait récupéré trois. Les autres parties de l'histoire de Quandis étaient enfouies sous les décombres, pour le moment. Peut-être pour toujours, si le monde ne s'arrêtait pas de trembler. Demos sut, alors, qu'elle avait eu raison.

— La couronne, dit-il en courant vers elle.

La princesse tapota l'une des caisses en hochant la tête. Au moins, la relique était-elle en sécurité.

Le couloir où ils se trouvaient était bloqué des deux côtés, mais le mur extérieur du palais s'était entièrement désagrégé. Malgré la tempête, Demos distingua d'autres bâtiments en ruine dans la cité, y compris sur les collines Kallistrate et Cervebois, où les silhouettes de tours familières ne se découpaient plus à l'horizon. Au-dessus de leurs têtes, la Flèche de l'Os avait disparu, mais la Flèche du Sang était toujours debout, insolemment dressée vers le ciel.

Ensemble, Demos, Myrinne, Tollivar et Alita se frayèrent un chemin parmi les débris, en portant dans leurs bras ce qu'il restait de Quandis. Ils avaient sauvé tout ce qu'ils pouvaient, en sachant que cela n'aurait peut-être aucune importance.

Qu'ils transportaient peut-être la couronne d'un royaume condamné.

— Je ne veux pas te perdre alors que je t'ai à peine retrouvé, dit Daria.

— Tu ne vas pas me perdre, assura Blane.

Mais Daria n'en était pas sûre. Elle n'avait jamais vu quelqu'un présenter une apparence aussi maladive, et paradoxalement, il débordait aussi de l'énergie mystérieuse conférée par la magie. Il était à la fois endolori, misérable, alerte et puissant. À chaque pas qu'ils faisaient pour gravir la colline du Temple, en direction du Temple des Quatre, la douleur lui faisait monter les larmes aux yeux.

— Tu saignes, dit Daria.

Marchant près de lui, elle le tenait par le bras pour l'aider et le soutenir.

— Tout le monde saigne, répondit Blane. C'est la faiblesse qui quitte mon corps. Cela me rend plus fort.

Des Baju cheminaient tout autour d'eux. Certains avaient déjà reçu des blessures qui leur laisseraient des cicatrices, des souvenirs tangibles de ce jour tragique et triomphal. Beaucoup d'autres, parmi tous ceux qui étaient revenus aux côtés de Daria, étaient désormais morts. Mais elle savait qu'ils avaient vendu chèrement leur peau. Tous priaient Lameria, demandant que chacune de ces morts bâtisse un monde meilleur pour les Baju encore en vie.

Peut-être Blane parviendrait-il à s'en assurer.

Les bruits de la guerre, venus du Temple des Quatre, dévalaient la colline jusqu'à parvenir à leurs oreilles. La neige fondait sous les torrents de pluie qui tombaient inlassablement. De vives lumières étincelaient toujours dans le ciel au-dessus du temple, jaillissant de la grande place que leur cachaient les murs de l'édifice et le relief du versant. L'une des tours s'était fendue, laissant tomber un grand pan de mur dont l'impact avait ébranlé toute la colline. Les incendies faisaient rage, les murailles tremblaient et les bâtiments de la colline vacillaient jusqu'à s'effondrer, sous l'effet des événements terribles qui se déroulaient au sommet, hors de leur vue.

Ils savaient tous de quoi il s'agissait. Phela, leur reine, se servait de la magie qu'elle avait empruntée ou volée aux Quatre pour asseoir sa domination sur la cité.

— La magie lutte en moi, ma sœur, dit Blane. Mais je vais gagner.

Il paraissait triste, mais sa voix était forte, émergeant d'un visage maculé de sang sec et de sang frais. Ses yeux luisaient de terreur et de joie. Malgré tout, Daria voyait toujours en lui le petit garçon qu'elle avait aimé… et elle craignait l'homme qu'il était devenu.

— C'est bien. Bats-toi, dit-elle.

Elle continua de le soutenir par le bras et de marcher auprès de lui. Ils n'étaient finalement qu'un frère et une sœur au milieu d'une bataille qui avait pour enjeu la plus grande cité de Quandis… mais ils représentaient aussi l'épicentre de cette bataille. Car bien qu'ils soient contraints de se diriger vers l'ultime confrontation qui se jouerait au sommet, s'ils n'étaient pas là, cette confrontation n'aurait même pas lieu. Et même si Phela l'ignorait sans doute, Blane et elle étaient destinés à déterminer à quoi ressemblerait le monde, le lendemain matin. Cette immense responsabilité pesait lourdement sur les épaules de Daria, mais elle avait déjà porté un tel fardeau, par le passé.

Et Blane s'y était préparé toute sa vie.

— Pour notre peuple, dit-il. Pour les Baju.

— Ce n'est pas que pour cela que nous nous battons. J'ai vu ce dont tu es capable, mon frère, et même si je n'y comprends rien, cela ne fait qu'ajouter à l'amour que je te porte. Nous sommes nés esclaves. Nous avons tous les deux trouvé, à notre manière, le moyen de briser nos chaînes. À présent, nous ne nous battons plus seulement pour nous-mêmes ou pour notre peuple, mais pour le royaume tout entier.

Une détonation assourdissante emplit soudain l'air, agitant la terre, brisant les fenêtres, et faisant s'envoler un vol d'oiseaux. Daria en ressentit les vibrations dans son torse et dans son ventre. Au-dessus d'eux, le haut de la tour endommagée se mit à tomber, se désintégrant au fil de sa chute et faisant pleuvoir des gravats dans toutes les directions. Des blocs de pierre, des éclats et de la poussière s'abattirent sur eux, et les troupes de Daria coururent se mettre à l'abri.

Tandis que les secousses se poursuivaient, Daria regarda autour d'elle, constatant les dégâts. Blane était couvert de poussière humide, et la regardait avec des yeux ronds.

— Tu es notre seul espoir, déclara-t-elle. (Ses paroles parurent l'arracher à sa stupéfaction.) Allez. Je crains qu'il ne nous reste plus beaucoup de temps.

Ils se hâtèrent de poursuivre l'ascension de la colline. La lieutenante Cuir avait mené ses troupes en marge de leur cortège, approchant du temple des deux côtés à la fois, afin de prendre les défenseurs en tenaille. Les troupes de Daria, quant à elles, avaient gravi la colline en six colonnes, louvoyant entre les bâtiments, affrontant et éliminant toute résistance rapidement et efficacement.

Les Baju avançaient sans la moindre discipline ; la majorité d'entre eux ne portaient même pas d'arme digne de ce nom. Bâtons taillés en pointe, outils agricoles, couteaux de cuisine, blocs de bois... ils s'étaient armés comme ils l'avaient pu, et montaient par centaines sur la colline, comme un raz-de-marée vengeur. Ils avaient tout balayé sur leur chemin, et à présent, ils arrivaient aux portes du Temple des Quatre.

Celles-ci étaient ouvertes. Elles n'étaient pas gardées, mais plusieurs corps gisaient, adossés au mur.

Daria, sans hésiter, donna l'ordre d'avancer. Ils n'avaient plus le temps d'être prudents. De terribles bouleversements étincelaient dans l'atmosphère, et si la magie avait eu une odeur, Daria aurait pu la humer entre les gouttes de pluie ; si elle avait eu un goût, elle l'aurait senti sur sa langue.

Blane et Daria restèrent tout près l'un de l'autre. Elle portait en elle une grande douleur, et ce, depuis le moment où ils s'étaient retrouvés sur la *Nayadine*, quelques heures auparavant. Cette souffrance n'était pas physique : c'était une pointe de regret, de nostalgie. Bien des fois, elle avait simplement eu envie de prendre le temps d'observer l'homme qu'il était devenu ; de se remémorer leur enfance, et d'essayer de reconstruire l'amour qui les avait unis, autrefois. Mais sans même parler de la situation précaire où ils se trouvaient, elle avait disparu trop longtemps de la vie de Blane, et elle ne pouvait pas lui demander de surmonter cette absence en un claquement de doigts. Elle n'était même pas sûre que ce soit encore possible.

Elle avait peur qu'ils n'arrivent jamais jusqu'à ce moment.

Franchissant les portes principales, ils entrèrent dans la première enceinte du Temple des Quatre. Plusieurs prêtres morts gisaient dans la cour, et Daria vit que leurs blessures étaient dues à des coups d'épée, sur le torse et dans le ventre. Certains étaient des novices. Blane courut à eux, les examina brièvement, puis se remit en chemin.

Les troupes de Cuir approchèrent par les deux côtés.

— Les parties extérieures du temple sont désertes… à part les morts, bien entendu, indiqua la lieutenante.

Daria hocha la tête. Personne n'eut besoin d'annoncer leur prochaine destination.

— Elle a certainement posté des gardes, fit remarquer Lorizo.

— Peut-être, répondit Daria. Mais c'est pour cela que nous sommes armés. De plus, à en croire le bruit, elle est encore en train de se battre, et je ne sais pas si elle sera en mesure de contrer notre charge. Les choses évoluent à toute vitesse, et nous devons réagir rapidement, nous aussi. Lieutenante, forcez la place par le nord. De notre côté, nous entrerons par l'est.

— Et nous ? interrogea un Baju.

Il avait une coupure en travers du nez, et portait une épée de garde. Il s'adressait encore aux pieds de Daria lorsqu'il parlait, mais elle espérait que ce jour lui rendrait sa fierté, s'il survivait. C'était ce qu'elle leur souhaitait à tous.

— Dites aux Baju de charger, dit Daria. Pardonnez ma franchise, mais vous n'êtes pas des soldats. Vous ne savez pas respecter les formations et les tactiques de combat. En revanche, vous êtes mus par une grande ferveur, et si vous parvenez à la canaliser, elle sera votre plus grand atout.

— Non, répliqua l'homme. (Il regarda Blane, et bien que son apparence ait dû le choquer, il sourit.) Notre plus grand atout, c'est notre désir de vengeance.

Les forces rebelles donnèrent l'assaut. Depuis l'enceinte, ils pénétrèrent dans le temple lui-même, et Daria prit soin de ne pas s'éloigner de Blane. Elle avait vu qu'il était capable de se défendre, par le biais d'un pouvoir immense et terrifiant. Mais son frère était aussi auréolé d'une grande vulnérabilité, presque d'innocence. Il savait ce qu'il portait en lui, et il en désirait toujours plus ; et cependant, cette puissance l'écrasait. Tandis qu'ils menaient cette bataille ici, à l'extérieur, un grand conflit se jouait en Blane. Qu'il perde ou qu'il gagne, elle voulait rester près de lui.

Ils traversèrent prestement les bâtiments, sans rencontrer beaucoup de résistance. Daria entendit des bruits de combat s'élever à d'autres endroits du temple, mais elle savait que ses troupes étaient de taille à lutter contre les quelques gardes encore présents. Ils continuèrent à avancer.

Ils trouvèrent d'autres cadavres de prêtres. Certains d'entre eux semblaient avoir été exécutés ; leurs corps étaient affaissés, au repos, tandis que leurs têtes décapitées avaient été poussées dans un coin. Quelques-uns semblaient avoir tenté de résister, mais toutes ces morts parurent tristes aux yeux de Daria, quelles qu'en aient été les circonstances. Ils avaient été assassinés à cause de leurs croyances, et pour avoir refusé de soutenir une souveraine désaxée.

Tandis qu'ils se rapprochaient de la grande place centrale, Blane s'élança en avant. Avec un juron, Daria courut pour le rattraper ; et c'est ainsi qu'ils furent parmi les premiers à sortir, à découvert, sur la place des Quatre.

Où Phela et ses troupes les attendaient.

La reine se tenait au centre de la place, les vêtements maculés de sang. L'air qui l'entourait frémissait de chaleur, malgré la pluie qui tombait toujours. À sa droite, Per Santoger – un vieux prêtre massif, que Daria avait déjà rencontré une ou deux fois lors de cérémonies officielles – était recroquevillé sur le sol. Il paraissait diminué, tremblant comme un chien face à la cruauté de son maître. En les voyant déboucher sur la place, il conserva la même expression passive, le même regard hébété. Daria ne lut pas l'espoir dans ses yeux, mais la résignation, calme et indifférente.

Des corps étaient disséminés partout sur la place, mais celui qui attira l'attention de Phela était vêtu d'une somptueuse tenue religieuse, fracassé et couvert de sang. L'air autour du corps grésillait faiblement, et des arcs de lumière blanche couraient entre les gouttes de pluie, faisant s'évaporer les flaques d'eau mêlée de sang qui s'étaient formées sur le sol. L'apex Euphraxia était morte.

Les dalles qui entouraient Phela étaient fendues et brisées. L'énergie emplissait l'air, lourde et écœurante.

La reine n'eut même pas besoin d'ordonner à ses soldats d'attaquer.

Tandis qu'ils se ruaient sur eux, Daria compta quatre Silencieuses et six gardes, dont le commandant Kurtness, blessé mais dévoué à sa reine jusqu'à son dernier souffle.

Car après tout, il devait bien s'agir de leur baroud d'honneur. Il était inconcevable que ces quelques défenseurs harassés puissent espérer l'emporter, malgré la présence de quatre Silencieuses dans leurs rangs…

N'est-ce pas?

Daria courut aux côtés de Blane, mais ils ralentirent tous deux en voyant l'assassin qui se dirigeait vers eux. Il s'agissait d'une guerrière de haute stature, au crâne rasé et à la peau tatouée ; Daria avait déjà entendu parler d'elle.

—Attention, glissa-t-elle à Blane. C'est Shome. La plus redoutable de toutes.

Blane sourit, et quelque chose, dans son expression, parut faire hésiter Shome. L'assassin fit halte à environ dix mètres d'eux, puis s'approcha plus lentement, avec méfiance.

—Amirale! cria quelqu'un.

Daria se retourna et se baissa prestement, en pestant contre son moment d'inattention. Une lame siffla juste au-dessus de sa tête, et elle sut que si elle avait réagi une seconde plus tard, le coup l'aurait décapitée. Elle riposta de sa propre épée, tout en balayant du pied les jambes du garde qui l'attaquait. L'homme tomba sur le dos, et elle le suivit en le clouant au sol de son épée. Il hurlait comme un forcené, crachant du sang sur Daria en se débattant, mais elle ne prêta aucune attention à son numéro d'acteur. La pointe de sa lame racla le sol au rythme des convulsions du soldat. Daria modifia sa posture et fit basculer son épée. Il y eut un craquement d'os, un flot de sang sombre, et le regard de l'homme s'éteignit.

Daria se leva et pivota pour se diriger vers un autre adversaire, mais ses yeux furent attirés vers le centre de la place. Phela observait la bataille avec une étrange sérénité. Le sol autour d'elle avait été retourné et disloqué ; les pavés fendus étaient pointés vers le ciel, comme autant de doigts griffus. Cependant, le cercle de pierre sous les pieds de Phela demeurait lisse et intact. Ses épaules étaient encore saupoudrées de neige. Ses yeux luisaient, comme illuminés par un feu intérieur. Elle paraissait… anormale, comme si l'angle de ses membres avait été altéré, que l'équilibre de son corps avait changé.

Daria croisa son regard, et Phela sourit.

Elle ne pense pas que nous ayons une chance de l'emporter, songea Daria. *Ce qui veut dire qu'elle ne connaît pas l'existence de Blane.*

Du coin de l'œil, Daria vit Shome qui se rapprochait d'eux avec précaution, comme un prédateur ne voulant pas effrayer une proie particulièrement nerveuse. Blane attendait, immobile, et même la pluie semblait l'éviter, bien qu'elle s'abatte avec violence sur l'assassin.

De l'autre côté de la place, des dizaines de Baju s'attaquèrent à l'autre troupe de gardes qui défendaient encore le temple. Ils se lancèrent sans hésiter dans la bataille ; les soldats expérimentés, très calmes, assenèrent des coups d'une précision mortelle à la horde des Baju. Beaucoup de ces derniers s'écroulèrent, mais d'autres prenaient aussitôt leur place.

Et d'autres encore les suivaient, poussés par leur soif de vengeance.

Au même moment, la lieutenante Cuir et ses soldats débouchèrent enfin sur la place, leurs archers faisant pleuvoir leurs flèches sur la reine. Phela fit un geste, et les projectiles s'enflammèrent et se désintégrèrent en un instant.

C'est alors que Shome chargea. Elle se rua vers Blane, l'épée levée, prête à frapper. Daria vint se placer devant son frère, brandissant sa propre lame. Elle n'avait aucune chance de tenir tête à la capitaine des Silencieuses, mais elle ne laisserait pas Blane mourir si facilement.

Blane devait penser la même chose quant à ses chances de l'emporter, car une rafale de vent souleva Daria comme une vague, la poussant sur le côté. Entre Shome et Blane, la voie était de nouveau libre.

Blane leva les mains, et la plus terrible des Silencieuses s'embrasa comme une fournaise mouvante. Les vêtements en flammes, le visage en fusion, les membres noircis et craquelés, Shome fendit tout de même l'air de son épée, tentant de le tuer. Instinctivement, elle avait senti la menace qu'il représentait, et elle en était désormais la preuve.

Elle tomba aux pieds de Blane, et son corps explosa en dizaines d'éclats de braise. Le feu qui flambait sur ses restes était si ardent que même la pluie diluvienne ne parvint pas à l'éteindre.

Tout du long, Shome n'avait pas émis le moindre son.

On ne pouvait pas en dire autant de Phela. La reine poussa un hurlement de rage.

À l'endroit où Shome était morte, le sol explosa, faisant jaillir une grande gerbe de pierre brisée et de feu, qui engloutit la guerrière morte et propulsa ses restes incandescents vers le ciel en un geyser brûlant. Des fragments du corps de l'assassin retombèrent au sol ; d'autres, broyés et carbonisés, disparurent.

Phela hurla de nouveau.

Là où Cuir et ses soldats étaient entrés sur la place, tout un pan de mur s'écroula, comme écrasé par une masse énorme et invisible venue du ciel. Plusieurs soldats tombèrent sous l'éboulement, et d'autres perdirent l'équilibre ; certains furent tués par deux Silencieuses qui s'étaient glissées parmi eux, profitant de cet instant de confusion.

— C'est à mon tour, maintenant ! cria la reine.

Le vieux Per Santoger, à ses pieds, entreprit de s'éloigner d'elle en rampant.

Blane s'agenouilla en baissant la tête, et l'espace d'un instant, Daria crut qu'il avait été blessé. Elle se posta à ses côtés, brandissant son épée. Mais elle vit alors qu'il n'avait pas besoin de son aide, et en entendant ce qu'il murmurait, elle comprit.

— Je suis le Kij'tal.

Il était en train de se préparer, et elle recula pour lui laisser la solitude dont il avait besoin. Elle pria Lameria, le dieu qu'elle connaissait, de permettre à Blane de vaincre cette femme, dont le pouvoir venait de dieux qu'elle ne connaissait pas.

Elle eut l'impression de recevoir un coup de poing en plein visage. Aveuglée, étourdie, Daria tomba en arrière et lâcha son épée. Le haut et le bas ne semblaient soudain plus à leur place, et lorsque le sol martela son dos de ses secousses répétées, il lui sembla que son corps aurait aussi bien pu être frappé contre un plafond de pierre tremblante, ou bien un mur. L'air fut arraché à ses poumons. Sa poitrine lui brûlait. Son champ de vision était devenu pâle, et ne montrait plus qu'une sorte de bouillie chatoyante où éclataient parfois des taches de feu éblouissant. Elle sentit des vagues de chaleur lui roussir les cheveux et lui assécher la peau. Luttant pour comprendre ce qui s'était passé, elle leva les mains et les pressa sur son visage, terrifiée de ce qu'elle risquait de découvrir.

Elle sentit ses yeux, son nez, sa bouche. Un peu de sang, mais les dégâts semblaient raisonnables. Plaçant ses mains en coupe autour de son nez, elle inspira plusieurs fois, lentement, puis s'assit et regarda autour d'elle.

La vaste place des Quatre était presque méconnaissable. Le sol avait été labouré, retourné; plusieurs flaques de pierre en fusion sifflaient et fumaient sous les gouttes de pluie. Entre ces nappes luisantes et crépitantes, on pouvait voir des cadavres en lambeaux, dont la chair noircie brillait encore par endroits d'une lueur pourpre. Une autre tour était sur le point de s'écrouler : d'immenses blocs de pierre et des tuiles s'en détachaient déjà, et leurs impacts s'ajoutaient au vacarme ambiant.

Certains avaient survécu. Ils s'arrachaient aux décombres, meurtris et sanguinolents, en regardant autour d'eux pour tenter de comprendre ce qui s'était passé.

Indemne, Blane marchait au milieu du désastre. Il paraissait plus sûr de lui qu'auparavant, plus fort que Daria ne l'avait jamais vu. Il se dirigeait vers le centre de la place – le seul endroit où le sol était demeuré fixe, et que la dévastation semblait avoir épargné – et Daria voulut l'appeler, l'avertir du danger que représentait Phela.

Mais Blane n'avait pas besoin d'avertissement.

La reine Phela, de l'autre côté de la place, luttait pour se relever en s'appuyant à l'un des derniers murs encore debout. Même à cette distance, Daria distinguait le sang qui couvrait ses traits, un masque rouge où brillaient deux yeux stupéfaits et exorbités. L'air chatoyait autour d'elle, ses membres étaient parcourus de tremblements, et lorsqu'elle ouvrit la bouche pour crier, elle vomit un flot de sang noir.

Pourquoi donc veut-elle s'emparer de ce pouvoir, puisqu'il s'acharne à la détruire ?

Blane prit place au centre de la place des Quatre. Il se dressa très droit, et regarda Phela comme pour la défier de le chasser.

Phela tentait de reprendre le contrôle de ses pouvoirs. Daria voyait la lutte qui se déroulait en elle, son corps qui s'agitait, ses membres qui frissonnaient… On aurait dit que ces derniers avaient tous été saisis par une entité différente, et qu'ils étaient tirés, étirés, secoués dans quatre directions opposées.

— C'est à moi, dit Blane.

Daria entendit ces mots très clairement, et au fond de son cœur, elle sut qu'ils sonnaient le glas de Blane, son frère, et l'avènement de quelqu'un d'autre. Quelqu'un de bien plus malveillant.

— C'est à moi ! hurla Phela.

Blane leva une main et pointa Phela du doigt, comme pour lui répondre. C'est alors qu'avec un profond soupir, presque rassurant, la moitié de la place s'affaissa, puis tomba dans les ténèbres. Blane tomba aussi.

Daria se hâta de reculer en rampant vers les murs démolis de la place, et vit les autres faire de même. Bien qu'un million de tonnes de pierre vienne de s'écrouler dans ce gouffre obscur, face à Daria, rien d'autre n'en sortit que l'écho du cri de Blane, plein de fureur et de souffrance.

Chapitre 23

La reine Phela avait l'impression de voler.
Ses jambes bougeaient, mais ses pieds étaient engourdis. La colline se gonfla sous elle, et ses pensées la transportèrent soudain vers un jour lointain : elle avait neuf ans, et elle regardait mourir un cheval dans les écuries du palais. Le vieil animal tremblait, haletant, tandis que son cœur égrenait les secondes de sa dernière heure. Était-elle en train d'assister à la dernière heure de Lartha ? À la dernière heure de la longue histoire de Quandis ? À la fin brutale d'un règne éphémère, le règne de la Reine Éternelle ?

Ce moment était-il arrivé par sa faute ?

Non. Bien sûr que non. Le vent souffla dans son dos, et la pluie lava sa peau. La colline ondulait sous elle comme un océan tumultueux, et elle trébucha, se releva, chancela et courut. Elle tombait autant qu'elle volait – oui, elle volait, car y avait-il une limite au pouvoir des dieux ? – vers le bas de la colline. La musique de ses os avait diminué, le chant de magie s'étant fait presque lointain, et pourtant, Phela débordait de magie. Le sang noir ruisselait de ses yeux ; ou peut-être ne s'agissait-il cette fois que de larmes. Des larmes, enfin.

Une pointe de douleur lui transperça le cœur, et elle vacilla, butant sur ses propres pieds, puis tomba en roulant le long du versant. Les bras et le visage meurtris, elle se releva péniblement. *Je ne vole pas du tout*, pensa-t-elle en s'autorisant un regard vers ses bottes. Elle les voyait, et elle savait que ses pieds s'y trouvaient ; cependant, elle réussissait à peine à les sentir. Sa main gauche, elle aussi, semblait presque fantomatique. Elle était là, tangible, à sa place, et néanmoins comme séparée de Phela. Ses doigts saignaient, fendus, et paraissaient avoir été calcinés. Elle serra cette main, formant un poing, et la tint contre elle en recommençant à courir le long de la pente.

Charin, pensa-t-elle. *Je te prie de m'accorder ta bénédiction.*

Mais ses doigts étaient brûlés, et elle sentait une douleur cuisante à la base de son crâne, comme si sa colonne vertébrale était la mèche d'une sorte d'explosif, et se consumait encore en crépitant. Charin l'avait abandonnée. Naguère, Phela en aurait pleuré. Mais elle était la reine Phela, à présent ; par conséquent, elle enragea. Les Quatre étaient devenus Cinq, qu'ils l'acceptent ou non. Anselom et Bettika, Charin et Dephine… ils devraient partager leurs adorateurs avec Phela, la Reine Éternelle. Ils devraient partager avec elle, tout comme elle les avait forcés à partager leur magie. Ils allaient devoir partager…

Mais pas leurs tombeaux. Elle n'irait pas jusque-là. Phela n'avait pas l'intention de mourir. Grâce à cette magie, elle allait vivre éternellement. Elle allait offrir à Quandis le dévouement, la beauté et la discipline qu'elle méritait ; ses ennemis se rendraient en pleurant, puis en viendraient à l'adorer.

Phela en était certaine, au fond de son cœur… même alors qu'elle fuyait le temple.

La pluie avait formé des torrents qui ruisselaient sur la colline, transformant en boue les sentiers battus par les pas. Sa botte glissa, et elle tomba, se cognant la tête contre le sol. Elle glissa, roula, et alla s'écraser contre le poteau d'une clôture qui bordait le chemin. Elle entendit ses côtes craquer.

Les moments s'évanouissaient, comme effacés. Elle était étendue en travers du chemin, dans la boue, et puis soudain, elle se retrouva debout à nouveau. Avec un cri lancé à Anselom, à Bettika, à la terre et à l'eau, elle tendit les mains vers le sol et en prit le contrôle. Elle fit monter la terre et la pierre afin qu'elles s'ouvrent pour agripper la clôture, qu'elles l'entraînent au creux d'un nouveau sillon ouvert dans le versant, qu'elles la fassent voler en éclats et qu'elles l'enfouissent profondément. Cette fois, les dieux ne refusèrent pas de lui obéir, et d'un geste de la main, avec une autre prière chuchotée, elle repoussa toute la pluie accumulée par l'orage. L'espace d'un moment, elle se sentit revigorée, et frémit de plaisir ; mais c'est alors qu'une douleur réflexe la transperça, et elle hurla. La souffrance courut le long de ses os. Prise de nausée, elle se plia en deux, et elle vomit une substance noire et rouge. Dans le tas fumant de ce qu'elle venait de rendre, elle vit des morceaux renflés dont elle sut qu'ils s'étaient détachés de son corps.

La reine Phela se dit que ces morceaux n'avaient aucune importance. Ce n'était qu'une étape de sa métamorphose, de l'ascension vers le statut de divinité.

Elle leva les yeux, et vit le pont qui menait au palais. Ses piliers s'étaient fendus. Une partie de sa surface s'était effritée, mais un mince ruban de pierre était demeuré intact. Le pont s'agitait et se balançait d'un côté et de l'autre. Phela se rua dans sa direction à une telle vitesse qu'elle eut la sensation que le monde s'était figé, et qu'elle était la seule à pouvoir encore bouger. Sa vue se troubla et vira au noir, et lorsqu'elle cligna des yeux, elle était en train de traverser le reste de pont trempé de pluie qui reliait encore les deux collines. Large de moins d'un mètre, surplombant un abîme de soixante mètres au-dessus des pierres, de la colline et du fleuve, la passerelle serpentait comme pour échapper à ses pas, mais Phela parvint tout de même à la traverser. Son cœur se gonfla de joie. Sa vue s'assombrit une nouvelle fois, et lorsqu'elle cilla, elle se trouvait déjà sur la colline du Palais, avançant d'un pas laborieux, montant vers son foyer.

Phela se sentit voler par-dessus les feux et les cratères fumants, et lorsqu'elle leva les yeux, elle ne vit qu'un éclat brisé là où s'érigeait naguère la Flèche de l'Os. La Flèche du Sang, en revanche… La Flèche du Sang se dressait toujours, majestueuse, transperçant le ciel. Elle se balançait comme un arbre gigantesque dans la tempête, mais jamais elle ne tomberait. La reine Phela le savait. La tour était profondément enfoncée dans le sol, plantée dans le cœur de la cité. Sa présence suffisait à démontrer la suprématie de la Couronne, à proclamer que la famille royale était l'héritière du Sang des Quatre, à rappeler au peuple ce qu'ils vénéraient, ce qu'ils servaient.

La couronne, pensa Phela, et une grande clarté l'inonda. Elle sourit et sentit ses lèvres se fendre à nouveau, répandant dans sa bouche le goût amer du sang noir. Les rois et les reines de Quandis ne portaient plus la véritable couronne depuis plus d'un millénaire, par respect pour cette relique sacrée.

Cela va changer aujourd'hui.

Ankylosée, elle lutta pour poursuivre l'ascension de la colline, plaquant toujours son bras gauche contre son flanc. Elle regarda son bras droit et s'aperçut qu'il saignait. Sa peau s'était ouverte à plusieurs endroits ; elle n'avait pas été coupée, mais s'était déchirée de l'intérieur, et la noirceur suintait des crevasses. *La métamorphose !* pensa-t-elle une fois de plus, avec jubilation. Pendant un instant, elle songea à sa mère et regretta de ne pas pouvoir partager ce moment avec elle. Elle aurait aimé que Lysandra la serre dans ses bras, comme lorsque Phela était encore toute petite. Un sourire flotta sur ses lèvres. C'était un sourire que la douleur lancinante, les brûlures qui parcouraient sa peau et le hurlement cuisant qui chantait dans ses os ne pouvaient effacer. Elle songea à Myrinne, et revit soudain sa petite sœur qui riait, ayant tout juste appris à marcher, et poursuivait Phela à travers les appartements de leur mère.

Myrinne, pensa-t-elle. Leur mère était morte – elle se souvint vaguement qu'elle avait quelque chose à voir là-dedans, puis écarta cette pensée –, mais sa petite sœur, qui posait autrefois sur elle un regard débordant d'amour inconditionnel… Myrinne était encore en vie. Phela avait envie de partager avec elle son euphorie.

Grâce au vent, elle allégea le poids de son propre corps, et se poussa vers le haut de la colline. La pluie semblait s'écarter pour la laisser passer, comme des rideaux qui se tiraient sans que la reine Phela ait besoin de le leur ordonner. La magie bourdonnait et palpitait autour d'elle. Le chant de ses os s'était fait strident, et cependant, elle entendit aussi des voix qui lui firent lever la tête. Elle découvrit des gens dans la rue. Il y avait des guerriers en uniforme de la marine, des nobles avec des épées, et une femme à l'allure fruste et au visage tuméfié, et une poignée de marchands qui criaient en pointant le doigt dans sa direction.

La reine Phela s'attendait à ce qu'ils tombent à genoux pour la vénérer. Au lieu de cela, elle sentit la rage et le dégoût qui émanaient d'eux, et lut la haine sur leurs visages.

Ils avancèrent sur les pavés cassés afin de l'encercler. Une mère tenait contre elle un petit garçon mort, au corps écrasé et aux membres flasques, devant une maison dont la façade s'était effondrée. Un chien au poil roussi, traînant une patte inerte, léchait le visage de l'enfant.

Ils hurlaient tous, réclamant la tête de leur reine, exigeant son meurtre.

Phela s'arrêta, chancelante, le souffle court et douloureux. Elle cracha un grand jet de bile noire sur la rue défoncée. Avec un sourire sardonique, elle pria les Quatre. Grâce à leur magie, grâce à leur feu, leur vent, et le contrôle qu'ils exerçaient sur la pierre des pavés, la reine Phela tua tous ces traîtres jusqu'au dernier, même le chien. Cet effort élargit les déchirures sur sa chair, lui lacéra les entrailles, et tandis qu'elle se remettait en route vers le palais, plus déterminée que jamais, elle se sentit glisser de nouveau dans les ténèbres.

Elle pensa à l'obscurité où avait sombré le Baju, et elle frémit.

Lorsqu'elle cligna des yeux, la reine se retrouva face au palais. Des flammes s'échappaient des fenêtres de l'aile sud. Les portes gisaient sur le sol. Sous ses yeux, la cité trembla de nouveau, les décombres bougèrent et s'ouvrirent, et d'autres morceaux de l'édifice tombèrent dans l'abîme, allant se perdre dans les cavernes en contrebas. La reine Phela entendit sangloter tout près de là, mais ce son lui parut très lointain, et elle eut à nouveau l'impression de glisser dans une sorte de rêve. Le reste du monde n'existait, pour elle, que de l'autre côté de cette distance merveilleuse qui sépare les dormeurs de la réalité.

L'aile est du palais s'était volatilisée. Il n'en restait qu'une ruine, qui fumait sous le rideau incessant de la pluie. C'était là que se trouvaient les archives royales.

L'histoire de sa famille, de sa lignée, de la Couronne, était conservée dans cette pièce, de même que vingt mille ouvrages gorgés de science, et d'exploration, et de théâtre, et de fantaisie. Étonnamment, cette disparition l'affecta encore plus que la perte de la grande relique, la couronne ancestrale. Car si la Couronne était son avenir, les livres des archives représentaient le passé qu'elle chérissait. Elle pensa à Samnee, et à l'enfant rieuse qu'avait été Myrinne, et au malheureux Aris, dont l'approbation avait été si importante pour elle, autrefois.

Elle pensa à sa mère dont elle avait hâté la mort, et cette fois, elle ne put balayer cette pensée d'un revers de main. Sa propre mère, qu'elle avait tuée.

La noirceur l'enveloppa de nouveau. Lorsqu'elle cilla, elle arriva sur le pourtour du gouffre qui s'était ouvert dans le sol, occupée à escalader les restes des portes du palais. La reine cilla de nouveau, et la noirceur s'accompagna de douleur, cette fois, comme si dix couteaux s'étaient plantés dans son dos, son cou et son ventre. Elle ouvrit les yeux et se retrouva à genoux, en bas de l'escalier de la Flèche du Sang. La peau de ses bras s'était fendue davantage. Son abdomen palpitait, comme si elle était enceinte de douleur. La magie la griffa.

La magie la réveilla.

Elle se mit à grimper les marches, et à chaque pas, elle se sentait plus forte. La magie la soulevait ; elle consumait la fragilité de sa chair et de son sang, jusqu'à ce qu'il n'en reste rien. Elle glissa sa langue à travers ses lèvres déformées, trouvant délicieux l'ichor qui s'y trouvait. En remuant les mâchoires, elle sentit bouger ses dents, et elle y pressa la langue. Certaines étaient si près de tomber qu'elles roulèrent de ses gencives, et Phela les cracha sur les marches, sans cesser de grimper. Sans cesser d'évoluer.

La reine Phela inspira profondément, sentant le pouvoir monter en elle. L'escalier était baigné d'une lumière bleue, venue non seulement des milliards de particules incandescentes qui flottaient dans l'air, mais aussi de la clarté qui pulsait désormais par les trous et les fentes de sa chair.

Phela cilla, et l'obscurité afflua, puis reflua lorsqu'elle cilla de nouveau. Elle n'était plus en train de grimper, une à une, les centaines de marches qui constituaient le gosier de la Flèche du Sang ; elle les montait en courant. Elle filait à toute allure, sans effort, comme si les muscles n'avaient plus d'importance. Comme si le souffle n'avait plus d'importance. Pour elle, c'était le cas. La reine ouvrit la bouche, et le chant de ses os en jaillit. Elle n'avait fait aucun effort pour produire ce bruit, ou pour lui prêter sa voix. Non ; c'était la voix de la magie dont elle était imprégnée.

Phela rit. Elle avait été si bête de croire qu'elle avait besoin de la couronne, cette vieille relique… De regretter la mort de Samnee… De désirer la compagnie de sa faible sœur, prisonnière de sa chair.

Elle cilla. Tout devint noir. Elle cilla, et reconnut le dernier tournant de l'escalier, juste devant elle. Les murs s'étaient lézardés. Une poussière rouge tombait de ces fissures, et se déposait comme de la neige sur les marches. La Flèche du Sang se balança, et Phela heurta le mur, leva une main pour se retenir, et s'écorcha la paume. Seule la lumière sortit de cette plaie, et Phela rit en laissant le rebond de l'impact la propulser en haut des quelques dizaines de marches restantes, jusqu'à la porte déjà ouverte ; l'encadrement avait été brisé par les mouvements de la pierre.

Sous la pluie que balayaient les rafales de vent, tandis que la tour continuait de trembler, la reine Phela traversa prestement le balcon, jusqu'à la balustrade de pierre fendue. De grandes sections de la rambarde s'étaient détachées et avaient disparu, mais elle s'appuya contre une section qui semblait tenir bon. Parmi les collines assombries par l'orage, on pouvait distinguer des zones entières qui demeuraient intactes, comme épargnées ; mais elles faisaient figure d'exception. Tous les ponts étaient tombés. Les collines des Cinq Premiers Clans étaient balafrées par de larges ravins, des maisons écroulées, et des incendies si voraces que même la pluie n'arrivait pas à les maîtriser. Au milieu d'un tel orage, il était impossible de contempler toute l'étendue de Quandis, pour l'instant ; aussi, Phela ne pouvait pas savoir jusqu'où s'étendait la destruction, pas plus qu'elle ne pouvait deviner jusqu'à quand le sol continuerait de trembler. Les océans eux-mêmes s'étaient-ils mis à frémir ? Les îles de l'Anneau commençaient-elles à se disloquer et à dériver, en morceaux ?

Le chagrin le disputait à la joie, dans le cœur de Phela. Des milliers de ses sujets étaient morts, et d'autres agonisaient dans des râles étranglés ; ils étaient broyés sous les décombres d'une tour effondrée, ou engloutis par les entrailles mêmes de la terre.

Ils n'avaient pas besoin d'une reine. Plus maintenant.

Ils avaient besoin d'un dieu.

Mais tout allait bien. Elle allait devenir ce dieu.

Elle écarta les bras, sans se soucier de son poing gauche qui s'était mué en une griffe noueuse et racornie, et elle rit. Avec quelle ferveur ils allaient l'aimer, à présent ! Avec quelle passion ils allaient l'aduler ! La reine Phela – le dieu qu'elle était devenue – cria les noms des Quatre, ses semblables ; elle appela Dephine et Bettika, Anselom et Charin. Elle les sentait à présent, dans leurs tombeaux, elle sentait le pouvoir qui y couvait, qui montait à travers elle avant de retomber en sens inverse, la reliant à eux pour l'éternité. En adressant des prières, non pas aux Quatre, mais à elle-même, en s'encourageant ainsi, elle tendit les mains comme pour attraper l'orage. Elle les pointa vers le sol comme pour empoigner la roche et la terre sous les rues, pour les modeler selon ses désirs. Le chant de ses os fit vibrer son crâne d'une note incroyablement aiguë ; Phela ouvrit alors la bouche et hurla avec une telle sauvagerie que sa gorge, déchirée, se tut. Ses os se tordirent et se brisèrent. Elle sentit éclater sa cage thoracique, vacilla, puis se rattrapa à la balustrade.

Le vent parut hésiter, les tremblements s'interrompirent... puis ils rugirent de plus belle, comme si elle n'avait jamais communié avec les dieux.

Comme si elle ne possédait pas la moindre trace de magie.

Phela baissa les yeux et vit qu'elle était tombée sur un genou. Des os avaient traversé sa poitrine et sa cuisse, si acérés qu'ils avaient également déchiré ses vêtements. Elle ne les sentait plus. Ce spectacle n'avait aucun sens à ses yeux. L'orage n'avait aucun sens, pas plus que le chagrin. Elle leva douloureusement sa main déformée pour toucher sa tête, certaine que la couronne s'y trouvait. Un silence étrange et impossible l'enveloppa, et elle crut entendre, comme venu de très loin, le rire doux et innocent de sa petite sœur. Phela se demanda si elle-même avait déjà ri de cette manière. Elle regretta de ne pas s'en souvenir.

Elle contempla la cité qui tombait en ruine à ses pieds, et elle se dit, enfin, que peut-être la magie des dieux n'avait-elle pas été un cadeau, mais une malédiction. Une infection.

Et qu'elle ne lui avait jamais vraiment appartenu.

Un grand craquement résonna dans le ciel, un son qui ressemblait à celui d'un monde qui se brisait, mais ce n'était que la Flèche du Sang qui se fendait. Phela tenta de s'accrocher à la balustrade, mais elle glissa et tomba tandis que la tour s'écroulait sous elle.

Pour la deuxième fois, la reine Phela eut l'impression de voler.

Elle espérait ardemment que la noirceur reviendrait, mais elle demeura éveillée et consciente tout au long de sa chute.

En présence des dieux, le reste du monde se taisait.

Blane ne comprenait pas comment il avait pu tomber si bas. À ses yeux, aucun laps de temps ne s'était écoulé entre le moment où il avait lancé son ultime attaque contre Phela, sur la place du temple, et celui où il avait ouvert les yeux dans cette caverne. Pourtant, il avait dû tomber très loin dans les profondeurs, puis s'être arraché aux gravats, et être redescendu par les tunnels, les cavernes et les souterrains, jusqu'à atterrir dans cet endroit, où sa vie entière avait tendu à le conduire.

Et il n'était pas le seul. Il vit un mouvement sur sa gauche, deux ombres émergeant de la bouche noire d'un tunnel. L'une d'elles était Gemmy, couverte de boue et de sang, qui courut vers lui.

Au milieu de la caverne des tombeaux, il se sentait détaché de tous les autres.

Blane cilla pour chasser l'eau et la poussière de ses yeux, et sentit quelque chose le tirer, presque physiquement, à travers la caverne. Il rampa, progressant laborieusement à la manière d'une araignée géante, ses membres le portant malgré lui en direction des tombeaux.

— Blane, dit faiblement une voix.

C'était Gemmy qui le rappelait. Peut-être avait-elle besoin de son aide, ou peut-être voulait-elle l'éloigner des tombeaux.

Il ne l'écouta pas. Il n'avait pas le choix. Personne ne pourrait le retenir, à présent. Il s'agissait de tout ce qu'il désirait, et qu'il avait toujours désiré. Gemmy aurait dû le savoir, et s'il en avait eu le temps, il se serait arrêté pour lui dire : *C'est le commencement de l'âge des Baju.* Il ne voulait pas prendre le risque de ne pas terminer ce qu'il avait entrepris. Trop de gens comptaient sur lui, et il ressentit une pointe de douleur et de culpabilité pour chaque Baju qui était mort, en ce jour. S'il avait fait plus d'efforts pour s'emparer de la magie... S'il y avait cru plus sincèrement...

Il se mit à patauger dans le bassin, qui gagnait en taille et en profondeur, pour se diriger vers les tombeaux des quatre dieux auxquels il n'avait jamais cru. Il ne pouvait plus douter de leur existence, à présent. Pas alors qu'il sentait le pouvoir monter en lui, et qu'il s'apprêtait à recueillir un pouvoir plus grand encore.

Et Blane, soudain, se sentit... bien. Les douleurs qu'il éprouvait au ventre et à la poitrine s'étaient évanouies, de même que les élancements terribles qui parcouraient son crâne, comme si son cerveau était sur le point d'exploser. Il saignait encore, par d'innombrables plaies, mais elles avaient été causées par la longue chute qu'il venait de subir, et non par la magie. Il était prêt à manipuler celle-ci à nouveau, de façon mille fois plus impressionnante.

Il n'était plus un homme, et il était prêt à manier la magie comme un dieu. Prêt à devenir le sauveur que les

Baju attendaient depuis si longtemps. Prêt à devenir le Kij'tal.

— Blane, appela de nouveau une voix.

Il s'arrêta, l'eau lui arrivant à la taille, et lança un regard en arrière, vers le fond de la caverne. Gemmy s'y trouvait, un bras cassé plaqué contre son ventre. Elle l'observait, l'expression cachée par la poussière et la distance. Mais la voix n'était pas la sienne.

— Blane, tu ne dois pas faire cela…

Per Santoger s'approchait de lui d'un pas chancelant. La robe du vieux prêtre lui avait été arrachée pendant sa chute, et sa peau, sombre et tannée, était déchirée et saupoudrée de poussière. C'était une drôle de créature, et Blane sourit. Comment avait-il pu survivre à une telle chute ? C'était un mystère que seule la magie pouvait expliquer.

— Vous vous trompez, rétorqua Blane. Je dois le faire ! Vous allez voir. Ils m'appellent. Ils me connaissent, ils sont heureux de me voir, ils m'appellent !

— Tu as vu ce que ce pouvoir a fait à la reine, et à sa mère avant elle.

Il les a rendues folles, pensa Blane. Mais il ne se sentait pas fou. Il baissa les yeux sur ses mains, et ne vit pas celles d'un fou. Cependant, il se pencha tout de même pour regarder son reflet dans l'eau. Brouillé par les mouvements de l'eau, le visage qui lui apparut était peut-être celui d'un fou, mais il ne le voyait pas assez clairement pour en être sûr.

Blane se tourna et repartit vers les tombes, traversant le rideau d'eau qui tombait toujours, pénétrant dans leur espace ; et il ne s'arrêta pas avant d'être monté sur la zone surélevée comme une estrade, pour se tenir parmi eux. Les quatre tombeaux étaient disposés autour de lui, à l'est et à l'ouest, au nord et au sud, leurs positions dictant l'orientation des quatre tours construites loin au-dessus, en leur honneur.

Il n'en avait jamais été si proche. Il n'était jamais allé plus loin que le bassin entourant les tombes, mais à présent, il avait l'impression que sa place était là, parmi eux. Debout, comme un dieu, alors qu'ils étaient couchés comme les morts qu'ils étaient. Il brûlait d'aspirer tout ce qu'ils avaient encore à lui donner. Il se tourna lentement, le regard glissant de tombeau en tombeau, en leur demandant de lui offrir tout ce qu'il restait d'eux. Il marmonna des mots et des phrases qu'il avait entendus prononcer par Phela et son Ordre Supérieur, mais rien ne se passa. Il s'ouvrit à eux, déchirant ses vêtements jusqu'à être complètement nu, les bras écartés, l'âme ouverte, enthousiaste. Et malgré tout, rien ne se passa. Il sentit les pouvoirs qu'il possédait déjà gonfler en lui, désormais caressants plutôt que douloureux, mais ils ne lui suffisaient pas. Il voulait tout prendre.

—Blane, je t'en prie..., l'implora Per Santoger.

Le vieux prêtre se rapprochait de lui d'un pas hésitant, à travers l'eau montante, et Gemmy le soutenait par le bras.

Blane cilla, et un grand choc retentit dans la caverne, propulsant une série de hautes vagues depuis les tombeaux. Gemmy et Per Santoger furent renversés par la première vague ; en toussant et en crachant, ils se relevèrent et s'essuyèrent les yeux. Le fleuve était tout proche de cette caverne, mais l'ambition de Phela avait brisé le monde, et à présent, la rivière entrait dans la grotte.

Autour de lui, Blane entendit un frottement sourd. On aurait dit que quelque chose bougeait contre la pierre.

Il regarda la masse de pierres tombées depuis le sommet, et plusieurs énormes rochers se soulevèrent et se cognèrent les uns contre les autres, jusqu'à n'être plus que des fragments.

Le frottement revint, et cette fois, Blane était prêt ; il s'agenouilla, la tête penchée, de manière à déceler d'où provenait le bruit.

Il venait de partout.

Blane se rapprocha d'un des tombeaux. Il avait la forme d'un cercueil, mais il était beaucoup plus grand, grossièrement taillé, et sans la moindre fente ou gond d'aucune sorte. Ce qu'il contenait était destiné à rester scellé à l'intérieur indéfiniment. Blane hésita un moment, puis posa ses mains sur la pierre.

Elle était froide, rugueuse et inerte.

Il cria, envoyant une onde de choc dans toute la caverne, qui fit voler sur son passage le rideau d'eau tombant du plafond. Sous ses mains, il sentit un mouvement, issu de l'intérieur du cercueil de pierre.

Son cœur battait la chamade, sa peau fourmillait, et ses sens le brûlaient ; il était à vif, en alerte, prêt à tout ce qui suivrait.

Je serai le dieu éternel, pensa Blane. Il fit un pas en arrière et regarda autour de lui ; puis il sauta dans le lac, plongea une main vers le fond, attrapa un rocher brisé aussi gros que sa tête, et remonta sur le monticule.

—Blane, je t'en supplie… Tu ne te rends pas compte de ce que tu fais…, dit Gemmy derrière lui.

Blane l'ignora. Elle n'était rien. Tous, ils n'étaient rien, et ils verraient bientôt que lui-même était TOUT. Il était le Kij'tal, annoncé par la prophétie. Son peuple allait se dresser avec lui à leur tête, et prendre ce qui aurait toujours dû leur appartenir. Quandis allait brûler, et des flammes naîtraient un pays meilleur. Un pays baju.

Il leva le bloc de pierre des deux mains et l'abattit sur le tombeau.

Un seul coup suffit. La pierre se craquela et s'ouvrit, tandis que son rocher volait en éclats, et il ferma les yeux un instant pour s'en protéger.

Peut-être que je ferais mieux de ne plus jamais les rouvrir, pensa-t-il.

Il les rouvrit tout de même.

Et il hurla.

Daria descendit. En tant qu'amirale, en tant que Baju, en tant que sœur, elle n'avait pas d'autre choix que de suivre son frère dans les profondeurs qui s'étaient ouvertes sous la colline du Temple.

Elle laissa la lieutenante Cuir en charge des troupes, jusqu'à ce que Myrinne puisse nommer un nouveau commandant à cette armée qui deviendrait la garde de Lartha. Pendant que Cuir et les rebelles survivants rentraient dans ce qui restait du temple pour sécuriser l'endroit, Daria trouva une corde et se mit à descendre dans l'abîme. Elle savait que ce qu'elle trouverait, en bas, n'aurait rien de naturel. Ou peut-être serait-ce la chose la plus naturelle du monde, au contraire. La première chose. Mais aux yeux de Daria, c'était étrange et nouveau. Elle sentait sa texture dans l'air, son odeur ; et la sensation qu'une créature immense attendait, tapie en contrebas, suffit presque à la convaincre de remonter, de fuir le temple et de traverser en courant la ville jusqu'à son vaisseau.

Mais c'est la sœur, en elle, qui décida de continuer. Elle avait vécu si longtemps loin de Blane… et chaque fibre de son être, à présent, avait besoin de savoir ce qui lui était arrivé.

Rien de bon, pensa-t-elle. *Rien de bon ne peut sortir de tout cela.*

Au fond d'elle, elle espérait qu'elle le trouverait mort. Mais elle fit de son mieux pour étouffer cette pensée, craignant que s'il était encore en vie, il parvienne à l'entendre.

La longue corde se terminait plus haut que le fond du trou, et Daria dut continuer sa descente à mains nues. Des morceaux de roche se détachaient sous ses pieds. Des créatures l'observaient depuis des trous dans la paroi du gouffre, exhalant leur haleine toxique dans sa direction, et elle se tint prête à tirer son épée pour se défendre, si une bête étrange décidait de l'attaquer. Mais ce ne fut pas le cas. On aurait dit que ces animaux souterrains savaient que des choses plus importantes étaient en train de se jouer.

Arrivée sur le sol, elle escalada des tas de gravats et courut dans des tunnels, progressant toujours vers le bas, et toujours convaincue – sans savoir pourquoi – qu'elle était sur la bonne piste. Quelque chose l'attirait. Quelque chose d'abominable.

—Blane ! entendit-elle enfin.

C'était une voix de femme. Quelques instants plus tard, un vieil homme appela son frère à son tour.

En s'aidant de ses mains, Daria descendit une pente escarpée. Quelque chose émettait de la lumière, lui permettant de distinguer un lac tout en bas du talus.

Les voix des survivants lui avaient donné espoir, mais elle était aussi terrifiée de les entendre appeler Blane. Elle avait vu ce dont il était capable, et ce que Phela, de son côté, avait déjà fait. La cité et son peuple avaient déjà trop souffert, et peut-être Lartha avait-elle été mortellement blessée, à la fois en tant que lieu et en tant qu'idée. Peut-être était-il impossible de survivre aux terribles événements qui s'étaient déroulés en ce jour.

Pour autant, cela ne voulait pas dire que les choses ne pouvaient pas être pires. Que Blane ne pouvait pas faire pire.

Daria acheva sa descente, et lorsqu'elle put se tenir debout sans l'aide de ses mains, elle dégaina son épée et sauta de pierre en pierre jusqu'en bas de l'éboulis. Là, debout dans le lac, elle découvrit le vieux prêtre, Per Santoger, et une novice.

Derrière eux, plus loin dans la vaste caverne, derrière un rideau d'eau qui tombait du plafond, Blane se trouvait sur une zone surélevée, entouré de quatre tombeaux de pierre. Le niveau de l'eau semblait s'être mis à monter.

Daria sentit son sang se glacer.

Son frère brandissait une pierre au-dessus de sa tête.

Blane! voulut-elle crier, mais sa gorge était pleine de poussière, sa voix étouffée. Elle n'était pas sûre que cela aurait changé quoi que ce soit.

Il abattit son rocher sur l'un des sarcophages. Le rocher se fendit et se brisa, et plusieurs morceaux tombèrent du bloc de pierre taillée.

L'espace d'un instant, Blane baissa les yeux en silence. Leur angle de vue ne permettait pas à Daria et aux autres de distinguer ce qui se trouvait devant lui. Puis il hurla. C'était un cri tel que Daria n'en avait jamais entendu auparavant, vibrant à l'intérieur de sa tête autant qu'à l'extérieur. On aurait dit que cette voix s'était réfugiée dans son crâne pour s'y cacher, et y était restée blottie, sans cesser de pousser ce cri de pure terreur. Une vague de souvenirs déferla sur elle : elle et Blane, enfants, se disputaient, riaient, tristes ou heureux, affamés mais comblés. Et elle ressentit soudain une telle tristesse qu'elle tomba à genoux dans le lac, l'eau montant jusqu'à sa poitrine.

Lorsqu'il hurla de nouveau, le monde entier se mit à trembler.

Daria sentit les ondes de choc se répercuter dans l'eau et les vibrations parcourir le sol. De la poussière et des graviers tombèrent du plafond. Derrière elle, le talus formé par les décombres bougea et s'étira, laissant apparaître les corps écrasés de ceux qui étaient tombés dans le gouffre, ramenant les morts à la lumière. De grands craquements retentirent dans toute la caverne: des crevasses s'ouvraient dans les parois, laissant entrer des torrents d'eau.

—Blane, qu'est-ce que tu fais? cria la novice. Tu m'avais dit que tu voulais aider les gens, pas les tuer! Tu voulais être un sauveur!

Blane s'éloigna en reculant du tombeau brisé et resta debout entre les quatre sarcophages, levant les yeux vers le plafond, l'eau ruisselant sur son visage. Sa bouche était encore béante, prête à hurler une fois de plus.

Qu'a-t-il vu? se demanda Daria. *Est-ce que je veux vraiment le savoir? Est-ce que...*

Le monde parut exploser dans un chaos destructeur de feu et de vent, et elle comprit que tout, désormais, provenait de Blane.

Et tout comme elle avait été attirée inexorablement vers cet endroit, elle sut avec certitude ce qu'elle devait faire.

Daria empoigna sa dague et se mit à marcher.

C'est moi, pensa Blane en observant le corps d'un dieu.

S'il restait quelque chose au fond de ces tombeaux scellés, il avait pensé qu'il ne s'agirait tout au plus que d'un lambeau de chair séchée ou d'un éclat d'os. Ces tombeaux étaient si vieux, maintenant, que les dieux – qui ou quels qu'ils soient – auraient dû se décomposer entièrement, puis tomber en poussière.

Il me ressemble.

Ce visage tourné vers lui n'était pas le sien, mais il lui ressemblait tellement que Blane n'arrivait pas à voir où se situait la différence. Sa peau était celle d'un Baju, pâle et refroidie par la mort. Ses yeux étaient baju, ouverts et fixés sur le néant pour l'éternité, et d'un bleu aussi intense et profond que le jour où cette entité était morte. Épargnés par la mort, figés dans l'instant.

La terreur qui avait refermé ses crocs sur le cœur de Blane était due au fait qu'il comprenait, à présent, l'étendue de la magie qu'il ne possédait pas. Son propre pouvoir n'était qu'un fragment de ce dont ces dieux étaient capables. Le potentiel qu'ils recélaient était effroyable.

Le dieu mort ne bougea pas la tête. Mais ses yeux tournèrent dans leurs orbites, fixant sur Blane un regard glacial. Il était… réveillé. Il le voyait.

En reculant précipitamment, un autre hurlement à jamais bloqué dans sa gorge, Blane leva les yeux vers le plafond et sentit l'eau couler sur son visage, et plus profondément, le pouvoir s'engouffrer en lui. Le pouvoir, et une joie inimaginable.

Était-ce là les secrets des carreaux manquants de l'Alliance des Quatre ? Le fait que les dieux étaient baju ? Blane rit si fort que les larmes lui vinrent aux yeux. Le Sang des Quatre coulait dans les veines de la famille royale, ce qui signifiait qu'ils avaient tous des origines baju, quelque part dans leur lignée. C'était pourquoi les prêtres avaient toujours refusé aux monarques de Quandis l'accès à la magie : ils avaient peur. Mais ce qu'ils auraient dû craindre depuis le début était plus redoutable qu'une reine ou un roi. Ils auraient dû craindre l'arrivée d'un Baju de sang pur.

Ils auraient dû craindre le Kij'tal.

Je suis le véritable héritier des Quatre. Le seul réceptacle digne de leur renaissance. Pas Lysandra et Phela, ces sottes usurpatrices. Pas l'Ordre Supérieur, qui cherche à s'approprier des pouvoirs que ces prêtres ne sont même pas capables de comprendre.

C'est moi !

La magie afflua en lui, et il s'ouvrit pour la recevoir. Il la sentit le fendre en deux, et déborder du réceptacle que formait sa misérable chair. La magie se déversa et se propagea dans le monde, et Blane sut, vit et éprouva tout ce qui se passait.

Par l'action d'Anselom, des séismes secouèrent la colline du Temple et ce qui l'entourait, faisant s'effondrer les bâtiments et ouvrant dans le sol de grandes crevasses, dans lesquelles tombèrent des gens et des histoires, et d'où s'extirpèrent des ombres. De Bettika surgirent les orages, poussant des vagues le long du fleuve pour inonder les bateaux et noyer leurs occupants, déchaînant des vents qui balayèrent des quartiers entiers et anéantirent des siècles d'architecture. Charin apporta le feu, faisant jaillir de la roche en fusion du sommet de la colline Kallistrate, en une explosion phénoménale qui fit retomber un magma enflammé sur Lartha, et plus loin encore. Des rafales de vent enflammé s'engouffrèrent dans les rues. L'air surchauffé transforma la pluie en vapeur brûlante, qui arrachait les chairs dès qu'elle les touchait. Et enfin, Dephine se rua par le fleuve jusqu'à la mer, faisant s'élever des raz-de-marée qui pulvérisèrent des ports de pêche et des demeures le long du littoral, puis se ruèrent à l'intérieur des terres, détruisant des centaines d'hectares de champs et de fermes.

Quandis se fendit et brûla, le vent charria la mort, et l'eau noya les cris des mourants.

Blane avala la magie, car elle était tout ce qu'il avait jamais désiré, et lorsqu'il rouvrit enfin les paupières, Daria s'avançait entre les tombes. Elle le regarda droit dans les yeux, sans ciller, et sans poser une seule fois le regard vers la chose qu'il avait vue. La terreur qui l'étreignait était évidente.

— Ma sœur, dit-il en tendant les mains.

Elle avait dû comprendre ce que tout ceci signifiait. Elle allait voir la magie qu'il portait en lui, qui le comblait et le rendait beau, à présent, au lieu de le faire saigner. Elle s'en délecterait tout autant que lui. Il allait sauver leur peuple, et elle resterait tout du long à ses côtés.

— Daria, dit-il. C'était moi, depuis le début. Le Kij'tal.

De sa main gauche, elle saisit la main droite de Blane, et l'attira à lui. Pour l'enlacer, pensa-t-il. Pour le serrer dans ses bras. Elle se sentait en sécurité, car elle savait qu'elle serait la première Baju qu'il sauverait…

D'abord, il crut qu'elle lui avait donné un coup de poing. Il fronça les sourcils, baissa les yeux, et vit la main qu'elle pressait sur son torse, contre son cœur.

Puis il sentit la douleur, il vit le sang, et toute la magie qu'il venait d'absorber, nouvelle et merveilleuse, se mit à hurler en comprenant ce qu'elle avait fait.

Daria fut projetée en arrière par un jet d'eau et de feu, une bourrasque, et une détonation assourdie, le tout provenant de la blessure qu'elle avait infligée à la poitrine de Blane. Tout cela était contenu dans le sang fécond de ses artères.

Son couteau avait transpercé le cœur de son frère, et ce sang épais avait coulé sur sa main. Elle serrait encore sa dague dans son poing. Tout en s'envolant loin de lui, elle le vit s'affaisser entre les tombeaux, et tenter de retenir le fluide qui jaillissait entre ses doigts.

Elle pleurait déjà lorsqu'elle heurta la surface de l'eau, et se mit à couler. Lorsqu'elle remonta à l'air libre, le monde entier était en train de s'écrouler.

Les parois de la grotte se craquelèrent, des morceaux de roche tombèrent, et l'eau du fleuve ruissela dans la caverne. Des mains lui attrapèrent les bras et la tirèrent en arrière, vers le monticule de décombres et les tunnels qui se trouvaient en haut ; un prêtre et une novice l'entraînaient loin de son frère mourant, et elle les laissa faire. Péniblement, elle se redressa et lança un regard en arrière, vers Blane. Elle le vit pour la dernière fois, agenouillé entre les tombeaux des Quatre, le sang jaillissant de sa plaie à chaque battement, de plus en plus faible, de son cœur.

Elle sentit sa douleur dans son propre cœur, et elle sut que ce supplice la poursuivrait jusqu'à sa propre mort.

De l'autre côté de la caverne, Blane vit sa sœur, que Gemmy s'efforçait d'entraîner avec elle, et il voulut lui demander ce qu'elle avait fait. Lui demander pourquoi. Mais il n'avait pas de voix. Les battements de son cœur étaient devenus irréguliers. Son sang refroidissait.

Il regarda le dieu qui avait posé les yeux sur lui, et son corps lui apparut à présent vieux et décomposé. Ses yeux avaient disparu dans les gouffres de ses orbites.

Tandis que son cœur battait une dernière fois, un mur d'eau balaya la caverne et s'empara de Blane, l'écartant des tombes et l'attirant dans les ténèbres éternelles et insondables.

Chapitre 24

L'aube se leva sur Lartha avec la beauté languide qui lui était familière, éclairant peu à peu la couleur indigo de l'horizon, déposant sur la ville ses lueurs dorées et ses ombres matinales, exactement comme s'il ne s'était rien passé la veille. Comme si le monde n'accordait pas la moindre importance à tous ces événements.

Daria regarda grandir la clarté de l'aurore, et le ciel virer lentement au bleu. La pluie avait cessé, les nuages s'étaient dissipés, et une belle journée de la Saison de la Pousse s'annonçait. Le ciel aurait été parfaitement limpide, sans les panaches de fumée qui s'élevaient encore de la cité. Les incendies avaient continué à brûler une bonne partie de la nuit. Daria n'avait pu dormir que quelques heures, et les gardes de nuit patrouillaient encore sur le pont de la Nayadine lorsqu'elle s'était levée. Toute la nuit, de petits bateaux étaient passés devant la flotte, s'éloignant en aval, vers Port-Susk, et peut-être à destination de l'Anneau. Il s'agissait des gens qui avaient perdu leur maison ou qui avaient trop peur de rester, craignant que le sol ne se remette à trembler, ou que la bataille pour la Couronne ne se poursuive. Peut-être leurs maisons étaient-elles encore debout, mais si gravement sinistrées qu'elles étaient devenues insalubres et inhabitables. Peut-être étaient-elles hantées par les horreurs commises par Phela, ou par les amis ou les membres de leur famille qui y étaient morts.

Quoi qu'il en soit, la population quittait Lartha.

La flotte laissait passer ces embarcations, mais ses marins et ses guerriers les avaient surveillées avec attention, craignant une dernière attaque menée par les fidèles de la reine Phela. Daria ne fut pas surprise d'apprendre, au petit matin, que ses vaisseaux n'avaient pas rencontré quiconque souhaitant encore se battre pour Phela. Cette information aurait pu lui redonner espoir. Cependant, appuyée à la balustrade de son vaisseau pour contempler le lever du soleil, elle pouvait désormais constater l'étendue des dégâts subis par la cité, au cours du règne éphémère de Phela.

Avec le temps, elle finirait par pleurer. Ses larmes se mettraient à couler sans qu'elle puisse rien faire pour les en empêcher. Mais ce matin-là, elle se sentait simplement vide et détachée, encore plus éloignée des larmes qu'elle ne l'était du rire. Cette cité qu'elle voyait en amont, derrière l'éboulis qu'était devenu le mur d'enceinte, était méconnaissable. Comment pouvait-il s'agir de Lartha ? Là où se dressaient naguère sept collines, on n'en dénombrait plus que six. La colline Cervebois avait tant tremblé qu'elle s'était effondrée. Le sol s'était ouvert et l'avait engloutie, tuant sans doute des milliers de personnes. Des autres collines, seule celle du clan Daklan semblait avoir été relativement préservée. Les autres étaient meurtries par de terribles blessures. Des quartiers entiers avaient brûlé ou avaient été détruits par les séismes. Au sommet de la colline du Temple, seule la tour de Bettika était encore debout, et Daria ne manqua pas de remarquer l'ironie de ce détail. Si l'un des Quatre avait gagné, la veille, c'était sans conteste Bettika, dieu du Vent et de la Guerre.

Et puis, bien sûr, il y avait la colline du Palais.

La Flèche du Sang s'était cassée en deux. La partie supérieure de la tour était tombée, mais sa section inférieure se dressait encore vers le ciel comme un éclat brisé, comme une lame acérée, le poignard d'un assassin. La Flèche de l'Os avait totalement disparu. Une aile entière du palais s'était effondrée, emportant avec elle les archives royales. Cependant, par miracle, la majorité de l'édifice était demeuré intact. Avec beaucoup de soin, de patience et de temps, le palais pourrait être rebâti.

Daria ne savait pas s'il fallait considérer cela comme une bonne ou une mauvaise nouvelle.

Un bruit de pas sur le pont lui apprit qu'elle n'était plus seule, près de la balustrade. Daria lança un regard sur sa droite et découvrit la princesse Myrinne. En dépit de l'épuisement qui se lisait sur ses traits, la jeune femme irradiait un calme étonnant. Grande et forte, échevelée et couverte de contusions, elle ressemblait bien plus à une guerrière qu'à une princesse. Longtemps, Daria avait trouvé mystérieuse la relation qui l'unissait à Demos ; mais ce matin-là, ses derniers doutes se dissipèrent.

— Majesté, salua Daria.

Myrinne inclina la tête.

— Amirale.

Elles se tinrent côte à côte contre le garde-fou, observant la cité encore fumante. De très loin, le bruit d'un marteau leur parvint. Bien que le soleil ne soit levé que depuis quelques minutes, quelqu'un avait déjà entrepris de rebâtir.

— C'est…, commença la princesse Myrinne.

Elle s'interrompit, ne trouvant pas ses mots.

— Horrible, dit Daria.

— C'est vrai. Mais je voulais dire que c'était extrêmement calme. Je n'ai jamais vu Lartha ainsi.

Le son du marteau retentit de nouveau, voyageant jusqu'à elles par-delà une distance impressionnante.

— Oui. C'est calme, acquiesça Daria. Mais pas silencieux. La nuit nous a semblé très longue, Majesté, mais Quandis se réveille, à présent, et nous sommes encore là pour la saluer.

La princesse Myrinne lui adressa un regard songeur.

— Vous savez, amirale… j'ai l'impression que nous allons très bien nous entendre, toutes les deux.

— Oh, j'en doute fort.

Myrinne fronça les sourcils.

— Excusez-moi ?

Daria soutint son regard.

— Je viens de vous aider à chasser votre sœur désaxée du trône. Vous me paraissez plutôt honorable, princesse, et je porte une profonde estime à votre futur époux, mais je suis née parmi les plus misérables des esclaves, et vous, en tant que symbole de la royauté, étiez notre propriétaire à tous. Hier, je me suis battue pour Quandis. Tout Quandis, pas seulement la Couronne. Et j'ai l'intention de passer le reste de ma vie à le faire.

— C'est ce que j'ai fait, moi aussi, répondit Myrinne. Et c'est aussi mon intention.

— Je m'assurerai que vous teniez votre promesse, l'avertit Daria.

— Mais j'y compte bien.

Daria hocha lentement la tête. Elles se comprenaient.

Et peut-être le souhait de Myrinne, quant à leur relation, deviendrait-il un jour réalité.

Mais cela n'arriverait pas aujourd'hui… ni demain, probablement.

Ensemble, les deux femmes contemplèrent la cité, et une nouvelle journée commença.

Il n'y avait pas de trône à bord de la *Nayadine*, aussi un fauteuil de la cabine de l'amirale fut-il monté sur le pont, et déclaré « parfait ». Demos avait souri en entendant Myrinne prononcer ce mot. Tout lui aurait semblé parfait, à ce stade : n'importe quel siège intact, un trépied, un baril retourné… C'était l'une des choses qu'il aimait chez la femme qu'il avait promis d'épouser. Le royaume entier avait été plongé dans le chaos. Des milliers de personnes avaient été tuées, la population de la cité décimée. Elle n'avait pas le temps de s'embarrasser du décorum.

Myrinne allait être une reine exceptionnelle. Et cela brisait le cœur de Demos.

Un lieutenant du *Souffle de Tikra* joua du violon tandis que les officiers de la flotte se rassemblaient sur le pont de la *Nayadine*. Demos se tint parmi eux, au garde-à-vous, et regarda Myrinne émerger de l'entrepont. Sans possibilité d'accéder à sa propre garde-robe, elle s'était constitué une tenue en empruntant divers habits aux membres de la flotte. Sa chemise et son pantalon avaient été soigneusement repassés, et correspondaient d'assez près à ses mesures pour que personne ne remarque qu'ils n'étaient pas les siens. Elle ne portait aucun ornement, à l'exception du fourreau de cérémonie qui pendait sur sa hanche. L'épée qui s'y trouvait était celle qu'elle avait utilisée pour se battre la veille, et elle avait affirmé à Demos qu'elle conserverait cette arme à sa ceinture pour le restant de ses jours. Demos s'était demandé, à voix haute, si elle serait la première monarque de Quandis à porter une épée pendant son couronnement. Myrinne avait eu un instant de silence, avant d'affirmer avec certitude qu'elle ne serait pas la dernière.

Elle portait la cape rouge foncé des guérisseurs. Avec son épée, ces deux détails étaient ceux dont les gens se souviendraient après l'événement. Ils représentaient un symbole qui résonnerait encore, des siècles plus tard. En ce jour, dans ce lieu, la future reine avait fait la promesse muette de défendre et de guérir Quandis et son peuple. C'était beau et simple, comme la tenue qu'elle avait choisie, et comme la façon dont elle avait natté ses épais cheveux. N'importe quel spectateur, en la voyant, aurait compris qu'elle était une meneuse-née.

À chaque pas qu'elle faisait sur le pont, Demos la sentait s'éloigner de lui. La marque d'esclave, dessinée au fer rouge sur sa main droite, était visible par tous. Il se demanda comment une reine pourrait épouser un homme qui porterait cette marque, mais chaque fois qu'il regardait Daria, cette femme baju qui était devenue le véritable héros de la Bataille de Lartha, il se disait que peut-être, les cicatrices et les marques avaient perdu leur sens.

C'était le mince espoir auquel il se raccrochait de toutes ses forces.

Le violoniste jouait toujours. Les officiers se dressaient bien droit, tentant de conférer autant de dignité que possible à la cérémonie. Même les blessés parurent oublier leur douleur, à cet instant, en regardant Myrinne s'avancer d'un pas vif vers le fauteuil de bois noir tendu de velours rouge. Tous les murmures cessèrent. Même le craquement des planches du vaisseau et le clapotis du fleuve se turent à cet instant. Seule la mélodie du violon perçait le silence, tandis que Myrinne prenait place.

Une prêtresse du nom de Per Joli s'approcha et s'agenouilla aux pieds de la princesse. La femme n'appartenait pas à l'Ordre Supérieur ; naviguant avec la flotte, elle présidait au culte hebdomadaire à bord de l'*Aube Royale*. Myrinne lui fit signe de se relever, et la prêtresse s'exécuta, puis contourna le trône de fortune. Per Joli leva les mains, paumes vers le ciel, et se mit à prier au-dessus de Myrinne. Demos ne put s'empêcher d'esquisser un rictus lorsque la prêtresse récita les noms des Quatre. Une légère agitation parcourut toute l'assemblée, et beaucoup lancèrent des regards incertains vers la cité dévastée, où à ce moment même, des milliers de personnes avaient besoin de leur aide et de celle des dieux. Mais c'était également le pouvoir de ces dieux qui avait ravagé Lartha. Il n'était pas surprenant que beaucoup de gens ressentent désormais un certain malaise à l'idée de demander leur bénédiction.

La prière se termina. Demos avait à peine entendu les mots qui la composaient. Le vent souffla sur le pont, et le gréement claqua contre les mâts au-dessus de leurs têtes. La *Nayadine* dansa doucement sur le fleuve, et toute l'assemblée parut retenir son souffle. Demos balaya du regard les visages qui l'entouraient, dont certains lui étaient familiers, et d'autres non. Il vit Fissel. L'homme lui adressa un clin d'œil, et Demos ne put s'empêcher de sourire. C'était un brave homme, ce Fissel. Il vit aussi Dafna Greiss, qui avait rempli fidèlement son rôle de Voix de la Reine, malgré sa peur de Phela. La veille, elle s'était frayé un chemin au milieu des ruines, avec une poignée d'autres serviteurs de la Couronne, afin de prêter allégeance à Myrinne.

Il y avait ici beaucoup de gens bien, qui formaient à eux tous une solide fondation pour l'avenir. Demos vit la jeune novice, Gemmy, qui avait aidé Daria à remonter laborieusement de la salle des tombeaux jusqu'aux ruines du temple. Ils avaient perdu Per Santoger, déjà brisé et gravement blessé, lors de cette ascension. Une triste mort de plus... Les rangs pourtant nombreux de la Foi avaient été décimés, mais ils parviendraient à se reconstruire. Les novices comme Gemmy seraient l'instrument de leur renaissance. Daria l'avait invitée à bord, car elle avait été l'amie de Blane. Peut-être cela soulageait-il quelque peu sa peine, pensa Demos, d'avoir auprès d'elle quelqu'un qui l'avait bien connu, mieux encore qu'elle-même, sa propre sœur. Il la comprenait, et il se dit que Myrinne la comprendrait aussi. Ils étaient orphelins tous les trois à présent : Daria, Myrinne, et lui-même. Plus de parents, plus de frères ni de sœurs.

Au moins te reste-t-il de la famille, se dit-il.

Son regard glissa au loin, où la colline Kallistrate se trouvait toujours, saccagée, mais fièrement dressée. Il lui suffirait de monter en haut de cette colline pour succéder à son père. Marque d'esclave ou non, il serait le baron Kallistrate, s'il le souhaitait.

S'il le souhaitait.

Per Joli fit signe à la rangée d'officiers, et ils s'écartèrent pour laisser avancer une petite silhouette. Demos sourit de nouveau, et les ténèbres qui pesaient sur son cœur se dissipèrent un peu. Tollivar s'approcha de la prêtresse, chargé d'un coussin en velours assorti au fauteuil du couronnement. Sur le coussin se trouvait la couronne, qu'ils avaient sauvée des archives. À nouveau, les spectateurs se turent et parurent se redresser un peu plus, face à tout ce que symbolisait cette couronne. La tradition, l'histoire, le Sang des Quatre, la force des valeurs partagées par tout le royaume, avant que Lysandra ne goûte à la magie et à l'épissa, avant que les ambitions de Phela ne viennent souiller tout ce que représentait Quandis.

Pour le moment, songea Demos. *Aujourd'hui, Quandis est encore souillée. Mais peut-être pas demain.*

Il regarda Myrinne, observa ses yeux lorsque Per Joli prit la couronne sur le petit coussin de Tollivar et la leva au-dessus de sa tête. Il n'avait jamais rien souhaité d'autre qu'une vie simple auprès de cette femme forte et magnifique. Une vie d'enfants et de rires, loin des obligations de la Couronne. Ces dernières étaient réservées à Aris, voire à Phela, mais pas à Myrinne. Tout cela leur avait paru si évident, si joyeux, lorsqu'ils étaient enfants, et plus tard, à l'adolescence, lorsqu'ils étaient tombés amoureux.

En regardant Per Joli abaisser la couronne, jusqu'à effleurer les cheveux de Myrinne, Demos ferma les yeux, incapable de regarder le moment où le chemin vers l'insouciance du passé serait condamné pour toujours.

Le violoniste cessa de jouer, et on n'entendit plus que les craquements du vaisseau et le murmure du fleuve. Demos ouvrit les yeux.

— Sous les yeux des Quatre, qui nous bénissent, déclara Per Joli, nous contemplons cette femme de nos propres yeux. Myrinne du Sang des Quatre, Reine Couronnée de Quandis. Myrinne, Chef des Cinq Armées. Myrinne, Reine des Escarmouches, Estimée Commandante Honoraire des Alouettes. Figure en Neuf, et Dame des Moissons. La reine Myrinne, l'Épée de Lartha.

Daria s'avança, d'un pas raide et majestueux. Le menton levé, elle passa devant ses officiers, puis s'arrêta devant le fauteuil du couronnement. Un sourire flotta sur ses lèvres.

— Reine Myrinne, l'Épée de Lartha, répéta Daria.

— Amirale Hallarte, répondit Myrinne en hochant la tête.

Daria tira son épée, s'agenouilla, et la posa aux pieds de la reine.

Les pieds de Demos s'étaient mis à bouger avant même qu'il ne comprenne ce qui se passait. Trois pas plus loin, il regretta amèrement de ne pas s'être tenu immobile. Tous les regards s'étaient fixés sur lui : il venait de déroger à la tradition, et d'interrompre le rituel. Il tira son épée tout en s'approchant. Quelques officiers s'avancèrent légèrement, comme pour l'arrêter, craignant peut-être qu'il veuille s'attaquer à la reine qu'on venait de couronner.

Il prit soin de s'arrêter deux pas plus loin de Myrinne que ne l'avait fait l'amirale. Daria était sa supérieure, après tout.

— Reine Myrinne, dit Demos.

Son cœur se fit plus léger à mesure qu'il prononçait ces mots. Son grand amour le dévisageait, et lorsqu'il sourit, cela parut les surprendre autant l'un que l'autre.

— L'Épée de Lartha, dit-il.

Imitant l'amirale, il posa son arme à ses pieds et s'agenouilla devant la reine. La vie ne serait plus jamais simple, ni emplie de la joie tranquille dont il rêvait ; mais Myrinne était sa reine, à présent, et tandis qu'il lui jurait à nouveau fidélité, il sentit tous ses regrets s'envoler l'un après l'autre.

Un par un, les autres officiers suivirent son exemple, posant leurs armes devant eux et s'agenouillant devant la reine Myrinne.

Dafna, elle, ne s'agenouilla pas. Du coin de l'œil, Demos la vit passer entre les officiers et venir se placer aux côtés de Tollivar.

— Votre Majesté, dit Dafna, j'ai servi votre mère, puis votre sœur. Si vous voulez de moi, je serais honorée de vous servir, dorénavant, en tant que Voix de la Reine.

Myrinne se leva, sa couronne de métal grossièrement façonné étincelant au soleil, son épée pendant à son côté, sa cape de guérisseur flottant au vent qui balayait le pont.

— Je vous remercie, ma chère amie, répondit la reine Myrinne. Mais je préfère m'exprimer moi-même.

Demos sourit, encore à genoux, jusqu'à ce qu'elle leur ordonne à tous de se lever. D'un seul mouvement, tous ceux qui lui avaient présenté leur épée se redressèrent pour faire face à leur reine.

— La cité est ravagée, dit la reine Myrinne.

Son regard glissa sur l'assemblée silencieuse. Derrière elle, au loin, une fumée noire s'élevait encore des feux agonisants de Lartha.

— Des collines sont tombées. Des demeures aristocratiques ont été détruites. L'ordre des prêtres est très affaibli, et bien que nous connaissions tous, à présent, l'existence de la magie – son pouvoir, et son poison – son influence déclinera à mesure que ses mystères seront révélés. Tout ce qui était maintenu sous la chape du secret sera dévoilé au grand jour.

» Il nous faudra des générations pour nous remettre de tout ceci, mais au fil des années à venir, nous n'allons pas nous contenter de rebâtir une nouvelle cité. Nous allons construire un nouveau peuple. Une nouvelle société, au sein de laquelle il deviendra un jour aussi honorable de servir son prochain que de servir la Couronne ; et où ce service sera effectué par devoir, par fidélité ou par nécessité, mais jamais sous la contrainte. Jamais en esclavage. À dater de ce jour, les marques sur la peau de tous les anciens esclaves devront nous rappeler que chacun de nous a le droit de se battre pour son avenir, et pour sa liberté.

Demos sentit son cœur se gonfler de bonheur. Malgré toute l'éloquence de Myrinne, ses paroles ne pouvaient suffire à effacer son humiliation, ou son envie de cacher la marque au dos de sa main. Mais à présent, il était résolu à combattre ce sentiment de honte. Ce qui l'avait désigné comme un esclave, même brièvement, devenait soudain un insigne, un symbole de liberté et de résistance. Il se promit silencieusement d'exhorter les autres ex-esclaves – ceux qui ne connaissaient rien de la liberté, qui n'avaient jamais connu que la pire facette de la société – à faire de même.

— Oui, la cité est ravagée, poursuivit Myrinne. (Ses yeux brillaient d'un éclat lumineux, emplis de détermination.) Beaucoup de gens sont morts. Des institutions se sont écroulées, en même temps que leurs bâtiments. Mais nous avons déjà bâti des collines et des ponts, et nous allons recommencer. La cité est blessée, brisée… mais mes amis, la nation est forte. Quandis est forte. Quandis survivra.

» Quandis a triomphé!

Elle tira son épée et la brandit au-dessus de sa tête. Le tranchant de sa lame étincela au soleil. Demos cria à son tour, répétant ses paroles. D'autres voix les rejoignirent, s'élevant à l'unisson.

Quandis survivra!
Quandis a triomphé!

Un jour plus tôt, il avait cru vouloir la quitter, et à présent, il savait qu'il n'en ferait rien. Il en était incapable. Il s'aperçut tout à coup qu'il ne savait pas vraiment à qui il pensait : à Myrinne, ou à Quandis. Mais cela n'avait pas d'importance, en réalité ; car au bout du compte, elles ne faisaient qu'une, et il les aimait toutes les deux. Son cœur, de même que son épée, leur appartenaient pour l'éternité.

— Quandis survivra ! cria-t-il.

Et Quandis avait triomphé.

Remerciements

Tous nos remerciements à notre éditeur, David Pomerico, pour sa contribution inestimable à l'élaboration de ce roman, ainsi qu'à Priyanka Krishnan, et à toute l'équipe de Harper Voyager. Merci également à notre agent et source inépuisable de soutien, Howard Morhaim, et à ses excellents collègues, en particulier Kim-Mei Kirtland. Enfin, notre plus profonde gratitude revient toujours à nos familles. Sans Tracey et Connie, et nos progénitures respectives, nous partirions tous deux à la dérive.

Achevé d'imprimer en décembre 2019
Par CPI Brodard & Taupin à La Flèche
N° d'impression : 3036641
Dépôt légal : janvier 2020
Imprimé en France
2810338-1